U0145935

聊齋志異

第二册

全本 全注 全译

蒲松龄 著

岳麓書社 · 长沙

目录

卷四

卷五

卷六

卷四

余 德

原文

武昌尹图南，有别第[1]，尝为一秀才税居[2]，半年来，亦未尝过问。一日，遇诸其门，年最少，而容仪裘马，翩翩甚都。趋与语，即又蕴藉[3]可爱。异之。归语妻。妻遣婢托遗问[4]以窥其室。室有丽姝，美艳逾于仙人；一切花石服玩，俱非耳目所经。尹不测其何人，诣门投谒[5]，适值他出。翼日，即来拜答。展其刺呼[6]，始知余姓德名。语次，细审官阀[7]，言殊隐约。固诘[8]之，则曰："欲相还往，仆不敢自

译文

武昌人尹图南有座宅第，曾经租给一个秀才，半年时间过去，尹图南也不曾问过。有一天，尹图南在门口碰到了秀才，发现他十分年轻，生活奢华，言谈举止十分得体，风度翩翩。上前和秀才交谈，觉得他温和谦逊，惹人喜欢。尹图南觉得此人很特别，回家后便告诉妻子，妻子就派奴婢备礼问候，借此偷偷地查看秀才家里的情况。奴婢看到秀才家有一位美女，容貌姣好，比仙女都要艳丽。家里的一切奇花异石和服饰珍玩等都不是平时能见到的。尹图南猜不出他是何方高人，便登门递上门帖，却正好碰上秀才有事外出。第二天，秀才早早地来回拜。尹图南打开秀才的名帖，才知道他姓余名德。言谈之间又详细打听他的门第，余德含含糊糊，不肯细说。尹一再追问，余德便说："如果你想和我交往，我不敢拒绝。你只要知道我

绝。应知非寇窃逋逃[9]者,何须必知来历?"尹谢之。命酒款宴,言笑甚欢。向暮,有两昆仑[10]捉马挑灯,迎导以去。

不是盗贼逃犯就好了,何必要问清我的家底呢?"尹图南向他表示了歉意,让人摆上酒宴,款待余德,两人相谈甚欢,直到暮色将近,两个来自异域的奴仆牵马挑灯,带他回去。

注释 1 别第:正宅以外的宅第;别墅。 2 税居:租赁房屋。 3 蕴藉:含蓄而不显露。 4 遗问:赠送礼物和问候。遗,赠送,赠予。 5 投谒:投递名帖求见。 6 刺呼:古时名片上所写的姓名。 7 官阀:官阶门第。 8 诘:追问。 9 逋逃:逃亡的罪人。 10 昆仑:泛指奴仆,此处指非汉族的奴仆。

明日,折简[1]报主人。尹至其家,见屋壁俱用明光纸[2]裱,洁如镜。金狻猊[3]爇异香。一碧玉瓶,插凤尾、孔雀羽各二,各长二尺余。一水晶瓶,浸粉花一树,不知何名,亦高二尺许,垂枝覆几外;叶疏花密,含苞未吐;花状似湿蝶敛翼,蒂即如须。筵间不过八簋[4],而丰美异常。既,命童子击鼓催

第二天,余德便写请柬回请尹图南。尹到余德家,只见内屋四周墙壁都用明光纸裱糊,干净整洁,像镜子一样。金狮香炉里燃烧着珍贵的异香。一个碧玉瓶里插着两支凤尾,两支孔雀羽,每支都有二尺多长。一个水晶花瓶里浸着一树粉花,不知道叫什么名字,也有二尺左右高,枝条长长地垂下来,覆盖了几案仍有余荫,树叶稀疏,花朵繁盛,含苞未放;花骨朵好似沾水后收拢双翅的蝴蝶,花蒂细如蝶须。宴席上虽只摆放了八样菜肴,却非常丰盛精美。入席后,余德让侍童行击鼓传花的酒令。鼓声一响,瓶中粉

花为令。鼓声既动，则瓶中花颤颤欲折；俄而蝶翅渐张；既而鼓歇，渊然一声，蒂须顿落，即为一蝶，飞落尹衣。余笑起，飞一巨觥[5]，酒方引满，蝶亦扬去。顷之，鼓又作，两蝶飞集余冠。余笑云：“作法自毙[6]矣。”亦引二觥。三鼓既终，花乱堕，翩翻而下，惹袖沾衿。鼓童笑来指数：尹得九筹，余四筹。尹已薄醉，不能尽筹，强引三爵，离席亡去。由是益奇之。

花颤颤悠悠地即将折断，不一会儿蝶翅状的花朵渐渐绽放盛开。接着鼓声停歇，伴随着深沉的余响，蝶须状的花蒂顿时凋落，当即化为一只蝴蝶，飞落在尹图南的衣服上。余德笑着起身，为尹图南斟了一大杯酒，尹把满杯的酒喝完，蝴蝶也飞走了。不一会儿，鼓声又起，两只蝴蝶双双飞落在余德的帽子上。余德笑着说：“我这下自作自受啦。”于是自斟自罚两杯。鼓声响过三遍之后，花瓣满天飞舞，翩翩飞落，有不少落在了两人的衣襟和衣袖上。鼓童笑着上前数两人身上飘落的花瓣：尹图南应喝九杯，余德应喝四杯。尹图南已经微醉，不能全部喝完，勉强喝完三杯，赶紧离席逃去。自此更加认定余德是个奇人。

注释 1 折简：裁纸写信，请柬。 2 明光纸：一种表面发亮的纸。 3 金狻猊(suān ní)：铜狮香炉。狻猊，是中国古代神话传说中龙生九子之一(一说是第五子，另说是第八子)。形如狮，喜烟好坐，所以形象一般出现在香炉上。 4 簋(guǐ)：古代祭祀宴享时盛食物的侈口圈足器皿。 5 觥(gōng)：古代的盛酒器。 6 作法自毙：自己立法反而使自己受害。泛指自作自受。

然其为人寡交与[1]，每阖门居，不与国人通吊庆[2]。尹逢人辄宣播，闻其异者，争交欢余，门外冠盖[3]常相望。余颇不耐，忽辞主人去。去后，尹入其家，空庭洒扫无纤尘，烛泪堆掷青阶下；窗间零帛断线，指印宛然。惟舍后遗一小白石缸，可受石许。尹携归，贮水养朱鱼[4]，经年，水清如初贮。后为佣保[5]移石，误碎之。水蓄并不倾泻。视之，缸宛在，扪之虚耎[6]。手入其中，则水随手泄；出其手，则复合。冬月亦不冰。

一夜，忽结为晶，鱼游如故。尹畏人知，常置密室，非子婿不以示也。久之渐播，索玩者纷错于门。腊夜[7]，忽解为水，阴湿满地，鱼亦

然而余德很少和他人交往，常常闭门独居，不跟周围邻居有婚丧等事的来往。尹图南碰到人就宣传余德的奇事，听到这等奇事的人们都争先恐后与余德结交，余德家门外的达官贵人往来络绎不绝。余德很不耐烦，某天忽然向尹图南辞行离去。余德离开后，尹图南去他家中，空荡的庭院打扫得干净无尘，烛油堆放在青阶下；窗间零散的布帛和扯断的纱线还留有指印在上面。只有屋后还留下一个小白石缸，大约可盛放一石粮食。尹图南便把它带回家，贮水养金鱼。一年后，水如刚倒入时一样清澈。后来由于用人移动石头，不小心打碎了石缸，可是水仍凝聚着，没有倾泻出来。乍一看，石缸好像没破，用手一摸，又空虚柔软。手伸入水中，水便随着手外溢，手一抽出，水又复合在一起。冬天的时候水也不结冰。

一天夜里，水忽然结成晶体，鱼儿却在里面游动如故。尹图南怕外人知道，常把石缸放在密室中，除了儿子女婿等至亲，谁也不让看。可时间一长，这件事慢慢传了出去，要求观赏的人纷至沓来。腊月初八夜里，晶体忽然又融解成水，满地皆湿，缸中的鱼儿也不知到哪里去了。原

渺然。其旧缸残石犹存。忽有道士踵门求之，尹出以示。道士曰："此龙宫蓄水器也。"尹述其破而不泄之异。道士曰："此缸之魂也。"殷殷然乞得少许。问其何用，曰："以屑合药，可得永寿。"予一片，欢谢而去。

来的石缸残片倒还留着。忽然有一位道士上门来索看石缸。尹图南便拿出石缸残片给他看，道士说："这是龙宫蓄水的器物。"尹图南告诉道士石缸破碎水却不泄的怪事，道士解释说："这是因为石缸有魂。"便殷切地向他讨要一些残片。尹图南问他要残片有什么用，道士答："用缸的石屑调和药物，吃了能长生。"尹图南便给了道士一片，道士高兴地道谢离去。

注释 **1** 交与：交游。 **2** 吊庆：吊唁或庆贺。 **3** 冠盖：古代官吏的帽子和车盖，借指官吏。 **4** 朱鱼：红色的鱼，此处指金鱼。 **5** 佣保：雇工。 **6** 耎(ruǎn)：软。 **7** 腊夜：腊日晚上。腊日，古时岁终祭祀百神的日子，一般指腊月初八。

杨千总

原文

毕民部公[1]即家起备兵[2]洮岷[3]时，有千总[4]杨化麟来迎。冠盖在途，偶见一人遗便路侧。杨关弓[5]欲射之，公急呵止。

译文

户部尚书毕自严大人，即家补陕西参政，去洮岷驻防时，有个叫杨化麟的千总前来迎接。车马仪仗正在路中前行，偶然间，看见有个人正在路旁大便。杨化麟拉满弓就要射那人，毕公急忙呵

杨曰:“此奴无礼,合小怖之。”乃遥呼曰:“遗屙者,奉赠一股会稽藤[6]簪绾髻子。”即飞矢去,正中其髻。其人急奔,便液污地。

斥制止。杨化麟说:“这奴才太无礼,应该稍稍吓唬吓唬他。”于是在远处喊道:“屙屎的,送你一支会稽竹做的箭当发簪绾发髻吧!”立即一箭射去,正中发髻。那人急忙提裤逃走,屎尿泄了一地。

注释 **1** 毕民部公:毕自严,字景曾,淄川(在今山东淄博)人。万历二十年(1592)进士,官至户部尚书。民部,指户部。 **2** 备兵:原指驻守军队,此处指领兵驻扎。毕自严曾补陕西参政,带兵驻扎洮岷。 **3** 洮岷:明朝曾在西北(今甘肃)设立洮州、岷州卫所。 **4** 千总:明代驻守京师的京营兵分为三大营,设千总、把总等领兵官,职位低下。清代绿营兵编制,营以下为汛,以千总、把总统领之,称“营千总”。为正六品武官,把总为七品武官。 **5** 关弓:拉满弓。关,通“弯”。 **6** 会稽藤:用会稽竹做的箭杆。会稽,即今浙江绍兴。

瓜 异

原文

康熙二十六年[1]六月,邑[2]西村民圃[3]中,黄瓜上复生蔓,结西瓜一枚,大如碗。

译文

康熙二十六年六月,淄川县城西村村民的菜园子里,黄瓜藤上又长出一条藤蔓来,结了个西瓜,有碗那么大。

注释 **1** 康熙二十六年:1687年。 **2** 邑:此指蒲松龄所在的淄川县。 **3** 圃:种植蔬菜、瓜果、花草的园地。

青 梅

原文

白下[1]程生,性磊落,不为畛畦[2]。一日,自外归,缓其束带,觉带端沉沉,若有物堕。视之,无所见。宛转间,有女子从衣后出,掠发微笑,丽绝。程疑其鬼。女曰:"妾非鬼,狐也。"程曰:"倘得佳人,鬼且不惧,而况于狐。"遂与狎。二年,生一女,小字青梅。每谓程:"勿娶,我且为君生男。"程信之,遂不娶。戚友共诮姗[3]之。程志夺[4],聘湖东王氏。狐闻之,怒,就女乳之,委于程曰:"此汝家赔钱货,生之杀之,俱由尔。我何故代人作乳媪乎!"出门径去。

青梅长而慧,貌韶秀[5],酷肖其母。既而程病卒,王再醮[6]去。青梅

译文

南京有位姓程的书生,生性洒脱,不拘小节。有一天,程生从外面回到家,宽解衣带的时候发现衣带的一头沉甸甸的,好像有东西要掉下来。朝那儿看,又没看到什么。转身之间,从身后走出来一个女子,用手撩了撩头发,对着程生微微一笑,十分美丽。程生怀疑女子是鬼,女子解释说:"我不是鬼,是狐狸。"程生说:"要是能得到你这样的美人,鬼我都不怕,更何况是狐狸呢。"便和狐女亲热起来。两年后,狐女生了一个女儿,小名青梅。狐女常常对程生说:"你不要再娶别人了,等我给你生个儿子。"程生相信了她的话,就一直没再娶。可亲友们都嘲笑程生。程生只好改变主意,娶了湖东的王氏。狐女听说了这件事,勃然大怒,给女儿喂完奶,把女儿丢给程生说:"这是你家的赔钱货,养她杀她你看着办吧。我干吗要给别人当奶婆呢!"出门扬长而去。

青梅长大后十分聪颖,长得端庄秀丽,很像她母亲。后来程生病故,继母王

寄食于堂叔。叔荡无行，欲鬻以自肥。适有王进士者，方候铨[7]于家，闻其慧，购以重金，使从女阿喜服役。喜年十四，容华绝代。见梅忻悦，与同寝处。梅亦善候伺，能以目听，以眉语，[8]由是一家俱怜爱之。

氏又改嫁离去，青梅只好寄人篱下，跟随堂叔生活。堂叔轻薄放荡，品行恶劣，想把青梅卖掉赚点钱。正好有一位王进士，在家等候吏部选授官职，听说青梅聪慧，便花重金买下了青梅，给女儿阿喜当丫环。阿喜十四岁，美貌举世无双。她见到青梅后很欣喜，就和青梅一起生活。青梅也善于察言观色，聪慧机灵，因此一家人都很喜欢她。

注释　**1** 白下：南京的别称。白下之名，较早见于三国孙权时期。当时的幕府山以盛产白云石著称，故又称“白石山”“白土山”。东晋初年时，为加强都城北部的防卫，晋军在郊外江边的幕府山下，用白云石筑成围墙，为当时的军事重镇。后人在“白石垒”的基础上修筑城垣，并取名为“白下城”。唐武德时期，曾改金陵为“白下”。　**2** 不为畛畦(zhěn qí)：即心胸坦荡，不受礼俗约束。畛畦，田间小路，引申为界限，隔阂。　**3** 诮姗：讥讽嘲笑。　**4** 志夺：即夺志，改变主意。　**5** 韶秀：美好秀丽。　**6** 再醮：再嫁。　**7** 候铨(hòu quán)：听候选授官职。　**8** 能以目听，以眉语：形容青梅聪慧机灵，能察言观色。

邑有张生，字介受。家窭贫[1]，无恒产[2]，税居王第。性纯孝，制行不苟[3]，又笃于学。青梅偶至其家，见生据石啖糠粥，入室与生母絮语，见

城里有位张生，字介受，家里十分穷苦，没有土地房屋，租王进士的房子住。张生孝顺父母，品行端正，做事十分严谨，又能专心读书。青梅偶然到他家去，看到张生靠着石头吃糠粥。她进屋里和张母低声聊天时，看见托盘上放着猪蹄。

案上具豚蹄焉。时翁卧病，生入，抱父而私[4]，便液污衣，翁觉之而自恨。生掩其迹，急出自濯，恐翁知。梅以此大异之。归述所见，谓女曰："吾家客，非常人也。娘子不欲得良匹则已，欲得良匹，张生其人也。"女恐父厌其贫。梅曰："不然，是在娘子。如以为可，妾潜告，使求伐[5]焉。夫人必召商之，但应之曰'诺'也，则谐矣。"女恐终贫为天下笑，梅曰："妾自谓能相天下士，必无谬误。"明日，往告张媪。媪大惊，谓其言不祥。梅曰："小姐闻公子而贤之也，妾故窥其意以为言。冰人[6]往，我两人袒焉，计合允遂[7]。纵其否也，于公子何辱乎？"媪曰："诺。"乃托侯氏卖花者往。

当时，张父正卧病在床，张生进屋抱起父亲，让他小解，尿液弄脏了张生的衣裳，张父发觉后很懊悔。张生遮住衣上的污迹，赶紧走出屋用水冲洗，唯恐父亲看到。青梅因此觉得他十分不同寻常，回家后便把情况告诉了阿喜，对她说："我们家的那位客人，他不是一般人呀。小姐如果不想嫁如意郎君就算了，想嫁给如意郎君，张生就是。"阿喜担心父亲嫌弃张生贫穷，青梅便说："不是这样的，嫁他与否还是看小姐。如果小姐觉得可以，我就去悄悄跟张生说一声，让他请媒人来求亲。夫人肯定会请你一起商量，到时你只要说'好'，这事就成了。"阿喜担心终身贫穷被别人嘲笑，青梅宽慰说："我自信能识别天下贤良，绝不会错的！"第二天，青梅去张生家跟张母说了这件事，张母听了十分惊讶，认为她说的不一定是好事。青梅说："我家小姐仰慕公子的贤德，我有意试探过她的心意才来说的。等媒人去了，我们俩从中帮忙，这事就成了。即使不同意，对公子又有什么羞辱呢？"张母说："就听你的。"于是拜托卖花的侯氏前去提亲。

王夫人听后不禁一笑，告诉了王进

夫人闻之而笑，以告王，王亦大笑。唤女至，述侯氏意。女未及答，青梅亟赞其贤，决其必贵。夫人又问曰：“此汝百年事。如能啜糠覈[8]也，即为汝允之。”女俯首久之，顾壁而答曰：“贫富命也。倘命之厚，则贫无几时，而不贫者无穷期矣。或命之薄，彼锦绣王孙，其无立锥者岂少哉？是在父母。”初，王之商女也，将以博笑，及闻女言，心不乐曰：“汝欲适张氏耶？”女不答。再问，再不答。怒曰：“贱骨了不长进[9]！欲携筐作乞人妇，宁不羞死！”女涨红气结，含涕引去，媒亦遂奔。

士，王进士也哈哈大笑，便把女儿叫来，把侯氏的来意告诉她。阿喜还没说话，青梅就抢着夸赞张生孝顺，说张生将来一定会富贵。王夫人又问阿喜：“这是你的人生大事，你要是过得惯苦日子，我们就替你答应了。”阿喜低头想了很久，回头看向墙壁说：“贫穷富贵都是自己的命。要是命好，也不会穷多久，往后一辈子富贵哩。要是命薄，就算是富贵的世家公子，没有立锥之地的难道还少吗？这事还请父母为我做主。”一开始，王进士想着把阿喜叫出来商量，只是为了逗她开心，等听到阿喜这样的回答，心里开始不高兴，问：“你真想嫁给张生？”阿喜不说话。又问了一遍，还是不说话。王进士恼怒道：“贱骨头！一点出息都没有！你竟然想提菜篮做乞丐的老婆，真是羞死人！”阿喜听得涨红了脸，郁闷委屈，含泪转身离开了。媒人看情况不妙也逃走了。

注释　1 窭(jù)贫：贫穷。　2 恒产：指土地、房屋等不动产。　3 制行不苟：严格遵礼而行，品行端正不马虎。　4 私：排尿，小便。此指张父便溺。　5 求伐：请人做媒。　6 冰人：媒人。　7 允遂：实现，成功。　8 啜(chuò)糠覈(hé)：吃粗劣的食物，指生活贫苦。啜，吃。

糠，从稻、麦等谷皮上脱下的壳。覈，通“籺”，米麦的粗屑。 **9** 了不长进：完全没出息。

青梅见不谐，欲自谋。过数日，夜诣生。生方读，惊问所来。词涉吞吐，生正色却之。梅泣曰：“妾良家子，非淫奔者。徒以君贤，故愿自托。”生曰：“卿爱我，谓我贤也。昏夜之行，自好[1]者不为，而谓贤者为之乎？夫始乱之而终成之[2]，君子犹曰不可；况不能成，彼此何以自处？”梅曰：“万一能成，肯赐援拾[3]否？”生曰：“得人如卿，又何求？但有不可如何[4]者三，故不敢轻诺耳。”曰：“若何？”曰：“卿不能自主，则不可如何；即能自主，我父母不乐，则不可如何；即乐之，而卿之身直[5]必重，我贫不能措，则尤不可如何。卿速

青梅知道提亲不成，便想着替自己私订终身。过了几天，她深夜偷偷去了张生家。张生正夜读，看到青梅，惊讶地问她来干什么。青梅说话吞吞吐吐，张生严厉地让她赶紧离开。青梅哭泣着说：“我是良家女子，不是随意私奔的人。只是觉得你是个有德行的人，所以想把自己托付给你。”张生回答：“姑娘喜欢我，说我是个贤人。但是夜晚私会这种行为，洁身自爱的人是不会做的，更何况是贤人呢？没有父母之命、媒妁之言的婚姻，君子也不会认可；况且，如果婚事不能成，你我该怎么做人？”青梅说：“万一能成，公子愿意上门提亲吗？”张生说：“能娶到你这样的妻子，我还追求什么？但有三件事是无可奈何的，所以我不敢随便答应你。”青梅问：“怎么说？”张生解释：“你不能给自己做主，这事成不了；即使你能做主，我父母不高兴，这也没办法；即使我父母喜欢你，你的身价一定很高，我穷，备不齐钱，这更没法解决了。姑娘快离开吧，瓜田李

退,瓜李之嫌[6]可畏也!”梅临去,又嘱曰:“君倘有意,乞共图之。”生诺。

下,惹人生疑,人言可畏!”青梅临走时又嘱咐说:“如果公子有意,我们再一起想办法。”张生答应了她。

注释 1 自好:自爱。 2 始乱之而终成之:指没有父母之命,媒妁之言的婚姻。 3 援拾:旧用为缔姻时女方对男家同意订婚的谦辞。此处指提亲。 4 不可如何:无可奈何。 5 身直:身价。 6 瓜李之嫌:比喻处在嫌疑的地位。此处指男女孤身夜处使人生疑。瓜李,指瓜田李下。

梅归,女诘所往,遂跪而自投[1]。女怒其淫奔,将施扑责。梅泣白无他,因以实告。女叹曰:“不苟合,礼也;必告父母,孝也;不轻然诺,信也;有此三德,天必祐之,其无患贫也已。”既而曰:“子将若何?”曰:“嫁之。”女笑曰:“痴婢能自主耶?”曰:“不济,则以死继之!”女曰:“我必如所愿。”梅稽首[2]而拜之。又数日,谓女曰:“曩而言之戏乎,抑果欲慈悲也?果尔,则尚有微情,并祈垂怜焉。”女问之,答曰:

青梅回去后,阿喜质问她去了哪里,青梅跪下承认自己去找了张生。阿喜恼怒她私奔,打算责打她。青梅哭泣说自己没有做什么越礼的事情,就把实情都跟阿喜说了。阿喜听后感叹道:“不肯苟合,是讲礼仪;婚事必告父母,是孝顺;不轻易许诺,是诚信。有这三种美德,上天一定会保佑他,他不用担忧贫困。”接着又问青梅:“你打算怎么办?”青梅说:“嫁给他。”阿喜笑着说:“傻丫头能给自己做主吗?”青梅坚定地说:“如果嫁不成,我就一死了之!”阿喜说:“我一定满足你的愿望。”青梅伏地叩拜感谢阿喜。过了几天,青梅问阿喜:“姑娘前几天说的是玩笑话,还是真的大发慈悲要帮我呢?如果真要帮我,我还有些难言的苦衷,希望姑娘怜悯。”阿喜便问

"张生不能致聘,婢子又无力可以自赎,必取盈[3]焉,嫁我犹不嫁也。"女沉吟曰:"是非我之能为力矣。我曰嫁汝且恐不得当,而曰必无取直焉,是大人所必不允,亦余所不敢言也。"梅闻之,泣数行下,但求怜拯。

女思良久,曰:"无已,我私蓄数金,当倾囊相助。"梅拜谢,因潜告张。张母大喜,多方乞贷,共得如干数,藏待好音。会王授曲沃宰,喜乘间告母曰:"青梅年已长,今将莅任,不如遣之。"夫人固以青梅太黠,恐导女不义,每欲嫁之,而恐女不乐也,闻女言甚喜。逾两日,有佣保妇白张氏意。王笑曰:"是只合耦婢子[4],前此何妄也!然鬻媵高门[5],价当倍于曩昔。"女急进曰:"青梅侍

还有什么苦衷,青梅答:"张生没钱下聘礼,我又没能力赎身,可一定要交满赎金,不然我嫁了相当于没嫁。"阿喜犹豫说:"这不是我能帮忙的。我说把你嫁出去恐怕有点不合适,还说不要赎金,父母一定不同意,这也不是我敢讲的。"青梅一听,哭得很伤心,啜泣着请阿喜怜悯她、拯救她。

阿喜想了很久,说:"没办法,这样吧,我存了一些私房钱,一定都拿出来给你赎身。"青梅行礼拜谢,于是偷偷地跟张生说了。张母大喜,向亲戚朋友四处求借,筹到一些钱,存了起来,等待好消息。正好碰上王进士被任命为曲沃县令,阿喜趁机对母亲说:"青梅年纪已大,现在父亲要上任,不如把她打发了吧!"王夫人一直觉得青梅太机灵,恐怕她引诱女儿干坏事,每每想把青梅嫁出去,又担心阿喜不开心,现在听阿喜这么说很高兴。过了两天,有个用人的老婆来替张家说媒,王进士笑着说:"他只配娶个丫环,之前那么狂妄!不过把她卖给有钱人家做小妾,价钱应该会比之前要高一倍。"阿喜急忙插话说:"青梅也服侍我这么久了,把她卖了当小妾,我实在不忍

我久，卖为妾，良不忍。”王乃传语张氏，仍以原金署券[6]，以青梅嫔[7]于生。

心。”王进士便派仆人传话给张家，仍然按原来的身价签了赎身契，把青梅嫁给张生。

注释 1 自投：以头碰地。表示自责之意。 2 稽首（qǐ shǒu）：指古代跪拜礼，为九拜中最隆重的一种。常为臣子拜见君父时所用。跪下并拱手至地，头也至地。 3 取盈：积蓄足够的银两。此指青梅的赎身费。 4 耦婢子：与婢女相匹配。耦，匹配，成对。 5 鬻（yù）媵（yìng）高门：卖给显贵之家做小妾。鬻，卖。媵，陪嫁的婢女、侍妾。 6 仍以原金署券：仍照原买的身价，立了赎身契。署，签署。券，契约。 7 嫔：嫁。

入门，孝翁姑，曲折承顺，尤过于生，而操作更勤，餍[1]糠秕不为苦。由是家中无不爱重青梅。梅又以刺绣作业[2]，售且速，贾人候门以购，惟恐弗得。得资稍可御穷。且劝勿以内顾误读，经纪[3]皆自任之。因主人之任[4]，往别阿喜。喜见之，泣曰：“子得所矣，我固不如。”梅曰：“是何人之赐，而敢忘之？然以为不如婢子，恐促婢子寿[5]。”遂泣相别。

青梅嫁进张家后，孝敬公婆，婉转顺从，比张生做得还好，同时勤劳家务，吃糠咽菜不以为苦。因此张家没有一个人不喜欢不看重青梅的。青梅以刺绣为业，货卖得很快，商人们都在门口等着购买，唯恐买不到。刺绣赚的钱稍微能支撑平时的吃穿用度。青梅还劝张生不要因为顾家耽误了读书，所有家务都由青梅一个人承担。由于王进士要去上任，青梅前去和阿喜告别。阿喜见到青梅，哭泣着说：“你找到好的归宿了，我实在比不上你呀。”青梅宽慰说：“这是谁赐予我的，我怎么敢忘记呢？但姑娘觉得自己不如我，这么说会折我寿的。”于是二人挥泪告别。

注释 1 餍(yàn):吃饱。 2 作业:从事的工作、业务,此处指干家务活。 3 经纪:指对家务事的照料管理。 4 之任:赴任。 5 促婢子寿:使我短寿。婢子,青梅自称。促寿,犹言折福短命。

王如晋,半载,夫人卒,停柩寺中。又二年,王坐行赇[1]免,罚赎万计,渐贫不能自给,从者逃散。是时,疫大作,王染疾亦卒。惟一媪从女。未几,媪亦卒,女伶仃益苦。有邻媪劝之嫁,女曰:“能为我葬双亲者,从之。”媪怜之,赠以斗米而去。半月复来,曰:“我为娘子极力,事难合也。贫者不能为而葬,富者又嫌子为陵夷嗣[2],奈何!尚有一策,但恐不能从也。”女曰:“若何?”曰:“此间有李郎,欲觅侧室,倘见姿容,即遣厚葬,必当不惜。”女大哭曰:“我搢绅裔[3]而为人妾耶!”媪无言,

王进士来到山西做官,半年后,王夫人去世了,灵柩暂时寄放在寺院里。又过了两年,王进士因行贿被罢官,罚交上万赎金,逐渐穷困不能自足,侍从们四散逃离。正在这时,发生了大规模瘟疫,王进士染病也去世了,只有一个老妇人还跟随着阿喜。不久,老妇人也离世,阿喜更加孤苦无依。邻居老太太劝阿喜嫁人,阿喜说:“谁能帮我安葬父母,我就嫁给他。”老太太心疼阿喜,送了她一斗米就走了。半个月后又来见阿喜,对她说:“我已经替姑娘尽力打听,可事情实在难办。穷人没钱帮你安葬,富人又嫌弃你是没落人家的女儿,实在没办法!我还有一个主意,就是怕小姐不同意。”阿喜问:“什么主意?”老太太说:“这里有一位李公子,想纳一个小妾,要是他看了你的容貌,即使让他厚葬你双亲,也不会心疼那点钱。”阿喜听后大哭说:“我是官宦人家的女儿,难道要给别人当小妾吗!”老太太没说话,转身走了。

遂去。

日仅一餐，延息[4]待贾。居半年，益不可支。一日，媪至，女泣告曰："困顿如此，每欲自尽，犹恋恋而苟活者，徒以有两柩在。已将转沟壑[5]，谁收亲骨者？故思不如依汝言也。"媪即导李来，微窥女，大悦。即出金营葬，双槥[6]具举。已，乃载女去，入参冢室[7]。冢室故悍妒，李初未敢言妾，但托买婢。及见女，暴怒，杖逐而出，不听入门。

阿喜每天只吃一顿饭，苟延残喘地等待有人出钱。过了半年，越来越难支撑下去。有一天，老太太来了，阿喜哭泣着对老太太说："我活得这么艰难，常常想着自杀算了，现在还苟活着，是因为父母还没安葬。我要是死了，谁替我安葬双亲的尸骨？所以我想不如就照你说的做吧。"于是老太太就请李公子前来，偷偷地看阿喜的容貌，李公子非常满意，当即出钱给阿喜的父母安葬，把两具粗陋的棺材抬送入土。事后，李公子用车接走了阿喜，带她去见正妻。正妻一向凶悍好妒，李公子一开始不敢说要纳阿喜为妾，只说是托人买的丫头。等到正妻见了阿喜，立马暴跳如雷，用木棍驱赶阿喜，不让阿喜进门。

注释　1 行赇(qiú)：行贿。　2 陵夷嗣：没落人家的后代。陵夷，衰败。3 搢绅裔：官宦的后代。搢绅，有官职或做过官的人。　4 延息：延长生命。此形容阿喜苟延残喘的窘迫处境。　5 转沟壑：辗转沟壑，谓将饥寒而死。沟壑，借指野死之处或困厄之境。　6 槥(huì)：小而薄的棺材。　7 冢室：嫡妻，正室。冢，大。

女披发零涕，进退无所。有老尼过，邀与同居。女喜，从之。至庵中，拜求祝发[1]，尼不可，曰："我视娘子，非久卧风尘[2]者。庵中陶器脱粟[3]，粗可自支，姑寄此以待之。时至，子自去。"居无何，市中无赖窥女美，辄打门游语为戏，尼不能制止。女号泣欲自尽。尼往求吏部某公揭示[4]严禁，恶少始稍敛迹。后有夜穴寺壁者，尼警呼始去。因复告吏部，捉得首恶者，送郡笞责，始渐安。又年余，有贵公子过庵，见女惊绝，强尼通殷勤，又以厚赂啖尼。尼婉语之曰："渠簪缨胄[5]，不甘媵御。公子且归，迟迟当有以报命。"既去，女欲乳药求死[6]。

夜梦父来，疾首曰：

阿喜披头散发，泪流满面，进退两难。这时，有个老尼姑恰巧经过，请阿喜和自己一起住。阿喜很高兴，就跟老尼姑走了。来到庵中，阿喜请求剃头发当尼姑，老尼姑不同意，劝她说："我看姑娘不是久居风尘之人，庵里尚有粗茶淡饭，稍微可以维持咱俩的生活。姑娘你先安心在庵里待一段时间。等时机到了，你自然会要离开。"没过多久，城里的地痞无赖见阿喜美貌动人，总来敲门说些下流的话调戏取乐，老尼姑也没办法阻止。阿喜号啕大哭想要自杀。老尼姑只好前去请求吏部某公张贴告示严加禁止，无赖子弟这才稍微收敛一些。后来，有人半夜在尼庵的墙壁上凿洞，老尼姑发现后大声呼叫，人才离去。于是老尼姑又告到官府，抓住罪魁祸首，送到衙门严刑拷打，庵中才逐渐太平无事。又过了一年多，有一位富贵人家的公子经过尼庵，被阿喜的美貌折服，强迫老尼姑为他传达心意，并用厚礼贿赂老尼姑。老尼姑委婉地告诉他："她是官宦人家的女儿，不甘心当小妾。公子先回去，过几天我会给你答复。"贵公子走后，阿喜打算服毒自尽。

当天夜里，阿喜梦见父亲前来，他

“我不从汝志，致汝至此，悔之已晚。但缓须臾勿死，夙愿尚可复酬。”女异之。天明，盥已，尼望之而惊曰：“睹子面，浊气尽消，横逆[7]不足忧也。福且至，勿忘老身矣。”语未已，闻扣户声。女失色，意必贵家奴。尼启扉果然。奴骤问所谋，尼甘语承迎，但请缓以三日。奴述主言，事若无成，俾尼自复命。尼唯唯敬应，谢令去。女大悲，又欲自尽。尼止之。女虑三日复来，无词可应。尼曰：“有老身在，斩杀自当之。”

痛心疾首地说：“当初我不同意你嫁给张生，以致你落到今天这个地步，现在后悔也来不及了。你只要再等一段时间，不要死，你的夙愿还能实现。”阿喜十分惊讶。天亮后，洗漱完毕，老尼姑看着她吃惊地说：“我看你脸上的浊气已经完全消失，那个富家子弟的蛮横无理也不足担忧了。你的福气就要来了，可别把我忘了。”话还没说完，就听到有人敲门。阿喜脸色立变，猜测肯定是贵公子的仆人。老尼姑开门一看，果然是。仆人多番责问事情办得怎么样，老尼姑好言好语地承迎，只要求再缓期三天。仆人转述贵公子的话，说事情要是办不成，老尼姑自己去给个交代。老尼姑恭敬地连声答应，向仆人道歉，让他们回去。阿喜心里悲痛欲绝，又想自杀，老尼姑急忙劝住。阿喜担心仆人三天后再来，到时无话可说，老尼姑安慰道：“有我在，要砍要杀都由我承担着。”

注释　**1** 祝发：削发出家为僧尼。祝，断。　**2** 风尘：比喻纷乱的社会或漂泊江湖的境况。　**3** 陶器脱粟：指生活简朴。陶器，质地较粗且不透明的黏土制品。脱粟，糙米。　**4** 揭示：张贴告示。　**5** 渠簪缨胄：她是官宦人家的后代。簪缨，古时达官贵人的冠饰，因以代称贵官。胄，后裔。**6** 乳药求死：指饮毒药自尽。乳，饮。　**7** 横逆：强暴无理。

次日，方晡[1]，暴雨翻盆，忽闻数人挝户[2]大哗。女意变作，惊怯不知所为。尼冒雨启关，见有肩舆[3]停驻，女奴数辈，捧一丽人出，仆从煊赫[4]，冠盖甚都。惊问之，云："是司李[5]内眷，暂避风雨。"导入殿中，移榻肃坐。家人妇群奔禅房，各寻休憩。入室见女，艳之，走告夫人。无何，雨息，夫人起，请窥禅室。尼引入，睹女，骇绝，凝眸不瞬，女亦顾盼良久。夫人非他，盖青梅也。各失声哭，因道行踪。盖张翁病故，生起复[6]后，连捷[7]授司李。生先奉母之任，后移诸眷口。女叹曰："今日相看，何啻霄壤！"梅笑曰："幸娘子挫折无偶，天正欲我两人完聚耳。倘非阻雨，何以有此邂逅？

第二天下午，大雨倾盆，忽然听到有几个人敲门，大声叫嚷。阿喜心想一定发生了变故，又惊又怕，不知道该往哪里逃。老尼姑冒着雨打开庵门，只见门前停放着轿子，几个女仆扶着一位美人从轿子上下来，仆从排场显赫，车马也很华丽。老尼姑吃惊地问来人是谁，仆从答道："这是司理官人的家眷，到这里暂时躲避一下风雨。"老尼姑将她们领到大殿里，搬过椅子，请夫人坐下。其余家奴婢女直奔禅房，各自找休息的地方。她们进屋后见到阿喜，觉得阿喜长得美丽动人，便跑去告诉夫人。没过多久，雨停了，夫人起身请求去禅房看看。老尼姑带夫人走进禅房，夫人见到阿喜，十分惊诧，眼睛一眨不眨地盯着阿喜看，阿喜也把夫人左右来回看了许久。原来夫人不是别人，正是青梅。两人都失声痛哭，各自讲起自己的行踪。原来张父在青梅过门后不久就病逝了，张生在守丧期满后，连续考中举人、进士，被任命为司理。张生先侍奉张母去上任，又回来接家眷。阿喜感慨说："今天再看你我的处境，简直是天壤之别！"青梅笑着说："幸好姑娘连受挫折还没嫁人，这是上天要我们两人团聚呀。要不是因雨受阻，怎

此中具有鬼神，非人力也。”乃取珠冠锦衣，催女易妆。女俯首徘徊，尼从中赞劝[8]之。

女虑同居其名不顺，梅曰：“昔日自有定分，婢子敢忘大德！试思张郎，岂负义者？”强妆之，别尼而去。抵任，母子皆喜。女拜曰：“今无颜见母。”母笑慰之。因谋涓吉[9]合卺。女曰：“庵中但有一丝生路，亦不肯从夫人至此。倘念旧好，得受一庐，可容蒲团足矣。”梅笑而不言。及期，抱艳妆来，女左右不知所可。俄闻鼓乐大作，女亦无以自主。梅率婢媪强衣之，挽扶而出。见生朝服而拜，遂不觉盈盈而亦拜也。梅曳入洞房，曰：“虚此位以待君久矣。”又顾生曰：“今夜得报恩，可好

么会有今天的偶遇呢？这里面肯定有鬼神相助，不是人力能做到的。”青梅于是拿出珠冠锦衣，催阿喜换上。阿喜低头犹豫，老尼姑也帮着青梅劝她。

阿喜担心和青梅同居名分上说不过去，青梅便说：“当初名分就已经定了，我怎么敢忘记你的大恩大德！你再想一想张郎，他难道是不义之人吗？”便强迫阿喜换装打扮，向老尼姑告别，一同离去。到了任所后，张家母子都十分欣喜。阿喜对张母下拜，惭愧地说：“今天我没脸来见母亲。”张母微笑着安慰她。接着便商量选择吉日，举行婚礼。阿喜说：“只要庵中还有一条活路，我是不肯跟夫人到这里来的。假如还顾念着从前的情分，给我一间草房，能放得下个蒲团，我就心满意足了。”青梅只是笑，也不说话。到结婚那天，青梅抱着喜服前来，阿喜左右为难，不知怎么办才好。不一会儿，听见鼓乐大作，阿喜更加不知所措。青梅带领老少女仆强行给阿喜穿衣打扮，把她搀扶出来。阿喜看张生穿着礼服向她行拜礼，阿喜也不自主地轻轻一拜。随后，青梅把阿喜拽进婚房，对阿喜说：“空着这个位子等你很久了。”又看着张生说：“你今夜能报恩

为之。”返身欲去。女捉其裾。梅笑云:“勿留我,此不能相代也。”解指脱去。

了,要好好对待她。”转身就要离开,阿喜急忙抓住青梅的衣襟,青梅笑着说:“不要留我,这是不能代替的。”于是掰开阿喜的手指就走了。

注释　1 晡(bū):申时,即午后三点至五点。　2 挝户:敲门。　3 肩舆:轿子。　4 煊(xuān)赫:显赫。　5 司李:明清时期为对推官的习称。又作司理,为掌狱讼之官。　6 起复:明清官员在父母丧服满期后又出来做官。　7 连捷:一般指乡试考中举人后,接着会试又考中进士。　8 赞劝:帮助劝说。赞,帮助。　9 涓吉:选择吉祥的日子。

青梅事女谨,莫敢当夕[1]。而女终惭沮[2]不自安。于是母命相呼以夫人。然梅终执婢妾礼,罔敢懈。三年,张行取[3]入都,过尼庵,以五百金为尼寿。尼不受,固强之,乃受二百金,起大士[4]祠,建王夫人碑。后张仕至侍郎。程夫人举二子一女,王夫人四子一女。张上书陈情,俱封夫人。

青梅恭敬地侍奉阿喜,不敢代替阿喜侍寝。阿喜却始终觉得非常羞愧不安,于是张母让她们都互称夫人。青梅却始终恪守侍妾之礼,不敢放松懈怠。过了三年,张生被调进京,经过尼庵时,送给老尼姑五百两银子作寿礼。老尼姑不肯接受,张生坚持要给,老尼姑才收下两百两,盖了一座菩萨祠,立了块王夫人碑。后来张生升官到侍郎,程夫人生了两子一女,王夫人生了四子一女。张生上奏讲明其中的经过,两人都被封为夫人。

注释　1 莫敢当夕:指不敢代替正妻侍寝。当夕,侍寝。　2 惭沮:羞愧不安。　3 行取:明清时官员铨选的一种制度。有政绩的州、县官,吏部可调取入京,转任六科给事中或各道御史。 4 大士:佛教称菩萨为大士。

异史氏曰:"天生佳丽,固将以报名贤;而世俗之王公,乃留以赠纨袴[1],此造物所必争也。而离离奇奇,致作合者[2]无限经营,化工亦良苦矣。独是青夫人能识英雄于尘埃,誓嫁之志,期以必死;曾俨然而冠裳[3]也者,顾弃德行而求膏粱[4],何智出婢子下哉!"

异史氏说:"上天降生佳人,本来就是要给贤德的人;但世俗的官员们,却想留着送给纨绔子弟。这是上天一定要争夺的。事情离奇曲折,让从中撮合的人费尽心思出谋划策,上天也是用心良苦了。只有青梅夫人能在平凡人之中识别英雄,立下必嫁张生的誓言,决心以死相盼;而曾经衣冠端庄的人,反而放弃德行去求取富贵,见识竟在一个丫环之下,这是为什么呢?"

注释 1 纨袴:指细绢做成的裤子,后代指富贵人家的子弟。 2 作合者:从中撮合的人。 3 冠裳:指官宦士绅。此指阿喜之父王侍郎。 4 膏粱:指精美的饮食,代指富贵生活。

罗刹海市

原文

马骥,字龙媒,贾人子。美丰姿,少倜傥,喜歌舞。辄从梨园[1]子

译文

马骥,字龙媒,是商人的儿子。他自幼就仪表堂堂,有文人雅士的风范,尤其喜好歌舞。常学着梨园子弟的模样,用锦

弟,以锦帕缠头,美如好女,因复有"俊人"之号。十四岁入郡庠[2],即知名。父衰老,罢贾而归,谓生曰:"数卷书,饥不可煮,寒不可衣,吾儿可仍继父贾。"马由是稍稍权子母[3]。从人浮海,为飓风引去,数昼夜,至一都会。其人皆奇丑,见马至,以为妖,群哗而走。马初见其状,大惧,迨知国中之骇己也,遂反以此欺国人。遇饮食者,则奔而往,人惊遁,则啜其余。

帕缠头,面容姣好如同美女,因此得了个"俊人"的绰号。马骥十四岁便中了秀才,名噪一时。后来父亲年事已高,便不再经商,对马骥说:"指望这几卷破书过日子,饿了不能当饭煮,冷了又不能作衣穿,孩子你还是老老实实接我的班做生意吧。"于是马骥便渐渐学起经商来。一次马骥随商队出海,中途船被飓风刮走,马骥在海上漂泊了数天,竟到达了一座城市。城中居民都长得奇丑无比,见马骥到来,都以为来了妖怪,便惊叫着连滚带爬地逃走了。马骥第一次遇到这种状况,十分恐慌,待到他明白这个国家的人是害怕自己时,反而开始凭借容貌来欺负他们了。见到有人吃东西,他便跑到近前把食客吓跑,然后吃他们的残羹剩饭。

注释 1 梨园:指戏院。 2 入郡庠:进入府学读书,此处指考中秀才。 3 权子母:称量货币的轻重,此处代指经商。

久之,入山村。其间形貌亦有似人者,然褴褛[1]如丐。马息树下,村人不敢前,但遥望之。久之,觉马非噬人者,始稍稍近就之。马笑与语,

过了很久,马骥来到了一处小山村。村里也住有相貌近似于人的居民,却衣衫褴褛如同乞丐。马骥在村中的大树下休息,村民们皆不敢近前,只是离着很远偷偷地望着他。不久之后,他们觉得马骥似乎不吃人,才逐渐走上前来,马骥笑

其言虽异，亦半可解。马遂自陈所自。村人喜，遍告邻里，客非能搏噬[2]者。然奇丑者望望即去，终不敢前。其来者，口鼻位置，尚皆与中国同，共罗浆酒奉马。马问其相骇之故，答曰："尝闻祖父言：西去二万六千里，有中国，其人民形象率诡异。但耳食[3]之，今始信。"问其何贫，曰："我国所重，不在文章，而在形貌。其美之极者，为上卿[4]，次任民社[5]，下焉者，亦邀贵人宠，故得鼎烹以养妻子。若我辈初生时，父母皆以为不祥，往往置弃之，其不忍遽弃者，皆为宗嗣耳。"问："此名何国？"曰："大罗刹国。都城在北去三十里。"马请导往一观。于是鸡鸣而兴，引与俱去。

着和村民们交谈，语言虽然不通，交谈的内容却也半数可解。于是马骥对村民讲述了自己的遭遇。村民十分高兴，奔走相告，说这位异客并不会吃人。然而奇丑无比的人远远地看一眼就走，始终不敢上前。来到近前的人，五官位置还与中国人相同，他们一起置办酒席来宴请马骥。马骥问起这里的人都怕自己的原因，其他人回答说："曾经听祖父讲过，从这里向西两万六千里地，有一个中国，那里的人们生得都十分诡异。却终究只是传闻，今天才相信是真的。"马骥问他们为何如此穷困，回答说："本国所看重的不是文章才华，而是形象与容貌。那些公认体态极美的人，做国中的上卿；稍差些的做地方官员；再丑一点的亦能求得达官显贵们的垂爱，弄一点残羹剩饭来维持家庭生活。像我们这种人才出生便被父母视作不祥，大都被遗弃了。若是有没有被丢弃的，往往是为了传宗接代罢了。"马骥又问："这里叫什么国？"回答说："此处名为大罗刹国。从此向北走三十里即是都城。"马骥请他们带着自己前去参观。于是一行人鸡刚打鸣就动身，带着马骥一起前往。

注释 1 褴褛(lán lǚ):指衣服破烂。 2 搏噬:搏击吞噬,亦比喻打击陷害或侵略吞并。 3 耳食:不加审察,轻信传闻,不能明辨是非。 4 上卿:春秋时,周朝及诸侯国都有卿,是高级长官,分为上、中、下三级(上卿、中卿、下卿)。此处指中央的高官。 5 民社:此处指地方官员。

天明,始达都。都以黑石为墙,色如墨。楼阁近百尺。然少瓦,覆以红石,拾其残块磨甲上,无异丹砂[1]。时值朝退,朝中有冠盖出,村人指曰:"此相国也。"视之,双耳皆背生[2],鼻三孔,睫毛覆目如帘。又数骑出,曰:"此大夫也。"以次各指其官职,率狰狞怪异,然位渐卑,丑亦渐杀[3]。

天大亮了,他们才到了都城。这里用黑色的岩石垒筑城墙,颜色深如浓墨。楼阁有百尺之高。屋顶很少使用瓦片,均用红色石头遮盖,拾起碎块在指甲上一磨,颜色和朱砂差不多。当时正值大臣们退朝,朝廷的大门中驶出一辆冠盖华丽的车子,村人指认说:"这位是相国。"观察他的面貌,两只耳朵反向生长,有三个鼻孔,眼睫毛如帘子般遮住眼睛。此时又有几人骑马出来,村人又说:"这是大夫。"便依次为马骥指明了这些人的官职,面貌大都非常狰狞怪异,但随着官职逐渐卑微,人也渐渐不是很丑了。

注释 1 丹砂:朱砂。 2 背生:反向生长。 3 杀:减弱,下降。

无何,马归,街衢人望见之,噪奔跌蹶[1],如逢怪物。村人百口解说,市人始敢遥立。既归,国中无大小,咸知村有异人,

不久,马骥准备返回村子,行人远远地见到马骥的模样,吓得连滚带爬,大呼小叫,如同遇到了怪物一般。村人百般解释,大家才敢远远地站着观看。等回到村子,罗刹国中无论大人还是小孩

于是播绅大夫，争欲一广见闻，遂令村人要[2]马。然每至一家，阍人[3]辄阖户，丈夫女子窃窃自门隙中窥语，终一日，无敢延见者。村人曰："此间一执戟郎[4]，曾为先王出使异国，所阅人多，或不以子为惧。"造郎门，郎果喜，揖为上宾。视其貌，如八九十岁人。目睛突出，须卷如猬[5]。曰："仆少奉王命，出使最多，独未尝至中华。今一百二十余岁，又得睹上国人物，此不可不上闻于天子。然臣卧林下，十余年不践朝阶，早旦，为君一行。"乃具饮馔，修主客礼。

酒数行，出女乐十余人，更番[6]歌舞。貌类如夜叉，皆以白锦缠头，拖朱衣及地。扮唱不知何词，腔拍恢诡[7]。主人顾而乐之，问："中国亦有

都听说这个村中来了怪人，那些达官显贵争着要长长见识，于是就叫村人邀请马骥到家中做客。然而马骥每到一家，守门人就赶紧关闭屋门，男男女女都躲在门缝中一边窥视，一边悄悄议论，整整一天，没有一个人敢接待马骥。村人说："这里住着一位执戟郎，以前替先王出使过外国，见多识广，他可能不会怕你。"于是马骥登门拜访，执戟郎果然大喜，将马骥奉为上宾。看执戟郎的相貌，好像已经八九十岁的样子。眼球高高凸出，胡须卷曲，如刺猬一般。执戟郎说："我年少时奉先王的诏令，是出使外国最多的使臣，唯独从未到过中华。现在已经一百二十多岁，又得以见到天朝上邦之人，这件事一定要上奏皇帝。只是我久居山林，十多年没上过朝了，等明天早晨，为了你我破例走一趟。"说完置备酒宴，按待客之礼招待马骥。

酒过三巡，执戟郎唤来歌舞乐工等十余人，轮番唱歌跳舞。这些人相貌如同夜叉，都用白绸缠头，穿着拖到地面的红衣服。不知道唱的是什么，歌曲的腔调和节拍都稀奇古怪。执戟郎看得高兴，问马骥："中国也有这些乐舞吗？"马骥

此乐乎?”曰:“有。”主人请拟其声,遂击桌为度一曲。主人喜曰:“异哉!声如凤鸣龙啸,从未曾闻。”翼日,趋朝,荐诸国王。王忻然下诏。有二三大臣,言其怪状,恐惊圣体,王乃止。即出告马,深为扼腕[8]。

回答说:“有。”执戟郎就请马骥现场学着唱一段,马骥敲着桌子就唱了一曲。执戟郎高兴地说:“太神奇了!曲声仿佛凤吟龙啸,真是闻所未闻啊。”第二天上朝,执戟郎把马骥举荐给国王。国王高兴地下诏召见。有几位大臣上奏说马骥相貌丑陋,怕惊扰了圣体。国王才收回了旨意。执戟郎归来之后把情况告诉了马骥,为之深感惋惜。

注释 1 蹶:踩踏。 2 要:通“邀”,邀请。 3 阍人:守门人。 4 执戟郎:秦汉宫中设中郎、侍郎、郎中等官职,负责执戟护卫殿门,故称。 5 须卷如猬:胡须卷曲,如刺猬一般。 6 更番:轮流替换。 7 恢诡:荒诞怪异。 8 扼腕:用一只手握住另一只手的手腕,表示振奋或激愤的情绪。此处指惋惜。

居久之,与主人饮而醉,把剑起舞,以煤涂面作张飞。主人以为美,曰:“请君以张飞见宰相,宰相必乐用之,厚禄不难致。”马曰:“嘻!游戏犹可,何能易面目图荣显?”主人固强之,马乃诺。主人设筵,邀当路者[1]饮,令马绘面以

马骥在执戟郎家中住了很久,一次同执戟郎饮酒喝得大醉,拿剑起舞,把煤灰涂在脸上扮作张飞模样。执戟郎觉得这样很美,说:“请你装扮成张飞的模样去见宰相,宰相必定愿意任用你,不愁得不到高官厚禄。”马骥说:“唉!只是游戏还可以,大丈夫怎么能为了功名利禄去改变自己的面貌呢?”执戟郎坚持让他如此打扮,马骥才答应下来。执戟郎置备了一桌宴席,请达官显贵们喝酒,叫马骥化好

待。未几，客至，呼马出见客。客讶曰：“异哉！何前媸而今妍[2]也！”遂与共饮，甚欢。马婆娑歌弋阳曲[3]，一座无不倾倒[4]。明日，交章[5]荐马。王喜，召以旌节[6]。既见，问中国治安之道，马委曲上陈，大蒙嘉叹，赐宴离宫。酒酣，王曰：“闻卿善雅乐，可使寡人得而闻之乎？”马即起舞，亦效白锦缠头，作靡靡之音。王大悦，即日拜下大夫。时与私宴，恩宠殊异。

装等待。不一会儿，客人们都来了，执戟郎便喊马骥出来与大家见面。有人惊讶地说：“好奇怪啊！为何之前那么丑现在这么俊美呢！”于是马骥就与客人们一起饮酒，喝得畅快淋漓。马骥婆娑起舞，唱起弋阳腔，座中无不为之倾倒。第二天，官员们争相上奏举荐马骥。国王大喜，派使臣带着旌节接马骥入宫。见了面，国王问起中国的治国安邦之道，马骥说得头头是道，得到了国王的盛赞，在离宫大摆筵席犒赏马骥。酒喝得兴起，国王说：“都说你善奏雅乐，能让寡人有幸听一听吗？”马骥当堂离席起舞，也学着用白绸缠头，唱起靡靡之音。国王大为欣喜，当日下旨任命马骥为下大夫。马骥时常参加国王举办的私宴，一时备受恩宠。

注释　**1** 当路者：掌权的高官。　**2** 前媸而今妍：先前丑陋，如今变得美丽。媸，丑陋。妍，美丽。　**3** 弋阳曲：即弋阳腔，传统戏曲声腔之一。**4** 倾倒：十分佩服或爱慕。　**5** 交章：官员交互向皇帝上书奏事。　**6** 旌节：指古代使者所持的节，用为信物，后泛指符节。

久而官僚白执事，颇知其面目之假，所至，辄见人耳语，不甚与款洽[1]。马至是孤立，

日子久了，朝臣将实情告诉宰相，详细知晓马骥面容作假一事，他不管走到哪里，总是见有人低声议论，并不与他真心交好。为此马骥深感自己被孤立了，整日

惆然不自安。遂上疏乞休致[2]，不许；又告休沐[3]，乃给三月假。于是乘传[4]载金宝，复归山村。村人膝行以迎。马以金资分给旧所与交好者，欢声雷动。村人曰："吾侪小人受大夫赐，明日赴海市，当求珍玩，用报大夫。"问："海市何地？"曰："海中市，四海鲛人[5]，集货珠宝。四方十二国，均来贸易，中多神人游戏，云霞障天，波涛间作。贵人自重，不敢犯险阻，皆以金帛付我辈，代购异珍。今其期不远矣。"问所自知，曰："每见海上朱鸟往来，七日即市。"马问行期，欲同游瞩，村人劝使自贵。马曰："我顾沧海客，何畏风涛？"

惶恐不安。于是上疏国王请求辞官归家，国王没有答应；马骥又请求休假，国王这才准了他三个月的假期。于是马骥乘着驿站的车，载着金银珠宝，又回到了原来的山村。村人隆重地行跪拜礼迎接他的归来。马骥把财宝分给曾经与之交好的村人，大家欢声雷动。有村人说："我们这等卑贱之人竟得到大夫的赏赐，等不久之后我们前去海市，应该可以寻些奇珍异宝来报答大夫的恩情。"马骥问："海市是什么地方？"村人回答说："海市是海里的集市，四海的鲛人聚集在一起出售珍宝。四方十二国都来此贸易，有许多神人游戏其中，那里云霞遮蔽天空，时而波涛上下奔涌。达官显贵们爱惜性命，不敢以身犯险，就把钱财交给我们这些人，请我们去代购奇珍异宝。现在离海市开张的日子已经不远了。"马骥问村人如何得知海市的时间，回答说："每见海上有朱鸟往复飞翔，再过七天就是海市了。"马骥又问出发的日期，想要与村人一同前去观赏，村人劝他珍重自己的身份地位，马骥说："我本来就是在海上做生意的客商，怎会惧怕风涛？"

注释 1 款洽:亲切;融洽。 2 休致:古时官员致仕退休。此处指辞官。 3 休沐:休息洗沐,犹休假。 4 乘传:驿站用四匹下等马拉的车。传,驿站的马车。 5 鲛人:是古代神话传说中鱼尾人身的生物,与西方神话中的美人鱼相似。据说鲛人时常哭泣,泪水凝结成珍珠。

未几,果有踵门寄资者,遂与装资入船。船容数十人,平底高栏。十人摇橹,激水如箭。凡三日,遥见水云幌漾[1]之中,楼阁层叠,贸迁[2]之舟,纷集如蚁。少时,抵城下,视墙上砖皆长与人等,敌楼高接云汉[3]。维[4]舟而入,见市上所陈,奇珍异宝,光明射目,多人世所无。一少年乘骏马来,市人尽奔避,云是“东洋三世子”。世子过,目生曰:“此非异域人。”即有前马者来诘乡籍。生揖道左,具展邦族。世子喜曰:“既蒙辱临,缘分不浅!”于是授生骑,请与连辔[5]。乃出西城。

没几天,果然有人登门拿钱代购奇珍异宝,马骥和村人一起将财物装入商船。那船能容下几十个人,平船底,高栏杆。十个人一起摇橹,浪花激荡,疾行起来如箭一般。差不多走了三天,远远望见水云交错荡漾的碧海之中,高楼林立,往来贸易的商船纷乱密集如蚂蚁。走了一会儿,船到了城下,发现城砖都和人一样高,城楼高耸入云。他们系船上岸,见海市中陈列的货物,皆是奇珍异宝,光芒夺目,大都为人世所无。这时一位少年骑着骏马奔来,人们纷纷回避,听人说这是“东海龙宫三太子”。三太子经过这里偶遇马骥,看着他说:“这位似乎不是异邦之人。”当即派随从来问马骥的乡籍。马骥退到路旁行礼,详细陈述了自己的籍贯家族。三太子高兴地说:“承蒙远道光临,真是缘分不浅啊!”便给了马骥一匹马邀请他与自己并肩而行,两人一起出了西城。

注释 1 幌漾:荡漾。 2 贸迁:贩运;买卖。 3 云汉:高空。 4 维:系。 5 连辔:骑马同行。

方至岛岸,所骑嘶跃入水,生大骇失声。则见海水中分,屹如壁立。俄睹宫殿,玳瑁[1]为梁,鲂[2]鳞作瓦,四壁晶明,鉴影炫目。下马揖入。仰见龙君在上,世子启奏:"臣游市廛[3],得中华贤士,引见大王。"生前拜舞[4]。龙君乃言:"先生文学士,必能衙官屈宋[5]。欲烦椽笔[6]赋海市,幸无吝珠玉[7]。"生稽首受命。授以水精[8]之砚,龙鬣[9]之毫,纸光似雪,墨气如兰。生立成千余言,献殿上。龙君击节曰:"先生雄才,有光水国多矣!"遂集诸龙族,宴集采霞宫。酒炙数行,龙君执爵向客曰:"寡人所怜女,未有良匹,

才到岛岸,两人所骑的骏马就嘶鸣着跃入水中,马骥大惊失色,不敢作声。只见海水从中分开,如墙壁般屹立不倒。不久后看到了宫殿,用玳瑁装饰屋梁,以鲂鱼的鳞铺成屋瓦,四壁亮晶晶的,光可照见人影,十分耀眼。马骥下马行礼,走入宫中。抬头看见龙王高高在上,太子上奏说:"孩儿到集市上散步,遇见一位中华的贤者,特地请来和父王见面。"马骥走到御前,拜舞行礼。龙王说:"先生您是有才之士,造诣肯定远在屈原宋玉等人之上。劳烦先生挥起如椽的大笔,为本王写下一篇《海市赋》,切莫吝惜你那珠玉般的才华。"马骥跪地叩首,欣然领命。龙王赐给他水晶砚,以龙脖子上的毛做成的笔,纸张好似瑞雪,墨气仿佛香兰。马骥当堂写成一千来字的文章,献到龙王面前。龙王称赞不已地说:"先生真乃雄才,为我水国增辉不少啊!"于是下旨召集龙族宗室,于采霞宫大宴宾客。酒过三巡,龙王端着酒对马骥说:"寡人膝下有一千金娇女,至今还未能觅得

愿累先生。先生倘有意乎？”生离席愧荷[10]，唯唯而已。

龙君顾左右语。无何，宫女数辈，扶女郎出。佩环声动，鼓吹暴作，拜竟睨之，实仙人也。女拜已而去。少时，酒罢，双鬟[11]挑画灯，导生入副宫，女浓妆坐伺。珊瑚之床，饰以八宝，帐外流苏，缀明珠如斗大，衾褥皆香耎[12]。天方曙，则雏女妖鬟，奔入满侧。生起，趋出朝谢。拜为驸马都尉[13]，以其赋驰传诸海。诸海龙君，皆专员来贺，争折简招驸马饮。生衣绣裳，坐青虬[14]，呵殿而出。武士数十骑，背雕弧，荷白棓[15]，晃耀填拥。马上弹筝，车中奏玉[16]。三日间，遍历诸海。由是“龙媒”之名，噪于四海。

佳婿，希望能许配给先生。不知先生意下如何？”马骥当即离席，感愧不安地答应了下来。

龙君对左右侍从吩咐了下去。不一会儿，几个侍女簇拥着公主走了出来。环佩之声叮咚作响，乐曲骤然响起，拜礼已成，马骥偷偷瞄了一眼公主，果然如仙女般楚楚动人。不待多时，酒席散去，丫环挑着五彩宫灯，引马骥走入偏殿。公主早已浓妆艳抹地等在里面。再看殿中，八宝珊瑚为床，罗帐的流苏上缀满了斗大的夜明珠，被褥皆清香宜人，十分柔软。第二天天刚亮，打扮艳丽的少女丫环跑来侍奉，床边几乎都要站满了。马骥起身下床，疾步前往朝堂拜谢。龙王封其为驸马都尉，又将那篇《海市赋》传遍四海。四海龙王都遣专人前来祝贺，争相递请柬邀马骥前去赴宴。马骥身着锦袍，胯下骑着青龙，在侍从前呼后拥之下，浩浩荡荡地出宫游历。随行的还有数十名骑马的武士，个个身背雕弓，肩扛杖，光彩闪耀，填塞道路。一路上有骑马的乐师弹筝，乘车的美人吹笛。不过三日之内，竟已游遍诸海。从此以“龙媒”之名享誉四海。

注释 1 玳瑁:爬行纲,海龟科,头顶有两对前额鳞,吻部侧扁,上颌钩曲;背甲盾片呈覆瓦状排列,背面的角质板覆瓦状排列,表面光滑,具有褐色和淡黄色相间的花纹。 2 鲂:又叫海鲂,体高头小,身侧扁,呈菱形,头后背部隆起,背鳍具光滑硬刺。背部青灰色,两侧浅灰色带有浅绿色泽,腹部银白。 3 市廛:店铺集中的市区。 4 拜舞:古代朝拜的礼节,下跪叩首之后舞蹈而退。 5 衙官屈宋:要以屈原、宋玉为属官。原为自夸文章好,后也用以称赞别人的文采。衙官,军府的属官。 6 椽笔:如椽的大笔,用来称颂别人的文章或写作才能。 7 珠玉:此处比喻才华。 8 水精:即水晶。9 龙鬣:龙脖颈上的毛。 10 愧荷:犹感荷。受惠承情而感愧不安。 11 双鬟:古代年轻女子扎的环形发髻,此处代指丫环。 12 香耎:香软。13 驸马都尉:古代官职,汉武帝时始置。驸,即副。驸马都尉,掌副车之马。皇帝出行时自己乘坐的车驾为正车,而其他随行的马车均为副车。14 青虯:青龙。 15 白棓(bàng):亦作"白棒",大棍,大杖。 16 奏玉:吹奏玉笛,泛指吹笛子。

宫中有玉树一株,围可合抱,本[1]莹澈,如白琉璃;中有心,淡黄色,稍细于臂;叶类碧玉,厚一钱许,细碎有浓阴。常与女啸咏[2]其下。花开满树,状类薝卜[3]。每一瓣落,锵然作响。拾视之,如赤瑙[4]雕镂,光明可爱。时有异鸟来鸣,毛金碧色,尾长

龙宫之中种着一株玉树,粗可合抱,树干如白琉璃一般晶莹透澈;中央长着淡黄色的树心,比人的手臂稍细;叶子呈碧玉色,大约有一枚铜钱厚,细碎参差,垂下浓密的树阴。马骥常与公主约于树下,吟咏放歌。此树花朵盛开,长得跟郁金花很像。每有一瓣花掉下来,便有金玉之声在园中回响。拾起花瓣细看,如精心雕琢的红玛瑙一般,鲜艳明丽,惹人怜爱。树上常有神鸟相鸣,金碧相杂的羽毛,尾羽稍长于身体,声音就像玉制乐

于身，声等哀玉，恻人肺腑。生每闻辄念乡土，因谓女曰："亡出三年，恩慈[5]间阻，每一念及，涕膺汗背。卿能从我归乎？"女曰："仙尘路隔，不能相依。妾亦不忍以鱼水之爱，夺膝下之欢。容徐谋之。"生闻之，涕不自禁。女亦叹曰："此势之不能两全者也！"

器吹出的悲伤曲子，凄绝异常，感人肺腑。马骥每每听到就引起对故乡的思念，于是对公主说："我离开家乡三年多了，与家人断绝消息，一想起这件事便泪垂衣襟、汗流浃背，万分悲恸。你能与我一同回家去吗？"公主说："仙界人间有所阻隔，我不能随你回去。但我也不能只顾夫妻相乐，而让你不能孝顺父母，让他们无法颐养天年。待我慢慢想办法。"马骥听到此处，情不自禁，痛哭流涕。公主也悲叹着说："看样子是无法两全其美了啊！"

注释 1 本：树干。 2 啸咏：犹啸歌。 3 薝卜(zhān bo)：即郁金花，由西域传入中国，音译为"薝卜"。 4 赤瑙：红色的玛瑙。 5 恩慈：指父母。

明日，生自外归。龙王曰："闻都尉有故土之思，诘旦趣装[1]，可乎？"生谢曰："逆旅孤臣，过蒙优宠，衔报[2]之思，结于肺肝。容暂归省，当图复聚耳。"入暮，女置酒话别。生订后会，女曰："情缘尽矣。"生大

第二天，马骥外出回宫。龙王说："听闻驸马思念故国，明早整装出发，可以吗？"马骥表示感谢，说："我本是身居异乡的孤臣，承蒙大王过分抬爱，衔环报恩的心情都凝结在肺腑中，请允许我暂时归家省亲，我定会想办法归来重聚。"晚上，公主设宴为马骥送别，马骥约定日后再会，公主说："夫妻二人的缘分已尽了啊。"马骥甚是悲恸。公主说：

悲。女曰："归养双亲，见君之孝。人生聚散，百年犹旦暮耳，何用作儿女哀泣？此后妾为君贞，君为妾义，两地同心，即伉俪[3]也，何必旦夕相守，乃谓之偕老乎？若渝此盟，婚姻不吉。倘虑中馈乏人[4]，纳婢可耳。更有一事相嘱：自奉裳衣，似有佳朕[5]，烦君命名。"生曰："其女耶可名龙宫，男耶可名福海。"女乞一物为信，生在罗刹国所得赤玉莲花一对，出以授女。女曰："三年后四月八日，君当泛舟南岛，还君体胤[6]。"女以鱼革为囊，实以珠宝，授生曰："珍藏之，数世吃着不尽也。"天微明，王设祖帐[7]，馈遗甚丰。生拜别出宫，女乘白羊车，送诸海涘[8]。生上岸下马，女致声珍重，回车便去，少顷

"回去之后好好赡养父母，这才体现你的孝心。人生聚散无常，百年不过转瞬即逝罢了，怎么能像孩子一样哭哭啼啼的呢？从此以后我为你守贞洁，你为我守道义，二人两地同心，这便是真正的夫妻，何必要每天守在一起才算是白头偕老？若谁背弃了今日之誓，婚姻就不会幸福。倘若怕无人侍候料理，纳一个小婢也就足够了。还有一件事嘱托：自与你结婚至今，我好像有了身孕，请夫君为孩子取名。"马骥说："生女可叫'龙宫'，生男可叫'福海'。"公主要一件东西作为二人之间的信物，马骥曾在罗刹国得到一对赤玉雕琢的莲花，便拿出送与公主。公主说："三年之后的四月八日，你划着船到南岛来，到时我会把你的骨肉送还。"又拿起一个鱼皮袋，装满珍宝，交给马骥说："你带回去好好珍藏，这是几辈子也用不尽的财富。"第二天天色微明，龙王设宴为马骥饯行，又送给马骥丰厚的赠礼。马骥叩拜告别，走出宫去，公主乘着白羊车，一直把他送到海边。马骥站在海岸上，跳下马来，公主道了声"珍重"，就掉转车头回宫，不久便走远了。海水重新闭合，公主

便远，海水复合，不可复见。生乃归。

的身影再也无法望见。马骥这才返回家乡。

注释 1 趣(cù)装：同“促装”。急忙整理行装。 2 衔报：衔环报恩。据说东汉人杨宝曾救过一只黄雀，后有个黄衣童子赠送四枚玉环，说当使他的子孙洁白如玉，位登三公。 3 伉俪(kàng lì)：夫妻。 4 中馈乏人：指没有妻子，家中无人操持家务。中馈，古时指妇女在家中主持饮食等事，引申指妻室。 5 佳朕：吉兆，代指怀孕。 6 体胤：亲生子女。 7 祖帐：古代送人远行，在郊外路旁为饯别而设的帷帐。亦指送行的酒筵。 8 海涘：海边。

自浮海去，咸谓其已死，及至家，家人无不诧异。幸翁媪无恙，独妻已他适。乃悟龙女“守义”之言，盖已先知也。父欲为生再婚，生不可，纳婢焉。谨志三年之期，泛舟岛中。见两儿坐浮水面，拍流嬉笑，不动亦不沉。近引之，儿哑然捉生臂，跃入怀中。其一大啼，似嗔生之不援己者，亦引上之。

自从马骥出海一去不回，大家都认为他已经死了，等他回到家中，家人无不意外惊奇。幸好父母还都健在，唯独妻子已经改嫁。马骥这才明白公主离开前说的“守义”二字，原来事先知道今日的情况。父母想为马骥另娶，马骥推辞不受，只是纳了个小婢为妾。他一直谨记三年之约，到了这一天，便乘船来到南海岛上。只见两个小孩坐浮在水面上，用手拍着水大声嬉笑着，不随波漂流，也不沉入海中。马骥走近准备要拉他们，一个孩子咿咿呀呀地笑着揽住他的手臂，跳入马骥怀中。另一个大哭起来，似乎在责怪马骥没去拽自己，马骥赶忙一起抱上。

细审之，一男一女，貌皆婉秀[1]。额上花冠缀

仔细审视，是一男一女，面貌都生得

玉，则赤莲在焉。背有锦囊，拆视，得书云："翁姑俱无恙。忽忽三年，红尘永隔；盈盈一水，青鸟难通。结想为梦，引领成劳；茫茫蓝蔚，有恨如何也！顾念奔月姮娥，且虚桂府[2]；投梭织女，犹怅银河。我何人斯，而能永好？兴思及此，辄复破涕为笑。别后两月，竟得孪生。今已啁啾怀抱，颇解笑言；觅枣抓梨，不母可活。敬以还君。所贻赤玉莲花，饰冠作信。膝头抱儿时，犹妾在左右也。闻君克践旧盟，意愿斯慰。妾此生不二，之死靡他。奁中珍物，不蓄兰膏；镜里新妆，久辞粉黛。君似征人[3]，妾作荡妇[4]，即置而不御，亦何得谓非琴瑟哉？独计翁姑已得抱孙，曾未一觌[5]

十分清秀。额上戴着花冠，那对赤玉莲花正缀在上面。孩子的背上有一个锦囊，拆开来看，找到了一封书信，上写着："公婆尚无大恙。不觉已过三年，你我红尘永隔；茫茫的海水使我们音信难通。日夜的相思凝入梦中，时常的远眺亦是徒增劳顿；茫茫大海，纵有无限的愁思又能如何呢！想那误食仙丹，孤身奔月的嫦娥还在月宫独自过活，投梭的织女亦满腹遗恨地望着银河。我是何人，竟能与你永结同好？想到这里，我又破涕为笑了。你离开后两个多月，我竟生了一对龙凤胎。现在他们能在我怀中咿呀学语，亦能猜得大人的心思了；已经学会觅枣抓梨，即便是离开母亲也能生活了。今日便恭敬地把他们送还给夫君。你送给我的赤玉莲花，我把它们缀在孩子头上以作信物。夫君在家抱着一双儿女时，便好像我在你身边一样。听闻夫君恪守旧约，十分欣慰。我亦此生不渝，至死也没有二心。宝盒中所珍藏的，早已不是润发的精油；镜里新近的妆容，也长久不施粉黛。夫君你似远行的旅人，我便是那独守空房的妻子，就算天各一方，不得相见，又怎能说不是琴瑟和鸣，夫妻和谐

新妇，揆之情理，亦属缺然。岁后阿姑窀穸[6]，当往临穴，一尽妇职。过此以往，则'龙宫'无恙，不少把握之期；'福海'长生，或有往还之路。伏惟珍重，不尽欲言。"生反覆省书揽涕[7]。两儿抱颈曰："归休乎！"生益恸，抚之曰："儿知家在何许？"儿啼，呕哑言归。生视海水茫茫，极天无际，雾鬟人渺，烟波路穷。抱儿返棹，怅然遂归。

呢？唯独想着公婆虽然已经抱上了孙辈，却没能见一眼儿媳，实在不合情理，甚是缺憾。一年后婆婆就要过世了，我会亲往祭奠，以尽儿媳的孝心。从此往后，'龙宫'健康平安，应该还有见面的机会，'福海'长生不老，或许还有往来的道路。请夫君万分珍重，那不尽的相思就暂时写到这里吧。"马骥将信反复看了几遍，痛哭流涕。两个孩子抱住他的脖颈说："快点回家吧！"马骥更是悲恸，轻抚着孩子说："你们知道家在何处吗？"孩子们大哭起来，叫喊着回家。马骥但见天海茫茫，无边无涯，公主的倩影早已无处寻觅，烟波浩渺更是无路可通。这才抱着孩子掉转船头，遗憾地回到了家。

注释 1 婉秀：秀丽。 2 桂府：月宫。 3 征人：远行的人。 4 荡妇：在外游历未归之人的妻子。 5 觌（dí）：见。 6 窀穸（zhūn xī）：墓地，此处代指丧葬。 7 揽涕：挥泪。

生知母寿不永，周身物悉为预具，墓中植松槚[1]百余。逾岁，媪果亡。灵舆至殡宫，有女子缞绖[2]临穴。众方惊顾，忽而风激雷轰，继以急雨，转瞬间已失所在。松柏新植多枯，至是皆活。福海稍长，辄思其母，忽自投入海，数日始还。龙宫以女子不得往，时掩户泣。一日，昼暝，龙女忽入，止之曰："儿自成家，哭泣何为？"乃赐八尺珊瑚一株、龙脑香一帖、明珠百粒、八宝嵌金合一双，为作嫁资。生闻之，突入，执手啜泣。俄顷，迅雷破屋，女已无矣。

马骥知道母亲命不久矣，就把殡葬时所用周身衣物用品全都预备齐全。在墓旁植下百余棵松树与槚树。一年后，母亲果然去世。灵柩行至墓地时，一个女子披麻戴孝，在墓前祭奠。众人十分惊讶地看过去，忽然狂风大作，电闪雷鸣，下起倾盆大雨来，转瞬之间女子已不见踪迹。先前植下的松柏有枯死的，现在都重新焕发生机。儿子福海稍稍长大，日夜思念母亲，有一次忽然跳入海中，几日后才归来。龙宫因是女儿身不能前去，常常闭门哭泣。一日，她白天正在睡觉，公主忽然走进门来，劝阻说："你也是要自己成家的，为何要哭个不停呢？"于是赐给女儿八尺珊瑚一株、龙脑香一帖、明珠百余颗、八宝錾金盒一对，作为女儿的嫁妆。马骥听闻公主前来，突然闯入房中，牵着她的手不停啜泣。只一会儿工夫，一道惊雷破窗而入，公主已经无影无踪了。

注释 1 松槚(jiǎ)：松树与槚树。松、槚二树常被栽植墓前，亦作墓地的代称。槚，楸树的别称。 2 缞绖(cuī dié)：丧服。

异史氏曰:“花面[1]逢迎,世情如鬼。嗜痂之癖,举世一辙。[2]‘小惭小好,大惭大好。’若公然带须眉以游都市,其不骇而走者盖几希矣!彼陵阳痴子[3],将抱连城玉向何处哭也?呜呼!显荣富贵,当于蜃楼海市中求之耳!”

异史氏说:“以伪善的面孔示人,人情世故与鬼怪无异。有嗜痂之癖的人,哪里都有。‘自觉阿谀奉承,小愧良心的文章,人们却说还不错。自觉大为惭愧的文章,人们却交口称赞。’若是作为一身正气的须眉男子在街上游玩,不被吓跑的能有几人?那陵阳的痴人卞和,又要抱着价值连城的玉璧到何处痛哭呢?唉!功名富贵只能去蜃楼海市中追求了!”

注释 1 花面:打扮得花枝招展的脸,此处借指伪善的面孔。 2 嗜痂之癖,举世一辙:有奇怪癖好的人,哪里都有。 3 陵阳痴子:指春秋时楚国人卞和。

田七郎

原文

武承休,辽阳人。喜交游,所与皆知名士。夜梦一人告之曰:“子交游遍海内,皆滥交[1]耳。惟一人可共患难,何反不识?”问何人,曰:“田七郎非

译文

武承休是辽阳人,喜欢交游,交往的都是知名人士。夜里梦到有个人告诉他:“你虽然交游遍天下,但都是胡乱交朋友。只有一人可以共患难,为何反而不认识他呢?”问是谁,回答说:“田七郎不就是吗?”武承休醒来感到

与？”醒而异之。诘朝[2]，见所与游，辄问七郎。客或识为东村业猎者。武敬谒诸家，以马棰挝门[3]。未几，一人出，年二十余，貙[4]目蜂腰，着腻帢[5]，衣皂犊鼻[6]，多白补缀，拱手于额而问所自。武展姓氏，且托途中不快，借庐憩息。问七郎，答曰：“我即是也。”遂延客入。见破屋数椽[7]，木岐[8]支壁。入一小室，虎皮狼蜕，悬布楹[9]间，更无机榻[10]可坐。七郎就地设皋比[11]焉。武与语，言词朴质，大悦之，遽贻金作生计，七郎不受。固予之，七郎受以白母，俄顷将还，固辞不受。武强之再四。母龙钟而至，厉色曰：“老身止此儿，不欲令事贵客！”武惭而退，归途展转，不解其意。适从人于舍后闻母言，因以告武。先是，七郎持金白母，

十分奇怪。清晨，他见到跟自己交往的人，就问田七郎是谁。有人认识田七郎，说可能是东村的猎户。武承休便恭敬地前去拜访，用马鞭敲门。没过多久，走出一人，年纪有二十多岁，豹眼蜂腰，头戴满是油污的圆帽，身穿黑色的短裤，衣服上打了许多白补丁，拱手到额前，询问客人从哪里来。武承休报了姓名，借口途中不舒服，想借宿休息。他又打听七郎，年轻人说：“我就是。”于是请客人进屋。只见几间破房，用木棍撑着墙。进入一间小屋，里面挂满了虎皮、狼皮，根本没有椅子可坐。七郎就地铺了张虎皮请客人坐下。武承休和他聊天，见七郎言辞质朴，大为高兴，急忙拿出银子给他作生活费，七郎不要。强行塞给他，七郎便拿着银子告诉了母亲，不一会儿返回，坚决推辞不接受。武承休几次三番偏要给他。田母老态龙钟地走过来，严厉地说道：“老身只有这一个儿子，不想让他侍奉贵客！”武承休惭愧地退下，在回去的路上左思右想，不明白田母的意思。刚好仆从在屋后听到田母的话，于是告诉了武承休。先前，七郎拿着银子告诉了

母曰:“我适睹公子,有晦纹[12],必罹奇祸。闻之:受人知者分人忧,受人恩者急人难。富人报人以财,贫人报人以义。无故而得重赂,不祥,恐将取死报于子矣。”武闻之,深叹母贤,然益倾慕七郎。

母亲,母亲说:“我刚才看到这位公子,脸上有晦纹,必定会遭遇奇祸。我听说:受人知遇要替人分忧,受人恩惠要急人之难。富人用钱财报答别人,穷人用义气报答别人。无故而得重金不是好事,恐怕是要你以死相报啊。”武承休听了,深深感叹田母的贤德,而对七郎也更加倾慕了。

注释 1 滥交:毫无选择,随意交友。 2 诘朝:清晨。 3 以马棰挝(zhuā)门:用马鞭敲门。 4 貙(chū):兽名。 5 腻帢:即腻颜帢,一种圆形便帽。 6 犊鼻:即犊鼻裈,一种短裤。 7 椽(chuán):椽子,承托屋面用的木构件。 8 木岐:用木头制成的支撑物。 9 楹:房屋一间为一楹。 10 机榻:几案与床榻。 11 皋比:虎皮。 12 晦纹:主有晦气的纹理。

翼日[1],设筵招之,辞不至。武登其堂,坐而索饮。七郎自行酒,陈鹿脯,殊尽情礼。越日,武邀酬之,乃至,款洽[2]甚欢。赠以金,即不受。武托购虎皮,乃受之。归视所蓄,计不足偿,思再猎而后献之。入山三日,无所猎获。会妻病,守视汤药,不遑

第二天,武承休设宴招待七郎,七郎推辞不去。武承休到七郎家,在堂屋坐下便要酒喝。七郎便亲自倒酒,摆上鹿肉干招待,极尽人情礼数。隔了一天,武承休摆酒酬谢,又发出邀请,七郎这才前来,两人相处亲切融洽,甚为欢畅。武承休给他银子,仍不接受。武承休就假托买虎皮,七郎这才收下。七郎回到家,检视所藏,估计不够偿还,便想再捕获一些献给武承休。入山三天,什么都没捕

操业。浃旬[3]，妻淹忽[4]以死。为营斋葬，所受金稍稍耗去。武亲临唁送，礼仪优渥。既葬，负弩山林，益思所以报武，而迄无所得。武探得其故，辄劝勿亟，切望七郎姑一临存[5]，而七郎终以负债为憾，不肯至。武因先索旧藏，以速其来，七郎检视故革，则蠹蚀[6]殃败，毛尽脱，懊丧益甚。

武知之，驰行其庭，极意慰解之。又视败革，曰："此亦复佳。仆所欲得，原不以毛。"遂轴鞟[7]出，兼邀同往。七郎不可，乃自归。七郎念终不足以报武，裹粮入山，凡数夜，得一虎，全而馈之。武喜，治具，请三日留。七郎辞之坚，武键庭户，使不得出。宾客见七郎朴陋，窃谓公子妄交，而武周旋七郎，殊异诸客。

到。赶上妻子生病，便回去守着妻子熬药，没时间打猎了。过了十天，妻子忽然死了。为了备办斋祭送葬等事，所得的银子耗去了一些。武承休亲自前来吊唁送葬，礼仪规格很高。安葬后，七郎背着弓弩进山，更加想着要报答武承休，却一直没有收获。武承休打听到原因，就劝七郎不要着急，盼望七郎有时间来自己府上看望一下。而七郎始终以负债为遗憾，不肯前往。武承休就先索要之前的库存，好让他快点来，七郎检视之前的皮革，都被虫蛀坏了，毛都脱落殆尽，于是更加懊恼沮丧。

武承休知道后，骑马赶到七郎家，极力宽慰开导他。再看看那些破败的兽皮，说道："这些也不错。我本来想要的也不是带毛的。"于是就卷起兽皮走出去，并邀请七郎一同前往。七郎拒绝了，自己返回家去。他心里想这样始终不能报答武承休，便带着干粮入山，历经数晚，捕到一只老虎，把整张虎皮送给了武承休。武承休十分高兴，准备酒宴，请七郎留下三日。七郎坚决推辞，武承休就把院门锁上，不让他出去。宾客见到七郎质朴形陋，私下里都认为武公子交错

为易新服,却不受;承其寐而潜易之,不得已而受之。既去,其子奉媪命,返新衣,索其敝裰[8]。武笑曰:“归语老姥,故衣已拆作履衬[9]矣。”自是,七郎日以兔鹿相贻,召之即不复至。武一日诣七郎,值出猎未返。媪出,踦门语曰:“再勿引致吾儿,大不怀好意!”武敬礼之,惭而退。

了人,而武承休招待七郎,礼数却超过了其他人。他让七郎换上新衣服,七郎不接受;趁七郎睡着悄悄换上,七郎不得已才接受。七郎回去后,他儿子奉奶奶之命前来送还新衣,并索取七郎的旧衣服。武承休笑着说:“回去请告诉老奶奶,旧衣服已经拆了做成鞋底。”从此,七郎每天都送上兔子、鹿肉,再请却不前来。武承休一天到七郎家,碰上他外出打猎没回来。老太太出来,倚着门说:“不要再拉拢我儿子了,你没安什么好心!”武承休恭敬礼拜,然后惭愧退下了。

注释 1 翼日:明日,第二天。 2 款洽:亲切融洽。 3 浃旬:一旬,十天。 4 淹忽:迅疾。 5 临存:看望。 6 蠹蚀:指被虫蛀坏。 7 鞟:去毛的兽皮。 8 敝裰:破衣服。 9 履衬:衬垫鞋子的布。

半年许,家人忽白:“七郎为争猎豹,殴死人命,捉将官里去。”武大惊,驰视之,已械收[1]在狱。见武无言,但云:“此后烦恤老母。”武惨然出,急以重金赂邑宰[2],又以百金赂仇主。月余无事,释七郎归。母慨然曰:“子发肤受之武

大概过了半年,家人忽然报告说:“七郎为了争夺捕获的豹子,打死了人,被捉到了官府。”武承休大为吃惊,便骑马前去探视,见七郎已经戴上枷锁收在狱中。七郎见到武承休后一言不发,只是说:“此后烦请照料老母亲。”武承休难过地走出来,急忙花重金贿赂县令,又拿出百两银子贿赂仇家。过了一个多月事情了结,官府放

公子,非老身所得而爱惜者矣。但祝公子终百年无灾患,即儿福。”七郎欲诣谢武,母曰:“往则往耳,见公子勿谢也。小恩可谢,大恩不可谢。”七郎见武,武温言慰藉[3],七郎唯唯。家人咸怪其疏。武喜其诚笃,益厚遇之。由是,恒数日留公子家,馈遗[4]辄受,不复辞,亦不言报。

会武初度[5],宾从烦多,夜舍履[6]满。武偕七郎卧斗室中,三仆即床下藉刍藁[7]。二更[8]向尽,诸仆皆睡去,两人犹刺刺语[9]。七郎佩刀挂壁间,忽自腾出匣数寸许,铮铮作响,光闪烁如电,武惊起,七郎亦起,问:“床下卧者何人?”武答:“皆厮仆。”七郎曰:“此中必有恶人。”武问故,七郎曰:“此刀购诸异国,杀人未尝濡缕[10],迄今佩三世矣。决首至千计,尚如

七郎回家。七郎母亲感慨说道:“你如今身体发肤都受之武公子,不是老身所有而能爱惜的了。但愿公子百年没有灾患,就是孩儿的福气了。”七郎想前去感谢武承休,母亲说:“去可以去,见到公子不用道谢。小恩可以答谢,大恩不可答谢。”七郎见到武承休,武承休对他好言劝慰,七郎只是唯唯应承。家人都怪他太生疏。而武承休却喜欢他诚恳笃实,对七郎更加优待。从此,七郎经常在武公子家住好几天,送他东西就收下,不再推辞,也不说报答。

适逢武承休生日,宾客来了很多,晚上房间都睡满了人。武承休带着七郎躺在小屋里,三个仆人就在床下躺在干草上睡。二更快结束时,仆人们都睡去了,他俩仍说个不停。七郎的佩刀挂在墙上,忽然腾出刀鞘数寸,铮铮作响,寒光闪烁如电,武承休惊起,七郎也起来了。他问:“床下躺着的是什么人?”武承休回答说:“都是仆人。”七郎说:“这里边必定有恶人。”武承休问他缘故,七郎说:“这把刀买自外国,杀人不曾沾一点血。到现在已经佩戴三世了,砍掉的脑袋以千计,仍像刚在

新发于硎[11]。见恶人则鸣跃，当去杀人不远矣。公子宜亲君子，远小人，或万一可免。”武颔之。七郎终不乐，辗转床席，武曰：“灾祥数耳，何忧之深？”七郎曰：“我诸无恐怖，徒以有老母在。”武曰：“何遽至此？”七郎曰：“无则便佳。”盖床下三人：一为林儿，是老弥子[12]，能得主人欢；一僮仆，年十二三，武所常役者；一李应，最拗拙[13]，每因细事与公子裂眼争，武恒怒之。当夜默念，疑必此人。诘旦，唤至，善言绝令去。

磨刀石上磨过一般。遇到恶人就鸣响跳跃，当离杀人不远了。公子应亲近君子，远离小人，或许能侥幸免祸。”武承休听完点点头。七郎始终闷闷不乐，在床上翻来覆去，武承休问道：“灾祥都是命数，为何如此深忧呢？”七郎说：“我倒没什么可担心的，只是有老母亲在。”武承休问道：“怎么突然讲到了这般地步？”七郎说：“没事就好。”原来，床下躺着的三个人：一个叫林儿，是长期受宠的男宠，能博取主人欢爱；一个童仆，才十二三岁，是武承休常用的人；一个叫李应，最为愚顽不驯，每每因为一点小事就跟武公子争得眼睛都要裂了，武承休一直有怒气。当晚思来想去，怀疑必定是此人。第二天，便把李应叫过来，好言相劝让他离开了。

注释 1 械收：戴上枷锁收押。 2 邑宰：县令。 3 慰藉：安慰。 4 馈遗：馈赠。 5 初度：原指初生的时候，后称生日。 6 屦(jù)：用麻、葛等做成的鞋。 7 刍藁(chú gǎo)：饲养牲畜的干草。 8 二更：晚上九点至十一点。 9 刺刺语：形容说话连续不停。 10 濡缕：沾湿一缕。形容沾湿范围极小。 11 硎：磨刀石。 12 老弥子：长期受宠的男宠。春秋时期，弥子瑕受宠于卫灵公，故后世以“弥子”代指男宠。

13 拗拙(niù zhuō)：形容人顽愚不驯。

武长子绅，娶王氏。一日，武他出，留林儿居守。斋中菊花方灿。新妇意翁出，斋庭当寂，自诣摘菊。林儿突出勾戏。妇欲遁，林儿强挟入室。妇啼拒，色变声嘶。绅奔入，林儿始释手逃去。武归闻之，怒觅林儿，竟已不知所之。过二三日，始知其投身某御史家。某官都中[1]，家务皆委决[2]于弟。武以同袍义[3]，致书索林儿，某弟竟置不发。武益恚，质词邑宰。勾牒[4]虽出，而隶不捕，官亦不问。武方愤怒，适七郎至。武曰："君言验矣。"因与告诉[5]。七郎颜色惨变，终无一语，即径去。武嘱干仆逻察[6]林儿。林儿夜归，为逻者所获，执见武，武掠楚[7]之，林儿语侵武。武叔恒，故长者，恐侄暴怒致祸，劝不如治以官法。武

武承休的长子武绅，娶妻王氏。一天，武承休外出，留下林儿守家。书斋中菊花开得正当灿烂。新媳妇想着公公出去了，书斋应该没人，便自己过去摘菊花。林儿突然出来调戏。妇人想要逃走，林儿强行将她拉入房中。妇人哭喊着拒绝，脸色惶恐，声音逐渐嘶哑。武绅跑进来，林儿才放手逃走。武承休回来后得知消息，气冲冲地寻找林儿，竟不知跑哪儿去了。过了两三天，才知道他投身某御史家。御史在北京做官，家务都由弟弟处理。武承休觉得大家是朋友，就写信索要林儿，御史的弟弟竟然没有回应。武承休更为恼怒，便向县令投递诉讼。拘捕的公文虽然发出，但差役并不去抓捕，官府也不追问。武承休正发怒时，适逢七郎到了。武承休说："你说的话应验了。"于是把事情告诉了他。七郎听后脸色大变，但始终没有说一句话，径自走了。武承休嘱咐干练的仆人侦查林儿行踪。林儿晚上回家，被巡逻的仆人捉住，押着去见武承休，武承休对他严刑拷打，林儿仍出言不逊。武承休的叔叔武恒本是位长者，担心侄子暴怒招致灾祸，便劝他不如把

从之，絷[8]赴公庭，而御史家刺书邮至。宰释林儿，付纪纲以去。林儿意益肆，倡言从众中，诬主人妇与私。武无奈之，忿塞欲死。驰登御史门，俯仰叫骂。里舍慰劝令归。

逾夜，忽有家人白：林儿被人脔割[9]，抛尸旷野间。武惊喜，意气稍得伸。俄闻御史家讼其叔侄，遂偕叔赴质。宰不听辨，欲笞恒。武抗声曰："杀人莫须有！至辱詈搢绅，则生实为之，无与叔事。"宰置不闻。武裂眦欲上，群役禁捽[10]之。操杖隶皆绅家走狗，恒又老耄，签数[11]未半，奄然已死。宰见武叔垂毙[12]，亦不复究。武号且骂，宰亦若弗闻也者。遂舁叔归，哀愤无所为计。因思欲得七郎谋，而七郎更不一吊问。窃自念："待

人送去官府治罪。武承休听从了他的话，绑着林儿赶赴公堂，而这时御史家的书信也寄到了。县令释放了林儿，交给御史府的管家带走。林儿更加肆无忌惮，在人群中公然诬陷武承休，说自己和他老婆有私情。武承休拿他没有办法，气得要死。跑到御史家大门口，呼天抢地地叫骂。邻里出来劝慰，让他回家去。

过了一晚，忽然有仆人禀告：林儿被人碎尸，抛尸荒野。武承休听了十分惊喜，稍稍出了一口气。很快又听说御史家把他叔侄俩告到了官府，便带着叔叔前去对质。县令根本不加分辨，就要打武恒板子。武承休大声说道："杀人是莫须有的诬陷！至于辱骂士绅，则确实是我干的，不关叔叔的事。"县令置之不理。武承休眼睛都要气裂了，想要上前，被一群差役揪住。打板子的都是御史家的走狗，武恒又年迈，还没打到一半，突然就昏死了。县令见武承休的叔叔快死了，也不再追究。武承休大喊大骂，县令也好像没听到一样。于是便抬着叔叔回去了，哀叹愤恨却无可奈何。于是想跟七郎谋划，而七郎更是一次都

七郎不薄，何遽如行路人？”亦疑杀林儿必七郎。转念：果尔，胡得不谋？于是遣人探索其家，至则扃鐍[13]寂然，邻人并不知耗。

没有前来吊问。他心里想：“我待七郎不薄，为何突然形同陌路？”也怀疑杀林儿的人必定是七郎。转念又想：“果真如此，怎能不一起谋划？”于是派人到七郎家打探，到后发现门已上锁，没有动静，而邻居并不知道七郎音信。

注释 1 官都中：在京城为官。 2 委决：决定。 3 同袍义：朋友情谊。 4 勾牒：拘捕犯人的公文。 5 告诉：告知。 6 逻察：巡逻侦查。 7 掠楚：拷打。 8 縶：用绳子拴捆。 9 脔割：割碎，瓜分。此处指碎尸。 10 捽：揪。 11 签数：古代打板子，公案上有签筒，竹签上标有杖数，官员从签筒抽签扔到地上，方可行刑。 12 垂毙：将死的样子。 13 扃鐍：门闩锁钥之类。

一日，某弟方在内廨[1]，与宰关说[2]。值晨进薪水，忽一樵人至前，释担抽利刃，直奔之。某惶急，以手格刃，刃落断腕；又一刀，始决其首。宰大惊，窜去。樵人犹张皇四顾。诸役吏急阖署门，操杖疾呼。樵人乃自刭死。纷纷集认，识者知为田七郎也。宰惊定，始出复验。见七郎僵卧血泊中，手犹

一天，御史的弟弟正在官衙里屋与县令关说。正赶上早晨有人来送柴和水，忽然有个樵夫走到跟前，放下担子，抽出刀，径直冲过来。御史弟弟情急之下，用手挡住刀，刀落下砍断了手腕；又砍一刀，才把脑袋削掉。县令大吃一惊，慌忙逃窜。樵夫仍紧张地四处环顾。衙役们急忙将官署大门关上，拿着棍子大声喊叫。樵夫就自刎而死。人们纷纷聚拢上前辨认，有认识的知道他是田七郎。县令惊骇平定后才出来查验。见七郎僵卧在血泊中，手里仍握着

握刃。方停盖审视，尸忽崛然[3]跃起，竟决宰首，已而复踣。衙官捕其母子，则亡去已数日矣。武闻七郎死，驰哭尽哀。咸谓其主使七郎。武破产夤缘[4]当路，始得免。七郎尸弃原野三十余日，禽犬环守之。武取而厚葬。其子流寓于登[5]，变姓为佟。起行伍，以功至同知将军。归辽，武已八十余，乃指示其父墓焉。

异史氏曰："一钱不轻受，正一饭不敢忘[6]者也。贤哉母乎！七郎者，愤未尽雪，死犹伸之，抑何其神？使荆卿[7]能尔，则千载无遗恨矣。苟有其人，可以补天网之漏，世道茫茫，恨七郎少也。悲夫！"

刀。正停下仔细审查时，尸体突然挺立跳起，竟然把县令的脑袋砍了，然后又倒了下去。县衙差役去抓捕七郎的母亲和儿子，人早就逃跑好几天了。武承休听说七郎死了，跑到官府号啕大哭，悲痛欲绝。人们都认为是武承休指使七郎干的。武承休倾尽家产贿赂官府，才免去罪责。七郎的尸体被扔在荒野三十多天，鸟和狗环绕守护。武承休将尸体取回厚葬。七郎的儿子流落住在登州，改姓为佟。他后来参军入伍，以军功当到了同知将军。回辽阳时，武承休已经八十多岁了，就带着他去看七郎的坟墓。

异史氏说："一文钱都不轻易接受者，正是一饭之恩不敢忘怀的人啊。老母亲真是贤德啊！七郎为人，怨愤没有发泄完，死后仍要报仇，这何等神奇？若是荆轲也能如此，那就不会有千载的遗恨了。如真有这种人，则可以弥补天网的疏漏，世道茫茫，只恨像七郎这样的人太少了。真是可悲啊！"

注释 1 内廨：官衙的内舍。廨，官吏办事的地方。 2 关说：指代人陈说，从中给人说好话。 3 崛然：挺立的样子。 4 夤(yín)缘：攀附上升，比喻拉拢关系，向上巴结。此处指贿赂讨好。　5 登：登州，在今山东蓬莱。　6 一饭不敢忘：西汉韩信年少时贫困，遇漂母赠饭。后封为楚王，以千金酬谢漂母的恩惠。　7 荆卿：战国时刺客荆轲，曾刺杀秦始皇，失败身死。

产　龙

原文

壬戌[1]间，邑[2]邢村李氏妇，良人[3]死，有遗腹，忽胀如瓮[4]，忽束如握。临蓐[5]，一昼夜不能产。视之，见龙首，一见辄缩去。家人大惧，不敢近。有王媪者，焚香禹步[6]，且捺且咒。未几，胞堕，不复见龙，惟数鳞，皆大如盏。继下一女，肉莹澈如晶，脏腑可数。

译文

康熙二十一年，本县邢村李家的媳妇，丈夫去世了，她怀着的孩子还没出生，肚子一会儿胀得像瓮那么大，一会儿又缩得能一把握住。临产时，一天一夜都没生下来。一瞧，看到一个龙头，露了露头又立马缩回去。家人非常害怕，不敢凑近。请来一位王老太，只见她点香、走禹步，一边按着产妇的肚子一边念着咒语。不一会儿，胞衣落下，却没再看到龙，只有几片龙鳞，有杯口那么大。接着生下一个女孩儿，皮肤像水晶一样晶莹透澈，连内脏都能数得出来。

注释　1 壬戌：康熙二十一年(1682)。　2 邑：此处指淄川县。　3 良人：指丈夫。　4 瓮(wèng)：一种盛水或酒的陶器，腹部较大。　5 临蓐(rù)：临产。　6 禹步：指道士在作法中用的一种步法动作。传为夏禹所创，故称。

保住

原文

吴藩[1]未叛时，尝谕将士：有独力能擒一虎者，优以廪禄[2]，号“打虎将”。将中一人，名保住，健捷如猱[3]。邸中建高楼，梁木初架。住沿楼角而登，顷刻至颠；立脊檩[4]上，疾趋而行，凡三四返；已乃踊身跃下，直立挺然。

译文

吴三桂还没造反的时候，曾经对将士们说：谁能独自凭本事抓到一只老虎，我就赏给他厚禄高官，封他为“打虎将”。将士中有一个人，名叫保住，身手像猕猴一样矫捷轻快。王府中建筑高楼，刚架起房屋大梁的时候，保住沿着楼角向上攀登，不一会儿就爬到了楼顶。他站在屋脊的大梁上，快速地在上面走了三四个来回，然后纵身跳下，仍然笔直地站在地上。

注释 **1** 吴藩：指吴三桂，字长白，明朝辽东人。明崇祯时为辽东总兵，镇守山海关。后勾结清兵入关，镇压农民起义。引兵攻南明，杀南明永历帝于昆明。康熙十二年(1673)下令撤藩，平西王吴三桂与福建靖南王耿精忠、广东平南王尚可喜相继起兵反清，史称“三藩之乱”。**2** 廪(lǐn)禄：官府供给的俸米和俸钱，此指俸禄和官位。廪，米仓。禄，官位。 **3** 猱(náo)：猿类，动作便捷，善攀援。 **4** 脊檩(lǐn)：架在木结构屋架上面最高的一根横木。俗称大梁。

王有爱姬善琵琶。所御琵琶，以暖玉[1]为牙柱[2]，抱之一室生温。姬宝藏，非王手谕，不出

平西王有一位爱妾擅长弹琵琶，她的琵琶用暖玉做弦枕，抱着琵琶坐在屋子里，整个屋子都能暖和起来。小妾很珍爱这琵琶，没有平西王的手谕就不给

示人。一夕，宴集，客请一观其异。王适惰[3]，期以翼日[4]。时住在侧，曰：“不奉王命，臣能取之。”王使人驰告府中，内外戒备，然后遣之。住逾十数重垣[5]，始达姬院。见灯辉室中，而门扃锢[6]，不得入。廊下有鹦鹉宿架上。住乃作猫子叫，既而学鹦鹉鸣，疾呼“猫来”，摆扑之声且急，闻姬云：“绿奴可急视，鹦鹉被扑杀矣！”住隐身暗处。俄一女子挑灯出，身甫离门，住已塞入。见姬守琵琶在几上，径携趋出。姬愕呼“寇至”，防者尽起。见住抱琵琶走，逐之不及，攒矢[7]如雨。住跃登树上。墙下故有大槐三十余章[8]，住穿行树杪[9]，如鸟移枝。树尽登屋，屋尽登楼，飞奔殿阁，不啻翅翎，瞥然

别人看。有一天傍晚，宴席聚会上，座上的客人请求见识下琵琶的奇特。恰巧平西王很疲倦，约定说明天再看。当时保住刚好在席旁伺候，便说：“不要王爷的命令，我也能把它取出来。”平西王派人迅速通知王府上下，里里外外都加强戒备，才让保住出发。保住越过十几道围墙，才到达小妾居住的庭院。只见室内灯火明亮，可房门紧锁，根本进不去。走廊上刚好有一只鹦鹉站在笼架上。保住先学着猫叫，接着又学鹦鹉叫，大呼“猫来了”，又发出急切拍打翅膀的声音。只听到小妾说：“绿奴快出去看，鹦鹉就要被猫扑死啦！”保住藏在暗处，一会儿一个女仆从屋里提着灯笼从房中走出，身子刚离开门，保住已经挤身进屋，他看到小妾放在几案上守着的琵琶，上前就拿过琵琶转身出门。小妾惊叫“贼来了”，守卫的人一齐出动，只看到保住抱着琵琶飞奔，大家根本追不上，只好不断地放箭，箭如雨下。保住一跃而起，蹿到树上。墙旁本来种着三十几棵大槐树，保住在树梢上飞跑，好像鸟儿在树间穿行。穿过槐树，又蹿上屋顶，跑完屋顶又登上楼阁。他在殿宇楼阁间穿行，就像长了翅

间不知所在。客方饮，住抱琵琶飞落檐前，门扃如故，鸡犬无声。

膀一样，转眼间人就不见了。客人们正在喝酒，保住抱着琵琶飞身落在屋檐下，门仍然关着，鸡犬都没发出声。

注释 1 暖玉：又称温玉，因色泽、质感温润如脂，给人一股温暖之感。但此处的暖玉似乎指一种能发热的玉。 2 牙柱：弦枕。 3 惰：此处指疲倦。 4 翼日：明日。翼，通“翌”，明、次之义。 5 垣：墙。 6 扃锢(jiōng gù)：关闭。 7 攒矢：把箭凑聚到一起，形容箭支密集。 8 章：引申为计量大树的量词。 9 杪(miǎo)：树梢。

公孙九娘

原文

于七一案[1]，连坐[2]被诛者，栖霞[3]、莱阳[4]两县最多。一日俘数百人，尽戮于演武场[5]中。碧血满地，白骨撑天。上官慈悲，捐给棺木，济城工肆，材木一空。以故伏刑东鬼[6]，多葬南郊。

译文

于七一案中，受牵连被诛杀的人，栖霞、莱阳两县最多。有一天俘获了几百人，都在演武场斩杀。鲜血遍地，森森白骨堆积到天边。有的官员发慈悲，捐了些钱给死者买棺材，导致济南城的棺材铺里，棺材都卖光了。所以那些被处死的人，大多被葬在南郊。

注释 1 于七一案：于七，名乐吾，字孟熹，行七。明崇祯武举人，山东栖霞人。清顺治五年(1648)据莱阳、栖霞等县，起义抗清。康熙元年(1662)第二次起义失败。清政府对起义地区人民进行血腥屠杀，栖霞、莱阳两地受害最烈。 2 连坐:古代因他人犯罪而使与犯罪者有一定关系的人连带受刑的制度。 3 栖霞:今山东栖霞。 4 莱阳:今山东莱阳。 5 演武场:练兵场。 6 东鬼:因栖霞、莱阳两地在山东东部,故称。

甲寅[1]间,有莱阳生至稷下[2],有亲友二三人,亦在诛数,因市楮帛[3],酹奠榛墟[4],就税舍于下院之僧。明日,入城营干[5],日暮未归。忽一少年,造室来访。见生不在,脱帽登床,着履仰卧。仆人问其谁何,合眸不对。既而生归,则暮色蒙眬,不甚可辨,自诣床下问之。瞠目曰:“我候汝主人,絮絮逼问,我岂暴客耶?”生笑曰:“主人在此。”少年急起着冠,揖而坐,极道寒暄。听其音,似曾相识,急呼灯至,则同邑朱生,亦死于于七之难者。大骇却走[6]。朱曳之云:“仆与君文字交,何寡于情?我

康熙十三年,有个莱阳的书生来到济南,他的两三个亲友也被诛杀,就买了些纸钱,在南郊荒野祭奠悼念他们,随后就在近处的一座寺庙租房住下。第二天,书生进城办事,天都黑了还没回来。忽然有位少年前来拜访。他见书生不在,就摘下帽子,鞋子也不脱,仰躺在床上。仆人问他是谁,少年闭着眼睛,也不回答。当书生回到寺院,夜幕笼罩,什么也看不分明,就走到床边询问少年。少年瞪着眼睛说:“我在等你家主人,你在这儿不停地追问,难道我是强盗吗?”书生笑着说:“主人就在这儿呀。”少年赶忙起身,戴上帽子,整理好衣服,拱手行礼,坐下和书生极为热情地问候。莱阳书生听他的声音,好像之前认识,急忙让仆人点上灯,一看,原来是同县的朱生,也是在于七一案中遇难的。书生大吃一惊,吓得转身就跑。朱生拽住他说:“我和你是文字相交,你怎么这么薄情?我虽然是鬼,但朋友间的情分,一直念念不忘。

虽鬼,故人之念,耿耿不去心。今有所渎,愿无以异物遂猜薄之。”

生乃坐,请所命。曰:“令女甥寡居无耦,仆欲得主中馈[7]。屡通媒妁,辄以无尊长命为辞。幸无惜齿牙余惠[8]。”先是,生有甥女,早失恃[9],遗生鞠养[10],十五始归其家。俘至济南,闻父被刑,惊恸而绝。生曰:“渠自有父,何我之求?”朱曰:“其父为犹子启榇[11]去,今不在此。”问:“女甥向依阿谁?”曰:“与邻媪同居。”生虑生人不能作鬼媒。朱曰:“如蒙金诺,还屈玉趾[12]。”遂起握生手,生固辞,问:“何之?”曰:“第行。”勉从与去。

今天有事来打扰,希望你不要因为是鬼就猜疑我。”

莱阳书生这才坐下,问他来干什么。朱生说:“你的外甥女单身独居,还没有婚配,我想娶她。好几次托人去求婚,她总是以家里没有长者能做主作为借口,加以推辞。所以希望你能帮我说几句好话。”此前,书生有一个外甥女,年幼时就失去了母亲,寄养在自己家,等到十五岁才回到本家。后来她被抓到济南,听说父亲惨死的消息,惊骇悲痛,也死了。书生问:“她自己有父亲做主,为什么来求我?”朱生便说:“她父亲的棺材被侄子迁走,已经不在这里了。”书生又问:“她过去都依靠谁呢?”朱生回答:“和邻居的老太太住在一起。”书生担心活人不能替鬼做媒。朱生请求:“要是您答应了,还请您走一趟。”便起身去拉书生的手,书生一再推辞,并问:“到哪儿去?”朱生说:“你跟我走就是。”书生只好跟他走了。

注释 **1** 甲寅:指康熙十三年(1674)。 **2** 稷下:本是春秋战国时期齐国临淄附近的地名,此指济南。 **3** 楮帛:祭祀时焚化的纸钱。 **4** 酹奠榛墟:到草木丛生的坟地去祭奠。酹奠,以酒洒地祭奠鬼神。榛墟,草木丛生的荒野,指荒丘墓地。 5 营干:办理,经营。 6 却走:退避。 7 中馈:原指家中供膳诸事,此代指妻室。 8 齿牙余惠:夸奖褒美的好话。 9 失恃:丧母。 10 鞠养:养育。 11 启榇:指迁葬。 12 屈玉趾:劳烦走一趟。玉趾,贵步,称人行止的敬词。

北行里许,有大村落,约数十百家。至一第宅,朱以指弹扉,即有媪出,豁开两扉,问朱何为。曰:"烦达娘子,阿舅至。"媪旋反,须臾复出,邀生入。顾朱曰:"两椽茅舍子大隘,劳公子门外少坐候。"生从之入,见半亩荒庭,列小室二。甥女迎门啜泣,生亦泣。室中灯火荧然,女貌秀洁如生时,凝目含涕,遍问妗姑。生曰:"具各无恙,但荆人物故[1]矣。"女又呜咽曰:"儿少受舅妗抚育,尚无寸报[2],不图先葬沟渎[3],殊为恨恨。旧年伯伯家大哥迁父去,置儿不一念。数百里外,伶仃如秋燕。舅不以沉魂可弃,又

向北走了一里多路,有一个大村庄,大约住了上百户人家。两人走到一座宅院前,朱生敲了敲门,便有位老妇人走出来,打开门,问朱生有什么事。朱生说:"请您告诉姑娘,她舅舅来了。"老妇人进去传话,不一会儿又出来,请莱阳书生进屋。她看着朱生说:"两间茅草屋太小了,还请公子坐在门外等一会儿。"书生就跟着老妇人进门,只见半亩荒院中,有两间小屋。外甥女坐在门口哭泣,书生也哭了。屋里灯光微弱,外甥女面容清秀,白皙光洁,和活着的时候一样,她泪眼汪汪地望着书生,把舅妈姑妈的情况都打听了一遍。书生说:"她们都好,只是你舅妈去世了。"外甥女又哽咽地说:"我幼时受舅舅、舅妈的养育照顾,丝毫都还没报答,没想到自己先死了,实在遗憾。去年,伯伯家的大哥把父亲迁走,把我丢在一边,一点也不关心。我在这几百里外的异乡,就像秋燕一样孤苦伶仃。舅舅不因我是亡魂而抛弃我,还

蒙赐金帛，儿已得之矣。”生乃以朱言告，女俯首无语。媪曰：“公子曩托杨姥三五返，老身谓是大好，小娘子不肯自草草。得舅为政[4]，方此意慊得[5]。”

送我金银布帛，我都收到了。”书生把朱生求婚的事告诉她，外甥女却低头一言不发。老妇人说：“朱公子以前托杨姥姥来过三五次，我也觉得这是门好亲事，可是姑娘不肯草率地答应。现在有舅舅做主，她也就满意了。”

注释 1 荆人物故：指妻子已经过世。 2 寸报：极少的报答。 3 先葬沟渎：先故去。 4 为政：做主，主持。 5 慊(qiè)得：满意，满足。

言次，一十七八女郎，从一青衣，遽掩入，瞥见生，转身欲遁。女牵其裾曰：“勿须尔！是阿舅，非他人。”生揖之，女郎亦敛衽[1]。甥曰：“九娘，栖霞公孙氏。阿爹故家子，今亦‘穷波斯’[2]，落落不称意。旦晚与儿还往。”生睨之，笑弯秋月，羞晕朝霞，实天人也。曰：“可知是大家，蜗庐[3]人焉得如此娟好！”甥笑曰：“且是女学士，诗词俱大高。昨儿稍得指教。”九娘微哂曰：“小婢无端败坏人，教阿舅

正说着，一个十七八岁的女子，身后还跟着个丫环，突然推门进来，看到书生，转身就要逃走。外甥女牵住她的衣袂说：“别害怕！他是我的舅舅，不是外人。”书生拱手行礼，女郎也向他行礼。外甥女介绍说：“她是九娘，姓公孙，栖霞县人。她的爹爹也是世家子弟，现在败落了，潦倒不如意。我俩很要好，经常来往。”书生偷眼看九娘，只见她笑起来两眉弯弯如新月，害羞时面带红晕像朝霞，真是美若天仙。书生奉承道：“一看就是大家闺秀，小户人家的女子哪能生得如此清秀美丽！”外甥女笑着说：“她还是个女学士呢，诗词造诣都很高。昨天我还受了些指教。”九娘微笑说：“小丫头无端败坏别人名声，叫阿舅

齿冷[4]也。”甥又笑曰：“舅断弦未续，若个小娘子，颇能快意否？”九娘笑奔出，曰：“婢子颠疯作也！”遂去。言虽近戏，而生殊爱好之。甥似微察，乃曰：“九娘才貌无双，舅倘不以粪壤[5]致猜，儿当请诸其母。”生大悦，然虑人鬼难匹。女曰：“无伤，彼与舅有夙分。”生乃出。女送之，曰：“五日后，月明人静，当遣人往相迓。”

听了笑话。”外甥女又笑着调侃道：“舅母去世后，舅舅还没再娶，这个小娘子，舅舅还满意吗？”九娘笑着跑出去，说：“这丫头犯了疯癫了。”便走开了。话虽近乎玩笑，但是书生确实很喜欢公孙九娘。外甥女也察觉到了，便说：“九娘的才貌天下无双，舅舅要是不介意她已是入土之人，我就和她母亲说说。”书生听后很高兴，却又担忧人鬼不能成婚。外甥女解释道：“这倒无妨，她和舅舅前世有姻缘的。”书生便走出屋门。外甥女送他，并说：“五天以后，月明人静时，我就派人去接舅舅。”

注释　1 敛衽：整理衣襟，表示恭敬。　2 穷波斯：指破落户。古代波斯商人多经营珠宝，故以波斯指代富豪。　3 蜗庐：狭小如蜗牛壳的房子。　4 齿冷：耻笑，看不起。　5 粪壤：指死去的人。

生至户外，不见朱。翘首西望，月衔半规[1]，昏黄中犹认旧径。见南向一第，朱坐门石上，起逆曰：“相待已久，寒舍即劳垂顾。”遂携手入，殷殷展谢。出金爵一、晋珠百枚，

书生走到门外，没看到朱生。抬头向西张望，只见天上挂着半轮明月，在昏暗的月光下还能认清来时的路。只见一座向南的住宅外，朱生正坐在门前石阶上，他看到书生便起身迎接：“等你好久了，这就是我的家，请你进去坐坐。”说完就拉着书生的手，把他请到屋里，殷切地表达谢意。朱生拿出一只金杯、一百颗晋珠说：

曰:"他无长物[2],聊代禽仪[3]。"既而曰:"家有浊醪[4],但幽室之物,不足款嘉宾,奈何!"生㧑谢[5]而退。朱送至中途,始别。生归,僧仆集问,隐之曰:"言鬼者妄也,适赴友人饮耳。"

"我没有其他值钱的东西,这些就当作我的聘礼吧。"又说:"家里有浊酒,但是阴间的东西,不足款待嘉宾,真没法子!"书生说了几句客气话,就告辞了。朱生把他送到半路,两人才分别。书生回到寺庙,僧人和仆人都围上来询问。书生隐瞒实情,说:"说见到鬼那是胡扯,我只是到朋友那儿喝酒去了。"

注释 1 月衔半规:指月亮半圆。 2 长(cháng)物:指多余的东西。 3 禽仪:订婚用的聘礼。 4 浊醪(láo):浊酒,用糯米、黄米等酿制的酒。 5 㧑谢:谦谢。

后五日,朱果来,整履摇箑[1],意甚忻适。才至户庭,望尘即拜[2]。少间,笑曰:"君嘉礼[3]既成,庆在今夕,便烦枉步。"生曰:"以无回音,尚未致聘[4],何遽成礼?"朱曰:"仆已代致之矣。"生深感荷,从与俱去。直达卧所,则甥女华妆迎笑。生问:"何时于归?"朱云:"三日矣。"生乃出所赠珠,为甥助妆[5]。女三辞乃

五天后,朱生果然来了,只见他穿着新鞋,手里还摇着扇子,十分高兴畅快的样子。他刚走进院子,远远看见莱阳书生就行礼。片刻,朱生笑着说:"您的婚事已经谈好了,吉期就在今夜,现在请你跟我走吧。"书生说:"我以为没有消息了,还没准备聘礼呢,这怎么行礼成婚?"朱生说:"我已经代你送过聘礼啦。"书生很感激,就跟着他走了。两人径直来到朱生的住所,只见打扮得华美艳丽的外甥女笑着出门迎接。书生问:"什么时候过门的?"朱生回答:"过门三天了。"书生便拿出朱生赠送的珍珠,

受，谓生曰："儿以舅意白公孙老夫人，夫人作大欢喜。但言：老耄[6]无他骨肉，不欲九娘远嫁，期今夜舅往赘诸其家。伊家无男子，便可同郎往也。"朱乃导去。

给外甥女做嫁妆。外甥女再三推辞才收下，对莱阳书生说："我把舅舅的意思转告给了公孙老夫人，老夫人很高兴。但她又说：自己老了，又没有别的亲生骨肉，不想九娘远嫁，希望今晚你到她家入赘。她家没有男子，就让朱郎和你一起去。"朱生便领着书生走了。

注释 **1** 箑(shà)：扇子。 **2** 望尘即拜：原指迎候有权势的人，看见车扬起的尘土就下拜。此处形容极为恭敬。 **3** 嘉礼：此指婚礼。 **4** 致聘：送交定亲礼品。 **5** 助妆：古时女子出嫁，亲友赠送的礼物。 **6** 老耄：指七八十岁的老人。也形容衰老。

村将尽，一第门开，二人登其堂。俄白："老夫人至。"有二青衣扶妪升阶。生欲展拜，夫人云："老朽龙钟，不能为礼，当即脱边幅[1]。"乃指画[2]青衣，置酒高会[3]。朱乃唤家人，另出肴俎，列置生前，亦别设一壶，为客行觞。筵中进馔[4]，无异人世。然主人自举，殊不劝进。

快到村的尽头时，有一座宅第门开着，两人便走进堂中。片刻，有人传话说："老夫人来了。"就看见两个丫环扶着老夫人拾级而上。莱阳书生上前正要行叩头礼，老夫人便说："我上了年纪，不方便行礼，这些礼节就免了吧。"便指使丫环置办酒席，举办盛大的婚宴。朱生招呼仆人，另外端出菜肴，一一摆放在书生面前，并另放一个酒壶，以便为客人斟酒。席上陈列的菜肴，和人间没什么两样。只是主人自斟自饮，也不劝客人喝酒。

既而席罢，朱归。青衣导生去，入室，则九

既而宴席散场，朱生告辞回去。有个丫环为书生引路，进入洞房，只见红烛

娘华烛凝待。邂逅含情，极尽欢昵。初，九娘母子，原解赴都。至郡，母不堪困苦死，九娘亦自刭。枕上追述往事，哽咽不成眠。乃口占两绝云：

昔日罗裳化作尘，
空将业果恨前身。
十年露冷枫林月，
此夜初逢画阁春。
白杨风雨绕孤坟，
谁想阳台更作云？
忽启镂金箱里看，
血腥犹染旧罗裙。

天将明，即促曰："君宜且去，勿惊厮仆。"自此昼来宵往，嬖惑[5]殊甚。

高照，九娘打扮华丽地凝神等待。两人温情脉脉，极尽欢乐亲昵之事。当初，九娘母女本来要押送到京城。到济南，母亲难以忍受虐待之苦，先去世了，九娘也跟着自杀。九娘与书生在枕席上谈起往事，声音哽咽，睡不着觉。随口就吟诵出两首绝句：

昔日罗裳化作尘，
空将业果恨前身。
十年露冷枫林月，
此夜初逢画阁春。
白杨风雨绕孤坟，
谁想阳台更作云？
忽启镂金箱里看，
血腥犹染旧罗裙。

天快亮了，九娘便催促道："你该走了，别惊动仆人。"从此以后，书生晚上来白天回，对九娘甚是宠爱迷恋。

注释　1 脱边幅：不拘礼节。　2 指画：指使。　3 高会：盛大的宴会。　4 进馔：送上食物。　5 嬖(bì)惑：宠爱迷恋。

一夕，问九娘："此村何名？"曰："莱霞里。里中多两处新鬼，因以为名。"生闻之欷歔。女

一天晚上，莱阳书生问九娘："这个村叫什么名字？"九娘说："莱霞里。村中大多是莱阳、栖霞两县的新鬼，所以叫这个名字。"书生听完，感叹不已。九娘

悲曰："千里柔魂，蓬游无底[1]，母子零孤，言之怆恻。幸念一夕恩义，收儿骨归葬墓侧，使百年得所依栖，死且不朽。"生诺之。女曰："人鬼路殊，君不宜久滞。"乃以罗袜赠生，挥泪促别。生凄然而出，忉怛[2]若丧，心怅怅不忍归，因过叩朱氏之门。朱白足出逆，甥亦起，云鬓鬅松[3]，惊来省问。生怊怅[4]移时，始述九娘语。女曰："妗氏不言，儿亦夙夜图之。此非人世，久居诚非所宜。"于是相对汍澜[5]。生亦含涕而别。叩寓归寝，展转申旦。欲觅九娘之墓，则忘问志表[6]。及夜复往，则千坟累累，竟迷村路，叹恨而返。展视罗袜，着风寸断，腐如灰烬，遂治装东旋。

悲痛地说："我这千里之外的一缕幽魂，像蓬草般无休止地飘零，母女二人孤苦伶仃，说起来叫人伤心。希望你能念在我们夫妻的情义上，为我收拾尸骨，迁葬到祖坟旁，让我有个百年的依托，那我也死而无憾了。"书生答应了她。九娘说："人鬼不同路，你不要在这儿久留。"她取出一双罗袜送给莱阳生，流着泪催他快走。莱阳生悲伤地走出来，悲痛难耐，失魂落魄，惆怅不愿离去，在路上经过朱生家，就去敲门。朱生光着脚出门迎接，外甥女也起来了，鬓发松散，吃惊地问是怎么回事。书生惆怅了一会儿，才把九娘的话说了一遍。外甥女听完，说："舅母就是不说这话，我也整天在想这事。这里不是人间，一直住着也不妥当。"说完，大家都相对哭泣。书生含泪告别。他敲开寺门，回屋躺下，翻来覆去地直到天亮。书生打算去找九娘的坟墓，可又忘了问墓的标记。等天黑的时候再过去，只看到千坟累累，竟然迷失了去莱霞里的路，只好哀叹返回。他打开九娘赠送的罗袜，罗袜一见风就粉碎了，烂得像灰烬一样，只好收拾行李，回到鲁东。

注释 1 无底:无休止。 2 怛怛(dá):忧伤,悲痛。 3 鬅(péng)松:头发松散的样子。 4 怊怅(chāo chàng):悲伤不如意的样子。 5 汍(wán)澜:流泪的样子。 6 志表:墓表,墓碑。

半载不能自释,复如稷门,冀有所遇。及抵南郊,日势已晚,息驾[1]庭树,趋诣丛葬所。但见坟兆万接[2],迷目榛荒,鬼火狐鸣,骇人心目。惊悼归舍。失意遨游,返辔遂东。行里许,遥见女郎,独行丘墓间,神情意致,怪似九娘。挥鞭就视,果九娘。下骑欲语,女径走,若不相识。再逼近之,色作怒,举袖自障。顿呼"九娘",则湮然灭矣。

过了半年,莱阳书生还是忘不了九娘,又来到济南,希望能再遇到她。等他到了南郊,天色已晚,他把马拴在院里的树上,便快步赶往乱葬岗。只见荒坟错杂,千百相连,荆棘荒草迷目,鬼火闪闪,狐鸣声声,令人胆战心惊。书生吓得跑回了住所。他失望地到处乱走,后来掉转马头,返回鲁东。走了一里多路,远远看见一个女郎,一个人在坟丘间行走,神情风致很像九娘。书生挥鞭赶上观看,果然是九娘。跳下马想和她说话,女郎径直走过,好像不认识一样。书生又走近逼视,女郎面有怒色,用袖子遮住自己的脸。书生连呼"九娘",女郎竟如轻烟,飘然消失了。

注释 1 息驾:指停车休息。 2 坟兆万接:众多的坟墓连在一起。坟兆,坟墓之间的界域。

异史氏曰:"香草沉罗,血满胸臆[1];东山佩玦,泪渍泥沙[2]。古有孝子忠

异史氏说:"屈原自投汨罗江,胸中热血激荡,悲愤不已;太子申生遭受谗害,冤情难诉。自古有忠臣孝子,到

臣，至死不谅于君父者。公孙九娘岂以负骸骨之托，而怨怼[3]不释于中耶？脾鬲间物[4]，不能掬以相示，冤乎哉！”

死都得不到君王、父亲的原谅。公孙九娘难道是认为书生辜负了她迁葬的请求，而怨恨不能释怀？莱阳书生心里无尽的悲愤与冤屈不能拿出来示人，真是冤屈啊！”

注释 1 香草沉罗，血满胸臆：指屈原自沉于汨罗江，悲愤不能自已。 2 东山佩玦，泪渍泥沙：指晋太子申生遭受谗害，冤抑莫伸。 3 怨怼：怨恨。 4 脾鬲间物：心脏，此处指心中的悲愤与冤屈。

促 织

原文

宣德[1]间，宫中尚促织[2]之戏，岁征民间。此物故非西产[3]。有华阴[4]令，欲媚上官，以一头进，试使斗而才，因责常供。令以责之里正[5]。市中游侠儿[6]，得佳者笼养之，昂其直，居为奇货。里胥[7]猾黠，假此科敛丁口[8]，每责一头，辄倾数家之产。邑有成名者，操童子业[9]，

译文

在宣德年间，皇宫里盛行斗蟋蟀，每年都向民间征收。这小虫儿本不是陕西的特产。有位华阴县令，一心想讨好上级，就进献了一只蟋蟀。皇帝有次试着斗了一回，还挺厉害，于是就责成该县常年进贡。县令就把差事压给了里长。集市上的游手好闲之徒，每当捉到好的蟋蟀，就装在笼子里喂养，囤积居奇，故意抬高价格。有些狡猾奸诈的差役，就借此强行摊派苛捐杂税，每摊派一只蟋蟀，就能使好几家人倾家荡产。

久不售[10]。为人迂讷,遂为猾胥报充里正役,百计营谋不能脱。不终岁,薄产累尽。会征促织,成不敢敛户口,而又无所赔偿,忧闷欲死。妻曰:“死何益?不如自行搜觅,冀有万一之得。”成然之。早出暮归,提竹筒、铜丝笼,于败堵丛草处,探石发穴,靡计不施,迄无济。即捕得三两头,又劣弱,不中于款。宰严限追比[11],旬余,杖至百,两股间脓血流离,并虫亦不能行捉矣。转侧床头,惟思自尽。

县里有个叫成名的书生,一直都没考上秀才。他人太迂腐,又不善言辞,于是就被狡猾的差役充数报为里长,成名想尽办法都推不掉。不到一年,家里那点儿产业全败完了。恰逢朝廷征收蟋蟀,成名不敢按户摊派,自己又拿不出钱倒贴,忧愁苦闷,痛不欲生。妻子就劝他说:“死了有什么用呢?还不如自己去找找看,或许还有一线希望。”成名觉得有道理,每天就早出晚归,提着竹筒和铜丝笼子,在残垣断壁、荒草丛生的地方翻石头挖洞穴,用尽了各种手段,始终一无所获。就算捉到两三只,也都瘦弱不堪,离要求差太远。县令严定期限,催逼得很急,十多天里,成名挨了上百板子,两腿间脓血直流,连蟋蟀也捉不成了。他躺在床上辗转反侧,心里只想一死了之。

注释 1 宣德:明朝第五个皇帝明宣宗朱瞻基的年号。 2 促织:蟋蟀的别称。 3 西产:此处指陕西出产。 4 华阴:今陕西省华阴市,因境内的西岳华山而闻名。 5 里正:即里长,明代以110户为一里,设里长负责户口及纳税、徭役等差事。 6 游侠儿:原指行侠仗义之人,此处指游手好闲的人。 7 里胥:乡里的差役。 8 科敛丁口:按照人头数摊派苛捐杂税。 9 童子业:科举时代,凡未考中秀才的读书人,不论年龄大小,通称为童生。 10 不售:此处指久考不中。 11 追比:是指官府限令吏役办事,如果不能按期完成,就打板子以示警惩。

时村中来一驼背巫，能以神卜。成妻具资诣问，见红女白婆[1]，填塞门户。入其室，则密室垂帘，帘外设香几。问者爇香于鼎，再拜。巫从傍望空代祝，唇吻翕辟[2]，不知何词，各各竦立以听。少间，帘内掷一纸出，即道人意中事，无毫发爽[3]。成妻纳钱案上，焚香以拜。食顷，帘动，片纸抛落。拾视之，非字而画，中绘殿阁类兰若，后小山下怪石乱卧，针针丛棘，青麻头[4]伏焉；旁一蟆[5]，若将跳舞。展玩不可晓，然睹促织，隐中胸怀。折藏之，归以示成。

成反复自念："得无教我猎虫所耶？"细瞩景状，与村东大佛阁真逼似[6]。乃强起扶杖，

当时村里来了一个驼背神婆，能求神问卦。成名的妻子就带着钱过去问卜，只见门口站满了老妇和少女。进屋后是间密室，挂着帘子，门帘外摆着香案。问的人在香炉中点上香，拜两次，神婆就在一旁举头望空，代为祷告，嘴里念念有词，不知道在说什么。屋里的人都恭恭敬敬地站着听候消息。没多久，帘子后面就扔出一张纸，上面道明人们所问的事，丝毫不差。成名的妻子就把钱放到香案上焚香礼拜，约一顿饭工夫，门帘掀动，抛出来一张纸。她捡起来一看，上面不是字而是一幅画。纸上画的殿宇楼阁好像是寺院，后面小山下怪石遍地，荆棘丛生，有一只青麻头蟋蟀趴在草丛里，旁边有只癞蛤蟆仿佛要跳起来。她反复玩味，不明白是什么意思，不过看到上面有蟋蟀，却也点中了心里想的事。于是就叠好收起来，拿回家给成名看。

成名拿在手里看过来看过去，自言自语道："莫非是告诉我捉虫的地方吗？"又仔细审视画中的景物，与村东头的大佛阁十分相似。于是他就硬撑着起来，拄着拐杖，手拿图画来到寺院后山。只见古墓层叠耸立，沿着墓道前行，只见乱石遍地，

执图诣寺后。有古陵蔚起，循陵而走，见蹲石鳞鳞[7]，俨然类画。遂于蒿莱[8]中侧听徐行，似寻针芥，而心目耳力俱穷，绝无踪响。冥搜[9]未已，一癞头蟆猝然跃去。成益愕，急逐之。蟆入草间，蹑迹披求，见有虫伏棘根，遽扑之，入石穴中。掭[10]以尖草，不出，以筒水灌之，始出，状极俊健，逐而得之。审视，巨身修尾，青项金翅。大喜，笼归，举家庆贺，虽连城拱璧不啻也。于盆而养之，蟹白栗黄，备极护爱。留待限期，以塞官责。

俨然和画里一模一样。于是成名就在荒草中缓步徐行，侧着耳朵细细听寻，好像是在找一根针、一粒草籽。然而，耗尽心力、目力、耳力，也没有找到蟋蟀的丁点儿踪迹和声响。他不死心，仍尽力寻找，一只癞蛤蟆突然从身旁跳过。成名更加惊愕，慌忙追过去。癞蛤蟆蹦进草丛里，成名紧随其后，用手扒开杂草细细搜寻。但见一只蟋蟀趴在荆棘根儿上，他猛地扑过去，小虫儿一下钻进石缝里，用尖草拨弄也不出来，成名就用竹筒往里灌水，小虫儿这才爬了出来，外形极为健硕。成名追上前一把逮住，仔细一瞧，但见此虫儿体形硕大，双尾修长，青色脖颈，背上一对儿金色翅膀。成名大喜过望，将蟋蟀装进笼子带回家，阖家欢庆，比得到了价值连城的玉璧还要高兴。他把蟋蟀装在盆里喂养，给它吃蟹肉和栗子，可谓关怀备至。就等着期限一到，上交官差了事。

注释　1 红女白婆：红妆少女和白发苍苍的老妇人。 2 翕辟(xī pì)：开合，关闭。 3 无毫发爽：爽，差错。指一点也没有错。 4 青麻头：蟋蟀里的珍品，头部平阔，隆起，有紫色斑点，战斗力甚强。 5 蟆(má)：蛤蟆。 6 真逼似：十分相似。 7 蹲石鳞鳞：地上的石头像鱼鳞一样层层紧挨。 8 蒿莱(hāo lái)：野草。 9 冥搜：尽力寻找。 10 掭(tiàn)：拨动。

成有子九岁，窥父不在，窃发盆，虫跃掷[1]径出，迅不可捉。及扑入手，已股落腹裂，斯须[2]就毙。儿惧，啼告母。母闻之，面色灰死，大骂曰：“业根，死期至矣！而翁归，自与汝覆算[3]耳！”儿涕而出。未几成归，闻妻言，如被冰雪。怒索儿，儿渺然不知所往，既得其尸于井。因而化怒为悲，抢呼欲绝。夫妻向隅[4]，茅舍无烟，相对默然，不复聊赖[5]。

日将暮，取儿藁葬[6]，近抚之，气息惙然[7]。喜置榻上，半夜复苏，夫妻心稍慰。但儿神气痴木，奄奄[8]思睡，成顾蟋蟀笼虚，则气断声吞，亦不复以儿为念。自昏达曙，目不交睫。东曦既驾[9]，僵卧长愁。

成名有个九岁的儿子，见父亲不在家，就偷偷把盆打开，蟋蟀一下跳了出来，它跳得很快，根本抓不住。等他用手扑住了，小虫儿已经掉了大腿，裂了肚子，很快就死了。小儿很害怕，就哭着告诉母亲。母亲一听，面若死灰，大声骂道：“你这个小畜生，今天死期到了！等你爹回来，看怎么跟你算账！”小儿流着眼泪走出屋去。没多久成名回来了，听妻子一说，全身好似布满了冰雪。怒气冲冲地去找儿子，找来找去也不见人影，不晓得到哪儿去了。后来，他在井里发现了小儿的尸体，于是瞬间转怒为悲，呼天抢地，悲痛欲绝。成名夫妇面对面默默地坐着，无心做饭，感觉人生实在没什么指望了。

天色将晚，成名就抱起孩子打算草草埋了。他上前一摸，发觉儿子还有些微气息，顿生欣喜，赶紧把孩子放到床上。等到半夜小儿苏醒过来，成名夫妇心里稍稍松了口气。可是小孩儿却神情呆滞，呼吸微弱，好像快睡着了一样。成名看着空空的蟋蟀笼子，气儿就上不来，有话噎着说不出，也就不把孩子放心上。从傍晚到天亮，他一宿没合眼。等早上太阳出来，成名还呆呆地躺在床上发愁。忽然听到

忽闻门外虫鸣，惊起觇视，虫宛然尚在，喜而捕之。一鸣辄跃去，行且速。覆之以掌，虚若无物；手裁举，则又超忽而跃。急趁之，折过墙隅，迷其所往。徘徊四顾，见虫伏壁上。审谛之，短小，黑赤色，顿非前物。成以其小，劣之；惟彷徨瞻顾，寻所逐者。壁上小虫，忽跃落衿袖间，视之，形若土狗[10]，梅花翅，方首长胫，意似良。喜而收之。将献公堂，惴惴[11]恐不当意，思试之斗以觇之。

门外边有虫鸣，心头一惊，急忙起身前去察看，小虫儿好像还在，他高兴地去捕捉。蟋蟀叫了一声就跳走了，成名在后边快步追赶，猛地用手盖住，感觉空空的；刚把手抬起来，小虫儿“唰”一下就跳走了。成名急忙追上去，转过墙角，突然不知跑哪儿去了。他走来走去，四处张望，忽而看见小虫儿正趴在墙上。定睛一瞧，生得个头短小，黑里透红，根本不是原来的那只。成名嫌它太小，就没看上，于是四处张望，寻找刚才的那只。墙上的小虫儿忽然跳落在他衣服上，成名一看，发现它身子粗壮好似蝼蛄，翅膀上斑点形似梅花，脑袋方方，大腿修长，似乎也还可以。高兴地把它收进笼子里，打算敬献官府。成名心里总感觉不踏实，害怕上面不满意，就想先试着斗一次，看看小虫儿到底怎么样。

注释　1 跃掷：用力跳出。　2 斯须：一会儿。　3 覆算：算账。喻指清算并作出相应的处理。　4 向隅：面对角落，指孤单无助。5 不复聊赖：不再有所指望。　6 藁(gǎo)葬：草草埋葬。　7 惙(chuò)然：呼吸短促的样子。　8 奄奄：气息微弱的样子。　9 东曦(xī)既驾：太阳升起来。曦，阳光。　10 土狗：即蝼蛄。　11 惴(zhuì)惴：内心恐惧的样子。

村中少年好事者，驯养一虫，自名“蟹壳青”，日与子弟角，无不胜。欲居之以为利，而高其直，亦无售者。径造庐访成。视成所蓄，掩口胡卢而笑[1]。因出己虫，纳比笼[2]中。成视之，庞然修伟，自增惭怍，不敢与较。少年固强之。顾念蓄劣物终无所用，不如拼博一笑。因合纳斗盆，小虫伏不动，蠢若木鸡[3]。少年又大笑。试以猪鬣毛撩拨虫须，仍不动。少年又笑。

屡撩之，虫暴怒，直奔，遂相腾击，振奋作声。俄见小虫跃起，张尾伸须，直龁[4]敌领。少年大骇，解令休止。虫翘然矜鸣[5]，似报主知。成大喜，方共瞻玩，一鸡瞥来[6]，径进以啄。

村里有个好事的年轻人，养了一只蟋蟀，自己取名曰“蟹壳青”，每天跟一帮年轻人拼斗，从来没输过。少年想靠这个发财，但他要价太高，一直没卖出去。一天，少年前来拜访，看了成名养的虫儿，捂着嘴嗤嗤发笑。于是就把自己养的拿出来，放在比斗的笼子里。成名瞧了瞧，只见它长得身形健硕，双腿修长，心里更觉惭愧，不敢拿出来跟他比试。少年硬要比试，成名转念一想，养这么差的东西终究没什么用，不如拿出来打斗一番，还能图个乐儿。于是就将两只虫儿倒进了斗盆，小虫儿呆若木鸡，趴着一动不动，少年忍不住又哈哈大笑。成名就试着用猪鬃撩拨小虫儿的须子，仍然没反应。少年见了又大笑不止。

成名不停地撩动，小虫突然暴怒而起，直奔“蟹壳青”扑去，于是两只虫儿腾空互搏，振翅长鸣。忽然，小虫儿纵身跃起，双尾大开，绷直触须，朝着“蟹壳青”脖子猛咬。少年见状大惊，赶忙把双方分开，终止了打斗。小虫儿翘起翅膀骄傲地鸣叫，好像在向主人夸耀战功。成名大感惊喜，正和少年观赏品鉴时，忽然来了只大公鸡，上来便啄。成名站在那儿吓得大

成骇立愕呼。幸啄不中,虫跃去尺有咫。鸡健进,逐逼之,虫已在爪下矣。成仓猝莫知所救,顿足失色。旋见鸡伸颈摆扑,临视,则虫集冠上,力叮不释。成益惊喜,掇置笼中。

叫,所幸没啄中。小虫儿蹦出一尺多远,公鸡健步向前,紧紧追逼,小虫儿已在鸡爪之下了。成名仓促间不知道该如何相救,脸色煞白,急得直跺脚。没多久,只见公鸡伸直脖子不停地摇晃脑袋。上前一看,才发现小虫儿趴在鸡冠上,正死死地叮咬不松口。成名愈发惊喜,赶紧把小虫儿收进笼子里。

注释 1 胡卢而笑:闷声而笑。 2 比笼:专门用于比斗的笼子。 3 蠢若木鸡:即呆若木鸡,形容呆笨发愣的样子。 4 龁(hé):咬。 5 翘然矜鸣:振起翅膀,骄傲地鸣叫。 6 暋来:猛然出现。

翼日[1]进宰。宰见其小,怒诃成。成述其异,宰不信,试与他虫斗,虫尽靡[2];又试之鸡,果如成言。乃赏成,献诸抚军[3]。抚军大悦,以金笼进上,细疏其能。既入宫中,举天下所贡蝴蝶、螳螂、油利挞、青丝额……一切异状,遍试之,无出其右者。每闻琴瑟之声,则应节而舞,益奇之。上大嘉悦,

第二天,成名把小虫儿献给县令。县令见它生得这么小,就怒斥成名。成名对县令讲述此虫儿如何神奇,县令不相信,就试着让它和其他蟋蟀打斗,皆纷纷惨败,又和公鸡比试,果然和成名说的一样。于是县令就赏赐了成名,把小虫儿献给了巡抚,巡抚高兴得不得了,用金丝笼装好献给朝廷,并在奏疏里详细陈述了小虫儿的本领。到了宫里,皇帝就拿天下各地进贡的蝴蝶、螳螂、油利挞、青丝额等所有名贵品种跟小虫儿一一比试,没有能打过它的。每当奏乐时,它都会随着琴瑟节拍翩然起舞,皇帝越发觉得神奇。他龙颜大悦,

诏赐抚臣名马衣缎。抚军不忘所自,无何,宰以卓异[4]闻。宰悦,免成役,又嘱学使,俾入[5]邑庠。后岁余,成子精神复旧,自言身化促织,轻捷善斗,今始苏耳。抚军亦厚赉[6]成。不数岁,田百顷,楼阁万椽,牛羊蹄躈各千计[7]。一出门,裘马[8]过世家焉。

下诏赏赐巡抚骏马良驹、绫罗绸缎。巡抚也没忘记进献的属下,不久,那位县令就因政绩卓异而上报朝廷。县令一高兴,就免除了成名的赋役,并给负责教育的官员打招呼,让成名进县学读书。过了一年多,成名的儿子精神恢复如初,他说自己曾化为蟋蟀,敏捷善斗,如今才醒过来。巡抚后来也重赏了成名。没几年,成名家就有良田百顷,楼阁万间,牛羊千计。每次外出,成名都身着皮裘,骑着高头大马,比世家大族还阔气。

注释 1 翼日:第二天。 2 靡:败落。 3 抚军:即巡抚。 4 卓异:此处指为官有才能,政绩不凡。 5 俾(bǐ)入:使……进入。 6 厚赉(lài):丰厚赏赐。 7 牛羊蹄躈(qiào)各千计:躈,牲畜的口;一说牲畜的肛门。此处有两种解释,一为牛羊各一千头;一为四只蹄子加一张嘴合计一千,即二百头。 8 裘马:穿着皮衣,骑着马,指生活奢华。

异史氏曰:"天子偶用一物,未必不过此已忘;而奉行者即为定例。加以官贪吏虐,民日贴妇卖儿,更无休止。故天子一跬步[1]皆关民命,不可忽也。独是成氏子以蠹贫[2],以促织富,裘马扬扬。当

异史氏说:"天子偶然兴起用一件东西,未必不是过后就忘了。但是那些奉行办事的官员就将此视为定例。加上官吏贪婪暴虐,小民天天典妇卖儿,更没有终止之日。所以天子的一举一动,都关乎百姓的生死,不能忽视啊!唯独成名因贪官污吏敲诈盘剥而贫穷,又以进献蟋蟀而致富,最后肥马轻裘,

其为里正受扑责时，岂意其至此哉？天将以酬长厚者，遂使抚臣、令尹，并受促织恩荫。闻之：一人飞升，仙及鸡犬。信夫！”

趾高气扬。当初他身为里正受责打时，怎么能想到会有今天？上天打算报偿忠厚之人，于是就让巡抚、县令一并受到蟋蟀带来的恩赏。古话说‘一人得道，鸡犬升天’，看来的确如此啊！”

注释 1 跬(kuǐ)步：跨出一脚，半步。此处指举动。 2 以蠹(dù)贫：因差役的敲诈盘剥而贫穷。蠹原指蛀虫，此处指贪官污吏。

柳秀才

原文

明季[1]，蝗生青兖[2]间，渐集于沂[3]。沂令忧之。退卧署幕[4]，梦一秀才来谒，峨冠绿衣，状貌修伟。自言御蝗有策。询之，答云：“明日西南道上，有妇跨硕腹牝[5]驴子，蝗神也。哀之，可免。”令异之。治具[6]出邑南。伺良久，果有妇高髻褐帔[7]，独控老苍卫，缓蹇[8]北度。即爇[9]

译文

明朝末年，青州、兖州一带出现了许多蝗虫，渐渐要聚集到沂水县。县令非常担忧。回到衙署卧房躺下后，梦到一个秀才前来求见，他戴着高冠，身穿绿衣，身材挺拔伟岸，自称有治理蝗虫的办法。县令向他请教，秀才回答说：“明天县城西南的大路上，有一个妇人会骑着大肚子母驴，她就是蝗神。你只要哀求她，蝗灾就能免除。”县令醒后觉得此梦不同寻常。便备办酒食，赶往城南。等了很久，果然有一个妇人挽着高髻，穿着褐色披肩，独自骑着一头老黑驴，缓慢地

香，捧卮[10]酒，迎拜道左，捉驴不令去。妇问："大夫[11]将何为？"令便哀求："区区小治，幸悯脱蝗口。"妇曰："可恨柳秀才饶舌，泄吾密机！当即以其身受，不损禾稼可耳。"乃尽三卮，瞥不复见。

后蝗来，飞蔽天日，然不落禾田，但集杨柳，过处柳叶都尽。方悟秀才柳神也。或云是宰官忧民所感。诚然哉！

向北边走来。县令立即点上香，捧着酒杯，跪在路边迎接，并牵住驴不让她走。妇人问："大人想干什么？"县令便哀求说："沂水县微不足道，希望您能怜悯城中百姓，让他们脱离蝗灾。"妇人发怒道："这多嘴的柳秀才真可恶，泄露了我的机密！我就让他用身体来承受，不伤害庄稼了。"便喝了三杯酒，转眼就不见了。

后来蝗虫飞到沂水县，遮天蔽日，却不落在稻田里，只停留在柳树上。蝗虫飞过，柳叶都被啃光了。县令才明白秀才原来是柳神。有人说这是县令担忧百姓，感动上天的结果。确实是这样呀！

注释 1 明季：明朝末年。 2 青兖：指青州府和兖州府一带，今山东中部地区。 3 沂：今山东临沂下辖的沂水县。 4 署幕：衙内县令住室。 5 牝(pìn)：雌性动物。 6 治具：准备饭食。 7 帔(pèi)：古代披在肩背上的服饰，此指披肩。 8 蹇(jiǎn)：行动迟缓。 9 爇(ruò)：燃点。 10 卮(zhī)：盛酒的器皿，此指酒杯。 11 大(dà)夫：指官吏。

水灾

原文

康熙二十一年[1]，山东旱，自春徂[2]夏，赤地[3]无青草。六月十三日小雨，始有种粟者。十八日，大雨沾足[4]，乃种豆。一日，石门庄有老叟，暮见二牛斗山上，告村人曰："大水将至矣！"遂携家播迁[5]。村人共笑之。无何，雨暴注，彻夜不止，平地水深数尺，居庐尽没。一农人弃其两儿，与妻扶老母，奔避高阜[6]。下视村中，已为泽国，并不复念及两儿。水落归家，见一村尽成墟墓。入门视之，则一屋独存，见两儿尚并坐床头，嬉笑无恙。咸谓夫妻之孝报云。此六月二十二日事。

译文

康熙二十一年，山东发生旱灾，从春天到夏天，土地寸草不生，光秃秃一片。六月十三日，下了场小雨，才有人开始种庄稼。六月十八日，大雨充沛，才有人种豆子。一天，石门庄有一个老汉，傍晚的时候看到山上有两只牛在打斗，便告诉村里人，说："大水就要来啦！"于是带着家眷搬走。村里人都笑这个老汉。不久，暴雨倾盆，整夜下个不停，平地积水都有几尺深，房屋全被淹没。当时，一个农民丢下两个孩子，和妻子一起搀扶着老母亲，跑到高山上避难。往山下一看，村里已经淹成水国，只好不再念及两个孩子。大水退去，他们下山回家，看到村里变成一片废墟。回家推门一看，只有一间屋子尚且完好，两个孩子还并排坐在床头嬉闹，平安无事。人们都说这是夫妻两人孝心的善报。这是六月二十二日的事情。

注释 **1** 康熙二十一年：1682 年。 **2** 徂(cú)：往，到。 **3** 赤地：指旱灾、

虫灾后，寸草不生，土地光秃秃的。 **4** 沾足：雨水充足。 **5** 播迁：迁徙。 **6** 阜(fù)：土山。

康熙二十四年[1]，平阳[2]地震，人民死者十之七八。城郭尽墟，仅存一屋，则孝子某家也。茫茫大劫中，惟孝嗣无恙，谁谓天公无皂白耶？

康熙二十四年，平阳发生地震，百姓死了十分之七八。全城内外，一片废墟，只有一所房屋侥幸保存，就是某位孝子的家。在浩荡无边的灾难中，只有孝顺人家的后代平安无事，谁说老天爷黑白不分呢？

注释 **1** 康熙二十四年：1685年。 **2** 平阳：今山西临汾。

诸城某甲

原文

学师孙景夏[1]先生言：其邑中某甲者，值流寇乱，被杀，首坠胸前。寇退，家人得尸，将舁瘗[2]之，闻其气缕缕然，审视之，咽不断者盈指。遂扶其头，荷之以归。经一昼夜始呻，以匕箸稍稍哺饮食，半年竟愈。

译文

县学老师孙景夏先生说：诸城县里有个人，正好赶上盗匪作乱被杀了，头耷拉在胸前。盗匪撤走后，家人找到他的尸体，打算抬回去埋葬，却听见一丝微弱的气息，家人仔细查看，发现咽喉处还有一指多宽没砍断。于是便扶着他的头，背回家去。过了一天一夜，他才开始呻吟，家人用勺子筷子慢慢喂他吃的，半年过后竟然痊愈了。又过了十多年，他和两三个

又十余年，与二三人聚谈，或作一解颐语[3]，众为哄堂，甲亦鼓掌。一俯仰间，刀痕暴裂，头堕血流，共视之，气已绝矣。父讼笑者。众敛金赂之，又葬甲，乃解。

人聚会聊天。有人讲了个笑话，引得哄堂大笑，他也笑得鼓掌。结果在前俯后仰之时，之前受伤的刀疤处突然断裂，人头落地，鲜血直流，大家一看，人已经断气了。这人的父亲去衙门状告讲笑话的人。大家凑了些钱送给他父亲，又安葬了他，这才完事。

注释 1 孙景夏：孙瑚，字景夏，山东诸城人。康熙四年(1665)任淄川县儒学教谕。 2 舁瘗(yú yì)：抬尸埋葬。 3 解颐语：玩笑话。解颐，开颜欢笑。

异史氏曰："一笑头落，此千古第一大笑也。头连一线而不死，直待十年后，成一笑狱[1]，岂非二三邻人，负债前生者耶！"

异史氏说："一笑把头笑掉了，这真是千古第一大笑呀。头和脖子只有一线相连却没死，直到十年后造成了一桩因笑而起的官司。难道不是那两三个邻居前生欠他债吗？"

注释 1 笑狱：因玩笑造成的诉讼。

库 官

原文

邹平[1]张华东公[2]，奉旨祭南岳[3]。道出江淮

译文

邹平县有一位张华东大人，奉旨去祭祀南岳。途中经过江淮一带，准备在驿

间，将宿驿亭。前驱白："驿中有怪异，宿之必致纷纭。"张弗听。宵分，冠剑而坐。俄闻靴声入，则一颁白叟，皂纱黑带。怪而问之。叟稽首曰："我库官也。为大人典藏[4]有日矣。幸节钺[5]遥临，下官释此重负。"问："库存几何？"答言："二万三千五百金。"公虑多金累缀，约归时盘验。叟唯唯而退。张至南中[6]，馈遗颇丰。及还，宿驿亭，叟复出谒。及问库物，曰："已拨辽东兵饷矣。"深讶其前后之乖。叟曰："人世禄命，皆有额数，锱铢[7]不能增损。大人此行，应得之数已得矣，又何求？"言已，竟去。张乃计其所获，与所言库数，适相吻合。方叹饮啄有定[8]，不可以妄求也。

馆过夜。在前面开路的人劝说："驿馆里曾经发生过奇怪之事，今晚在那儿过夜一定会惹上麻烦。"张华东不听劝告。半夜，张华东穿戴整齐，佩剑坐在屋里。不一会儿，忽然听到靴子擦地的声音进到屋中。原来是一位头发花白的老翁，头戴黑纱帽，身系黑腰带。张华东奇怪地问他是谁，老翁跪地磕头说："我是库官，替大人看管库存财物有一段时间了。幸好大人从远处光临，我可以卸下这个重任了。"张华东问："库存现在有多少？"老翁回答："有两万三千五百两银子。"张华东想到这么多银两带着是个累赘，就和老翁约定返程时盘点完再处理。老翁连声答应，转身就走了。张华东来到南方，收了许多礼物。等回到江淮，在驿所过夜时，老翁又来拜见。当问到库存财物时，老翁却说："已经分给辽东充当军饷了。"张华东惊讶他前后说法不一，老翁解释："人生禄食命运，都已有定数，一丝一毫也不能增减。大人这次出差南方，应得的数额已经得到了，还求什么呢？"说完就走了。张华东于是算了算这次得到的财物，和老翁之前说的库存数目刚好一致。这才感叹一餐一饭都是命中注定的，不能妄意索求。

注释 1 邹平：今山东滨州下辖的邹平市。 2 张华东公：张延登，字济美，号华东，山东邹平人。万历二十年(1592)进士，官至工部尚书。 3 南岳：即衡山，五岳之一。在今湖南衡阳。 4 典藏：管理库存财物。典，主管，看守。藏，储存财物的地方。 5 节钺：符节与斧钺的合称，此处指钦差的仪仗。 6 南中：泛指南方地区。 7 锱铢(zī zhū)：指极微小的数量。 8 饮啄有定：命中注定。饮，饮水。啄，啄食。

酆都御史

原文

酆都县[1]外有洞，深不可测，相传阎罗天子署。其中一切狱具，皆借人工。桎梏[2]朽败，辄掷洞口，邑宰即以新者易之，经宿失所在。供应度支[3]，载之经制[4]。

明有御史行台[5]华公，按临酆都，闻之不以为信，欲入洞以决其惑，众云不可。公弗听，乃秉烛入，以二役从。入里许，烛暴灭。视之，阶道阔朗，有广殿十余间，列坐尊官，袍笏俨

译文

酆都县外有个洞，深不见底，民间传说这就是阎罗王的官衙。里面使用的所有刑具，都是依靠人间工匠做好的。脚镣手铐要是生锈用坏了，就扔在洞口，县令立即用新的替换，放在那儿过了夜就没了。供应物品的各项开支，都在附加税里报销。

明代有一位御史行台华大人，到酆都县巡查，听到当地这种说法，不太相信，想进洞里看看消除心里的疑惑，大家都劝他不要去。华大人不听，拿了火把进洞，身后还跟着两个差役。刚走了一里左右，火把突然熄灭了。华大人一看，前面的台阶道路开阔而明亮，上面有十多间高大的宫殿，殿上依次排坐着高官，个个身

然。惟东首虚一座。尊官见公至,降阶而迎,笑问曰:“至矣乎?别来无恙否?”公问:“此何处所?”尊官曰:“此冥府也。”公愕然告退。尊官指虚座曰:“此为君坐,那可复还!”公益惧,固请宽宥,尊官曰:“定数何可逃也!”遂检一卷示公,上注云:“某月日,某以肉身归阴。”公览之,战栗如濯冰水,念母老子幼,泫然涕流。

穿官服,手拿朝笏,神情庄重严肃。只有东头还空着一个座位。高官见华大人到来,走下台阶前去迎接,笑着问华公:“您来了呀?分开后过得还好吗?”华公问他:“这是哪里?”高官答:“这里是阴曹地府。”华公十分吃惊,急忙请求离开,高官指着空位说:“那个位置就是留给您坐的,怎么能回去呢!”华大人听了更加害怕,再三请求高官放过他,高官说:“命数哪能逃得掉呢。”便找出一卷文书给华大人看,上面写着:“某年某月某日,某人以肉身回到阴间。”华公看过,浑身发抖,就像被浇了冰水,又想起家里的老母亲和幼小的孩儿,不禁痛哭流涕起来。

注释 1 酆都县:今重庆市丰都县。 2 桎梏:脚镣和手铐。 3 度支:指财政开支。 4 载之经制:指将专项费用列入附加税内征收报销。另立名目增收之税称“经制钱”。 5 御史行台:又称行台御史。元以后指代表御史台对地方行使监察权的御史。

俄有金甲神人,捧黄帛书至。群拜舞启读已,乃贺公曰:“君有回阳之机矣!”公喜致问,曰:“适接帝诏,大赦幽冥,可为君委折原

不一会儿,有位身披金甲的神人捧着黄帛诏书到来,大家行礼拜舞,打开诏书宣读完后,众人祝贺华公:“您现在有还阳的机会啦!”华公高兴地问是怎么回事,高官回答:“刚才接到天帝的诏书,宣布大赦阴间的幽魂,所以可以为你委

例[1]耳。”乃示公途而出。数武之外，冥黑如漆，不辨行路，公甚窘苦。忽一神将轩然而入，赤面长髯，光射数尺。公迎拜而哀之，神人曰：“诵佛经可出。”言已而去。公自计经咒多不记忆，惟《金刚经》颇曾习之，遂乃合掌而诵，顿觉一线光明，映照前路。偶有遗忘，则目前顿黑，定想移时，复诵复明。乃始得出。其二从人，则不可问矣。

婉恳请援例放归，放你回阳间。”说完向华公指明归路。几步之外，漆黑一片，根本看不清路，华大人感到非常苦恼。忽然有位器宇轩昂的神将走进来，红脸长须，身上散发着神光，照亮了数尺以外的地方。华公走上前行礼并请求帮助，神将说：“念诵佛经就能走出去。”说完就离开了。华公想着佛经咒语很多都已经忘了，只有《金刚经》还比较熟悉，便合掌诵读，顿觉眼前出现一丝光亮，照亮了前路。偶尔有句子想不起来，眼前立马漆黑一片。定神回忆一会儿，再背诵出来，光亮又出现了。最后终于走出了洞口。至于两个差役的行踪，就不知道了。

注释 1 委折原例：指援引前例，委曲折免华御史之罪。委折，即设法减除。原例，照章行事。

龙无目

原文

沂水大雨，忽堕一龙，双睛俱无，奄有

译文

沂水县下大雨时，突然从天上掉下一条龙，两只眼睛都不见了，奄奄一息。县令

余息。邑令公以八十席覆之，未能周身。又为设野祭[1]，犹反覆以尾击地，其声堛[2]然。

派人用八十张席子遮挡它的身体，竟然还不能掩盖龙的整个身躯。县令又在野外祭祀它，这时龙还在不停地用尾巴拍打地面，发出"嘭嘭"的声音。

注释　1 野祭：在户外祭祀。　2 堛(bì)：土块。此处形容龙尾击地的声音。

狐　谐

原文

万福，字子祥，博兴[1]人也。幼业儒。家少有而运殊蹇[2]，行年二十有奇，尚不能掇一芹[3]。乡中浇俗[4]，多报富户役[5]，长厚者至碎破其家。万适报充役，惧而逃。如济南，税居逆旅[6]。夜有奔女，颜色颇丽，万悦而私之。请其姓氏，女自言："实狐，然不为君祟耳。"万喜而不疑。女嘱勿与客共，遂

译文

万福，字子祥，是山东博兴人。他年少时习读儒家经典。家里有些财产却很不走运，二十几岁了还没考上秀才。他家乡有种陋俗，官府派下的徭役，往往都摊给那些富裕人家，忠厚老实的人常常为此倾家荡产。万福刚好被报上当里正，他心里害怕，就逃走了。逃到济南那儿，在旅店租了间房住了下来。夜晚，有个女子偷偷从家里跑出来，长得挺漂亮，万福心里中意她，便和她私通。问她姓氏，女子自称："我其实是狐狸，但是我不会害你的。"万福心里欢喜，对此没有怀疑。狐女嘱咐万福不要和其他客人同住，于

日至，与共卧处。凡日用所需，无不仰给于狐。

是她每天都来，和万福同床卧眠。从此，万福所有的日用开支，都由狐女提供。

注释 1 博兴：今山东滨州下辖的博兴县。 2 蹇(jiǎn)：困顿，不顺利。 3 掇一芹：指考中秀才。 4 浇俗：陋俗。浇，浮薄。 5 富户役：指里正役。 6 税居逆旅：租住在旅店里。

居无何，二三相识，辄来造访，恒信宿[1]不去。万厌之而不忍拒，不得已，以实告客。客愿一睹仙容，万白于狐，狐谓客曰："见我何为哉？我亦犹人耳。"闻其声，呖呖[2]在目前，四顾，即又不见。客有孙得言者，善俳谑[3]，固请见，且谓："得听娇音，魂魄飞越，何吝容华，徒使人闻声相思？"狐笑曰："贤哉孙子！欲为高曾母作行乐图耶？"诸客俱笑。狐曰："我为狐，请与客言狐典[4]，颇愿闻之否？"众唯唯。狐曰："昔某村旅舍，故多狐，辄出祟行客。客知之，

没过多久，有几位朋友就来拜访万福，往往一住就是两夜，还不肯走。万福心里厌烦却又不忍心拒绝，没办法，只好跟客人们说了实话。他们都想看一眼狐女的容貌，万福便告诉狐女，狐女对客人说："见我做什么？我跟普通人差不多罢了。"听狐女的声音婉转清脆，像在眼前，可四下一看，又没见到人。客人中有个人叫孙得言，爱开玩笑，坚持要见狐女，并说："能听到你娇滴滴的声音，真叫我神魂颠倒，又何必爱惜你的美貌，让人听着声音害相思呢？"狐女笑道："好个贤孙！是想给你高曾祖母画一幅行乐图吗？"几位客人听了都笑起来。狐女又说："我是狐狸，请让我和各位说说狐狸的故事，大家愿意听吗？"众人连连说好。狐狸便说："从前，有个村子里有家客店，客店里有很多狐狸，常常出来捉弄客人。客人们知道后，互相告诫不要在

相戒不宿其舍，半年，门户萧索。主人大忧，甚讳言狐。忽有一远方客，自言异国人，望门休止[5]。主人大悦。甫邀入门，即有途人阴告曰：'是家有狐。'客惧，白主人，欲他徙。主人力白其妄，客乃止。入室方卧，见群鼠出于床下。客大骇，骤奔，急呼：'有狐！'主人惊问，客怨曰：'狐巢于此，何诳我言无？'主人又问：'所见何状？'客曰：'我今所见，细细幺麽[6]，不是狐儿，必当是狐孙子！'"言罢，座客为之粲然。孙曰："既不赐见，我辈留宿，宜勿去，阻其阳台。"狐笑曰："寄宿无妨。倘有小迕犯，幸勿滞怀。"客恐其恶作剧，乃共散去。然数日必一来，索狐笑骂。狐谐甚，每一语，即颠倒宾客，滑稽者

他们家寄宿，就这样过了半年，生意非常冷清。旅店主人很担忧，非常忌讳说到狐狸。忽然有天店里来了位远行的旅客，自称是外国人，看到客店就想住下。主人非常开心。刚准备把客人请进店里，就有过路人偷偷对这位客人说：'这家店里有狐狸。'客人很害怕，对店主说想去别的地方住。店主极力辩驳说那是胡扯，客人这才留了下来。进房间刚躺下，就看到一窝老鼠从床底钻出来。客人吓得要命，立刻跑出房门，急忙叫嚷：'有狐狸！'店主吃惊地问发生了什么，客人埋怨说：'狐狸的窝就在这儿，为什么骗我说没有狐狸？'店主又问：'你看到的狐狸长什么样？'客人一口咬定：'我刚才看到的东西，瘦瘦小小，不是狐狸儿子，就是狐狸孙子！'"说完，客人们都哈哈大笑。孙得言只好说："既然不肯露面，我们留下来过夜，就是不走，坏你们的好事。"狐女笑着说："住下来也没事。可如果我有什么得罪的地方，还请不要放在心上！"客人们担心狐女恶搞他们，就都走了。但从此几天就要来一次，找狐女笑骂。狐女非常幽默，说的每句话都能让客人开怀大笑，就是连擅长开玩

不能屈也。群戏呼为“狐娘子”。

笑的人也逗不过她。大家都戏称她为“狐娘子”。

注释 1 信宿：连住两夜。 2 呖呖：形容鸟清脆的叫声，此处指说话声音婉转清脆。 3 俳(pái)谑：开玩笑。 4 狐典：有关狐狸的故事。 5 望门休止：来到门前要住下。 6 细细幺麽(yāo mó)：微不足道的东西。

一日，置酒高会，万居主人位，孙与二客分左右座，上设一榻屈狐。狐辞不善酒，咸请坐谈，许之。酒数行，众掷骰为瓜蔓之令[1]。客值瓜色，会当饮，戏以觥移上座曰：“狐娘子大清醒，暂借一觞。”狐笑曰：“我故不饮。愿陈一典，以佐诸公饮。”孙掩耳不乐闻。客皆曰：“骂人者当罚。”狐笑曰：“我骂狐何如？”众曰：“可。”于是倾耳共听。狐曰：“昔一大臣，出使红毛国[2]，着狐腋冠[3]，见国王。王见而异之，问：‘何皮毛，温厚乃尔？’大臣以狐对。王曰：‘此物生平未曾得闻。

有一天，朋友们一起喝酒聚会，万福坐在主人的位子上，孙得言和两个朋友分别坐在他的左右两边，上首还摆了一张卧榻，是留给狐女的。狐女推辞说不会喝酒，大家便请她坐下说话，狐女便答应了。喝了几轮酒，大家在掷骰子，玩瓜蔓酒令。其中一个客人掷出瓜色，应该喝酒，却笑着把酒杯端向上座说：“狐娘子太清醒了，请代喝一杯吧。”狐女笑着说：“我从来不喝酒。但我愿意讲个故事，给大家喝酒助兴。”孙得言把耳朵捂住说不想听。客人们说：“骂人的人该罚。”狐女笑问：“我骂狐狸怎么样？”众人都说：“可以。”于是便认真听狐女讲故事。狐女说：“从前有个大臣出使红毛国，他戴着狐腋皮毛做的帽子，觐见国王。国王看到他的帽子觉得很新奇，便问：‘这是什么毛，这么暖和厚实？’大臣回答是狐毛。国王问：

狐字字画何等？’使臣书空而奏曰：‘右边是一大瓜[4]，左边是一小犬。’”主客又复哄堂。

二客，陈氏兄弟，一名所见，一名所闻。见孙大窘，乃曰：“雄狐何在，而纵雌流毒若此？”狐曰：“适一典，谈犹未终，遂为群吠所乱，请终之。国王见使臣乘一骡，甚异之。使臣告曰：‘此马之所生。’又大异之。使臣曰：‘中国马生骡，骡生驹驹。’王细问其状。使臣曰：‘马生骡，是臣所见；骡生驹驹，乃臣所闻。’”举坐又大笑。众知不敌，乃相约：后有开谑端者，罚作东道主。

‘这种东西我从来没听说过。狐字的笔画该怎么写？’大臣用手在空中比画，上奏说：‘右边是一个大瓜，左边是一只小犬。’”众人听完又哄堂大笑。

那两个客人姓陈，是兄弟俩，一个叫陈所见，一个叫陈所闻。他们看孙得言在一旁被调侃得非常窘迫，就故意问：“公狐狸去哪里了，怎么放任母狐狸在这里恶语伤人？”狐女接着说：“刚才的故事还没讲完，就被群狗的乱叫声给打断了，请让我说完。国王看到使臣骑着一匹骡子，非常奇怪。使臣解释：‘这是马生的。’国王听了更加奇怪。使臣说：‘在中国，马生骡子，骡子生驹驹。’国王仔细地询问。使臣说：‘马生骡子，是臣（陈）所见；骡子生驹驹，是臣（陈）所闻。’”客人们听完又哈哈大笑。大家知道逗不过狐女，便互相约定：接下来有谁再起头开玩笑，就罚谁做东请客。

注释 1 瓜蔓（wàn）之令：酒令的一种。 2 红毛国：明清时称荷兰人为红毛夷、红毛番，红毛国即指荷兰，亦泛指海西之国。 3 狐腋冠：用狐狸腋下的皮毛做成的帽子。 4 大（dǎ）瓜：即傻瓜，山东方言。

顷之，酒酣，孙戏谓万曰："一联请君属之[1]。"万曰："何如？"孙曰："妓者出门访情人，来时'万福'，去时'万福'。"合座属思不能对。狐笑曰："我有之矣。"对曰："龙王下诏求直谏[2]，鳖也'得言'，龟也'得言'。"四座无不绝倒。孙大恚曰："适与尔盟，何复犯戒？"狐笑曰："罪诚在我，但非此，不成确对[3]耳。明旦设席，以赎吾过。"相笑而罢。狐之诙谐，不可殚述。居数月，与万偕归。及博兴界，告万曰："我此处有葭莩亲[4]，往来久梗[5]，不可不一讯。日且暮，与君同寄宿，待旦而行可也。"万询其处，指言："不远。"

万疑前此故无村落，姑从之。二里许，果见一庄，生平所未历。狐

过了一会儿，大家酒喝得正起劲儿，孙得言跟万福开玩笑："我有上联，请你对下联。"万福问："上联是什么？"孙得言便说："妓者出门访情人，来时'万福'，去时'万福'。"在座的人想了半天也对不上。狐女笑着说："我有下联了。"便说："龙王下诏求直谏，鳖也'得言'，龟也'得言'。"在座的人笑得前仰后合。孙得言很不满："刚才和你说好了，怎么又犯戒？"狐女笑道："我确实错了，但不这么说，就对不出工整的句子了。明天我摆酒宴请大家，来赎我的罪过。"众人一笑作罢。狐女的诙谐幽默，多得说不过来。他们在客店住了几个月，狐女和万福一起回家。到了博兴县境时，狐女告诉万福："我在这里有个远房亲戚，很久都没有来往，这次经过，不可不去拜访。天快黑了，我们就先借住一晚，明早再走吧。"万福问远亲住在哪里，狐女指着前面说："就在不远处。"

万福有些疑惑，因为之前那里并没有村庄，只是姑且先跟着她走。走了二里左右，果然看到一座村落，从来没见过。狐女走上前去敲门，一个仆人应声出来开门。进去后，里面又是一道道门和许

往叩关，一苍头[6]出应门。入则重门叠阁，宛然世家。俄见主人，有翁与媪，揖万而坐。列筵丰盛，待万以姻娅[7]，遂宿焉。狐早谓曰："我遽偕君归，恐骇闻听。君宜先往，我将继至。"万从其言，先至，预白于家人。未几，狐至，与万言笑，人尽闻之，而不见其人。逾年，万复事于济，狐又与俱。忽有数人来，狐从与语，备极寒暄。乃语万曰："我本陕中人，与君有夙因，遂从尔许时。今我兄弟至矣，将从以归，不能周事[8]。"留之不可，竟去。

多亭台楼阁，看着就是世代为官的大户人家。不一会儿，主人出来迎接，是一老翁和一老妇，他们见过礼后请万福入座。宴席非常丰盛，把万福当姻亲一样接待，狐女和万福便留下过夜。第二天一大早，狐女对万福说："我突然和你一起回家，你的家人估计会很意外。最好你先回去，我随后就到。"万福听了狐女的话，就先回家，把狐女的事预先跟家人说了。不久，狐女果然来了，她和万福说笑，家人只能听到她的声音，却看不见她的人。一年后，万福有事又要到济南去，狐女也跟着他一起。忽然来了几个人，狐女和他们说话，嘘寒问暖，十分热情。又对万福说："我本来是陕西人，因为和你有一段旧姻缘，所以才陪了你这些时日。现在我的兄弟们来了，我得跟他们回去，不能伺候你到老了。"万福挽留不住，狐女就走了。

注释　1 属之：对出下联。　2 直谏：直言劝谏。　3 确对：工整的对句。　4 葭莩(jiā fú)亲：远房亲戚。葭莩，芦苇中的薄膜，比喻关系疏远。　5 梗：阻隔。　6 苍头：指奴仆。　7 姻娅：亲家和连襟，泛指姻亲。　8 周事：终侍，指终身相伴。

雨 钱

原文

滨州[1]一秀才,读书斋中,有款门[2]者,启视则一老翁,形貌甚古。延之入,通姓氏,翁自言:“养真,姓胡,实狐仙。慕君高雅,愿共晨夕。”生故旷达,亦不为怪。相与评驳[3]今古。翁殊博洽[4],镂花雕缋[5],粲于牙齿[6],时抽经义[7],则名理[8]湛深,出人意外。生惊服,留之甚久。

译文

滨州有一秀才,在书房读书,听到有人敲门,打开门一看,原来是一位老翁,只见他形貌甚古。于是秀才把老翁请进屋,问他的姓氏,老翁自称:“我姓胡,名养真,其实是狐仙。因仰慕你的高雅,愿意朝夕和你在一起。”秀才为人一向旷达,也不以为怪。他和老翁谈古论今。老翁学问十分广博,辞藻华丽,口齿生花,有时阐发儒家经义,对名理的辨别十分深刻,更使人觉得望尘莫及。秀才惊叹佩服,便留老翁住了很长时间。

注释 1 滨州:今山东滨州。 2 款门:敲门。 3 评驳:评议和驳正。 4 博洽:指学识渊博。 5 镂花雕缋(huì):镂刻花纹,雕刻绘饰。比喻辞藻华丽。 6 粲于牙齿:指谈吐风雅,口齿生花。 7 抽经义:阐发儒家经典的义理。 8 名理:名物与道理。

一日,密祈[1]翁曰:“君爱我良厚。顾我贫若此,君但一举手,金钱自可立致,何不小周给[2]?”翁嘿

一天,秀才悄悄请求老翁说:“你对我厚爱有加,但我如此穷困,你只要一抬手,金钱便立刻到手,为何不稍稍接济一下我呢?”老翁沉默不语,过了

然，少间笑曰："此大易事。但须得十数钱作母。"生如其请。翁乃与共入密室中，禹步作咒。俄顷，钱有数十百万从梁间锵锵[3]而下，势如骤雨，转瞬没膝，拔足而立，又没踝。广丈之舍，约深三四尺余。乃顾生曰："颇厌君意否？"曰："足矣。"翁一挥，钱画然而止，乃相与扃户出。生窃喜暴富矣。顷之，入室取用，则满室阿堵物[4]化为乌有，惟母钱十余枚尚在。生大失望，盛气向翁，颇怼[5]其诳。翁怒曰："我本与君文字交，不谋与君作贼！便如秀才意，只合寻梁上君[6]交好得，老夫不能承命！"遂拂衣去。

一会儿笑道："这是很容易的事。但需要十几枚钱作母。"秀才照他说的拿出十几枚铜钱。老翁和他一起来到密室中，脚踏禹步，口念咒语。很快，就有数十百万枚铜钱从房梁间"哗啦啦"落下，势如暴雨倾泻，转眼就没过膝盖，拔出脚站在钱上，钱又没住了脚踝。一丈见方的屋子，堆了三四尺厚的铜钱。老翁对秀才说："你还满意吗？"秀才说："足够了。"老翁把手一挥，钱顿时就不再落下了，于是他和秀才锁上门出来了。秀才窃喜自己暴富起来。一会儿，他进屋拿钱，只见满屋子的钱都不见了，只有十几枚母钱还在。他大为失望，怒气冲冲地去找老翁，对他欺骗自己颇为怨恨。老翁生气地说："我本来和你是文字之交，不想和你一起做贼！如果你要如意，只该去找梁上君子做朋友才是，老夫不能从命！"于是拂袖而去。

注释 1 密祈：悄悄请求。 2 周给：接济。 3 锵(qiāng)锵：象声词，形容金石撞击发出的洪亮清越之声。 4 阿堵物：钱。阿堵为六朝时口语，意为"这个"。西晋王夷甫因雅癖而从不言钱，其妻故将铜钱堆绕床前，夷甫晨起，呼婢"举却阿堵物"（ 搬走这个东西 ）。故后世以阿堵物代指钱。 5 怼：怨恨。 6 梁上君：指小偷。

妾击贼

原文

益都[1]西鄙之贵家某者，富有巨金。蓄一妾，颇婉丽。而冢室[2]凌折之，鞭挞横施，妾奉事之惟谨。某怜之，往往私语慰抚，妾殊未尝有怨言。一夜，数十人逾垣入，撞其屋扉几坏。某与妻惶遽丧魄，摇战不知所为。妾起，嘿无声息，暗摸屋中，得挑水木杖一，拔关遽出。群贼乱如蓬麻。妾舞杖动，风鸣钩响，击四五人仆地，贼尽靡，骇愕乱奔。墙急不得上，倾跌咿哑，亡魂失命。妾拄杖于地，顾笑曰："此等物事，不直下手插打[3]得，亦学作贼！我不汝杀，杀嫌辱我。"悉纵之逸去。某大惊，问："何自能尔？"

译文

益都西郊的富贵人某某，家里非常有钱。他纳了个小妾，十分温婉靓丽。但正室对她多次羞辱折磨，甚至横加鞭打，小妾却始终恭敬地侍奉她。某人心疼，私下里常常好言安慰她，小妾却从没抱怨什么。一天夜里，几十个人跳墙摸进家里，屋门都快被撞坏了。某人和正室吓得失魂落魄，浑身发抖，不知该怎么办。小妾悄无声息地起身，暗中摸黑到屋里，拿上一根挑水的扁担，拉开门闩就冲了出去。群贼被吓得乱如蓬麻。只见小妾舞动扁担，风声呼呼作响，铁钩"叮当"发声，一下子就把四五个贼撂倒在地，强盗见此斗志顿消，惊骇地四处乱逃。他们急得墙都爬不上去，摔得失声大叫，好像丢魂丧命了一样。小妾把扁担往地上一拄，看着他们嘲笑道："这样的东西，不值得我下手痛打，也好意思学做贼！我不杀你们，杀了你们是在侮辱我。"便全放他们逃走。某人非常惊讶，问她："你怎么有这种本事？"原来小妾的父亲是枪棒师，小妾悉数继承了父亲的武艺，大

则妾父故枪棒师，妾尽传其术，殆不啻百人敌也。妻尤骇甚，悔向之迷于物色。由是善颜视妾，妾终无纤毫失礼。邻妇或谓妾："嫂击贼若豚犬，顾奈何俯首受挞楚？"妾曰："是吾分耳，他何敢言。"闻者益贤之。

概百来人都不是她的对手。正室最为惊骇，懊悔自己之前被她的美貌迷惑。从此便和颜悦色地对待小妾，小妾始终恪守礼节侍奉，没有丝毫失礼的地方。有位邻居妇女问她："大嫂对付那些盗贼就像打猪狗一样轻松，为什么反而俯首帖耳地忍受别人的鞭打呢？"小妾回答："这是由我的名分决定的，哪敢说别的。"大家听了她的话，更加敬佩她的贤惠。

注释 1 益都：今山东青州。 2 冢室：指正妻。 3 挞打：打击。

异史氏曰："身怀绝技，居数年而人莫之知，而卒之捍患御灾，化鹰为鸠[1]。呜呼！射雉既获，内人展笑。[2]握槊方胜，贵主同车。[3]技之不可以已也如是夫！"

异史氏说："小妾身怀绝技，生活好几年竟然没有人知道，终于在关键的时候抵抗外敌，消灾解难，化正室的凶悍为亲顺。唉！贾大夫一箭射中野鸡，赢得妻子开颜欢笑；薛万彻赌胜了佩刀，使得丹阳公主和他同车回家。可见武艺不能废置不用，妾击贼就是如此！"

注释 1 化鹰为鸠：意谓使正妻改变悍恶的态度。 2 射雉既获，内人展笑：此句谓丑夫有射雉之长，就能取得妻子欢心。 3 握槊方胜，贵主同车：此句谓蠢夫角力获胜，也能引起妻子自豪。

驱 怪

原文

长山徐远公[1]，故明诸生也。鼎革[2]后，弃儒访道，稍稍学敕勒之术[3]，远近多耳其名。某邑一巨公[4]，具币，致诚款书，招之以骑。徐问："召某何意？"仆辞以不知，但嘱小人务屈临降耳。徐乃行。至则中亭宴馔，礼遇甚恭，然终不道其所以致迎之旨。徐不耐，因问曰："实欲何为？幸祛疑抱[5]。"主人辄言无何也，但劝杯酒，言词闪烁，殊所不解。言话之间，不觉向暮，邀徐饮园中。园构造颇佳胜，而竹树蒙翳[6]，景物阴森，杂花丛丛，半没草莱中。抵一阁，覆板[7]上悬蛛错缀，大小上下，不可以数。

译文

长山的徐远公，是明朝的秀才。明朝覆灭后，他放弃了考取功名的志向，一心求仙问道，慢慢地学会了画符捉鬼的法术，远近各地的人都听说过他的大名。有个县的一位大人物，准备好礼物，给他送去一封诚意满满的书信，还派了仆人牵着马去接他。徐远公问："叫我去做什么？"仆人回答说不知道，只是嘱咐小人一定要请您屈尊到府上坐坐。徐远公只好上路。来到主人家里，主人已经在院子里摆好酒席，非常恭敬地招待，但就是不说把他请来做客的原因。徐远公忍耐不住，便问主人："您到底想干什么？说出来也好打消我的疑惑。"主人还是说没什么事，只是劝他多喝酒，说话吞吞吐吐，让人无法理解。说话之间，不知不觉天快黑了，主人便邀请他到花园里喝酒。这座花园构造得非常精巧雅致，只是竹丛繁茂，长得很高，遮蔽了阳光，远远看上去阴森一片，野花一丛接一丛，大半隐没在杂草里。他们走到一处阁楼前面，只见阁顶盖板上挂满了交错重叠的蜘蛛网，有大有小，上上下下，数

酒数行,天色曛暗,命烛复饮。徐辞不胜酒,主人即罢酒呼茶。诸仆仓皇撤肴器,尽纳阁之左室几上。茶啜未半,主人托故竟去,仆人便持烛引宿左室。烛置案上,遽返身去,颇甚草草。徐疑或携襆被来伴,久之,人声殊杳,即自起扃户就寝。

都数不过来。喝了几轮酒,天色变暗了,主人让人点上蜡烛继续喝酒。徐远公推辞酒量浅,主人便让人撤酒上茶。仆人们匆匆忙忙地撤下酒菜器皿,全部放在小楼左边一个房间的桌子上。茶还没喝到一半,主人竟然借故离开了,仆人们便拿着蜡烛领着徐远公去小楼左边的房间休息。仆人把蜡烛放到桌上,立马转身离开,显得很慌张。徐远公猜测会有仆人带着被褥过来和自己做伴,等了很久,连一个人影都没有,这才起身关门躺下。

注释 1 徐远公:徐处,字见区,原名之邈,字远公。明末济南府学生员。入清后,弃儒学道。 2 鼎革:指改朝换代。 3 敕勒之术:道士画符作法之术。 4 巨公:此处指大人物。 5 疑抱:疑惑。 6 蒙翳:遮蔽,遮盖。 7 覆板:楼阁顶部的盖板。

窗外皎月,入室侵床,夜鸟秋虫,一时啾唧。心中怛然[1],不成梦寝。顷之,板上橐橐[2],似踏蹴声,甚厉。俄下护梯[3],俄近寝门。徐骇,毛发猬立,急引被覆首。而门已豁然顿开。徐展被角,微伺之,则一物,

窗外月色皎洁,洒进屋里,照到床上,还能听到夜鸟秋虫在唧唧啾啾地叫。徐远公心里有些惊恐,不敢睡着。不一会儿,隔板上发出"橐橐"的响声,好像是脚步声,声音很大。一会儿又听到下了楼梯,一会儿又走近了房门。徐远公很害怕,毛发直竖,慌张地拉过被子盖住头。这时,门一下子被打开。徐远公掀开被角,偷偷向外看,原来是一个怪物,兽

兽首人身，毛周其体，长如马鬐[4]，深黑色；牙粲群峰，目炯双炬。及几，伏餂器中剩肴，舌一过，连数器辄净如扫。已而趋近榻，嗅徐被。徐骤起，翻被幂[5]怪头，按之狂喊。怪出不意，惊脱，启外户窜去。徐披衣起遁，则园门外扃，不可得出。缘墙而走，跃逾短垣，则主人马厩。厩人惊，徐告以故，即就乞宿。

头人身，全身都长着像马鬣一样长的毛，还是深黑色的；尖尖的牙齿森森如山峰，闪着明亮如炬的目光。怪物靠近桌子，趴在上面舔食盘子里的剩菜，舌头一扫，几个盘子里的东西都被舔得干干净净，如同洗过一般。接着怪物又靠近床榻，去嗅徐远公的被子。徐远公突然起身，用被子蒙住怪物的头，按住它狂叫起来。怪物出乎意料，惊吓得挣脱开，打开大门就往外跑了。徐远公披着衣服慌忙逃跑，可花园的门从外面锁住了，出不去。他只好沿着墙跑，找到一处矮墙就跳了过去，竟然是主人家的马厩。马夫吓了一跳，徐远公告知缘由，请求留在马厩过夜。

注释 1 怛(dá)然：惊恐。 2 橐(tuó)橐：象声词，多形容硬物连续碰击声。 3 护梯：有扶手的楼梯。 4 马鬐(qí)：马颈部的长毛。 5 幂：罩，盖。

将旦，主人使伺徐，失所在，大骇。已而得之厩中。徐出，大恨，怒曰："我不惯作驱怪术，君遣我，又秘不一言，我橐中蓄有如意钩一，又不送达寝所，是死

第二天早晨，主人派人去伺候徐远公，发现人竟然不见了，主人很害怕。后来在马厩里找到了他。徐远公从马厩里出来，非常生气，怒气冲冲地说："我并不熟悉驱妖捉怪的法术，你让我去花园里住，又一句实话都不说，我口袋里放了一支如意钩，也不给我送来，这是想害死我

我也！”主人谢曰：“拟即相告，虑君难之。初亦不知橐有藏钩，幸宥[1]十死！”徐终怏怏[2]，索骑归。自是怪绝。主人宴集园中，辄笑向客曰：“我不忘徐生功也。”

呀！”主人抱歉地说：“要是老实跟你说了，又担心你为难。我一开始不知道你口袋里藏了如意钩，请免我死罪！”徐远公终究闷闷不乐，要来一匹马就骑走了。从此以后，怪兽就不见了踪影。后来主人每在花园里招待客人，总要笑着对客人说：“我忘不了徐先生的功劳啊。”

注释 1 宥：宽恕。 2 怏(yàng)怏：形容不满意或不高兴的神情。

异史氏曰：“黄狸黑狸，得窜者雄。此非空言也。假令翻被狂喊之后，隐其所骇惧，而公然以怪之遁为己能，天下必将谓徐生真神人不可及。”

异史氏说：“黄猫黑猫，捉住老鼠就是好猫。这不是一句空话呀。要是徐远公当时蒙被狂喊吓走怪物之后，隐藏他的害怕，再对外宣称怪物逃走是因为自己驱怪的本事，那天下人肯定会说徐先生真是无法企及的神人了。”

姊妹易嫁

原文

掖县[1]相国毛公[2]，家素微。其父常为人牧牛。时邑世族张姓者，有新阡[3]在东山之阳。或经其侧，闻墓中叱咤[4]声

译文

明朝大学士毛纪是掖城人，家里一直很穷。他的父亲经常给人放牛。当时县里的世家大族张某，在东山南面有座新墓。有人经过墓旁，听到墓里有声音叱骂道：“你们这些人赶快迁走，不要弄脏了

曰："若等速避去，勿久溷[5]贵人宅！"张闻，亦未深信。既又频得梦警曰："汝家墓地，本是毛公佳城[6]，何得久假此？"由是家数不利[7]。客劝徙葬吉，张听之，徙焉。

一日，相国父牧，出张家故墓，猝遇雨，匿身废圹[8]中。已而雨益倾盆，潦水奔穴，崩渹[9]灌注，遂溺以死。相国时尚孩童。母自诣张，愿丐咫尺地，掩儿父。张征知其姓氏，大异之。往视溺死所，俨然当置棺处，又益骇。乃使就故圹窆[10]焉，且令携若儿来。葬已，母偕儿诣张谢。张一见，辄喜，即留其家，教之读，以齿子弟行[11]。又请以长女妻儿，母骇不敢应，张妻云："既已有言，奈何中改？"卒许之。

贵人的宅地！"张某听说后，也不太相信。接着张某又常常在梦中被警告："你家的那座墓地，本来是毛公安息的地方，你怎么能一直霸占着？"从此，张家常常发生不吉利的事。别人劝他还是把坟迁走比较好，张某听从了建议，就把坟迁走了。

有一天，毛纪的父亲外出放牛，走到张家原先的墓地，天突然下起大雨，就跑进废弃的墓穴里。不久，雨越下越大，滔滔雨水冲进墓穴里，"哗哗"地往里灌，结果毛父被溺死在墓穴中。毛纪当时还只是个小孩子。毛纪的母亲亲自去见张某，乞求给一小块地方安葬毛父。张某问清楚他们的姓氏，感到非常惊讶。张某又前去查看毛父溺死的位置，竟然是应该放棺材的地方，更加恐惧。于是就让毛父安葬在张家原来的墓所，还嘱咐毛母带上儿子来一趟。安葬好毛父后，毛母带着儿子前去张家道谢。张某一看，就很喜欢这个孩子，便把他留在家里，教他读书，还把他当作自家的孩子看待。张某又提出要把大女儿许给他做妻子，毛母大惊，不敢答应，张夫人便说："话都已经说出口了，怎么能中途变卦呢？"毛母最后还是答应了。

注释 1 掖县:今山东莱州。 2 毛公:毛纪,字维之,明成化年间进士,官至礼部尚书兼东阁大学士。明代以大学士为辅臣,故尊称大学士为相国。 3 新阡:新的坟墓。 4 叱咤(chì zhà):怒斥,呼喝。 5 溷(hùn):肮脏,浑浊。 6 佳城:指风水好的墓地。 7 家数(shuò)不利:家中屡次发生不吉利的事。 8 废圹:废弃的墓穴。 9 崩洶(hōng):浪涛冲激声。 10 窆(biǎn):下葬。 11 以齿子弟行(háng):把他当作自己的子弟辈看待。齿,列。

然此女甚薄[1]毛家,怨惭之意,形于言色。有人或道及,辄掩其耳。每向人曰:“我死不从牧牛儿!”及亲迎,新郎入宴,彩舆在门,女方掩袂向隅而哭。催之妆,不妆,劝亦不解。俄而新郎告行,鼓乐大作,女犹眼零雨而首飞蓬也。父止婿,自入劝女,女涕若罔闻。怒而逼之,益哭失声,父无奈。又有家人传白:“新郎欲行。”父急出,言:“衣妆未竟,乞郎少停待。”即又奔入视女,往来者无停履。迁延少时,事愈急,女终无回

然而张某的大女儿很看不起毛家,说话、脸色常常流露出怨恨、惭愧的情绪。要是有人偶然说起这桩婚事,她立马捂住耳朵。大女儿经常跟人说:“我就是死也不会嫁给放牛人的儿子!”等到上门迎亲的那天,新郎已经入席,花轿就停在门外,大女儿还用衣袖遮脸,面向墙壁哭泣。催促她化妆,也不肯,怎么劝她都不听。不久,新郎起身告辞准备上路,鼓乐齐奏,大女儿还是披头散发哭个不停。张父让女婿稍等,自己进去开导女儿,她却自顾自地哭泣好像什么都没听见一样。张父大怒,逼她上轿,女儿更加失声痛哭起来,张父对她非常无奈。又有家仆在外面传话说:“新郎官就要走了。”张父急忙追出去,对新郎官解释:“小女还没打扮好,请你再等一下。”又跑进屋里去看女儿,就这样进进出出

意。父无计,周张[2]欲自死。其次女在侧,颇非其姊,苦逼劝之。姊怒曰:"小妮子,亦学人喋聒[3]!尔何不从他去?"妹曰:"阿爷原不曾以妹子属毛郎,若以妹子属毛郎,何烦姊姊劝驾耶?"父以其言慷爽[4],因与伊母窃议,以次易长。母即向次女曰:"忤逆婢不遵父母命,欲以儿代若姊,儿肯之否?"女慨然曰:"父母教儿往也,即乞丐不敢辞,且何以见毛家郎便终身饿莩死[5]乎?"父母闻其言,大喜,即以姊妆妆女,仓猝登车而去。入门,夫妇雅敦逑好[6]。然女素病赤鬜[7],稍稍介公意。久知,浸知[8]易嫁之说,由是益以知己德女。

地没歇过脚。又拖延了一会儿,外面催得更急,大女儿还是没回心转意。张父想不出办法,焦躁急迫得要死。二女儿在一旁很不满意大姐的态度,苦苦劝导。大姐发怒骂:"小女孩也学别人多嘴贫舌!你怎么不嫁给他随他走?"小妹反驳:"爹爹当初又没有把我许配给毛郎;要是把我许配给他,还用得着姐姐劝我上轿?"张父听这话说得爽快,便和张母暗中商量,让二女儿代替大女儿。张母便询问二女儿:"那个不孝顺的丫头不听父母的话,我们想着让你代替你姐出嫁,孩子你愿意吗?"二女儿痛快地说:"父母亲让我出嫁,就是嫁给乞丐我也不敢推辞,再说怎么就知道毛郎会穷一辈子,最后饿死呢?"张家夫妇听了二女儿的话,非常欢喜,立马把大女儿的婚服给二女儿穿上,打扮好,匆匆忙忙地送她上轿离开。二女儿嫁进毛家后,夫妻俩感情非常融洽。不过,张家小女从小头发就稀疏,毛纪稍稍有点不满意。时间长了,毛纪渐渐听说小女代姊出嫁的事,从此更加感激她,把她当作知己。

注释 1 薄:轻视,鄙视。 2 周张:焦躁急迫貌。 3 喋聒(guō):多嘴多舌。 4 慷爽:慷慨豪爽。 5 饿莩死:饿死。 6 雅敦逑好:指夫妻关系十分和睦融洽。 7 赤鬝(qiān):头发稀疏。 8 浸知:渐渐知晓。

居无何,公补博士弟子[1],应秋闱试[2],道经王舍人店。店主先一夕梦神曰:"旦日当有毛解元[3]来,后且脱汝于厄。"以故晨起,专伺察东来客。及得公,甚喜,供具殊丰善,不索直,特以梦兆厚自托。公亦颇自负,私以细君[4]发鬑鬑[5],虑为显者笑,富贵后,念当易之。已而晓榜既揭[6],竟落孙山。咨嗟蹇步,懊惋丧志。心赧[7]旧主人,不敢复由王舍,以他道归。

没过多久,毛纪考上了秀才,去参加乡试。在路上经过王舍人的旅店。店主前一天晚上就梦到神仙对自己说:"明天有个毛解元要来,以后他会在危难的时候解救你。"因此店主起了个大早,专心观察东边来的客人。等见到毛公,非常高兴,准备了一桌丰盛的酒菜,还不要钱,特地把梦里的预兆郑重地拜托毛纪帮忙。毛纪也很自负,心里暗想自己老婆头发稀少,恐怕会被权贵嘲笑,以后富贵了一定要换个老婆。后来榜文公布了,毛纪一看,自己竟然落榜了。他唉声叹气、脚步缓慢地走着,心里懊恼不已,灰心丧气。又觉得没脸见店主,不敢再取道王舍人店,改道回了家。

注释 1 补博士弟子:指考中秀才。汉武帝设博士官,令郡国选送弟子五十人入太学就博士授业,称"补博士弟子"。 2 应秋闱试:参加乡试。秋闱,明清时每三年一次,于八月间在北京、南京以及各省省城举行乡试,考中的称为举人。因考试时间在秋天,故称"秋闱"。闱,考场。 3 解(jiè)元:指科举制度中乡试第一名。 4 细君:指妻子。 5 鬑(lián)鬑:须发稀少的样子。 6 晓榜既揭:录取榜文公布之后。

晓榜,正榜。乡试于放榜前一日午后写榜,先写草榜,后写正榜。正榜写成,已至半夜,天晓时张挂出去,故称“晓榜”。 7 心赧(nǎn):心中羞愧。

后三年,再赴试,店主人延候[1]如初。公曰:“尔言初不验,殊惭祇奉[2]。”主人曰:“秀才以阴欲易妻,故被冥司黜落,岂妖梦不足以践?”公愕而问故,盖别后复梦而云。公闻之,惕然悔惧,木立若偶。主人谓:“秀才宜自爱,终当作解首。”未几,果举贤书[3]第一人。夫人发亦寻长,云鬟委绿[4],转更增媚。

过了三年,毛纪又去参加乡试,店主人还像当初那么热情地迎接他。毛纪说:“你上次的话没应验,受你的照顾我很惭愧。”店主说:“秀才是因为心里想着休妻再娶,才被阴间除名落榜的,怎么会认为那个怪梦不会成真呢?”毛纪惊讶地问他原因,原来是店主在他离开后又做了一个梦,所以才会这么说。毛纪听完店主的话,又惊又悔,站在那里像木偶一样。店主宽慰他:“秀才应当自爱,终究会考中解元的。”不久,毛纪果然考中了解元。妻子的头发也长起来了,头发浓密,乌黑油亮,更增添几分娇媚。

注释 1 延候:迎接。 2 祇(zhī)奉:敬奉。 3 举贤书:本指举荐贤能的文书,此处指考中举人。 4 云鬟委绿:头发浓密,乌黑油亮。

姊适里中富室儿,意气颇自高。夫荡惰,家渐陵替,空舍无烟火。闻妹为孝廉妇,弥增愧怍,姊妹辄避路而行。又无

大女儿嫁给了同乡一个富家子弟,颇为趾高气扬。可她丈夫是个懒惰的浪荡公子,家境慢慢衰落下去,四壁空空,锅都揭不开。她听说小妹当上举人的夫人,越发感到羞愧,姐妹俩走在路

何，良人卒，家落。顷之，公又擢进士。女闻，刻骨自恨，遂忿然废身为尼。及公以宰相归，强遣女行者诣府谒问，冀有所贻。比至，夫人馈以绮縠[1]罗绢若干匹，以金纳其中，而行者不知也。携归见师，师失所望，恚曰：“与我金钱，尚可作薪米费；此等仪物[2]，我何须尔！”遂令将回。公与夫人疑之，及启视而金具在，方悟见却之意。发金笑曰：“汝师百余金尚不能任，焉有福泽从我老尚书也。”遂以五十金付尼去，曰：“将去作尔师用度，多，恐福薄人难承受耳。”行者归，具以告。师默然自叹，念平生所为，辄自颠倒，美恶避就，繄[3]岂由人耶？后王舍店主人以人命事逮系囹圄[4]，公为力解释罪。

上都要避免碰面。没过多久，她丈夫就去世了，家里更加破败窘迫。而不久毛纪又考中了进士。大女儿听说后，深深地责备自己，十分悔恨，羞愤之下，削去头发当了尼姑。等到毛纪当上宰相重返家乡，她强行打发个女尼去毛府拜问，盼望能得到点馈赠。女尼上门问候，毛夫人送给她好几匹绫罗绸缎，里面藏着银子，而女尼并不知道。女尼把礼物带回去见师父，师父非常失望，生气地说：“给我银子，还能做柴米钱；给我这些东西，我哪里用得着！”就命女尼送回去。毛纪夫妇很困惑，打开一看银子还在里面，两人才明白她退回来的意思。毛纪拿出银子，笑着说：“你师父连一百多两银子都承受不起，哪有福分跟着我老尚书享福啊！”就把五十两交给女尼带回去，并说：“带回去给你师父做生活费吧，给多了，怕她福分浅，承受不起。”女尼回去把话一一告诉师父。师父默默无语，只不停地叹息，回想自己生平的所作所为，常常正反颠倒，躲开好事，自找坏事，这难道不是天意吗？后来，王舍人店的店主因命案被捕入狱，毛公从中出力为他开脱，最后无罪释放。

注释 1 绮縠:泛指丝织品。 2 仪物:指用于礼仪的器物。 3 繄(yī):是。 4 囹圄(líng yǔ):监狱。

异史氏曰:"张公故墓,毛氏佳城,斯已奇矣。余闻时人有'大姨夫作小姨夫[1],前解元为后解元'之戏,此岂慧黠者所能较计邪?呜呼!彼苍者天久不可问,何至毛公,其应如响?"

异史氏说:"张家原有的墓地,竟然成了毛父的墓所,这已经是怪事了。我听人们说过'大姨夫作小姨夫,前解元为后解元'的笑话,这哪里是聪明人能算计得到的?哎呀!苍天早就问而难应了,为什么毛公的福报就这么灵验呢?"

注释 1 大姨夫作小姨夫:据载,宋代薛奎有三个女儿,欧阳修娶了薛家大女儿,王拱辰娶了薛家二女儿。后欧阳修妻子病逝,续娶薛家三女儿。王拱辰对欧阳修开玩笑说:"你是旧女婿为新女婿,大姨夫作小姨夫。"

续黄粱

福建曾孝廉,高捷南宫[1]时,与二三新贵,遨游郊郭。偶闻毗卢禅院[2],寓一星者[3],因并骑往诣问卜。入揖而坐,星者见其意气,稍佞谀之。曾摇箑[4]微笑,便问:

福建有一位曾举人,考中进士后,就和两三位同榜的新科进士到城郊游玩。偶然听闻毗卢禅院住了个算命的,便一起骑马去找他算卦。进门行礼坐下后,算命先生看他们得意洋洋的样子,就顺便奉承了几句。曾某摇着扇子面带微笑,开口就问:"我有蟒袍玉带加身的福

"有蟒玉分[5]否?"星者正容许二十年太平宰相。曾大悦,气益高。值小雨,乃与游侣避雨僧舍。舍中一老僧,深目高鼻,坐蒲团上,偃蹇不为礼。众一举手,登榻自话,群以宰相相贺。曾心气殊高,便指同游曰:"某为宰相时,推张年丈作南抚[6],家中表[7]为参、游,我家老苍头亦得小千把[8],余愿足矣。"一坐大笑。

分吗?"算命先生一本正经地断言他能做二十年太平宰相。曾某非常高兴,神气更高。正好外面下起小雨,曾某便和游伴在僧房里避雨。僧房里有位老和尚,眼睛深凹,鼻梁很高,端坐在蒲团上,神情高傲也不主动见礼。众人向他作揖行礼后,就各自坐在榻上闲聊,大家都以宰相称呼曾某,并向他祝贺。曾某顿时心高气傲,指着同游中的人说:"等曾某当上了宰相,便推举张年丈做应天巡抚,家里的表兄弟们做参将、游击,我家的老仆人也让他当个小千总或小把总,我的心愿也就满足啦。"在座的人都大笑起来。

注释 1 高捷南宫:会试中式,指考中进士。南宫,古称尚书省为南宫,此指礼部。会试由礼部主持。 2 毗(pí)卢禅院:佛寺名。毗卢,毗卢遮那佛的简称。 3 星者:算命的人。 4 箑(shà):扇。 5 蟒玉分:指做高官的福分。蟒玉,蟒袍、玉带,古时高官服饰。明代阁臣多赐蟒服。 6 南抚:明代应天巡抚的专称。 7 中表:中表兄弟。 8 千把:千总、把总,明清时代低级武官名。

俄闻门外雨益倾注,曾倦伏榻间。忽见有二中使[1],赍天子手诏,召曾太师[2]决国计。曾得意疾趋入朝。天

不久,听到门外大雨倾盆,曾某困倦地趴在榻上睡觉。忽然看见两个太监前来,手里拿着皇上的诏书,命曾太师入宫商讨国事。曾某得意洋洋,急忙赶往朝廷。皇上听他说话时,不时地把席子往前挪,温声

子前席，温语良久，命三品以下，听其黜陟，即赐蟒玉名马。曾被服稽拜以出。入家，则非旧所居第，绘栋雕榱[3]，穷极壮丽，自亦不解，何以遽至于此。然捻须微呼，则应诺雷动。俄而公卿赠海物，伛偻足恭者[4]，叠出其门。六卿[5]来，倒屣而迎；侍郎辈，揖与语；下此者，颔之而已。晋抚馈女乐十人，皆是好女子，其尤者为袅袅，为仙仙，二人尤蒙宠顾。科头休沐[6]，日事声歌。

细语地跟他请教了很久，下令三品以下官员的贬黜和提升都由曾某掌管，并立马赏赐给他蟒服、玉带以及好马。曾某穿上蟒服，佩好玉带，跪拜行礼后就出了宫。等到了家，竟不是之前住的府宅，是雕梁画栋，非常宏伟瑰丽，曾某自己也不知道怎么突然间就变成这个样子。不过只要曾某一抚须呼唤，家中的奴仆全都应和如雷鸣。不一会儿，就有公卿大臣献给他山珍海味，巴结奉承的人，接二连三地出入家门。六部尚书来了，曾某还来不及穿鞋，就跑出去迎接；侍郎们前来祝贺，他只是拱手作揖，说一两句话；官位更低的，就只点点头而已。山西巡抚送来十个歌姬，都是貌美如花的女子，其中最出色的一个叫袅袅，一个叫仙仙，两人很受宠爱。每当曾某着便服在家休假的时候，整天都沉溺在声色歌舞里。

注释　1 中使：指宦官。　2 太师：古时以太师、太傅、太保为“三公”，太师在三公中职位最尊。明代则为虚衔，凡大臣功绩显著者，多特旨加太师衔，以示优宠。　3 榱(cuī)：屋椽。　4 伛偻(yǔ lǚ)足恭者：巴结奉承的人。伛偻，曲身，恭敬从命的样子。足恭，过分的恭敬。　5 六卿：原指周代的六官，即冢宰、司徒、宗伯、司马、司寇、司空。这里指吏、户、礼、兵、刑、工六部的尚书。　6 科头休沐：指衣着随便，家居休假。科头，结发，不戴帽。休沐，指古时官吏休假。

一日，念微时尝得邑绅王子良周济我，今置身青云，渠尚蹉跎仕路[1]，何不一引手？早旦一疏，荐为谏议[2]，即奉俞旨[3]，立行擢用。又念郭太仆[4]曾睚眦[5]我，即传吕给谏[6]及侍御[7]陈昌等，授以意旨。越日，弹章交至，奉旨削职以去。恩怨了了，颇快心意。偶出郊衢，醉人适触卤簿[8]，即遣人缚付京尹[9]，立毙杖下。接第连阡者，皆畏势献沃产。自此富可埒国[10]。无何而袅袅、仙仙以次殂谢，朝夕遐想。忽忆曩年见东家女绝美，每思购充媵御，辄以绵薄违宿愿，今日幸可适志。乃使干仆数辈，强纳资于其家。俄顷，藤舆舁至，则较之昔望见时，尤艳绝也。自顾生

一天，曾某忽然想起穷困潦倒的时候，曾经得到过本县士绅王子良的接济，现在自己飞黄腾达，王子良在仕途上还不得志，为什么不出手拉他一把呢？第二天早朝，曾某便向皇帝上奏，举荐王子良做谏议大夫，当即得到圣上批准，立即提拔任用。他又想起郭太仆曾跟自己小有过节，马上叫来吕给谏和侍御陈昌等人，让他们处理郭太仆。第二天，弹劾郭太仆的奏章纷纷交到皇帝面前，郭太仆只好遵旨革职离去。以往的恩情仇怨都得到了结，曾某心里非常畅快。有一次曾某外出，走在京郊的大道上，一醉汉不小心冲撞了他的仪仗队，曾某立即派人捆住醉汉押送京兆尹府，随即便乱棍打死。那些与他宅第相接、田地相连的人，都害怕他以权势压人，纷纷向他进献肥美的田产。从此，曾某的家产可以和国库相媲美。不久，袅袅和仙仙两人相继去世，曾某日夜思念她们。忽然想起从前东面邻居家的女儿美艳过人，常常想着买下她做小妾，却因为家财单薄，没能如愿，现在终于可以了却心愿了。便指派几个机灵干练的仆人，强行向她家下聘礼。不一会儿，就把那女子用藤轿抬回来，只见她比之前更加美艳动

平，于愿斯足。

人。曾某回想自己的一生，觉得心满意足了。

注释 1 蹉跎仕路：官场不得志。 2 谏议：本指谏议大夫，明清时指给事中。 3 俞旨：皇帝批准的圣旨。 4 太仆：秦汉时为九卿之一，掌管皇帝舆马。北齐置太仆寺，有卿、少卿各一人，历代因之。 5 睚眦(yá zì)：怒目而视，指有小的怨恨。 6 给谏：谏官名，汉称谏议大夫，元以后废。明清时谏官称“给事中”，又名“谏议”。明清时为谏官“给事中”的别称，主管监察、纠弹官吏。 7 侍御：唐代称殿中侍御史、监察御史为侍御，后代袭此称呼。 8 卤簿：原指皇帝出行时的车驾、仪仗、侍卫。后代也泛称官员出行的仪仗。 9 京尹：京兆尹，京城的行政长官。 10 富可埒(liè)国：财富可与国家匹敌。埒，等同。

又逾年，朝士窃窃，似有腹非[1]之者。然各为立仗马[2]，曾亦高情盛气，不以置怀。有龙图学士包[3]上疏，其略曰：“窃以曾某，原一饮赌无赖，市井小人。一言之合，荣膺圣眷，父紫儿朱，恩宠为极。不思捐躯摩顶[4]，以报万一，反恣胸臆，擅作威福。可死之罪，擢发难数！朝廷名器，居为奇货，量缺肥瘠，为价重轻。因而公卿将士，尽奔走于

又过了一年，朝中官员私底下讨论曾某的行为，好像对他有怨言。但这些人又不敢大胆发声。曾某更加心高气傲，没放在心上。谁知，竟有一位龙图阁大学士包公，向皇帝上奏，弹劾曾某，奏折中大意是：“臣窃以为，曾某本来是个嗜酒好赌的地痞无赖，市井小人。只不过因为一句话讨得圣上欢心，便有幸得到圣上恩宠，父亲、儿子都做了高官，受到的宠幸简直到了极点。可曾某却不想着为国事操劳来报答皇上的恩典，反而在朝中胡作非为，擅自作威作福。他犯的死罪那么多，数也数不清！曾某把朝廷的官位居为奇货，根据官缺的肥瘦标出

门下，估计夤缘[5]，俨如负贩；仰息望尘，不可算数。或有杰士贤臣，不肯阿附，轻则置之闲散，重则褫以编氓[6]。甚且一臂不袒，辄迕鹿马之奸；片语方干，远窜豺狼之地。朝士为之寒心，朝廷因而孤立。又且平民膏腴，任肆蚕食；良家女子，强委禽妆。沴气[7]冤氛，暗无天日！奴仆一到，则守、令承颜；书函一投，则司、院枉法。或有厮养之儿，瓜葛之亲，出则乘传[8]，风行雷动。地方之供给稍迟，马上之鞭挞立至。荼毒人民，奴隶官府，扈从所临，野无青草。而某方炎炎赫赫，怙宠无悔。召对方承于阙下，萋菲辄进于君前；委蛇才退于自公，声歌已起于后苑。声色狗马，昼夜荒淫；国计民生，罔存念虑。世上宁有

或高或低的价码。因此朝中官员卿士，都奔走在他门下，盘算得失钻营谋取，简直如同商贩；仰仗他的威严，望尘而拜的人，多得数不清。有些杰出士人与贤良能臣不肯对他阿谀奉承，轻则安排到闲散的职位，重则革职贬为平民。更有甚者，没有偏袒拥护他，就会触怒这指鹿为马的奸臣；说了一两句冒犯他的话，就会被流放到豺狼出没的荒远之地。志士能臣为此寒心，朝廷因此孤立。还有平民的良田，他肆意剥削；良家女子，依势强娶聘为姬妾。百姓怨声载道，简直暗无天日！他家的下人每到一地，太守、县令都要看他们脸色行事；曾某私信一发，连按察司、都察院都得徇私枉法。甚至连他那些干儿子，或者稍有关系的亲戚，出门就得乘坐驿车，快如疾风，声如雷鸣。地方官供给的东西稍微慢了点，那马上的鞭子立刻就会狠狠抽你。残害人民，奴役地方官吏，曾某随从所到之处，田野里青草全无。而曾某气势如日中天，仗着皇上的宠幸，一点悔改之心都没有。每当圣上在宫中召见，他便趁机进献谗言媚语；刚怡然自得地从朝中退下，便纵情于后花园的声色歌舞之中。他沉

此宰相乎！内外骇讹，人情汹汹。若不急加斧锧之诛，势必酿成操、莽之祸[9]。臣拯夙夜祇惧[10]，不敢宁处，冒死列款，仰达宸听。伏祈断奸佞之头，籍贪冒之产，上回天怒，下快舆情。如果臣言虚谬，刀锯鼎镬，即加臣身。"云云。

湎于歌舞玩乐，日夜笙歌；国计民生，竟然完全不放在心上。世上怎么会有这样的宰相！朝廷内外惊扰不安，人心骚动。如果不马上将他诛杀，势必引起操、莽夺权的大祸。臣日夜忧虑战栗，不敢安睡，冒着死罪条列曾某的罪状，上报陛下。臣跪请斩断奸贼头颅，没收他贪污得来的财产，上息天怒，下快人心。要是臣有一言虚妄捏造，请以酷刑处置臣身。"等等。

注释 1 腹非：表面顺从，心里反对。 2 立仗马：唐代皇帝临朝，立八马于宫门之外，作为仪仗，称为"立仗马"。这种马静立无声，从不嘶叫。后因以"立仗马"比喻贪恋厚禄而不敢直言的朝士。 3 龙图学士包：本指宋代龙图阁直学士包拯。这里借指刚正不阿的大臣。4 不思捐躯摩顶：指曾某不为国事操劳以报皇恩。 5 夤(yín)缘：攀附上升，比喻拉拢关系，向上巴结。 6 褫(chǐ)以编氓：革职为民。褫，剥夺，指革除官职。编氓，编入户籍的平民。 7 沴(lì)气：灾害恶气，指曾的凶恶气焰。 8 乘传(chuán)：乘官府驿站的车马。 9 操、莽之祸：指篡夺帝位的祸息。操，指东汉末年的曹操，他挟持汉献帝，篡夺朝廷大权。莽，指西汉末年王莽，他曾篡汉自立，改国号为"新"。 10 祇惧：心怀戒惧。

疏上，曾闻之，气魄悚骇[1]，如饮冰水。幸而皇上优容[2]，留中不发[3]。又继而科道、九卿[4]，交章

奏折一上，曾某听到消息，吓得魂飞魄散，好像喝了冰水一样。幸好皇上宽容，将奏折扣下，没有处理。但紧接着各科各道、三司六部的公卿大臣，纷纷上

劾奏，即昔之拜门墙、称假父者[5]，亦反颜相向。奉旨籍家[6]，充云南军。子任平阳[7]太守，已差员前往提问。曾方闻旨惊怛，旋有武士数十人，带剑操戈，直抵内寝，褫其衣冠，与妻并系。俄见数夫运资于庭，金银钱钞以数百万，珠翠瑙玉数百斛[8]，幄幕帘榻之属，又数千事，以至儿襁女舄[9]，遗坠庭阶。曾一一视之，酸心刺目。又俄而一人掠美妾出，披发娇啼，玉容无主。悲火烧心，含愤不敢言。

奏弹劾曾某，就连昔日的门生、干儿子，全都翻了脸。皇上下令抄家，没收其家产，曾某发配云南充军。曾某的儿子担任平阳太守，也已经派人前去捉拿审问。曾某接到圣旨心里正慌张恐惧，立马就来了几十个武士，佩剑持戈，径直闯进曾某卧房里，剥下他的官服，将夫妻俩绑在一起。不久，又看见许多差役，从他家往外搬运财物，金银钱币达几百万，珍珠、翡翠、玛瑙、宝玉有几百斛，帐幕、帘子、床榻之类的又有几千件，连婴儿的襁褓、女人的绣鞋，都遗落在堂前的石阶上。曾某一一看过去，只觉心酸刺眼。又过了一会儿，一个差役把曾某的美妾押出，只见她头发散乱，娇声啼哭，花容失色，六神无主。曾某看得心火气旺，痛灼烧心，可只能强忍悲愤不敢出声。

注释　1 悚骇：惊恐。　2 优容：宽容，宽待。　3 留中不发：指皇帝把臣下的奏章留在宫禁中，不交议也不批答。　4 科道、九卿：意指全体朝臣。科道，明清时都察院下属吏、户、礼、兵、刑、工六科给事中和各道御史的合称。九卿，中央各主要行政长官的总称。　5 拜门墙、称假父者：投靠门下做“门生”“干儿”的人。门墙，指师门。假父，义父。　6 籍家：亦称收孥，就是在犯人判处某种刑罚时，还同时将其妻妾、儿女等家属没收为官奴婢。　7 平阳：今山西临汾。　8 斛：量器，古代以十斗为一斛，后改五斗为一斛。　9 儿襁女舄（xì）：小孩的襁褓，女人的鞋子。

俄楼阁仓库，并已封志，立叱曾出。监者牵罗曳而出，夫妻吞声就道，求一下驷劣车，少作代步，亦不得。十里外，妻足弱，欲倾跌，曾时以一手相攀引。又十余里，己亦困惫。欻见高山，直插云汉，自忧不能登越，时挽妻相对泣。而监者狞目来窥，不容稍停驻。又顾斜日已坠，无可投止，不得已，参差蹩躠[1]而行。比至山腰，妻力已尽，泣坐路隅。曾亦憩止，任监者叱骂。

忽闻百声齐噪，有群盗各操利刃，跳梁[2]而前。监者大骇，逸去。曾长跪告曰："孤身远谪，囊中无长物。"哀求宥免。群盗裂眦[3]宣言："我辈皆被害冤民，只乞得佞贼头，他无索取。"曾怒叱曰："我虽待罪，

过了一会儿，楼阁仓库全被查封，曾某立即被呵斥出去。差役牵着绳头，将他拉出去，曾某夫妇忍声含泪地上了路，乞求给一辆破烂马车代步也不行。走了十里路，曾妻脚下无力，快要摔倒在地，曾某不时地用一只手搀着她。又走了十多里路，曾某自己也很疲倦劳累。突然看到前面一座高山，高耸入云，曾某担忧不能攀越，和妻子手挽着手相对哭泣。可是差役恶狠狠地瞪着他们，不让他们停下歇脚。又见夕阳西下，一个旅店都没有，没办法，只能继续一瘸一拐地挪动。爬到山腰，曾妻筋疲力尽，坐在路边哭起来。曾某也停下休息，任由差役呵斥怒骂。

这时，突然听到许多人齐声叫喊，有一群强盗个个手中拿着锋利的武器，跳着阻拦在前。差役害怕得都逃走了。曾某直挺挺地跪在地上求饶："我孤身被贬谪到边荒，兜里没什么值钱的财物。"苦苦哀告请求饶恕。这些强盗一个个瞪大了眼睛，怨怒道："我们都是被你残害含冤受苦的老百姓，就只想砍了你这奸贼的头，没有其他要求。"曾某愤怒地呵斥道："我虽然有罪，好歹是朝廷命官，你们

乃朝廷命官，贼子何敢尔！”贼亦怒，以巨斧挥曾项。觉头堕地作声，魂方骇疑，即有二鬼来反接其手，驱之行。

这些乱贼怎敢杀我！”强盗们也发怒了，挥动手中斧头砍向曾某的脖子。曾某只觉头落地作响，正当惊魂不定之时，就有两个鬼差从后面绑住他的双手，赶他走。

注释 1 蹩躠(bié xiè)：一瘸一拐走路的样子。 2 跳梁：跳跳蹦蹦。 3 裂眦：因发怒而眼睛睁得极大，眼眶似乎要裂开。形容极其愤怒的神态。

行逾数刻，入一都会。顷之，睹宫殿，殿上一丑形王者，凭几决罪福。曾前，匍伏请命，王者阅卷，才数行，即震怒曰：“此欺君误国之罪，宜置油鼎！”万鬼群和，声如雷霆。即有巨鬼捽[1]至墀下。见鼎高七尺已来，四围炽炭，鼎足皆赤。曾觳觫[2]哀啼，窜迹无路。鬼以左手抓发，右手握踝，抛置鼎中。觉块然一身，随油波而上下，皮肉焦灼，痛彻于心；沸油入口，煎烹肺腑。念欲速死，

走了一段时间，来到一座大城市。不一会儿，看见一座宫殿，殿上坐着一位面目丑陋的阎王，坐在桌前决断鬼魂的祸福。曾某走上前，跪倒在地请求饶命，阎王翻看他的卷宗，才看了几行，就大发雷霆说：“这是犯的欺君祸国之罪，应该扔到油鼎里炸！”众鬼齐声附和，响如雷霆。接着就有一个巨鬼一把抓起曾某带到台阶下。只见油鼎有七尺多高，四周都堆着火炭，鼎足都烧红了。曾某战栗哀号，无路可逃。巨鬼左手抓住曾某的头发，右手握住他的脚踝，直接把他抛进油鼎中。曾某只觉整个人随着油汤翻滚，皮肉烧焦，痛彻心扉，滚沸的油汤灌进嘴里，灼烧内脏。曾某只想痛快一死，却想尽办法也死不成。大概过了一顿饭的工

而万计不能得死。约食时，鬼方以巨叉取曾出，复伏堂下。王又检册籍，怒曰：“倚势凌人，合受刀山狱！”鬼复捽去。见一山，不甚广阔，而峻削壁立，利刃纵横，乱如密笋。先有数人罥[3]肠刺腹于其上，呼号之声，惨绝心目。

鬼促曾上，曾大哭退缩。鬼以毒锥刺脑，曾负痛乞怜。鬼怒，捉曾起，望空力掷。觉身在云霄之上，晕然一落，刃交于胸，痛苦不可言状，又移时，身躯重赘，刀孔渐阔，忽焉脱落，四支蝼屈[4]。鬼又逐以见王。王命会计生平卖爵鬻名，枉法霸产，所得金钱几何。即有鬖须[5]人持筹握算，曰：“三百二十一万。”王曰：“彼既积来，还令饮去！”少间，取金钱堆阶上，如丘陵，渐入铁釜，熔以烈火。鬼使

夫，鬼差才拿着巨叉把曾某从油鼎里挑出，又扔到堂前趴着。阎王又翻阅记事的簿册，怒喝道：“仗势欺人，应该受上刀山的酷刑！”鬼差又把他抓走。只看见一座山，并不高大，却峻峭挺立，山上利刃纵横交错，像密密麻麻的竹笋。先前已经有几个人被刀山刺破内脏，挂住肠子，呼号惨叫的声音，惨不忍闻。

鬼差催促曾某上山，曾某号啕大哭，直往后退。鬼差又用毒锥刺他的头，曾某忍痛乞求饶命。鬼差恼怒，一把抓起曾某，向空中用力抛去。曾某只觉自己好像置身云霄之上，昏昏然下落，刀刃便刺穿他的胸膛，疼痛无法用言语表达，又过了一会儿，曾某的身体沉沉地往下坠，刺入的刀口越变越宽，突然又从刀口间脱身，四肢蜷曲倒在地上。鬼差又驱赶他去见阎王。阎王派人计算他生前买卖官爵、贪赃枉法得来的财产有多少。随即有一个胡须蓬乱的鬼差拿着算筹说：“共有三百二十一万两。”阎王命令：“他既然能搜刮来这么多钱财，就让他全都喝下去！”不久，取来金钱堆放在台阶上，像一座丘陵，渐渐被投放进铁锅，用烈火熔化。鬼差又派来

数辈,更相以杓灌其口,流颐则皮肤臭裂,入喉则脏腑腾沸。生时患此物之少,是时患此物之多也!半日方尽。王者令押去甘州[6]为女。

几个小鬼,轮流用勺子往曾某嘴里灌钱汁,汁液一流到脸上,皮肤立即焦烂发臭,流进喉咙后五脏六腑都在沸腾翻滚。活着的时候嫌钱太少,这个时候又嫌太多!灌了半天才灌完。阎王又命令鬼差押他去甘州投胎做女人。

注释 1 捽(zuó):抓,揪。 2 觳觫(hú sù):吓得发抖。 3 罥(juàn):挂。 4 蠖(huò)屈:像虫子一样蜷曲。 5 鬡(níng)须:蓬乱的胡须。鬡,毛发蓬乱的样子。 6 甘州:治所在今甘肃张掖。

行数步,见架上铁梁,围可数尺,绾[1]一火轮,其大不知几百由旬[2],焰生五采,光耿云霄。鬼挞使登轮。方合眼跃登,则轮随足转,似觉倾坠,遍体生凉。开目自顾,身已婴儿,而又女也。视其父母,则悬鹑[3]败絮,土室之中,瓢杖犹存,心知为乞人子。日随乞儿托钵,腹辘辘然,然常不得一饱。着败衣,风常刺骨。十四岁,鬻与顾秀才备媵妾,衣食粗足自给。而冢

曾某走了几步,看到架子上有个铁梁,有好几尺粗,铁梁上套着一个不知有几百由旬的火轮,火轮上的火焰五彩斑斓,火光照彻云霄。鬼差鞭打驱赶曾某走上火轮。曾某刚一闭上眼睛,踏上火轮,火轮竟然跟着脚开始转动,身体好像在往下掉,全身发凉。曾某睁开眼看了下自己,发现已经变成了婴儿,还是个女婴。再看自己的父母,都穿着破烂的棉衣,土房子里只放了破瓢和讨饭的棍子,曾某知道投胎到乞丐家当孩子了。她每天跟随着乞丐父母捧着破碗讨饭,饥肠辘辘,然而经常吃不饱饭。她身穿破衣,风吹得刺骨疼。十四岁的时候,被卖给顾秀才当小妾,吃穿勉强能满足需求。但

室悍甚，日以鞭棰从事，辄用赤铁烙胸乳。幸而良人颇怜爱，稍自宽慰。

东邻恶少年，忽逾墙来逼与私。乃自念前身恶孽，已被鬼责，今那得复尔。于是大声疾呼，良人与嫡妇尽起，恶少年始窜去。居无何，秀才宿诸其室，枕上喋喋，方自诉冤苦，忽震厉一声，室门大辟，有两贼持刀入，竟决秀才首，囊括衣物。团伏被底，不敢作声。既而贼去，乃喊奔嫡室。嫡大惊，相与泣验。遂疑妾以奸夫杀良人，因以状白刺史。刺史严鞫[4]，竟以酷刑诬服，律拟凌迟处死。絷赴刑所，胸中冤气扼塞，距踊声屈[5]，觉九幽十八狱，无此黑黯也。

是正妻非常剽悍，每天都鞭打折磨她，动不动就用烧红的烙铁烙她的乳房。幸好顾秀才挺疼爱她，才觉得稍有些安慰。

东邻有个无赖少年，某天突然翻墙进来逼她和自己私通。她想自己前世罪孽深重，已经遭受鬼差的惩罚，现在哪能再做这种事！于是大声呼喊起来，顾秀才和正妻闻声都起来，无赖少年这才逃跑。没过多久，顾秀才在她房里过夜，她正在枕边絮絮叨叨地倾诉自己的冤苦，突然一声巨响，房门大开，两个强盗提着刀闯进来，竟然砍下顾秀才的脑袋，搜刮走衣物。她缩成一团藏在被子底下，不敢出声。等盗贼离开后，这才叫喊着跑向正妻的卧房。正妻知道消息后十分惊骇，两人哭哭啼啼地去验看尸体。正妻于是怀疑是她勾引奸夫诱杀顾秀才，便写状告到州官刺史。刺史严加审问，竟然动用酷刑逼她认罪定案，依法判凌迟处死。她被绑往刑场，胸中冤气阻塞，大跳着喊冤，只觉得阴间的十八层地狱，也没有这么黑暗。

注释 1 绾：系。 2 由旬：古印度长度单位。一由旬有八十里、六十里、四十里等说法。 3 悬鹑：指衣服破败。 4 严鞫(jū)：严刑审问犯人。 5 距踊声屈：跳着脚喊冤。

正悲号间，闻游者呼曰："兄梦魇[1]耶？"豁然而寤，见老僧犹跏趺[2]座上。同侣竞相谓曰："日暮腹枵[3]，何久酣睡？"曾乃惨淡而起。僧微笑曰："宰相之占验否？"曾益惊异，拜而请教。僧曰："修德行仁，火坑中有青莲也。山僧何知焉。"曾胜气而来，不觉丧气而返。台阁之想，由此淡焉。后入山，不知所终。

曾某正悲愤地哭着，就听到游伴叫唤："曾兄是不是做噩梦了？"曾某一下子睁眼醒来，看见老和尚仍在蒲团上结跏趺坐，同伴都争相问他："天黑了，肚子也饿了，为什么睡了这么久？"曾某面色惨白地站起来。老和尚微笑着说："宰相一卦灵验吗？"曾某更加惊异，礼拜请教。老和尚说："只要修身养性，品德高尚，施行仁道，火坑里也有青莲庇护。我这山中老和尚懂个什么？"曾某趾高气扬地前来，却垂头丧气地离去。当宰相的念头，从此慢慢淡去。后来，曾某隐遁深山中，不知道去了哪里。

注释　1 梦魇：指做噩梦。　2 跏趺(jiā fū)：佛教中修禅者的坐法，互交二足，将右脚盘放于左腿上，左脚盘放于右腿上的坐姿。　3 腹枵(xiāo)：空腹，饿着肚子。

异史氏曰："福善祸淫，天之常道。闻作宰相而忻然于中者，必非喜其鞠躬尽瘁可知矣。是时方寸中，宫室妻妾，无所不有。然而梦固为妄，想亦非真。彼以虚作，神以幻报。黄粱将熟[1]，此梦

异史氏说："善人得到福报，荒淫无道的人遭祸，都有天道在里面。一听到能当宰相心里便怡然自得的人，就知道肯定不是因为能为国家鞠躬尽瘁而感到高兴。这时心中宫殿妻妾样样都有。但是梦终究是虚妄，念想也不会成真。他凭空想象，神灵便用幻境报偿。未察觉人生虚幻时，这样的美梦还是会有

在所必有，当以附之《邯郸》[2]之后。”

人做，所以本文可以作为《邯郸记》的续编。”

注释 1 黄粱将熟：唐人沈既济的小说《枕中记》的故事。小说写卢生在邯郸道中的旅店里遇见仙人吕翁。卢生自叹不得志，吕翁给他一个枕头，说枕着它就可事事如意。卢生乃倚枕睡去。在梦中，他享尽了荣华富贵，而梦醒时，店主人的一锅黄粱饭还没有熟。后以“黄粱一梦”比喻虚幻不能实现的梦想，也指荣华富贵如梦一般，短促而虚幻。 2《邯郸》：汤显祖根据沈既济《枕中记》故事改编的戏剧《邯郸记》。

龙取水

原文

俗传龙取江河之水以为雨，此疑似之说耳。徐东痴[1]南游，泊舟江岸，见一苍龙自云中垂下，以尾搅江水，波浪涌起，随龙身而上。遥望水光睒烱[2]，阔于三匹练[3]。移时，龙尾收去，水亦顿息。俄而大雨倾注，渠道皆平。

译文

民间传说龙王调取江河的水作雨水，这种说法令人半信半疑。徐东痴在南方游览的时候，船停靠在长江岸边，看到一条青龙从白云里垂下身体，用尾巴搅动江水，波浪翻涌个不停，绕着龙身旋转直上。远远望去，水光闪烁，比十二丈的白绢还宽。过了一会儿，青龙收起尾巴，江水也立刻平息下来。不久，大雨倾盆，沟渠道路全被淹没了。

注释 1 徐东痴：徐夜，字东痴，山东新城人，是一代诗宗、文坛领袖王渔洋的表兄。 2 睒烱(shǎn shǎn)：闪烁。 3 匹：古代四丈为一匹。练：白绢。

小猎犬

山右[1]卫中堂[2]为诸生时，厌冗扰，徙斋僧院。苦室中蟹虫[3]蚊蚤甚多，竟夜不成寐。食后，偃息在床。忽见一小武士，首插雉尾，身高二寸许，骑马大如蜡[4]，臂上青鞲[5]，有鹰如蝇。自外而入，盘旋室中，行且驶。公方疑注，忽又一人入，装亦如之，腰束小弓矢，牵猎犬如巨蚁。又俄顷，步者、骑者，纷纷来以数百辈，鹰亦数百臂，犬亦数百头。有蚊蝇飞起，纵鹰腾击，尽扑杀之。猎犬登床缘壁，搜噬虱蚤，凡罅隙之所伏藏，嗅之无不出者，顷刻之间，决杀殆尽。公伪睡睨之，鹰集犬窜于其身。既而一黄衣人，着平天冠[6]，如王者，登

山西卫周祚大学士当秀才的时候，因为厌倦俗事繁多，就搬到寺庙里住。又为屋里多臭虫、跳蚤、蚊子感到烦恼，晚上连觉都睡不成。有天傍晚吃过饭，卫周祚躺在床上休息。忽然看到一个小武士，头上插着野鸡的羽毛，身高两寸左右，骑着一匹蚂蚱大小的马，手臂上套着青色的皮套，上面有只苍蝇大小的猎鹰。小武士从门外进来，在屋里徘徊逗留，一会儿走一会儿跑。卫周祚正看得入神，忽然又有一个小人闯进来，和小武士打扮得差不多，腰里佩着小弓箭，手里牵着一条像大蚂蚁那么大的猎狗。又过了不久，步行的、骑马的小武士，熙熙攘攘地来了好几百人，猎鹰也有几百只，猎犬也有几百条。只要蚊子、苍蝇一飞，小武士立马把猎鹰放出去在空中捉拿，不一会儿苍蝇蚊子全被杀光了。小猎犬爬上床，沿着墙走，把臭虫、跳蚤都找出来咬死。哪怕藏在缝隙里的，只要它一闻，都能被抓出来。片刻，都被咬光杀尽。卫公装睡着了，偷偷地斜着眼睛看，猎鹰和猎犬都蹿到他身上搜捕虱虫。接着又来了一位穿黄衣的人，头上戴

别榻，系驷苇篾间[7]。从骑皆下，献飞献走，纷集盈侧，亦不知作何语。无何，王者登小辇，卫士仓皇，各命鞍马；万蹄攒奔，纷如撒菽，烟飞雾腾，斯须散尽。公历历在目，骇诧不知所由。

着通天冠，像是位国王，他走近另一张卧榻，把车系在席子交叠的边缘。随从的骑士都跳下马，献上苍蝇蚊子和臭虫跳蚤，纷纷围在国王身边，也不知道他们在说什么。没多久，国王登上小车，骑士们匆忙地骑上马；万马奔腾，像撒豆子般杂乱，烟尘弥漫，转眼就不见了。卫公看得清清楚楚，心里非常惊讶，也不知道他们从哪里来。

注释 1 山右：山西，以居太行山之右得名。 2 卫中堂：卫周祚，字文锡，山西曲沃人。明崇祯进士，官户部郎中。顺治时，历工、吏二部尚书，授文渊阁大学士，兼刑部尚书。康熙间，授保和殿大学士，兼户部尚书。中堂，内阁大学士的别称。 3 蜚(féi)虫：臭虫。 4 蜡(zhà)：蚱蜢。 5 青鞲：猎装上停立猎鹰的臂衣。 6 平天冠：古代帝王所戴冠冕。平顶，前后有垂旒(玉串)，又叫通天冠。 7 系驷苇篾(miè)间：停车系马于二席相叠的边际。苇，苇席。篾，竹篾。

蹑履外窥，渺无迹响，返身周视，都无所见，惟壁砖遗一细犬。公急捉之，且驯。置砚匣中，反复瞻玩。毛极细茸，项上有小环。饲以饭颗，一嗅辄弃去。跃登床榻，寻衣缝，啮杀虮虱，旋复来伏卧。

他便穿上鞋子向外偷看，一点声响都没。转身环顾四周，也什么都没有，只是墙壁的砖头上还留下了一只小猎犬。卫公急忙抓住它，小猎犬倒也温驯。卫公把它放进盛砚台的匣子里反复赏玩。小猎犬的毛非常细软，脖子上套着一个小环。拿米粒喂它，它闻一闻便丢下走开了。它跳上床，在衣缝里搜寻，把虱卵、虱子全都咬死，随即回到匣中趴着。过了一夜，卫

逾宿，公疑其已往，视之，则盘伏如故。公卧，则登床箦[1]，遇虫辄啖毙，蚊蝇无敢落者。公爱之，甚于拱璧。一日，昼寝，犬潜伏身畔。公醒转侧，压于腰底。公觉有物，固疑是犬，急起视之，已匾而死，如纸剪成者。然自是壁虫无噍类[2]矣。

公怀疑它已经走了，往匣子里一看，还是盘着身体趴在那儿。卫公睡觉的时候，小猎犬就会爬上床席，看到虫子就咬死，蚊子和苍蝇都不敢落在他身上。卫公喜爱它甚至超过珍贵的玉璧。一天，卫公午睡，小猎犬趴在他身边，一动不动。卫公醒来一翻身，把小猎犬压在了腰底下。他觉得腰下好像有东西，怀疑可能是小猎犬，急忙起身一看，小狗已经被压扁死去，扁得像纸剪成的一样。不过从此以后，屋里再也没有虱虫了。

注释 1 床箦：床上的席子。箦，卧席。 2 无噍(jiào)类：没有存活的。

棋 鬼

原文

扬州督同将军[1]梁公，解组[2]乡居，日携棋酒，游翔林丘间。会九日登高，与客弈。忽有一人来，逡巡局侧，耽玩不去。视之，面目寒俭，悬鹑结焉。然而意态温雅，有文士风。公礼之，乃坐，亦殊㧑谦[3]。公指棋谓曰："先生当必善此，何勿与客对垒？"其人逊谢移时，始即局。局终而负，神情懊热[4]，若不自已。又着又负，益惭愤。酌之以酒，亦不饮，惟曳客弈。自晨至于日昃[5]，不遑溲溺。

译文

扬州的督同将军梁公辞官回到乡下隐居，每天带着棋，背着酒，在青山绿林间游玩。恰逢九月九日重阳节登高游览，梁公和客人一起下棋。忽然来了一个人，在棋局旁徘徊，一直盯着棋局看，不肯走开。梁公一瞧，来人看起来有些寒酸，衣服十分简朴，上面有很多补丁。但是举止文雅谦和，有文人风度。梁公以礼相待，书生才坐下，仍然很谦逊。梁公指着棋跟书生说："先生肯定擅长下棋，为什么不和客人下一局呢？"书生谦虚地推辞了一小会儿，这才开始对弈。一局结束，书生输了，神情懊恼沮丧，好像不能控制一样。又下了一局又输了，书生更加惭愧气恼。梁公倒了杯酒给他，他也不喝，只是拉着客人下棋。从早上一直下到傍晚，连小便都顾不上。

注释　1 督同将军：即都督同知，亦即副总兵。明代由五军都督府的都督同知充任各地副总兵，遇战事，则挂诸号副将军印，统兵出战，事归纳还，故称督同将军。　2 解组：辞官。组，印绶。　3 㧑(huī)谦：谦逊。　4 懊热：懊丧，焦急。　5 日昃：日斜。

方以一子争路，两互喋聒[1]，忽书生离席悚立，神色惨沮。少间，屈膝向公座，败颡[2]乞救。公骇疑，起扶之曰："戏耳，何至是？"书生曰："乞付嘱圉人[3]，勿缚小生颈。"公又异之，问："圉人谁？"曰："马成。"先是，公圉役马成者，走无常[4]，常十数日一入幽冥，摄牒作勾役[5]。公以书生言异，遂使人往视成，则僵卧已二日矣。公乃叱成不得无礼。瞥然间，书生即地而灭。公叹咤良久，乃悟其鬼。

正当他和客人为了一个棋子争路，双方争吵不休的时候，书生突然离开座位害怕地站着，脸色惨白懊丧。不一会儿，他又下跪，向梁公磕头乞求救命。梁公又惊又疑，扶起书生问道："下棋只是游戏，哪里至于这么严重？"书生乞求道："请您嘱托马夫，让他别用绳子捆我的脖子。"梁公又觉得奇怪，问："马夫是谁？"书生答："马成。"之前，梁公的马夫能走无常，常常每隔十几天就会去地府走一趟，拿着冥府文书充当勾魂的衙役。梁公觉得书生说话十分怪异，就派人去看马成，而马成竟然已经僵挺地在床上躺了两天。梁公便呵斥马成不得对书生无礼。一眨眼的工夫，书生便原地消失。梁公感叹良久，才明白书生原来是鬼。

注释 1 喋聒(dié guō)：嚷嚷，言语争吵。 2 败颡(sǎng)：叩头出血。 3 圉人：《周礼》官名，掌管养马放牧等事，亦泛称养马的人。 4 走无常：旧时迷信，认为阴司鬼吏有缺，临时可授生人暂代，事毕放还，称为走无常。 5 摄牒作勾役：携带冥府文书充当勾魂差役。

越日，马成寤，公召诘之。成曰："书生湖襄[1]

过了一天，马成醒来，梁公把他叫来询问缘由。马成说："书生是湖北襄

人，癖嗜弈，产荡尽。父忧之，闭置斋中。辄逾垣出，窃引空处，与弈者狎。父闻诟詈[2]，终不可制止。父愤悒赍恨[3]而死。阎摩王以书生不德，促其年寿，罚入饿鬼狱，于今七年矣。会东岳凤楼[4]成，下牒诸府，征文人作碑记。王出之狱中，使应召自赎。不意中道迁延，大愆[5]限期。岳帝使直曹问罪于王，王怒，使小人辈罗搜之。前承主人命，故未敢以缧绁[6]系之。”公问：“今日作何状？”曰：“仍付狱吏，永无生期矣。”公叹曰：“癖之误人也如是夫！”

阳人，嗜好下棋到了痴迷的地步，家产都被他耗尽了。他父亲很担忧，就把他关在书房里。书生经常跳墙逃出，把棋友领到清静没人的地方，一块儿下棋。他父亲知道后破口大骂，还是不能阻止。他父亲因此愤恨离世。阎罗王看书生无德，就减短了他的寿命，把他罚进了饿鬼地狱，到现在已经有七年了。正赶上东岳凤楼修建完工，东岳帝下诏各府，征集文人前去撰写碑记。阎罗王放书生出狱，让他前去应召写文章替自己赎罪。没想到他在途中拖延，大大耽误了期限。东岳帝便派值日官员向阎罗王问罪，阎罗王发怒，让我们这些人搜捕他。我前天得到您的命令，所以没敢用绳子捆他。”梁公问：“书生今天情况怎么样？”马成答：“还是交给了狱吏，永远也没有还生的机会了！”梁公感叹：“癖好竟能误人到这种地步啊！”

注释　1 湖襄：长江中游洞庭湖、襄阳一带地区。　2 诟詈(lì)：责骂。　3 赍(jī)恨：抱恨。　4 凤楼：此处指帝王的楼阁。　5 愆(qiān)：耽误，错过。　6 缧绁(léi xiè)：捆绑犯人的绳索。

异史氏曰："见弈遂忘其死，及其死也，见弈又忘其生。非其所欲有甚于生者哉？然癖嗜如此，尚未获一高着，徒令九泉下，有长死不生之弈鬼也。可哀也哉！"

异史氏说："看见棋就忘了自己的死，等到死了，看见棋又忘记求生。难道他的嗜好比自己的生命还重要吗？可嗜好达到如此痴迷的地步，却还没学得一手好棋，只是让九泉之下，多了个长死不生的棋鬼。真是可悲呀！"

辛十四娘

原文

广平[1]冯生，正德[2]间人，少轻脱，纵酒。昧爽[3]偶行，遇一少女，着红帔，容色娟好。从小奚奴，蹑露奔波，履袜沾濡，心窃好之。薄暮醉归，道侧故有兰若[4]，久芜废，有女子自内出，则向丽人也。忽见生来，即转身入。阴念：丽者何得在禅院中？絷驴于门，往觇其异。入则断垣零落，阶上细草如毯。

译文

广平县冯生，是明代正德年间的人。他年轻时轻浮放纵，饮酒无度。一天早晨，冯生出门，偶然碰到一位少女，披着红披肩，长得眉清目秀。她身后还跟着位小丫环，两人踩着露水赶路，鞋袜都沾湿了，冯生心里暗暗喜欢上了她。傍晚，冯生喝得醉醺醺地回家，路旁原来有一座荒废了很久的寺庙，里边走出来一个女子，正是早上的那位。女子突然发现冯生前来，立刻转身走进去。冯生暗想：美人怎么会住在寺庙里？便把驴拴在门旁，想进去一探究竟。冯生走进庙门，看到墙壁残败，台阶上铺着层绿毯似的小草。

彷徨间，一斑白叟出，衣帽整洁，问："客何来？"生曰："偶过古刹，欲一瞻仰。翁何至此？"叟曰："老夫流寓无所，暂借此安顿细小[5]。既承宠降，有山茶可以当酒。"乃肃宾入。见殿后一院，石路光明，无复蓁莽。入其室，则帘幌床幕，香雾喷人。坐展姓字，云："蒙叟姓辛。"生乘醉遽问曰："闻有女公子，未遭良匹，窃不自揣，愿以镜台自献[6]。"辛笑曰："容谋之荆人。"生即索笔为诗曰："千金觅玉杵，殷勤手自将。云英如有意，亲为捣玄霜。[7]"主人笑付左右。

少间，有婢与辛耳语。辛起慰客耐坐，牵幕入，隐约三数语，即趋出。生意必有佳报，而辛乃坐与嗢噱[8]，不复

他正犹豫要不要继续往前走的时候，一位穿戴整洁的白发老翁走了出来，看到冯生就问："客人从哪里来？"冯生回答："我偶然路过古庙，就想进来看看。老人家怎么会到这里来？"老翁回答："我流落他乡，没有地方住，暂时先借这里安顿妻儿老小。既然您大驾光临，请进来，有茶代酒招待您。"便把冯生带进寺院里。冯生见大殿后有个院子，石板路又光又平，没有杂草树丛。走进屋里，只觉帘幕帐幌有香气袭来。入座后，老翁自我介绍："老夫姓辛。"冯生借着酒意唐突地问："听说您家有位女儿，还没找到好女婿，我不自量力，想亲自求婚娶她。"辛老翁笑着说："先让我和老伴商量商量。"冯生当即要来毛笔，作了一首诗："千金觅玉杵，殷勤手自将。云英如有意，亲为捣玄霜。"辛老翁笑着把诗交给了旁边的仆人。

过了一会儿，有个丫环出来附在辛老翁耳边说了几句。辛老翁听完起身，请冯生安心坐一会儿，他掀开门帘走了进去。冯生隐隐约约地听到里边说了几句话，辛老翁就快步出来了。冯生以为肯定有好消息，辛老翁坐下后却只是和他说笑，没再说别的。冯生忍不住，便问道：

有他言。生不能忍，问曰："未审意旨，幸释疑抱。"辛曰："君卓荦[9]士，倾风已久。但有私衷，所不敢言耳。"生固请，辛曰："弱息[10]十九人，嫁者十有二。醮命[11]任之荆人，老夫不与焉。"生曰："小生只要得今朝领小奚奴带露行者。"辛不应，相对默然。闻房内嘤嘤腻语，生乘醉搴帘曰："伉俪既不可得，当一见颜色，以消吾憾。"内闻钩动，群立愕顾。果有红衣人，振袖倾鬟[12]，亭亭拈带。望见生入，遍室张皇。辛怒，命数人捽生出。酒愈涌上，倒蓁芜中，瓦石乱落如雨，幸不着体。

"不知道老先生打算怎么办，希望您能说出来消除我的疑惑。"辛老翁解释道："您是天资非凡的人，老夫早已仰慕风采。但我确实有苦衷，不好直说。"冯生再三请求，辛老翁只好说："我有十九个女儿，已经嫁出去十二个。嫁女的事都是我老伴打理的，我从来不参与。"冯生请求："小生我只想得到今天早晨带着小丫环踩着露水赶路的那位姑娘。"辛老翁不理他，两人默默无声地相对坐着。这时，冯生又听到里屋传出女子窃窃私语的声音，便借着醉意掀开帘幕，还说："既然没缘分做夫妻，也该让我一睹美貌，好消除心里的遗憾。"里面的人听到帘钩响动，都站在那里惊愕地看着冯生。其中果然有一位穿红衣服的女子，正低着头整理衣袖，体态轻盈拈着衣带站着。看到冯生走进来，满屋的人都惊慌无措。辛老翁大怒，叫几个人把冯生拉了出去。冯生醉意更浓，一头栽倒在荒草丛里，瓦片石块雨点似的丢过来，幸好没砸到身上。

注释　1 广平：今河北邯郸下辖的广平县。 2 正德：明武宗朱厚照年号。 3 昧爽：拂晓，黎明。 4 兰若：寺院。 5 细小：指妻儿。

6 镜台自献:意谓自媒求婚。晋人温峤的堂姑母托他为女儿做媒。一天,温峤告诉姑母说,佳婿已物色到,并送来玉镜台为聘礼。等到举行婚礼,原来新婿就是温峤本人。后遂以"镜台自献"代指自荐求婚。 **7** "千金觅玉杵"四句:这是借用裴航的故事表示求婚。裴航是唐代裴铏所作小说《裴航》的男主人公。相传裴航为唐长庆间秀才,一次路过蓝桥驿,遇见一织麻老妪,航渴甚求饮,妪呼孙女云英捧一瓯水浆饮之,甘如玉液。航见云英姿容绝世,十分喜欢,很想娶她为妻,妪告:"昨有神仙与药一刀圭,须玉杵臼捣之。欲娶云英,须以玉杵臼为聘,为捣药百日乃可。"后裴航终于找到月宫中玉兔用的玉杵臼,娶了云英。婚后夫妻双双入玉峰,成仙而去。 **8** 嗢(wà)噱:谈笑。 **9** 卓荦(zhuó luò):卓越。 **10** 弱息:对人称呼自己子女的谦词,后专称女儿。 **11** 醮(jiào)命:指许婚之权。醮,指女子嫁人。古代女子出嫁,父母酌酒饮之,名"醮"。 **12** 振袖倾鬟:犹言整袖低头。

卧移时,听驴子犹龁草路侧,乃起跨驴,踉蹡而行。夜色迷闷,误入涧谷,狼奔鸱叫,竖毛寒心。踟蹰四顾,并不知其何所。遥望苍林中,灯火明灭,疑必村落,竟驰投之。仰见高闳[1],以策挝门,内有问者曰:"何处郎君,半夜来此?"生以失路告,内者曰:"待达主人。"生累足鹄俟[2]。忽

躺了一会儿,冯生听见驴子还在路边吃草,就爬起来跨上驴背,晃晃悠悠地往回走。夜色幽暗迷离,冯生不小心走进了山谷,野狼嚎吼,猫头鹰诡叫,听得寒毛直立,胆战心惊。冯生四下里望了望,犹豫不前,不知道自己在什么地方。远远看到茂密的森林里,灯火忽隐忽现,他猜想肯定是村庄,就急忙骑着毛驴赶了过去。抬头只见高门耸立,冯生用鞭子敲了敲门,里边有人问道:"是哪里来的年轻人,半夜跑到这儿来?"冯生便称自己迷路了,屋里人只说:"请让我去禀

闻振管[3]辟扉，一健仆出，代客捉驴。生入，见室甚华好，堂上张灯火。少坐，有妇人出，问客姓氏，生以告。逾刻，青衣数人，扶一老妪出，曰："郡君[4]至。"生起立，肃身欲拜。妪止之坐，谓生曰："尔非冯云子之孙耶？"曰："然。"妪曰："子当是我弥甥[5]。老身钟漏并歇[6]，残年向尽，骨肉之间，殊多乖阔。"生曰："儿少失怙[7]，与我祖父处者，十不识一焉。素未拜省，乞便指示。"妪曰："子自知之。"生不敢复问，坐对悬想。

告主人。"冯生驻足伸颈，站着等候。突然，听到有人开锁，门随之打开，从里面走出一位健壮的仆人，替冯生牵驴。冯生走进门，只见室内布置得非常华丽，厅堂上灯火通明。冯生坐了会儿，就有位妇女走出来，询问他的姓氏，冯生如实回答。过了片刻，几位婢女搀着一位老妇人走出来说："郡君到。"冯生起身，端正容仪正要行礼，老妇人拦住，让他坐下，问冯生："你不会就是冯云子的孙子吧？"冯生回答："是的。"老妇人道："那你应该是我的侄孙。我一生将过，日子不多了，骨肉亲戚之间也很久没来往了。"冯生便说："我小时候就失去了父亲，祖父的老朋友，亲戚中十个人我一个也不认识。平时也没来看望，还请指教该怎么称呼您。"老妇人说："你自己会知道的。"冯生不敢再追问，只好坐在对面猜想。

注释 1 闳(hóng)：大门。 2 累足鹄俟：驻足伸颈，站立等候。累足，站立不动。鹄，天鹅。 3 振管：开锁。管，锁钥。 4 郡君：妇人的封号。明代郡王的孙女可封郡君，清代和硕亲王庶女及多罗贝勒嫡女也可封郡君。 5 弥甥：外甥的儿子。 6 钟漏并歇：暗示死亡。钟与漏，都是古时的报时工具。歇，停止。 7 失怙(hù)：丧父。

妪曰:“甥深夜何得来此?”生以胆力自矜诩[1],遂历陈所遇。妪笑曰:“此大好事。况甥名士,殊不玷于姻娅[2],野狐精何得强自高?甥勿虑,我能为若致之。”生谢唯唯。妪顾左右曰:“我不知辛家女儿遂如此端好。”青衣人曰:“渠有十九女,都翩翩有风格。不知官人所聘行几?”生曰:“年约十五余矣。”青衣曰:“此是十四娘。三月间,曾从阿母寿郡君,何忘却?”妪笑曰:“是非刻莲瓣为高履,实以香屑,蒙纱而步者乎?”青衣曰:“是也。”妪曰:“此婢大会作意[3],弄媚巧。然果窈窕,阿甥赏鉴不谬。”即谓青衣曰:“可遣小狸奴[4]唤之来。”青衣应诺去。

老妇人问:“侄孙你怎么深夜到这儿来了?”冯生一向自诩胆子大,便把自己的经历一五一十都说了。老妇人笑着说:“这是天大的好事。何况侄孙你是名士,也不玷污姻亲,野狐狸精凭什么这么自大?侄孙不用多虑,我能帮你撮合这段姻缘。”冯生连连道谢。老妇人看着身边的婢女问道:“我还不知道辛家的女儿竟然有长得这么漂亮的。”婢女便说:“他们家有十九个女儿,都长得美丽动人,各有风姿。不知道公子要娶的是排行第几的女儿?”冯生回答:“那个年纪在十五岁多的。”婢女便说:“这是十四娘。三月份的时候,她还随着母亲来给您贺寿,您难道忘了?”老妇人笑着说:“不会是在高鞋底刻上莲花瓣,在鞋里撒香粉,蒙着纱巾走路的那个吧?”婢女回答:“是的。”老妇人说:“这丫头十分有心计,心灵手巧,妩媚动人。但她确实靓丽,侄孙的眼光真不错。”便吩咐婢女:“可以打发小狸奴把她叫来。”婢女答应着去了。

注释 1 矜诩:夸耀。 2 姻娅:亲家和连襟,泛指姻亲。 3 作意:别出心裁。 4 狸奴:猫的别名,这里似指妖精变的仆婢。

移时，入白："呼得辛家十四娘至矣。"旋见红衣女子，望妪俯拜。妪曳之曰："后为我家甥妇，勿得修婢子礼。"女子起，娉娉而立，红袖低垂。妪理其鬓发，捻其耳环，曰："十四娘近在闺中作么生？"女低应曰："闲来只挑绣。"回首见生，羞缩不安。妪曰："此吾甥也。盛意与儿作姻好，何便教迷途，终夜窜溪谷？"女俯首无语。妪曰："我唤汝，非他，欲为吾甥作伐耳。"女默默而已。妪命扫榻展裀褥，即为合卺。女腆然曰："还以告之父母。"妪曰："我为汝作冰[1]，有何舛谬[2]？"女曰："郡君之命，父母当不敢违。然如此草草，婢子即死，不敢奉命！"妪笑曰："小女子志不可夺，真吾甥妇也！"乃拔女头上金花一朵，付

不久，婢女进来禀告："把辛家十四娘叫来了。"就见一红衣女子向老妇人弯腰行礼。老妇人扶她起身说："以后你就是我家侄孙的媳妇，不要对我行丫环的礼。"女子起身，亭亭而立，举止端庄。老妇人理了理她的头发，捏了捏她的耳环，问："十四娘最近在家做什么呢？"女子低声回答："空闲的时候只做刺绣。"一回头，看见冯生，立刻羞涩地往后躲。老妇人说："这是我侄孙。他真心实意想和你做夫妻，你怎么施法让他误入迷途，整夜在山谷里瞎逛？"女子低着头不说话。老妇人又说："我叫你来，没有别的，就想替我的外甥做一回媒人罢了。"女子听了还是不说话。老妇人就吩咐仆人收拾床铺整理被褥，立刻成亲。女子红着脸说："还请您让我回去告诉父母。"老妇人问："我做你的媒人，还能错得了？"女子回答："郡君的命令，父母当然不敢违抗。但这么草率，我就是死了，也不敢听从。"老妇人笑着说："小丫头心高气傲，不能强逼，果然是我的侄孙媳妇儿！"便拔下辛十四娘头上的一朵金花，嘱咐冯生收好。让他回家查查历书，选个良辰吉日

生收之。命归家检历[3],以良辰为定。乃使青衣送女去。听远鸡已唱,遣人持驴送生出。数步外,欻一回顾,则村舍已失,但见松楸[4]浓黑,蓬颗[5]蔽冢而已。定想移时,乃悟其处为薛尚书墓。

作为婚期。这才让婢女送辛十四娘回去。这时听到远处的公鸡开始报晓,便派人牵驴送冯生出门。冯生出来后走了几步,猛一回头,村舍房屋竟然都消失不见,只看到松树、楸树密密麻麻,一片乌黑,还有一座蓬草掩盖的坟墓。冯生定神想了一会儿,才想起这里是薛尚书的墓所。

注释 **1** 作冰:做媒。 **2** 舛谬:差错,错误。 **3** 检历:查阅历书,指选择吉日。 **4** 楸:楸树,落叶乔木,高可达30米,叶子三角状卵形或长椭圆形,花冠白色,有紫色斑点。木材供建筑用。树皮、叶、种子可入药。 **5** 蓬颗:长有蓬草的土块。一般指坟上长草的土块,亦借指坟头。

薛乃生故祖母弟,故相呼以甥。心知遇鬼,然亦不知十四娘何人。咨嗟而归,漫检历以待之,而心恐鬼约难恃。再往兰若,则殿宇荒凉,问之居人,则寺中往往见狐狸云。阴念:若得丽人,狐亦自佳。至日,除舍扫途,更仆眺望,夜半犹寂,生已无

薛尚书是冯生已故祖母的弟弟,所以薛老太太叫他侄孙。冯生知道自己撞见鬼了,但还不清楚辛十四娘到底是什么人。他唉声叹气地回家,漫不经心地挑了一个良辰吉日等着,可心里又怕鬼约不靠谱。冯生又去古庙,只见寺庙一片荒凉,向附近的居民打听,说是常常看到寺庙里有狐狸。冯生暗中想:只要能得到美人,就是狐狸也好。到了吉日,冯生清理房屋,扫干净道路,轮流派仆人等候辛十四娘,到了半夜还是没有消息,冯生觉得已

望。顷之,门外哗然,躧屣[1]出窥,则绣幰[2]已驻于庭,双鬟扶女坐青庐[3]中。妆奁亦无长物,惟两长鬣奴[4]扛一扑满[5],大如瓮,息肩置堂隅。生喜得丽偶,并不疑其异类。问女曰:"一死鬼,卿家何帖服之甚?"女曰:"薛尚书,今作五都巡环使,数百里鬼狐皆备扈从[6],故归墓时常少。"生不忘蹇修[7],翼日往祭其墓。归见二青衣,持贝锦[8]为贺,竟委几上而去。生以告女,女曰:"此郡君物也。"

经没希望了。不一会儿,门外十分吵闹,冯生急忙拖着鞋子跑出屋去看,只见花轿已经停在了院子里,两个丫环扶着新娘子在青庐里坐着。嫁妆也没有什么东西,只有两个大胡子仆人抬着一个存钱罐,大如酒瓮,卸下来放在堂屋的角落里。冯生欣喜娶了个漂亮的媳妇,也不怀疑辛十四娘是异类。他问辛十四娘:"一个死鬼,你们家怎么那么服服帖帖呢?"辛十四娘回答:"薛尚书现在是五都巡环使,几百里的鬼狐都得听他的差遣,所以他不经常回墓所。"冯生没有忘记自己的媒人,第二天就前去薛尚书的墓所祭拜。回家的时候,看见两个丫环,手里拿着贝锦来道贺,她们把贝锦放在桌上就走了。冯生跟辛十四娘说了这件事,她看了之后说:"这是郡君家的东西。"

注释 1 躧(xǐ)屣:趿拉着鞋,形容匆促急迫。躧,曳履而行。 2 绣幰(xiǎn):绣花车帷,代指花轿或彩车。 3 青庐:青布搭成的帐篷,为举行婚礼的场所。 4 长鬣奴:满脸长须的仆人。 5 扑满:储蓄钱币用的瓦器,上有小孔,钱币可放入,但不能取出,储满后,打破取出。 6 备扈从:充当随从。 7 蹇修:代指媒人。蹇修是传说中伏羲氏的臣子。 8 贝锦:指像贝壳的花纹一样美丽的织锦。

邑有楚银台[1]之公子,少与生共笔砚,颇相狎。闻生得狐妇,馈遗为餪[2],即登堂称觞。越数日,又折简来招饮。女闻,谓生曰:“曩公子来,我穴壁窥之,其人猿睛鹰准[3],不可与久居也。宜勿往。”生诺之。翼日,公子造门,问负约之罪,且献新什。生评涉嘲笑,公子大惭,不欢而散。生归,笑述于房,女惨然曰:“公子豺狼,不可狎也!子不听吾言,将及于难!”生笑谢之。后与公子辄相谀噱[4],前隙渐释。会提学试[5],公子第一,生第二。公子沾沾自喜,走伻[6]来邀生饮。生辞,频招乃往。至则知为公子初度[7],客从满堂,列筵甚盛。公子出试卷示生,亲友叠肩叹赏。酒数行,乐奏于堂,鼓吹伧儜[8],宾

县城有个通政使楚某的儿子,小时候和冯生是同窗,两人关系很不错。他听说冯生娶了位狐夫人,便在婚后第三天送来贺礼,并亲自上门举杯祝贺。过了几天,他又写帖子邀冯生去喝酒。辛十四娘听说后,告诉冯生:“前几天楚公子来我们家,我从墙缝里偷看,这人长得猿睛鹰鼻,不能和他一直交往,最好别去。”冯生答应了。第二天,楚公子上门,责怪冯生失约,还送上自己新作的文章。冯生评论这篇文章时,说了些嘲笑的话,楚公子羞愧不已,很不愉快地走了。冯生回屋,笑着和辛十四娘说了这事,十四娘悲痛地说:“楚公子狠如豺虎,不能跟他亲近!你不听我的话,要有大难发生!”冯生赔笑认错。后来,冯生见到楚公子总是奉承讨好,之前的不愉快也慢慢释然了。正好碰上学政主持考试,楚公子名列第一,冯生则排在第二。楚公子沾沾自喜,派人邀请冯生前去喝酒。冯生推辞,楚公子派人来叫了好几次才去。到了才知道原来是楚公子的生日,宾客满堂,酒宴非常丰盛。楚公子把考卷拿给冯生看,周围的亲朋好友争相过来观赏,赞不绝口。酒喝了几轮,堂上奏

主甚乐。公子忽谓生曰:“谚云:‘场中莫论文[9]。’此言今知其谬。小生所以忝出君上者,以起处[10]数语,略高一筹耳。”

公子言已,一座尽赞。生醉不能忍,大笑曰:“君到于今,尚以为文章至是耶?”生言已,一座失色。公子惭忿气结。客渐去,生亦遁。醒而悔之,因以告女。女不乐曰:“君诚乡曲之儇子[11]也!轻薄之态,施之君子,则丧吾德;施之小人,则杀吾身。君祸不远矣!我不忍见君流落,请从此辞。”生惧而涕,且告之悔。女曰:“如欲我留,与君约:从今闭户绝交游,勿浪饮。”生谨受教。十四娘为人勤俭洒脱,日以纴织为事。时自归宁,未尝逾夜。又时出金帛作生计,日有

起音乐,吹吹打打,十分嘈杂,主客都很欢乐。楚公子突然对冯生说:“俗话说‘场中莫论文’。今天看来这话说得不对啊。小生名次之所以在你之上,还是我文章开头的几句话,写得比你好一点儿呀。”

楚公子说完,满堂人纷纷附和。冯生喝醉了,心里咽不下这口气,哈哈大笑说:“楚公子到现在还以为是你文章写得好才排第一吗?”冯生说完,众人脸色顿变。楚公子气愤羞愧,没话反驳。客人慢慢离席,冯生也逃回家去。酒醒后,冯生十分懊悔,便把事情告诉了辛十四娘。辛十四娘生气地说:“你真是个乡下轻浮爱耍小聪明的人!用轻薄的态度对待君子,就会丧失品德;对待小人,就会惹来杀身之祸。你离祸事不远了!我不忍心看你穷困潦倒,我还是现在离开吧。”冯生害怕得哭起来,并告诉她自己知道错了。辛十四娘说:“要是想我留下来,我与你约定:从今以后,你闭门不出,不许和他人来往,不再酗酒。”冯生认真地答应了。辛十四娘勤俭持家,办事利落,每天依靠纺纱织布过日子。也经常回娘家探亲,但从不过夜。她还时常拿

赢余，辄投扑满。日杜门户，有造访者，辄嘱苍头谢去。

出钱帛来做买卖，当天有盈利的话，就把钱投进存钱罐里。天天关门闭户，要是有客人来，就吩咐老仆人推辞掉。

注释 1 银台：官名，通政使司的别称。 2 餪(nuǎn)：旧时嫁女后三日，母家及亲友馈送食物，叫“餪”。 3 鹰准：鹰钩鼻子。准，鼻子。 4 谀噱：恭维谈笑。噱，大笑。 5 提学试：清代提督学政主持一省童生院试及生员岁、科两试。这里的“提学试”当指岁试或科试。 6 走伻(bēng)：派人。伻，使者。 7 初度：生日。 8 伧儜(chen níng)：形容声音粗俗杂乱。 9 场中莫论文：意谓在考场中靠的是命运，不是靠作文水平。 10 起处：指写文章议论之前阐明主旨，引起议论的起讲。 11 儇(xuān)子：轻薄耍小聪明的人。

一日，楚公子驰函来，女焚爇不以闻。翼日，出吊于城，遇公子于丧者之家，捉臂苦约。生辞以故，公子使圉人挽辔，拥捽以行。至家，立命洗腆[1]。继辞夙退。公子要遮无已，出家姬弹筝为乐。生素不羁，向闭置庭中，颇觉闷损，忽逢剧饮，兴顿豪，无复萦念。因而醉酣，颓卧席间。公子妻阮氏，最

一天，楚公子派人送信来，辛十四娘把信烧了，不让冯生知道。第二天，冯生出门去城里吊丧，在丧者家里碰到楚公子，楚公子拽住冯生的胳膊苦苦邀请。冯生借故推辞，楚公子让马夫牵马，簇拥着冯生走。到了楚生家，他立刻吩咐仆人准备丰盛的酒食。冯生又推辞说要早点儿回家。楚公子不断地阻拦，又叫歌姬出来弹筝作乐。冯生向来性情放荡，最近一直关在家里，觉得十分烦闷无趣，现在突然有豪饮的机会，兴致立马高涨，也就不管不顾起来。于是喝得酩酊大醉，昏沉沉地趴倒在酒桌上。楚公子的妻子阮氏，非常

悍妒，婢妾不敢施脂泽。日前，婢入斋中，为阮掩执，以杖击首，脑裂立毙。公子以生嘲慢故，衔生，日思所报，遂谋醉以酒而诬之。乘生醉寐，扛尸床间，合扉径去。

剽悍好妒，婢女侍妾都不敢化妆打扮。前天，有个丫环进了书斋，被阮氏抓住，用木棍击打她的头，脑浆迸裂，当场死亡。楚公子因为冯生之前嘲笑侮辱，怀恨在心，天天想找机会报复，于是想着把冯生灌醉来诬陷他。他乘着冯生醉倒昏睡，把丫环的尸体扛到床上，关上门就走了。

生五更醒解[2]，始觉身卧几上。起寻枕榻，则有物腻然，绁绊[3]步履，摸之，人也，意主人遣僮伴睡。又蹴之，不动而僵。大骇，出门怪呼。厮役尽起，爇之，见尸，执生怒闹。公子出验之，诬生逼奸杀婢，执送广平。隔日，十四娘始知，潸然曰："早知今日矣！"因按日以金钱遗生。生见府尹，无理可伸，朝夕搒掠，皮肉尽脱。女自诣问，生见之，悲气塞心，不能言说。女知陷阱已深，劝令诬服，以免刑宪。生泣听命。

五更的时候，冯生酒醒过来，才发现自己趴在桌子上。起身寻找枕头床铺，发现有个腻软的东西，被绊了一下。伸手一摸，发现是个人，冯生想可能是楚公子派来伴睡的童仆。又用脚踢了踢，那人竟然一动不动，身体都僵硬了。冯生大为惊骇，跑出门怪声喊叫。小厮仆人们都起来了，点上灯一照，看到了尸体，抓住冯生恼怒地争吵起来。楚公子出来查验，诬陷冯生逼奸不遂，杀了婢女，就把他押送到广平府衙。第二天，辛十四娘才听到消息，哭泣着说："我早知道会有这么一天！"于是每天都给冯生送钱。冯生见了府尹，没办法讲理申冤，早晚遭受严刑拷问，被打得皮开肉绽。辛十四娘亲自去探问，冯生见到她，满腔悲愤都结于心，话都说不出来。辛十四娘知道这次陷害很严重，便劝冯生先认罪，免得再遭刑罚。冯生哭着答应了。

注释 1 洗腆(tiǎn):置办洁净丰盛的酒食。腆,丰盛。 2 酲(chéng)解:酒醒。酲,酒醉。 3 绁(xiè)绊:羁绊。

女还往之间,人咫尺不相窥。归家咨惋,遽遣婢子去。独居数日,又托媒媪购良家女,名禄儿,年及笄,容华颇丽,与同寝食,抚爱异于群小。生认误杀拟绞,苍头得信归,恸述不成声。女闻,坦然若不介意。既而秋决有日[1],女始皇皇躁动,昼去夕来,无停履。每于寂所,於邑[2]悲哀,至损眠食。一日,日晡[3],狐婢忽来。女顿起,相引屏语。出则笑色满容,料理门户如平时。翼日,苍头至狱,生寄语娘子一往永诀。苍头复命,女漫应之,亦不怆恻,殊落落置之。家人窃议其忍。

辛十四娘往返时,就是别人走近咫尺也看不到她。辛十四娘回家后心疼哀叹,立马让婢女离开。自己一个人住了几天,又拜托媒人买了个良家女子,叫禄儿,十五岁年纪,长得挺漂亮。辛十四娘和她一起吃住,体贴关怀,超过了其他婢女。冯生认罪失手杀人后,被判绞刑,老仆人带着消息回家,边说边哭,泣不成声。辛十四娘听完后,面色平静,好像一点都不介意。等到秋天处决犯人的日子快到了,辛十四娘才惶惶不安,心烦气躁,经常白天出去,晚上回家,脚都没停过。她每每在没人的地方,呜咽哭泣,悲痛不已,以至吃饭睡觉都没心思。一天下午,辛十四娘派出去的狐婢突然回来了。她急忙起身,把丫头叫到没人的地方悄悄说话。出来的时候,辛十四娘笑容满面,和平时一样料理家务。第二天,老仆人去牢狱探望,冯生托他带话给辛十四娘要见最后一面。老苍头回家传话,辛十四娘漫不经心地应了一声,也没见她悲痛,反应很冷淡。家人私下议论辛十四娘心太狠。突然听到路上人们热闹地讨论:

忽道路沸传:楚银台革职,平阳观察[4]奉特旨治冯生案。苍头闻之,喜告主母。女亦喜,即遣入府探视,则生已出狱,相见悲喜。俄捕公子至,一鞫,尽得其情。生立释宁家[5]。归见女,泫然流涕,女亦相对怆楚[6],悲已而喜。然终不知何以得达上听。女笑指婢曰:“此君之功臣也。”生愕问故。

楚银台已经被革职,平阳观察奉圣旨前来督查冯生一案。老仆人听到消息,欢喜地告诉辛十四娘。辛十四娘也很欢喜,立马派他去府尹牢狱探望,冯生竟然已经出狱了,主仆见面,既悲又喜。一会儿,楚公子被押到衙门,平阳观察一审问,明白了其中的真相。冯生立马被释放回家。回家一见到辛十四娘,哭得泪流满面,辛十四娘也相对痛哭,悲伤过后,才又高兴起来。但冯生始终不知道自己的案子皇上是怎么听说的。辛十四娘笑着指了指婢女,对冯生说:“这位就是你的功臣。”冯生惊愕地询问其中的缘故。

注释 1 秋决有日:临近秋季处决犯人的日子。 2 於(wū)邑:同“呜咽”,悲气郁结。 3 晡(bū):申时,午后三点至五点。 4 观察:明清时对道员的尊称。 5 宁家:回家。 6 怆楚:悲苦,此处指哭泣。

先是,女遣婢赴燕都,欲达宫闱,为生陈冤抑。婢至,则宫中有神守护,徘徊御沟间,数月不得入。婢惧误事,方欲归谋,忽闻今上将幸大同[1],婢乃预往,伪作流妓。上至勾栏[2],极蒙宠眷。疑

原来,之前辛十四娘派狐婢上京,想让她进宫里告状,替冯生申诉冤情。狐婢到达京城,见宫里有神仙守护,只好在宫苑河道外徘徊,几个月都没能进宫。婢女怕误了事,就想先回来再想办法,突然听说皇上要去大同,婢女便先赶到大同,装作流寓的妓女。皇上到青楼时,看到婢女,特别宠爱她。皇上觉得她不像

婢不似风尘人，婢乃垂泣。上问："有何冤苦？"婢对曰："妾原籍直隶广平，生员冯某之女。父以冤狱将死，遂鬻妾勾栏中。"上惨然，赐金百两。临行，细问颠末，以纸笔记姓名，且言欲与共富贵。婢言："但得父子团聚，不愿华膴[3]也。"上颔之，乃去。婢以此情告生，生急起拜，泪眦双荧[4]。

居无几何，女忽谓生曰："妾不为情缘，何处得烦恼？君被逮时，妾奔走戚眷间，并无一人代一谋者。尔时酸衷[5]，诚不可以告诉。今视尘俗益厌苦。我已为君蓄良偶，可从此别。"生闻，泣伏不起，女乃止。夜遣禄儿侍生寝，生拒不纳。朝视十四娘，容光顿减；又月余，渐以衰老；半载，黯

风尘女子，婢女于是低头哭泣。皇上问："你有什么冤情吗？"婢女回答："我原籍隶属广平县，是生员冯某的女儿。父亲因为含冤入狱立马就要被处死了，只好把我卖到青楼。"皇上面色凄惨，赐给她几百两银子。回宫之前，皇上详细询问了事情的始末，用纸笔记下了姓名，还说想和她共享富贵。婢女坦言："我只愿父女能重新相聚，不想过富贵日子。"皇上点点头，婢女便离开了。婢女把实情告诉冯生，冯生急忙起身下拜，两眼泪光闪闪。

没过多久，辛十四娘忽然对冯生说："我如果不是因为这份感情，又怎么会有这么多烦恼？你被捕入狱的时候，我走亲访戚，也没有一个人能替我出主意。当时的辛酸苦楚，实在没法说。现在我越看俗世越厌倦痛苦。我已经为你找了位好妻子，我们从此分别吧！"冯生一听完，哭着跪在地上不肯起来，辛十四娘只好留下。晚上让禄儿服侍冯生就寝，冯生坚决拒绝。第二天清晨，见辛十四娘容貌顿时衰减。又过了一个月多，辛十四娘慢慢衰老下去；半年后，面色黝黑像个老村姑。冯生始终恭敬对待，一

黑如村妪。生敬之,终不替。女忽复言别,且曰:“君自有佳侣,安用此鸠盘[6]为?”生哀泣如前日。又逾月,女暴疾,绝饮食,羸卧闺闼。生侍汤药,如奉父母。巫医无灵,竟以溘逝。生悲怛欲绝。即以婢赐金,为营斋葬。数日,婢亦去,遂以禄儿为室。逾年,生一子。然比岁不登,家益落。夫妻无计,对影长愁。忽忆堂陬扑满,常见十四娘投钱于中,不知尚在否。近临之,则豉具盐盎,罗列殆满。头头置去,箸探其中,坚不可入。扑而碎之,金钱溢出,由此顿大充裕。

后苍头至太华[7],遇十四娘,乘青骡,婢子跨蹇以从,问:“冯郎安否?”且言:“致意主人,我已名列仙籍矣。”言讫,不见。

直没变。辛十四娘忽然又向他告别,并说:“你自有好配偶,要我这老村姑做什么?”冯生像之前那样哀泣请求她留下。又过了一个月,辛十四娘突然生病,吃不了饭,疲惫地躺在床上。冯生端汤喂药,像服侍父母一样。请来巫婆、郎中,一点起色也没有,最后辛十四娘还是忽然离世。冯生悲痛不已,便用皇上赐给婢女的钱安葬辛十四娘。过了几天,狐婢也离开了,冯生于是娶禄儿为妻。过了一年,两人生了个儿子。但是连年收成不好,家境一天天衰落。夫妻俩没有办法,形影相对,整天发愁。冯生突然想到堂屋角落放着个存钱罐,过去常常看见辛十四娘把钱投进罐中,也不知道还在不在。走近堂屋角落一看,只见装豆的盆子、盐罐子摆满了一地。他们把东西一件件挪开,用筷子伸进罐子里试探,竟然硬得戳不动。把扑满砸碎,金钱撒了一地,从此冯生一下子富裕起来。

后来老仆人去华山,碰到辛十四娘,看见她骑着匹青骡子,婢女骑着驴子跟着她,她问:“冯郎还好吗?”还说:“请告诉你家主人,我已经名列仙籍了。”说完,人就不见了。

注释 1 大同:今山西大同。 2 勾栏:妓院。 3 华膴(wǔ):华衣美食,指富贵。 4 泪眦双荧:双眼含着泪水,闪烁有光。 5 酸衷:悲痛的心情。 6 鸠盘:佛经中记载的一种丑陋鬼怪,后用以形容极端丑陋的妇人。 7 太华:西岳华山。

异史氏曰:"轻薄之词,多出于士类[1],此君子所悼惜也。余尝冒不韪[2]之名,言冤则已迂,然未尝不刻苦自励,以勉附于君子之林,而祸福之说不与焉。若冯生者,一言之微,几至杀身,苟非室有仙人,亦何能解脱囹圄[3],以再生于当世耶?可惧哉!"

异史氏说:"轻薄的话,大多出自读书人的口中,这正是君子所痛心惋惜的。我曾经也冒着大不韪的罪名,现在说自己冤枉则太迂腐,但也未尝没有刻苦鼓励自己,希望勉强跻身君子的行列,至于这是福是祸就不去管它。像冯生这样的人,因为一句话的差错,几乎给自己惹来杀身大祸,要不是他家里有位仙人,又哪里能摆脱牢狱之灾,在世上重新活下来呢?世事真是可怕啊!"

注释 1 士类:读书人。 2 不韪(wěi):不是,过失。 3 囹圄(líng yǔ):监狱。

白莲教

原文

白莲教某者,山西人,忘其姓名,大约徐鸿儒[1]之徒。左道惑众,

译文

白莲教某人是山西人,已经忘了他的名字,大概是徐鸿儒一类的人。他用邪门歪道迷惑百姓,很多仰慕他法术的人

慕其术者多师之。某一日将他往,堂中置一盆,又一盆覆之,嘱门人坐守,戒勿启视。去后,门人启之,视盆贮清水,水上编草为舟,帆樯[2]具焉。异而拨以指,随手倾侧,急扶如故,仍覆之。俄而师来,怒责:“何违吾命?”门人立白其无。师曰:“适海中舟覆,何得欺我?”又一夕,烧巨烛于堂上,戒恪守,勿以风灭。漏二滴[3],师不至,儽然而殆[4],就床暂寐,及醒,烛已竟灭,急起爇之。既而师入,又责之。门人曰:“我固不曾睡,烛何得息?”师怒曰:“适使我暗行十余里,尚复云云耶?”门人大骇。奇行种种,不可胜书。

都拜其为师。有一天他要出门去别的地方,在厅堂里放了一个盆,又拿另一个盆盖住,吩咐徒弟坐在那儿守着,警告不能掀开看。某人出门后,徒弟掀开上面的盆,看见下面的盆里装着清水,水上浮着一只草编的小船,船帆桅杆样样都有。徒弟觉得很新奇,便拿指头拨弄,一不小心,船被拨翻到水中,徒弟赶紧把船扶起,还是和原来一样。不一会儿,师父回来,愤怒地斥责他:“你为什么不听我的话?”徒弟马上反驳说没有偷看。师父说:“刚才海里船明明翻了,你哪里能骗得了我?”又有一天晚上,某人在厅堂上点了一根大蜡烛,告诫徒弟要小心看守,不要被风吹灭了。二更的时候,师父还是没回来,徒弟困得很,便去床上睡了一会儿,等他醒过来,蜡烛竟然熄灭了,他赶紧起身又点上。不一会儿,师父进门,又责问他。徒弟狡辩说:“我真的没睡觉,蜡烛怎么会熄灭呢?”师父怒骂道:“刚才你让我走了十几里黑路,你还敢这么说?”徒弟非常惊惧。像这种奇异的行为还有许多,写都写不过来。

注释 1 徐鸿儒:山东巨野人,明末白莲教起义领袖。 2 帆樯(qiáng):

船上挂帆的杆子。 3 漏二滴：二更时分。 4 儽(léi)然而殆：困倦得很厉害。儽，颓丧、疲困的样子。

后有爱妾与门人通[1]，觉之，隐而不言。遣门人饲豕，门人入圈，立地化为豕，某即呼屠人杀之，货其肉。人无知者。门人父以子不归，过问之，辞以久弗至。门人家诸处探访，杳无消息。有同师者，隐知其事，泄诸门人父。门人父告之邑宰。宰恐其遁，不敢捕治，详请官兵千人，围其第，妻子皆就执。闭置樊笼[2]，将以解都[3]。途经太行山，山中出一巨人，高与树等，目如盎[4]，口如盆，牙长尺许。兵士愕立不敢行。某曰："此妖也，吾妻可以却之。"甲士脱妻缚，妻荷戈往，巨人怒，吸吞之，众愈骇。某曰："既

后来，他的小妾和徒弟私通，某人察觉出来，假装不知道，也没说出来。他叫徒弟去喂猪，徒弟走进猪圈后，立马变成了猪。某人立刻喊屠夫把他杀死，把肉卖了。没有人知道这件事。徒弟的父亲因为儿子很久都没回家，就去问某人，他推脱说徒弟很久没来过了。徒弟家里人四处搜寻查访，一直没有消息。有位师兄弟暗地里知道了这件事，悄悄地告诉了徒弟的父亲。徒弟父亲就把这事告到县令那儿去了。县令担心他知道了逃跑，不敢逮捕，便报告上级官员，请求增援一千官兵，围住了某人的府邸，他的老婆孩子都被抓了。县令把他们关在囚车里，打算押送到京城。中途经过太行山，山里突然出现一个巨人，和大树一样高，眼睛大如盆口，嘴巴像个瓦盆，牙有一尺左右。官兵们都吓得不敢往前走。某人说："这是个妖怪，我的老婆可以击退它。"甲士便给他老婆松绑，他妻子拿着长枪杀过去，巨人恼怒，一吸气就把他老婆吞了，众人看了越发恐惧。某人又说："既然吃了我的妻子，那

杀吾妻,是须吾子。”复出其子,巨人又吞之。众相觑,莫知所为。某泣且怒曰:“既杀吾妻,又杀吾子,情何以甘!非某自往不可也。”众果出诸笼,授之刃而遣之。巨人盛气而逆,格斗移时,巨人抓攫入口,伸颈咽下,从容竟去。

就让我儿子去杀它。”又把他儿子放出囚车,巨人又给吃掉了。众人害怕得你看着我,我看着你,也不知道还有什么办法。某人既伤心又愤怒地说:“不仅杀了我老婆,还杀了我儿子,我怎么能放过你!非得我出手不可了。”众士兵果然又把某人放出笼子,递给他一把刀就让他上前。巨人气势汹汹地追上来,两人打斗了一会儿,巨人就把某人抓住放进嘴里,伸着脖子吞了下去,然后大模大样地离开了。

注释 1 通:私通。 2 樊笼:带木笼的囚车,即槛车。 3 解都:押解往京城。 4 盎:古代的一种盛器,腹大口小。

双 灯

原文

魏运旺,益都[1]盆泉人,故世族大家也。后式微[2],不能供读,年二十余,废学,就岳业酤[3]。一夕,独卧酒楼上,忽闻楼下踏蹴声。魏惊起,悚听[4]。声渐近,循梯而

译文

益都盆泉人魏运旺,本来是世家大族出身。后来家族没落,父母没钱再供他读书,二十来岁的时候就休学了,跟着岳父卖酒。有天晚上,他自己一个人睡在酒楼上,突然听到楼下发出踢踏的脚步声。魏运旺被吓得从床上坐起,警惕地听着楼下的声音。脚步声越来越近,

上，步步繁响。无何，双婢挑灯，已至榻下。后一年少书生，导一女郎，近榻微笑。魏大愕怪，转知为狐，毛发森竖，俯首不敢睨。书生笑曰："君勿见猜。舍妹与有前因，便合奉事。"魏视书生，锦貂炫目，自惭形秽，觍颜[5]不知所对。书生率婢子遗灯竟去。魏细瞻女郎，楚楚[6]若仙，心甚悦之，然惭怍不能作游语。女郎顾笑曰："君非抱本头者[7]，何作措大[8]气？"遽近枕席，暖手于怀。魏始为之破颜，捋裤相嘲，遂与狎昵。晓钟未发，双鬟即来引去。复订夜约。至晚，女果至，笑曰："痴郎何福？不费一钱，得如此佳妇，夜夜自投到也。"魏喜无人，置酒与饮，赌藏枚[9]，女子什有九赢。乃笑曰：

随着楼梯直上，越来越响。不一会儿，看到两位婢女各提着灯笼，已经站在床边。后面有位年轻书生，领着一位小姐，站在床边向他微笑。魏运旺心里惊骇，随即明白他们是狐狸，顿时汗毛直竖，低着头不敢再看。书生笑着说："魏公子不要怀疑，我妹妹和你有前世的缘分，是来伺候你的。"魏运旺看着书生锦衣貂裘，光彩夺目，自愧不如，羞愧得都不知道该说什么好。婢女留下灯，书生领着她们就走了。魏运旺仔细地打量着姑娘，发现她长得楚楚动人，美得像仙子，心里很爱慕，却又觉得羞惭，说不出调戏的话来。女子看着魏运旺笑着说："你不是书呆子呀，怎么也有股酸气呢？"说罢就凑到床前，把手放进魏运旺怀里取暖。魏运旺这才露出笑容，捋裤调笑，和她亲热起来。天还没亮，两位婢女就前来把女子接走了。两人又说好晚上再约。到了夜晚，女子果然前来，她取笑说："你这傻小子哪来的福气？不花一分钱就有这么漂亮的女人，天天夜里自投罗网呀。"魏运旺见没有外人，心里高兴，便摆上酒和女子一起喝，和她玩猜枚游戏，结果十有九把都是女子赢。于是女子笑着对魏生说：

"不知妾约枚子，君自猜之，中则胜，否则负。若使妾猜，君当无赢时。"遂如其言，通夕为乐。既而将寝，曰："昨宵衾褥涩冷，令人不可耐。"遂唤婢襆被来，展布榻间，绮縠香耎。顷之，缓带交偎，口脂浓射，真不数汉家温柔乡[10]也。自此，遂以为常。

"不如我握着枚子，你来猜，猜对就赢，猜错就认输。要是我来猜，你恐怕就没赢的机会啦。"魏运旺就依了她说的，欢快地玩了一个通宵。后来要准备睡觉时，女郎说："昨天夜里被褥冷涩，让人受不了。"就叫婢女把带来的被褥拿来，在床上铺开，绫罗绸被，温软舒适。不一会儿，两人宽衣解带，依偎在一起，女郎的胭脂香厚浓郁，即使是汉成帝的温柔乡也比不上。从此以后，两人常常深夜幽会。

注释 1 益都：今山东青州。 2 式微：指事物由兴盛而衰落。 3 就岳业酤：跟随岳父卖酒。 4 悚听：警惕地倾听。 5 赧颜：羞愧脸红的样子。 6 楚楚：指姿态娇柔秀美。 7 抱本头者：啃书的文人，指书呆子。 8 措大：指贫寒失意的读书人。 9 藏枚：旧时的一种游戏，又称"猜枚"。两方相赌，就近取可握之物如棋子、铜钱、瓜子之类握掌中（或覆掌下），令对方猜其个数、单双、字漫（铜钱有文字一面为字，有花纹一面为漫）等，以猜中次数多少决输赢。所猜之物称"枚子"。10 汉家温柔乡：指美色迷人之境。

后半年，魏归家。适月夜与妻话窗间，忽见女郎华妆坐墙头，以手相招。魏近就之，女援之，逾垣而出，把手

过了半年，魏运旺回家。恰逢明月当空，魏运旺正和妻子在窗边聊天，突然看到女郎浓妆艳抹、衣饰华贵地坐在墙头上，向他招手。魏运旺走上前去，女郎伸手拉了他一下，两个人翻墙出去。女子拉

而告曰："今与君别矣。请送我数武[1]，以表半载绸缪之义[2]。"魏惊叩其故，女曰："姻缘自有定数，何待说也。"语次，至村外，前婢挑双灯以待，竟赴南山，登高处，乃辞魏言别。魏留之不得，遂去。魏伫立彷徨，遥见双灯明灭，渐远不可睹，怏郁[3]而反。是夜山头灯火，村人悉望见之。

着他的手告诉他："今晚我就要和你永别了。看在我们半年来夫妻情义的分上，请你再送我几步吧。"魏运旺吃惊地问她为什么要走，女郎说："姻缘都有定数，还能说什么呢。"说着，两人到了村外，先前的两位婢女提着两盏灯在一边等着，他们一直走到南山，登上高处，才和魏运旺告别。魏运旺挽留不住，她们还是离开了。魏运旺呆呆地站在原地，徘徊着不忍离开，远远看见两盏灯忽隐忽现，渐行渐远，最后消失不见了，只好闷闷不乐地往回走。这天晚上山头的灯火，村里人都看见了的。

注释 1 武：步。 2 绸缪之义：夫妻恩爱的情义。 3 怏郁：郁郁不乐貌。

捉鬼射狐

原文

李公著明[1]，睢宁令襟卓先生[2]公子也，为人豪爽无馁怯[3]，为新城王季良[4]内弟。季良家多

译文

李著明是睢宁县令李襟卓先生的公子，性格豪爽，从不胆怯害怕，他也是新城王季良先生妻子的弟弟。王季良家里有很多楼阁，常有人看到楼阁上有些奇怪的

楼阁,往往睹怪异。公常暑月寄宿,爱阁上晚凉。或告之异,公笑不听,固命设榻,主人如请,嘱仆辈伴公宿,公辞言:“喜独处,生平不解怖。”主人乃使炷息香于炉,请衽何趾[5],始息烛覆扉而去。公即枕移时,于月色中,见几上茗瓯[6],倾侧旋转,不堕亦不休。公咄之,铿然立止。即若有人拔香炷,炫摇空际,纵横作花缕。公起叱曰:“何物鬼魅敢尔!”裸裼[7]下榻,欲就捉之。以足觅床下,仅得一履,不暇冥搜,赤足挞摇处,炷顿插炉,竟寂无兆。公俯身遍摸暗陬[8],忽一物腾击颊上,觉似履状,索之,亦殊不得。乃启覆下楼,呼从人,爇火以烛,空无一物,乃复就寝。既明,使

东西。李著明夏天曾去他们家住过,喜欢阁楼上夜晚的凉爽。有人告诉他楼阁有怪异,他只是笑笑没当回事儿,坚持要铺床在上面睡。主人只好照办,又安排了一个仆人和李著明做伴。李公推辞说:“我喜欢一个人睡,从来就不知道什么叫怖畏。”主人便命人在香炉里点上一支安眠香,问他睡觉时脚朝哪儿放,替他铺好床,然后才吹了蜡烛,关上门离开。李著明刚躺下一会儿,在月色中,看见桌子上的一个茶杯在斜着转,既不掉下也不停下。李公出声呵斥,它响了一声立马就停住了。一会儿,好像有人拔起炉子里的香烛,在空中上下左右地摇晃,香烟织成了一片纵横交错的线条,像花朵一样。李著明起身叱骂:“是什么鬼东西竟敢如此大胆!”说完光着身子下床,想去抓它。伸脚在床下找鞋子,只找到一只,来不及细找,光着脚便朝香炷摇晃的地方打去,香炷立马就插回炉中,一点儿动静也没有了。李著明弯着身子找遍了阴暗角落也没找到另一只鞋子,突然,有一个东西飞过来,打在他脸上,感觉像是鞋子,再找还是没找到。李著明于是开门下楼叫仆人上来,点上灯找了一遍,还是没有,只好再睡下。天亮后,

数人搜履，翻席倒榻，不知所在。主人为公易履。越日，偶一仰首，见一履夹塞椽间，挑拨而下，则公履也。

让几个仆人帮忙找鞋子，席下床底都翻遍了，还是不知道鞋子跑哪儿去了。主人便为李著明换了一双鞋。过了一天，他偶然抬头，看见有只鞋夹在屋顶的梁椽间，挑下来一看，正是他丢的那只。

注释 **1** 李公著明：李著明，蒲松龄家的姻亲。 **2** 襟卓先生：李襟卓，名毓奇，山东益都人，曾任睢宁（今江苏睢宁）知县。李著明及李友三，分别为李毓奇之子及孙。 **3** 馁怯：在困难或挫折面前失去信心，退缩不前。 **4** 王季良：清初诗人王渔洋的族祖。 **5** 请衽何趾：旧时待客，询问客人卧息习惯，然后为之设榻。请，询问。衽，卧席。何趾，足向何方。 **6** 茗瓯：此处指茶。 **7** 裸裼(tì)：赤身裸体。 **8** 暗陬：黑暗的角落。陬，角落。

公益都人，侨居于淄川孙氏第。第綦阔[1]，皆置闲旷，公仅居其半。南院临高阁，止隔一堵。时见阁扉自启闭，公亦不置念。偶与家人话于庭，阁门开，忽有一小人，面北而坐，身不盈三尺，绿袍白袜。众指顾之，亦不动。公曰："此狐也。"急取弓矢，对阁欲射。

李著明是益都人，曾在淄川县的孙氏家借住。孙氏的府宅非常宽阔，很多房间都闲置在那里，李著明一家也只住了其中的一半。南院紧挨着一座高楼，中间只隔了一堵墙。常常看见楼阁上的门自动开关，李著明也并不当回事儿。偶然有一次，李著明正和家人在院子里说话，楼阁的门开了，忽然走出一个小人儿，面向北坐着，身高不满三尺，穿着绿衣白袜。大家一起指着他看，小人儿仍一动不动。李著明说："这是只狐狸。"急忙拿上弓箭，对准阁楼就要射。小人看

小人见之，哑哑[2]作揶揄之声，遂不复见。公捉刀登阁，且骂且搜，竟无所睹，乃返。异遂绝。公居数年，安妥无恙。公长公友三[3]，为余姻家，其所目睹。

见了，嘴里发出咿咿呀呀的嘲笑声，然后就不见了。李著明提着刀冲上阁楼，边骂边搜，竟然什么也没找到，只好回去。怪异也就再没出现过。后来，李著明一家在那儿住了好几年，一直平安无事。李著明的大儿子李友三是我的亲家，此事是他亲眼看到的。

注释 1 綦(qí)阔：很宽阔。綦，极。 2 哑哑(è)：笑声。 3 长公：长公子，大儿子。友三：李友三，与蒲松龄家结为姻亲。

异史氏曰："予生也晚，未得奉公杖屦[1]。然闻之父老，大约慷慨刚毅丈夫也。观此二事，大概可睹。浩然中存[2]，鬼狐何为乎哉！"

异史氏说："我晚生了几年，没有机会侍奉李公。但是听乡亲父老们的描述，他大概是一个为人慷慨、性格坚毅的大丈夫。从这两件事情大概也能看出来。胸中有浩然正气，鬼狐哪能奈何他呢！"

注释 1 奉公杖屦：指追随、侍奉李公。 2 浩然中存：胸中存有浩然正气。

蹇偿债

原文

李公著明，慷慨好施。乡人王某，佣居公家。其人少游惰[1]，不能操农务，家窭贫。然小有技能，常为役务，每赉[2]之厚。时无晨炊，向公哀乞，公辄给以升斗。一日，告公曰："小人日受厚恤，三四口幸不饿殍[3]，然曷[4]可以久？乞主人贷我绿豆一石作资本。"公忻然[5]，立命授之。某负去，年余，一无所偿，及问之，豆资已荡然矣。公怜其贫，亦置不索。

译文

李著明为人大方，乐善好施。有个同乡王某就住在他家当佣工。王某年轻的时候游手好闲，性情懒惰，不干农活，家里很穷。但是他还会些手艺，经常做些杂活，李著明总会多给他些工钱。有时早上没米煮饭，王某就向李著明求助，借些口粮，李著明总给他一升半斗。有一天，王某对李著明说："小人经常受您的厚待，一家三四口才不至于饿死，但是这样下去怎么能长久？希望李公借我一石绿豆作经商的本钱。"李公很高兴，马上吩咐人如数借给他。王某把绿豆背走，过了一年多，也没还给李公。问起来，才知道他早把绿豆钱给花光了。李公可怜他穷困，就把这事放在一边不去讨要。

注释 1 游惰：游荡懒惰。 2 赉(lài)：赏赐。 3 饿殍(piǎo)：饥饿至死。 4 曷：怎么，怎能。 5 忻然：喜悦的样子。

公读书于萧寺[1]。后三年余，忽梦某来，曰："小人负主人豆直，今来

李著明在佛寺读书。三年多后，他突然梦到同乡王某前来，说："小人欠主人的绿豆钱，现在来偿还。"李公安慰

投偿。”公慰之,曰:“若索尔偿,则平日所负欠者,何可算数?”某愀然[2]曰:“固然。凡人有所为而受人千金,可不报也;若无端受人资助,升斗且不容昧,况其多哉!”言已,竟去。公愈疑。既而家人白公:“夜牝驴产一驹,且修伟。”公忽悟曰:“得毋驹为某耶?”越数日归,见驹,戏呼某名,驹奔赴如有知识。自此遂以为名。公乘赴青州,衡府[3]内监见而悦之,愿以重价购之。议直未定,适公以家中急务不及待,遂归。又逾岁,驹与雄马同枥[4],龁[5]折胫骨,不可疗。有牛医至公家,见之,谓公曰:“乞以驹付小人,朝夕疗养,需以岁月。万一得痊,得直与公剖分之。”公如所请。后数月,牛医售驴,得钱千八百,

他,说:“我如果要你还的话,那之前欠下的账,又哪里算得清呢?”王某忧伤地说:“确实是这样。如果一个人为别人做了事,即使得到千金也可以不用还。可要是没来由地接受别人的资助,就是一升半斗也不能欠下,更别说欠得多了!”话刚说完,王某就离开了。李公醒来,心里愈觉困惑。过了不久,家人禀告李著明说:“夜里母驴生下一只驴驹,个子很高大。”李公突然明白过来:“难不成驴驹就是王某?”过了几天,李公回了家,去看驴驹,开玩笑叫王某的名字,驴驹便跑过来,好像知道是在叫它。从此以后就把这驴驹叫王某的名字。有一次,李著明骑着驴驹去青州办事,衡恭王府的内监看见了,很喜欢这驴驹,愿意出高价购买,价钱还没说定,正好碰上李公家中有急事等不了,就回来了。又过了一年,驴驹和一匹公马同槽吃食的时候,被马咬断了胫骨,治不好。有位牛医来到李公家,看见了驴驹,便对李公说:“请您把驴驹交给我,我早晚精心治疗照顾它,不过需要一些日子。万一把它治好了,卖的钱就和您平分。”李公答应了他的请求。过了几个月,牛医卖驴驹得了一

以半献公。公受钱，顿悟其数适符豆价也。噫！昭昭之债而冥冥之偿，此足以劝矣。

千八百文钱，把钱分了一半给李公。李公接过钱，这才明白这些钱刚好抵了豆价。唉！阳间欠下的债到了阴间也得还，这事足以劝人向善了。

注释 1 萧寺：佛寺。 2 愀(qiǎo)然：形容神色严肃或不愉快。 3 衡府：指衡恭王府。 4 枥：盛牲畜饲料的槽。 5 龁(hé)：咬。

头滚

原文

苏孝廉贞下[1]封公昼卧，见一人头从地中出，其大如斛[2]，在床下旋转不已。惊而中疾，遂以不起。后其次公就荡妇宿，罹杀身之祸，其兆于此耶？

译文

举人苏贞下的父亲白天睡觉的时候，看见一个人头从地里冒出来，有斛那么大，在床底下转个不停。他父亲受到惊吓，一病不起，不久就去世了。后来苏贞下的弟弟因为和娼妇一起过夜，遭杀身大祸。难道头滚是这件事的预兆吗？

注释 1 苏孝廉贞下：苏贞下，名元行，淄川人。康熙十七年(1678)举人，任濮州(今河南濮阳)学正，卒于官。孝廉，明清时期对举人的雅称。 2 斛(hú)：旧量器名，亦是容量单位，一斛本为十斗，后来改为五斗。

鬼作筵

原文

杜生九畹，内人[1]病。会重阳，为友人招作茱萸会[2]。早兴，盥[3]已，告妻所往，冠服欲出。忽见妻昏愦，絮絮若与人言。杜异之，就问卧榻，妻辄"儿"呼之。家人心知其异。时杜有母柩未殡，疑其灵爽[4]所凭。杜祝曰："得毋吾母耶？"妻骂曰："畜产何不识尔父！"杜曰："既为吾父，何乃归家祟儿妇？"妻呼小字曰："我专为儿妇来，何反怨恨？儿妇应即死。有四人来勾致[5]，首者张怀玉。我万端哀乞，甫能得允遂。我许小馈送，便宜付之。"杜如言，于门外焚纸钱。妻又曰："四人去矣。彼不忍违吾面目，三日后当治具酬之。

译文

书生杜九畹的妻子生了病。恰好过重阳节，杜九畹被朋友约去爬山喝酒。清早起来，他洗漱完毕，跟妻子说明去向，穿戴整齐就要出门时，突然发现妻子神志不清，絮絮叨叨好像在跟人讲话。杜九畹很奇怪，在床前问她，妻子竟然叫他"儿子"。家里人心想一定是出了问题。当时杜九畹母亲的灵柩还没有下葬，他便怀疑是母亲的灵魂依附在妻子身上。杜九畹祈祷说："该不会是我的母亲吧？"妻子责骂道："你这畜生，怎么连父亲都不认识了！"杜九畹问："既然是我父亲，怎么回家了在儿媳妇身上作祟？"妻子喊他的小名，说："我是专门为儿媳妇来的，怎么反过来埋怨我？你媳妇本来就要死了。刚才有四个人来勾她的魂，为首的叫张怀玉。我万般哀求，他们才同意。我答应送些银子给他们，你赶快付清。"杜九畹听了父亲的话，便在门外烧了些纸钱。妻子又对他说："那四个人现在已经走了。他们不忍心拒绝我的情面，三天后要办酒席答谢他们。你母亲

尔母年老龙钟，不能料理中馈[6]。及期，尚烦儿妇一往。”杜曰：“幽冥殊途，安能代庖？望父恕宥。”妻曰：“儿勿惧，去去即复返。此为渠事，当毋惮劳。”言已，即冥然。

已经老了，不能打理家务事。到时候，还要让儿媳妇再走一趟。”杜九畹说：“阴间和阳间又不一样，怎么能让她代替母亲做饭？还请父亲原谅。”妻子说：“孩子，你不用害怕，去了就回来。这是为她办事，她应该不怕辛劳。”说完，妻子就昏迷不醒了。

注释 **1** 内人：妻子。 **2** 茱萸会：古俗重阳节佩茱萸，相约登山宴饮，称茱萸会。 **3** 盥(guàn)：洗漱。 **4** 灵爽：本指神灵、神明，此指鬼魂。 **5** 勾致：拘捕，此处指勾魂。 **6** 中馈：女子主持操办家里的饮食祭祀等事务。

良久乃苏。杜问所言，茫不记忆，但曰：“适见四人来，欲捉我去。幸阿翁哀请，且解囊赂之，始去。我见阿翁镪袱[1]尚余二铤[2]，欲窃取一铤来，作糊口计。翁窥见，叱曰：‘尔欲何为！此物岂尔所可用耶！’我乃敛手，未敢动。”杜以妻病革[3]，疑信相半。越三日，方笑语间，忽瞪目久之，语曰：“尔妇綦贪，曩见我白金，

过了很久，妻子才醒来。杜九畹问她刚才说了什么话，她竟然什么都不记得，只是说：“刚才看到四个人来要把我抓走。还好公公苦苦哀求，还给了他们些银子，这才离去。我看到公公的钱囊里还剩两锭银子，就想偷一锭来，过日子用。被公公发现，斥责我说：‘你想干什么？这银子哪里是你能用的！’我只好缩回手不敢再动。”杜九畹以为妻子病入膏肓，对她说的话半信半疑。过了三天，两个人正说说笑笑，忽然妻子睁大眼睛瞪了很久，对杜九畹说：“你老婆太贪心，之前看到我兜里的银子，便生

便生觊觎[4]。然大要[5]以贫故，亦不足怪。将以妇去，为我敦庖务[6]，勿虑也。”言甫毕，奄然竟毙[7]。约半日许始醒，告杜曰：“适阿翁呼我去，谓曰：‘不用尔操作，我烹调自有人，只须坚坐指挥足矣。我冥中喜丰满，诸物馔都覆器外，切宜记之。’我诺。至厨下，见二妇操刀砧于中，俱绀帔而绿缘之[8]，呼我以嫂。每盛炙于簋[9]，必请觇视[10]。曩四人都在筵中。进馔既毕，酒具已列器中，翁乃命我还。”杜大愕异，每语同人。

出非分之想。不过大概是家里穷的原因，也不怪她。现在我要把她带走给我料理饮食，你不用担心。”话刚说完，就突然倒下了。过了大半天妻子才醒过来，告诉杜九畹：“刚才公公把我叫去，对我说：‘不用你亲自下厨，自有人在帮我做，你只要安心地坐在这儿指挥就行。我们阴间喜欢食物装得满一些，各种饭菜都要盛得漫出来，你要牢牢记住这点。’我说好。走到厨房，看见两位妇人在里面切菜，都穿着镶绿边的青红色披肩，都叫我嫂子。她们每装好一道菜就要端过来让我检查。之前要勾我魂的四个人都在宴席上。把食物端上去以后，杯盏也都已经放好装在器皿里，公公才让我回来。”杜九畹听后十分惊骇，常常把这些事讲给朋友听。

注释　1 镪袱：钱包。　2 铤：金银块。　3 病革(jí)：病危。　4 觊觎(jì yú)：非分的贪念。　5 大要：大约。　6 敦庖务：料理饮食之事。　7 毙：倒下。　8 绀(gàn)帔而绿缘之：天青色的披肩以绿色为边。绀，天青色或深青中透红之色。　9 簋(guǐ)：古代盛食物的器皿。　10 觇(chān)视：验看、检查。

胡四相公

原文

莱芜[1]张虚一者，学使张道一之仲兄也，性豪放自纵。闻邑中某氏宅为狐狸所居，敬怀刺[2]往谒，冀一见之。投刺隙中，移时，扉自辟。仆者大愕，却退，张肃衣敬入。见堂中几榻宛然，而阒寂无人，遂揖而祝曰："小生斋宿而来，仙人既不以门外见斥，何不竟赐光霁[3]？"忽闻虚室中有人言曰："劳君枉驾，可谓跫然足音[4]矣。请坐赐教。"即见两坐自移相向。甫坐，即有镂漆朱盘，贮双茗盏，悬目前。各取对饮，吸沥有声，而终不见其人。茶已，继之以酒。细审官阀，曰："弟姓胡氏，行四，曰相公[5]，从人所呼也。"于是

译文

莱芜人张虚一，是山西学政张道一大人的二哥，性格豪放洒脱，不拘小节。他听说城里某户人家的房子里住着狐狸，便恭敬地带上名帖前去拜访，希望能见一面。他把名帖放进门缝，过了一会儿，门自己开了。仆人大为惊愕，吓得直往后退，张虚一却整理了下衣服恭敬地走进去。只见厅堂里桌椅卧榻都在，但是屋里十分安静，一个人都没有，于是作揖祷告说："小生斋戒前来，仙人既然没有不让我进门，为什么又不肯露面呢？"这时突然听到空荡的屋子里有人说："劳烦您光临，可以说是难得的贵客了。还请坐下说话。"便看见两把椅子自己移成对坐的位置。张虚一才坐下，就有一个镂花的红漆盘子里放着两个杯子腾空出现在眼前。两人各自拿了一杯喝，饮茶声淅淅沥沥，却始终没看到人。喝完茶，又接着喝酒。张虚一详细地打听对方的家世，对方回答说："小弟姓胡，排行老四，跟着大家的称呼，叫相公。"于是两人相互敬酒，聊得火热，志趣相投。他们吃

酬酢议论[6],意气颇洽。鳖羞鹿脯[7],杂以芗蓼[8]。进酒行炙[9]者,似小辈甚夥。酒后思茶,意才动,香茗已置几上。凡有所思,应念即至。张大悦,尽醉而归。自是三数日必一往,胡亦时至张家,俱如主客往来礼。

的是鳖肉和鹿肉做成的美味,还有各种调味品。递酒布菜的小厮也很多。喝完酒,张虚一想喝茶,念头刚起,好茶已经放到桌上。但凡他想要什么,只要心里一想,东西立刻就送到。张虚一十分高兴,喝得大醉回家。从此以后,张虚一每隔三五天就会去拜访胡四相公,胡四相公也常常到张虚一家做客,两人都按照主客往来的礼节来。

注释　1 莱芜:今山东济南有莱芜区。　2 刺:名帖。　3 光霁:"光风霁月"的省称。以天朗时的和风、雨晴后的明月,比喻人物品格开朗、气度豁达。这里形容面貌。　4 跫(qióng)然足音:语出《庄子·徐无鬼》,常用来比喻难得的来客。跫,脚步声。　5 相公:旧时对上层社会年轻人的尊称。　6 酬酢议论:指饮酒交谈。酬酢,主客互相敬酒。主敬客叫"酬",客还敬叫"酢"。　7 鳖羞鹿脯:鳖肉和鹿肉做成的佳肴。羞,美味食品。脯,干肉。　8 芗蓼:古时调味的香料。　9 行炙:酒席上给客人布菜。

一日,张问胡曰:"南城中巫媪,日托狐神,渔病家利[1]。不知其家狐,君识之否?"曰:"彼妄耳,实无狐。"少间,张起溲溺[2],闻小语曰:"适所言南城狐巫,未知何如

一天,张虚一问胡四相公:"南城有个巫婆,每天用狐仙的名义给人治病赚钱。不知道她家的狐狸,你认识吗?"胡四相公回答说:"她是瞎说,其实她家没有狐狸。"过了一会儿,张虚一起身小解,只听见有人小声说:"刚才您说的南城养狐狸的巫婆,不知道是什么人。小

人。小人欲从先生往观之,烦一言请于主人。”张知为小狐,乃应曰:“诺。”即席而请于胡曰:“我欲得足下服役者一二辈,往探狐巫,敬请君命。”胡固言不必。张言之再三,乃许之。既而张出,马自至,如有控者。既骑而行,狐相语于途,谓张曰:“后先生于道途间,觉有细沙散落衣襟上,便是吾辈从也。”语次入城,至巫家。巫见张生,笑逆曰:“贵人何忽得临?”张曰:“闻尔家狐子大灵应,果否?”巫正容曰:“若个蹀躞[3]语,不宜贵人出得!何便言狐子?恐吾家花姊不欢!”言未已,空中发半砖来,中巫臂,踉蹡欲跌。惊谓张曰:“官人何得抛击老身也?”张笑曰:“婆子盲也!几曾见自己额颅破,冤诬袖手者?”巫

的想和先生一起去看看,请您和主人说一声。”张虚一知道这是小狐狸,便应道:“好。”回到席上便向胡四相公请求说:“我想带着您的一两个随从,去狐巫家打探一下,还请您同意。”胡四相公坚持说没必要去。张虚一再三请求,胡四相公才同意。不久,张虚一刚走出门,马就自动跟了上来,好像被人牵着。骑马上路后,小狐狸和张虚一一路聊天,对他说:“以后先生在路上觉得有细沙落在衣带上,就是我们在跟着您。”说话间就进了城,来到狐巫家。巫婆看到张虚一,笑着出迎:“贵人怎么突然来了?”张虚一问:“听说你家的狐儿子很灵验,是真的吗?”巫婆严肃地说:“这种轻薄的话,贵人您就不该说出口!怎么能叫狐儿子?恐怕我家花姐听了不高兴!”话没说完,空中就飞来半块砖头,砸中了巫婆的胳膊,巫婆被打得踉踉跄跄,差点摔倒。巫婆惊骇地对张虚一说:“官人怎么能用砖头砸老身?”张虚一笑着说:“老婆婆您眼神不好吧!什么时候见过自己额头砸破了,却冤枉在一旁看热闹的人?”巫婆惊疑发愣,不知道砖头到底从哪里来。她正惶恐不安时,又有一块石头落下,打中

错愕不知所出。正回惑间，又一石子落，中巫，颠蹶，秽泥乱堕，涂巫面如鬼，惟哀号乞命。张请恕之，乃止。巫急起奔遁房中，阖户不敢出。张呼与语曰："尔狐如我狐否？"巫惟谢过[4]。张仰首望空中，戒勿伤巫，巫始惕惕[5]而出。张笑谕之，乃还。

了巫婆，巫婆摔倒在地，污泥纷纷掉下，把她的脸抹得像鬼似的。她只好不断哀求，请求放过她。张虚一便请饶了她，惩罚才停止。巫婆赶紧跑进屋，锁上门，不敢再出去。张虚一在门外喊着说："你的狐狸比得上我的狐狸吗？"巫婆只是一个劲道歉。张虚一抬头看向空中，嘱咐小狐狸别再打巫婆，巫婆这才瑟瑟发抖地走出来。张虚一笑着把她开导一番，就走了。

注释 1 渔病家利：意思是向病人勒索财物。渔利，用不正当的手段谋取利益。 2 溲溺：小便。 3 蹀躞：轻薄，狎侮。 4 谢过：认罪。 5 惕惕：忧惧的样子。

由是每独行于途，觉尘沙淅淅然，则呼狐语，辄应不讹。虎狼暴客，恃以无恐。如是年余，愈与胡莫逆。尝问其甲子，殊不自记忆，但言："见黄巢反[1]，犹如昨日。"一夕共话，忽墙头苏然作响，其声甚厉，张异之。胡曰："此必家兄。"张云："何不邀来共

从此以后，张虚一每次独自出行，发觉尘沙落下的声音，便叫出狐狸和自己说话，总有狐狸应答，从没有出错。有了狐狸在，不管对付虎狼还是强盗，张虚一都不再担惊受怕。就这样过了一年多，他和胡四相公的友谊越来越深。张虚一曾经问过胡四相公的年龄，胡四相公自己也记不清了，只说："感觉黄巢造反的事，就好像发生在昨天一样。"一天晚上，张虚一正和胡四相公聊天，忽然墙头窣窣作响，声音很大，张虚一觉得很奇怪。

坐？”曰：“伊道颇浅，只好攫鸡啖，便了足耳。”张谓胡曰：“交情之好，如吾两人，可云无憾。终未一见颜色，殊属恨事。”胡曰：“但得交好足矣，见面何为？”一日，置酒邀张，且告别。问：“将何往？”曰：“弟陕中产，将归去矣。君每以对面不觌为憾，今请一识数岁之友，他日可相认耳。”张四顾都无所见。胡曰：“君试开寝室门，则弟在焉。”张一如其言，推扉一觑，则内有美少年，相视而笑。衣裳楚楚，眉目如画，转瞬之间，不复睹矣。张反身而行，即有履声藉藉随其后，曰：“今日释君憾矣。”张依恋不忍别。胡曰：“离合自有数，何容介介[2]。”乃以巨觥劝酒。饮至中夜，始以纱

胡四相公说：“这一定是我哥哥。”张虚一问：“为什么不邀请他一起坐坐？”胡四相公说：“我哥的道行还比较浅，只喜欢抓鸡吃，便满足了。”张虚一对胡相公说：“做朋友能像我们俩这么好，我也没什么不满了。只是始终没能看到你的真面目，实在是遗憾呀。”胡四相公说：“只要交情好就行，为什么一定要见面呢？”有一天，胡四相公准备了酒宴招待张虚一，并向他告别。张虚一问：“你准备去哪里？”胡四相公说：“小弟是陕中人，现在打算回家。你常因为没见过我的真面目感到遗憾，现在请你认识一下多年交往的朋友，将来就好相认了。”张虚一四处张望，什么都没看到。胡四相公说：“你可以推开卧房的门，小弟就在屋里。”张虚一听从他的话，推门一看，只见有位英俊少年看着他笑，衣裳干净整齐，长得眉清目秀，一转眼就不见了。张虚一转身往外走，便听到背后有脚步声跟上来，对他说：“今天总算消除了你的遗憾。”张虚一恋恋不舍，不想分别。胡四相公说：“聚散离合都有定数，为何要放在心上呢。”便拿大杯劝酒。两人喝到半夜，胡四相公才提着纱灯送张生回家。等天亮

烛导张归。及明往探，则空屋冷落而已。

后，张虚一再去拜访，只剩下一间冷冷清清的房子。

注释 1 黄巢反：指唐朝末年黄巢起义。 2 介介：放在心上。

后道一先生为西川[1]学使，张清贫如昔，因往视弟，愿望颇奢。月逾而归，甚违初意，咨嗟马上，嗒丧若偶[2]。忽一少年骑青驴，蹑其后。张回顾，见裘马甚丽，意甚骚雅，遂与语间。少年察张不豫，诘之，张因欷歔而告以故，少年亦为慰藉。同行里许，至歧路中，少年乃拱手别曰："前途有一人，寄君故人一物，乞笑纳之。"复欲询之，驰马径去。张莫解所由。又二三里许，见一苍头，持小簏[3]子，献于马前，曰："胡四相公敬致先生。"张豁然顿悟。启视，则白镪满中。及顾苍头，不知所往。

后来，张道一先生担任四川学政，张虚一还是和以前一样穷，因此前去探望弟弟，希望能收到丰厚的礼物。过了一个多月才回家，当初的愿望远没有达到，张虚一骑在马上唉声叹气，呆呆的像个木头人。忽然，一个少年骑着匹青色的驴子，跟在他后面。张虚一回头看，只见对方衣着华贵，马匹肥硕，气质也很风雅，便跟他搭话。少年察觉张虚一闷闷不乐，便问他怎么了，张虚一就短叹长吁地把原因告诉他，少年听完也安慰了他一番。两人同行了一里多路，走到岔路口，少年向他拱手道别："前面路上会有一个人，送你一份老朋友的礼物，请你收下它。"张虚一还想再问，少年骑马径直走了。张虚一不知道是怎么一回事。又走了两三里路，看见一个老仆人，手里提着一个小竹箱，站在马前献上说："这是胡四相公敬送给先生的。"张虚一一下子明白过来，打开竹箱，里面装满了白银。再看老翁，已经不知去向了。

注释 1 西川：唐代剑南道分四川为东西二川，西川指今四川西部。这里代指四川。 2 嗒丧若偶：形体死寂的样子，犹言灰心丧气，呆若木偶。 3 簏：圆形小筐。

念 秧

原文

异史氏曰：人情鬼蜮[1]，所在皆然，南北冲衢[2]，其害尤烈。如强弓怒马，御人于国门[3]之外者，夫人而知之矣；或有劙[4]囊刺橐，攫货于市，行人回首，财货已空，此非鬼蜮之尤者耶？乃又有萍水相逢，甘言如醴[5]，其来也渐，其入也深，误认倾盖之交[6]，遂罹丧资之祸。随机设阱，情状不一，俗以其言辞浸润，名曰"念秧"。今北途多有之，遭其害者尤众。

译文

异史氏说：人情险恶如同鬼魅，各地都一样啊，特别是南来北往的交通要道上，祸害尤其严重。像那些拉强弓，骑烈马，把人们阻挡在城门之外的人，大家都知道他们是强盗；有的人割破口袋刺破包袱，在街市上抢夺财物，过路人一回头，财物就没了，这些人难道不是鬼魅中祸害特别严重的吗？还有些人本来并不认识，偶然相遇就对你甜言蜜语，慢慢接近，与你的关系显得十分深厚，让你错把他们当作知心朋友，结果让你遭受钱财尽失的祸事。这些人随机布置陷阱，手段各不相同，民间认为他们说话机灵，谎话连篇，就把他们叫作"念秧"。如今北方大道上这种人很多，被骗的人也特别多。

注释 1 鬼蜮(yù):传说中一种水中的怪物,潜伏在水中含沙射人。此处指阴险的人。 2 冲衢(qú):交通大道。 3 国门:城门。 4 劙(lí):割。 5 醴(lǐ):甜酒。 6 倾盖之交:指一见如故的朋友。盖,车盖。

余乡王子巽[1]者,邑诸生。有族先生在都为旗籍太史[2],将往探讯。治装北上,出济南,行数里,有一人跨黑卫,驰与同行。时以闲语相引,王颇与问答。其人自言:"张姓,为栖霞隶[3],被令公差赴都。"称谓㧑卑[4],祗奉殷勤。相从数十里,约以同宿。王在前,则策蹇[5]追及;在后,则止候道左。仆疑之,因厉色拒去,不使相从。张颇自惭,挥鞭遂去。既暮,休于旅舍,偶步门庭,则见张就外舍饮。方惊疑间,张望见王,垂手拱立[6],谦若厮仆,稍稍问讯。王亦以泛泛适相值,不为疑,然

我的老乡王子巽,是县里的秀才。他有位本家前辈在京城是位在旗的翰林院官员,打算去探望前辈。他收拾好行李就向北出发,出了济南府,走了几里路,碰到一个人骑着黑驴,追上来和他一起走。这个人频频讲些闲话想引王子巽说话,王子巽不时地答一两句。这个人自己说:"我姓张,是栖霞县的差役,被县令派到京城办事去。"他说话谦卑,行为恭敬殷勤。跟着王子巽走了十几里,又提出要和他一起住在一个旅店里。王子巽走在前面,他就鞭打驴子追上来。王子巽落在后面,他就在道旁等着。王子巽的仆人对他起了疑心,便严厉拒绝,不让他跟着。张某自己感到不好意思,就挥鞭离开了。到了晚上,王子巽在旅店里休息,偶然在门外散步,却看到张某正在外院饮酒。王子巽正惊讶疑惑间,这时张某看到了王子巽,便垂手肃立,态度谦逊得像小厮一样,两人稍稍说了几句客套话。王子巽以为彼此只是偶然相遇,就没再怀疑,但是王仆一

王仆终夜戒备之。鸡既唱,张来呼与同行,仆咄绝之,乃去。

整夜都戒备着。一大早,鸡叫的时候,张某前来叫王子巽一起出发,王仆呵斥着拒绝了他,他便走了。

注释 1 王子巽:王敏入,字子逊(一作子巽),号梓岩,淄川人。县学生员。家贫,事父母孝。蒲松龄与王子巽关系颇深,《聊斋志异》中另有《蛙曲》《鼠戏》均与王子巽有关。 2 旗籍太史:隶籍八旗的翰林院官员。 3 栖霞隶:栖霞县署衙役。 4 㧑(huī)卑:谦卑。㧑,谦逊。 5 策蹇(jiǎn):鞭驴。蹇,驴。 6 拱立:肃立,恭敬地站着。

朝暾[1]已上,王始就道。行半日许,前一人跨白卫,约四十许,衣帽整洁,垂首蹇分[2],盹寐欲堕。或先之,或后之,因循十余里。王怪问:"夜何作,致迷顿乃尔?"其人闻之,猛然欠伸,言:"我清苑[3]人,许姓。临淄令高檠[4]是我中表。家兄设帐[5]于官署,我往探省,少获馈贻。今夜旅舍,误同念秧者宿,惊惕不敢交睫,遂致白昼迷闷。"王故问:"念秧何说?"许曰:"君客时

等太阳已经升起来了,王子巽才上路。走了半天,看到前面有一个人骑着白驴,大约四十多岁,穿衣戴帽十分干净整洁,骑在驴上歪着身子,低着头打瞌睡,几乎要从驴子上掉下来。一会儿走在王子巽前面,一会儿走在他后面,就这样跟了十几里地。王子巽奇怪地问:"您昨晚做了什么,怎么看起来这么疲惫?"那人一听,猛地伸了个懒腰,回话道:"我是清苑人,姓许,临淄县令高檠是我的中表亲。我大哥在衙门里边教书,我去探望大哥,得了一些礼物。昨天晚上住宿的时候,不小心和念秧们同住,我一整晚都警惕着,没敢睡,所以白天才这么困倦。"王子巽便问:"什么是念秧呀?"许某回答:"你出门在外的时间少,还不知

少,未知险诈。今有匪类,以甘言诱行旅。夤缘[6]与同休止,因而乘机骗赚。昨有葭莩亲[7],以此丧资斧。吾等皆宜警备。"王颔之。先是,临淄宰与王有旧,王曾入其幕,识其门客,果有许姓,遂不复疑。因道温凉,兼询其兄况。许约暮共主人,王诺之。仆终疑其伪,阴与主人谋,迟留不进,相失,遂杳。

道世道的险恶奸诈。现在有一种盗匪,用甜言蜜语引诱路人,和你拉拢关系,一起走一起住,然后趁机骗走你的钱财。昨天我的一个远门亲戚,就因为这个把钱财都丢光了。我们都要小心防备。"王子巽点头称是。以前,临淄县令和王子巽有些交往,王生曾经做过那里的幕僚,认识他的门客,里面确实有一个姓许的,就不再怀疑。于是就和他聊家常,并打听他哥哥的情况。许某便和王子巽约好,天黑后住一个旅店里,王生答应了。王仆始终怀疑这人有诈,私下里和王生商量,借故停留不往前走,这样就走散了,许某也不见踪影。

注释 1 朝暾(tūn):刚升起的太阳。 2 蹇分:歪斜着肢体。 3 清苑:今河北保定有清苑区。 4 临淄令高檠:高檠,直隶清苑举人,康熙十一年(1672)为临淄知县。 5 设帐:设馆授徒。 6 夤(yín)缘:攀缘上升,喻拉拢关系,向上巴结。 7 葭莩(jiā fú)亲:远方亲戚。葭莩,芦苇秆内壁的薄膜,以此喻关系疏远的亲戚。

翼日,日卓午[1],又遇一少年,年可十六七,骑健骡,冠服修整,貌甚都。同行久之,未尝交一言。日既夕,少年忽曰:"前去曲律店[2]不远矣。"王微应

第二天中午,又碰到一位少年,年纪大概十六七岁,骑着一头健硕的骡子,衣服帽子整洁,长得也十分清秀。他们一起走了很长的路,也没说话。太阳快下山的时候,少年忽然说:"前面离曲律店不远啦。"王子巽微微地应了一

之。少年因咨嗟欷歔，如不自胜。王略致诘问，少年叹曰："仆江南[3]金姓。三年膏火[4]，冀博一第，不图竟落孙山！家兄为部中主政[5]，遂载细小[6]来，冀得排遣。生平不习跋涉，扑面尘沙，使人薅恼[7]。"因取红巾拭面，叹咤不已。听其语，操南音，娇婉若女子。王心好之，稍为慰藉。少年曰："适先驰出，眷口久望不来，何仆辈亦无至者？日已将暮，奈何！"迟留瞻望，行甚缓。王遂先驱，相去渐远。

声。少年接着唉声叹气，好像不能控制自己的情绪。王子巽略微问了两句，少年叹气说："我是江南人，姓金。本来苦读三年，希望能考个功名，没想到名落孙山！我大哥在某部做主事，于是我就带着家属一起，希望散散心。我生平不习惯长途跋涉，这扑面的黄沙，真让人懊恼。"说着，就取出红毛巾擦脸，不停地叹气。王生听他说话有南方口音，声音婉转像女孩子。王生对他产生好感，便稍稍说了几句安慰他的话。少年说："刚才是我自己先跑出来的，等了这么久也没看到亲人们，怎么仆人们也还没赶到呢？天快黑了，这下该怎么办？"少年待在原地向远方眺望，走得很慢。王生于是骑马先走，离少年越来越远。

注释 1 卓午：正午。 2 曲律店：地名。王士祯《带经堂集·北征日记》载，平原德州间有曲律店。又《德州乡土志》志首地图，德州南有七里店，或即其近名。 3 江南：清顺治时设江南省，康熙时分为江苏、安徽二省。 4 膏火：灯火。膏，灯油。 5 部中主政：六部主事的别称。 6 细小：家小、眷属。 7 薅(hāo)恼：烦恼。

晚投旅邸，既入舍，则壁下一床，先有客解装其上。王问主人。即

傍晚时分，王子巽找到一家客店住下，走进客房，看到靠墙边有一张床，上面已经放了客人的行李。王生正向旅店

有一人入，携之而出，曰："但请安置，当即移他所。"王视之，则许也。王止与同舍，许遂止，因与坐谈。少间，又有携装入者，见王、许在舍，返身遽出，曰："已有客在。"王审视，则途中少年也。王未言，许急起曳留之，少年遂坐。许乃展问邦族，少年又以途中言为许告。俄顷，解囊出资，堆累颇重，秤两余，付主人，嘱治肴酒，以供夜话。二人争劝止之，卒不听。俄而酒炙并陈。筵间，少年论文甚风雅。王问江南闱中题，少年悉告之，且自诵其承破[1]及篇中得意之句，言已，意甚不平。共扼腕之。

少年又以家口相失，夜无仆役，患不解牧圉[2]，王因命仆代摄莝

主人打听是谁，碰巧有个人走进来，提起行李就要走，并说："就请你在这里休息，我再找别的客房住。"王生一看，原来是许某。王生挽留他一起住下，许某也就留下了，于是两人坐下来闲聊。不一会儿，又有一个人提着行李走进来，他看到王生、许某在屋里，转身就要走，并说："原来已经有客人住下了。"王子巽仔细一看，原来是路中碰到的那个少年，王生还没来得及说话，许某急忙站起来拉住少年要他留下，少年就坐下来。许某向少年打听他的家族和祖籍，少年便把途中对王生说的又复述了一遍。过了一会儿，少年径直解开钱袋，掏出银两堆在一起，看起来蛮有分量。他称了一两多银子，交给店主，吩咐店主准备好酒好菜，好夜里聊天下酒。王、许二人争相劝阻，少年就是不听。不一会儿，酒菜便上齐了。酒桌上，少年谈论文章，风度翩翩。王子巽询问他江南考场上的试题，少年全都告诉了他，还朗诵出自己文章中的承题破题和得意的句子，说完，流露出愤愤不平之意。王、许二人都为他感到惋惜。

少年又说起自己和家人走散，身边

豆[3]，少年深感谢。居无何，忽蹴然[4]曰："生平蹇滞[5]，出门亦无好况。昨夜逆旅与恶人居，掷骰叫呼，聒耳沸心[6]，使人不眠。"南音呼骰为兜，许不解，固问之，少年手摹其状。许乃笑，于囊中出色一枚，曰："是此物否？"少年诺。许乃以色为令，相欢饮。酒既阑，许请共掷，赢一东道主[7]。王辞不解，许乃与少年相对呼卢。又阴嘱王曰："君勿漏言。蛮公子颇充裕，年又雏，未必深解五木诀[8]。我赢些须，明当奉屈耳。"二人乃入隔舍。旋闻轰赌甚闹，王潜窥之，见栖霞隶亦在其中。大疑，展衾自卧。又移时，众共拉王赌，王坚辞不解。许愿代辨枭雉[9]，王又不肯，遂强代王掷。少间，就榻报王曰：

没有仆人，又不懂喂牲口，王生便叫自己的仆人替他打理，少年非常感激。不一会儿，少年跺着脚说："我一直不顺，出门也碰不到什么好事。昨天晚上住旅店，碰到一群坏人，他们掷骰子呼三喝四，声音很大，搅得我心烦睡不着觉。"南方方言把"骰"叫作"兜"，许某不理解，一直追问他是什么，少年用手比画着形状。许某于是笑着从包袱里掏出一枚骰子来，问少年："是这个东西吗？"少年点头说是。许某就用骰子当酒令，大家一起开怀畅饮。酒喝到兴头上，许某请王子巽和少年一起掷骰子玩，说谁赢了谁请客。王子巽推辞说不会，许某就和少年相对而坐玩了起来。许某又暗暗地嘱咐王生："你替我保密。这个南蛮公子哥很有钱，他年纪又小，对赌博不一定精通。我赢些钱，明天请你喝酒。"说完，许某和少年走进隔间。不久，王子巽就听到喧闹的赌博声，王子巽偷偷看了看，发现栖霞县的差役也在里面。王生大感疑惑，就拉开被子睡下了。又过了一会儿，众人都来拉王生去赌，王生以不会玩坚决拒绝。许某提出愿意代替王子巽去赌，王生又不肯，他们就强行替王生下注。

“汝赢几筹矣。”王睡梦应之。

不久,他们跑到王生床前告诉他:“你赢了好几个筹码了。”王生在梦中答应着。

注释 1 承破:八股文中承题、破题两股文字。 2 不解牧圉(yǔ):不会喂牲口。圉,养马。 3 代摄莝(cuò)豆:指代为备草料,喂牲口。莝,切碎的草。 4 蹴(cù)然:跺脚,叹悔、生气的姿态。 5 蹇滞:倒霉。 6 聒耳沸心:声音嘈杂,吵得人心神不宁。 7 赢一东道主:指由赌输者请客吃饭。 8 五木诀:赌博的诀窍。五木,古赌具名,此指色子。 9 代辨枭雉:代认色子的彩名、输赢。枭、雉,均赌彩名。

忽数人排闼[1]而入,番语啁嗻[2]。首者言佟姓,为旗下逻捉赌者。时赌禁甚严,各大惶恐。佟大声吓王,王亦以太史旗号相抵。佟怒解,与王叙同籍[3],笑请复博为戏。众果复赌,佟亦赌。王谓许曰:“胜负我不预闻。但愿睡,无相溷[4]。”许不听,仍往来报之。既散局,各计筹马,王负欠颇多,佟遂搜王装橐取偿。王愤起相争。金捉王臂,阴告曰:“彼都匪人,其情叵测。我

忽然有几个人推开门闯进来,说着异族语言,叽叽喳喳。领头的说自己姓佟,是旗下巡逻抓赌的。当时严禁赌博,大家都很害怕。佟某大声吓唬王子巽,王生也用太史的名号吓唬他们。佟某怒气便消了,和王生聊起来,原来两人隶属同一旗籍,佟某笑着请大家继续玩。众人果然又重新玩起来,佟某也跟着一起赌。王生对许某说:“是输是赢我都不想听,只想睡觉,希望不要再打扰我了。”许某不听,仍然往来汇报。赌局结束了,各自计算筹码,王生输了很多,佟某就搜王生包袱里的财物来抵债。王子巽愤然起身和佟某争抢。姓金的少年拉住王生的手臂,低声对他说:“这些人都是盗匪,谁知道他们会做出什么来。我们是文字

辈乃文字交，无不相顾。适局中我赢得如干数，可相抵。此当取偿许君者，今请易之。便令许偿佟，君偿我。不过暂掩人耳目，过此仍以相还。终不然，以道义之交，遂实取君偿耶？”王故长厚，亦遂信之。少年出，以相易之谋告佟。乃对众发王装物，估入己橐，佟乃转索许、张而去。

之交，不能不互相照顾的。刚才我在赌局中赢了些钱，可以抵你的债。我本来应该从许君那里拿赌债的，现在换一下，就叫许君还给姓佟的，你再还给我就行。这不过是暂时蒙蔽别人的法子，等事情过了还是会还你的。看在朋友情义的分上，我难道真会让你还钱不成？”王子巽本来就比较忠厚老实，也就相信了金某的话。少年出来，把相换抵债的法子告诉佟某，然后当着大家的面打开王生的行李，把估算着与赌债相当的东西装入自己的口袋。佟某便转身向许某、张某讨债去了。

注释 1 排闼：开门。 2 番语啁哳(zhāo zhē)：操异族语言。番语，此指满语。啁哳，声音杂乱细碎。 3 同籍：同隶旗籍。 4 溷：打扰。

少年遂襆被来，与王连枕，衾褥皆精美。王亦招仆人卧榻上，各默然安枕。久之，少年故作转侧，以下体昵就仆。仆移身避之，少年又近就之。肤着股际，滑腻如脂。仆心动，试与狎，而少年殷勤甚至。衾息呜动，王颇

少年于是抱来被子，和王子巽一起睡，他的被褥非常精美。王生把仆人也叫到床上来睡，各自都无声地睡着了。过了很久，少年故意翻身，用下体贴近仆人。仆人移开身子躲避，少年却又上前贴近仆人。仆人的皮肤碰到少年的腿根，只觉得柔滑细腻如油脂一般。仆人心动，试探着和少年亲热，而少年回应得很热情。被子掀动发出声音，王生

闻之，虽甚骇怪，终不疑其有他也。昧爽[1]，少年即起，促与早行。且云："君蹇疲殆，夜所寄物，前途请相授耳。"王尚无言，少年已加装登骑，王不得已，从之。骡行驶，去渐远。王料其前途相待，初不为意，因以夜间所闻问仆，仆实告之。王始惊曰："今被念秧者骗矣！焉有宦室名士，而毛遂[2]于圉仆者？"又转念其谈词风雅，非念秧所能，急追数十里，踪迹殊杳。始悟张、许、佟皆其一党，一局不行，又易一局，务求其必入也。偿债易装，已伏一图赖之机，设其携装之计不行，亦必执前说篡夺而去。为数十金，委缀[3]数百里，恐仆发其事，而以身交欢之，其术亦苦矣。

都听到了，虽然觉得很惊讶奇怪，但也没怀疑到别的地方。天刚亮，少年就起床，催促王生早点出发，还说："您的驴很疲劳了，昨天夜里放在我口袋里的东西，等前面路上再给您吧。"王生还没回答，少年已经背着行李骑上骡子先走了。王生没办法，只好在后面跟着。骡子速度快，越跑越远。王生以为少年会在前面路上等自己，起初并不在意，就问仆人昨夜里的事，仆人都老实交代了。王子巽这才大惊说："如今我们被念秧们给骗了！哪有官宦子弟会主动投欢送抱和仆人做出这种事来？"转念又想，他谈吐不俗，又不像念秧能做到的，急忙追赶了十几里地，还是没看到少年的身影。这才恍然大悟张某、许某、佟某都是一伙的，一个骗局不成，再换一个局，一定要让人进圈套。他们搞的抵债换装，早就藏着企图抵赖的预谋。假如换装的办法行不通，肯定会按照佟某的方法强抢。为了几十两银子，尾随跟踪几百里，又怕仆人拆穿他们的阴谋，竟然出卖身体讨仆人欢心，这个计谋也太用心良苦了。

注释 1 昧爽:拂晓,黎明。 2 毛遂:毛遂自荐,此指少年主动与仆人亲近。 3 委缀:尾随,跟踪。

后数年,又有吴生之事。邑有吴生,字安仁,三十丧偶,独宿空斋。有秀才来与谈,遂相知悦。从一小奴,名鬼头,亦与吴僮报儿善。久而知其为狐。吴远游,必与俱,同室之中,人不能睹。吴客都中,将旋里,闻王生遭念秧之祸,因戒僮警备。狐笑曰:"勿须,此行无不利。"至涿[1],一人系马坐烟肆[2],裘服齐楚。见吴过,亦起,超乘[3]从之。渐与吴语,自言:"山东黄姓,提堂户部[4]。将东归,且喜同途不孤寂。"于是吴止亦止,每共食必代吴偿值。吴阳感而阴疑之。私以问狐,狐曰:"不妨。"吴意乃释。

过了几年,又有吴生的事。城里有个吴生,字安仁,三十岁的时候妻子去世了,一个人住在空荡荡的书房里。有一个秀才经常前来跟他谈论文章,两人聊得很投缘。秀才还有一个小仆人,叫鬼头,和吴生的书童报儿也处得很好。时间久了吴生知道秀才和书童原来都是狐狸。吴生出门远游,一定会叫上他们一起,虽然他们住在一个屋子里,可是别人都看不见秀才。吴生在京城作客的时候,正打算回家,听说王生遭遇念秧的祸事,便嘱咐报儿要小心戒备。狐秀才笑着说:"没必要,这次出门一切顺利。"他们到了涿县,看见一个人把马拴在木桩上,坐在烟店里,穿着裘皮大衣,衣冠楚楚。那个人看到吴生经过,便站起来,跳上马跟在吴生后面。他渐渐和吴生攀谈起来,自我介绍说:"我是山东人,姓黄,是到户部投递公文的提塘官。准备往东回家去,很高兴跟你们一起走,免得孤独无聊。"于是吴生停的时候,他也停,每次吃饭,都是他掏钱替吴生付账。吴生表面上很感激,心里却起了疑虑。私下里问狐秀才,狐秀才说:"不要紧。"吴生也就不在意了。

注释 1 涿:今河北涿州。 2 烟肆:烟店。烟草,初名淡巴菰,明代由吕宋岛传入我国,至清,种植吸食者渐众。 3 超乘:腾身上马。超,跳上。 4 提堂户部:指受本省督抚委派到户部投递公文的专使。提堂,即"提塘"。清代各省督抚选派武职一人驻京,专司投递本省与在京衙门往来文报,称提塘官。

及晚,同寻寓所,先有美少年坐其中。黄入,与拱手为礼,喜问少年:"何时离都?"答云:"昨日。"黄遂拉与共寓,向吴曰:"此史郎,我中表弟,亦文士,可佐君子谈骚雅,夜话当不寥落。"乃出金资,治具共饮。少年风流蕴藉,遂与吴大相爱悦。饮间,辄目示吴作觞弊,罚黄,强使釂[1],鼓掌作笑。吴益悦之。既而史与黄谋赌,共牵吴,遂各出橐金为质。狐嘱报儿暗锁板扉,嘱吴曰:"倘闻人喧,但寐无吪[2]。"吴诺。吴每掷,小注则输,大注则

到了晚上,他们一起找旅店入住,已经有一个俊美的少年坐在店里。黄某走进去,向他拱手行礼,高兴地问少年:"什么时候离开京城的呀?"少年回答:"昨天。"黄某便拉着少年和自己一起住,向吴生介绍说:"这是史郎,是我的表兄弟,也是读书人,可以陪您谈论诗文,夜里聊天也不会觉得孤单了。"黄某说着掏钱置办酒菜一起吃喝。这位少年谈吐风雅,才华横溢,于是与吴生相知相惜。他们一边喝酒一边行酒令,史郎常常用眼睛向吴生示意和自己作弊,一起罚黄某,强迫他喝酒,大家高兴地拍掌大笑。吴生因此更加欣赏这个少年了。不久,史郎和黄某商量着赌博,两个人都拉着吴生让他一起玩。大家便从口袋里拿出钱作赌金。狐秀才暗中嘱咐报儿偷偷地把门锁上,又安排吴生说:"如果听到喧哗声,你只管睡觉不要出声。"吴生答应他。吴生每次掷骰子,下小本时就输,下大本时就赢。过了一更

赢,更余,计得二百金。史、黄错橐垂罄,议质其马。

多的时间,一共赢了二百两银子。史郎和黄某掏空了钱袋还不够,只好商量用马作抵押。

忽闻挝门声甚厉,吴急起,投色于火,蒙被假卧。久之,闻主人觅钥不得,破扃启关[3],有数人汹汹入,搜捉博者。史、黄并言无有。一人竟捋吴被,指为赌者,吴叱咄之。数人强检吴装。方不能与之撑拒,忽闻门外舆马呵殿声。吴急出鸣呼,众始惧,曳之入,但求勿声。吴乃从容苞苴[4]付主人。卤簿[5]既远,众乃出门去。

这时,忽然听到敲门声十分急促,吴生吓得赶快站起来,把骰子扔进火里,盖上被子假装睡觉。过了很久,只听见店主说找不到钥匙开门,只得破锁撬闩,好几个人气势汹汹地闯进来,扬言要抓赌博的人。史郎和黄某都说没有赌博。有一个人竟然掀开吴生的被子,硬说他就是赌钱的,吴生恼怒地反驳他。有几个人强行搜检吴生的行李,吴生正没办法抵抗的时候,忽然听到门外有官员出行车马经过的喝道声,吴生急忙跑出去大声呼喊,众人害怕起来,拽着吴生进屋里,求他不要张扬。吴生这才从容地把包袱交给店主。等车马仪仗队走远了,这群人才离开。

注释 1 釂(jiào):喝酒干杯。 2 吪(é):动。 3 破扃启关:破锁撬闩。关,门闩。 4 苞苴:包裹,包袱。 5 卤簿:官员出行的仪仗扈从。

黄与史共作惊喜状,取次觅寝。黄命史与吴同榻。吴以腰橐置枕头,方命被而睡。

黄某和史郎都装作很惊喜的样子,各自找床铺躺下睡觉。黄某让史郎和吴生一起睡。吴生把腰间的包裹枕在头下,才盖好被子睡下。过了一会儿,史郎掀开

无何，史启吴衾，裸体入怀，小语曰："爱兄磊落，愿从交好。"吴心知其诈，然计亦良得，遂相偎抱。史极力周奉，不料吴固伟男，大为凿枘[1]，颦呻[2]殆不可任，窃窃哀免。吴固求讫事。手扪之，血流漂杵[3]矣。乃释令归。及明，史惫不能起，托言暴病，请吴、黄先发。吴临别，赠金为药饵之费。途中语狐，乃知夜来卤簿，皆狐为也。黄于途，益谄事吴。

暮复同舍，斗室甚隘，仅容一榻，颇暖洁。而吴狭之，黄曰："此卧两人则隘，君自卧则宽，何妨？"食已径去。吴亦喜独宿可接狐友。坐良久，狐不至。倏闻壁上小扉，有指弹声。吴拔关探视，一少女艳妆

吴生的被子，赤身裸体地钻进吴生怀里，小声地说："我爱慕吴兄磊落，想和你交好。"吴生心知这里面有诈，却又想着这倒也不错，就和他拥抱起来。史郎想尽办法讨好吴生，没想到吴生是个壮汉子，身体交接格格不入，史郎眉头紧皱，呻吟不断，承受不住，小声哀求吴生快停下。吴生想着干完事儿再说，可手往下一摸，已经出了不少血，只好放开史郎让他回去。等到天亮的时候，史郎累得起不了床，撒谎说自己突然生病，让吴生和黄某先出发。吴生临走时，送给史郎一些银子当医药费。吴生在路上告诉狐秀才昨晚的事，才知道原来夜里的车马官兵，都是狐秀才干的。黄某在路上对吴生更加殷勤。

到了晚上，两人还是住在一个旅店。但房间太小，只能放下一张床，倒很暖和干净。吴生觉得床太窄了，黄某说："这床两个人睡自然窄，但吴君你一个人睡就宽了，有什么不方便呢？"黄某吃完饭就走开了。吴生也喜欢一个人住，这样就能接待狐秀才。他在屋里坐了很久，狐秀才还是没来。突然间就听到墙上小门外传出了用手叩门的声音。吴生拉开门闩朝外张望，只见一个年轻姑娘浓妆艳抹

遽入，自扃门户，向吴展笑，佳丽如仙。吴喜致研诘，则主人之子妇也。遂与狎，大相爱悦。女忽潸然泣下。吴惊问之，女曰："不敢隐匿，妾实主人遣以饵君者。曩时入室，即被掩执[4]，不知今宵何久不至？"又呜咽曰："妾良家女，情所不甘。今已倾心于君，乞垂拔救！"吴闻骇惧，计无所出，但遣速去，女惟俯首泣。

地走进来，她自己闩上门，向吴生微笑，美得像仙女。吴生很喜欢她，追问她是谁家姑娘，原来是店主家的儿媳妇，便和她亲热起来，两人互相爱慕。女子突然伤心地哭起来，吴生十分惊讶，忙问怎么了，女子哭着说："我不敢瞒你，我其实是店家派来勾引你的。以前我一进屋，就有人来捉奸。不知道今晚怎么过了这么久还不来人？"又抽泣着说："我本是好人家的女子，做这些都是不情愿的。现在我已经把自己托付给了你，还请你救救我！"吴生听完害怕得不得了，什么办法也没有，只叫女子赶紧回去，女子却仍低头哭泣。

注释　**1** 凿枘(ruì)：互不相容。凿，榫卯。枘，榫头。　**2** 颦呻：忧愁叹息，此处指痛苦呻吟。　**3** 血流漂杵：指流的血很多。　**4** 掩执：当场捕捉。

忽闻黄与主人捶阖鼎沸，但闻黄曰："我一路祗奉，谓汝为人，何遂诱我弟室！"吴惧，逼女令去。闻壁扉外亦有腾击声，吴仓卒汗流如沈，女亦伏泣。又闻有人劝止

这时突然听到黄某和店主正狠狠地敲门，只听见黄某说："我一路上侍奉你恭敬谦虚，那是看重你的为人，你为什么勾引我的弟妹？"吴生害怕，逼迫女子赶紧离开。只听到墙上小门外也发出打闹声，吴生急得汗水直流，女子还是在一旁哭泣。又听到有人劝主人

主人，主人不听，推门愈急。劝者曰：“请问主人，意将何为？如欲杀耶？有我等客数辈，必不坐视凶暴。如两人中有一逃者，抵罪安所辞？如欲质之公庭耶？帷薄不修[1]，适以取辱。且尔宿行旅，明明陷诈，安保女子无异言？”主人张目不能语。吴闻窃感佩，而不知何人。

初，肆门将闭，即有秀才共一仆来，就外舍宿。携有香酝[2]，遍酌同舍，劝黄及主人尤殷。两人辞欲起，秀才牵裾，苦不令去。后乘间得遁，操杖奔吴所。秀才闻喧，始入劝解。吴伏窗窥之，则狐友也，心窃喜。又见主人意稍夺，乃大言以恐之。又谓女子：“何默不一言？”女啼曰：“恨不如人，为人驱役贱务！”主

收手，主人不听，更急促地推门。劝客说：“请问店主，你打算干什么？想杀了他们吗？有我们这些人在，是不会眼睁睁看着这种暴行发生的。如果他们中有人逃走了，要让他们认罪，到时怎么对口供？还是想告到公堂呢？你自己管教不严，这样等于自取其辱呀。何况你是开旅店的，这一切看起来明明是陷害诈骗，怎么保证女子没有别的话说？”店主瞪着眼睛不知道说什么好。吴生听了，心里暗暗感激佩服这位客人，就是不知道他是谁。

起初，旅店快要关门的时候，有个秀才带着仆人到店里，在外院住下。他提着美酒，和店里的客人喝了个遍，对黄某和主人劝酒劝得最殷勤。黄某和店主想推辞离开，秀才竟拉住两人的衣袖，苦苦挽留不让他们走。后来两人终于逮着机会逃走，立刻拿着棍子跑到吴生的房间。秀才听到吵闹声，才赶来劝解。吴生偷偷趴在窗口向外看，原来就是狐秀才，心里暗自高兴。吴生又看店主的气势被压了下去，就说大话吓唬他们。又对女子说：“你怎么一句话都不说？”女子哭泣说：“只恨自己不像个人，

人闻之,面如死灰。秀才叱骂曰:“尔辈禽兽之情,亦已毕露。此客子所共愤者!”黄及主人皆释刀杖,长跽[3]而请。吴亦启户出,顿大怒詈,秀才又劝止吴,两始和解。

被人使唤做出这种事来!”店主一听,脸色煞白。秀才责骂道:“你们这群禽兽的本性,现在已经暴露出来了。这是我们旅客都愤恨的事!”黄某和店主只好都放下手里的刀棍,跪求大家原谅。吴生开门走出来,怒气冲冲地把他们骂了一顿,秀才又劝吴生,双方这才和解。

注释 1 帷薄不修:指家庭生活淫乱。 2 酤:酒。 3 长跽:长跪,挺直上身两膝着地。

女子又啼,宁死不归。内奔出妪婢,捽女令入。女子卧地,哭益哀。秀才劝主人重价货吴生,主人俯首曰:“‘作老娘三十年,今日倒绷孩儿。’[1]亦复何说!”遂依秀才言。吴固不肯破重资,秀才调停主客间,议定五十金。人财交付后,晨钟已动,乃共促装,载女子以行。女未经鞍马,驰驱颇殆。午间稍息憩,将行,唤报儿,不知所往。日已夕斜,尚无

女子又开始哭泣,死活不肯回去。这时内房跑出几个丫环和老妈子,揪住女子让她进屋。女子躺在地上,哭得很伤心。秀才劝店主高价把女子卖给吴生,店主低着头说:“‘做了三十年的接生婆,今天竟把接生的孩子倒裹在襁褓里!’既然这样,还有什么好说的!”就依了秀才的话。吴生坚持不肯多破费,秀才又在主客两人之间调解,最后商量好给五十两银子。双方人钱交接完毕,晨钟已经敲响,便赶紧收拾行李,载着女子离开了。女子没骑过马,路上被颠得很狼狈。中午休息了一会儿,正准备出发,吴生叫报儿,却不知道他跑到哪里去了。太阳已经下山了,还是没看到

迹响，颇怀疑讶，遂以问狐。狐曰：“无忧，将自至矣。”星月已出，报儿始至。吴诘之，报儿笑曰：“公子以五十金肥奸伧[2]，窃所不平。适与鬼头计，反身索得。”遂以金置几上。吴惊问其故，盖鬼头知女止一兄，远出十余年不返，遂幻化作其兄状，使报儿冒弟行，入门索姊妹。主人惶恐，诡托病殂[3]。二僮欲质官，主人益惧，啖之以金，渐增至四十，二僮乃行。报儿具述其状，吴即赐之。

他的身影，吴生觉得很奇怪，就问狐秀才，狐秀才说：“别担心，他很快就回来了。”星星月亮已经挂在了天上，报儿才出现。吴生询问他去了哪里，报儿笑着回答：“公子花五十两银子便宜了这些奸贼，我心里不平。刚才和鬼头一起商量，又去讨了回来。”说完就把银子放在桌上。吴生惊讶地问是怎么回事，原来鬼头知道女子有个哥哥，出了远门十几年都没回来。鬼头就变成她哥哥的模样，让报儿假冒她的弟弟，到店里说要找姐姐妹妹。店主一听，心里很害怕，骗他们说女子已经病死了。两人逼着店主要去见官，店主更害怕了，就想拿钱贿赂他们，价码慢慢增到四十两银子，两人才答应离开。报儿把情况说了一遍，吴生便把钱赏给了报儿。

注释 1 作老娘三十年，今日倒绷孩儿：旧时谚语。意思是久已熟惯之事，不料竟出乖露丑。 2 奸伧：奸诈小人。 3 病殂(cú)：暴病而死。

吴归，琴瑟綦笃[1]。家益富。细诘女子，曩美少年即其夫，盖史即金也。袭一槲绸[2]帔，云是得之山东王姓者。盖

吴生回家后，夫妻非常恩爱和睦。家里也慢慢富裕起来。吴生详细地问女子的情况，原来之前的美少年就是她的丈夫，大概史郎就是金某。她穿着一件槲绸披肩，说是从山东一个姓王的那里

其党羽甚众，逆旅主人，皆其一类。何意吴生所遇，即王子巽连天呼苦之人，不亦快哉！旨哉古言："骑者善堕。"

弄来的。原来这帮骗子的同伙非常多，连旅店主人也是他们一伙的。哪里想到吴生碰到的就是让王子巽叫苦连天的那群人，这种巧合，不也让人痛快吗！古人说得好："常摔下来的都是会骑马的。"

注释 1 琴瑟綦(qí)笃：夫妻关系和睦情深。綦，很。 2 槲(hú)绸：用槲蚕之丝织成的丝绸，是山东的一种土特产。

蛙曲

原文

王子巽言："在都时，曾见一人作剧[1]于市。携木盒作格，凡十有二孔，每孔伏蛙。以细杖敲其首，辄哇然作鸣。或与金钱，则乱击蛙顶，如拊[2]云锣[3]，宫商[4]词曲，了了可辨。"

译文

王子巽说："在京城的时候，曾经看到有个人在街上表演杂耍。他随身带着一个木盒，里面有很多格子，木盒上有十二个孔，每个孔都趴着一只青蛙。他一用细棍敲青蛙的脑门，青蛙就"呱呱呱"地叫。要是有人给点赏钱，表演者就会随意地轻敲青蛙脑门，好像敲云锣一样，韵律节奏，清晰可闻。"

注释 1 作剧：表演杂耍。 2 拊：敲击。 3 云锣：一种敲打乐器，以多面大小相同、厚薄殊异的小铜锣悬系于带格的木架间。架下有长柄，左手持之，右手用小木槌击锣作响。 4 宫商：古代音律中的宫音与商音，后泛指音乐。

鼠 戏

原文

又言[1]:"一人在长安市上卖鼠戏,背负一囊,中蓄小鼠十余头。每于稠人中,出小木架置肩上,俨如戏楼状。乃拍鼓板,唱古杂剧。歌声甫动,则有鼠自囊中出,蒙假面[2],被小装服,自背登楼,人立而舞。男女悲欢,悉合剧中关目[3]。"

译文

王子巽又说:有个人在长安街上表演鼠戏,他背着一个口袋,里面养了十几只小老鼠。只要到了人多的地方,他就把小木架拿出来放在肩上,好像搭了个戏楼的样子。于是他拍着鼓板,唱起古杂剧。歌声一起,就有老鼠从口袋里冒出来,戴着假面具,身穿小戏服,从后背爬上小戏楼,像人一样站立着舞动。所表演的男男女女,悲欢离合,竟和戏中的情节一一对应。

注释 **1** 又言:承上文《蛙曲》,此篇是王子巽说的另一个故事。 **2** 假面:面具。 **3** 关目:戏剧情节。

泥书生

原文

罗村[1]有陈代者,少蠢陋。娶妻某氏,颇丽。自以婿不如人,郁郁不得志,然贞洁自持,婆媳

译文

罗村有一个人叫陈代,从小又笨又丑。他娶了个老婆某氏,却很漂亮。陈妻觉得丈夫比不上别人,心里郁闷,非常不如意,但能贞洁自守,婆媳俩倒也能和谐

亦相安。一夕独宿，忽闻风动扉开，一书生入，脱衣巾，就妇共寝。妇骇惧，苦相拒，而肌骨顿软，听其狎亵而去。自是恒无虚夕。月余，形容枯瘁[2]，母怪问之。初惭怍不欲言，固问，始以情告。母骇曰："此妖也！"百术为之禁咒，终亦不能绝。乃使代伏匿室中，操杖以伺。夜分，书生果复来，置冠几上，又脱袍服，搭椸架[3]上。才欲登榻，忽惊曰："咄咄！有生人气！"急复披衣。代暗中暴起，击中腰胁，塔然作声。四壁张顾，书生已渺。束薪爇照，泥衣一片堕地上，案头泥巾犹存。

相处。一天夜里，陈妻自己一个人睡，忽然听到一阵风把门吹开，一个书生从门外进来，脱去衣服，摘下头巾，走近陈妻就要和她同床。陈妻害怕得不得了，苦苦抵抗拒绝，但是一碰到秀才，身体立刻就软了，只好听任书生轻薄离去。从此以后，书生每天都来。过了一个多月，陈妻面容憔悴，陈母觉得奇怪，便问她原因。一开始，陈妻心里羞愧，不想说，婆婆再三逼问，才交代事情真相。陈母惊骇地说："这是妖怪干的！"用尽各种方法加以禁咒，还是不能阻止书生前来。便让陈代躲在屋里，拿着木棍在暗中等候。夜里，书生果然又来了，一来就把头巾放在桌子上，再脱掉外衣放在衣架上。刚要上床的时候，书生忽然吃惊地说："哎呀哎呀！有活人的气味！"赶紧把衣服又披上，这时陈代从暗处一跃而起，一棍打在书生的腰肋上，"嘭嘭"作响。向四周一看，书生已经没影儿了。点燃火把一照，看见地上有一件泥衣，桌子上的泥头巾还放在那儿。

注释 **1** 罗村：村名。在今山东淄博罗村镇，位于蒲松龄故居北边。**2** 枯瘁：形容面色憔悴。 **3** 椸(yí)架：衣架。

土地夫人

原文

鸾桥[1]王炳者，出村，见土地祠中出一美人，顾盼甚殷。挑以亵语，欢然乐受。狎昵无所，遂期夜奔，炳因告以居止。至夜，果至，极相悦爱。问其姓名，固不以告。由此往来不绝。时炳与妻共榻，美人亦必来与交，妻竟不觉其有人。炳讶问之，美人曰："我土地夫人也。"炳大骇，亟欲绝之，而百计不能阻。因循半载，病惫不起。美人来更频，家人都能见之。未几，炳果卒，美人犹日一至。炳妻叱之曰："淫鬼不自羞！人已死矣，复来何为？"美人遂去，不返。

土地虽小，亦神也，岂有任妇自奔者？

译文

鸾桥有个叫王炳的人，从村子里出去的时候，看见从土地庙里走出一个美人，很热情地对他眉目传情。王炳就说些下流的话调戏她，美人也高兴地接受。两人想亲热却没有地方，便约定夜里见面，王炳就把家里的地址告诉了她。到了夜里，美人果然前来，两人极尽欢爱。王炳问美人的姓名，美人始终不肯说。从此以后，两人来往不断。有时王炳和妻子同床，美人也必定会来交欢，妻子竟然没发现身边有人。王炳十分诧异地问美人是什么原因，美人回答："因为我是土地夫人。"王炳非常害怕，迫切地想和她断绝往来，可是想尽法子也不能阻止她前来。就这样过了半年，王炳患病疲惫，卧床不起。美人却来得更频繁了，连家人都能看见她。没过多久，王炳果然病死了，美人还是每天来一次。王炳的妻子叱骂她："你这淫鬼真不知羞！人都已经死了，还来这里干什么？"美人这才离开，一去不回。

土地神虽然是小神，也是神仙呀，哪能听任老婆私奔呢？应该不会糊涂到这

愦愦[2]应不至此。不知何物淫昏,遂使千古下谓此村有污贱不谨之神。冤哉!

个地步。不知道是什么东西淫乱糊涂,于是让千年后的人们以为这个村里有个肮脏下贱、行为不检点的神仙,真是冤枉啊!

注释 1 窎(diào)桥:村名,在今山东淄博淄川区。 2 愦愦:糊涂。

寒月芙蕖

原文

济南道人者,不知何许人,亦不详其姓氏。冬夏惟着一单帢衣[1],系黄绦[2],别无裤襦[3]。每用半梳梳发,即以齿衔髻际[4],如冠状。日赤脚行市上,夜卧街头,离身数尺外,冰雪尽镕。初来,辄对人作幻剧,市人争贻[5]之。有井曲[6]无赖子,遗以酒,求传其术,弗许。遇道人浴于河津,骤抱其衣以胁之,道人揖曰:"请以赐还,当不

译文

济南有个道士,不知道是哪里人,也不晓得叫什么名字。无论冬夏,总是穿一件很单薄的道袍,腰里系一条黄丝带,除此之外,更无其他衣裤。经常用半截梳子梳头,然后把梳子插在发髻上,像戴着顶帽子。他每天光着脚在集市上闲逛,到夜里就露宿街头。冬天的时候,离他数尺外的冰雪全都融化得干干净净。道士刚来济南时,经常向人显露幻术,集市上的人争相布施钱财。街坊里有个无赖少年就送来好酒,请求把幻术传给自己,道士没有答应。一次,少年偶然遇见道士在河里洗澡,就突然冲过去拿走他的衣服,并以此相要挟。道士拱手作揖说:"请把衣服

吝术。"无赖者恐其绐[7]，固不肯释。道人曰："果不相授耶？"曰："然。"道人默不与语，俄见黄绦化为蛇，围可数握，绕其身六七匝，怒目昂首，吐舌相向。某大愕，长跪，色青气促，惟言乞命。道人乃竟取绦，绦竟非蛇。另有一蛇，蜿蜒入城去。由是道人之名益著。

还给我吧，我一定教你法术。"无赖少年担心道士骗自己，就执意不肯还。道士无奈地问道："你真的不肯还给我吗？"少年说："没错！"道士不再作声，突然，只见黄丝带化为一条大蛇，身粗数握，把少年缠绕了六七圈，大蛇昂起头，怒目圆睁，对着他吐着信子。少年吓坏了，跪在地上，脸色发青，呼吸急促，不停地喊饶命。道士于是终于拿下丝带，少年一看，的确是条丝带而不是什么大蛇。另有一条大蛇正蜿蜒朝城里爬去。于是，此后道士的声名更为显著。

注释 1 单帢(qià)衣：单薄的外衣。 2 黄绦：黄色丝带做的腰带。 3 裤襦(rú)：裤子和短衣。 4 以齿衔髻际：用梳子的齿插在发髻上。 5 贻：馈赠，施舍。 6 井曲：里巷，里弄。 7 绐(dài)：欺骗，欺诈。

缙绅[1]家闻其异，招与游，从此往来乡先生门。司道[2]俱耳其名，每宴集，辄以道人从。一日，道人请于水面亭[3]报诸宪之饮。至期，各于案头得道人速帖[4]，亦不知所由至。诸官赴宴所，道人伛偻[5]出迎。既入，则空亭寂

达官贵人们听闻道士身怀异术，便招揽他与其交往，从此，道士就频繁出入权贵朱门。司道官员都知道他的大名，每逢宴会聚饮，必定会邀请道士出席。一天，道士邀请诸位高官在水面亭饮酒。到了约定的日子，每个人都在案头见有道士送的请柬，没人知道是怎么送来的。各位达官贵人相继来到设宴的场所，道士弓身出迎。众人进去后，

然,几榻未设,咸疑其妄。道人顾官宰曰:“贫道无僮仆,烦借诸扈从,少代奔走。”官宰共诺之。道人于壁上绘双扉,以手挝之。内有应门者,振管[6]而启。共趋觇望,则见憧憧[7]者往来于中,屏幔床几,亦复都有。即有人传送门外,道人命吏胥辈接列亭中,且嘱勿与内人[8]交语。两相受授,惟顾而笑。顷刻,陈设满亭,穷极奢丽。既而旨酒散馥[9],热炙腾熏,皆自壁中传递而出,座客无不骇异。

发现亭子空空如也,桌椅板凳什么都没有,有人就怀疑道士在胡闹。这时,道士看了看官员们说:“贫道没有仆人,烦请暂借诸位的随从一用,稍微替我帮帮忙。”众官员都答应了。道士就在墙上画了两扇门,用手一敲,里边便有人回应,打开锁就把门推开了。众人一齐往里面瞧,只见人影憧憧往来不绝,屏风帐缦、桌椅板凳一应俱全。随即有人把这些东西送到门外,道士就命差役接过来摆在亭子中,并且嘱咐他们不要和墙里的人说话。因此,门里门外的人相互传递东西,都只相视一笑而已。没多久,亭中摆满了东西,陈设极尽奢华。一会儿,美酒飘香,菜肴热气蒸腾,一样样都从墙中传递出来,在座的客人无不惊奇诧异。

注释 1 缙绅:缙,插。绅,束在衣服外面的大带子。古代官员上朝奏事所执的笏板,将事情写在上面,上朝时就插在腰带里,以作备忘。后引申为官员。 2 司道:司指布政使司、按察使司等,道指分巡道、分守道等。这些都是一省中的高级官员。 3 水面亭:济南大明湖上的“天心水面亭”,始建于元朝,因有对联“月到天心处,风来水面时”而得名。 4 速帖:请柬。 5 伛偻(yǔ lǚ):弯腰弓着身子,表示极为恭敬。 6 振管:打开锁。 7 憧憧:人影晃动,摇摆不定的样子。形容来往的人很多。 8 内人:指墙壁里的人。 9 馥(fù):香气。

亭故背湖水，每六月时，荷花数十顷，一望无际。宴时方凌冬[1]，窗外茫茫，惟有烟绿[2]。一官偶叹曰："此日佳集，可惜无莲花点缀。"众俱唯唯。少顷，一青衣吏奔白："荷叶满塘矣！"一座皆惊，推窗眺瞩，果见弥望青葱，间以菡萏[3]。转瞬间，万枝千朵，一齐都开，朔风吹面，荷香沁脑。群以为异。遣吏人荡舟采莲，遥见吏人入花深处，少间返棹[4]，素手来见。官诘之，吏曰："小人乘舟去，见花在远际，渐至北岸，又转遥遥在南荡中。"道人笑曰："此幻梦之空花耳。"无何，酒阑，荷亦凋谢，北风骤起，摧折荷盖，无复存矣。

水面亭原本背靠大明湖，每年六月，有荷花数十顷，一望无际。此时正值严冬，窗外茫茫一片，只有蒙蒙烟雾。一位官员偶然感叹道："今日雅集，可惜没有莲花点缀。"众人都随声附和。过了一会儿，一名青衣差役跑进来禀告："现在湖里已满是荷叶啦！"在座的人无不惊愕，推开窗户，放眼望去，果然见荷叶青葱，中间还间杂着未开的荷苞。一眨眼工夫，只见千枝万朵的荷苞，一下子全绽放了。北风吹来，荷花的芳香沁人心脾。众人无不惊奇，就差遣随从前去划船采莲。远远望见差役划进荷丛深处，没多久又返桨出来，空着手前来。官员责问他怎么回事，差役说："小的乘船前往，望见荷花就在前方，逐渐划到了北岸，却又远远见荷花开到了南边的湖面上。"道士哈哈大笑道："这是梦幻中的空花。"不一会儿，酒宴将尽，荷花也凋谢了。忽而一阵北风吹过，荷叶纷纷摧折，很快就荡然无存。

注释　1 凌冬：严冬。　2 烟绿：此处指寒冷的雾气。　3 菡萏(hàn dàn)：未开的荷花称为菡萏。　4 棹(zhào)：船桨。

济东观察[1]公甚悦之，携归署，日与狎[2]玩。一日，公与客饮。公故有家传美酝，每以一斗为率，不肯供浪饮。是日，客饮而甘之，固索倾酿[3]，公坚以既尽为辞。道人笑谓客曰："君必欲满老饕[4]，索之贫道而可。"客请之。道人以壶入袖中，少刻出，遍斟座上，与公所藏无异，尽欢而罢。公疑，入视酒瓻[5]，封固宛然，瓶已罄矣。心窃愧怒，执以为妖，杖之。杖才加，公觉股暴痛，再加，臀肉欲裂。道人虽声嘶阶下，观察已血殷座上。乃止不笞，逐令去。道人遂离济，不知所往。后有人遇于金陵，衣装如故，问之，笑不语。

济东道道员某公非常高兴，就将道士带回署衙，整日和他厮混在一处。一天，道员大人与客人饮酒，他家本有家传美酒，每次只请人喝一斗，不肯让宾客纵情畅饮。这天，客人喝完觉得酒味甘甜，就一再请求把酒都拿出来。道员坚持说酒已经全部喝完。道士笑着对客人说："你如果定要喝个痛快，只管向我要就是。"客人请他拿出酒来品尝。道士便将酒壶收在袖子里，一会儿又拿出来，给在座的人一一斟满，味道竟然和主人家藏的一个味儿，于是众宾客尽欢而罢。道员心里很是怀疑，进屋查看酒坛，见外面虽然封得死死的，而里边却空空如也。他暗自恼羞成怒，就将道士逮起来，加以妖妄之罪，严刑拷打。棍子刚打下去，道员顿觉屁股剧痛，又一棍子，几乎皮开肉绽。道士虽然在台阶下高声嘶喊，但道员却已在座椅上鲜血直淌，于是停止用刑，把道士赶走了。道士就离开济南，不知去哪儿了。此后，曾有人在南京遇到过他，穿着打扮与之前一样，问他话，只是笑而不语。

注释 1 济东观察：济东道的道员。道员是介于巡抚与知府之间的地方长官。 2 狎(xiá):亲近而态度散漫随性。 3 倾酿:指喝完所有的酒。倾,尽。 4 老饕(tāo):贪吃。亦指贪吃的人。 5 瓻(chī):陶制的酒瓶。此处指储酒的坛子。

酒狂

原文

缪永定,江西拔贡[1]生,素酗于酒,戚党多畏避之。偶适族叔家,与客滑稽谐谑,遂共酣饮。缪醉,使酒骂座[2],忤[3]客,客怒,一座大哗。叔以身左右排解,缪谓左袒[4]客,又益迁怒叔。叔无计,奔告其家。家人来,扶捽[5]以归。才置床上,四肢尽厥[6],抚之,奄然[7]气绝。

译文

缪永定是江西的拔贡,他酗酒成性,亲朋好友平时对他唯恐避之不及。一次,他偶然到堂叔家,跟其他客人互相说笑,很聊得来,于是就在一起开怀畅饮。缪生喝醉后,发酒疯痛骂在座诸人,得罪了客人。客人怒不可遏,满桌的人闹哄哄乱成一片。堂叔用身体挡在二人中间,不停地劝解。缪生认为他偏袒客人,又把怒气撒到叔叔身上。堂叔实在没办法,就跑到他家告知情况。缪生家人过来,生拉硬拽把他拖回家。刚放到床上,他的四肢已经冰凉僵硬,用手一摸,已经断气了。

注释 1 拔贡:科举制度中,由地方贡入国子监成为生员。每府学两名,州、县学各一名,由各省学政从生员中考选,保送入京,作为拔贡。经过朝考合格,可以充任京官、知县或教谕。 2 使酒骂座:醉酒后发酒疯骂人。 3 忤(wǔ):逆,触犯。 4 左袒:偏袒,袒护。 5 扶捽

(zuó):紧紧抓着扶回去。 6 四肢尽厥:四肢僵硬冰冷。 7 奄然:死亡。

缪见有皂帽人絷[1]己去。移时,至一府署,缥碧[2]为瓦,世间无其壮丽。至墀[3]下,似欲伺见官宰,自思无罪,当是客讼斗殴。回顾皂帽[4]人,怒目如牛,又不敢问。然自度贡生与人角口,或无大罪。忽堂上一吏宣言,使讼狱者翼日[5]早候,于是堂下人纷纷散去。缪亦随皂帽人出,更无归着,缩首立肆檐[6]下。皂帽人怒曰:"颠酒[7]无赖子!日将暮,各去寻眠食,尔欲何往?"缪战栗曰:"我且不知何事,并未告家人,故毫无资斧[8],庸将焉归?"皂帽人曰:"颠酒贼!若酤自啖[9],便有用度[10]!再支吾,老拳碎颠骨子!"缪垂首不敢声。

缪生看到有个戴黑帽子的人把他绑走了。过了一晌,来到一座官署前,屋顶上覆盖着淡青色的琉璃瓦,世间没有比这更壮丽的房屋了。他们来到台阶下,好像要等候拜见长官。缪生心想自己没犯什么罪,估计也就是客人告他打架斗殴。再回头看黑帽人,只见他怒目圆睁,瞪得像牛眼一样大,也就不敢问自己到底犯了什么事儿。但是自认为贡生和人发生争执,或许不是大罪。忽而听得堂上官吏宣告:要打官司的明日一早再来等候。于是堂下的人纷纷离去,缪生也就跟着黑帽人出去了。他压根儿没个去处,就缩头缩脑地站在店铺的屋檐下。黑帽人怒斥道:"你这个耍酒疯的无赖小子!天要黑了,人家都寻吃觅睡了,你要上哪里去?"缪生颤颤巍巍地说:"我连怎么回事儿都不知道,也没来得及告诉家里人,现在身无分文,还能去哪儿啊?"黑帽人又呵责道:"你这个酒疯子,只要是吃酒就有钱!再废话,老子一拳打碎你的疯骨头!"缪生低下头来,一声都不敢吭。

注释 1 絷(zhí):拘捕。 2 缥碧:淡青色。 3 墀(chí):台阶。 4 皂帽:黑色的帽子。 5 翼日:明日。翼,通“翌”。 6 肆檐:店铺的屋檐。 7 颠酒:发酒疯。 8 资斧:盘缠,路费。 9 若酤(gū)自啖:买酒给自己喝。 10 用度:费用,开销。

忽一人自户内出,见缪,诧异曰:“尔何来?”缪视之,则其母舅。舅贾氏,死已数载。缪见之,始悟其已死,心益悲惧,向舅涕零曰:“阿舅救我!”贾顾皂帽人曰:“东灵非他[1],屈临寒舍。”二人乃入。贾重揖皂帽人,且嘱青眼[2]。俄顷,出酒食,团坐相饮。贾问:“舍甥何事,遂烦勾致?”皂帽人曰:“大王驾诣浮罗君[3],遇令甥醉詈[4],使我捉得来。”贾问:“见王未?”曰:“浮罗君会花子案,驾未归。”又问:“阿甥将得何罪?”答曰:“未可知也。然大王颇怒此等辈。”缪在侧,闻二人言,觳觫[5]汗下,杯箸不

忽然,从门里走出一人,他看见缪生,惊诧地问:“你怎么来了?”缪生一看,原来是自己的舅舅。舅舅姓贾,已经死了好几年。缪生见到他,这才明白自己已经死了,心里更加悲伤恐惧。他对着舅舅哭诉说:“阿舅救我!”贾某就对黑帽人说:“东灵差爷您也不是外人,还请屈驾光临小店。”于是两人就进了屋。贾某又向黑帽人深深作揖,并请他多多关照。不一会儿,端上了酒菜,三人围着桌子喝酒。贾某问:“我外甥犯了什么事儿,劳您大驾把他抓过来?”黑帽人就说:“大王去拜会浮罗君,路上正好碰到你外甥醉酒大骂,就让我把他逮来了。”贾某又问:“见过大王了吗?”黑帽人说:“大王在跟浮罗君一起会审花子案,还未回来。”贾某又问:“我外甥他会定什么罪?”黑帽人说:“这个还不知道,不过大王最痛恨这种人。”缪生在一旁听两人交谈,吓得浑身发抖,汗流直下,连酒杯和筷子都拿不起来。没多久,黑帽人起

能举。无何，皂帽人起，谢曰："叨盛酌[6]，已径醉矣。即以令甥相付托，驾归，再容登访。"乃去。

身说："叨扰你置办这么丰盛的酒席，我已经喝醉啦。我先把你外甥托付给你，等大王回来，再容我登门拜访。"说完就走了。

注释 1 东灵非他：东灵大王的手下不是外人。此处指皂帽人。 2 青眼：本意是黑色的眼珠在眼眶中，用青眼看人则是表示对人尊重（跟"白眼"相对）。此处指多多关照。 3 浮罗君：作者虚构的神仙。 4 詈（lì）：骂。 5 觳觫（hú sù）：因害怕而瑟瑟发抖。 6 叨盛酌：承蒙热情招待。

贾谓缪曰："甥别无兄弟，父母爱如掌上珠，常不忍一诃。十六七岁，每三杯后，喃喃寻人疵；小不合，辄挝门裸骂，犹谓稚齿。不意别十余年，甥了不长进。今且奈何！"缪伏地哭，懊悔无及。贾曳之曰："舅在此业酤，颇有小声望，必合极力。适饮者乃东灵使者，舅常饮之酒，与舅颇相善。大王日万幾[1]，亦未必便能记忆。我委曲[2]与言，浼[3]以私意释甥去，或可允从。"又转念曰："此事担负颇重，非

贾对某缪生说："外甥啊，你没有别的兄弟，爹妈待你若掌上明珠，从来舍不得责骂你一句。你十六七岁时，每当喝了几杯酒，就嘟囔着找别人的茬；稍微不如意，就光着身子砸门叫骂。那时都以为你还小。没想到十几年不见，外甥你还是没什么长进。如今可怎么办呢？"缪生趴在地上痛哭流涕，后悔莫及。贾某把他拉起来说："舅舅在此处卖酒，也算小有名气，一定会竭尽全力救你的！刚才一起喝酒的人是东灵大王的差使，我经常请他喝酒，他跟我关系还不错。大王日理万机，也未必能记住你。待我婉转地跟他说说，求他顾念私情，把你放走，兴许能够答应。"贾某转念又一想，说："办这件事

十万不能了也。”缪谢，锐然自任，诺之。缪即就舅氏宿。次日，皂帽人早来觇望。贾请间。语移时，来谓缪曰：“谐矣。少顷即复来。我先罄所有用压契[4]，余待甥归从容凑致之。”缪喜曰：“共得几何？”曰：“十万。”曰：“甥何处得如许？”贾曰：“只金币钱纸百提[5]，足矣。”缪喜曰：“此易办耳。”

花费巨大，没十万恐难了结。”缪生千恩万谢，痛快答应自己承担费用。贾某就答应帮忙，缪生便在舅舅家住下。第二天，黑帽人一早前来探望。贾某请借过说话，谈了好一阵，才出来告诉缪生：“都谈妥啦，待会儿他还会再来。我先把所有的钱都给他作抵押，剩下的等外甥你回去慢慢凑足给他。”缪生欣喜地问：“一共要多少？”说：“十万。”缪生一惊：“这么多钱我到哪儿去弄啊？”贾某道：“只需一百提金纸钱就够了。”缪生大喜说：“这个好办。”

注释 1 日万幾：公务繁忙，日理万机。 2 委曲：委婉，婉转。 3 浼(měi)：央求，恳请。 4 压契：交易时，买方先付给卖方一部分钱，将卖方的契约作抵押。 5 金币钱纸百提：一百提金纸做的纸钱。

待将亭午，皂帽人不至。缪欲出市上少游瞩[1]，贾嘱勿远荡，诺而出。见街里贸贩，一如人间。至一所，棘垣[2]峻绝，似是囹圄[3]。对门一酒肆，往来颇夥[4]。肆外一带长溪，黑潦[5]涌动，深不见底。方伫足窥探，

一直等到快中午，黑帽人还没来。缪生就想上集市上稍作游览，贾某叮嘱别走远了，他答应着出了门。只见大街小巷，交易贩卖，跟人间一模一样。他来到一处地方，见围墙很高，上面还插着荆棘，好像是监狱。对门是一家酒店，进进出出的人很多。店外边有一条溪流，黑水翻涌，深不见底。缪生停下脚步看那溪水，忽而听见酒店里有人喊道：“缪兄

闻肆内一人呼曰："缪君何来？"缪急视之，则邻村翁生，乃十年前文字交。趋出握手，欢若平生。即就肆内小酌，各道契阔[6]。缪庆幸中，又逢故知，倾怀尽釂[7]。大醉，顿忘其死，旧态复作，渐絮絮瑕疵[8]翁。翁曰："数年不见，君犹尔耶？"缪素厌人道其酒德，闻言益愤，击桌大骂。翁睨之，拂袖竟出。缪追至溪头，捋翁帽，翁怒曰："此真妄人！"乃推缪颠堕溪中。溪水殊不甚深，而水中利刃如麻，刺胁穿胫，坚难摇动，痛彻骨脑。黑水杂溲秽，随吸入喉，更不可耐。岸上人观笑如堵，绝不一为援手。

你怎么来啦？"他急忙一看，原来是邻村的翁姓书生，十年前是自己的文字之交。翁生快步走上前来，握着缪生的手，两人就像生前一样欢乐。于是就走进店里对饮，各叙分别后的情况。缪生正庆幸自己能回到人间，又遇到了老朋友，就开怀畅饮。他喝得酩酊大醉，竟忘记自己已经死了，于是又犯起老毛病，渐渐开始絮絮叨叨地指责翁生的不是。翁生就说："几年不见，你怎么还是这样？"缪生平时最讨厌别人拿他酒德说事儿，听翁生这么讲更为生气，就拍桌子破口大骂。翁生瞥了他一眼，甩袖子出去了。缪生追到溪水边，一把扯下翁生的帽子，翁生恼怒地说："你真是个狂妄胡闹的人！"便把缪生推落水中。溪水并不很深，但水中遍布锋利的刀刃，扎进肋部刺穿小腿，实在难以动弹，稍有不慎就痛彻骨髓。黑水中还夹杂着屎尿粪秽，他一张嘴就吸入喉咙里，更加难以忍受。岸上看笑话的人围了一圈，没一个人肯施以援手。

注释 1 游瞩：游览。 2 棘垣(jí yuán)：以棘刺护墙。 3 囹圄(líng yǔ)：监狱。 4 夥(huǒ)：众多。 5 黑潦(lǎo)：黑色的河水。 6 契阔：久别的情愫。 7 釂(jiào)：喝完杯中的酒。 8 瑕疵：挑剔，指摘。

时方危急，贾忽至，望见大惊，提携以归，曰：“尔不可为也！死犹弗悟，不足复为人！请仍从东灵受斧锁[1]。”缪大惧，泣拜知罪。贾乃曰：“适东灵至，候汝立券，汝乃饮荡不归，渠迫不能待。我已立券，付千缗[2]令去，余以旬尽为期。子归，宜急措置，夜于村外旷莽中，呼舅名焚之，此案可结也。”缪悉如命，乃促之行，送之郊外，又嘱曰：“必勿食言[3]，累我无益。”乃示途令归。

时缪已僵卧三日，家人谓其醉死，而鼻息隐隐如悬丝。是日苏，大呕，呕出黑沈[4]数斗，臭不可闻。吐已，汗湿裀褥[5]，身始凉爽。告家人以异。旋觉刺处痛肿，隔夜成疮，犹幸不大溃

正在危急关头，贾某忽然赶来，见此情景大惊，赶忙将缪生拉上岸，把他带回家去，边走边说：“你真是不可救药啊！死了都不悔悟！简直不配再做人！请你还是跟东灵去受刀斧之刑吧！”缪生大为恐惧，便声泪俱下地拜求舅舅，说自己知道错了。贾某就告诉他：“刚才东灵使者到了我那儿，等你立字据，可你却在外边喝酒撒疯，迟迟不回来。他公务繁忙急着要走，我就替你立好了字据，给了他一千串钱，打发他走。剩下的，我和他说好以十天为期，你回去后要抓紧筹措。夜里到村外的荒野中，喊着我的名字把钱烧了，这案子便可了结。”缪生连连答应，于是贾某就催他赶快上路，送到郊外，又叮嘱说：“你可千万不能食言，要是连累了我，对你没什么好处。”于是指明道路，让他回去了。

当时，缪生已经在床上僵卧三天，家人以为他已经醉死了，但鼻孔里还隐约有一丝气息。到了这一天，他终于苏醒过来，大吐不止，吐出了数斗黑色的液体，臭不可闻。等吐完了，汗水浸湿了床垫被褥，这才感觉身上凉爽下来。于是就把之前的奇遇告诉了家人。转而又感觉落水时

腐。十日渐能杖行。家人共乞偿冥负[6]，缪计所费，非数金[7]不能办，颇生吝惜，曰："曩或醉乡之幻境耳。纵其不然，伊以私释我，何敢复使冥王知？"家人劝之，不听。然心惕惕然，不敢复纵饮。里党咸喜其进德，稍稍与共酌。年余，冥报渐忘，志渐肆，故状渐萌。一日，饮于子姓[8]之家，又骂座，主人摈斥出，阖户径去。缪噪逾时，其子方知，扶持归家。入室，面壁长跪，自投[9]无数，曰："便偿尔负！便偿尔负！"言已仆地，视之，气已绝矣。

被刀刺穿的部位肿痛难忍，隔了一晚就生起脓疮，幸而没有大面积溃烂。十天后渐渐能拄拐杖走路。家人都劝他赶快偿还阴间的欠债，缪生算了一下花费，没几两银子办不了，于是心生吝惜，说："之前或许是喝醉酒做了一场梦。就算不是梦，他私下里放了我，怎么敢让阎王知道呢？"家人一再劝他，仍然不听。不过他还是心有余悸，不敢再酗酒了。亲戚朋友都很高兴他能有所长进，逐渐又跟他一起喝酒。一年多后，缪生差不多把这件事忘了，又开始放肆起来，故态渐渐复萌。一天，在晚辈家喝醉，又在酒桌上发疯大骂，主人便把他撵了出去，关上大门就走了。缪生在门外叫嚣了一个多时辰，他儿子才得到消息，把他扶回家去。进了屋，缪生突然对着墙跪下，不停地磕头，口里还念叨着："这就还你钱！这就还你钱！"说罢就倒地不起，家人上前察看，已经气绝身亡了。

注释 1 斧锧(zhì)：斧子与铁垫座，行刑时置人于铁座上，以斧砍之。 2 千缗(mín)：在古代，一千个铜钱为一缗。千缗即一百万钱，约合一千两银子。 3 食言：背信弃义，说话不算数。 4 黑沈：黑色的汁液。 5 裀褥：被褥和床垫。 6 冥负：指缪生欠东灵官差的钱。 7 数金：数两银子。 8 子姓：同族中的晚辈。 9 自投：自己跪在地上磕头。

卷五

阳武侯

原文

阳武侯薛公禄[1]，胶州薛家岛人[2]。父薛公最贫，牧牛乡先生家。先生有荒田，公牧其处，辄见蛇兔斗草莱中，以为异，因请于主人为宅兆[3]，构茅而居。后数年，太夫人临蓐[4]，值雨骤至，适二指挥使[5]奉命稽海，出其途，避雨户中。见舍上鸦鹊群集，竞以翼覆漏处，异之。既而翁出，指挥问："适何作？"因以产告，又询所产，曰："男也。"指挥又益愕，曰："是必极贵！不然，何以得我两指挥护守门户也？"咨嗟[6]而去。

译文

阳武侯薛公禄，是胶州薛家岛人。父亲薛公非常穷，给乡里一个大户人家放牛。乡绅家有块荒地，薛公在那里放牛的时候，经常看见蛇和兔子在杂草丛里争斗，觉得这块地不寻常地，便向主人请求拿来作房基，盖了间茅草房住下。过了几年，薛公的妻子要生了，天忽然下起了暴雨，恰好有两位指挥使奉命稽查海防，路过此地，就到他家避雨。两人看见房檐上乌鸦、喜鹊成群聚集，争相用翅膀遮住漏雨的地方，感到非常惊讶。不久，薛公从屋里出来，指挥使便问："刚才屋里在干什么？"薛公告诉他们妻子生了孩子，又问生的是男是女，薛公答："男孩。"指挥使更惊讶，说："这孩子将来一定非常尊贵！不然的话，怎么会有我们两个指挥使来守门呢？"两人感慨地离开了。

注释 1 阳武侯薛公禄：薛禄，原名薛六。祖籍陕西韩城，明洪武二年(1369)其父薛遇林迁来薛家岛定居。薛六成年后，代兄从军，随燕王朱棣起兵，累擢至右都督，更名薛禄。明成祖朱棣定都北京后，封阳武侯，追封三代侯爵。 2 胶州：今山东省胶州市。薛家岛：又称"凤凰岛"，位于胶州湾西海岸黄岛区境内，与团岛隔海相望。东、南、北三面环海。岛内居民多姓薛。 3 宅兆：本指坟墓的四界，此处似指宅基地。 4 临蓐(rù)：临产。 5 指挥使：武官名。明初于京师和各地设立卫所，驻军防卫。划数府为一防区设卫，下设千户所和百户所。卫的军事长官称指挥使。当时胶州设胶州卫。 6 咨嗟：感慨，叹息。

侯既长，垢面垂鼻涕，殊不聪颖。岛中薛姓，故隶军籍[1]，是年应翁家出一丁口戍辽阳[2]，翁长子深以为忧。时侯十八岁，人以太憨生[3]，无与为婚。忽自谓兄曰："大哥啾唧[4]，得无以遣戍[5]无人耶？"曰："然。"笑曰："若肯以婢子妻我，我当任此役。"兄喜，即配婢，侯遂携室赴戍所。行方数十里，暴雨忽集。途侧有危崖，夫妻奔避其下。少间，雨

薛禄长大后，脏脸上淌着鼻涕，看起来很傻的样子。岛上的薛姓家族，一直隶属军籍，这一年轮到薛公家应该出一名男丁去戍守辽阳，薛公的大儿子很是为这件事发愁。这时薛禄已经十八岁了，大家觉得他太憨厚傻气，没人想跟他结亲。有天薛禄突然对大哥说："大哥嘀嘀咕咕的，不会是苦恼家里没人能去当兵吧？"大哥说："是啊。"薛禄笑着说："大哥要是愿意把你的丫环嫁给我，我就替你服兵役。"薛禄大哥很高兴，立马把丫环嫁给了他，薛禄便带着妻子远赴戍守之地。才走了几十里路，突然下起了暴雨。路边有块陡峭的山崖，夫妻两人过去避雨。过了一会儿，雨停了，又继续赶

止,始复行。才及数武,崖石崩坠。居人遥望两虎跃出,逼附[6]两人而没。侯自此勇健非常,丰采顿异。后以军功封阳武侯世爵。

路。才走了几步,崖石就崩裂坠落。附近村里的人远远看见两只老虎从崖石下蹿出,逼近两人之后就没了踪影。薛禄从此变得非常骁勇强健,姿态仪容和以前大不一样。后来因军功被封为阳武侯世爵。

注释 1 故隶军籍:原隶属军户。南北朝时,士兵及其家属的户籍属于军府,称为军户。军户之子弟世代为兵,地位低于民户。明代沿用古制,也设有军户。 2 辽阳:今辽宁辽阳。 3 憨生:愚痴,蠢笨。 4 啾(jiū)唧:形容低声私语,犹言唧唧咕咕。 5 遣戍:放逐罪人至边地、军台戍守。 6 逼附:逼近。

至启、祯间[1],袭侯某公薨[2],无子,止有遗腹,因暂以旁支代。凡世封家[3]进御者[4],有娠即以上闻,官遣媪伴守之,既产乃已。年余,夫人生女,产后,腹犹震动,凡十五年,更数媪,又生男。应以嫡派赐爵,旁支噪之,以为非薛产。官收诸媪,械梏[5]百端,皆无异言。爵乃定。

到了天启、崇祯年间,世袭阳武侯的薛家某公死了,也没有儿子,只有个遗腹子,就暂时用旁系来替代。当时凡是世袭爵位的人娶的妻妾,有了身孕都要上报给朝廷,官府会派遣一名老妇陪守,直到生下孩子才走。过了一年多,夫人生了个女孩,产后腹部依然震动,经过十五年,换了几个老妇人守着,又生了个男孩。本来他应以嫡子的名义赐封侯爵,但旁系都吵闹反对,认为这孩子不是薛家的后代。官府收捕产期陪守夫人的老妇们,用了各种办法拷问,都说这孩子是薛家的后代。这才决定把爵位赐封给他。

注释 1 启、祯间：明天启、崇祯年间。天启，明熹宗朱由校年号（1621—1627）。崇祯，明思宗朱由检年号（1628—1644）。 2 薨（hōng）：诸侯死曰薨。 3 世封家：世袭封爵之家。 4 进御者：进奉给袭爵者的侍寝女子。 5 械梏（gù）：指刑讯。

赵城虎

赵城[1]妪，年七十余，止一子。一日入山，为虎所噬。妪悲痛，几不欲活，号啼而诉之宰。宰笑曰："虎何可以官法制之乎？"妪愈号啕，不能制之。宰叱之，亦不畏惧，又怜其老，不忍加以威怒，遂诺为捉虎。媪伏不去，必待勾牒[2]出，乃肯行。宰无奈之，即问诸役，谁能往者。一隶名李能，醺醉，诣座下，自言："能之。"持牒下，妪始去。隶醒而悔之，犹谓宰之伪局，姑以解妪扰耳，因亦不甚为意，持牒

赵城县有位老妇人，七十来岁了，只有一个儿子。一天她儿子进山，被老虎吃了。老妇人悲痛欲绝，几乎不想活了，哭号着到衙门告状。县令笑着说："老虎哪里能用官法制服呢？"老妇人哭得更伤心，停不下来。县令呵斥她，老妇人也不害怕。县令又怜惜老妇人岁数大了，不忍心对她大发脾气，于是答应她会抓住老虎。老妇还是跪在地上不肯离去，非得等发出捉虎的公文才肯走。县令实在没办法，就问堂上的衙役，谁能去捉虎。这时，一个叫李能的衙役，喝得醉醺醺地走到县令面前，自告奋勇说："我能。"李能拿着勾牒下去，老妇才离开。李能酒醒后很后悔，但还是认为，这可能是县令应付老妇的幌子，以此来摆脱老妇人的纠缠，他也就没把这件事放在心

报缴[3]。宰怒曰:“固言能之,何容复悔?”隶窘甚,请牒拘猎户,宰从之。

隶集猎人,日夜伏山谷,冀得一虎,庶可塞责。月余,受杖数百,冤苦罔控。遂诣东郭岳庙,跪而祝之,哭失声。无何,一虎自外来。隶错愕[4],恐被咥噬[5]。虎入,殊不他顾,蹲立门中。隶祝曰:“如杀某子者尔也,其俯听吾缚。”遂出缧索挚虎颈,虎帖耳受缚。牵达县署,宰问虎曰:“某子,尔噬之耶?”虎颔之。宰曰:“杀人者死,古之定律。且妪止一子,而尔杀之,彼残年垂尽,何以生活?倘尔能为若子也,我将赦之。”虎又颔之。乃释缚令去。

上,到了时间便拿着勾牒去交差。县令恼怒地说:“你既然说能办到,哪里容你反悔?”李能很为难,只好请求发布公文召集猎户捉拿老虎,县官答应了。

李能召集了猎人,日夜埋伏在山谷间,希望能捉到一只老虎,好敷衍过去。过了一个月多,一只虎也没捉到,李能挨了几百下板子,有冤也没处说。他便来到城东山神庙里,跪下祈祷,失声痛哭。不久,一只老虎从庙外走进来。李能惊慌失措,害怕被老虎吃掉。老虎走进庙里,哪里也不看,只是在庙门蹲着。李能祷告说:“如果吃了老妇儿子的就是你,你就趴下让我捆起来。”说完就拿出绳子套住老虎的脖子,老虎竟然乖乖地让他绑了。李能牵着老虎到衙门,县令问老虎:“老妇的儿子是你吃的吗?”老虎点点头。县令又说:“杀人偿命,是自古以来的定律。何况老妇人只有一个儿子,却被你吃了,她现在残年将尽,该怎么过日子?要是你能当她的儿子,我就饶了你。”老虎又点点头。县令便下令松绑,把它放了。

注释 1 赵城:今山西洪洞。 2 勾牒:拘捕犯人的公文。勾,捉拿。 3 持牒报缴:至期复命,交回勾牒。指未完成使命。 4 错愕:仓促间感到惊愕。 5 咥(dié)噬:咬食,吞吃。

妪方怨宰之不杀虎以偿子也，迟旦[1]启扉，则有死鹿。妪货其肉革，用以资度[2]。自是以为常，时衔金帛掷庭中。妪从此致丰裕，奉养过于其子。心窃德虎。虎来，时卧檐下，竟日不去。人畜相安，各无猜忌。数年，妪死，虎来吼于堂中。妪素所积，绰[3]可营葬，族人共瘗之。坟垒方成，虎骤奔来，宾客尽逃。虎直赴冢前，嗥鸣雷动，移时始去。土人立“义虎祠”于东郊，至今犹存。

老妇人还在埋怨县令不杀了老虎给她儿子偿命，天快亮时开门，竟看到门外躺着一只死鹿。老妇人便卖掉鹿肉、鹿皮维持日常开销。从此老虎送东西便成了惯例，有时它还叼来金银布帛扔到院子里。老妇人从此富裕起来，老虎对她的奉养超过自己的儿子，心里不禁暗暗感激老虎。老虎要是来了，有时会趴在屋檐下，一整天都不走。人畜各自和平相处，彼此也不猜忌。过了几年，老妇人去世，老虎来到房中大声哀吼。老妇平日的积蓄很富裕，足够办理丧事，族里的人就一起安葬了她。坟墓刚修好，老虎突然跑来，宾客们吓得都跑光了。老虎直奔到妇人墓前，哀吼如雷鸣，过了很久才离开。村里人在东郊建了座“义虎祠”，至今还在。

注释 1 迟(zhì)旦:迟明，天快亮的时候。 2 资度:日常开销。 3 绰:宽裕。

螳螂捕蛇

原文

张姓者，偶行溪谷，闻崖上有声甚厉。寻途登觇[1]，见巨蛇围如碗，摆扑丛树中，以尾击柳，柳枝崩折。反侧倾跌之状，似有物捉制之，然审视殊无所见，大疑。渐近临之，则一螳螂据顶上，以刺刀攫其首，攧[2]不可去，久之，蛇竟死。视頞[3]上革肉，已破裂云。

译文

一个姓张的人，偶然行走在山谷中，听到山崖上发出十分凄厉的声响。他找到一条小路爬上去，偷偷地观察，只见一条碗口粗的大蛇在树丛里扑腾，蛇尾抽打到柳树，柳枝顿时崩落。看蛇翻转侧倒的样子，好像被什么东西捕捉制服一样，但是仔细一看又没发现什么。他非常困惑，慢慢地向前走近，原来是一只螳螂站在蛇头上，它用尖利的前臂抓刺着蛇头，大蛇怎么摔也摔不下螳螂，过了半天，蛇终于死了。一看巨蛇额头的皮肉，都已经破裂了。

注释 1 觇(chān)：察看，窥视。 2 攧(diān)：跌。 3 頞(è)：鼻梁。

武 技

原文

李超，字魁吾，淄之西鄙[1]人，豪爽好施。偶一僧来托钵，李饱啖

译文

李超，字魁吾，是淄川县西郊的人，他性格豪爽，乐善好施。一天，偶然有个和尚捧着钵盂来他家化缘，李超让和尚饱

之。僧甚感荷[2]，乃曰："吾少林出也。有薄技，请以相授。"李喜，馆之客舍，丰其给，旦夕从学。三月，艺颇精，意甚得。僧问："汝益乎？"曰："益矣。师所能者，我已尽能之。"僧笑，命李试其技。李乃解衣唾手，如猿飞，如鸟落，腾跃移时，诩诩然骄人而立。僧又笑曰："可矣。子既尽吾能，请一角低昂[3]。"李忻然，即各交臂作势，既而支撑格拒[4]，李时时蹈僧瑕，僧忽一脚飞掷，李已仰跌丈余。僧抚掌曰："子尚未尽吾能也。"李以掌致地[5]，惭沮请教。又数日，僧辞去。

食了一顿。和尚心里很感激，便说："我出自少林寺。有些武艺在身，请让我传授给你。"李超十分高兴，请和尚住在家里的客房，供养十分丰盛，每天起早贪黑地跟和尚练功。过了三个月，李超的功夫已经练得不错了，心里很骄傲。和尚问："你觉得自己进步了吗？"李超说："进步了。师父的武艺，我都已经学会了。"和尚笑了笑，便让李超练练看。李超脱了衣服，往手上吐了口唾沫，只见他时而像猴子蹿蹦跳跃，时而像鸟儿轻轻落地，他闪展腾挪地练了一会儿，然后收住了拳脚，得意洋洋地站在一边。和尚又笑着说："不错。你既然学完了我的武艺，咱俩就来比试比试，分个高低。"李超欣然答应，两人各自交叉手臂，拉开架势，接着便你一拳我一脚地切磋开来，李超时时想找和尚的弱点，和尚突然飞脚一踹，李超仰面跌出一丈多远。和尚拍着手说："你还没全学到我的功夫呀。"李超既惭愧又沮丧，用手撑在地上向和尚请教。又过了几天，和尚便告辞离开了。

注释 1 西鄙：西郊。 2 感荷：感激。 3 一角低昂：指比试武功的高低。 4 格拒：格斗抵抗，泛指过招。 5 以掌致地：以手撑地。

李由此以武名，遨游南北，罔有其对[1]。偶适历下[2]，见一少年尼僧，弄艺于场，观者填溢。尼告众客曰：“颠倒一身，殊大冷落。有好事者，不妨下场一扑为戏。”如是三言。众相顾，迄无应者。李在侧，不觉技痒，意气而进。尼便笑与合掌。才一交手，尼便呵止，曰：“此少林宗派也。”即问：“尊师何人？”李初不言，尼固诘之，乃以僧告。尼拱手曰：“憨和尚汝师耶？若尔，不必交手足，愿拜下风。”李请之再四，尼不可。众怂恿之，尼乃曰：“既是憨师弟子，同是个中人[3]，无妨一戏。但两相会意可耳。”李诺之。然以其文弱故，易之。又年少喜胜，思欲败之，以要一日之名。方颉颃[4]间，尼即遽止，李问其

从此，李超便以武艺高强名扬于外，走南闯北，没人是他的对手。一次，李超偶然来到历下，看见一个年轻的尼姑正在设场卖艺，四周围满了观众。尼姑跟观众说：“总是我一个人练，也太冷清了。有哪位行家，不妨下场来比试一下玩玩。”一连说了三遍。观众们你看看我，我看看你，没有敢上前应战的。李超在一旁不禁技痒，意气风发地走到场上。尼姑笑了笑，合掌行礼。两人刚一交手，尼姑便喊停，说道：“这是少林派的武功啊。”便问：“你的师父是谁？”李超一开始不肯说，尼姑再三询问，李超才说出师父是某个和尚。尼姑拱手道：“憨和尚是你师父？要是这样，我们俩就不必交手了，我甘愿认输。”李超再三要求和她比试，尼姑都推辞了。观众们在一旁怂恿，尼姑才答应：“既然是憨和尚的徒弟，咱们也算是同道中人了，可以比划比划。但只要对方们心里明白就行了。”李超答应了。李超觉得尼姑文弱，赢她应该很容易。加上他年轻气盛，一心想打败尼姑，以博得一时的名声。两人正比试着，尼姑突然停住了，李超问她怎么了，尼姑只是笑，也不说

故,但笑不言,李以为怯,固请再角。尼乃起。少间,李腾一踝去[5],尼骈五指下削其股,李觉膝下如中刀斧,蹶仆不能起。尼笑谢曰:"孟浪[6]迕客,幸勿罪!"李舁[7]归,月余始愈。后年余,僧复来,为述往事。僧惊曰:"汝大卤莽!惹他何为!幸先以我名告之,不然,股已断矣!"

话,李超以为她害怕了,非要和她再较高低。尼姑便再出手。不一会儿,李超飞起一脚踢向尼姑,尼姑五指一并向他小腿削去,李超只觉膝盖一下好像被砍了一刀,摔倒在地,爬不起来。尼姑笑着道歉:"我太鲁莽,冒犯您了,请别见怪!"李超被抬回家去,过了一个多月才恢复。一年多后,和尚又来看他,他便把这件事告诉了和尚。和尚听了惊骇地说:"你也太鲁莽了!惹她做什么!幸好你先报上我的名号,要不然,你的腿早就断啦!"

注释 1 罔有其对:没有人是他的对手。 2 历下:古邑名,在今山东省济南市,因在历山之下而得名。 3 个中人:同一门派中人。 4 颉颃(xié háng):原指鸟上下翻飞,引申为不相上下,互相抗衡。 5 腾一踝去:飞起一脚踢去。 6 孟浪:鲁莽,轻率。 7 舁(yú):抬。

小 人

原文

康熙间有术人携一榼[1],榼中藏小人,长尺许。投以钱,

译文

康熙年间,有个变戏法的人带着个木盒子,盒子里装了个小人,只有一尺来高。只要往里面投钱,变戏法的就打开木盒的

则启榼令出，唱曲而退。至掖[2]，掖宰索榼入署，细审小人出处。初不敢言，固诘之，方自述其乡族。盖读书童子，自塾中归，为术人所迷，复投以药，四体暴缩，彼遂携之，以为戏具。宰怒，杀术人。留童子，欲医之，尚未得其方也。

盖子让小人出来，唱首小曲再退下。变戏法的来到掖县，掖县县令向他要来木盒，放到衙门里，仔细地审问小人来自何处。小人一开始不敢透露，县令一再追问，这才交代自己的家乡和宗族。原来小人是个读书的童子，一天从书塾回家的路上，被变戏法的给迷住了，又给他喂了药，身体四肢都猛然缩小，然后就被放进木盒子里带着，当成杂耍的工具。县令知道原委后大发雷霆，把变戏法的给处死了。留下了小孩，想办法要治好他，可到现在还没有对策。

注释 1 榼(kē)：古代盛酒的器具，此处指木盒。 2 掖：掖县。今山东莱州。

秦 生

原文

莱州[1]秦生，制药酒，误投毒味，未忍倾弃，封而置之。积年余，夜适思饮，而无所得酒。忽忆所藏，启封嗅之，芳烈喷溢，肠痒涎流，不可制止。取

译文

莱州人秦生，自制药酒时，误放了毒药进去，又不忍心倒掉，只好封存起来。一年多后，有一天夜里刚好想喝酒，又没处去弄。突然想起封存起来的酒，便打开闻了闻，酒香喷薄浓郁，抓挠心肠，口水直流，实在无法控制。秦生便

盏将尝，妻苦劝谏。生笑曰：“快饮而死，胜于馋渴而死多矣。”一盏既尽，倒瓶再斟。妻覆其瓶，满屋流溢，生伏地而牛饮[2]之。少时，腹痛口噤[3]，中夜而卒。妻号，为备棺木，行入殓矣。次夜，忽有美人入，身长不满三尺，径就灵寝，以瓯水灌之，豁然顿苏。叩而诘之，曰：“我狐仙也。适丈夫入陈家窃酒醉死，往救而归，偶过君家，彼怜君子与己同病，故使妾以余药活之也。”言讫，不见。

拿出酒盏倒上，刚要尝一口，妻子在一旁苦苦劝阻。秦生笑着说：“痛快地喝死，比被酒馋死强得多。”喝了一杯，又拿瓶子倒酒。妻子把酒瓶打翻，酒洒了一地，秦生竟趴在地上张口如牛大喝起来。不久，秦生肚子疼得喊不出来，半夜里就死了。妻子哀声哭号，准备好棺材，就要入殓。第二天夜里，突然有个美人来到家里，身高不到三尺，径直走到灵床旁，手拿杯子给他灌水，秦生一下子就醒了过来。夫妻俩磕头感谢，问美人是谁，美人说：“我是狐仙。刚才丈夫跑到陈家偷酒喝，醉死了，我去把他救回来，刚好路过你家，我丈夫可怜你和他都有酒病，就让我过来用剩下的药救活你。”话说完，人就不见了。

注释 1 莱州：今山东莱州。 2 牛饮：像牛一样俯身而饮。 3 口噤：指牙关紧闭，口不能开的症状。

余友人丘行素[1]贡士，嗜饮。一夜思酒，而无可行沽，辗转不可复忍，因思代以醋。谋诸妇，妇嗤之。丘固强之，乃煨醯[2]以进。壶既尽，始解衣甘

我的朋友丘行素贡士，非常喜欢喝酒。一天夜里酒瘾犯了，又没地方买，在床上翻来覆去忍受不了，就想着以醋代酒。他跟妻子商量，妻子笑话他。丘行素再三强求，妻子只好把醋热好端过去。一壶醋喝光了，这才解衣安

寝。次日，夫人竭壶酒之资，遣仆代沽。道遇伯弟襄宸，诘知其故，因疑嫂不肯为兄谋酒。仆言："夫人云：'家中蓄醋无多，昨夜已尽其半；恐再一壶，则醋根断矣。'"闻者皆笑之。不知酒兴初浓，即毒药犹甘之，况醋乎？此亦可以传矣。

心睡下。第二天，丘夫人拿出一壶酒的钱，让仆人去买酒。路上碰到了丘贡士的堂弟丘襄宸，他堂弟问仆人是怎么回事，便怀疑是嫂子不肯为哥哥买酒。仆人解释说："夫人说：'家里存的醋没剩多少，昨天夜里就已经喝了一半；要是再来一壶，这醋根就断了。'"听的人都笑了。岂不知酒瘾上来了，就是毒药也觉得甘美，何况是醋？这事可以流传后世了。

注释　**1** 丘行素：丘希潜，字行素。淄川人，康熙己巳年(1689)贡生，授黄县(今山东龙口)训导。　**2** 醯(xī)：醋。

鸦　头

原文

诸生[1]王文，东昌[2]人，少诚笃。薄游[3]于楚，过六河[4]，休于旅舍，乃步门外。遇里戚[5]赵东楼，大贾也，常数年不归。见王，相执甚欢，便邀临存。至其所，有美

译文

秀才王文，是东昌府人，他从小就很诚恳笃实。他去楚地，途经六河县时，在旅馆休息。他在门外散步时，忽然遇到老乡赵东楼。赵东楼是个大商人，经常几年不回一次家。他看见王生，两人握着手，交谈甚为欢畅。赵东楼便邀请他到自己住处坐坐，等到了那儿，见有一位

人坐室中，愕怪却步。赵曳之，又隔窗呼妮子去，王乃入。赵具酒馔，话温凉[6]。王问："此何处所？"答云："此是小勾栏[7]。余因久客，暂假[8]床寝。"话间，妮子频来出入，王局促不安，离席告别，赵强捉令坐。

美女坐在房间里。王生大感惊愕，连连后退。赵东楼就拽他进屋，又隔着窗户喊妮子走开，王生这才进屋。赵东楼备好酒菜，两人就寒暄起来。王生问："这是什么地方？"赵东楼说："这儿其实是家妓院。我因为长期在外，就暂住在这里。"谈话间，妮子频频出入，弄得王生局促不安，要告别离去，被赵东楼强拉了回来。

注释 1 诸生：秀才。 2 东昌：今山东聊城。 3 薄游：游历。 4 六河：似应作"六合"，在今南京北部。 5 里戚：老乡，乡亲。 6 话温凉：嘘寒问暖，互说家常。 7 小勾栏：小型妓院。 8 假：借。

俄见一少女经门外过，望见王，秋波[1]频顾，眉目含情，仪容娴婉，实神仙也。王素方直，至此惘然若失[2]，便问："丽者何人？"赵曰："此媪次女，小字鸦头，年十四矣。缠头者[3]屡以重金啖媪，女执不愿，致母鞭楚，女以齿稚哀免。今尚待聘[4]耳。"王闻言，俯首默然痴坐，酬应悉乖。赵戏

忽而看见一位少女从门外走过，她朝王生望去，目光闪烁，眉目含情，好像在向他不停地示好，仪容温婉贤淑，实在是神仙中人。王生一向正直，到这时却心中怅然若失，于是便问："这位美人儿是谁呢？"赵某就说："她是鸨母的小女儿，小名鸦头，十四岁。客人屡次出大价钱给老鸨，可她就是执意不肯接客，因此遭鸨母鞭打。鸦头以年幼为由，苦苦哀求，才幸免接客。如今还没破身呢。"王生听他这么讲，低下头默不作声，呆呆地坐着，再聊天时言语颠三

之曰:“君倘垂意,当作冰斧[5]。”王怃然[6]曰:“此念所不敢存。”然日向夕,绝不言去。赵又戏请之,王曰:“雅意极所感佩,囊涩奈何!”赵知女性激烈,必当不允,故许以十金为助。王拜谢趋出,罄资而至,得五数,强赵致媪,媪果少[7]之。鸦头言于母曰:“母日责我不作钱树子[8],今请得如母所愿。我初学作人[9],报母有日,勿以区区放却财神去。”媪以女性拗执[10],但得允从,即甚欢喜。遂诺之,使婢邀王郎。赵难中悔[11],加金付媪。

倒四。赵某就开玩笑说:“你要是有意,我就给你当回媒人。”王生听了怅然道:“这个念头我可不敢有。”然而,一直到日落,他也不言离去。赵又开玩笑要给他说合。王生就说:“你的好意我很是感激钦佩,怎奈囊中羞涩!”赵知道鸦头性子刚烈,必定不会应允,就答应说自己出十两银子相助。王生拜谢后快步离去,拿着所有的钱来到了妓院,只有五两,硬要赵东楼都给鸨母送去。老鸨果然嫌钱太少,鸦头就对鸨母说:“妈妈天天责怪我不能挣钱,今天请让我如您所愿。女儿我初次学着接客,以后有的是机会报答你,千万不要因为钱少就放走了财神。”老鸨因鸦头性子倔强,只要她同意接客就高兴了,于是就答应了,让丫环请王生前来。赵东楼不好意思中途反悔,又加了十两银子给老鸨。

注释 **1** 秋波:形容美女的眼睛清澈明亮。 **2** 惘然若失:失意的样子,心情不舒畅,好像丢掉了什么东西似的。 **3** 缠头者:古代跳舞的女子用罗锦缠头,跳完舞观众赠送罗锦以示打赏,称为“缠头”。此处指嫖客。 **4** 待聘:等待出嫁,此处指鸦头仍是处女之身。 **5** 冰斧:媒人。 **6** 怃然:怅然若失的样子。 **7** 果少:果然以……为少。 **8** 钱树子:摇钱树,此处指挣钱。 **9** 初学作人:指初次学着接客。 **10** 拗(niù)执:倔强固执。 **11** 难中悔:难以中途反悔。

王与女欢爱甚至。既，谓王曰："妾烟花下流，不堪匹敌[1]，既蒙缱绻[2]，义即至重。君倾囊博此一宵欢，明日如何？"王泫然[3]悲哽。女曰："勿悲。妾委风尘，实非所愿。顾未有敦笃如君可托者。请以宵遁。"王喜，遽起，女亦起。听谯鼓已三下[4]矣。女急易男装，草草偕出。叩主人扉，王故从双卫，托以急务，命仆便发。女以符系仆股并驴耳上，纵辔[5]极驰，目不容启，耳后但闻风鸣。平明至汉口，税屋[6]而止。

王生与鸦头甚为欢爱，事情过后，丫头对王生说："妾身本是烟花女子，低贱下流，不堪跟公子相配。既然蒙你厚爱，情义至为珍重。公子倾尽所有博此一夜风流，明日又当如何打算呢？"王生听了泫然泪下，悲伤地呜咽起来。女子说："公子不要悲伤。妾身委身风尘，实非所愿。只是从未有遇到像你这样笃实敦厚的人可以托付。今晚咱们一起逃走吧。"王生大喜，赶紧起来，女子也起身下床。耳闻城楼上已经敲了三通鼓。女子急忙换上男装，两人匆忙出了妓院。二人来到旅店叩门，王生原先有两头毛驴养在店里，他就借口说有急事要办，命仆人即刻出发。鸦头在仆人大腿和驴耳朵上各系了张符。放开缰绳极速飞奔，快得连眼睛都睁不开，只听见风在耳后"呼呼"直响。天亮时，他们来到了汉口，就租房子住了下来。

王惊其异，女曰："言之，得无惧乎？妾非人，狐耳。母贪淫，日遭虐遇，心所积懑[7]，今幸脱苦海。百里外即非所知，可幸无恙。"王略无疑贰，从容曰："室对

王生对鸦头感到很惊异，她说："我要是说了，你不会害怕吧？妾身并非人类，而是狐魅。妈妈她贪婪成性，我每天都要受虐待，心里积愤难忍，今日有幸能够脱离苦海。现在逃到百里之外，她应该无法知晓，侥幸算是平安了。"王生对她讲的毫不怀疑，从容说道："我现在面对着

芙蓉[8]，家徒四壁，实难自慰，恐终见弃置。”女曰：“何必此虑。今市货皆可居，三数口，淡薄亦可自给，可鬻驴子作资本。”王如言，即门前设小肆，王与仆人躬同操作，卖酒贩浆其中。女作披肩，刺荷囊，日获赢余，顾赡[9]甚优。积年余，渐能蓄婢媪，王自是不着犊鼻[10]，但课督而已。

美人，家里却一无所有，心里实在不安，担心终究会被抛弃。”女子就说：“何必为此多虑呢？现在只要在集市上进些货，就可以囤起来做点儿小买卖。一家几口人，粗茶淡饭也能自给自足。咱们可以先把驴子卖了充本钱。”王生照着她的话做，便在门口儿摆起了小摊。他跟着仆人一起操劳打点，在外边卖些酒水；鸦头就在家里做披肩，绣荷包，每天都能盈利，小日子过得蛮可以的。过了一年多，家里渐渐能养丫环、老妈子了。王生从此不再亲自操劳，只是负责监督而已。

注释　1 匹敌：匹配。　2 缱绻(qiǎn quǎn)：此指感情深厚。　3 泫然：泪水直流。　4 谯(qiáo)鼓已三下：城楼上的鼓擂了三次，指过了三更，约晚上十二点。　5 辔(pèi)：驾驭牲口的缰绳。　6 税屋：租房子居住。　7 积懑(mèn)：积愤。　8 室对芙蓉：在屋里面对着美人。芙蓉，本指荷花，此处指鸦头。　9 顾赡：照料生活。　10 不着犊鼻：不再亲自操劳。

女一日悄然忽悲，曰：“今夜合有难作，奈何？”王问之，女曰：“母已知妾消息，必见凌逼。若遣姊来吾无忧，恐母自至耳。”夜已央[1]，自庆

鸦头有一天忽然悲伤起来，对王生说：“妾身今晚当遭厄难，该怎么办啊？”王生问她怎么回事，她说：“妈妈已经知道了我的下落，必定会前来逼我回去。如果只派姐姐来我还不担心，就是怕妈妈亲自登门。”等到半夜，鸦头庆幸地说：

曰："不妨，阿姊来矣。"居无何，妮子排闼入，女笑逆之。妮子骂曰："婢子不羞，随人逃匿！老母令我缚去。"即出索子絷女颈。女怒曰："从一者[2]得何罪？"妮子益忿，捽女断衿。家中婢媪皆集，妮子惧，奔出。女曰："姊归，母必自至。大祸不远，可速作计。"乃急办装，将更播迁[3]。媪忽掩入，怒容可掬，曰："我固知婢子无礼，须自来也！"女迎跪哀啼，媪不言，揪发提去。王徘徊怆恻[4]，眠食都废，急诣六河，冀得贿赎。至则门庭如故，人物已非，问之居人，俱不知其所徙。悼丧[5]而返。于是俵散[6]客旅，囊资东归。

"不妨事，是姐姐来了。"没过多久，妮子推门而入，鸦头含笑相迎，妮子开口便骂："不知羞耻的丫头，竟敢跟男人跑了！妈妈命我把你绑了去。"说着就拿出绳子系在鸦头脖子上。鸦头气愤地说："我从一而终有什么罪过呢？"妮子听了怒火中烧，一把拽断了鸦头的衣袖。这时，一家老小全都围了上来，妮子害怕了，吓得跑了出去。鸦头说："姐姐回去了，妈妈肯定会亲自前来，大祸即将临头，还是赶快想个办法吧。"于是急忙收拾行装，打算搬走。突然，老鸨闯了进来，怒气满面地说："我就知道你这野丫头不懂规矩，还须老身亲自上门来！"鸦头跪在地上迎接，伤心地哭哭啼啼，老鸨一言不发，上前揪住女子的头发把人提走了。王生坐立不安，悲痛欲绝，吃不下饭也睡不着觉，赶紧前往六河县，希望能把人赎回来。到后发现门庭如故，里面住的人却已非从前，问他们上家搬到哪儿了，都说不知道。王生悲伤沮丧地返回，于是遣散了佣工，带着钱返回山东老家了。

注释 1 夜已央：指半夜。 2 从一者：即从一而终，指女子死心塌地跟随一个男子。 3 播迁：迁徙，流离。 4 怆(chuàng)恻：悲痛。 5 悼丧：悲伤沮丧。 6 俵(biào)散：遣散。

后数年偶入燕都[1]，过育婴堂[2]，见一儿，七八岁。仆人怪似其主，反复凝注之。王问："看儿何说[3]？"仆笑以对，王亦笑。细视儿，风度磊落。自念乏嗣，因其肖己，爱而赎之。诘其名，自称王孜。王曰："子弃之襁褓[4]，何知姓氏？"曰："本师尝言，得我时，胸前有字，书山东王文之子。"王大骇曰："我即王文，乌得有子？"念必同己姓名者，心窃喜，甚爱惜之。及归，见者不问而知为王生子。孜渐长，孔武有力，喜田猎，不务生产，乐斗好杀，王亦不能钳制之。又自言能见鬼狐，悉不之信。会里中有患狐者，请孜往觇之。至则指狐隐处，令数人随指处

几年后，王生偶然到燕都，路过育婴堂时，看到一个小男孩儿，约有七八岁。仆人感到很奇怪，觉得他很像自己主人，就盯着他反复打量。王生就问："你怎么老看这个小孩儿？"仆人笑着告诉他原因，王生听完也笑了。再仔细打量这个孩子，只见英俊雄伟，气度不凡。想自己还没儿子，看他跟自己长得如此相像，就很是喜爱，便替他赎了身。

问他叫什么名字，自称王孜。王生就问："你被抛弃的时候还是个婴儿，怎么会知道自己的姓名呢？"小儿就说："我听师父说，捡到我时，胸口上有一行字，上写着'山东王文之子'。"王生听后大惊道："我就是王文，哪里有什么孩子？"猜想一定是同名同姓的人，心里暗自高兴，于是就特别疼爱这个孩子。等回到山东老家，人们见了小孩儿，不用问就知道是王生的儿子。王孜渐渐长大了，孔武有力，喜欢打猎，不操心生计，每天就知道打打杀杀，王生也管不了他。他又扬言自己能看到鬼狐，可没人相信。正赶上村里有一家狐魅作祟，就请王孜过去看看。王孜到后，就指出狐狸隐藏的地方，叫几个人朝手指的地方猛打，随即便听到狐狸的惨叫声，狐

击之，即闻狐鸣，毛血交落，自是遂安。由是人益异之。

毛纷纷落下，上面还沾着鲜血，这家从此就安宁了。于是，人们愈发认为王孜奇异非凡。

注释 **1** 燕都：今北京。 **2** 育婴堂：古代专门收养弃婴的机构。 **3** 何说：为什么，有何名堂。 **4** 襁褓(qiǎng bǎo)：包裹婴儿的被子，此处代指婴儿时期。

王一日游市廛[1]，忽遇赵东楼，巾袍不整，形色枯黯。惊问所来，赵惨然请间[2]。王乃偕归，命酒。赵曰："媪得鸦头，横施楚掠。既北徙，又欲夺其志。女矢志不二，因囚置之。生一男弃之曲巷，闻在育婴堂，想已长成，此君遗体也。"王出涕曰："天幸孽儿已归。"因述本末。问："君何落拓[3]至此？"叹曰："今而知青楼之好，不可过认真也。夫何言！"先是，媪北徙，赵以负贩从之。货重难迁者，悉以贱售。途中

王生有一天逛商店，忽然遇到了赵东楼，见他衣冠不整，身体枯瘦，脸色暗淡。王生惊问他从何而来，赵东楼神情凄惨地请求找个僻静无人的地方说话。王生就带他回到家里，吩咐备酒招待。赵东楼这才开口道："鸨母得了鸦头后，狠狠打了一顿，举家搬迁到北方去了。她想强迫鸦头接客，鸦头心无二志，誓死不从，因此就被关了起来。曾生下一个男婴，被扔在偏僻的巷子里，听说后来被育婴堂收养了。想必如今已经长大成人，这孩子便是你的亲骨肉。"王生泪流满面，说："天可怜见，孽子已经回家了。"于是就把原委告诉了赵某，又问："兄长为何如此落魄呢？"东楼叹气道："现在我算明白了，青楼之内的恩爱，不能太认真啊！事已至此，还有什么可说的呢！"原来，鸨母一家北上时，赵东楼就一边卖货，一边跟着她

脚直供亿[4],烦费不赀,因大亏损;妮子索取尤奢,数年,万金荡然。媪见床头金尽,旦夕加白眼。妮子渐寄贵家宿,恒数夕不归。赵愤激不可耐,然亦无可如何。

适媪他出,鸦头自窗中呼赵曰:"勾栏中原无情好,所绸缪者,钱耳。君依恋不去,将掇[5]奇祸。"赵惧,如梦初醒。临行窃往视女,女授书使达王,赵乃归。因以此情为王述之。即出鸦头书,书云:"知孜儿已在膝下矣。妾之厄难,东楼君自能面悉。前世之孽,夫何可言!妾幽室之中,暗无天日,鞭创裂肤,饥火煎心,易一晨昏,如历年岁。君如不忘汉上雪夜单衾,迭互暖抱[6]时,当与儿谋,必能脱妾于

们赶路。大件货物不好搬运就减价抛售了。路上的差旅费都是他一人供应,花钱无数,因而亏损得很厉害。妮子又百般索取,没几年,上万两银子全花净了。老鸨见金主钱财已空,一天到晚给他白眼看。妮子也逐渐到达官贵人家留宿,经常一连几夜都不回来。赵东楼虽然怒不可遏,但也没什么办法。

一次赶上老鸨外出,鸦头就从窗户给他喊话:"妓院里本来就没什么真情,所谓的深情厚爱,只是为了钱财罢了。你如今恋恋不舍,将来会遭遇祸患。"赵东楼心生恐惧,如梦初醒。临行时又悄悄探视鸦头,鸦头就交给他一封书信,请他转交给王生,赵东楼于是就回山东了。他把这些事情告诉王生后,就把鸦头的信拿出来,上面写着:"现知孜儿已经在你身边。妾身所遭遇的苦难,东楼君自会对你说个明白。前世所造的罪孽,又哪能道尽呢!我现在被关在漆黑的牢房里,暗无天日,鞭打的创伤裂碎了肌肤,腹中饥饿好比烈火煎心,每熬一天就像过了一年。郎君如果还没有忘记在汉口时,我们俩在大雪纷飞的夜晚相拥在薄被里取暖的旧事,应该跟儿子商量一下对策,必定能使妾身

厄。母姊虽忍[7],要是骨肉,但嘱勿致伤残,是所愿耳。”王读之,泣不自禁,以金帛赠赵而去。

脱离苦海。妈妈跟姐姐虽然狠毒,但毕竟都是亲骨肉,你一定要叮嘱孜儿别打伤了她们。这便是我的心愿。”王生读完信泪水直流,就给了赵东楼一些财物,把他送走了。

注释 1 市廛(chán):集市上的店铺。 2 请间:找个僻静无人的地方谈话。 3 落拓:指贫困失意。 4 脚直供亿:供应运输费用。 5 掇:招致。 6 迭互暖抱:互相抱着取暖,比喻夫妻同甘共苦。 7 忍:残忍凶狠。

时孜年十八矣,王为述前后,因示母书。孜怒眦欲裂[1],即日赴都,询吴媪[2]居,则车马方盈。孜直入,妮子方与湖客[3]饮,望见孜,愕立变色。孜骤进杀之,宾客大骇,以为寇。及视女尸,已化为狐。孜持刀径入,见媪督婢作羹。孜奔近室门,媪忽不见,孜四顾,急抽矢望屋梁射之,一狐贯心而堕,遂决其首[4]。

当时王孜十八岁了,王生给他讲述了事情经过,又把鸦头的书信拿给他看。王孜看完母亲的信,气得怒目圆睁,眼眶都要裂开了。当日即赶赴京城,四处打探老鸨的住处。找到后,只见车马填门。王孜径直闯了进去,妮子正在和客人喝酒,看见王孜,猛然站起身,吓得脸色都变了。王孜骤然上前,一刀就结果了妮子。宾客大为惊骇,以为是遇上了强盗,低头一看女子的尸体,已经化为狐狸了。王孜持刀直往里走,看见老鸨正督促丫环做汤羹。他飞奔过去,靠近房门时,老太太忽然消失不见了。王孜环顾四周,急忙抽出弓箭,朝着房梁射去,一只狐狸穿心而落,于是他上前挥刀砍下了狐狸脑袋。

寻得母所,投石

找到关闭母亲的房间后,王孜举起石

破扃，母子各失声。母问媪，曰："已诛之。"母怨曰："儿何不听吾言！"命持葬郊野。孜伪诺之，剥其皮而藏之。检媪箱箧[5]，尽卷金资，奉母而归。夫妇重谐，悲喜交至。既问吴媪，孜言："在吾囊中。"惊问之，出两革以献。母怒，骂曰："忤逆儿！何得此为！"号痛自挞，转侧欲死。王极力抚慰，叱儿瘗[6]革。孜忿曰："今得安乐所，顿忘挞楚耶？"母益怒，啼不止。孜葬皮反报，始稍释。

头把门锁砸开，母子相见各自失声痛哭。鸦头问老太太怎么处置的，他说："已经杀了。"母亲埋怨说："你为何不听我的话！"就命他将尸首拿到郊外埋了。王孜假装答应，却将狐皮剥下藏了起来。再翻检老鸨的箱子，把值钱的东西一卷而尽，带着母亲回了家。王生夫妻团聚，悲喜交集。王生问起老太太，王孜说："她就在我袋子里。"夫妻俩吃惊地追问什么情况，他拿出两张狐皮献上来。母亲怒不可遏，大骂道："你这个忤逆的畜生！怎么能这么干！"她哭得死去活来，朝自己身上乱打一气，又翻来覆去，痛不欲生。王生极力安慰她，呵斥王孜赶快把狐皮埋了。王孜愤愤不平地说："你现在是得着安乐了，难道之前的鞭笞之苦一下子就忘记了吗？"母亲听他这么讲愈发恼怒，哭个不停。等王孜回来禀告狐皮已埋葬好后，她这才稍稍消气。

注释　1 怒眦(zì)欲裂：怒目圆睁，眼眶都要裂开了。眦：上下眼睑的接合处，即眼角。　2 吴媪：江苏为吴国旧地，后世通常以"吴"称之。老鸨是江苏人，故此处以"吴媪"相称。　3 湖客：江湖中的朋友，此处指嫖客。　4 决其首：砍下她的脑袋。　5 箧(qiè)：箱子。　6 瘗：埋葬。

王自女归，家益盛。心德赵，报以巨金，赵始知媪母子皆狐也。孜承奉甚孝；然误触[1]之，则恶声暴吼。女谓王曰："儿有拗筋[2]，不刺去，终当杀身倾产。"夜伺孜睡，潜絷其手足。孜醒曰："我无罪。"母曰："将医尔虐，其勿苦。"孜大叫，转侧不可开。女以巨针刺踝骨侧三四分许，用刀掘断，崩然有声，又于肘间脑际并如之。已乃释缚，拍令安卧。天明，奔候父母，涕泣曰："儿早夜忆昔所行，都非人类！"父母大喜，从此温和如处女，乡里贤之。

自从鸦头回来，王家日益兴盛。王生心里很感激赵东楼，就送给他很多钱财以作报答。赵东楼这时才知道原来鸦头母子都是狐狸。孜儿侍奉父母很是孝顺，然而若不小心触犯了他，就会凶恶狂暴地大吼大叫。鸦头对王生说："孜儿生有拗筋，若不除去，早晚会倾家荡产，遭致杀身之祸。"晚上等睡着了，二人偷偷地捆住他的手脚。王孜惊醒过来说："孩儿我无罪。"鸦头就说："我是要治疗你的暴虐，要忍住痛苦。"王孜大声呼叫，左右翻转仍无法挣脱。鸦头就用大针在他的踝骨一侧刺进去三四分深，再下刀，"嘣"的一声挑断了拗筋。她又在肘间和脑部如法炮制，等都挑断了才给王孜松绑，拍着他的背让他安然睡去。天亮后，孜儿跑来问候父母，流着泪说："孩儿夜里回想起以前的所作所为，简直不是人干的事！"父母大为高兴。从此，王孜变得像姑娘那样温和，乡亲们都对他大加赞赏。

注释 1 触：触犯。 2 拗筋：指令人桀骜不驯的筋。

异史氏曰:“妓尽狐也!不谓有狐而妓者,至狐而鸨,则兽而禽矣。灭理伤伦,其何足怪?至百折千磨,之死靡他,此人类所难,而乃于狐也得之乎?唐太宗谓魏徵更饶妩媚[1],吾于鸦头亦云。”

异史氏说:“妓女可以说都是狐狸精啊!没想到狐魅也有做娼妓的。至于狐狸也当老鸨,真是禽兽之行,伤天害理,毁灭人伦,有什么值得奇怪的呢?至于鸦头受尽折磨,誓死不渝,这对于人来说都很难做到,怎么却让狐狸做到了?唐太宗曾说魏徵刚直的时候更加妩媚可爱,我觉得鸦头也是如此啊。”

注释 1 唐太宗谓魏徵更饶妩媚:魏徵为人刚正不阿,曾多次当面批评唐太宗李世民。曾有人诋毁魏徵,说他跟皇帝讲话时态度显得傲慢,李世民就说:“魏徵批评我时,我倒觉得他更加妩媚动人。”

酒 虫

原文

长山[1]刘氏,体肥嗜饮。每独酌,辄尽一瓮。负郭田[2]三百亩,辄半种黍[3],而家豪富,不以饮为累也。一番僧[4]见之,谓其身有异疾。刘答言:“无。”僧曰:“君饮尝不

译文

长山县的刘生,身体肥胖,非常喜欢喝酒。每次一个人喝酒,就得喝光一坛子。他有三百亩靠近城郭的土地,总是一半种黍酿酒,因家里十分富裕,喝酒并没有成为拖累。有一个西域来的和尚见到刘生,便说他得了怪病。刘生回答:“没有的事。”和尚问:“你是不是没喝醉

醉否？”曰：“有之。”曰：“此酒虫也。”刘愕然，便求医疗。曰：“易耳。”问：“需何药？”俱言不需，但令于日中俯卧，絷手足，去首半尺许，置良酝一器。移时燥渴，思饮为极，酒香入鼻，馋火上炽，而苦不得饮。忽觉咽中暴痒，哇有物出，直堕酒中。解缚视之，赤肉长三寸许，蠕动如游鱼，口眼悉备。刘惊谢，酬以金，不受，但乞其虫。问：“将何用？”曰：“此酒之精，瓮中贮水，入虫搅之，即成佳酿。”刘使试之，果然。刘自是恶酒如仇，体渐瘦，家亦日贫，后饮食至不能给。

过？”刘生说：“是的。”和尚便说：“这是酒虫作祟。”刘某很惊愕，请和尚给他医治。和尚说：“这好办。”刘生问：“要用什么药呢？”和尚说什么也不需要，只让刘生中午在太阳底下趴着，绑住手脚，在离头半尺左右的地方放了一坛美酒。不久，刘某就觉得口干舌燥，非常想喝酒，酒香扑鼻而入，酒瘾越来越大，可就是喝不到。刘某只觉喉咙里突然剧痒，哇一下吐出一个东西，径直钻进酒坛子里。和尚把绳子解开后，刘生低头一看，原来是一块三寸来长的红肉，像鱼一样蠕动，眼睛、嘴巴都齐备。刘生吃惊地向和尚表示感谢，拿银子给他，和尚也不收，只要那条酒虫。刘某问：“要它有什么用？”和尚说：“这是酒里的精灵，坛子里倒满水，把虫子放进去搅一搅，就是一坛好酒。”刘某请他试一试，果然如和尚说的一样。从此以后，刘生见到酒就像见到了仇人，十分厌恶，身体渐渐消瘦，家里也越来越穷，到最后连饭也吃不上。

注释 1 长山：今山东邹平长山镇。 2 负郭田：靠近城郭的田地。 3 黍：即黄米，性黏，可酿酒。 4 番僧：西域来的僧人。

异史氏曰："日尽一石，无损其富；不饮一斗，适以益贫。岂饮啄固有数乎？或言：'虫是刘之福，非刘之病，僧愚之以成其术。'然欤，否欤？"

异史氏曰："一天喝一石酒，却没有减少他的财富；一斗酒也不喝，反而更穷了。难道饮食本来就有定数吗？有人说：'酒虫是刘某的福星，不是刘某的病根，和尚为了得到酒虫而骗了他。'到底是不是这样呢？"

木雕美人

原文

商人白有功言：在泺口[1]河上，见一人荷竹簏[2]，牵巨犬二。于簏中出木雕美人，高尺余，手目转动，艳妆如生。又以小锦鞯[3]被犬身，便令跨坐。安置已，叱犬疾奔。美人自起，学解马[4]作诸剧，镫而腹藏，腰而尾赘，[5]跪拜起立，灵变不讹。又作昭君出塞。别取一木雕儿，插雉尾，披羊裘，跨犬从之。昭君频

译文

商人白有功说：在泺口河旁，看到一人挑着竹篮子，还牵着两只大狗。他从竹篮子里取出一个木头雕的美人，有一尺多高，手和眼睛都能活动，妆容艳丽，栩栩如生。他还给两只大狗披上一个织锦的马鞍垫，让美人坐到狗背上。都放好了，便呼喝大狗向前飞跑。木雕美人径自在狗背上起舞，模仿马戏的各种动作，一会儿一踩马镫藏到狗肚子旁，一会儿从狗腰滑到狗尾，再一跃，跳上狗背，或跪拜，或起身，婉转飞动，舞步精准。卖艺者又令美人上演昭君出塞。他从竹篮子中另外取出一个木雕男孩，在帽子插上野鸡尾，身上披上羊裘，让他坐在狗背上追随美人。

频回顾，羊裘儿扬鞭追逐，真如生者。

昭君频频回望身后，木雕男孩举鞭追赶，真是栩栩如生。

注释 1 泺(luò)口：地名，位于今山东济南北部，古泺水北流至此入济水，因称泺口。 2 簏(lù)：竹篾编的盛物器，形状不一。 3 鞯(jiān)：马鞍的垫子。 4 解(xiè)马：指骑在马上表演的技艺。 5 镫而腹藏，腰而尾赘："镫而腹藏"，马戏演员脚踩马镫蹲藏马腹之侧。"腰而尾赘"，从马腰向马尾滑坠，再飞身上马。

封三娘

原文

范十一娘，麋城[1]祭酒[2]之女，少艳美，骚雅尤绝[3]。父母钟爱之，求聘者辄令自择，女恒少可。会上元日[4]，水月寺中诸尼作"盂兰盆会"[5]。是日，游女如云，女亦诣之。方随喜间，一女子步趋相从，屡望颜色，似欲有言。审视之，二八绝代姝也。悦而好之，转用盼注[6]。女子微笑曰："姊非范十一娘

译文

麋城教谕有位女儿，叫范十一娘，小时候就长得艳丽柔美，还特别擅长写诗作词。父母非常疼爱她，要是有人上门求婚，就让女儿自己决定，可她很少有满意的。恰逢七月半，水月寺的尼姑要举行"盂兰盆会"。这一天，出门游玩的女子密集如云，范十一娘也来到水月寺中。范十一娘正游赏寺景时，有一女子亦步亦趋地跟着范十一娘，好几次看着她的脸，好像有话要说。范十一娘仔细地看了下她，竟是位二八年华的美丽女子。心里暗暗欣喜，有些动心，反倒凝视

乎？”答曰：“然。”女子曰：“久闻芳名，人言果不虚谬。”十一娘亦审里居。女答曰：“妾封氏，第三，近在邻村。”把臂欢笑，词致温婉，于是大相爱悦，依恋不舍。十一娘问：“何无伴侣？”曰：“父母早逝，家中止一老妪留守门户，故不得来。”十一娘将归，封凝眸欲涕。十一娘亦惘然，遂邀过从。封曰：“娘子朱门绣户，妾素无葭莩亲，虑致讥嫌。”十一娘固邀之，答：“俟异日。”十一娘乃脱金钗一股赠之，封亦摘髻上绿簪为报。

着她。女子微笑着问：“姐姐莫不是范十一娘？”范十一娘回答：“正是。”女子说：“早就听说姐姐的美名，传闻果然不假。”范十一娘也询问女子的住址。女子回答：“我姓封，是家里的老三，就住在附近村上。”两人挽着手臂，有说有笑，言谈举止温和娴雅，因此互相十分喜爱，依恋不舍。范十一娘问：“三娘怎么没人陪着？”封三娘答：“我父母很早就去世了，只有一位老妇人留下看家，所以没跟着来。”范十一娘打算回家，封三娘眼巴巴地望着她，几乎要落泪了。范十一娘心里也很惆怅，便邀请她到家里坐坐。封三娘说：“你是富贵人家，我向来不与你沾亲带故，怕被人嫌弃。”范十一娘再三邀请，封三娘推辞说：“等下次吧。”范十一娘便取下一支金钗送给她，封三娘也摘下头上的绿簪子作回礼。

注释 1 麋城：在今湖南岳阳。 2 祭酒：国子监祭酒，明清时最高学府的主管官员，主管学校的教学和考试。此处指县教谕。 3 骚雅尤绝：指擅长写诗填词。骚指《离骚》，雅指《诗经》。 4 上元日：即元宵节，每年农历正月十五日。唐人称阴历的正月、七月、十月的十五日为上元、中元、下元。下文提及的“盂兰盆会”，应是中元节，不是上元节。 5 盂兰盆会：佛教节日，也称“中元节”，民间俗称“鬼节”。据《盂兰盆经》载，释迦牟尼的弟子目连，看到母亲死后在地狱中受苦，如处倒悬，便求佛救度。释迦牟尼令其在七月十五日，备百味饮食，斋供十万僧众，可使母解脱。后来佛教徒便据此神话，兴起盂兰盆会。 6 盼注：凝视，注目。

十一娘既归，倾想殊切。出所赠簪，非金非玉，家人都不之识，甚异之。日望其来，怅然遂病。父母讯得故，使人于近村咨访，并无知者。时值重九[1]，十一娘羸顿[2]无聊，倩侍儿强扶窥园，设褥东篱下。忽一女子攀垣来窥，觇之，则封女也。呼曰："接我以力！"侍儿从之，蓦然遂下。十一娘惊喜，顿起，曳坐褥间，责其负约，且问所来。答云："妾家去此尚远，时来舅家作耍。前言近村者，缘舅家耳。别后悬思颇苦。然贫贱者与贵人交，足未登门，先怀惭怍，恐为婢仆下眼觑，是以不果来。适经墙外过，闻女子语，便一攀望[3]，冀是小姐，今果

十一娘回家后，特别想念三娘，便拿出她送的簪子，非金非玉，家人都不认识，感觉很奇怪。十一娘天天盼着三娘来，郁郁寡欢，因此病倒了。范家夫妇了解了原因，就派人到邻近的村子寻访，竟然没人认识封三娘。这天正好是重阳节，十一娘瘦弱憔悴，闲来无聊，便让婢女搀扶着，强撑着病体去花园看看，在园圃旁放了褥垫，坐着歇息。突然发现一女子正趴在墙头偷看，仔细一望，竟然是封三娘。三娘喊道："用力接住我！"婢女忙跑去接，封三娘一下子就跳下来了。十一娘很惊喜，立马起身，拉过三娘一起坐在褥垫上，责怪她食言，又问她从哪里来。封三娘答道："我家离这儿很远，偶尔会到舅舅家玩。之前说住在附近的村子上，其实就是我舅舅家。自从分别后，心里想你想得苦。可贫贱的人和富贵人交往，还没上门拜访，就觉得自卑惭愧，担心会受下人们的白眼，所以没有如约前来。刚才正好经过墙外，听到有女子的声音，就攀着

如愿。”十一娘因述病源，封泣下如雨，因曰：“妾来当须秘密。造言生事者，飞短流长[4]，所不堪受。”十一娘诺。偕归同榻，快与倾怀[5]，病寻愈。订为姊妹，衣服履舄[6]，辄互易着。见人来，则隐匿夹幕间。

墙望一眼，希望就是小姐你，现在果然如愿。”十一娘又说了自己生病的原因，三娘听着泪如雨下，说：“我来你要替我保密。有些造谣的人会说长道短，我怕受不了那些诽谤。”十一娘答应保密。又带她一起到房间同床休息，开怀畅聊，不久病就好了。两人便结为姐妹，连衣服鞋子也互换着穿。看到有人要来，三娘就躲到帷幕后面。

注释 1 重九：重阳节。农历九月初九，二九相重，称为“重九”。2 羸顿：瘦弱困顿。 3 攀望：攀上墙头看望。 4 飞短流长：流言蜚语，说长道短。 5 快与倾怀：开怀畅谈，尽情交流。 6 舄(xì)：鞋。

积五六月，公及夫人颇闻之。一日，两人方对弈[1]，夫人掩入[2]。谛视，惊曰：“真吾儿友也！”因谓十一娘：“闺中有良友，我两人所欢，胡不早言？”十一娘因达封意。夫人顾谓三娘：“伴吾儿，极所忻慰，何昧[3]之？”封羞晕满颊，默然拈带而已。夫人去，封乃告别，十一娘苦留之，

就这样过了五六个月，范公和范夫人多少听到了些传闻。一天，范十一娘和封三娘正在下棋，范夫人悄悄地溜进去，仔细地观察了一会儿，惊讶道：“真可以说是我女儿的好友呀！”就问范十一娘：“你房里有好友，我和你爹都很欣慰，怎么不早点告诉我们？”范十一娘坦白了三娘的担忧。范夫人便回头对三娘说：“你和我女儿做伴，我高兴得不得了，有什么好隐瞒的？”封三娘羞得脸颊通红，只默默捏着衣带。范夫人离开后，三娘就向十一娘告别，十一娘苦苦挽留，这才

乃止。一夕，自门外匆忙奔入，泣曰：“我固谓不可留，今果遭此大辱！”惊问之，曰：“适出更衣[4]，一少年丈夫，横来相干，幸而得逃。如此，复何面目！”十一娘细诘形貌，谢曰：“勿须怪，此妾痴兄。会告夫人，杖责之。”封坚辞欲去，十一娘请待天曙。封曰：“舅家咫尺，但须以梯度我过墙耳。”十一娘知不可留，使两婢逾墙送之。行半里许，辞谢自去。婢返，十一娘扶床悲惋，如失伉俪。

作罢。一天晚上，封三娘从门外慌慌张张地跑进来，抽泣着说：“我本来就说不能再留下来了，今天果然遭受极大的羞辱！”十一娘惊慌地问出了什么事，三娘说：“刚才我去上厕所，碰到一个青年男子蛮横无理，想羞辱我，幸亏我逃走了。要是得逞了，我还有什么脸见人！”十一娘又细问那人的身形面貌，道歉说：“请不要责怪，那是我的傻哥哥。我一定告诉母亲，用棍棒责罚他。”封三娘坚持要走，十一娘请她等天亮再说。三娘说：“舅舅家离得不远，只要拿把梯子让我出墙就行。”十一娘知道挽留不住，就吩咐两个婢女翻墙送她出去。三娘走了半里左右，就向婢女们告辞自己走了。婢女回来后，十一娘扶床哀伤不舍，好像夫妻分离一样。

注释 1 对弈：下棋。 2 掩入：悄悄闯入。 3 昧：隐瞒。 4 更衣：此处指上厕所。

后数月，婢以故至东村，暮归，遇封女从老媪来。婢喜，拜问。封亦恻恻[1]，讯十一娘兴居。婢捉袂曰：“三姑过我。

几个月过后，婢女去东村办事，傍晚回来时，碰见封三娘，她身边还有位老妇人跟着。婢女欢喜地上前行礼问候。封三娘也面露忧伤，问到十一娘最近的情况。婢女拉着三娘的袖子请求道：“三

我家姑姑盼欲死！”封曰：“我亦思之，但不乐使家人知。归启园门，我自至。”婢归告十一娘，十一娘喜，从其言，则封已在园中矣。相见，各道间阔[2]，绵绵不寐。视婢子眠熟，乃起，移与十一娘同枕，私语曰：“妾固知娘子未字。以才色门地[3]，何患无贵介婿，然纨袴儿敖不足数[4]，如欲得佳偶，请无以贫富论。”十一娘然之。封曰：“旧年邂逅处，今复作道场，明日再烦一往，当令见一如意郎君。妾少读相人书，颇不参差。”

姑娘跟着我去一趟。我家小姐可想死你了！”三娘说：“我也想念她，可是不乐意让她家人知道。你回去后把花园的门打开，我自然会到。”婢女回去后把事情跟十一娘说了，十一娘喜出望外，按照三娘的吩咐，来到花园中，三娘竟然已经站在那儿了。两人相见，互相倾诉分别后的情况，情愫不断，难以入睡。三娘等婢女熟睡后，悄悄起身，搬了被褥和十一娘同床共眠，细声道：“我知道你还没出嫁。凭姑娘的美色才华和地位，哪里担心没有好夫婿，但是纨绔子弟傲慢无礼，不值得托付，要想找到良人，还是不要只看他的贫富。”十一娘也很认同。三娘说：“去年我们在水月寺里相遇，今年那儿又要做道场，明天劳烦你再去走一走，保证让你见到一位如意郎君。我小时候读了不少看相的书，不会看错人的。”

注释 1 恻恻：悲痛，凄凉。 2 间阔：久别，远隔。 3 门地：门户地位。 4 敖不足数(shǔ)：傲慢无礼，不足称述。敖，通“傲”。

昧爽[1]，封即去，约俟兰若。十一娘果往，封已先在。眺览[2]一周，十一娘便邀同车。携手

天一亮，三娘就先去了水月寺，约定在那里见面，十一娘果然前去赴约，三娘已经先到了。两人四处游览观赏了一番后，十一娘便邀三娘一起坐车回

出门，见一秀才，年可十七八，布袍不饰，而容仪俊伟。封潜指曰："此翰苑才[3]也。"十一娘略睨之。封别曰："娘子先归，我即继至。"入暮，果至，曰："我适物色甚详，其人即同里孟安仁也。"十一娘知其贫，不以为可。封曰："娘子何堕世情哉！此人苟长贫贱者，予当抉眸子[4]，不复相天下士矣。"十一娘曰："且为奈何？"曰："愿得一物，持与订盟。"十一娘曰："姊何草草？父母在，不遂如何？"封曰："妾此为，正恐其不遂耳。志若坚，生死何可夺也？"十一娘必不可。封曰："娘子姻缘已动，而魔劫未消。所以故，来报前好耳。请即别，即以所赠金凤钗，矫命赠之。"十一娘方谋更商，封已出门去。

家。正牵手出寺门，看见一秀才，大概十七八岁的样子，身穿布袍，没佩戴其他饰物，却长得仪表堂堂，英俊潇洒。封三娘悄悄指了指他说："这位将来可是翰林院的人才。"十一娘稍稍地偷看了几眼。三娘先告辞说："你先回去，我一会儿就到。"等到天黑，三娘果然前来，对十一娘说："刚才我打探了解得很仔细，那人是同里的孟安仁。"十一娘知道他家里穷，觉得不好。三娘劝道："姑娘怎么也落入世俗的偏见呢！他要是一直穷下去，我就挖了自己的眼睛，再不看天下人的相了。"十一娘问："既然如此，那该怎么办呢？"三娘说："我希望能有小姐的一件物品，拿去作订婚信物。"十一娘说："姐姐怎么这么草率？父母都还在，他们不同意怎么办？"三娘说："我这么做就是担心他们不同意。你要是意志坚定，就是死也不能动摇你的决心！"十一娘坚决不答应。三娘又说："姑娘命中姻缘已动，但是劫难未除。我之所以这么做，就是为了报答之前的情谊。请让我立刻离去，就用之前你送我的金钗为信物，以你的名义送给他。"十一娘请她留下再商量商量，三娘已经径自出门离开了。

注释 1 昧爽:拂晓,黎明。 2 眺览:纵目观赏。 3 翰苑才:可进入翰林院的人才。 4 抉眸子:挖出眼珠。

时孟生贫而多才,意将择耦,故十八犹未聘也。是日,忽睹两艳,归涉冥想[1]。一更向尽,封三娘款门而入。烛之,识为日中所见,喜致诘问。曰:"妾封氏,范氏十一娘之女伴也。"生大悦,不暇细审,遽前拥抱。封拒曰:"妾非毛遂,乃曹丘生。[2]十一娘愿缔永好,请倩冰[3]也。"生愕然不信,封乃以钗示生。生喜不自已,矢曰:"劳眷注[4]若此,仆不得十一娘,宁终鳏[5]耳。"封遂去。生诘旦浼邻媪诣范夫人。夫人贫之,竟不商女,立便却去。十一娘知之,心失所望,深恨封之误己也,而金钗难返,只须以死矢之。

当时孟生虽然贫困,却才华横溢,又想找个好姑娘,所以到了十八岁还没定亲。这天,突然在水月寺中遇见两位美丽的女子,回到家里还念念不忘。封三娘敲门进房。孟生点亮蜡烛,认出她就是白天见到的美人,欢喜地询问她是谁。三娘回答:"我姓封,是范十一娘的女伴。"孟生大喜,也不细问,上前就要拥抱她。三娘推拒说:"我不是为自己来的,是来帮十一娘牵线的。十一娘想和你相守到老,你请媒人去提亲吧。"孟生很惊讶,不肯相信,三娘便拿出金钗递给孟生看。孟生狂喜,难以把持,发誓说:"得美眷看重,我要是得不到十一娘,宁愿孤独终老。"三娘便离开了。清晨,孟生请邻居老妇前去见范夫人。范夫人嫌弃他穷,竟没跟女儿商量,立马回绝,请老妇回去。十一娘听说了消息,心里很失望,深深怨恨封三娘耽误了自己的终身大事,可金钗已经拿不回来,只能以死明志。

注释 1 冥想:此处指深切想念。 2 妾非毛遂,乃曹丘生:意思是我不是为自己做媒而是替别人牵线。毛遂,战国时赵国平原君赵胜的门客,曾自荐出使楚国,促成楚、赵合纵,对抗秦国,后人多以“毛遂自荐”表示自我推荐。曹丘生,汉朝辩士,曾四处宣扬季布“一诺千金”的美名而使其享有盛名。后人以“曹丘生”指代引荐者或介绍者。 3 倩冰:为别人做媒。 4 眷注:关怀,关注。 5 鳏(guān):无妻或丧妻。

又数日,有某绅为子求婚,恐不谐,浼邑宰作伐[1]。时某方居权要,范公心畏之。以问十一娘,十一娘不乐。母诘之,默默不言,但有涕泪。使人潜告夫人:非孟生,死不嫁!公闻,益怒,竟许某绅家。且疑十一娘有私意于生,遂涓吉[2]速成礼。十一娘忿不食,日惟耽卧[3]。至亲迎之前夕,忽起,揽镜自妆。夫人窃喜。俄侍女奔曰:“小姐自经[4]!”举家惊涕,痛悔无所复及。三日遂葬。

又过了几天,有位乡绅替儿子求婚,担心被拒绝,就请县令做媒撮合。当时乡绅有权有势,范公心怀畏惧,便问十一娘,十一娘不同意这桩婚事。范母问她为何拒绝,十一娘不说话,只是眼里含泪。派人悄悄告诉范母:除了孟生,谁也不嫁!范公一听,更加恼怒,竟然答应了乡绅家的求婚。又怀疑十一娘与孟生有私情,便选定吉日要求立刻成亲。十一娘愤懑不平,绝食相逼,每天只躺在床上。等到迎亲的前一天,十一娘突然爬起床,对镜梳妆打扮。范母心里暗喜。不一会儿,婢女跑来说:“小姐上吊自尽了!”全家痛哭流涕,懊悔也来不及了。三天后就下葬了。

注释 1 作伐:做媒。 2 涓吉:选择吉利的日子。 3 耽卧:卧床不起。 4 自经:上吊自杀。

孟生自邻媪反命，愤恨欲绝。然遥遥探访，妄冀复挽。察知佳人有主，忿火中烧，万虑俱断矣。未几，闻玉葬香埋，懎然[1]悲丧，恨不从丽人俱死。向晚出门，意将乘昏夜一哭十一娘之墓。欻有一人来，近之，则封三娘。向生道喜曰："喜姻好可就矣。"生泫然曰："卿不知十一娘亡耶？"封曰："我所谓就者，正以其亡。可急唤家人发冢，我有异药，能令苏。"生从之，发墓破棺，复掩其穴。生自负尸，与三娘俱归，置榻上，投以药，逾时而苏。顾见三娘，问："此何所？"封指生曰："此孟安仁也。"因告以故，始如梦醒。封惧漏泄，相将[2]去五十里，避匿山村。

孟生从邻居老妇人那儿得知求婚被拒，气得要死。但还是一直打听消息，妄图能有挽回的余地。又得知美人已经许配他人，怒火中烧，万念皆空。没过多久，又听说十一娘已经香消玉殒，孟生悲恨交加，恨不得跟着十一娘一起去死。孟生等到晚上出门，打算趁天黑到十一娘墓前痛哭一场。忽然有人前来，走近一看，原来是封三娘。三娘祝贺孟生："美好姻缘已经成了。"孟生痛哭流涕地说："你难道不知道十一娘已经死了吗？"三娘说："我说好事已成，就是因为她去世了。你快叫上仆人打开棺材，我有奇药能救活她。"孟生听从她的意见，挖墓开棺，再把墓穴盖好。孟生背着十一娘，和三娘一起回到家中，便把十一娘放在榻上。三娘喂了药，过了一个多时辰，十一娘醒过来。十一娘看见三娘，问道："这是哪里？"三娘指向孟生说："这是孟安仁。"便告诉了十一娘事情的经过，十一娘只觉从梦中醒来一样。封三娘怕消息泄露出去，就把他们带到五十里外的山村躲起来。

注释　1 懎(sè)然：悲恨的样子。　2 相将：相随，相伴。

封欲辞去，十一娘乞留作伴，使别院居。因货殉葬之饰，用为资度，亦称小有。封每遇生来，辄走避。十一娘从容曰："吾姊妹，骨肉不啻也，然终无百年聚。计不如效英、皇[1]。"封曰："妾少得异诀，吐纳可以长生，故不愿嫁耳。"十一娘笑曰："世传养生术，汗牛充栋[2]，行而效者谁也？"封曰："妾所得非人世所知。世所传并非真诀，惟华陀五禽图[3]差为不妄。凡修炼家，无非欲血气流通耳，若得厄逆症，作虎形立止，非其验耶？"十一娘阴与生谋，使伪为远出者。入夜，强劝以酒，既醉，生潜入污之。三娘醒曰："妹子害我矣！倘色戒不破，道成当升第一天。今堕奸谋，命耳！"乃起告辞。十一娘告以诚意而哀谢之。封曰："实相告：我

三娘打算离开，十一娘求她留下做伴，让她在另外一个院子住下。又把陪葬的饰物拿去变卖当生活费，家里倒还有些小钱。三娘每次碰到孟生过来，就转身避开。十一娘从容地说："咱俩的情谊，就是亲姐妹也比不上，可总会有分离的一天。我想，不如效仿娥皇、女英同嫁一夫？"三娘说："我从小得到奇异的法诀，通过练气就能长生不死，所以不愿意嫁人。"十一娘笑着说："世上流传的关于养生术的书多得数不过来，真正有谁学了就长生不死的？"三娘说："我的长生术世上没人知道。人间流传的不是真正的法诀，只有华佗的五禽图大体还不算虚假。大多修炼的人无非想畅通血气，要是气逆打嗝，只要练了虎形一式，立马就好，这不就是见效了吗？"十一娘只好和孟生密谋，让孟生装作出了远门的样子。到了夜里，十一娘硬劝三娘喝酒，等灌醉她后，孟生偷溜进屋里，强要了三娘。三娘酒醒后说："妹子你害了我！要是色戒没破，按照我的道行修成后能飞升第一重天。如今中了奸计，真是命啊！"便起身告辞。十一娘把自己的诚意告诉她，

乃狐也。缘瞻丽容,忽生爱慕,如茧自缠,遂有今日。此乃情魔之劫,非关人力。再留,则魔更生,无底止矣。娘子福泽正远,珍重自爱。”言已而逝。夫妻惊叹久之。

又悲痛地道歉。封三娘说:“我实话跟你说:我是狐狸。只因看到姑娘的美貌,心生爱慕,也是我自作自受,才会有今天。这是情劫,和人无关。我要是再留下来,情魔复生,根本没有尽头。姑娘福泽深厚,请珍重自爱。”说完就消失了。孟生夫妻慨叹良久。

注释 **1** 效英、皇:效仿娥皇、女英,一同嫁给孟生。英、皇,指女英和娥皇,是尧的次女和长女。相传尧把她们嫁给了舜。 **2** 汗牛充栋:指用牛运书,牛要累得出汗,用屋子放书,要放满整个屋子。形容藏书很多。 **3** 五禽图:古代一种导引图谱,其动作模仿虎、鹿、熊、猿、鸟五种动物的姿态。

逾年,生乡、会果捷,官翰林。投刺谒范公,公愧悔不见,固请之,乃见。生入,执子婿礼,伏拜甚恭。公愧怒,疑生儇薄[1]。生请间,具道情事。公不深信,使人探诸其家,方大惊喜。阴戒勿宣,惧有祸变。又二年,某绅以关节[2]发觉,父子充辽海军。十一娘始归宁[3]焉。

一年后,孟生果然考中乡试、会试,官居翰林学士。孟生把拜帖送到范公府上,范公羞愧难当,不肯见他,孟生再三请求,才答应见面。孟生进门,行的是女婿礼仪,跪下参拜,十分恭敬。范公恼羞成怒,疑心孟生故意羞辱他。孟生请范公单独说话,将事情一一道明。范公不肯深信,便派人去孟生家里探访,见到范十一娘,大感意外,十分欢喜。范公担心会有祸变,私下里告诫家人不要走漏消息。两年后,乡绅因行贿被人揭发,父子发配到辽海充军,十一娘这才回家探亲。

注释 1 儇薄(xuān báo):巧佞轻佻。 2 关节:行贿。 3 归宁:回娘家。

狐梦

原文

余友毕怡庵[1],倜傥不群,豪纵自喜。貌丰肥,多髭,士林知名。尝以故至叔刺史公[2]之别业,休憩楼上。传言楼中故多狐,毕每读《青凤传》[3],心辄向往,恨不一遇。因于楼上摄想[4]凝思,既而归斋,日已浸[5]暮。

时暑月燠热[6],当户而寝。睡中有人摇之,醒而却视,则一妇人,年逾不惑[7],而风雅犹存。毕惊起,问其谁何,笑曰:“我狐也。蒙君注念,心窃感纳[8]。”毕闻而喜,投以嘲谑。妇笑曰:“妾齿加长矣,纵人不见恶,先

译文

我的朋友毕怡庵,卓尔不群,豪爽洒脱并怡然自乐。他长得很胖,留着大胡子,在读书人中很知名。他之前因办事来到担任刺史的叔叔家里,住在他家楼上。民间传言这楼上原来有许多狐狸,毕怡庵每次翻阅《青凤传》,就很向往,遗憾没能见上一面。便在阁楼上聚精会神地凝想,等回到书斋里,天都快黑了。

当时暑热逼人,毕怡庵敞着门睡觉。正酣睡中,突然被人摇醒,睁眼一看,竟然是一位妇女,四十多岁,却也风姿优美。毕怡庵吃惊地站起来,问她是什么人,妇人笑着说:“我是狐狸。托你的念想,心里很感激,所以特来接受你的情意。”毕怡庵听后面露喜色,便说话调戏她。妇人笑着说:“我年纪大了,别人不嫌弃我,我自己已先羞愧沮丧了。我有个女儿刚满十五,可前来侍奉你。明

自惭沮。有小女及笄，可侍巾栉[9]。明宵，无寓人于室，当即来。”言已而去。至夜，焚香坐伺，妇果携女至。态度娴婉[10]，旷世无匹。妇谓女曰：“毕郎与有夙缘，即须留止。明旦早归，勿贪睡也。”毕乃握手入帏，款曲备至。事已，笑曰：“肥郎痴重，使人不堪。”未明即去。

天晚上，屋里不要留人住宿，她就会来找你。”说完，妇人就离开了。等到第二天夜里，毕怡庵点香静坐等候，妇人果然带着她的女儿前来。女子举止文雅，容貌美丽，世上找不出第二个人。妇人对女子说：“毕生和你前世结下了姻缘，你就住下吧。明天早点回来，不要贪睡。”毕怡庵便牵着女子一起进了床帐，两人非常亲热。事过之后，女子轻笑道：“胖郎君太笨重，叫人受不了。”天还没亮就走了。

注释 1 毕怡庵：蒲松龄东家毕际有的族人。 2 刺史公：即毕际有，曾任扬州府通州（今江苏南通）知州。刺史，清代用作知州的别称。 3《青凤传》：指《聊斋志异》中的《青凤》篇。 4 摄想：聚精会神地凝想。 5 浸：渐。 6 燠（yù）热：炎热，闷热。 7 不惑：四十岁。孔子曾说“四十而不惑”。 8 感纳：因感动而接受其情意。 9 侍巾栉（zhì）：侍奉梳洗，指充当侍妾。 10 娴婉：文雅美丽。

既夕自来，曰：“姊妹辈将为我贺新郎，明日即屈[1]同去。”问：“何所？”曰：“大姊作筵主，去此不远也。”毕果候之。良久不至，身渐倦惰。才伏案头，女忽入曰：“劳君久伺

到了晚上，女子又独自前来，说：“姐妹们想祝贺我出嫁，明天你屈尊陪我一起去吧。”毕怡庵问：“去哪里？”女子答道：“大姐是宴会主人，离这儿不远。”毕怡庵果真等着她来。等了许久，人还没来，自己渐渐困倦起来。刚趴在桌上，女子突然进来说：“让你久

矣。”乃握手而行。奄至一处，有大院落，直上中堂，则见灯烛荧荧，灿若星点。俄而主人出，年近二旬，淡妆绝美。敛衽[2]称贺已，将践席，婢入白：“二娘子至。”见一女子入，年可十八九，笑向女曰：“妹子已破瓜[3]矣。新郎颇如意否？”女以扇击背，白眼视之。二娘曰：“记儿时与妹相扑为戏，妹畏人数胁骨，遥呵手指，即笑不可耐。便怒我，谓我当嫁僬侥国[4]小王子。我谓婢子他日嫁多髭郎，刺破小吻，今果然矣。”大娘笑曰：“无怪三娘子怒诅也！新郎在侧，直尔憨跳！”顷之，合尊促坐[5]，宴笑甚欢。

等了。”便拉着他的手一起前去。两人转眼来到一个大院里，直走到大厅，看见烛灯摇曳，灿若点点繁星。不久，宴会主人走出来，年近二十的样子，化了淡妆，十分漂亮。主人整理衣襟，恭敬施礼庆贺，准备入席时，丫环进来禀告说：“二娘子到了。”只见一个女子走进来，有十八九岁，笑着对女子说：“妹子你现在出嫁了。新郎官还满意吗？”女子用扇子扑打二姐的后背，白眼看着她。二姐取笑说：“还记得小时候和妹妹相互打闹，妹妹怕人数肋骨，远远被人指着，就笑得停不下来。她生我气，说我以后会嫁给矮人国的小王子。我说她以后会嫁给胡子又长又密的人，刺破她的小嘴，还真应验了！”大姐笑着说：“怪不得三妹气得咒你！新郎就在这儿，你还这么胡闹！”一会儿，大家挨着坐下一起喝酒，宴会上有说有笑。

注释　1 屈：屈尊。　2 敛衽：指整理衣襟，表示恭敬。也指女子的拜礼。　3 破瓜：指女子出嫁。“瓜”字为两个“八”，破瓜即超过十六岁，成年可出嫁。　4 僬侥(jiāo yáo)国：古代传说中的矮人国。　5 合尊促坐：挨着坐下，一起喝酒。

忽一少女抱一猫至，年可十二三，雏发未燥[1]，而艳媚入骨。大娘曰："四妹妹亦要见姊丈耶？此无坐处。"因提抱膝头，取肴果饵之。移时，转置二娘怀中，曰："压我胫股酸痛！"二姊曰："婢子许大，身如百钧[2]重，我脆弱不堪；既欲见姊夫，姊夫故壮伟，肥膝耐坐。"乃捉置毕怀。入怀香软，轻若无人。毕抱与同杯饮，大娘曰："小婢勿过饮，醉失仪容，恐姊夫所笑。"少女孜孜展笑，以手弄猫，猫戛然鸣。大娘曰："尚不抛却，抱走蚤虱矣！"二娘曰："请以狸奴为令，执箸交传，鸣处则饮。"众如其教。至毕辄鸣，毕故豪饮，连举数觥，乃知小女子故捉令鸣也，因大喧笑。二姊曰："小妹子归休！压煞郎君，恐三姊怨人。"小女郎乃抱猫去。

突然一个十二三岁的少女抱着一只猫走进来，稚气未消，却长得美艳入骨。大姐问："四妹妹也是要来看姐夫吗？这儿没座了。"便把她拉来抱坐在腿上，夹菜给她吃。过了段时间，大姐把她抱进二姐的怀里，喊道："压得我腿疼！"二姐说："小妹这么大了，身体似乎有三千斤重，我这么瘦弱，可承受不住；既然你想见姐夫，姐夫本来就高大壮实，膝盖厚实耐压。"就把四妹放进毕怡庵的怀里。毕怡庵只觉香软在怀，轻得像空气一样。毕怡庵抱着四妹一起喝酒，大姐劝道："小妹不许多喝，喝醉了失态，怕要被你姐夫笑话。"少女笑逐颜开，用手抚弄小猫，猫儿"喵喵"直叫。大姐说："还不把猫丢开，跳蚤虫子都抱到身上啦！"二姐说："请以小猫的叫声当酒令，大家往下传筷子，猫叫时传到谁手里，谁就喝酒。"大家都说好。每次筷子传到毕怡庵手里，猫就会叫，毕怡庵本来酒量就大，一连喝了好几杯，才发现原来是小妹故意捉弄小猫让它叫唤，于是大家开怀大笑。二姐说："小妹快回去！压坏了新郎官，你三姐要埋怨人了。"四妹便抱着猫离开了。

注释 1 雏发未燥：指稚气未消。 2 百钧：三千斤。古代三十斤为一钧。

大姊见毕善饮，乃摘髻子[1]贮酒以劝。视髻仅容升许，然饮之，觉有数斗之多。比干视之，则荷盖也。二娘亦欲相酬，毕辞不胜酒。二娘出一口脂合子[2]，大于弹丸，酌曰："既不胜酒，聊以示意。"毕视之，一吸可尽，接吸百口，更无干时。女在旁以小莲杯易合子去，曰："勿为奸人所弄。"置合案上，则一巨钵。二娘曰："何预汝事！三日郎君，便如许亲爱耶！"毕持杯向口立尽。把之，腻软，审之，非杯，乃罗袜一钩[3]，衬饰工绝。二娘夺骂曰："猾婢！何时盗人履子去，怪道足冰冷也！"遂起，入室易舄[4]。

大姐看毕怡庵酒量好，便取下假发髻，盛上酒，劝毕怡庵多喝些。毕怡庵看着发髻只装得下一升左右的酒，可一喝下去，发觉好像有好几斗一样。等喝光一看，原来是一张大荷叶。二娘也想敬酒，毕怡庵推辞说喝不下了。二姐拿出一盒比弹丸稍大的脂粉盒，斟上酒递给他："既然喝不了多少，就表示一下意思好了。"毕怡庵一看，应该一口就能喝完，可一连喝了几百口，还没见底。女子在旁边用小莲杯换了脂粉盒，说："不要被奸人捉弄了。"脂粉盒一放在桌上，立马变成一个大碗。二娘取笑她："关妹妹什么事！人家才做了你三天的丈夫，就这么亲爱呀！"毕怡庵拿起小莲杯，一饮而尽。手里握着酒杯，竟然软腻丝滑，一看，竟然是一只绣鞋，做工精巧细致。二姐抢过鞋子骂道："你这狡猾的丫头！什么时候偷了我的鞋子去，我说脚怎么冷冰冰的！"便起身进屋里换鞋。

注释 1 髻子:假发髻。 2 脂合子:胭脂盒。 3 罗袜一钩:一只绣鞋。 4 舃(xì):鞋。

女约毕离席告别,女送出村,使毕自归。瞥然醒寤,竟是梦景,而鼻口醺醺,酒气犹浓,异之。至暮,女来,曰:“昨宵未醉死耶?”毕言:“方疑是梦。”女曰:“姊妹怖君狂噪,故托之梦,实非梦也。”女每与毕弈,毕辄负。女笑曰:“君日嗜此,我谓必大高着[1]。今视之,只平平耳。”毕求指诲[2],女曰:“弈之为术,在人自悟,我何能益君?朝夕渐染,或当有益。”居数月,毕觉稍进。女试之,笑曰:“尚未,尚未。”毕出,与所尝共弈者游,则人觉其异,稍咸奇之。

女子和毕怡庵起身向众人告别,女子送出村外,让他自己回家。毕怡庵突然睁眼醒来,竟然是在做梦,可口鼻之间醉醺醺的,还在散发着浓郁的酒气,觉得非常奇怪。等到天黑,女子前来,问道:“昨天夜里醉死了吗?”毕怡庵说:“我还疑心那是个梦。”女子说:“姐妹们担心你喝醉了耍酒疯,就让你进入了梦乡,实际上并不是梦。”女子每次和毕怡庵下棋,毕怡庵总是输。女子笑:“你那么喜欢下棋,我以为你棋艺肯定不凡。现在才知道,也不过如此。”毕怡庵向女子请教,女子说:“下棋是技艺,要靠自己领悟,我哪里能教你?经常切磋,潜移默化,也许能提高。”几个月后,毕怡庵觉得棋艺进步了些。女子考验了一下,笑道:“还不行,还不行。”毕怡庵出门找以前一起下棋的朋友切磋,大家觉得他有长进,都很好奇是怎么回事。

注释 1 大高着:指棋艺不凡。 2 指诲:指点教诲。

毕为人坦直，胸无宿物[1]，微泄之。女已知，责曰："无惑乎同道者不交狂生也！屡嘱慎密，何尚尔尔？"怫然欲去。毕谢过不遑，女乃稍解，然由此来浸疏矣。积年余，一夕来，兀坐相向。与之弈，不弈；与之寝，不寝。怅然良久，曰："君视我孰如青凤？"曰："殆过之。"曰："我自惭弗如。然聊斋[2]与君文字交，请烦作小传，未必千载下无爱忆如君者。"毕曰："夙有此志。曩遵旧嘱，故秘之。"女曰："向为是嘱，今已将别，复何讳？"问："何往？"曰："妾与四妹妹为西王母征作花鸟使，不复得来。曩有姊行，与君家叔兄，临别已产二女，今尚未醮；妾与君幸无所累。"毕求赠言，曰："盛气平，过自寡。"遂起，捉

毕怡庵做人坦率真诚，心里藏不住事，就稍微透露了一些。女子听说后，责备他："怪不得文人学士不和狂生往来！叮嘱了好几次要谨慎保密，你怎么还是这样？"女子气愤得要走。毕怡庵连忙道歉自责，女子气才略微消了，可从此以后来得少了。一年后的某个晚上，女子前来，端正地坐在他对面。毕怡庵请她下棋，她也不下；请她一起就寝，她也不肯。惆怅了许久，问："你觉得我和青凤哪个好？"毕答："恐怕你比她好。"女子说："我是自愧不如。既然聊斋先生和你是文字朋友，就请你麻烦他为我写一篇小传，千年之后未必没有人像你一样喜欢我。"毕怡庵说："我很早就有这个想法。只是之前说好要保密，所以就没说。"女子说："之前嘱咐你保密，可现在我要走了，还有什么避讳的？"毕怡庵问："你要去哪儿？"女子答："我和四妹妹被西王母看中选为花鸟使，以后不能再来了。以前有位姐姐辈的，和你家的叔伯哥哥相好，离开前已经生了两个女孩，到现在还没结婚；还好我和你没有孩子拖累。"毕怡庵请她送句话，女子说："平复傲气，过错自

手曰："君送我行。"至里许，洒涕分手，曰："彼此有志，未必无会期也。"乃去。

然就少。"说完起身，捉着他的手说："你送送我吧。"走了一里左右，女子哭着分别："只要我们情意相通，一定还有见面的机会。"于是就离开了。

注释　**1** 胸无宿物：心里藏不住事。宿，隔夜。　**2** 聊斋：蒲松龄的书斋名，代指蒲松龄。

康熙二十一年[1]腊月十九日，毕子与余抵足绰然堂，细述其异。余曰："有狐若此，则聊斋笔墨有光荣矣。"遂志之。

康熙二十一年腊月十九日，毕怡庵和我在绰然堂抵足而眠，详细地讲了这个奇异的故事。我说："能写这样的狐狸，聊斋的笔墨也放光芒了。"因此记录下来。

注释　**1** 康熙二十一年：1682 年。

布　客

原文

长清[1]某，贩布为业，客于泰安[2]。闻有术人工星命之学，诣问休咎。术人推之曰："运数大恶，可速归。"某惧，囊资北下。途

译文

长清县有个人，是做布匹生意的，在泰安居住。偶然听说有个术士精通命理之学，便前去探问自己的吉凶。术士推算一番，对他说："你命数险恶，赶快回老家去吧。"此人很害怕，收拾

中遇一短衣人,似是隶胥[3],渐渍与语,遂相知悦,屡市餐饮,呼与共啜。短衣人甚德之,某问所干营[4],答曰:"将适长清,有所勾致[5]。"问为何人,短衣人出牒,示令自审,第一即己姓名。骇曰:"何事见勾?"短衣人曰:"我非生人,乃蒿里山[6]东四司隶役。想子寿数尽矣。"某出涕求救,鬼曰:"不能。然牒上名多,拘集尚需时日。子速归,处置后事,我最后相招,此即所以报交好耳。"

好财物就北下返乡。路上偶遇一个身穿短衣的人,好像是个小吏。某人和他慢慢交流,便熟悉亲近起来,好几次买来酒菜,都招呼他一起吃。小吏很感激他。某人问小吏要去办什么事,他说:"我要到长清去抓人。"又问去抓谁,小吏拿出牒文,打开给某人看,某人的名字就写在首位。某人惊骇道:"为什么抓我?"小吏说:"我不是活人,而是蒿里山东四司的衙役。想来是你的寿限到头了。"某人痛哭流涕求救,鬼差说:"没法救。不过牒书上人名很多,全抓齐还要一些日子。你快回老家办理后事,我最后再去找你。也算是报答你这一路上的恩情。"

注释 1 长清:今山东济南长清区。 2 泰安:今山东泰安市。 3 隶胥:即"吏胥",地方官府中掌管簿书案牍的小吏。 4 干营:办事。 5 勾致:捉拿,拘捕。 6 蒿里山:在泰安城西南三里,传说此山为鬼魂聚集之地。

无何,至河际,断绝桥梁,行人艰涉。鬼曰:"子行死矣,一文亦将不去。请即建桥利行人,虽颇烦费,然于子未必无小益。"某然之。归,

不久,他走到河畔,桥梁已断,来往的人艰难地蹚水过河。鬼差说:"你就要死了,反正银子也带不走,请你出些钱修桥方便来往行人,虽然要花不少银子,可对你来说未必不是好事。"某人答应了他。回到家,便叫妻子准备丧葬用

告妻子作周身具[1]。克日[2]鸠工建桥。久之，鬼竟不至，心窃疑之。一日，鬼忽来曰："我已以建桥事上报城隍，转达冥司矣。谓此一节可延寿命。今牒名已除，敬以报命[3]。"某喜感谢。后再至泰山，不忘鬼德，敬赍楮锭[4]，呼名酬奠。既出，见短衣人匆遽而来曰："子几祸我！适司君方莅事[5]，幸不闻知。不然，奈何！"送之数武，曰："后勿复来。倘有事北往，自当迂道过访。"遂别而去。

的物品，严格限定期限，请工匠修造桥梁。过了很久，鬼差竟然没来，某人心里暗暗怀疑。有天，鬼差突然来找他，说："我已经把你修桥的善举禀报给城隍，城隍又上报给地府。地府说此善行可保你多活几年。现在牒书上也画掉了你的名字，特地来跟你说一声。"某人欢喜，连连表示感谢。后来，他又去泰山办事，心里还记得鬼差的救命之恩，诚心地烧了许多冥币元宝，叫着他的名字祭奠。刚出庙门，就看到鬼差急匆匆地走来，说道："你差点害了我！正好东四司的长官在处理公务，幸而没被他知道。要是被发现了，可怎么办！"送了他几步，又告诫说："以后不要再来了。我要是有事北上，一定会绕道去拜访你。"就告别走了。

注释　1 周身具：指棺椁等丧葬品。　2 克日：约定或严格限定期限。　3 报命：回复，报告。　4 楮锭：纸做的元宝，即冥币。　5 莅事：处理公务。

农 人

原文

有农人芸[1]于山下，妇以陶器为饷[2]。食已，置器垄畔。向暮视之，器中余粥尽空。如是者屡。心疑之，因睨注[3]以觇之。有狐来，探首器中。农人荷锄潜往，力击之，狐惊窜走。器囊头[4]，苦不得脱，狐颠蹶[5]触器碎落，出首，见农人，窜益急，越山而去。

译文

有个农夫在山下田里除草，老婆拿陶罐装饭给他吃。农夫吃过，还剩下一些，就把陶罐放在田埂上。等到太阳下山的时候再去看，罐里的米粥都被吃完了。这样的情况发生了好几次。农夫心生疑虑，就在一旁斜着眼睛观察。只见有一只狐狸来偷食，它正往罐里探头吃粥。农夫扛着锄头悄悄地靠近，用力一敲，狐狸吓得逃窜而走。可陶罐还套在头上，苦苦脱不下来，狐狸摔倒撞碎了陶罐，头才拔出来，看见农夫，溜得更快，翻过山跑了。

注释 **1** 芸：通“耘”，除草。 **2** 饷：送饭。 **3** 睨注：斜着眼睛注视。 **4** 囊头：套在头上。 **5** 颠蹶：摔倒。

后数年，山南有贵家女，苦狐缠祟，敕勒[1]无灵。狐谓女曰：“纸上符咒，能奈我何！”女绐[2]之曰：“汝道术良深，可幸永好。顾不知生平亦有所畏者否？”狐曰：“我罔

几年后，山的南边有个大户人家的小姐，被狐狸苦苦纠缠，驱魔降妖的符咒都拿它没辙。狐狸对她说：“这符纸咒语，能拿我怎么样呢！”女郎骗狐狸说：“你道行高深，真想和你白头到老。就是不知道你在这世上还有害怕的东西吗？”狐狸说：“我什么也不怕。不过，

所怖。但十年前在北山时，尝窃食田畔，被一人戴阔笠，持曲项兵[3]，几为所戮，至今犹悸[4]。”女告父。父思投其所畏，但不知姓名、居里，无从问讯。会仆以故至山村，向人偶道。旁一人惊曰：“此与予曩年事适相符，将无向所逐狐，今能为怪耶？”仆异之，归告主人。主人喜，即命仆持马招农人来，敬白所求。农人笑曰：“曩所遇诚有之，顾未必即为此物。且既能怪变，岂复畏一农人？”贵家固强之，使披戴如尔日状，入室以锄卓地[5]，咤曰：“我日觅汝不可得，汝乃逃匿在此耶！今相值，决杀不宥！”言已，即闻狐鸣于室。农人益作威怒，狐即哀告乞命，农人叱曰：“速去，释汝。”女见狐捧头鼠窜而去。自是遂安。

十年前在北山的时候，曾因偷吃田埂上的饭食，差点被一个戴大斗笠、拿锄头的人给打死，现在想起还很害怕。”女郎便告诉了父亲。父亲想利用狐狸的弱点对付它，可不知道那农夫叫什么、住在哪里，没法打听。正好仆人去山里的村子办事，偶然跟别人说起这件事。旁边有人惊讶地说：“这件事和我前几年经历过的一模一样，难不成之前赶走的那只狐狸，现在能作怪了？”仆人十分诧异，回去便告诉了主人。主人大喜，立马叫仆人备马把农人接来，恭敬地讲了自己的请求。农人笑说：“我之前确实是遇到了一只狐狸，但这次不一定就是它。何况它作怪变化多端，哪里再会怕我一个农夫？”主人再三请求他帮忙，让他穿戴得和当时一样，进屋后拿着锄头敲地，农夫呵斥道：“我天天找你找不到，原来你藏在这里！今天让我抓到了，一定打死，绝不饶恕！”说完，就听到屋里传出凄厉的狐鸣声。农夫装作更气愤的样子，狐狸连忙哀求饶命，农夫训斥道：“你快滚我就饶你一命！”女郎看到狐狸抱着头飞快地逃跑了。从此，平安无事。

注释 1 敕勒：指道士用符咒驱邪。 2 绐：欺骗。 3 曲项兵：指锄头。 4 悸：因害怕而心跳得厉害。此处指害怕。 5 卓地：击地。

章阿端

原文

卫辉[1]戚生，少年蕴藉[2]，有气敢任。时大姓有巨第，白昼见鬼，死亡相继，愿以贱售。生廉其直，购居之。而第阔人稀，东院楼亭，蒿艾成林，亦姑废置。家人夜惊，辄相哗以鬼。两月余，丧一婢。无何，生妻以暮至楼亭，既归，得疾，数日寻毙。家人益惧，劝生他徙，生不听。而块然[3]无偶，憭栗[4]自伤。婢仆辈又时以怪异相聒，生怒，盛气襆被，独卧荒亭中，留烛以觇其异。久之，无他，亦竟睡去。

译文

卫辉府的戚生，少年才俊，温文含蓄，为人纵情率性，敢作敢当。当时同县有个大户人家有座豪宅，白天闹鬼，死的人一个接一个，就想低价把房子给卖出去。戚生觉得价格便宜，就买了下来。可府宅大，住的人少，东院边的楼阁亭台，荒蒿野艾繁密成林，也就废置在一旁。戚生家人夜晚受惊，总是大喊有鬼。两个多月后，死了一个丫环。不久，戚生妻子傍晚的时候去了东院边的楼阁，回来后，就染上了病，几天后便去世了。家人更加害怕，劝戚生去别的地方住，戚生却不听。只是孤独无伴，凄怆哀伤。家里的丫环仆人们又不时向他絮叨种种怪异之事，戚生恼怒，气冲冲地收拾好铺盖，一个人睡在东院边的荒亭里，点上蜡烛观察有何蹊跷。可过了很久，什么也没发生，戚生就睡着了。

注释 1 卫辉:今河南卫辉。 2 蕴藉:指言语、文字、神情等含蓄而不显露,此处指人气质文雅。 3 块然:孤独的样子。 4 憭(liáo)栗:哀怆,凄凉。

忽有人以手探被,反复扪搎[1]。生醒视之,则一老大婢,挛耳蓬头[2],臃肿无度。生知其鬼,捉臂推之,笑曰:"尊范[3]不堪承教!"婢惭,敛手蹀躞[4]而去。少顷,一女郎自西北隅出,神情婉妙,闯然至灯下,怒骂:"何处狂生,居然高卧!"生起笑曰:"小生此间之地主,候卿讨房税耳。"遂起,裸而捉之。女急遁,生先趋西北隅阻其归路,女既穷,便坐床上。近临之,对烛如仙,渐拥诸怀。女笑曰:"狂生不畏鬼耶?将祸尔死!"生强解裙襦,则亦不甚抗拒。已而自白曰:"妾章氏,小字阿端。误适[5]荡子,刚愎[6]不仁,横加折辱,

睡梦中,戚生忽然觉得有只手伸进被子里,反复摸索。戚生睁开眼一看,原来是个老丫环,耳朵蜷曲着,头发乱糟糟的,身材十分臃肿。戚生知道她是鬼,捉住她的手推开,取笑说:"您这样子,我可不敢领教!"老婢羞愧不已,收回手蹒跚离开了。不一会儿,从西北角走出一位女子,神情美妙动人,突然走进亭内灯下,怒骂道:"哪里来的狂生,竟然在这里睡觉!"戚生坐起身笑着说:"我是这里的主人,等着你来好收房租。"便站起来,光着身子要去抓女子。女子急忙逃开,戚生先跑到西北角堵住她的去路,女子无处可逃,便坐在床铺上。戚生走近看,烛光下的女子美得像天上的仙女,就上前把她抱进怀里。女子笑着说:"狂生不怕鬼吗?会要你的命呢!"戚生强行解女郎的衣裳,女郎竟然也不怎么抗拒。事后,女郎自白说:"我姓章,小名阿端。错嫁给了浪荡之人,他心高气傲,心狠手辣,经常家暴

愤悒[7]夭逝，瘗此二十余年矣。此宅下皆坟冢也。”问：“老婢何人？”曰：“亦一故鬼，从妾服役。上有生人居，则鬼不安于夜室。适令驱君耳。”问：“扪搎何为？”笑曰：“此婢三十年未经人道，其情可悯，然亦太不自量矣。要之：馁怯[8]者，鬼益侮弄之，刚肠者，不敢犯也。”听邻钟响断，着衣下床，曰：“如不见猜，夜当复至。”

羞辱我，我受不了折磨，愤恨忧郁离世，埋在这里二十多年了。这座宅子下面全是坟墓。”戚生问：“老婢是什么人？”端娘答：“她也是个鬼，伺候我的。宅子有活人住，鬼在地下就不安宁。刚才是我让她吓走你的。”又问：“她摸我干吗？”端娘笑说：“老婢活了三十多年还没体验过房中乐趣，倒也可怜，就是少了点自知之明。总之，胆小的人，鬼更要捉弄羞辱他；刚正的人，鬼才不敢伤害。”这时，听到近处晨钟已经敲响，端娘穿好衣服下床，说：“你要是不怀疑，晚上我还会再来。”

注释　**1** 扪搎(sūn)：摸索。　**2** 挛(luán)耳蓬头：耳朵蜷曲，头发散乱。挛，蜷曲。　**3** 尊范：尊容。此处为谑称。　**4** 蹀躞(dié xiè)：行进艰难的样子。　**5** 适：女子出嫁。　**6** 刚愎(bì)：倔强执拗，固执己见。　**7** 愤悒：愤恨忧郁。　**8** 馁(něi)怯：胆怯。

入夕果至，绸缪益欢。生曰：“室人不幸殂谢[1]，感悼不释于怀。卿能为我致之否？”女闻之益戚，曰：“妾死二十年，谁一置念忆者！君诚多情，妾当极力。然闻投生有

入夜，端娘果然来了，两人更加缠绵亲热。戚生说：“我妻子不幸去世，感伤哀悼实在放不下。你能帮我传个口信给她吗？”端娘听戚生这么说，心里更悲痛：“我死了二十年，有谁想过我！你是个多情之人，我一定尽全力帮你。可是，听说她已经有投胎的去处了，不

地矣，不知尚在冥司否。”逾夕，告生曰：“娘子将生贵人家。以前生失耳环，挞婢，婢自缢死，此案未结，以故迟留。今尚寄药王[2]廊下，有监守者。妾使婢往行贿，或将来也。”生问：“卿何闲散？”曰：“凡枉死鬼不自投见，阎摩天子[3]不及知也。”二鼓向尽，老婢果引生妻而至。生执手大悲，妻含涕不能言。女别去，曰：“两人可话契阔[4]，另夜请相见也。”生慰问婢死事。妻曰：“无妨，行结矣。”上床偎抱，款若平生之欢。由此遂以为常。

知道还在不在阴间。”第二天晚上，端娘来告诉书生：“夫人要投胎到富贵人家。她还在世时，因丢了耳环痛打婢女，逼得这个婢女上吊自杀，这件案子还没了结，所以暂时还留在阴间。现在她还暂住在药王廊下，有鬼差看守着。我派个丫环贿赂鬼差，也许能带她来。”戚生问：“你怎么这么自由闲适？”端娘答：“所有的冤死鬼只要不主动觐见阎王，阎罗王也就没工夫知道。”二更将近，老婢果然领着戚生妻子前来。戚生握着她的手悲痛不已，妻子也泪流不止，说不出话来。端娘告辞离去，说：“你们两人可以尽情叙旧，我们改天夜里再见。”戚生询问妻子婢女上吊的事。妻子说：“不要紧，快结案了。”两人互相依偎在床，和生前一样欢乐。从此以后，便经常如此。

注释　1 殂谢：死亡。　2 药王：佛教菩萨名。能施与众生良药，解除病者痛苦。　3 阎摩天子：即阎罗王。　4 契阔：久别重逢。

后五日，妻忽泣曰：“明日将赴山东，乖离[1]苦长，奈何！”生闻言，挥涕流离，哀不自胜。女劝

五天后，戚生妻子突然哭泣说：“明天我就得去山东，也许就是永别，可怎么办！”戚生听完，泪水止不住往下流，悲痛难忍。端娘劝说：“我有个主意，能

曰:“妾有一策,可得暂聚。”共收涕询之。女请以钱纸十提,焚南堂杏树下,持贿押生者,俾缓时日,生从之。至夕,妻至曰:“幸赖端娘,今得十日聚。”生喜,禁女勿去,留与连床,暮以暨晓,惟恐欢尽。过七八日,生以限期将满,夫妻终夜哭。问计于女,女曰:“势难再谋。然试为之,非冥资百万不可。”生焚之如数。女来,喜曰:“妾使人与押生者关说[2],初甚难,既见多金,心始摇。今已以他鬼代生矣。”自此,白日亦不复去,令生塞户牖,灯烛不绝。

让你们再聚一些日子。”夫妻两人止泪询问什么办法。端娘让戚生准备十串冥钱,拿到南堂杏树下焚烧,贿赂押送戚生妻子的鬼差,让他们再缓些日子,戚生照办了。等到晚上,戚妻前来说:“幸好靠端娘出的主意,如今换来十天相聚的日子。”戚生欢喜,强留下端娘不让她走,同床而卧,从日暮到破晓,就怕欢乐到头。七八天后,戚生想到分别在即,夫妻两人整夜流泪伤心。向端娘询问还有什么办法,端娘说:“形势如此,很难再有办法。然而可以试一试看,这次不花百万冥钱是办不成的。”戚生如数给了。端娘又来,高兴地说:“我派人和鬼差说好话,一开始很强硬,他们看银子很多,就动摇了。现已让其他的鬼魂替你投胎了。”此后,就是白天她们也不再离开,只让戚生关上窗户,整天点着蜡烛。

注释 1 乖离:别离。 2 关说:从中给人说好话。

如是年余,女忽病,瞀闷懊恼[1],恍惚如见鬼状。妻抚之曰:“此为鬼

就这样过了一年多,端娘突然得病,头昏目眩,心绪烦乱,精神恍惚,好像看见鬼一样。妻子抚摸着端娘说:“这

病。”生曰：“端娘已鬼，又何鬼之能病？”妻曰：“不然。人死为鬼，鬼死为聻[2]。鬼之畏聻，犹人之畏鬼也。”生欲为聘巫医，曰：“鬼何可以人疗？邻媪王氏，今行术于冥间，可往召之。然去此十余里，妾足弱不能行，烦君焚刍马[3]。”生从之。马方爇，即见婢女牵赤骝[4]，授绥[5]庭下，转瞬已杳。少间，与一老妪叠骑而来，絷马廊柱。

妪入，切女十指。既而端坐，首僩倲[6]作态。仆地移时，蹶而起曰：“我黑山大王也。娘子病大笃，幸遇小神，福泽不浅哉！此业鬼为殃，不妨，不妨！但是病有瘳，须厚我供养，金百铤、钱百贯、盛筵一设，不得少缺。”妻一一嗷应[7]。妪又仆而苏，向病者呵叱，乃已。既而欲

是得了鬼病。”戚生问：“端娘已经是鬼了，哪里还会得鬼病？”妻子说：“不是这样的。人死了变成鬼，鬼死了就会变成聻。鬼怕聻，就像人怕鬼一样。”戚生想为端娘找个巫医看看，妻子说：“鬼的病人哪里能治？邻居王婆现在阴间当医生，可以请她过来。可她离这儿有十几里远，我脚小走不远，劳烦你烧匹刍马。”戚生照办了。刚点着刍马，就看到婢女牵着匹红色骏马站在庭院里，她把缰绳交给戚生的妻子，戚妻立刻不见了。不久，她和一个老妇人骑马前来，把马绳拴在柱子上。

老妇人进屋，按着端娘的十指诊断，然后端正地坐着，摇头晃脑。忽然扑倒在地，趴了一会儿，跳起来说：“我是黑山大王。娘子你病入膏肓，幸好遇到我，福泽不浅呀！这是孽鬼作祟，不要紧，不要紧！可病要是治好了，你们得好好供奉我，准备好一百锭银子、一百吊钱、摆一桌盛宴，一样都不能少。”妻子都一一大声答应下来。老妇人又扑倒在地，苏醒过来，向病人呵叱一番，这才作罢。作法完毕，老妇人就要离开。戚妻把她送到庭院外，送给她一匹

去。妻送诸庭外，赠之以马，欣然而去。入视女郎，似稍醒。夫妻大悦，抚问之。女忽言曰："妾恐不得再履人世矣。合目辄见冤鬼，命也！"因泣下。越宿，病益沉殆，曲体战栗，若有所睹。拉生同卧，以首入怀，似畏扑捉。生一起，则惊叫不宁。如此六七日，夫妻无所为计。会生他出，半日而归，闻妻哭声，惊问，则端娘已毙床上，委蜕[8]犹存。启之，白骨俨然。生大恸，以生人礼葬于祖墓之侧。

马，老妇人高兴地走了。戚妻进去看端娘，似乎稍稍醒了过来。夫妻两人欢喜，上前询问她。端娘突然说："我以后再也来不了人间了。我一闭上眼睛就看到冤鬼，真是命啊！"说完，便流下了眼泪。过了一夜，病情加重，浑身打战，好像看见什么东西。端娘拉戚生同睡，把头藏在他的怀里，好像怕有人抓她似的。戚生一起身，端娘就尖叫不停。就这样过了六七天，夫妻两人实在想不出什么办法。恰巧戚生外出，过了半天才回来，回来就听到妻子的哭声，惊讶问出了什么事，原来端娘死在床上了，衣服还在。掀开被子一看，只见一具白骨躺在上面。戚生万分悲痛，按照人类的葬礼把端娘安葬在祖坟旁。

注释　1 瞀(mào)闷懊恼：心绪烦乱。　2 聻(jiàn)：传说鬼死后化为聻。　3 刍马：草扎的马。　4 赤骝：红色骏马。　5 绥：缰绳。　6 僪俅(shǔ sù)：摇头晃脑。　7 噭(jiào)应：高声急应。　8 委蜕：蝉等所蜕之皮。此处指衣服。

一夜，妻梦中呜咽，摇而问之，答云："适梦端娘来，言其夫为聻鬼，怒其改节[1]泉下，衔恨索命去，乞

一天夜里，戚妻睡梦中哭泣，戚生摇醒她询问，戚妻说："刚才端娘入梦了，说她丈夫变成聻鬼，怨她在阴间不守贞洁，怀恨在心把她的鬼命勾走，端

我作道场[2]。”生早起，即将如教。妻止之曰：“度鬼非君所可与力[3]也。”乃起去。逾刻而来，曰：“余已命人邀僧侣。当先焚钱纸作用度。”生从之。日方落，僧众毕集，金铙法鼓，一如人世。妻每谓其聒耳，生殊不闻。道场既毕，妻又梦端娘来谢，言：“冤已解矣，将生作城隍之女。烦为转致。”

娘想请我为她做法事超度。”戚生一早起来，准备照办。戚妻阻止他说：“超度鬼魂不是你能出力的事。”妻子说完就起身离开。过了一阵回来，说：“我已经派人去请和尚来。我们当先烧些纸钱当作费用。”戚生便照办了。太阳刚下山，和尚们就都来了，超度用的金铙法鼓和人间一模一样。戚妻不时说声音嘈杂震耳，戚生却什么都没听见。法事做完后，戚妻又梦见端娘入梦感谢，说：“冤仇已经了结，我要投胎去做城隍爷的女儿。请你转告戚生。”

注释　1 改节：不守贞洁。　2 道场：指和尚或道士做法事的场所。亦指所做的法事。　3 与力：为力，出力。

居三年，家人初闻而惧，久之渐习。生不在，则隔窗启禀。一夜，向生啼曰：“前押生者，今情弊[1]漏泄，按责甚急，恐不能久聚矣。”数日果疾，曰：“情之所钟，本愿长死，不乐生也。今将永诀，得非数乎！”生皇遽求策，曰：“是不可为也。”

戚妻在家住了三年，家人一开始还有些害怕，久了也渐渐习惯了。戚生不在家，家人就隔着窗户向戚妻汇报家事。一天夜里，戚妻对戚生哭泣说：“之前押送我的鬼差，受贿作弊的事被发现了，冥司追查得急，我们恐怕没多少相聚的日子了。”几天后果然生了重病，戚妻说：“我一心托付给你，只想一直做鬼，不想重生。现在要永别了，不就是命吗！”戚生仓皇寻找解决的办法，妻

问："受责乎？"曰："薄有所责。然偷生之罪大，偷死之罪小。"言讫，不动。细审之，面庞形质，渐就澌灭[2]矣。生每独宿亭中，冀有他遇，终亦寂然，人心遂安。

子说："事情没法挽回了。"戚生问："会受罚吗？"妻子回答："会有轻微的惩罚。可苟活人间的罪大，不肯投胎的罪小。"说完，人就不动了。戚生仔细看妻子，面庞身体都渐渐消失了。戚生经常在亭子里独居，希望能再有其他相遇，最终什么也没有，心里也就安定下来。

注释　**1** 情弊：指之前受贿作弊的事。　**2** 澌灭：消亡。

馎饦媪

原文

韩生居别墅半载，腊尽[1]始返。一夜，妻方卧，闻人行声。视之，炉中煤火，炽耀甚明。见一媪，可八九十，鸡皮橐背[2]，衰发可数。向女曰："食馎饦[3]否？"女惧，不敢应。媪遂以铁箸拨火，加釜其上，又注以水。俄闻汤沸，媪撩襟启腰橐，出馎饦数十枚，投汤中，

译文

韩生在别墅住了半年，直到过完腊月才回家。一天夜里，韩妻刚躺下，就听到屋里传来脚步声。起身一看，厨灶里烧着煤，火光十分闪耀明亮。还看见有一位大约八九十岁，白发稀少、皮肤发皱、弯腰驼背的老阿婆。老阿婆对韩妻说："你吃馎饦吗？"韩妻害怕，不敢说话。老阿婆径自拿着铁钳拨火，放上锅，又加进水。不久就听到水沸腾开来，老阿婆撩起衣襟，把腰上的口袋打开，掏出几十个馎饦放进开水里，咚咚作响。她

历历有声。自言曰："待寻箸来。"遂出门去。女乘媪去，急起捉釜倾箦[4]后，蒙被而卧。少刻，媪至，逼问釜汤所在。女大惧而号，家人尽醒，媪始去。启箦照视，则土鳖虫[5]数十，堆累其中。

自言自语说："等我去拿筷子来。"于是便出门走了。韩妻趁她离去，急忙端起锅把馎饦倒在铺着竹席的床后边，然后蒙面盖着被子躺下。不久，老阿婆回来了，逼问韩妻锅里的馎饦哪儿去了。韩妻吓得尖叫，一家人都惊醒了，老阿婆这才离去。掀开竹席打灯一看，竟然有几十只土鳖虫堆积在那里。

注释　**1** 腊尽：年末。农历十二月为腊月。　**2** 橐背：驼背。　**3** 馎饦（bó tuō）：一种传统水煮面食。　**4** 箦（zé）：竹编床席。　**5** 土鳖虫：一种昆虫，呈扁平卵形，喜欢栖息在阴暗潮湿的疏松土层中。白天躲在暗处，晚上出来活动，可入药。

金永年

原文

利津[1]金永年，八十二岁无子，媪亦七十八岁，自分[2]绝望。忽梦神告曰："本应绝嗣，念汝贸贩平准[3]，予一子。"醒以告媪。媪曰："此真妄想。两人皆将就木[4]，

译文

利津人金永年，八十二岁还没有儿女，他老婆也已经七十八岁了，自己想着要绝后了。忽然梦见神仙来对他说："你本来是会绝后的，看在你做生意公道，赐给你个儿子。"金永年醒来后把梦告诉了老太太。老太太说："这真是痴心妄想。我们都快进棺材了，还怎么生孩子呢？"不久，

何由生子？”无何，媪腹震动，十月，竟举一男。

老太太肚子有了胎动，十个月后，竟然生下了一个男孩。

注释 1 利津：今山东东营。 2 自分：自己觉得。 3 平准：此处指做生意公平诚信。 4 就木：即将去世。

花姑子

原文

安幼舆，陕之拔贡生，为人挥霍好义，喜放生，见猎者获禽，辄不惜重直买释之。会舅家丧葬，往助执绋[1]。暮归，路经华岳，迷窜山谷中，心大恐。一矢之外[2]，忽见灯火，趋投之。数武[3]中，欻见一叟，伛偻[4]曳杖，斜径疾行。安停足，方欲致问，叟先诘谁何。安以迷途告，且言灯火处必是山村，将以投止。叟曰：“此非安乐乡。幸老夫来，可从去，茅庐可以下榻。”安

译文

安幼舆是陕西的拔贡生，为人仗义疏财，喜好放生，只要见猎人捕捉到飞禽走兽，就不惜高价买来放掉。一次赶上舅舅家办丧事，安生就过去送葬。晚上回来时路过华山，由于迷路走进了山谷，心中深感惶恐。忽然，在数十米外看到一处灯火，他赶忙走过去，刚走几步，突然看到一位老者弯着腰拄着拐杖，在陡斜的山路上快步行进。安生停了下来，刚想问对方话，不料老者先开口问他是何人。安生就告诉他自己迷了路，看见前边灯火通明，想必是山村，就想过去投宿。老者对他说：“这可不是什么好地方，幸亏老夫来了，你可以跟我回去，家里的茅屋可供你住一宿。”安生大为

大悦，从行里许，睹小村。叟扣荆扉[5]，一妪出，启关曰：“郎子来耶？”叟曰：“诺。”

喜悦，就跟着老者走了一里左右，看见一个小山村。老头儿敲了敲柴门，一个老太太出来开门，说：“郎君来了吗？”“来了。”老头说。

注释 1 执绋(fú)：下葬时，用手拉着运棺材的绳索，以帮助牵引灵车，后来泛指送葬。 2 一矢之外：一箭射到的距离，约有数十米。 3 数武：几步。 4 伛偻(yǔ lǚ)：弯腰驼背。 5 荆扉(jīng fēi)：柴门。

既入，则舍宇湫隘[1]。叟挑灯促坐，便命随事具食[2]。又谓妪曰：“此非他，是吾恩主。婆子不能行步，可唤花姑子来酾酒[3]。”俄女郎以馔具入，立叟侧，秋波斜盼。安视之，芳容韶齿[4]，殆类天仙。叟顾令煨酒[5]。房西隅有煤炉，女郎入房拨火。安问：“此女公何人？”答云：“老夫章姓。七十年止有此女。田家少婢仆，以君非他人，遂敢出妻见子，幸勿哂也。”安问：“婿家何里？”答言：“尚未。”

安生走进屋，见房屋低矮狭小。老头儿点上灯请他坐下，便吩咐就家里有的东西快做些吃的来。又对老太太说：“这不是外人，乃是我的恩公。老婆子你腿脚不利索，可以唤花姑子出来温酒。”不一会儿，一位女子端着饭菜进了屋，站在老头儿身边。她侧着眼睛上下打量安幼舆。安生一瞧，女子长得年轻貌美，宛若仙女。老头儿回头吩咐她去烫壶酒。屋子西边有个煤炉，女子就进屋拨着了炉火。安生问：“这位姑娘是你什么人？”回答说：“老夫姓章，七十岁了只有这个女儿。乡野村夫家没什么丫环仆人，因为郎君不是外人，才敢叫出老婆孩子跟你见面。希望郎君不要见笑。”安生又问：“你女婿是哪里人啊？”老头儿就说：“小女尚未聘人。”安生便不住地夸赞花

安赞其惠丽，称不容口。叟方谦挹[6]，忽闻女郎惊号。叟奔入，则酒沸火腾。叟乃救止，诃曰："老大婢，濡猛[7]不知耶！"回首，见炉傍有藁心插紫姑[8]未竟，又诃曰："发蓬蓬许，裁如婴儿！"持向安曰："贪此生涯，致酒腾沸。蒙君子奖誉，岂不羞死！"安审谛之，眉目袍服，制甚精工。赞曰："虽近儿戏，亦见慧心。"

姑子贤惠美丽。章老汉正在谦虚客套时，忽然听见女子惊叫起来。跑进去一看，只见热酒沸腾，火苗腾蹿。老头儿赶紧把火扑灭，呵斥道："这么大的丫头了，酒都沸腾冒泡了，还不知道吗？"回头一看，炉子旁边有个秸秆扎的紫姑，还没做完。又呵斥说："头发都这多了，还像个小孩子一样！"于是就拿给安生看，说："只顾着贪玩儿搞这个，酒烫沸了都不知道。承蒙公子夸奖赞誉，岂不把人羞死！"安生端详了一阵儿，见紫姑眉眼袍服都做得很精致，便称赞说："虽然近乎儿戏，但也能看出她的心思聪慧啊。"

注释　1 湫隘(jiǎo ài)：低矮狭小。　2 随事具食：就家里有的东西做些饭菜。　3 釃(shāi)酒：滤酒，指烫酒。　4 芳容韶齿：形容女子年轻貌美。　5 煨酒：小火烫酒。　6 谦挹：谦虚客气。挹，通"抑"。　7 濡猛：酒在火上猛烈沸腾。　8 藁心插紫姑：紫姑是住在厕所里的神，相传紫姑能预知未来，民间多以草木秆或筷子，着衣簪花插在簸箕或炉灰上，请神降附。妇女们就向其诉说心愿，或代自己未出嫁的女儿祈祷能遇到佳偶。藁心，秸秆。

斟酌移时，女频来行酒，嫣然[1]含笑，殊不羞涩。安注目情动。忽闻妪呼，叟便去。安

两人喝了好大一晌，花姑子频频过来斟酒，笑容姣好，一点也不害羞。安生盯着她看，爱慕之情油然而生。忽然听到老太太呼唤，老头儿便起身离开。安生见屋

觑无人，谓女曰：“睹仙容，使我魂失。欲通媒妁，恐其不遂，如何？”女抱壶向火，默若不闻，屡问不对。生渐入室，女起，厉色曰：“狂郎入闼将何为！”生长跪哀之。女夺门[2]欲去，安暴起要遮[3]，狎接臄腦[4]。女颤声疾呼，叟匆遽入问。安释手而出，殊切愧惧。女从容向父曰：“酒复涌沸，非郎君来，壶子融化矣。”安闻女言，心始安妥，益德之。魂魄颠倒，丧所怀来[5]。于是伪醉离席，女亦遂去。叟设裀褥，阖扉乃出。安不寐，未曙，呼别。

里没人，就对女子说：“得以目睹仙女容颜，直教我丢了魂儿，我想跟你父亲提亲，又担心他不愿意，这该如何是好？”花姑子正抱着酒壶面对炉火，沉默不语好像没听见一样，讲了好几次都不回答。安生一步一步地走进厨房，花姑子站起身来，严厉地说：“你这个狂生进屋来要干什么！”安生直直地跪在地上，苦苦哀求。花姑子奋力冲开门想跑出去，安生突然站起来拦住了去路，把她搂在怀里疯狂地索吻。女子声音颤抖地大声呼喊，老头儿匆忙跑进来，问发生了什么。安生松开手走了出去，感到极为羞愧不安。花姑子从容地对父亲说：“刚才酒又沸腾涌了出来，若不是郎君过来帮忙，酒壶都得融化了。”安幼舆听她这么说，心里才安稳下来，更加感激她了。经此一番折腾，安生神魂颠倒，打消了歪心思。于是就假装喝得大醉离席，花姑子随后也离开了。老头儿便收拾好床铺，把门关上就出来了。安生彻夜未眠，天不亮，就告别走了。

注释　1 嫣然：美好的样子。　2 夺门：奋力冲开门。　3 要遮：阻拦，拦截。　4 臄腦：亲嘴儿。　5 丧所怀来：指安幼舆打消了非礼花姑子的念头。

至家，即浼交好者造庐求聘，终日而返，竟莫得其居里。安遂命仆马，寻途自往。至则绝壁巉岩[1]，竟无村落，访诸近里，此姓绝少。失望而归，并忘寝食。由此得昏瞀[2]之疾，强啖汤粥，则哽咯[3]欲吐，溃乱中，辄呼花姑子。家人不解，但终夜环伺之，气势阽危[4]。

一夜，守者困怠并寐，生蒙瞳[5]中，觉有人揣而抗之[6]。略开眸，则花姑子立床下，不觉神气清醒。熟视女郎，潸潸[7]涕堕。女倾头[8]笑曰："痴儿何至此耶？"乃登榻，坐安股上，以两手为按太阳穴。安觉脑麝奇香，穿鼻沁骨。按数刻，忽觉汗满天庭[9]，渐达肢体。小语曰："室中多人，我不便住。三日当复相

回到家，安幼舆立即就请好友前去登门提亲。朋友过去找了一整天才返回，竟然连花姑子家都没找到。于是安生就命仆人备马，寻着之前的路亲自前往。到了一看，但见悬崖峭壁，根本没什么村落。再到附近的村落打探，姓章的人家非常少。于是大失所望，回到家后饭也吃不下，觉也睡不着。从此，他就得了神志昏聩的病症，勉强喝点儿稀粥，就呼吸急促想要吐出来。安生在昏迷中，总是叫喊花姑子，家人不解其意，只得整晚围在身边伺候。安生的病情愈发严重，看着好像快不行了。

一天晚上，守候的仆人困倦难耐睡了过去。安生迷迷糊糊的，感觉有人在晃自己。他微微睁开眼，原来花姑子站在床下，不觉神志清醒了许多。他端详着花姑子，泪水直流。女子歪着头笑了笑说："你这个傻家伙，怎么至于这样呀？"于是上了床，坐在安生大腿上，用两手给他按摩太阳穴。安生顿时感到脑子里有一股奇异的麝香味儿，穿透鼻腔，沁入骨髓。按了一会儿，忽然觉得满头大汗，热气渐渐发散到四肢。花姑子就低声跟他说："屋里人多，我不方便住这儿。三日后当会再

望。”又于绣袪[10]中出数蒸饼置床头，悄然遂去。安至中夜，汗已思食，扪饼啖之。不知所苞何料，甘美非常，遂尽三枚。又以衣覆余饼，懵懵[11]酣睡，辰分[12]始醒，如释重负。三日饼尽，精神倍爽，乃遣散家人。又虑女来不得其门而入，潜出斋庭，悉脱扃键。

来看望你。”又从袖子里拿出几个蒸饼放在床头，就悄悄离去了。到了半夜，安生汗已出完，想吃些东西，便拿饼来吃。不知道包了什么馅儿，味道特别香甜，于是一连吃了三个。然后用衣服把剩下的饼盖上，迷迷糊糊睡了过去。他一直到辰时才醒，睁开眼感觉如释重负。过了三天饼吃完了，精神倍觉清爽，于是把家人都打发出去。又担心花姑子来了找不到门进来，就悄悄走出卧室，把门闩都拿了下来。

注释 1 巉(chán)岩：陡峭而隆起的岩石。 2 昏瞀(mào)：神志昏沉不清醒。 3 嗹喀：呼吸急促，将要呕吐的样子。 4 阽(diàn)危：病情危急，濒临绝境。 5 蒙瞳(méng tóng)：昏聩，迷乱。 6 揣而抁(yǎn)之：来回晃动。 7 潸潸：泪流不止的样子。 8 倾头：歪着头。 9 天庭：指额头。 10 袪(qū)：袖口。 11 懵懵：迷迷糊糊。 12 辰分：早上七点至九点。

未几，女果至，笑曰：“痴郎子！不谢巫[1]耶？”安喜极，抱与绸缪[2]，恩爱甚至。已而曰：“妾冒险蒙垢[3]，所以故，来报重恩耳。实不能永谐琴瑟，幸早别图。”安

没过多久，花姑子果然来了。她笑着说：“傻哥哥！还不谢谢大夫吗？”安生高兴极了，抱着花姑子就是一番恩爱缠绵，极尽欢娱。折腾完了，女子对他说：“妾身之所以不惜名节，冒险前来，是为了报答公子的大恩大德。我和你实在不能白头偕老，相伴始终，希望你能早做其

默默良久，乃问曰："素昧生平，何处与卿家有旧？实所不忆。"女不言，但云："君自思之。"生固求永好。女曰："屡屡夜奔固不可，常谐伉俪亦不能。"安闻言，邑邑而悲。女曰："必欲相谐，明宵请临妾家。"安乃收悲以忻[4]，问曰："道路辽远，卿纤纤之步，何遂能来？"曰："妾固未归。东头聋媪我姨行，为君故，淹留至今，家中恐所疑怪。"

他打算。"安生默然良久，就问道："我们素不相识，什么地方跟你家有旧交？我实在想不起来。"花姑子什么也没讲，只说了句："郎君自己好好想想就是。"安生坚持要娶她为妻，女子说："妾身夜里经常出来本已不可，和你长相厮守也不可能。"安生听她这么说心里闷闷不乐。女子就安慰道："如果一定要和我在一起，明晚请你到我家去。"安生这才转悲为喜，便问："你家离此地路途遥远，凭你这一双纤纤玉足，是怎么走过来的呢？"花姑子回答说："我本来就没回家。村东头的聋老太太是我的姨妈，为了你，我一直留到如今，家里恐怕已经怀疑怪罪了。"

注释 1 巫：上古时期巫医不分，故后世以巫代称医生。 2 绸缪(chóu móu)：指感情深厚。 3 蒙垢：此处指花姑子私会安幼舆，有悖礼法，致使清誉受损。 4 忻(xīn)：同"欣"，快乐。

安与同衾，但觉气息肌肤，无处不香。问曰："熏何芗泽[1]，致侵肌骨？"女曰："妾生来便尔，非由熏饰。"安益奇之。女早起言别，安虑

安生和她同床共枕，只觉得女子的每一声气息和每一寸肌肤，无不散发着香气，便问道："你熏了什么香料，香气竟能透彻肌肤？"花姑子说："我生来就是如此，并非香熏所致。"安生越发觉得新奇。女子一早就起床告别，安生担心自

迷途，女约相候于路。安抵暮驰去，女果伺待，偕至旧所，叟媪欢逆。酒肴无佳品，杂具藜藿[2]。既而请安寝，女子殊不瞻顾，颇涉疑念。更既深，女始至，曰："父母絮絮不寝，致劳久待。"浃洽[3]终夜，谓安曰："此宵之会，乃百年之别。"安惊问之，答曰："父以小村孤寂，故将远徙。与君好合，尽此夜耳。"安不忍释，俯仰悲怆。依恋之间，夜色渐曙。叟忽然闯入，骂曰："婢子玷我清门，使人愧怍欲死！"女失色，草草奔出。叟亦出，且行且詈。安惊孱愕怯[4]，无以自容，潜奔而归。

己会迷路，花姑子就跟他约定在路上等候。日暮时分，安生骑马赶往章家，果然看见女子在等他。两人到了家，老头儿老太太热情相迎。没有什么名贵的酒菜，间杂摆的都是一些山野菜蔬。吃过饭就请安生休息，花姑子看都不看他一眼，安幼舆心里颇生疑虑。夜深了，花姑子才来，说："父母一直絮絮叨叨不睡觉，有劳你等了这么久。"两人缠绵了一整夜，花姑子告诉安生："今晚的幽会，就是百年的离别。"安生惊问何出此言，女子回答说："父亲以小山村清冷孤寂，打算搬到很远的地方去。我与你的恩爱，尽在此夜了。"安生不忍放她走，俯仰唏嘘，难过不已。正当恋恋不舍之时，天渐渐亮了。老头儿突然闯了进来，大骂道："丫头玷污我家清白，真是叫人羞愧欲死！"花姑子大惊失色，匆忙跑了出去。老头儿也跟了出去，边走边骂。安幼舆惊惶窘迫，简直无地自容，赶紧偷偷溜回了家。

注释 1 芗泽：香气。 2 藜藿：泛指野菜，也指粗劣的饭菜。 3 浃洽：关系和谐融洽。 4 惊孱(chán)愕怯：惊惶窘迫。

数日徘徊，心景殆不可过[1]，因思夜往，逾墙[2]以观其便。叟固言有恩，即令事泄，当无大谴[3]。遂乘夜窜往，蹀躞[4]山中，迷闷不知所往。大惧，方觅归途，见谷中隐有舍宇。喜诣之，则闬闳[5]高壮，似是世家，重门[6]尚未扃也。安向门者讯章氏之居。有青衣人出，问："昏夜何人询章氏？"安曰："是吾亲好，偶迷居向。"青衣曰："男子无问章也。此是渠妗家，花姑即今在此，容传白之。"入未几，即出邀安。才登廊舍[7]，花姑趋出迎，谓青衣曰："安郎奔波中夜，想已困殆，可伺床寝。"少间，携手入帏。安问："妗家何别无人？"女曰："妗他出，留妾代守。幸与郎遇，岂非夙缘？"然

安幼舆徘徊，数日心里焦躁烦闷，实在忍不住了，就想在夜里前往章家，跟花姑子幽会。既然老头儿说自己对他有恩，即便事情泄露了，想必也不会大加谴责。于是就乘夜直奔章家，进了山后，左拐右拐，只觉一片迷茫，不知道该往哪里走。安生很是害怕，正要寻找回去的路时，看到山谷中隐约有一处院落，便满怀欣喜地走了过去，只见大门高大雄伟，像是世家大族。院子里的一道道大门还没锁，安生向看门的打听章氏住处。这时，有个青衣人走了出来，问："这么晚了，是谁在询问章氏？"安生说："章氏是我的亲戚，我要到他家去，不小心迷了路。"青衣人就说："你不用打听章氏了。这就是花姑子舅妈家，花姑子如今就在这儿。容我禀告一声。"她进去不一会儿，就出来邀请安生进去。刚到走廊，就见花姑子快步出来相迎，她对青衣人说："安郎奔波了半夜，想必已经累坏了，你快去收拾床铺。"过了一会儿，花姑子拉着他的手一起进了帷帐。安生问她："舅妈家为何没什么人呢？"女子道："舅妈她今天出去了，留我在家守着。幸好跟你遇上了，岂非前生的缘分？"然而，安生依偎在她身旁，只觉腥

偎傍之际，觉甚膻腥，心疑有异，女抱安颈，遽以舌舐鼻孔，彻脑如刺。安骇绝，急欲逃脱，而身若巨绠之缚，少时闷然不觉矣。

膻刺鼻，心里便怀疑有问题。正犹豫时，女子抱住安生的脖子，突然用舌头舔他的鼻孔。安生顿时感觉像被刺中一般，疼痛直彻脑髓。安生害怕极了，急忙想逃走，可身子好像被粗麻绳捆住了一样，片刻就昏昏沉沉失去了知觉。

注释 1 不可过：焦躁不安，实在无法忍受。 2 逾墙：原指翻越墙头，此处指男女偷情。 3 大谴：大加谴责。 4 蹀躞(dié xiè)：来回徘徊。 5 闬闳(hàn hóng)：大门。 6 重门：大门及内门。 7 廊舍：房屋外的走廊。

安不归，家中逐者穷人迹[1]，或言暮遇于山径者。家人入山，则见裸死危崖下。惊怪莫察其由，舁归。众方聚哭，一女郎来吊，自门外噭啕[2]而入。抚尸捺鼻[3]，涕洟其中，呼曰："天乎，天乎！何愚冥至此！"痛哭声嘶，移时乃已。告家人曰："停以七日，勿殓也。"众不知何人，方将启问，女傲不为礼，含涕径出，留之不顾。尾

安生迟迟不回，家里人把能找的地方都找遍了，还是不见踪迹。有人说黄昏时曾在山路上见过安幼舆，家人就来到山里，但见安生赤身裸体死在悬崖之下。众人惊诧不已，不知道是怎么回事，就把尸体抬了回去。一家人正围着安生痛哭时，一位女郎前来吊丧，从门外大声哭喊着走进屋。她抚摸着安生的尸体，按着他的鼻子，眼泪都流到了里边。她呼喊着："天啊！天啊！你怎么这么糊涂啊！"女子哭得声嘶力竭，过了很久才止住。她对安生家人说："尸体先停放七天，不要入葬。"大伙儿都不认识她，正要询问，女子却傲然不顾礼节，含着泪径直走

其后，转眸已渺。群疑为神，谨遵所教。夜又来，哭如昨。

至七夜，安忽苏，反侧以呻。家人尽骇。女子入，相向呜咽。安举手，挥众令去。女出青草一束，燂[4]汤升许，即床头进之，顷刻能言。叹曰："再杀之惟卿，再生之亦惟卿矣！"因述所遇。女曰："此蛇精冒妾也。前迷道时，所见灯光，即是物也。"安曰："卿何能起死人而肉白骨也？毋乃仙乎？"曰："久欲言之，恐致惊怪。君五年前，曾于华山道上买猎獐而放之否？"曰："然，其有之。"曰："是即妾父也。前言大德，盖以此故。君前日已生西村王主政[5]家。妾与父讼诸阎摩王，阎摩王弗善也。父愿坏道[6]

了出去，众人挽留她，她却头也不回。众人跟着走了出来，她转眼就消失不见了。家人怀疑女子是神仙，便照着她讲的办。晚上女子又来了，跟上次一样，又号啕大哭了一场。

到第七天夜里，安生忽然醒了过来，翻了一下身子，小声呻吟着。家人听见了无不惊骇。这时女子走进屋来，两人相对而泣。安生举起手挥了挥，让众人都出去。女子拿出一束青草，熬了升许药汤，端到床头喂安生服了下去，顷刻间他就可以开口讲话了。安生叹息道："把我杀了的是你，救我的也是你！"于是就把遭遇告诉了她。花姑子说："这是蛇精冒充我。你之前迷路时所见到的灯火，就是这条蛇精。"安生问她："你为何能使人起死回生？莫非是神仙不成？"花姑子说："我早就想说了，但怕吓到你。郎君五年前，是不是曾在华山道上买下一头被捕获的獐子放生？"安生就说："没错，是有这么回事。"花姑子便说："那头獐子就是妾身的父亲。之前所说的大德就是指此事。本来你前天已经托生到西村王主政家了。我跟父亲到阎王那儿给你伸冤，阎王觉得我们的请求不合道

代郎死，哀之七日，始得当。今之邂逅[7]，幸耳。然君虽生，必且痿痹[8]不仁，得蛇血合酒饮之，病乃可除。"

理。父亲就提出愿意毁弃道行，代你去死，苦苦求了七天，阎王才答应。如今能跟你再相会，真是侥幸啊。你现在虽然复活了，身体一定会麻木瘫痪，要用蛇血掺酒喝，病才能除根儿。"

注释 1 穷人迹：到处搜寻，把能找的地方找了个遍。 2 噭啕(jiào táo)：大声哭喊。 3 捺(nà)鼻：按鼻子。 4 燂(tán)：烧热，加温。 5 主政：即主事，清代为各部员低层办事官吏，为正六品。 6 坏道：毁弃修行道行。 7 邂逅(xiè hòu)：不期而遇。 8 痿痹(wěi bì)：肢体丧失知觉而不能活动。

生衔恨[1]切齿，而虑其无术可以擒之。女曰："不难。但多残生命，累我百年不得飞升。其穴在老崖中，可于晡时[2]聚茅焚之，外以强弩戒备，妖物可得。"言已，别曰："妾不能终事，实所哀惨。然为君故，业行已损其七，幸悯宥[3]也。月来觉腹中微动，恐是孽根。男与女，岁后当相寄耳。"流涕而去。

安经宿，觉腰下尽

安生咬牙切齿，心里极为懊恼悔恨，可又担心自己没办法擒获蛇精。花姑子就说："这并不难，只是多伤性命，连累我百年不得修成正果飞升罢了。它的巢穴在悬崖中，可令人在申时堆起茅草焚烧，洞外用强劲的弓弩戒备，如此，妖物便可擒获。"说完跟安生道别说："我不能跟你厮守终身，实在是悲痛凄惨。然而为了你，道行已经损失了七成，希望你能怜悯宽恕。近月来，感觉肚子微微有动静，恐怕是有了身孕，不论是男是女，一年后定当送给你。"于是就流着眼泪走了。

过了一夜，安生觉得腰部以下全无知觉，用手抓挠也感受不到痛痒。于是就

死，爬搔无所痛痒。乃以女言告家人。家人往，如其言，炽火穴中，有巨白蛇冲焰而出。数弩齐发，射杀之。火熄入洞，蛇大小数百头，皆焦臭。家人归，以蛇血进。安服三日，两股渐能转侧，半年始起。后独行谷中，遇老媪以绷席[4]抱婴儿授之，曰："吾女致意郎君。"方欲问讯，瞥不复见。启褓视之，男也。抱归，竟不复娶。

把花姑子的话转告给家人。家人就找了过去，按照花姑子说的在洞穴里点着火。有条巨大的白蛇从火里冲了出来，家人数弩齐发，便把它射死了。等火灭了进洞察看，大大小小几百条蛇全都烧焦散发着恶臭。家人回来后，用蛇血混酒给安生服用，喝了三天，两条腿渐渐能活动了，过了半年才能站起身。之后，安幼舆独自在山谷里行走，遇到个老太太递给他一个用被子包裹的婴儿，说："女儿要我问候郎君。"刚要打听花姑子的消息，老太太忽然消失不见了。打开被子一看，是个男孩儿。安幼舆把孩子抱回家，此后竟终身不娶。

注释 **1** 衔恨：心中悔恨懊恼。 **2** 晡时：申时，下午三点至五点。 **3** 悯宥：怜悯宽宥。 **4** 绷席：也作"绷裤"。包裹婴儿的被子。

异史氏曰："'人之所以异于禽兽者几希'，此非定论也。蒙恩衔结[1]，至于没齿[2]，则人有惭于禽兽者矣。至于花姑，始而寄慧于憨，终而寄情于恝[3]。乃知憨者慧之极，恝者情之至也。仙乎，仙乎！"

异史氏说："'人与禽兽的差别就那么一点儿'，我觉得这并不是定论。蒙受别人的恩惠，便结草衔环来报答，以至终身不忘，有的人真是要惭愧不如禽兽了。至于花姑子，开始寄聪慧于憨厚，最终寄情感于淡然。可见憨厚是聪慧的极点，而淡然则是情感的极致。这就是仙人境界吧，这就是仙人境界吧！"

注释 1 衔结：衔环结草。衔环：传说东汉时的杨宝曾救活一只黄雀，后来有黄衣童子送来四枚玉环相报，称可保佑他的子孙位至三公。后来杨宝的子孙果然做了大官。结草：春秋时期魏武子临死时嘱咐儿子魏颗令姬妾殉葬，魏颗可怜小妾就没有遵从父命，而是让她改嫁了。后来在战场上，魏颗与秦将杜回相遇，二人激战时，魏颗突然见一老人用草编的绳子套住杜回，杜回摔倒在地被魏颗俘获。晚上在梦里，老人对魏颗说自己就是那位改嫁小妾的父亲，白天是特地来报恩的。 2 没齿：终身，一辈子。 3 恝(jiá)：淡然，无动于衷。

武孝廉

原文

武孝廉[1]石某，囊资赴都，将求铨叙[2]。至德州[3]，暴病，唾血不起，长卧舟中。仆篡金亡去，石大恚，病益加，资粮断绝，榜人[4]谋委弃之。会有女子乘船，夜来临泊，闻之，自愿以舟载石。榜人悦，扶石登女舟。石视之，妇四十余，被服灿丽，神采犹都。呻以感谢，妇临审曰："君夙

译文

武举人石某，自备了盘缠赶赴京城，想到朝中求官。才走到德州境内，得了急症，每日咳血不止，整日躺在船舱里。仆从偷了财物便逃走了，石某愤恨不已，病情日益加重，盘缠也所剩无几，船家准备把他扔下。恰巧有个女子乘船来到此地，晚上靠岸停泊，听了石某的遭遇，愿意让他到自己船上。船夫大喜，扶着石某上了女子的船。石某一瞧，女子四十多岁，衣着光鲜，风韵犹存。便呻吟着向她道谢，妇人查探了一番病情，说："您素来就有痨病的根子，这次发作，差不多已

有瘵根[5]，今魂魄已游墟墓。”石闻之，嗷然[6]哀哭。妇曰：“我有丸药，能起死。苟病瘳，勿相忘。”石洒泣矢盟。妇乃以药饵石，半日，觉少痊。妇即榻供甘旨，殷勤过于夫妇。石益德之。月余，病良已[7]。石膝行而前，敬之如母。妇曰：“妾茕独无依，如不以色衰见憎，愿侍巾栉。”时石三十余，丧偶经年，闻之，喜惬过望，遂相燕好。妇乃出藏金，使入都营干，相约返与同归。

经病入膏肓了。”石某听罢，绝望地放声大哭起来。妇人安慰道：“我有一味丸药，能起死回生。若是您将来病好了，希望不要忘了我。”石某挥泪盟誓。妇人这才取出丸药给石某服下，才过了半日，便觉病情稍稍好转。妇人端出上好的饭菜摆在床前，殷勤服侍胜过夫妇。石某对妇人更为感激。过了一个多月，石某恢复了健康。他跪着扑到妇人的面前，像对待母亲一样尊敬妇人。妇人说道：“妾身孤苦无依，您若不嫌我年老色衰，我愿与您结为夫妻。”这时石某三十多岁，丧妻也一年多了，听闻此言，喜出望外，两人便从此交好。妇人拿出自己的积蓄，送石某进京求取官职，两人约好石某返回时一同回乡。

注释　1 武孝廉：武举人。　2 铨叙：旧时一种叙官制度，按资历或劳绩核定官职授予或升迁。此处指石某入京求职。　3 德州：今山东德州。　4 榜人：船夫。　5 瘵(zhài)根：痨病的病根。痨病，结核病的俗称。　6 嗷然：放声，高声。　7 良已：痊愈。

石赴都夤缘[1]，选得本省司阃[2]，余金市鞍马，冠盖赫奕。因念妇腊已高，终非良偶，因以

石某进京以后，四处钻营奉承，终被授予本省司阃，成了执掌一方的军官，他用剩下的银子买了车马，冠服亭盖都置办得十分显赫。石某想妇人年纪已大，终

百金聘王氏女为继室。心中悚怯[3]，恐妇闻知，遂避德州道，迂途履任。年余，不通音耗。有石中表，偶至德州，与妇为邻。妇知之，诣问石况，某以实对，妇大骂，因告以情。某亦代为不平，慰解曰："或署中务冗[4]，尚未暇遑。乞修尺一书[5]，为嫂寄之。"妇如其言。某敬以达石，石殊不置意。又年余，妇自往归石，止于旅舍，托官署司宾者通姓氏，石令绝之。

一日，方燕饮，闻喧詈[6]声，释杯凝听，则妇已搴帘[7]入矣。石大骇，面色如土。妇指骂曰："薄情郎！安乐耶？试思富若贵何所自来？我与汝情分不薄，即欲置婢妾，相谋何妨？"石累足屏气，不能复作声。

究不是理想的配偶，于是拿了一百两银子续娶了王家的女儿做继室。他日夜忧惧，唯恐妇人听说此事，便故意避开了德州，绕道赴任。一年多过去了，丝毫不与妇人联系。石某有位表弟偶然间来到德州，恰巧与妇人成了邻居。妇人得知后，打听起石某的近况，表弟便一五一十地说了。妇人听完，破口大骂，将事情原委告诉了他。表弟也为妇人鸣不平，于是宽慰道："或许是哥哥整日公务繁杂，不能顾及家室。请嫂嫂写封书信，我定当代为转交。"妇人依言，当即修书一封。回去后，表弟郑重地将信呈给石某，石某却不以为意。又过了一年多，妇人亲自前去找石某，暂住在客店，请官府迎宾之人代为传信，石某又叫人一口回绝。

一日，石某正在宴饮，远远听见门外传来叫骂之声，刚放下酒杯细听，妇人已经挑帘闯了进来。石某大惊失色，面如土灰。妇人指着他骂道："你这薄情郎，过得快活吗？好好想想你的富贵是怎么来的！我待你情真意切，就算你想纳妾，和我说说又能怎么样？"石某吓得不敢迈步，气都不敢喘，一言不发。过了良久，他长跪不起，磕头赔罪，花言巧语求饶起

久之，长跪自投，诡辞[8]乞宥，妇气稍平。石与王氏谋，使以妹礼见妇。王氏雅不欲，石固哀之，乃往。王拜，妇亦答拜。曰："妹勿惧，我非悍妒者。曩事，实人情所不堪，即妹亦不当愿有是郎。"遂为王缅述[9]本末。王亦愤恨，因与交詈石。石不能自为地，惟求自赎，遂相安帖。

来，妇人的火气才稍稍平复。石某与王氏商量，让她以妹妹的礼数去见妇人。王氏甚为不满，石某竭力哀求，这才答应前去。王氏向妇人行礼，妇人也还了礼。妇人说："妹妹莫怕，我不是那泼辣善妒的人。只是曾经之事，悖逆人情，属实不堪。就算是妹妹也不想有这样的丈夫吧。"于是当着王氏的面把事情的前因后果详细叙述了一遍。王氏听了也是愤恨不已，便与妇人一起唾骂石某。石某羞愧得无地自容，只求忏悔赎罪，大家从此相安无事。

注释 1 夤缘：攀附上升，比喻拉拢关系，向上巴结。 2 司阃(kǔn)：主管地方的军事长官。 3 悚怯：惶恐胆怯。 4 务冗：公务繁杂。 5 尺一书：指书信。汉代诏书写在一尺一寸长的木板上，称为尺一，后世也代指书信。 6 喧詈(lì)：叫骂。 7 搴(qiān)帘：掀起帘子。搴，掀起。 8 诡辞：花言巧语，敷衍搪塞。 9 缅述：尽情叙说，备叙。

初，妇之未入也，石戒阍人[1]勿通。至此，怒阍人，阴诘让[2]之。阍人固言管钥[3]未发，无入者，不服。石疑之而不敢问妇。两虽言笑，而终非所好也。幸妇娴婉，

起初，妇人尚未登门之时，石某就嘱咐门人，若妇人前来，切莫向他通报。事已至此，石某便迁怒于门人，暗地里责怪他。可门人却竭力辩称那天他没开门，也没人进来，对此很不服气。石某对妇人起了疑心，又不敢前去询问。他表面与妇人谈笑甚欢，其实却并不喜爱。幸好妇人贤

不争夕[4]。三餐后，掩闼早眠，并不问良人夜宿何所。王初犹自危，见其如此，益敬之。厌旦[5]往朝，如事姑嫜。妇御下宽和有体，而明察若神。一日，石失印绶，合署沸腾，屑屑[6]还往，无所为计。妇笑言："勿忧，竭井可得。"石从之，果得之。叩其故，辄笑不言。隐约间，似知盗者姓名，然终不肯泄。居之终岁，察其行多异，石疑其非人，常于寝后使人瞯听之，但闻床上终夜作振衣声，亦不知其何为。妇与王极相爱怜。

一夕，石以赴臬司未归，妇与王饮，不觉过醉，就卧席间，化而为狐。王怜之，覆以锦褥。未几，石入，王告以异，石欲杀之。王曰："即狐，何负于君？"石

良淑德，从不争宠侍寝。每日吃过晚饭，早早就闭门休息，对石某晚上睡在哪里一概不问。起初王氏还有些担心，见妇人如此通情达理，对她愈发敬重。每日早晨都向妇人请安，像对待自己婆婆一样。妇人管理仆役宽严有度，遇事明察如神。一日石某丢了官印，整个官署乱作一团。石某惶恐不安地走来走去又无可奈何。妇人笑着说："夫君莫怕，将家中的水井淘干，自然能找到。"石某依言行事，官印果然失而复得。询问缘故，妇人只是笑笑不说话。隐约间似乎她已经知道了盗印之人的名字，却终究不肯说出来。快到年关之时，石某察觉妇人的举止甚多怪异，便怀疑她并非人类，常派人在妇人休息后窥视监听，整夜只听到床上有些抖衣服的声音，也不知妇人在里面做什么。妇人与王氏极为相爱相怜。

一晚，石某因前去按察司，夜间未归。妇人与王氏一起饮酒，不知不觉喝醉了，趴在席间，竟化为一只狐狸。王氏怜爱妇人，拿起锦被为她盖上。不一会儿，石某归来，王氏便将怪事对他讲了。石某当即要杀妇人，王氏劝道："就算她是只狐狸，又有什么地方对不起你呢？"石

不听，急觅佩刀。而妇已醒，骂曰："虺蝮[7]之行，而豺狼之性，必不可以久居！曩时啖药，乞赐还也！"即唾石面。石觉森寒如浇冰水，喉中习习作痒，呕出，则丸药如故。妇拾之，忿然径出，追之已杳。石中夜旧症复作，血嗽不止，半载而卒。

某不听，急忙去找佩刀。此时妇人已经醒来，愤然骂道："做事狠毒如蛇蝎，心思如虎狼般险恶，断不可再相处下去了！当时你服下的药，赶快还给我！"当即唾了石某一脸。石某顿觉浑身上下森寒刺骨，仿佛劈头浇了一盆冰水，喉中阵阵作痒，呕出了当时的药丸，这么多年过去，那药丸竟没什么变化。妇人拾起药丸，愤然径自离去，石某追出门，早已不见了踪影。当天半夜，石某的痨病复发，咳血不止，半年之后就死了。

注释　1 阍人：看门人。　2 诘让：诘问斥责。　3 管钥：钥匙。　4 夕：指侍寝。　5 厌旦：黎明。　6 屑屑：惶恐不安的样子。　7 虺蝮(huǐ fù)：虺、蝮均为毒蛇名。

异史氏曰："石孝廉翩翩若书生，或言其折节[1]能下士，语人如恐伤。壮年殂谢[2]，士林悼之。至闻其负狐妇一事，则与李十郎[3]何以少异？"

异史氏说："石孝廉风度翩翩，貌若书生，有人说他礼贤下士，待人谦和，生怕伤了对方。他英年早逝，读书人纷纷悼念。后来听闻他背弃狐妇的行径，这与李十郎辜负霍小玉有什么区别呢？"

注释　1 折节：指降低自己身份或改变平时的志趣行为。　2 壮年殂谢：英年早逝。　3 李十郎：唐传奇《霍小玉传》中的李益。李益，又名李十郎，他爱上了名妓霍小玉，表示粉身碎骨，誓不相舍。但做官后却抛弃了霍小玉，与高门卢氏之女结婚，并与霍小玉断绝音信。后来，霍小玉在黄衫客的帮助下见到李十郎，痛骂其负心。她死后冤魂作祟，李十郎终受报复。

西湖主

原文

陈生弼教，字明允，燕[1]人也。家贫，从副将军贾绾作记室[2]。泊舟洞庭。适猪婆龙[3]浮水面，贾射之中背。有鱼衔龙尾不去，并获之。锁置桅[4]间，奄存气息，而龙吻张翕，似求援拯[5]。生恻然心动，请于贾而释之。携有金创药[6]，戏敷患处，纵之水中，浮沉逾刻而没。

译文

陈弼教，字明允，是直隶一带的书生。他家里穷，跟随副将军贾绾当秘书。有一次，他们的船停在洞庭湖，正碰上一条扬子鳄浮出水面。贾将军用箭射中了扬子鳄的背部，有条小鱼用嘴叼着它的尾巴不肯离开，被一起捉住了。把它们锁在桅杆上，鳄鱼气息奄奄，嘴一张一合，似乎在求救。陈生看到，心生恻隐，请求贾将军的同意后，便解开绳子，把鳄鱼放了。他身上带有治疗刀伤的药，就随意把药涂在鳄鱼的伤口上，把鳄鱼和小鱼都放进水里，它们一会儿浮上来一会儿沉下去，游了一会儿就沉到水底不见了。

注释　1 燕：今河北及附近地区。　2 记室：官名。东汉置，掌章表书记文檄。这里指秘书。　3 猪婆龙：鼍的俗称，也叫扬子鳄。　4 桅(wéi)：桅杆。竖立于船舶甲板上的圆木或金属长杆。在帆船上主要用以扬帆。 5 援拯:援救,帮助。 6 金创药:俗称刀伤药,其实是治疗刀伤药物的泛称。

后年余,生北归,复经洞庭,大风覆舟。幸扳一竹簏[1],漂泊终夜洼,絓[2]木而止。援岸方升,有浮尸继至,则其僮仆,力引出之,已就毙矣。惨怛[3]无聊,坐对憩息。但见小山耸翠,细柳摇青,行人绝少,无可问途。自迟明以至辰后,怅怅靡之。忽僮仆肢体微动,喜而扪之,无何,呕水数斗,豁然顿苏。相与曝衣石上,近午始燥可着。而枵肠辘辘[4],饥不可堪。于是越山疾行,冀有村落。才至半山,闻鸣镝声。方疑听间,有二女郎乘骏马来,骋如撒菽[5]。

后来过了一年多,陈生北上归家,又经过洞庭湖,大风把船掀翻了,陈生碰巧抓住了一个竹箱,在湖水中漂荡了一整夜,被树枝挂住才停下来。陈生刚刚爬上岸,有一具尸体随后从湖内来,陈生一看是他的仆从,就赶紧用力把仆人拉上岸来,仆人已经死了。陈生十分伤心,百无聊赖地面对仆人坐着歇息。只见湖四周小山高高耸立,一片苍翠。柳条随风摇摆,绿意盎然。可湖边的道路上一个行人也没有,没法问路。从黎明时分一直到上午,他惆怅失落,不知怎么办才好。忽然仆人的身体动了动,陈生高兴,赶紧拍打仆人的后背,过了一会儿,仆人吐出好几斗水,顿时苏醒过来。两个人一起在石头上晒衣服,快到中午时衣服才晒干可以穿。这时他们饿得肚子直叫,饥饿难忍。于是他们翻过山快步疾行,盼望能找到一个村庄。刚走到半山腰,就听见响箭声。两个人正在惊疑地细听放箭的方向时,两个女子骑着骏马赶来,马蹄声像撒豆子一样急促清脆。她们额前都扎着红

各以红绡抹额，髻插雉尾，着小袖紫衣，腰束绿锦；一挟弹，一臂青鞲[6]。度过岭头，则数十骑猎于榛莽[7]，并皆姝丽，装束若一。生不敢前。有男子步驰，似是驭卒，因就问之。答曰："此西湖主猎首山也。"生述所来，且告之馁。驭卒解裹粮授之，嘱云："宜即远避，犯驾当死！"生惧，疾趋下山。

色的薄绸，发髻上插着野鸡尾羽，穿着窄袖紫袍，腰间系着绿绸带。一个胳膊夹着弹弓，另一个胳膊上套着青皮套。他们翻过山岭，看见几十个女子骑着马在丛杂的树林间打猎，她们个个都十分美丽，衣着装束完全一样。陈生不敢向前。这时，有个男子快步跑来，看打扮应该是马夫，陈生走上前问这是怎么回事。回答说："这是西湖的公主在首山围猎。"陈生讲了他们的来历，又告诉马夫自己和仆人饿坏了，请求给点吃的。马夫打开包裹给了他们一些干粮，又叮嘱道："你们最好赶紧远离避开，冒犯公主可是死罪！"陈生非常害怕，赶紧跑下山。

注释　1 竹簏：竹箱。　2 絓：绊住。　3 惨怛：忧伤，悲痛。　4 枵(xiāo)肠辘辘：肚子饿得咕咕作响，形容十分饥饿。枵，空虚。辘辘，象声词，形容饥饿时肠中虚鸣声。　5 骋如撒菽：指马奔跑时，马蹄声像撒豆子一样清脆急促。　6 青鞲：青色臂套，用皮制成。　7 榛莽：丛杂的草木。

茂林中隐有殿阁，谓是兰若。近临之，粉垣围沓[1]，溪水横流，朱门半启，石桥通焉。攀扉一望，则台榭环云，拟于上苑[2]，又疑是贵家园亭。逡巡

山下茂密的树林中隐隐约约有楼阁。陈生猜想可能是寺院。走到跟前，只见四周粉墙围绕，溪水环绕着房子流淌。红色的大门半掩着，一座石桥横跨溪水直通大门。他扒着门缝向里看，只见亭台楼阁环绕如云，与皇家园林一样

而入，横藤碍路，香花扑人。过数折曲栏，又是别一院宇，垂杨数十株，高拂朱檐。山鸟一鸣，则花片乱飞，深巷微风，则榆钱自落。怡目快心，殆非人世。穿过小亭，有秋千一架，上与云齐，而罥索[3]沉沉，杳无人迹。因疑地近闺阁，恇怯[4]未敢深入。俄闻马腾于门，似有女子笑语。生与僮潜伏丛花中。

未几，笑声渐近，闻一女子曰："今日猎兴不佳，获禽绝少。"又一女曰："非是公主射得雁落，几空劳仆马也。"无何，红妆数辈，拥一女郎至亭上坐。秃袖戎装，年可十四五。发多敛雾，腰细惊风，玉蕊琼英，未足方喻。诸女子献茗熏香，灿如堆锦。移时，女起，历阶而下。一女曰：

美丽，又怀疑是大户人家的庭院。陈生犹犹豫豫地走进去，只见藤蔓爬满道路，花香扑面而来。经过几折曲栏，又是一个庭院。在朱红色的屋檐下，几十株高大的杨柳高高耸立，柳条随风摇摆。鸟儿一叫，飞花片片。微风从幽静的庭院里吹过，榆钱缓缓落下。令人赏心悦目，恍若仙境。走过小亭，有一架秋千，高入云霄，而挂秋千的绳索静静垂下来，周围一个人也没有。陈生怀疑这里离闺房不远，心中胆怯不敢再往里走。不一会儿，门口传来马儿的嘶鸣声，似乎有女子的笑声。陈生跟仆人赶紧躲在花丛里。

没过多久，笑声渐渐靠近，只听一个女子说："今天运气不好，打到的猎物太少了。"另一个女子说："要不是公主射中了大雁，今天这些人马几乎都白去了。"没过多久，几位身穿红衣的女子簇拥着一个女子到亭子上坐下，女子穿着短袖军装，年纪大约十四五岁，头发如云雾般浓密，纤腰细细，弱不禁风，玉蕊琼花都难以形容她的美丽。一众女儿，有的捧茶，有的点香，光鲜动人，如堆起的锦缎。过了一段时间，女子站起身，沿着台阶走下，一个女孩说："公主

“公主鞍马劳顿，尚能秋千否？”公主笑诺。遂有驾肩者，捉臂者，褰裙者，持履者，挽扶而上。公主舒皓腕，蹑利屣[5]，轻如飞燕，蹴入云霄。已而扶下，群曰：“公主真仙人也！”嘻笑而去。

打猎很累了，还能荡秋千吗？”公主笑着说可以，于是有架肩膀的，有挽胳膊的，有提裙子的，有拿绣鞋的，一起把公主扶上秋千。公主伸出雪白的手腕抓住绳子，脚踩尖头薄底绣鞋，身轻如燕，飞入云霄。荡完秋千，大家把公主扶下来，都说：“公主真是仙人啊。”便嬉笑着离开了。

注释 1 围沓：环绕。 2 上苑：又称上林苑，是汉代皇家园林，规模宏伟，宫室众多。后泛称皇家园林。 3 罥(juàn)索：指秋千架上的绳索。 4 恇怯：懦弱，胆怯。 5 利屣：即舞屣。头小而尖的薄底鞋，缀珠，多有花纹。

生睨良久，神志飞扬。迨人声既寂，出诣秋千下，徘徊凝想。见篱下有红巾，知为群美所遗，喜纳袖中。登其亭，见案上设有文具，遂题巾曰：“雅戏何人拟半仙[1]？分明琼女散金莲。广寒[2]队里恐相妒，莫信凌波[3]上九天。”题已，吟诵而出。复寻故径，则重门扃锢矣。踟蹰[4]无计，返而楼阁亭

陈生偷看了很久，神采飞扬。等到四周的声音都消失了，他走出来，来到秋千下，来回踱步，凝神痴想。忽然看见篱笆下有一块红巾，知道是众美女落下的，高兴地拾起来藏在袖子里，登上亭子，看见桌子上摆着文具，于是在红巾上写道：“雅戏何人拟半仙？分明琼女散金莲。广寒队里恐相妒，莫信凌波上九天。”写完，吟诵着走出了亭子。想找到来时的路，却发现门都上了锁。他来回徘徊，毫无办法，就返回来，把园子里的亭台楼阁几乎都赏了一遍。快

台，涉历几尽。一女掩入，惊问：“何得来此？”生揖之曰：“失路之人，幸能垂救。”女问：“拾得红巾否？”生曰：“有之。然已玷染，如何？”因出之。女大惊曰：“汝死无所矣！此公主所常御，涂鸦若此，何能为地？”生失色，哀求脱免。女曰：“窃窥宫仪[5]，罪已不赦。念汝儒冠，欲以私意相全，今孽乃自作，将何为计！”遂皇皇持巾去。生心悸肌栗[6]，恨无翅翎，惟延颈俟死。

要逛完时，一个女子突然进来，惊讶地问：“你怎么能来这里？”陈生作揖说：“我迷了路才来到这里，希望你能救我。”女子问：“你拾到一条红巾没？”陈生说：“拾到了，可我题了诗，该怎么办呢？”说着拿出红巾，女子惊恐地说：“你死无葬身之地了！这是公主常用的，被你涂鸦成这样，我还怎么救你？”陈生惊慌失措，求女子保他免除灾祸。女子说：“偷看公主仪容，已经罪不可恕。我看你是个书生，想保全你，可你自己作孽，还有什么办法！”于是慌张地拿着手巾离开了。陈生吓得心惊肉跳，恨自己没翅膀，只好伸长脖子等死。

注释 1 半仙：指荡秋千的人。 2 广寒：广寒宫，即月宫。 3 凌波：指女子的小脚。 4 踟蹰(chí chú)：徘徊，心中犹疑，要走不走的样子。 5 宫仪：指宫中女子，此处指公主。 6 心悸肌栗：心脏剧烈跳动，肌肉战栗。

迂久[1]，女复来，潜贺曰：“子有生望矣！公主看巾三四遍，冁然[2]无怒容，或当放君去。宜姑耐守，勿得攀树钻垣，发

过了很久，女子又来，偷偷祝贺说：“你有活下来的希望了！公主拿着手巾看了三四遍，笑眯眯的一点也不生气，说不定会放你离开，你最好耐心等候消息，千万别想着爬树翻墙逃跑，被发现

觉不宥矣。”日已投暮[3]，凶祥不能自必，而饿焰中烧，忧煎欲死。无何，女子挑灯至，一婢提壶榼，出酒食饷生。生急问消息，女云：“适我乘间言：‘园中秀才，可恕则放之；不然，饿且死。’公主沉思云：‘深夜教渠何之？’遂命馈君食。此非恶耗也。”生徊徨终夜，危不自安。辰刻向尽[4]，女子又饷之。生哀求缓颊[5]，女曰：“公主不言杀，亦不言放，我辈下人，何敢屑屑渎告？”

了决不相饶。”女子走后，到了傍晚，陈生不知是凶是吉，肚子饿得像火烧一样，担惊受怕，徘徊不定，真想一死了之。没一会儿，女子打着灯笼来了，一个侍女跟在女子身后，提着酒壶饭盒，拿出酒菜给陈生享用。陈生着急地问女子消息，女子说：“刚才我趁机跟公主建议：‘园中的秀才，能原谅他的罪过就放了吧，不放的话他快饿死了。’公主沉思了一会儿说：‘深更半夜，让他去哪呢？’于是就让我给你送来食物，这不是坏消息呀。”陈生整夜徘徊惶恐，忧虑不安。辰时将尽，女子又来送饭，陈生苦苦求她给自己求情，女子说：“公主既不说杀你也不说放你，我们这些下人怎么敢多说呢？”

注释 1 迂久：很长时间。 2 辴(chǎn)然：笑眯眯的样子。 3 投暮：傍晚。 4 辰刻向尽：辰时将尽。 5 缓颊：婉言劝解或替人求情。

既而斜日西转，眺望方殷，女子坌息[1]急奔而入，曰：“殆矣！多言者泄其事于王妃，妃展巾抵地，大骂狂伧[2]，祸不远

不久，夕阳西下，陈生正急切地向远处眺望，女子飞快地跑进来，喘着气说：“大事不好了！有多嘴的把你的事告诉了王妃，王妃打开手巾看了下就扔在地上，大骂你狂妄粗鄙，祸事不远了！”陈

矣！”生大惊，面如灰土，长跽[3]请教。忽闻人语纷拏[4]，女摇手避去。数人持索，汹汹入户，内一婢熟视曰：“将谓何人，陈郎耶？”遂止持索者，曰：“且勿且勿，待白王妃来。”返身急去。少间来，曰：“王妃请陈郎入。”生战惕从之。经数十门户，至一宫殿，碧箔银钩。即有美姬揭帘，唱：“陈郎至。”上一丽者，袍服炫冶[5]。生伏地稽首曰：“万里孤臣，幸恕生命。”妃急起拽之，曰：“我非君子，无以有今日。婢辈无知，致迕佳客，罪何可赎！”即设华筵，酌以镂杯。生茫然不解其故，妃曰：“再造之恩，恨无所报。息女[6]蒙题巾之爱，当是天缘，今夕即遣奉侍。”生意出非望，神惝恍而无着。

生吓得面如灰土，长跪在地上，请求女子搭救。忽然听见人声喧哗，女子摆摆手走了。几个人拿着绳子，气势汹汹地走进来，里面有一个侍女仔细看了看陈生说：“我说是谁，你不正是陈郎吗？”于是阻止拿绳子的人动手，说：“且慢且慢，容我去禀告王妃。”赶紧转身走了。没过一会儿就回来了，对陈生说：“王妃请陈郎进去。”陈生胆战心惊地跟着她，穿过几十道门，到了一座宫殿前，只见碧绿色的门帘上垂着银钩，随即有美丽的侍女掀起门帘，唱道：“陈郎到。”殿上坐着一位美丽的夫人，衣服艳丽。陈生跪下磕头说道：“我是来自远方的孤臣，还望您开恩饶了我。”王妃赶紧起来把陈生拉起来说：“我没有您的帮助，也不会有今天。下人们没有见识，冒犯了贵宾，罪过怎能轻饶！”立刻摆上盛大的酒席，用镂刻精美的酒杯向陈生敬酒。陈生十分疑惑，不明白什么原因。王妃说：“你对我恩同再造，只恨无以为报。正巧我女儿承蒙你题诗红巾，遥传爱意，真是天赐的缘分，今晚就让她侍奉你吧。”陈生顿感事出意外，因此神情恍惚，不知该怎么回答。

注释 1 坌(bèn)息:喘粗气。 2 狂伧:狂妄粗鄙之人。 3 长跽:长跪。 4 纷挐:纷乱。 5 炫冶:艳丽。 6 息女:亲生女儿。

日方暮,一婢前曰:"公主已严妆[1]讫。"遂引生就帐。忽而笙管敖嘈[2],阶上悉践花罽[3],门堂藩溷,处处皆笼烛。数十妖姬,扶公主交拜。麝兰之气,充溢殿庭。既而相将入帏,两相倾爱。生曰:"羁旅之臣,生平不省拜侍。点污芳巾,得免斧锧,幸矣,反赐姻好,实非所望。"公主曰:"妾母,湖君妃子,乃扬江王女。旧岁归宁,偶游湖上,为流矢所中。蒙君脱免,又赐刀圭之药,一门戴佩[4],常不去心。郎勿以非类见疑。妾从龙君得长生诀,愿与郎共之。"生乃悟为神人,因问:"婢子何以相识?"曰:"尔日洞庭舟上,曾

太阳刚落山,一个女子前来说:"公主已经盛装打扮好了。"于是带着陈生前去成亲。忽然乐器齐鸣,喧声震天,台阶上都铺上了各种花色的地毯,从厅堂到厕所,到处都是灯笼喜烛。几十位妖艳的侍女扶着公主与陈生对拜。麝香兰草的气息,弥漫充斥在整个宫殿庭院里。婚礼完成后两个人走进洞房,极尽欢爱。陈生说:"我是四处漂泊,客居他乡的游子,平生不懂得拜谒周旋。弄脏了你的手巾,能免去死刑就已经是大幸了,没想到能赐给我这段良缘,实在不是我敢想象的呀。"公主说:"我的母亲,是洞庭湖君的爱妃,扬江王的女儿。去年我妈妈回娘家探亲,偶然游出湖面,被飞箭射中,幸好遇到你才脱难,又给涂了治伤的药。我们一家都十分感激你的恩情,一直铭记不忘。你不用因为我不是人类而心怀疑虑,我从龙君那里得到了长生不老的诀窍,愿意与你共享。"陈生才明白公主是神仙,便问:"侍女怎么认识我呢?"公主说:"那天在洞庭湖,有一条小

有小鱼衔尾,即此婢也。”又问:“既不见诛,何迟迟不赐纵脱?”笑曰:“实怜君才,但不自主。颠倒终夜,他人不及知也。”生叹曰:“卿,我鲍叔[5]也。馈食者谁?”曰:“阿念,亦妾腹心。”生曰:“何以报德?”笑曰:“侍君有日,徐图塞责未晚耳。”问:“大王何在?”曰:“从关圣征蚩尤未归。”

鱼咬住鳄鱼的尾巴,就是这位侍女。”又问:“既然不打算杀我,又为何迟迟不放我走呢?”公主笑着说:“我实在是爱惜你的才华,只是不能自己做主呀。我辗转一整夜没睡,别人都不知道罢了。”陈生感叹说:“你是我的知己呀,给我送饭的人是谁呢?”公主说:“她叫阿念,是我的心腹。”陈生问:“我该怎么报答你的恩情呢?”公主笑着说:“咱们在一起的日子还长着呢,慢慢考虑如何应付也不迟。”又问:“洞庭湖君在哪儿呢?”回答说:“跟随关帝讨伐蚩尤还没回来。”

注释 1 严妆:认真打扮,盛装打扮。 2 嗷嘈:喧杂。 3 罽(jì):地毯。 4 戴佩:感恩铭记。 5 鲍叔:即鲍叔牙,春秋时齐国大夫,以知人著称。此处代指知己。

居数日,生虑家中无耗,悬念綦切[1],乃先以平安书遣仆归。家中闻洞庭舟覆,妻子缞绖已年余矣。仆归,始知不死,而音闻梗塞,终恐漂泊难返。又半载,生忽至,裘马甚都[2],囊中宝玉充盈。由此富有巨

住了几天,陈生担心家里没有自己的消息,十分想念家人,于是写了报平安的书信,先让侍从送回家。家里人听说陈生的船在洞庭湖中翻了,妻子披麻戴孝已经一年多了。等到仆人回到家,大家才知道陈生没死。可音信难通,终究担心他漂泊异乡,再难回家。又是半年过去,陈生忽然回到家中,穿着裘皮大衣,骑着骏马,甚为华丽,箱子里装满了珍宝美玉。从此

万，声色豪奢，世家所不能及。七八年间，生子五人。日日宴集宾客，宫室饮馔之奉，穷极丰盛。或问所遇，言之无少讳。

陈生富甲一方，声色犬马，极尽奢华，连世家大族也比不上。七八年里，一连生了五个儿子。他天天宴请亲友故交，给宾朋提供的住所饮食，丰盛至极。如果有人问起他的经历，便侃侃而谈，毫不避讳。

注释 1 綦切：急切。 2 都：华丽。

有童稚之交梁子俊者，宦游南服[1]十余年。归过洞庭，见一画舫[2]，雕槛朱窗，笙歌幽细，缓荡烟波。时有美人推窗凭眺[3]。梁目注舫中，见一少年丈夫，科头叠股其上，旁有二八姝丽，挼莎[4]交摩。念必楚襄贵官，而驺从殊少。凝眸审谛，则陈明允也。不觉凭栏酣呼，生闻罢棹，出临鹢首[5]，邀梁过舟。见残肴满案，酒雾犹浓。生立命撤去。顷之，美婢三五，进酒烹茗，山海

陈生有个幼年时的老朋友叫梁子俊，他在南方当了十几年官。这天，他路过洞庭湖，看见一艘画舫，雕花的栏杆，红色的窗子，从里面隐隐传出悠长的歌声，在烟雾缭绕的湖面上缓缓飘荡。不时有美丽的少女推开窗子凭栏远眺。他盯着画船向内看，只见一个年轻的书生，没戴帽子，两腿交叉着坐在舫上。身边有美丽的少女，正在给他按摩。梁子俊猜想这一定是楚地的大官，可身边却没有什么随从。他目不转睛仔细观看，原来是故交陈生。他不自觉地靠着栏杆高声喊嚷，陈生听见了，停下船来，走到船头，请梁生上船。只见满桌都是吃剩的菜肴，酒香还很浓郁。陈生立即让人撤去残席，不一会儿，几位美丽的侍女捧酒上茶，摆

珍错，目所未睹。

梁惊曰：“十年不见，何富贵一至于此！”笑曰：“君小觑穷措大[6]不能发迹耶？”问：“适共饮何人？”曰：“山荆耳。”梁又异之，问：“携家何往？”答：“将西渡。”梁欲再诘，生遽命歌以侑酒[7]。一言甫毕，旱雷聒耳，肉竹[8]嘈杂，不复可闻言笑。梁见佳丽满前，乘醉大言曰：“明允公，能令我真个销魂否？”生笑云：“足下醉矣！然有一美妾之资，可赠故人。”遂命侍儿进明珠一颗，曰：“绿珠[9]不难购，明我非吝惜。”乃趣别[10]曰：“小事忙迫，不及与故人久聚。”送梁归舟，开缆径去。

梁归，探诸其家，则生方与客饮，益疑，因问：“昨在洞庭，何归之

上山珍海味，都是梁生没有见过的。

梁生惊讶地说：“十年没有见面，你怎么突然变得这么富贵！”陈生笑道：“你小看了穷秀才吧，难道穷秀才不会富有吗？”梁生问：“刚才跟你一起喝酒的是谁呀？”陈生说：“是我的妻子。”梁生又十分惊异，问：“你打算带着家眷去哪里呢？”陈生回答说：“打算往西边去。”梁生还想再问，陈生赶忙让歌女唱歌以助酒兴。刚说完，只听乐声震耳欲聋，歌声、乐声交错在一起，说笑的声音都被掩盖了。梁生看到面前都是美丽的少女，借着酒意大声说：“明允公，能让我销魂一次吗？”陈生笑着说：“足下喝醉啦！但我这里有可以买下一个娇妾的费用送给老朋友。”于是让侍从拿来一颗明珠，说：“用它买美妾也不难，我对老朋友可不吝啬呀。”说完就赶忙告别：“我有些小事比较急，不能跟老朋友相聚太久了。”把梁子俊送回他自己的船，就解开缆绳离开了。

梁子俊回到家，就到陈生家看望，看到陈生正在跟客人喝酒，心里更加疑惑，于是问道：“前两天你还在洞庭湖，怎么这么快就回来了呀？”陈生说：“没有

速？”答曰：“无之。”梁乃追述所见，一座尽骇。生笑曰：“君误矣，仆岂有分身术耶？”众异之，而究莫解其故。后八十一岁而终。迨殡，讶其棺轻，开视，则空棺耳。

呀。”梁子俊于是把自己看到的讲给大家听，在座的客人都非常吃惊。陈生笑着说：“你弄错了吧，我哪有分身术呢？”大家都十分诧异，但终究不明白是怎么回事。后来，陈生活了八十一岁去世。等到出殡时，大家都惊讶抬的棺材很轻，打开一看，原来棺材是空的。

注释　1 南服：南方。　2 画舫：指装饰漂亮的游船。　3 凭眺：在高处靠着栏杆望远。　4 挼莎：用手抚摸。　5 鹢(yì)首：船头。古代船头画有鹢鸟的图案，故称。鹢，一种像鹭的水鸟。　6 穷措大：旧时对贫寒的读书人轻慢的称呼。　7 侑(yòu)酒：为饮酒者助兴。　8 肉竹：歌声和乐器声。肉，歌喉。　9 绿珠：晋代石崇的妾。此处指美丽的小妾。　10 趣(cù)别：催促分别。

异史氏曰：“竹簏不沉，红巾题句，此其中具有鬼神，要之皆恻隐之一念所通也。迨宫室妻妾，一身而两享其奉，则又不可解矣。昔有愿娇妻美妾、贵子贤孙，而兼长生不老者，仅得其半耳。岂仙人中亦有汾阳[1]、季伦[2]耶？”

异史氏说：“竹箱不沉，红巾题诗，里面都有鬼神在操控呀，而其中的关键都是由恻隐之心连接的呀。可宫殿妻妾，陈弼教一个人能在两处享福，却又无法理解了。过去有人希望妻妾成群、子孙富贵，又能长生不老，都只得了陈弼教的一半罢了。难道仙人中也有郭子仪、石崇那样的人吗？”

注释　1 汾阳：指郭子仪。唐代郭子仪平定安史之乱有功，被唐肃宗封为汾阳郡王。他一生出将入相，富贵寿考样样俱足，而且子孙满堂，安享天年。 **2** 季伦：晋代石崇字季伦，家财巨万，富可敌国。

孝 子

原文

青州东香山[1]之前，有周顺亭者，事母至孝。母股生巨疽[2]，痛不可忍，昼夜嚬[3]呻。周抚肌进药，至忘寝食。数月不痊，周忧煎无以为计。梦父告曰："母疾赖汝孝。然此疮非人膏涂之不能愈，徒劳焦恻也。"醒而异之，乃起，以利刃割胁肉，肉脱落，觉不甚苦。急以布缠腰际，血亦不注。于是烹肉持膏，敷母患处，痛截然顿止。母喜问："何药而灵效如此？"周诡对之。母疮寻愈。周每掩护割处，即妻子亦不知也。既痊，

译文

在青州城东边的香山前，住着一个叫周顺亭的人，对母亲非常孝顺。他母亲大腿上长了个大疮，痛得受不了，整天都皱眉呻吟着。周顺亭每次都给母亲先按摩再上药，自己连吃饭睡觉都顾不上。可几个月过去了，病还是不见好，周顺亭愁得没了主意。一天深夜，梦见亡父告诉他："你母亲的病幸好有你悉心照顾。可这毒疮必须用人肉膏敷涂才有效，你着急难过也没用。"周顺亭醒来觉得此梦异乎寻常，便起身拿尖刀割下腰间的肉，割下来后，也没觉得疼。他急忙在腰间缠上布带，血也没喷出来。周顺亭把肉煮烂捣成膏状，涂抹在母亲的患处，疼痛立即止住了。母亲欣喜地问："是什么灵丹妙药这么有效？"周顺亭编了个谎应付过去。母亲的毒疮不久就治好了。周顺亭每次都小心翼翼地挡住腰部，就连妻子也不知道。伤

有巨疤如掌，妻诘之，始得其情。

口愈合后，留下一个巴掌大的伤疤，妻子质问他，这才知道事情的真相。

注释　1 香山：今山东青州香山。　2 疽(jū)：一种毒疮。　3 嚬：同"颦"，皱着眉头。

异史氏曰："刲股[1]为伤生之事，君子不贵。然愚夫妇何知伤生为不孝哉？亦行其心之所不自已[2]者而已。有斯人而知孝子之真犹在天壤。司风教者，重务良多，无暇彰表，则阐幽明微，赖兹刍荛[3]。"

异史氏说："割下大腿肉有损生命，君子不推崇这么做。但是无知的人哪里知道伤生是不孝的呢？周顺亭也不过是做心里忍不住想做的事罢了。有了这种人，世人才知道孝子的真心还保留在天地间。掌管风俗教化的人，有很多繁重的事务要处理，没空表彰民间孝子，所以宣扬幽深隐微的道理，就落到平民身上了。"

注释　1 刲(kuī)股：割大腿肉。刲，割取。股，大腿。　2 不自已：不能自我克制。　3 刍荛：割草打架的人，泛指平民百姓。

狮　子

原文

暹逻[1]国贡狮，每止处，观者如堵。其形

译文

暹逻国前来进贡狮子，每在路上歇息，围观的人都把路堵得水泄不通。这贡

状与世所传绣画者迥异，毛黑黄色，长数寸。或投以鸡，先以爪抟[2]而吹之。一吹，则毛尽落如扫，亦理之奇也。

狮的长相和世间相传的刺绣画里的都不一样，黑黄色的狮毛有几寸长。有人扔只鸡给它，贡狮会先抓在手里揉一揉，吹一吹。口一吹，鸡毛纷纷落地，一根不剩，也是件奇事。

注释 1 暹逻(xiān luó)：即"暹罗"对今泰国的旧称。 2 抟(tuán)：把东西揉弄成球形。

阎王

原文

李久常，临朐[1]人。壶榼[2]于野，见旋风蓬蓬而来，敬酹奠[3]之。后以故他适，路旁有广第，殿阁弘丽。一青衣人自内出，邀李，李固辞。青衣人要遮[4]甚殷，李曰："素不识荆[5]，得无误耶？"青衣云："不误。"便言李姓字。问："此谁家第？"云："入自知之。"入，进一层门，见一女子手足钉

译文

李久常是临朐县人，有天在野外正提着酒壶喝酒，突然看到旋风"呼呼"刮，便恭敬地将酒浇到地上表示祭奠。后来他去其他地方办事时，看到路旁有座高大的宅子，恢弘华丽。一个青衣人从宅子里走出来，请李久常进去坐坐，李久常再三推辞。挡不住青衣人的热情邀请，李久常问："我们向来没见过面，你不会认错人了吧？"青衣人说："没认错。"还叫出了李久常的姓名。李久常便问："这是谁的宅子？"青衣人只说："您进去就知道了。"李久常便走去，来到第一道门，

扉上，近视之，其嫂也，大骇。

李有嫂，臂生恶疽，不起者年余矣。因自念何得至此。转疑招致意恶，畏沮却步，青衣促之，乃入。至殿下，上一人，冠带如王者，气象威猛。李跪伏，莫敢仰视。王者命曳起之，慰之曰："勿惧。我以曩昔扰子杯酌，欲一见相谢，无他故也。"李心始安，然终不知故。王者又曰："汝不忆田野酹奠时乎？"李顿悟，知其为神，顿首曰："适见嫂氏，受此严刑，骨肉之情，实怆于怀。乞王怜宥！"王者曰："此甚悍妒，宜得是罚。三年前，汝兄妾盘肠而产[6]，彼阴以针刺肠上，俾至今脏腑常痛。此岂有人理者！"李固哀之，乃曰："便以子故宥之。归

竟看见一个女子手脚都被钉在门上，走近一看，原来是大嫂，吓了一跳。

李久常有个嫂子，手臂上长了恶疮，躺在床上一年多了。他便猜想嫂子怎么会来这里。转念又怀疑请他进去或许有恶意，吓得不敢往前走，青衣人一直催促，他这才进去。走到殿下，只见座上有一人，衣冠华贵似王者，气度威武英勇。李久常连忙下跪行礼，头都不敢抬。阎王让侍从扶他起来，安慰说："你别怕。我只是因为之前喝了你的酒，所以请你来，想当面感谢而已，没有别的缘故。"李久常心里这才稍稍踏实，可还是不明白是什么缘故。阎王又说："你忘了在野外用酒浇地祭奠的事吗？"李久常一下子想了起来，明白他应该是神仙，跪下磕头说："我刚才看见嫂子遭受酷刑，出于骨肉之情心里实在不忍。请您高抬贵手，放了她吧！"阎王说："你嫂子蛮横妒忌，就该受这惩罚。三年前，你哥哥的小妾盘肠生下孩子，你嫂子竟然暗地里用针刺进她的肠子里，害得她如今脏腑常常作痛。她这么做还有人性吗！"李久常不停地哀求阎王开恩，阎王才说："看在你的面子上饶她一次。你回去了要好好

当劝悍妇改行。"李谢而出,则扉上无人矣。

劝她改掉这毛病。"李久常拜谢阎王,出去后发现人已经不在门上了。

注释 1 临朐(qú):今山东潍坊临朐县。 2 壶榼(kē):指饮酒。壶与榼都是古代盛酒的器具。 3 酹(lèi)奠:祭奠时以酒洒地。 4 要遮:邀请。 5 识荆:初次见面的敬辞。语出李白《与韩荆州书》:"白闻天下谈士相聚而言曰:'生不用封万户侯,但愿一识韩荆州。'何令人之景慕一至于此耶!"韩荆州,指韩朝宗,当时为荆州长史。后因以"识荆"为初次识面的敬辞。 6 盘肠而产:即盘肠而生。古人认为产妇平日气虚,临产时浑身气血下注,以致肠随儿下,儿娩出后肠仍不收。相当于临产时产妇直肠脱出。

归视嫂,嫂卧榻上,创血殷席[1]。时以妾拂意故,方致诟骂。李遽劝曰:"嫂勿复尔!今日恶苦,皆平日忌嫉所致。"嫂怒曰:"小郎若个好男儿,又房中娘子贤似孟姑姑[2],任郎君东家眠、西家宿,不敢一作声。自当是小郎大乾纲[3],到不得代哥子降伏老媪!"李微哂曰:"嫂勿怒,若言其情,恐欲哭不暇矣。"嫂曰:"便曾不盗得王母箩中线[4],又未与玉皇香案吏一

李久常回家后去看望嫂子,嫂子还是躺在床上,疮口的淤血把席子都染红了。正巧小妾违逆了她的意思,她正破口大骂。李久常急忙劝诫道:"嫂子你不要再说了!你现在病得这么重,都是平时妒招来的报应啊!"嫂子怒骂道:"小叔子真是个好男人,你家媳妇又像孟光那么贤惠,任凭你东家眠、西家宿,她也不敢吭一声。小叔子自然有天大权威,但也不能替你哥哥来教训我!"李久常微笑着说:"嫂子你别生气,我要是说出实话,你怕是哭还来不及。"嫂子说:"我没干过偷鸡摸狗的事,又没和别的男人眉

眨眼[5],中怀坦坦,何处可用哭者!”李小语曰:“针刺人肠,宜何罪?”嫂勃然色变,问此言之因,李告之故。嫂战惕不已,涕泗流离而哀鸣曰:“吾不敢矣!”啼泪未干,觉疼顿止,旬日而瘥[6]。由是立改前辙[7],遂称贤淑。后妾再产,肠复堕,针宛然在焉。拔去之,肠痛乃瘳。

来眼去,心中坦荡荡,哪里用得着哭!”李久常小声说:“用针刺人肠,这罪怎么算?”嫂子脸色立变,问他说这话的根据,李久常便把事情一五一十都说了。嫂子听完全身发颤,痛哭流涕哀号道:“我再也不敢啦!”眼泪还没干,就觉得疼痛顿时没了,十天后疮口就愈合了。从此,嫂子痛改前非,大家都称赞她贤惠淑德。后来,小妾又生产,肠子又跑了出来,针还扎在那里。把针拔出后,小妾的肠痛就消失了。

注释 1 殷(yān)席:指出血过多,把席子都染红了。 2 孟姑姑:指汉代的贤妇孟光。孟光是梁鸿之妻,吃饭时,孟光举案齐眉,不敢仰视丈夫。后世便以孟光称贤惠的妻子。 3 乾纲:夫纲,此处指权威很大。儒家有三纲之说:君为臣纲,父为子纲,夫为妻纲。纲,纲常。 4 便曾不盗得王母箩中线:指自己没做过偷鸡摸狗的事。 5 又未与玉皇香案吏一眨眼:指自己自尊自爱,没和其他男子暧昧不清。香案吏,宫廷中随侍帝王的官员,语出元稹《以州宅夸于乐天》诗:“我是玉皇香案吏,谪居犹得住蓬莱 。” 6 瘥(chài):病愈。 7 前辙:之前的所作所为。

异史氏曰:“或谓天下悍妒如某者,正复不少,恨阴网之漏多也。余谓不然。冥司之罚,未必无甚于钉扉者,但无回信耳。”

异史氏说:“有人说天底下妒妇像李久常嫂子的,还真不少,只可惜阴间的法网疏漏太多。我说并非如此,阎王爷的惩罚,恐怕有比把人钉在门板上还残酷的,只是没人捎信到阳间罢了。”

土偶

原文

沂水[1]马姓者，娶妻王氏，琴瑟[2]甚敦。马早逝，王父母欲夺其志，王矢不他。姑怜其少，亦劝之，王不听。母曰："汝志良佳，然齿[3]太幼，儿又无出[4]。每见有勉强于初，而贻羞于后者，固不如早嫁，犹恒情[5]也。"王正容，以死自誓，母乃任之。女命塑工肖夫像，每日酹献[6]如生时。

译文

沂水县有个人姓马，娶了妻子王氏，夫妻关系和睦，感情非常好。马某结婚没多久就去世了，王氏的父母就想让女儿改嫁，王氏发誓绝不改嫁。婆婆可怜王氏年轻，也劝她再找个良人，王氏还是不听。王氏的母亲劝她："你的志向十分不错，可你年纪还小，又没有儿子。我见多了一开始不愿意出嫁，最后被人羞辱的女子，倒不如早点改嫁，这才是人之常情。"王氏正色拒绝，又发死誓，母亲这才由着她去。王氏请工匠造了一个丈夫的泥塑，每日都要盛饭祭奠他，好像丈夫还活着一样。

注释　1 沂水：今山东临沂沂水县。　2 琴瑟：比喻夫妻感情和好。　3 齿：年龄。　4 儿又无出：没有生育儿子。　5 恒情：常情。　6 酹献：祭奠。

一夕将寝，忽见土偶人欠伸[1]而下。骇心愕顾，即已暴长如人，真其夫也。女惧，呼母，鬼止之曰："勿尔。感卿情

一天晚上，王氏将要睡觉，突然发现土偶打着哈欠、伸了个懒腰从供桌上下来了。王氏惊骇地看着，土偶人转眼就化成人的模样，真是她丈夫。王氏惊骇，呼叫母亲，鬼喊住她，解释说："不要叫。我感

好,幽壤酸辛。一门有忠贞,数世祖宗,皆有光荣。吾父生有损德,应无嗣,遂至促我茂龄[2]。冥司念尔苦节,故令我归,与汝生一子承祧绪[3]。”女亦沾襟,遂燕好如平生。鸡鸣,即下榻去。如此月余,觉腹微动。鬼乃泣曰:“限期已满,从此永诀矣!”遂绝。

受到你的情意,在地府也很难过。我们家出了个贞节的媳妇,给几代祖宗都添了光彩。我父亲生前做过缺德事,本来是没有后代的,所以导致我壮年就死了。冥司看你忠贞,开恩让我回阳间,与你生一子来延续香火。”王氏也泪洒衣襟,两人又重新过上和睦相亲的生活。每天鸡一叫,马某就下床离去。这样子过了一个多月,王氏的肚子开始有胎动的迹象。马某却痛哭道:“时间已到,从此永别了!”说完,就消失了。

注释 1 欠伸:打哈欠,伸懒腰。 2 茂龄:壮年。 3 祧(tiāo)绪:延续香火,传宗接代。祧,古代祭远祖的家庙。

女初不言,既而腹渐大,不能隐,阴告其母。母疑涉妄,然窥女无他,大惑不解。十月,果举一男。向人言之,闻者罔不匿笑[1],女亦无以自伸,有里正[2]故与马有隙,告诸邑令。令拘讯邻人,并无异言。令曰:“闻鬼子无影,有影

一开始王氏没跟任何人说,等到肚子慢慢变大,实在瞒不下去了,才偷偷告诉母亲。母亲疑心她撒谎,可暗地里观察女儿,也没见她和别的男人来往,心里很困惑。十月怀胎后,果然生下一个男孩。跟别人说这个事情,听到的无不在暗地里笑话,王氏百口莫辩。恰巧有个里长之前和马某有怨,就把这件事上报县令。县令讯问王氏邻居,邻居口供一致。县令说:“我听说鬼的儿子是没有影子的,要是他

者伪也。”抱儿日中，影淡淡如轻烟然。又刺儿指血傅[3]土偶上，立入无痕，取他偶涂之，一拭便去。以此信之。长数岁，口鼻言动，无一不肖马者，群疑始解。

有影子，王氏就在骗人。”王氏便抱着儿子站在太阳底下，投射到地上的黑影像轻烟似的。又刺破小孩的血涂到土偶上，血立马就融进去了，可涂抹到其他泥像上，血一抹就擦掉了。因此，县令相信王氏没有说谎。孩子长到几岁后，面相举止和他父亲一模一样，大家这才消除疑虑。

注释　1 匿笑：暗地里笑话。　2 里正：里正为春秋战国时的一里之长，明代改名里长，主要在基层负责掌管户口和赋税。　3 傅：通“敷”，涂抹。

长治女子

原文

陈欢乐，潞之长治[1]人，有女慧美。一道士行乞，睨之而去。由是日持钵近廛[2]间。适一瞽人[3]自陈家出，道士追与同行，问何来。瞽云：“适从陈家推造命[4]。”道士曰：“闻其家有女郎，我中表亲欲求姻好，但未知其甲子[5]。”瞽为述之，

译文

潞州长治县有个人叫陈欢乐，他女儿生得聪慧俏丽。一天陈家来了个讨饭的道士，瞥见陈家女儿，没说什么就走了。从此之后，道士每天都拿着碗在陈家附近徘徊。正赶上有个瞎子从陈家出来，道士追上和他同行，问瞎子来干什么。瞎子答道：“方才是到陈家算命去了。”道士说：“听说陈家有个好女儿，我的一位表亲打算提亲，可还不知那位姑娘的生辰八字。”瞎子就把陈家女儿的生

道士乃别而去。居数日，女绣于房，忽觉足麻痹，渐至股，又渐至腰腹，俄而晕然倾仆。定逾刻，始恍惚能立，将寻告母。及出门，则见茫茫黑波中，一路如线，骇而却退，门舍居庐，已被黑水渰没。又视路上，行人绝少，惟道士缓步于前。遂遥尾之，冀见同乡以相告语。

走数里，忽睹里舍，视之，则己家门。大骇曰："奔驰如许，固犹在村中。何向来迷罔若此！"欣然入门，父母尚未归。复至己房，所绣业履[6]，犹在榻上。自觉奔波殆极，就榻憩坐。道士忽入，女大惊欲遁。道士捉而捺之，女欲号，则喑[7]不能声。道士急以利刃剖女心，女觉魂飘飘离壳而立，四顾家

辰告诉了他，道士这才告别离去。又过了几日，陈家女儿在闺中做绣活儿，忽然觉得脚有些酸麻，逐渐扩展到大腿上，不久腰腹也麻了起来，只一会儿工夫，竟晕乎乎地扑倒在地。晕了一刻多，陈家女儿踉踉跄跄地爬起来，准备把这怪事讲给母亲听。等她出了门，只见四周都是茫茫的黑色波涛，中间有一条细细的小路，女孩怕极了，连忙朝房中退去，却发现房舍早被黑水吞没。又朝路上一望，没有行人，唯有那道士走在前面。女孩只得远远跟在道士身后，想着在路上碰见一位乡亲，说出自己遭遇的一切。

走了几里地，陈家女儿忽然看到了路旁的村舍，仔细一瞧，竟是自己的家门。她十分惊异地说："走了这么久，原来还在村子里，我怎么这么糊涂！"说着便高兴地进了家门，父母都还没回来。她回到自己的闺房，刚才没绣完的花鞋还摆在床上。她走了这么久，难免有些困倦，便坐在床上准备休息。那道士忽然闯了进来，她大惊失色，起身要逃。道士一把将她捉住，按在床上，她想大声求救，却发不出声音。道士飞快地抽出利刃，剜出了女孩的心脏。女孩只觉魂魄飘离了身体，环

舍全非,惟有崩崖若覆。视道士以己心血点木人上,又复叠指诅咒,女觉木人遂与己合。道士嘱曰:“自兹当听差遣,勿得违误!”遂佩戴之。

顾四周,房舍全无,只有摇摇欲坠的断崖仿佛压在头上。又见道士取了自己的心头血点在木偶之上,叠着手指反复吟唱咒语,女孩觉得自己竟与木偶合为一体。道士嘱咐说:“从此你要听我差遣,不得有误!”说着便将木偶佩在身上。

注释 1 长治:今山西长治。 2 廛:古指街市或百姓所住的房屋,此处特指陈家的宅子。 3 瞽人:盲人。 4 推造命:通过推算生辰八字预测命运。 5 甲子:指人的出生时间。 6 业履:未做完的鞋子。 7 喑(yīn):嗓子哑,发不出声。

陈氏失女,举家惶惑。寻至牛头岭,始闻村人传言,岭下一女子剖心而死。陈奔验,果其女也。泣以诉宰。宰拘岭下居人,拷掠几遍,迄无端绪。姑收群犯,以待覆勘[1]。道士去数里外,坐路旁柳树下,忽谓女曰:“今遣汝第一差,往侦邑中审狱状,去当隐身暖阁[2]上。倘见官宰用印,即当趋避,切记勿忘!限汝辰去巳来[3]。迟一刻,则

陈家丢了女儿,全家惊惧不已。他们寻到牛头岭,才听村民说起岭下有一个被剖心而死的女子。陈家人闻言前去查验,果然是自家女儿。便哭着将此案告到官府。县令拘捕了牛头岭下的村民,严刑拷问了几遍,却是毫无头绪。只得先将一干嫌犯拘押,等候复审。道士带着木偶走到数里外,在路旁一棵柳树下歇脚,忽然对陈家女儿的魂魄说道:“现在差你去做第一件事,到那县衙查看办案的情况,去那里后记得藏在暖阁之上。若是瞧见县令取出官印,要赶紧躲开,千万记住了!我限你辰时去,巳时归。若是怠慢了一刻,我便朝你心头扎上一针,

以一针刺汝心中,令作急痛;二刻,刺二针;至三针,则使汝魂魄销灭矣。"女闻之,四体惊悚,飘然遂去。瞬息至官廨,如言伏阁上。

时岭下人罗跪堂下,尚未讯诘。适将钤印[4]公牒,女未及避,而印已出匣。女觉身躯重软,纸格似不能胜,嚗然[5]作响,满堂愕顾。宰命再举,响如前;三举,翻坠地下,众悉闻之。宰起祝曰:"如是冤鬼,当便直陈,为汝昭雪。"女哽咽而前,历言道士杀己状、遣己状。宰差役驰去,至柳树下,道士果在。捉还,一鞫[6]而服。人犯乃释。宰问女:"冤雪何归?"女曰:"将从大人。"宰曰:"我署中无处可容,不如暂归汝家。"女良久曰:"官署即吾家,我将入矣。"宰又

定让你剧痛无比;迟两刻扎两针,若是扎上三针,管教你魄散魂销。"女孩听罢,吓得毛骨悚然,赶快飘着前往县衙。一眨眼,女孩就到了衙门口,按道士所说藏在暖阁之上。

当时牛头岭村民正并排跪在堂下,还没有审讯。此时县令刚要朝公文上盖印,女孩还没来得及躲,那官印已经从匣中取出。她觉得身体沉重发软,暖阁的纸格子承受不住,咔咔作响,满堂之人都惊异地环顾四周。县令命人再次举起官印,声响如前,第三次举起之时,陈家女儿翻坠落地,大家都听得清清楚楚。县令起身祷告说:"如是冤鬼前来,便请讲出真相,本县定会为你洗清冤屈。"于是陈家女儿抽泣着上前,把道士杀害自己、差遣自己的事和盘托出。县令当即差遣捕快,到柳树下,道士果然还在那儿。捉来一审,当堂招供。县令这才将村民们都放了。县令问陈家女儿:"既已沉冤昭雪,你要往何处去呢?"女孩答道:"我想跟从大人。"县令说:"我这官署之中没有你待的地方,不如你暂且回家去吧。"陈家女儿沉思良久,答道:"这县衙就是我的家,我这就要进去了。"县令再

问，音响已寂。退入宅中，则夫人生女矣。

问话，早已声响全无。等退堂回到内室，夫人已经诞下了一个女儿。

注释 1 覆勘：复审。 2 暖阁：古代官署大堂设案之阁。 3 辰、巳：辰时为上午七时至九时，巳时为上午九时至十一时。 4 钤(qián)印：加盖印章。 5 嚗(bó)然：迸裂声。 6 鞫(jū)：审讯。

义犬

原文

潞安[1]某甲，父陷狱将死，搜括囊蓄，得百金，将诣郡关说[2]。跨骡出，则所养黑犬从之。呵逐使退，既走，则又从之，鞭逐不返，从行数十里。某下骑，趋路侧私[3]焉，既，乃以石投犬，犬始奔去。某既行，则犬欻[4]然复来，啮骡尾足。某怒鞭之，犬鸣吠不已。忽跃在前，愤龁[5]骡首，似欲阻其去路。某以为不祥，

译文

潞安县的某人，父亲被关进牢里，将被处死，他把积蓄都拿出来，得到一百两银子，准备到府郡去打通人情。这人骑着骡子出门，他养的黑狗也跟了上来。他训斥黑狗让它回家，刚一上路，黑狗又重新跟了上来，用鞭子也赶不走，一直跟了几十里路。某人从骡子上下来，到路旁小便。回来后，用石头砸黑狗，黑狗这才跑走。这人重新上路，黑狗突然又跑回来，去咬骡子的尾巴和蹄子。他发怒甩鞭打它，黑狗一直叫个不停。突然又蹿到骡子前面，狠狠地咬骡子的头，好像不肯让他走。这人觉得这件事不吉利，心里更火，便掉转方向，骑着骡子赶黑狗走。看着黑狗越跑越远，这

益怒,回骑驰逐之。视犬已远,乃返辔疾驰,抵郡已暮。及扪腰橐,金亡其半,涔涔汗下,魂魄都失。辗转终夜,顿念犬吠有因。候关出城,细审来途。又自计南北冲衢,行人如蚁,遗金宁有存理?逡巡至下骑所,见犬毙草间,毛汗湿如洗。提耳起视,则封金俨然。感其义,买棺葬之,人以为义犬冢云。

才抓着缰绳飞奔赶路,等到达府郡的时候天已经黑了。这人往腰上一摸,口袋里的银子少了一半,瞬间冷汗直下,失魂落魄的。他一整夜辗转反侧,突然想到原来黑狗一直叫吠是有原因的。等到天亮城门一开,便出了城在来路上仔细地寻找。他又想,在四通八达的大路上,行人来往密集,银子丢了哪有捡回来的道理?他来回寻找,来到之前从骡背下来打狗的地方,竟然看见黑狗倒在草丛里,身上毛发都被汗水浸湿了,像洗过一样。提起狗耳一看,遗失的银子完好无缺地放在草间。这人感念它的忠义,买了副棺材安葬它,人们把这座墓叫作义犬坟。

注释 1 潞安:明嘉靖八年(1529)升潞州置,治长治(今山西长治)。
2 关说:代人陈说;替人说好话。 3 私:小便。 4 欻(xū):忽然,迅速。
5 龁(hé):用牙齿咬。

鄱阳神

原文

翟湛持[1],司理饶州[2],道经鄱阳湖。湖上

译文

翟湛持前往饶州出任司理之官时,经过鄱阳湖。湖上有座神祠,翟湛持便停

有神祠，停盖游瞻。内雕丁普郎[3]死节臣像，翟姓一神，最居末座。翟曰：“吾家宗人，何得在下！”遂于上易一座。既而登舟，大风断帆，桅樯倾侧，一家哀号。俄一小舟，破浪而来，既近官舟，急挽翟登小舟，于是家人尽登。审视其人，与翟姓神无少异。无何，浪息，寻之已杳。

车游览瞻仰一番。祠内摆列着丁普郎等尽忠守节之士的雕像，其中翟姓的神祇雕像，竟然放在最后。翟湛持说：“我翟家的同族前辈，哪有排在末位的道理！”就把翟姓神像和上座的神像换了个位置。出神祠后，翟公坐上小船，继续前行。没过多久，大风突然吹断帆杆，桅杆倒向一边，一家人在水里哀号呼救。不久，一只小船破浪前来，等靠近官船，船夫立马出手把翟湛持捞上船，一家人也都上了小船。翟湛持仔细观察船夫的长相，竟然和翟姓神祇长得差不多。没一会儿，风浪停歇，再去搜寻那人的身影，已不知去向。

注释 **1** 翟湛持：名世琪，山东益都人。顺治十五年(1658)举人，十六年(1659)进士，曾任陕西韩城知县。 **2** 司理饶州：去饶州(今江西鄱阳)做司理。司理，官名。宋以后在各州设立司理，掌管诉讼牢狱等事。

3 丁普郎：明朝开国将领。黄陂(今湖北武汉黄陂区)人。初为红巾军徐寿辉部将，后为陈友谅部将。在陈友谅设计除掉了赵普胜后，丁普郎与傅友德一起投向朱元璋。元至正二十三年(1363)，跟从朱元璋援南昌，与陈友谅战于康郎山，身被十余创，头断，仍屹立不倒。追赠柱国上将军，封济阳郡公。祀康山忠臣庙。

伍秋月

原文

秦邮[1]王鼎，字仙湖，为人慷慨有力，广交游。年十八，未娶，妻殒。每远游，恒经岁不返。兄鼐，江北名士，友于[2]甚笃。劝弟勿游，将为择偶。生不听，命舟抵镇江[3]访友，友他出，因税居[4]于逆旅阁上。江水澄波，金山[5]在目，心甚快之。

译文

高邮人王鼎，字仙湖，做人慷慨大方，英勇有力，喜欢四处结交朋友。他到十八岁，还没娶妻，未婚妻就去世了。他每次外出游玩，常常一年都不回家。王鼎的哥哥王鼐，是江北有名的文士，兄弟俩感情深厚，他劝弟弟别再出游，要为王鼎安排相亲。王鼎不肯听，还是坐船前去镇江拜访故人。恰巧故人有事外出，他便租住在旅店的阁楼上。放眼望去，江水澄净如练，金山赫然在目，心里很是痛快。

注释 1 秦邮：今江苏高邮。 2 友于：本指兄弟相爱。亦用为兄弟情谊或兄弟的代称。 3 镇江：今江苏镇江。 4 税居：租房而住。 5 金山：在江苏镇江西北。原为长江中小岛，光绪年间已与南岸毗连。

次日，友人来，请生移居，辞不去。居半月余，夜梦女郎，年可十四五，容华端妙，上床与合，既寤而遗。颇怪之，亦以为偶。入夜，又梦之。如

第二天，朋友回来了，请王鼎去他那儿住，王鼎推辞没去。住了半个多月，有天晚上梦到一个女子，年纪大约十四五岁，端庄婉丽，还爬上床和他亲热。王鼎醒来后，才发现是梦遗。心里很奇怪，又以为不过是巧合罢了。第二

是三四夜。心大异，不敢息烛，身虽偃卧，惕然自警。才交睫[1]，梦女复来，方狎，忽自惊寤，急开目，则少女如仙，俨然犹在抱也。见生醒，顿自愧怯。生虽知非人，意亦甚得，无暇问讯，真与驰骤。女若不堪，曰："狂暴如此，无怪人不敢明告也。"生始诘之，答云："妾伍氏秋月。先父名儒，邃于易数[2]。常珍爱妾，但言不永寿，故不许字[3]人。后十五岁果夭殁，即攒瘗[4]阁东，令与地平，亦无冢志，惟立片石于棺侧，曰：'女秋月，葬无冢，三十年，嫁王鼎。'今已三十年，君适至。心喜，亟欲自荐，寸心羞怯，故假之梦寐耳。"王亦喜，复求讫事。曰："妾少须阳气，欲求复生，实不禁此风雨。后日好合无限，何必今宵。"

天夜里，他又梦到女子。三四个晚上都这样。王鼎大为诧异，这天晚上不敢灭灯，虽然躺在床上，可心里还是警惕着没睡着。刚合眼，又梦到女子前来，正要亲热，王鼎突然吓醒，急忙睁开眼，只见怀里抱着一位如仙女般美丽动人的女子。女子看王鼎醒来，颇为羞怯。王鼎虽然清楚她不是人类，却还是很得意，来不及问明情况，就和她尽情亲热起来。女子承受不住王生的热情，便说："你这么粗暴，怪不得人家不肯当面说实话。"王鼎这才询问她，女子说："我叫伍秋月。父亲是一位名儒，精通占卜术。他很宠爱我，只说我活不长，所以没把我许配人家。等到十五岁，我果然去世了，父亲命人把我浅埋在阁楼东边，填平地面，也不立墓碑，只在棺材旁立了块石头，上面写着：'小女伍秋月，安葬未立坟，三十年后，嫁给王鼎。'现在已经过了三十年，你刚好就来了。我心里高兴，急着和你见面，又害羞，就借梦来相会了。"王鼎也很高兴，求秋月继续亲热。秋月说："我需要一些阳气，想死而复生，现在还承受不住这般云雨。到时我还阳，欢好无限，何必就得今晚。"说

遂起而去。次日复至,坐对笑谑,欢若生平。灭烛登床,无异生人,但女既起,则遗泄流离,沾染茵褥。

完秋月就起身走了。第二天夜里又来相会,两人对面而坐,谈笑嬉戏,好像活人一般。熄灯上床,也和常人无异,可秋月一走,王鼎就发现自己梦遗在床,沾湿了被子。

注释 **1** 交睫:上下睫毛相交接,指合眼而睡。 **2** 邃于易数:精通占卜之术。 **3** 字:许配。 **4** 攒瘗(yì):暂时浅埋,以待迁葬。

一夕,明月莹澈,小步庭中,问女:"冥中亦有城郭否?"答曰:"等耳。冥间城府,不在此处,去此可三四里。但以夜为昼。"问:"生人能见之否?"答云:"亦可。"生请往观,女诺之。乘月去,女飘忽若风,王极力追随。欻至一处,女言:"不远矣。"王瞻望殊罔所见。女以唾涂其两眦[1],启之,明倍于常,视夜色不殊白昼。顿见雉堞[2]在杳霭中,路上行人,如趋墟市。俄二皁[3]絷三四

一天晚上,明月当空,月色澄净,王鼎和秋月在庭院散步,王鼎问秋月:"阴间也有城市吗?"秋月答:"和人间是一样的。阴间的城市并不在这里,离这儿有三四里远。只是阴间把黑夜当作白天。"王鼎问:"活人看得见吗?"秋月说:"也看得见。"王鼎想去看看,秋月答应了。两人借着月色前行,秋月清扬飘逸宛如轻风,王鼎在身后紧紧追随着她。突然走到一个地方,秋月说:"离这儿不远啦。"王鼎四处观望,却什么也没看见。秋月吐口唾沫往他眼眶上涂抹,然后让他睁开眼睛,王鼎只觉视线变得比之前明亮了,在夜里也像白天一样亮堂。他立刻看到城墙在迷蒙的雾色里若隐若现,路上来往的人,像赶集一般热闹。不久,两名差役押着三四个人走过,最后一

人过，末一人怪类其兄。趋近之，果兄，骇问："兄那得来？"兄见生，潸然零涕，言："自不知何事，强被拘囚。"王怒曰："我兄秉礼[4]君子，何至缧绁如此！"便请二皂，幸且宽释。皂不肯，殊大傲睨[5]，生恚欲与争，兄止之曰："此是官命，亦合奉法。但余乏用度，索贿良苦。弟归，宜措置。"生把兄臂，哭失声。皂怒，猛掣项索，兄顿颠蹶。生见之，忿火填胸，不能制止，即解佩刀，立决皂首。一皂喊嘶，生又决之。女大惊曰："杀官使，罪不宥！迟则祸及！请即觅舟北发，归家勿摘提幡[6]，杜门绝出入，七日保无虑也。"

王乃挽兄夜买小舟，火急北渡。归见吊客在门，知兄果死。闭

个人长得很像他哥哥。王鼎走近一看，果然是他哥哥，惊问道："哥哥怎么来了这里？"王鼐看见王鼎，泪下沾襟，哭着说："我也不知道发生了什么事，被强行押到这儿来。"王鼎怒问："我哥哥是严守礼法的君子，怎么被你们捆成这样？"又请求两位差役放了王鼐。差役不答应，还非常傲慢地斜视王鼎。王鼎气得要跟差役动手，王鼐制止道："这是上头的命令，他们也是奉命行事。可我没什么银两，要贿赂他们太难了。你回家后，麻烦帮我张罗张罗。"王鼎捉着王鼐的胳膊，失声痛哭。差役发怒，猛地一拽王鼐脖子上的绳子，王鼐立刻摔了一跤。王鼎见状，怒火中烧，咽不下这口气，抽出佩刀，立马就砍下一个差役的脑袋。另一个差役大声喊叫，王鼎把他也杀了。秋月惊骇地说："杀害官差，罪不可恕！再不走就要出大事了！你们立马找艘船往北走，回家后先别摘下丧幡，把门关好不要外出，七天后就没事了。"

王鼎便搀扶着王鼐趁夜雇了艘船，急急忙忙往北划去。回家后看到吊唁的客人就站在门口，知道兄长确实死了。王鼎进门后关好门，锁紧了，才进去，却

门下钥，始入，视兄已渺，入室，则亡者已苏，便呼："饿死矣！可急备汤饼。"时死已二日，家人尽骇，生乃备言其故。七日启关，去丧幡，人始知其复苏。亲友集问，但伪对之。

不见王鼐的身影，又进屋去看，王鼐竟然醒了过来，嘴里嚷道："我快饿死啦！赶紧下碗汤面吃。"当时王鼐已经死了两天，家里人无不惊骇，王鼎把事情老实交代了，家人才放下心来。七天后开门，取下丧幡，人们才知道原来王鼐复活了。亲朋好友都前来探问，王鼎只好编个谎骗过去。

注释 1 眦(zì)：眼眶。 2 雉堞：城上排列如齿状的矮墙，也泛指城墙。 3 皂：旧时衙门内的差役。 4 秉礼：秉持礼义，严守礼法。 5 傲睨：傲慢斜视。 6 提幡：古时丧家挂在大门上的白色丧幡。

转思秋月，想念颇烦，遂复南下，至旧阁，秉烛久待，女竟不至。蒙眬欲寝，见一妇人来，曰："秋月小娘子致意郎君：前以公役被杀，凶犯逃亡，捉得娘子去，见在监押，押役遇之虐。日日盼郎君，当谋作经纪[1]。"王悲愤，便从妇去。至一城都，入西郭，指一门曰："小娘子暂寄此间。"王入，见房舍颇繁，寄顿囚

王鼎又想念起秋月来，惦记得心烦意乱，再次南下，来到之前住的地方，点着蜡烛等她来，等待了许久，可秋月竟然没到。王鼎困了，正要上床睡觉，就看见一位妇人前来，对他说："秋月姑娘让我给公子传话：前些日子因为差役被杀，凶犯逃亡，就把姑娘捉了去，现在收押在监，衙役常虐待她。她天天盼着公子来，请你想办法救她出去。"王鼎听罢悲愤难忍，便跟着妇人前去。来到一座都城，从西门进去，妇人指着一道门说："秋月姑娘暂时关在这里。"王鼎走进去，只见房舍众多，关押在内的囚犯

犯甚多,并无秋月。又进一小扉,斗室中有灯火。王近窗以窥,则秋月坐榻上,掩袖呜泣。二役在侧,撮颐捉履,引以嘲戏,女啼益急。一役挽颈曰:“既为罪犯,尚守贞耶?”王怒,不暇语,持刀直入,一役一刀,摧斩如麻,篡取[2]女郎而出,幸无觉者。裁至旅舍,蓦然即醒。方怪幻梦之凶,见秋月含睇而立。

生惊起曳坐,告之以梦。女曰:“真也,非梦也。”生惊曰:“且为奈何!”女叹曰:“此有定数。妾待月尽,始是生期。今已如此,急何能待!当速发瘗处,载妾同归,日频唤妾名,三日可活。但未满时日,骨软足弱,不能为君任井臼[3]耳。”言已,草草欲出。又返身曰:“妾几忘之,冥追若何?生

也很多,却没看见秋月。又走进一扇小门内,只见一个小隔间里有灯光。王鼎靠近窗口往里偷看,秋月就坐在床上,用袖子遮着脸在抽泣。有两名差役坐在她身旁,捏她的脸摸她的脚,正在调戏她,秋月哭得更急。一名差役搂着她脖子问:“都坐牢了,守着贞操干吗?”王鼎大怒,来不及说话,拿着刀就冲了进去,一刀一个差役,利落干净,如斩乱麻。他拉着秋月逃出去,幸好没被人发现。两人回到旅店,王鼎猛然从梦中惊醒。正奇怪梦里凶恶非常,转眼看见秋月含情脉脉地看着他。

王鼎惊醒坐起,把梦境告诉了秋月。秋月说:“这些都是真的,不是梦。”王鼎吃惊地说:“这下怎么办?”秋月叹气说:“这是命。本来我等这个月过了就能再生。现在事已至此,哪里等得了那么久!你快把我的棺材挖出来,把尸体背回你家,每天多叫我的名字,三天后我就能复活。可是我在阴间的日子还没满,骨头软,足下无力,还不能替你操持家务。”说完,匆匆忙忙就要走。秋月又回头说:“我差点忘了,阴差追来了可怎么办?我在世的时候,父亲传授我一道符

时,父传我符书,言三十年后可佩夫妇。”乃索笔疾书两符,曰:“一君自佩,一粘妾背。”

书的写法,说是三十年后能佩戴在我们夫妇二人身上。”秋月急忙拿笔快速画了两张符,交给王鼎:“一张你自己戴在身上,一张贴在我背上。”

注释 1 经纪:处理,解决。 2 篡取:劫取,夺取。 3 任井臼:指操持家务。

送之出,志其没处,掘尺许,即见棺木,亦已败腐。侧有小碑,果如女言。发棺视之,女颜色如生。抱入房中,衣裳随风尽化。粘符已,以被褥严裹,负至江滨,呼拢泊舟,伪言妹急病,将送归其家。幸南风大竞[1],甫晓,已达里门。抱女安置,始告兄嫂。一家惊顾,亦莫敢直言其惑。生启衾,长呼秋月,夜辄拥尸而寝。日渐温暖,三日竟苏,七日能步。更衣拜嫂,盈盈然神仙不殊。但十步之外,须人而行,不则随风摇曳,屡欲倾侧。

王鼎送秋月出门,在她消失的地方做了标记,就着标记挖了一尺多深,就看到棺材,棺木已经朽烂。正如秋月所说,旁边有一块小石碑。打开棺材一看,秋月的面色宛如活人一般。王鼎把她抱回房中,她衣服立刻风化了。王鼎把符贴在她背上后,又给她裹上被褥,背着她到江畔,呼叫靠岸的船夫登船,借口妹妹得了疾病,要把她送回家。幸亏南风大作,天刚亮,就回到了故乡。回家后王鼎把秋月安顿好,这才把事情告诉兄长和嫂子。一家人惊慌相望,也不敢说出自己的疑惑。王鼎掀开被子,不停地叫着秋月的名字,晚上就抱着她尸体一起睡。秋月的身体竟渐渐暖和起来,三天后便苏醒了,七天后便能走路。秋月穿好衣裳便拜见兄嫂,身姿盈动,和仙女无异。可要是走上十步,就需要人搀扶着,否则

见者以为身有此病，转更增媚。每劝生曰：“君罪孽太深，宜积德诵经以忏之。不然，寿恐不永也。”生素不佞佛[2]，至此皈依甚虔。后亦无恙。

就会随风飘摇，像是要跌倒。人们见此情景，以为她生来就有这病，更增添了她的娇媚。秋月常常劝王鼎：“你罪孽深重，应该诵念佛经积德忏悔。否则，会短命早死。”王鼎向来不迷信佛祖，听了秋月的话便虔心向佛。后来一切安稳无碍。

注释 1 竞：强劲。 2 佞佛：指讨好于佛。此处指信仰佛教。

异史氏曰：“余欲上言定律：‘凡杀公役者，罪减平人三等。’盖此辈无有不可杀者也。故能诛锄蠹役[1]者，即为循良[2]，即稍苛之，不可谓虐。况冥中原无定法，倘有恶人，刀锯鼎镬，不以为酷。若人心之所快，即冥王之所善也。岂罪致冥追，遂可幸而逃哉？”

异史氏说：“我想进言建议制定一条法规：‘凡是杀害公差的人，和杀死平民的比，罪减三等。’大概这些公差衙役没有不该死的。因此，能铲除凶恶的差役，就是奉公守法，就算这样有些残忍，也不能算暴虐。何况阴间本来就没定法规，要是有穷凶极恶的人，就是刀割锅煮，也算不得酷刑。只要能大快人心，阎王爷就觉得是善事。哪有犯罪遭致阴差追捕，还能侥幸逃脱的？”

注释 1 蠹(dù)役：作恶多端，盘剥百姓的差役。 2 循良：奉公守法。

莲花公主

原文

胶州窦旭，字晓晖。方昼寝，见一褐衣人立榻前，逡巡惶顾，似欲有言。生问之，答云："相公[1]奉屈。"生问："相公何人？"曰："近在邻境。"从之而出。转过墙屋，导至一处，叠阁重楼，万椽相接，曲折而行，觉万户千门，迥非人世。又见宫人[2]女官往来甚夥，都向褐衣人问曰："窦郎来乎？"褐衣人诺。俄，一贵官出，迎见甚恭，既登堂，生启问曰："素既不叙，遂疏参谒。过蒙爱接，颇注疑念。"贵官曰："寡君以先生清族世德，倾风结慕，深愿思晤焉。"生益骇，问："王何人？"答云："少间自悉。"

译文

胶州人窦旭，字晓晖。正午睡时，他看到一个身着粗布衣裳的人站在床榻前犹豫徘徊，正惶恐不安地看着自己，好像有什么话想说。窦旭就问他有何事，那人回答说："我家主人想请你屈尊前往一趟。"窦旭问道："你家主人是谁？"来人答道："他就在附近。"窦旭跟着他出来前去拜见。转过一些房屋，窦旭被带到一处宅邸，只见楼阁林立，广厦万间，他们曲曲折折地前行，窦旭觉得这里房屋众多，和人世迥然不同。他又看到很多宫女、女官来往，人数众多，都向穿粗布衣裳的这个人发问："窦公子来了吗？"他回答说是。不一会儿，一位显贵高官出来，非常恭维地迎接窦旭，进了正厅之后，窦旭开口问道："我们素不相识，我也未曾登门拜访，今天承蒙款待，心里很是疑惑。"那位高官说："我们大王因为您家族清风高节、世代德行深厚，非常敬仰，倾慕你的风采，十分希望能够和您见一面。"窦旭更加惊讶地问道："你们大王是谁？"这人回答说："稍等一会儿，您自然就知道了。"

注释 1 相公：对有地位的男子的敬称，此处指下文中的大王。 2 宫人：妃嫔、宫女的通称，这里指宫女。

原文

无何，二女官至，以双旌导生行。入重门，见殿上一王者，见生入，降阶而迎，执宾主礼。礼已，践席，列筵丰盛。仰视殿上一匾曰“桂府”。生局蹙不能致辞。王曰：“忝近芳邻，缘即至深。便当畅怀，勿致疑畏。”生唯唯。酒数行，笙歌作于下，钲鼓[1]不鸣，音声幽细。稍间，王忽左右顾曰：“朕一言，烦卿等属对：‘才人登桂府[2]。’”四座方思，生即应云：“君子爱莲花[3]。”王大悦曰：“奇哉！莲花乃公主小字，何适合如此？宁非夙分？传语公主，不可不出一晤君

译文

不一会儿，来了两位女官，拿着两面旌旗引导窦旭前往。走过一道道宫门，见到大殿之上有一位王者打扮的人，他看到窦旭进殿，起身走下台阶相迎，用的是宾主相见之礼。施礼完毕，就座开宴，宴席十分丰盛。窦旭抬头，看到大殿门匾上写着“桂府”二字。窦旭感到局促不安，不知道该说什么好。大王说道：“能够成为您的邻居，说明我们缘分很深啊。您应当开怀畅饮，不必有疑虑畏惧。”窦旭连连称是。酒过三巡，菜过五味，阶下奏起笙歌，不用钲鼓，乐声显得清幽纤细。曲间稍微停顿的时候，大王突然看着左右群臣说：“朕出一个上联，有请诸位对个下联：‘才人登桂府。’”众宾客还在思索的时候，窦旭就对道：“君子爱莲花。”大王非常高兴地说：“真是太奇妙了！莲花是公主的小名，怎么会这么凑巧？难道不是往世的缘分吗？向公主传话，不能不出来见公子一面。”

过了一会儿，佩环“叮叮”响动的声

子。”移时，珮环声近，兰麝香浓，则公主至矣。年十六七，妙好无双。王命向生展拜[4]，曰：“此即莲花小女也。”拜已而去。生睹之，神情摇动，木坐凝思。王举觞劝饮，目竟罔睹。王似微察其意，乃曰：“息女[5]宜相匹敌，但自惭不类，如何？”生怅然若痴，即又不闻。近坐者蹑之曰：“王揖君未见，王言君未闻耶？”生茫乎若失，懡㦬[6]自惭，离席曰：“臣蒙优渥[7]，不觉过醉，仪节失次，幸能垂宥。然日旰[8]君勤，即告出也。”王起曰：“既见君子，实惬心好，何仓卒而便言离也？卿既不住，亦无敢于强，若烦萦念，更当再邀。”遂命内官[9]导之出。途中，内官语生曰：“适王

音越来越近，兰草和麝香的香气也浓郁起来，原来是公主到了。公主十六七岁，长得曼妙动人，举世无双。大王让公主向窦旭行大礼，向窦旭介绍说：“这就是小女莲花。”公主行礼完毕后就起身离开。窦旭看着公主，激动不已，像木头一样呆坐着怔怔出神。大王举起杯子劝酒，窦旭目光呆滞，竟然没有看到。大王似乎隐约觉察到窦旭的心思，于是说：“小女和你非常般配，只是惭愧和公子不是同类，这该如何是好？”窦旭两眼茫然，像是痴呆了一样，竟然又没听到大王的话。坐在旁边的人悄悄踢了他一下，提醒说：“没看到大王请你喝酒，没听到大王和你说话吗？”窦旭怅然若失，惊醒过来后感到非常惭愧，离开座位致歉道：“臣承蒙大王设宴款待，不知不觉喝得大醉，有失礼节，还望大王宽容见谅。现在天色已晚，大王政务繁忙，我这就告辞了吧。”大王起身说：“能够见到公子，朕心里感到十分惬意高兴，公子为何这么匆匆忙忙就要离开呢？既然公子不愿意住下，朕也不敢勉强，如果以后公子还挂念这里，自然会再次邀请你前来。”于是大王让宦官领着窦旭离开，在路上，那个宦官说道：“刚才大王说公主和你

谓可匹敌,似欲附为婚姻,何默不一言?"生顿足而悔,步步追恨,遂已至家。

般配,似乎是想和你结亲啊,你为何沉默不语,不说一句话啊?"窦旭后悔得直跺脚,每走一步都追悔不已,就这样满是遗憾回到家中。

注释 1 钲(zhēng)鼓:古代行军或歌舞时用的两种乐器,声音洪亮。 2 才人登桂府:桂府是礼部试进士的场所,此处一语双关,又指大王家。 3 君子爱莲花:出自周敦颐《爱莲说》,喻君子爱莲花之品行。莲花一语双关,又指下文莲花公主。 4 展拜:即拜谒,行跪拜之礼,大礼的一种。 5 息女:古时在别人面前称自己的女儿。 6 懡㦬(mǒ luǒ):羞愧的样子。 7 优渥(yōu wò):原指雨水充足,引申为待遇丰厚,此处指盛情款待。 8 日旰(gàn):天色晚,日暮。 9 内官:此处指宦官。

忽然醒寤,则返照已残。冥坐观想,历历在目。晚斋灭烛,冀旧梦可以复寻,而邯郸路渺[1],悔叹而已。一夕,与友人共榻,忽见前内官来,传王命相召。生喜,从去,见王伏谒,王曳起,延止隅坐[2],曰:"别后知劳思眷。谬[3]以小女子奉裳衣[4],想不过嫌也。"生即拜谢。王命学士大臣,陪侍宴

窦旭忽然从熟睡中醒来,这时已经是日落黄昏、残阳返照了。他在暮色中静坐回想,梦中一切都历历在目。晚饭后熄灯就寝,窦旭还希望能够重温这美妙旧梦,然而黄粱一梦,虚无缥缈,却是再难寻觅,只剩下悔恨叹息。一天晚上,窦旭和一位朋友同床共寝,忽然看到先前那个宦官来了,传大王的令,召窦旭前去。窦旭十分高兴,跟随前去。见到大王后,窦旭伏身跪拜,大王扶起他,请他到旁边的座位上坐下,说:"一别之后,知道公子还眷顾思恋着这里,现在想冒昧地把小女许配给你,想必公子不会太嫌弃吧。"窦旭立

饮。酒阑，宫人前白：“公主妆竟。”俄见数十宫女拥公主出，以红锦覆首，凌波微步[5]，挽上氍毹[6]，与生交拜成礼。已而送归馆舍，洞房温清，穷极芳腻。生曰：“有卿在目，真使人乐而忘死。但恐今日之遭，乃是梦耳。”公主掩口曰：“明明妾与君，那得是梦？”诘旦方起，戏为公主匀铅黄，已而以带围腰，布指度足。公主笑问：“君颠耶？”曰：“臣屡为梦误，故细志之。倘是梦时，亦足动悬想[7]耳。”

即跪拜谢过。大王命学士和大臣，陪着窦旭赴宴。酒筵将尽的时候，宫女前来禀告说：“公主已经梳妆完毕。”不一会儿，就见公主在几十个宫女的簇拥下走出来，头上盖着红锦，步履轻盈，如同蜻蜓点水泛起微波一样，款款而来。宫女们挽着公主走上地毯，与窦旭对拜成婚。接着将二人送回住处，洞房花烛，布置温馨，极为芬芳细腻。窦旭说：“有你在眼前，真让人感到快乐，再也不想什么生生死死，只是担心今日一遇，还是一场大梦啊。”公主掩口笑道：“明明我就和公子在一起，哪里是梦啊？”第二天清晨，两人刚起床，窦旭给公主描眉化妆，接着又用带子量公主的腰，用手量公主的脚。公主笑着说：“你这是疯了吗？”窦旭说：“我多次被梦所骗，所以这次一定要仔细记住，倘若又是一场幻梦，也足以让我回想了。”

注释 1 邯郸路渺：此处借用沈既济《枕中记》中卢生“黄粱一梦”故事。 2 延止隅坐：延，请；止，到；隅，旁边，此处指旁边的座位。 3 谬：本意为欺诈，此处引申为未经商议便冒昧提出。 4 奉裳衣：奉巾栉，伺候梳洗，引申为充当妻室。 5 凌波微步：出自曹植《洛神赋》“凌波微步，罗袜生尘”，形容女子步履轻盈。 6 氍毹(qú shū)：毛织的地毯。 7 悬想：本意是凭空想象，此处引申为回想、回忆。

调笑未已，一宫女驰入曰："妖入宫门，王避偏殿，凶祸不远矣！"生大惊，趋见王。王执手泣曰："君子不弃，方图永好。讵期[1]孽降自天，国祚将覆，且复奈何！"生惊问何说。王以案上一章，授生启读。章云："含香殿大学士臣黑翼，为非常妖异，祈早迁都，以存国脉事。据黄门[2]报称：自五月初六日，来一千丈巨蟒盘踞宫外，吞食内外臣民一万三千八百余口，所过宫殿尽成丘墟，等因。臣奋勇前窥，确见妖蟒：头如山岳，目等江海。昂首则殿阁齐吞，伸腰则楼垣尽覆。真千古未见之凶，万代不遭之祸！社稷宗庙，危在旦夕！乞皇上早率宫眷，速迁乐土"云云。生览毕，面如灰土。

正在两人调笑的时候，一个宫女急急忙忙地跑进来说："有妖怪进了宫门，大王也躲进了偏殿里，大祸临头了！"窦旭听到后大吃一惊，急忙跑去见大王。大王抓着窦旭的手，哭着说："公子不嫌弃我们，我们也很想和公子永结同好。不料祸从天降，国运快到头了，气数已尽，这该如何是好啊！"窦旭吃惊不已，问大王何出此言。大王把桌案上的一份奏折拿给他看。奏折上写着："含香殿大学士臣黑翼，因非比寻常的怪异事出现，恳请尽早迁都，以维系国脉长存一事。据黄门官员上报：从五月初六起，来了一条长达千丈的巨蟒，盘踞在皇宫之外，吞食内外臣民一万三千八百余人。巨蟒所经过的宫殿都成了废墟，如此等等。臣不顾危险，前去察看，确实见到一条巨蟒：头大如山，眼睛像江海。一抬头就能吞下宫殿楼阁，一伸腰就能把墙壁都压塌。真是千古未见的大凶事，万年不遇的大灾祸啊！国家社稷不保，祖宗灵位都危在旦夕！恳请皇上尽早带领宫中眷属，火速迁往安定的乐土……"窦旭看完奏折，面如死灰。

接着就有宫女跑来报告说："妖怪杀

即有宫人奔奏："妖物至矣！"阖殿哀呼，惨无天日。王仓遽不知所为，但泣顾曰："小女已累先生。"生坌息[3]而返。公主方与左右抱首哀鸣，见生入，牵衿曰："郎焉置妾？"生怆恻欲绝，乃捉腕思曰："小生贫贱，惭无金屋[4]。有茅庐三数间，姑同窜匿可乎？"公主含涕曰："急何能择，乞携速往。"生乃挽扶而出。未几，至家，公主曰："此大安宅，胜故国多矣。然妾从君来，父母何依？请别筑一舍，当举国相从。"生难之。公主号咷曰："不能急人之急，安用郎也！"生略慰解，即已入室。公主伏床悲啼，不可劝止。

焦思无术，顿然而醒，始知梦也。而耳畔

上门了！"整座大殿之上，一片哀号，惨无天日。大王慌忙之中不知如何是好，只是哭着对窦旭说："小女就托付给你了。"窦旭气喘吁吁地跑回去。公主正和身边的宫女抱头痛哭，看到窦旭进来，拉着他的衣襟哭诉："郎君怎么安置我啊？"窦旭心生悲怆，悲痛欲绝，拉着公主的手腕边想边说："我家境贫寒，身份低微，可惜不能金屋藏娇。家有几间茅草屋，暂且一起前去躲避可以吗？"公主含着眼泪说："情况紧急，哪里还能选择，请赶快带我去吧。"于是窦旭搀着公主逃出来。不久之后两人来到家里，公主说："这是很安全的住宅，可比我在故国的房子好很多啊。然而我跟随你来，我的父母又能依靠谁呢？请再盖一座房子，这样全国人都会跟着前来。"窦旭感到非常为难。公主号啕大哭说："不能够急人之所急，要你又有何用！"窦旭略加安慰劝解一下公主，就走进了屋内。公主趴在床上泣涕涟涟，无法劝住。

窦旭正焦急想不出办法时，突然醒来，才知道又是一场梦。而这时，耳朵旁公主的啼哭声，"嘤嘤"萦绕不绝，仔细听，原来并非人的声音，而是枕头上飞着

啼声，嘤嘤未绝，审听之，殊非人声，乃蜂子二三头，飞鸣枕上。大叫怪事。友人诘之，乃以梦告，友人亦诧为异。共起视蜂，依依裳袂间，拂之不去。友人劝为营巢，生如所请，督工构造。方竖两堵，而群蜂自墙外来，络绎如蝇，顶尖未合，飞集盈斗。迹所由来，则邻翁之旧圃也。圃中蜂一房，三十余年矣，生息颇繁。或以生事告翁，翁觇[5]之，蜂户寂然。发其壁，则蛇据其中，长丈许，捉而杀之。乃知巨蟒即此物也。蜂入生家，滋息更盛，亦无他异。

的两三只蜜蜂的鸣叫声。窦旭连连说怪事。朋友询问他怎么回事，窦旭就将梦里的事告诉了朋友，他也感觉非常惊奇。他们一起去看这些蜜蜂，发现它们依恋在衣裳袖子里，赶也赶不走。朋友劝窦旭为这些蜜蜂筑造巢穴，窦旭就按照朋友说的去做，亲自监工建造。刚竖立起两面墙，大群的蜜蜂就从墙外飞来，络绎不绝，如同一大群苍蝇，巢穴顶还没有封闭，飞来的蜜蜂就已经聚集得比斗还大。窦旭随着蜜蜂的痕迹找它们来自什么地方，原来是邻居老翁的旧菜园子。菜园子内有一间蜂房，已经三十多年了，蜜蜂在这里繁衍生息，十分兴旺。有人将窦旭的事告诉老翁，老翁前去察看，发现蜂房已经寂静无声。老翁扒开蜂房的墙壁，发现一条长一丈多的蛇盘踞在里面，老翁捉住这条蛇把它杀了。这才知道，原来梦中的巨蟒就是这条蛇。蜜蜂进入窦旭家，繁衍更加旺盛，再也没有发生其他怪异的事。

注释　1 讵期：岂料，没有想到。　2 黄门：官署名，有黄门侍郎、给事黄门侍郎等职位。　3 坌息：喘粗气。　4 金屋：此处化用汉武帝金屋藏陈阿娇的典故。　5 觇：察看。

绿衣女

原文

于生名璟，字小宋，益都[1]人，读书醴泉寺。夜方披诵[2]，忽一女子在窗外赞曰："于相公勤读哉！"因念深山何处得女子？方疑思间，女已推扉笑入曰："勤读哉！"于惊起，视之，绿衣长裙，婉妙无比。于知非人，固诘里居。女曰："君视妾当非能咋噬[3]者，何劳穷问？"于心好之，遂与寝处。罗襦既解，腰细殆不盈掬。更筹方尽[4]，翩然遂去。由此无夕不至。

译文

益都县有个书生叫于璟，字小宋，在醴泉寺租了一间房子苦读。一天晚上，于生正在夜读，突然听到窗外有女子赞叹说："于相公读书真用功！"于生猜想深山僻寺哪里会有女子？正疑惑中，女子推门进来，笑着说："在用功读书呀！"于生吓了一跳，忙起身向门口望去，只见女子穿着绿衣长裙，亭亭玉立，美妙动人。于生明白她不是人类，便问她住在哪里。女子说："你看我并不像能把你吃掉的样子，干吗再三追问呢？"于生心里爱慕她，便和她相好。衣裳褪去，细腰不堪一握。快到黎明时分，女子轻快地出了门。从此以后，女子每晚都来赴约。

注释　1 益都：今山东青州。　2 披诵：展卷诵读。　3 咋(zé)噬：咬嚼吞吃。　4 更筹方尽：指黎明时分，白日与黑夜的交替时分。更筹，古代夜间报更用的竹签。

一夕共酌，谈吐间妙解[1]音律。于曰：“卿声娇细，倘度[2]一曲，必能消魂。”女笑曰：“不敢度曲，恐消君魂耳。”于固请之。曰：“妾非吝惜，恐他人所闻。君必欲之，请便献丑，但只微声示意可耳。”遂以莲钩[3]轻点床足，歌云：“树上乌臼鸟，赚奴中夜散。不怨绣鞋湿，只恐郎无伴。”声细如蝇，裁可辨认。而静听之，宛转滑烈，动耳摇心。

歌已，启门窥曰：“防窗外有人。”绕屋周视，乃入。生曰：“卿何疑惧之深？”笑曰：“谚云‘偷生鬼子常畏人’，妾之谓矣。”既而就寝，惕然[4]不喜，曰：“生平之分，殆止此乎？”于急问之，女曰：“妾心动，妾禄尽矣。”于慰之曰：“心动眼瞤[5]，盖是常也，何遽

有天夜里，两人一起小酌，女子言谈中对音乐很是精通。于生便请求：“你声音美妙动听，要是能听你唱上一曲，那真是快活死了。”女子笑着说：“不敢亮嗓，我怕你真快活死。”于生再三要求，女子只好答应：“不是我小气，只是怕被其他人听见。你要实在想听，我就献丑唱一首，不过只能小声唱出来，表达出意味就好。”说完，女子便用玉足轻点床脚，唱道：“树上乌臼鸟，赚奴中夜散。不怨绣鞋湿，只恐郎无伴。”歌声细若蝇虫的飞鸣声，仔细去听才辨认得出唱的是什么。于生又静下心欣赏，只觉曲调婉转，声音圆转清亮。

一首唱罢，女子起身开门向外张望：“我担心窗外有人偷听。”走出门在房外绕了一圈，这才进屋。于生问：“你疑心怎么这么重？”女子笑：“有句话说‘偷生鬼子常怕人’，说的就是我呀！”接着，两人回床入睡，女子变得忧心忡忡，愁眉紧锁，她问于生：“我们这一世的缘分，难道今晚就了结了吗？”于生急忙追问她怎么这么说，女子说：“我心跳加快，大概我的福气要没了。”于生安慰她：“心跳加快和眼皮跳都是平常事，哪里需

此云？”女稍怿[6]，复相绸缪。更漏既歇，披衣下榻。方将启关，徘徊复返，曰：“不知何故，惿惭[7]心怯。乞送我出门。”于果起，送诸门外。女曰：“君伫望[8]我，我逾垣去，君方归。”于曰：“诺。”

要这么害怕？”女子听完，心里稍稍放松，又和于生亲热起来。黎明时分，女子穿上衣服下了床。正要开门，却犹豫地走回，对于生说：“不知道为什么，我心里害怕得很。你送我出门吧。”于生便起身送她，直到门口。女子请求：“你看着我走，我翻墙走了，你再回去。”于生说：“好。”

注释 1 妙解：精通。 2 度：谱写乐曲，此处指唱歌。 3 莲钩：指旧时妇女所缠的小足。此处指女子的纤纤玉足。 4 惕(tì)然：忧虑的样子。 5 瞤(shùn)：眼皮跳动。 6 怿(yì)：欢喜。 7 惿惭(tí xī)：胆怯害怕。 8 伫望：久立而远望。

视女转过房廊，寂不复见。方欲归寝，闻女号救甚急。于奔往，四顾无迹，声在檐间。举首细视，则一蛛大如弹，抟捉一物，哀鸣声嘶。于破网挑下，去其缚缠，则一绿蜂，奄然将毙矣。捉归室中置案头，停苏移时，始能行步。徐登砚池，自以身投墨汁，出伏几

于生看着女子的身影消失在房廊，杳然不见。他正要回屋睡觉，却突然听到女子急声呼救的声音。于生急忙飞奔出去，四下里张望也没看到人影，只听到声音从房檐间传出来。于生抬头仔细一看，一只大如弹珠的蜘蛛正在蹂躏一只昆虫，那昆虫发出惨痛的尖叫声。于生划开蜘蛛网，把这只昆虫捉下来，撕掉缠裹其身的蛛网，竟然是一只绿蜂，奄奄一息，快死了。于生把它拿回屋里，放到书桌上，过了许久，绿蜂慢慢苏醒过来，稍稍能爬起走路。它缓慢地爬到砚池边，走进去用身子蘸上墨汁，

上,走作“谢”字。频展双翼,已乃穿窗而去。自此遂绝。

出来后又趴着书桌走,用足迹写出个“谢”字。写完,这才扇动蜂翼,不久就飞出窗离开了。从此,绿衣女子再也没来过。

黎　氏

龙门[1]谢中条者,佻达[2]无行。三十余丧妻,遗二子一女,晨夕啼号,萦累[3]甚苦。谋聘继室,低昂未就,暂雇佣媪抚子女。一日,翔步[4]山途,忽一妇人出其后。待以窥觇,是好女子,年二十许。心悦之,戏曰:“娘子独行,不畏怖耶?”妇走不对。又曰:“娘子纤步,山径殊难。”妇仍不顾。谢四望无人,近身侧,遽挲[5]其腕,曳入幽谷,将以强合。妇怒呼曰:“何处强人,横来相侵!”谢牵挽而行,更不休止,妇步履跌蹶,困

龙门县有个谢中条,举止轻佻放荡,品行不端。他三十来岁的时候,妻子不幸去世,留下两个儿子、一个女儿,孩子们日夜哭啼,他被拖累得难受。打算续娶,可高不成,低不就,便暂时请了个保姆照顾子女。一天,谢中条悠悠地走在山间小路上,身后突然走出个妇女。谢中条停下脚步,偷偷观察她,女子面容姣好,大约二十出头。谢中条心生爱慕,调戏女子:“小娘子一个人走山路,心里不害怕吗?”女子只顾走路不理睬他。谢中条又说:“小娘子脚又瘦又小,走山路太累啦。”女子还是不看他。谢中条见周围没人,走到女子身边,突然伸手抚摸女子的手腕,拽着她进入偏僻的山谷,打算强要了她。女子怒喝道:“哪里来的浪子,光天化日下要非礼人!”谢中条牵扯着她的手不让她逃脱,继续往前走,女子

窘无计，乃曰："燕婉之求[6]，乃若此耶？缓我，当相就耳。"谢从之。偕入静壑，野合既已，遂相欣爱。

被拽得趺趺撞撞，窘迫难堪，只好服软说："男女欢爱，要这么强硬吗？你松下手，我就从了你。"谢中条放开她。两人一起找到幽静的谷中，完事后，倒两情相悦起来。

注释　1 龙门：今山西河津。　2 佻(tiāo)达：轻薄放荡，轻浮。　3 萦(yíng)累：牵累。　4 翔步：安步，缓步。　5 挲：抚摸。　6 燕婉之求：指夫妻和爱之情。

妇问其里居姓氏，谢以实告。既亦问妇，妇言："妾黎氏。不幸早寡，姑又殒殁，块然一身，无所依倚，故常至母家耳。"谢曰："我亦鳏[1]也，能相从乎？"妇问："君有子女无也？"谢曰："实不相欺，若论枕席之事，交好者亦颇不乏。只是儿啼女哭，令人不耐。"妇踌躇[2]曰："此大难事，观君衣服袜履款样[3]，亦只平平，我自谓能办。但继母难作，恐不胜诮让[4]也。"谢曰："请毋疑阻。我自不言，人何干与？"妇亦

女子问他住哪儿、叫什么，谢中条老实回答了。谢中条也问女子，女子说："我姓黎。命不好，丈夫早早就死了，婆婆也去世了，孤零零一个人，没有依靠，所以常常去娘家串门。"谢中条问："我也是鳏夫，不如你嫁给我？"女子问："你有孩子吗？"谢中条说："实不相瞒，要是说寻欢作乐这方面，和我相好的倒不少。就是家里孩子哭闹，让人受不了。"女子犹豫说："这真是大难事，我看你的穿着打扮，也只是普通人，这些我倒能打理好。只是继母不好当，一不小心就会受责难。"谢中条说："你别疑心。我自己不说，别人能怎么样？"女子想了想，稍稍放心。转念又疑虑："我们都好过

微纳。转而虑曰："肌肤已沾，有何不从。但有悍伯，每以我为奇货，恐不允谐，将复如何？"谢亦忧皇[5]，请与逃窜。妇曰："我亦思之烂熟。所虑家人一泄，两非所便。"谢云："此即细事。家中惟一孤媪，立便遣去。"妇喜，遂与同归。

了，还有什么不依你的。可我有个蛮横的大伯，他老想着把我高价卖了换钱，只怕他不同意，那该怎么办？"谢中条也惶恐无策，便和女子商量着逃到其他地方去。女子说："我考虑好了。就怕家里人一不小心说出去，对你我都不好。"谢中条说："这是小事。家里只有一个老太太，我回去就把她请走。"女子高兴，就和谢中条回了家。

注释 ·1 鳏(guān)：无妻或丧妻的男人。 2 踌躇(chóu chú)：犹豫。 3 款样：样式。 4 诮让：责备，责难。 5 忧皇：忧愁惶恐。

先匿外舍，即入遣媪讫，扫榻迎妇，倍极欢好。妇便操作，兼为儿女补缀，辛勤甚至。谢得妇，嬖爱[1]异常，日惟闭门相对，更不通客。月余，适以公事出，反关[2]乃去。及归，则中门严闭，扣之不应。排阖[3]而入，渺无人迹。方至寝室，一巨狼冲门跃出，几惊绝。入视，子女皆无，鲜血殷地，惟

谢中条让女子先躲在外屋里，等谢中条把老太太请走后，他又把房间收拾好请女子进屋，两人非常恩爱。女子操持家务，还替孩子们缝补衣服，勤劳能干。谢中条娶了女子后，很宠爱她，每天关门待在家，也不和其他人来往。一个多月后，谢中条要外出办公，把门反锁后就走了。回家后，却看到里外的门都锁得严严实实，敲门也没人答应。他开门进去，一个人也没有。正要走进屋里，一只大狼从房里冲了出去，快把他给吓死。进里屋一看，孩子们都不见了，鲜血满

三头存焉。返身追狼，已不知所之矣。

地，只有三个头在那儿。他返身回去追野狼，早已经没了踪影。

注释 1 嬖(bì)爱：宠爱。 2 反关：反锁。 3 排阖(hé)：打开门。

异史氏曰："士则无行，报亦惨矣。再娶者，皆引狼入室耳。况将于野合逃窜中求贤妇哉！"

异史氏说："读书人行为放荡，报应也惨。再讨个老婆，也是引狼入室。何况指望野合私奔能找到贤妻呢！"

荷花三娘子

原文

湖州[1]宗湘若，士人也。秋日巡视田垄，见禾稼茂密处，振摇甚动。疑之，越陌往觇，则有男女野合。一笑将返，即见男子靦然[2]结带，草草径去。女子亦起。细审之，雅甚娟好。心悦之，欲就绸缪[3]，实惭鄙恶，乃略近拂试曰："桑中之游[4]乐乎？"女笑不语。

译文

湖州有个读书人叫宗湘若。有一年秋天他到田间巡视，只见庄稼生得茂密的地方，摇晃个不停。宗湘若觉得可疑，越过田垄前去查看，发现竟有一对男女正在野合。他笑了笑就往回走，却看见男子羞愧地系上裤带，匆匆离去了。此时女子也坐了起来，细细打量，生得真是妩媚动人。宗湘若心有爱意，也想来欢娱一番，却耻于这粗鲁的行径，便走到近前轻轻挑逗着说："你们的私会还快活吗？"女子只是笑着不说话。宗湘若贴

宗近身启衣，肤腻如脂，于是挼莎[5]上下几遍。女笑曰：“腐秀才！要如何，便如何耳，狂探何为？”诘其姓氏。曰：“春风一度[6]，即别东西，何劳审究？岂将留名字作贞坊[7]耶？”宗曰：“野田草露中，乃山村牧猪奴[8]所为，我不习惯。以卿丽质，即私约亦当自重，何至屑屑如此？”女闻言，极意嘉纳。宗言：“荒斋不远，请过留连。”女曰：“我出已久，恐人所疑，夜分可耳。”问宗门户物志甚悉，乃趋斜径，疾行而去。更初，果至宗斋。殢雨尤云[9]，备极亲爱。积有月日，密无知者。

近女子身旁，解开她的衣物，只觉肌肤滑腻如脂，于是抚摸起她的身体。女子嗔笑着说：“酸秀才，想干什么，尽管来就是了，干吗乱摸呢？”宗湘若问起她的姓氏。女子说：“露水情缘而已，欢娱罢了便各奔东西，何必细问？难道非要把名字留下去立贞节牌坊吗？”宗湘若回答说：“在这荒山野地中恩爱，粗鄙村夫才愿意如此，我实在不能习惯。看你这倾城美貌，就算是私会也该自重身份，为何如此草率呢？”女子听了他的话，很是赞成。宗湘若趁机说道：“我的茅堂离这不远，姑娘不如随我到那里小憩一会儿。”女子回答说：“我出门已经好久了，再不回去恐怕惹人生疑，半夜倒是可以。”说罢详细问清了宗湘若家门前的标志，便走上一条小路，快步离去了。夜半时分，女子果然寻到了宗湘若的家中。两人遍行云雨之事，万分恩爱。这样交往了一个多月，外人谁也不知道这个秘密。

注释　1 湖州：今浙江湖州。　2 觍然：害羞惭愧的样子。　3 绸缪：紧密缠缚。此处指情侣之间缠绵欢爱。　4 桑中之游：指情侣约会之事。　5 挼莎：亦作“挼挲”。用手揉搓，抚摸。　6 春风一度：指男女野合，露水情缘，时间短暂。　7 贞坊：贞节牌坊。　8 牧猪奴：指粗鄙的村夫。　9 殢(tì)雨尤云：比喻男女之间的缠绵欢爱。殢，沉溺。

会一番僧卓锡[1]村寺，见宗惊曰："君身有邪气，曾何所遇？"答言："无之。"过数日，悄然忽病。女每夕携佳果饵之，殷勤抚问，如夫妻之好。然卧后必强宗与合。宗抱病，颇不耐之。心疑其非人，而亦无术暂绝使去。因曰："曩和尚谓我妖惑，今果病，其言验矣。明日屈[2]之来，便求符咒。"女惨然色变，宗益疑之。次日，遣人以情告僧。僧曰："此狐也。其技尚浅，易就束缚。"乃书符二道，付嘱曰："归以净坛一事置榻前，即以一符贴坛口。待狐窜入，急覆以盆，再以一符黏 盆上。投釜汤烈火烹煮，少顷毙矣。"

家人归，并如僧教。夜深，女始至，探袖

此时村中的庙里恰好住着一位番僧，看见宗湘若，大为惊讶地说："您身上留有邪气，莫非曾遇到过什么不祥之物？"宗湘若答道："没那回事。"又过了几天，宗湘若突然无缘无故地染上了怪病。这女子每夜都带着上好的瓜果前来探病，甚是殷勤地抚问照顾，如同夫妻一般交好。只是躺下后必定强要宗湘若与自己欢合。宗湘若有疾在身，颇为不情愿。心里暗暗怀疑女子并非人类，却找不到好的办法赶她离开。于是便说："前些日子有个和尚说我被妖气缠身，现在患了病，果然应验了。待我明日请他来，求几道降妖的符咒。"才说完，女子的脸色霎时变得惨白起来，宗湘若疑心更重了。第二天，宗湘若派人把实情告诉了那位和尚，和尚说："这是条小狐狸精。看起来道行尚浅，很轻易就能抓住。"当即写下两道符咒交给来人，又嘱咐道："回去后取个干净的坛子放在床前，用一道符咒封住坛口，待到那妖精钻入坛中，赶快拿盆子将其盖住，把另一道符咒在盆上贴好。投入汤锅里大火烹煮，不一会儿就能除去此妖。"

家人回来，如实按照和尚所说的去做。夜深时分，女子刚来，从袖里拿出金

中金橘，方将就榻问讯。忽坛口飕飗一声，女已吸入。家人暴起，覆口贴符，方欲就煮。宗见金橘散满地上，追念情好，怆然感动，遽命释之。揭符去覆，女子自坛中出，狼狈颇殆[3]，稽首曰："大道将成，一旦几为灰土！君，仁人也，誓必相报。"遂去。

橘，正要到床前问候病情。只见那坛口"嗖"的一声，女子已被吸入坛中。家人猛地冲出来，用盆覆住坛口，马上把第二道符贴好，准备下锅烹煮。宗湘若见到金橘四散在地，想起往日与女子的种种恩爱，动了恻隐之心，急吩咐家人把小狐狸放了出来。家人揭去符咒，拿走封口的盆，女子从坛中出来，样子十分狼狈困窘，跪在地上连连叩首说："我大道即将修成，不料想差点化为尘土！您真是大仁大义，来日定会报答。"随后便匆匆离去了。

注释　**1** 卓锡：僧人停留。卓，直立。锡，僧人游方所持的禅杖。将禅杖直立着放，代指僧人暂住某处。 **2** 屈：敬辞，用于邀请。 **3** 殆：危险，此处也可指陷入困境的意思。

数日，宗益沉绵[1]，若将陨坠[2]。家人趋市，为购材木[3]。途中遇一女子，问曰："汝是宗湘若纪纲[4]否？"答云："是。"女曰："宗郎是我表兄，闻病沉笃，将便省视，适有故不得去。灵药一裹，劳寄致之。"家人受归，

又过了几天，宗湘若的病情更为恶化，好像快死了。家人到集市上为他买下葬的棺木。路上碰到一位女子，问道："你是宗湘若的管家吗？"回答说："是。"女子又道："宗郎是我表兄，我听闻他身染沉疴，本想前去探望，却恰好因事不能前去。这里有一包灵药，麻烦您给他捎去。"管家接过药，回到家中。宗湘若自知表字辈中并无姐妹，就知道是小狐狸来报

宗念中表迄无姊妹，知是狐报。服其药，果大瘳，旬日平复。心德之，祷诸虚空，愿一再觏[5]。

一夜，闭户独酌，忽闻弹指敲窗。拔关出视，则狐女也。大悦，把手称谢，延止共饮。女曰："别来耿耿[6]，思无以报高厚。今为君觅一良匹，聊足塞责否？"宗问："何人？"曰："非君所知。明日辰刻，早越南湖，如见有采菱女着冰縠[7]帔者，当急舟趁之。苟迷所往，即视堤边有短干莲花隐叶底，便采归，以蜡火爇[8]其蒂，当得美妇，兼致修龄[9]。"宗谨受教。既而告别，宗固挽之。女曰："自遭厄劫，顿悟大道。即奈何以衾裯之爱，取人仇怨？"厉色辞去。

恩了。服下这些药，果然病情大为好转，只过了十天就恢复了健康。宗湘若心里十分感激，便向虚空祷告，祈求让他与狐狸再见一面。

一天夜里，宗湘若关起门独自饮酒，忽然听到手指敲窗户的声音。宗湘若拉开门闩出去一看，竟是许久未见的狐女。他万分高兴，一把握住狐女的手，连连称谢，邀请她与自己共饮。狐女道："别离之后，我始终不能释怀，不知怎样才能报你的再造之恩。现如今为你找到一位好妻子，或许可以弥补我的过失吧。"宗湘若问："她是什么人呢？"狐女说："这不是你能知道的。明天五更天，你去南湖，若是寻到一位披着白绉纱披肩的采菱角的少女，就赶快追上她。如果把她跟丢了，就去岸边找一株藏在莲叶底的短柄莲花，把它采回家之后，用蜡烛烧花蒂，就能得到一位冰雪美人，还会延年益寿的。"宗湘若都一一谨记在心。待到狐女要辞去之时，宗湘若竭力挽留，女子却说："自从遭了此劫，便顿悟了大道。何必为鱼水情欢之事，招来人间骂名呢？"说完，便一脸严肃地匆匆离开了。

注释 1 沉绵:疾病缠绵,经久不愈。此处指病情恶化。 2 陨坠:死亡的婉词。 3 材木:可作木材的树。此处指棺材。 4 纪纲:古指统领仆隶的人,此处指管家。 5 觏:见面。 6 耿耿:心中挂怀,烦躁不安的样子。 7 冰縠(hú):用冰蚕丝织成的绉纱,即白绉纱。 8 爇:点燃。 9 修龄:长寿。

宗如言,至南湖,见荷荡佳丽颇多,中一垂髫[1]人衣冰縠,绝代也。促舟劘逼[2],忽迷所往。即拨荷丛,果有红莲一枝,干不盈尺,折之而归。入门,置几上,削蜡[3]于旁,将以爇火。一回头,化为姝丽。宗惊喜伏拜。女曰:"痴生!我是妖狐,将为君祟矣!"宗不听。女曰:"谁教子者?"答曰:"小生自能识卿,何待教?"捉臂牵之,随手而下,化为怪石,高尺许,面面玲珑。乃携供案上,焚香再拜而祝之。

入夜,杜门塞窦[4],惟恐其亡。平旦视之,

宗湘若依狐女所说,来到了南湖。放眼望去,荷池中佳丽颇多,其中一位妙龄少女身着白绉纱的披肩,风华绝代,倾国倾城。宗湘若连忙将船驶近,忽然不见了少女的踪迹。他依狐女所说,拨开岸边的荷花丛,果然有一支红莲藏匿其中,枝干不足一尺,当即便折下红莲带回了家。一进屋,宗湘若忙把红莲摆在桌上,自己在一旁削剪烛芯,准备点火。才一转头的工夫,红莲竟幻化成了倾国倾城的姑娘。宗湘若跪倒在地,又惊又喜。姑娘说:"傻子,我是妖狐,要来取你性命啦!"宗湘若表示不信。女子又说:"谁教你这么做的?"宗湘若回答说:"我本来就识得你,还用谁去教吗?"说着便伸手去牵姑娘的胳臂,姑娘随手滑下,竟化为了怪石,高一尺有余,面面晶莹剔透。宗湘若只得把怪石供在桌上,焚香跪拜,祈祷一番。

到了半夜,宗湘若紧闭门窗,唯恐姑娘逃走。守到天亮再一看,却又不是怪石,

即又非石，纱帔一袭，遥闻芗泽[5]，展视领衿，犹存余腻。宗覆衾拥之而卧。暮起挑灯，既返，则垂髫人在枕上。喜极，恐其复化，哀祝而后就之。女笑曰："孽障哉！不知何人饶舌，遂教风狂儿屑碎[6]死！"乃不复拒。而款洽间若不胜任，屡乞休止。宗不听，女曰："如此，我便化去！"宗惧而罢。

由是两情甚谐。而金帛常盈箱箧，亦不知所自来。女见人喏喏，似口不能道辞，生亦讳言其异。怀孕十余月，计日当产。入室，嘱宗杜门禁款[7]者，自乃以刀剖脐下，取子出，令宗裂帛束之，过宿而愈。

而是一件薄纱披肩，香气袭人，远远就能嗅到。又看那披肩的襟口，仿佛还存着些女性独有的柔腻。宗湘若便盖上被子，抱着披肩躺下。到了傍晚时分，宗湘若起来点灯，回来却发现姑娘躺在枕边。他欣喜若狂，却害怕姑娘再施展幻化之术，又是一番苦苦哀求后才敢凑到床前。姑娘嗔笑道："真是孽缘啊！不知道是谁多嘴，找来这个风流浪子纠缠我到死！"说罢便不再回绝。姑娘涉世未深，亲热之时难免承受不住，好几次要求停止。宗湘若却不听，姑娘道："你再这样，我就要变了！"宗湘若这才害怕，停了下来。

从此夫妇二人两情相悦。财物也总是堆得满箱都是，也不知道是哪里来的。姑娘对外人大都只回答"是"字，似乎不善于交际，宗湘若亦对姑娘的怪异举止闭口不谈。后来姑娘十月怀胎，即将临产。她走进内室，嘱咐宗湘若把房门关好，不许任何人敲门，自己用刀剖开肚皮，取出婴儿，让宗湘若撕些绸布将伤口包好，只过了一夜竟恢复如初。

注释 1 垂髫：古时儿童不束发，头发下垂，因以"垂髫"指儿童。此处指少女。 2 劘(mó)逼：靠近，迫近。劘，逼近。 3 削蜡：削剪烛芯。 **4** 杜门塞窦：紧闭门窗。杜，堵塞。窦，孔眼，此处指门窗。 **5** 芗泽：香气。 **6** 屑碎：琐碎，此处指纠缠。 **7** 款：敲。

又六七年，谓宗曰："夙业[1]偿满，请告别也。"宗闻泣下，曰："卿归我时，贫苦不自立，赖卿小阜[2]，何忍遽言离逖[3]？且卿又无邦族，他日儿不知母，亦一恨事。"女亦怅悒曰："聚必有散，固是常也。儿福相，君亦期颐[4]，更何求？妾本何氏。倘蒙思眷，抱妾旧物而呼曰：'荷花三娘子！'当有见耳。"言已解脱，曰："我去矣。"惊顾间，飞去已高于顶。宗跃起，急曳之，捉得履。履脱及地，化为石燕，色红于丹朱，内外莹彻，若水精然。拾而藏之。检视箱中，初来时所着冰縠帔尚在。每一忆念，抱呼"三

一家人幸福地生活了六七年，一天姑娘对宗湘若说道："你我之间的业债已经还清，我们差不多该分手了。"宗湘若闻言泪如雨下，说："遥想我们结为夫妻之时，家徒四壁，困苦不能自立，依赖你的扶持才走到今天，现在怎么忍心就这样突然离去呢？况且你又没有亲戚宗族，将来我们的孩子不知有母亲，更是一桩憾事啊。"姑娘也哀伤地说："有聚有散，本是自然之理，应该习以为常。儿子一脸福相，夫君也能长命百岁，还要再追求什么呢？我本姓何。倘若夫君想念我，只须抱着我的旧物喊：'荷花三娘子！'我便能与夫君相见了。"说完身体便挣脱出来，说："我去了！"宗湘若惊愕地望向姑娘，只一瞬，她已飞到了头顶那么高。宗湘若高高跃起，连忙伸手去拽姑娘，却只扯下来一只鞋。那鞋落在地上，化作一只石燕，比朱砂还红，内外澄澈透明，仿佛水晶一样。宗湘若拾起鞋子细心收藏起来。检查两人用过的箱子，发现姑娘刚来时披着的白绉纱披肩还在。从此宗湘若每每怀

娘子”，则宛然女郎，欢容笑黛，并肖生平，但不语耳。

念妻子，就抱着那披肩喊一声“三娘子，”姑娘就会出现在面前，音容笑貌都和生前一样，只是不能言语罢了。

注释 1 夙业：前世的罪业、冤孽。 2 小阜：稍稍富裕。 3 离逖：远离。逖，远。 4 期颐：一百岁。

骂鸭

原文

邑西白家庄居民某，盗邻鸭烹之。至夜，觉肤痒；天明视之，茸生鸭毛，触之则痛。大惧，无术可医。夜梦一人告之曰：“汝病乃天罚。须得失者骂，毛乃可落。”而邻翁素雅量，每失物未尝征[1]于声色。某诡告翁曰：“鸭乃某甲所盗。彼深畏骂焉，骂之亦可警将来。”翁笑曰：“谁有闲气骂恶人。”卒不骂。

译文

白家庄有个村民，把邻居家的鸭子偷来煮着吃了。到了半夜，他发现自己身上痒痒的；等天亮时细看，身上竟长满了细茸茸的鸭毛，轻轻一碰就疼痛万分。这个人十分害怕，想治好却又无可奈何。夜里梦见一个人告诉他说：“你的病是上天降下的惩罚。必须让丢鸭的人骂你一顿，鸭毛方可脱落。”邻人是个宽宏大量的老翁，以前丢东西从没见他生过气。村民就骗老翁说：“你那天丢的鸭子是村民某甲偷的。他这个人最怕挨骂，你快骂他一顿，以后他一定不敢再来偷了。”老翁笑着说：“我没那闲工夫与恶人斗嘴。”村民费尽口舌，老翁就是不骂。他越发羞愧，于是就把实

某益窘,因实告邻翁。翁乃骂,其病良已[2]。

情告诉老翁。老翁骂了他一顿,这怪病当时就痊愈了。

注释 1 征:表现。 2 良已:痊愈。

异史氏曰:"甚矣,攘[1]者之可惧也,一攘而鸭毛生!甚矣,骂者之宜戒也,一骂而盗罪减!然为善有术,彼邻翁者,是以骂行其慈者也。"

异史氏说:"偷窃的下场太可怕了,才偷了一只鸭子,竟生得如此怪病!骂人的人也应该小心了,才骂了一顿就抵消了偷窃的罪过!积德行善也有很多种方法,像这位邻家老翁,就是用骂人来彰显他的仁慈啊。"

注释 1 攘:偷窃。

柳氏子

原文

胶州[1]柳西川,法内史[2]之主计仆[3]也。年四十余生一子,溺爱甚至,纵任[4]之,惟恐拂。既长,荡侈逾检[5],翁囊积为空。无何,子病,翁故蓄善

译文

胶州的柳西川是法若真内史的账房先生。四十多岁了才得了一个男孩儿,他对孩子百般宠爱,放纵听任,唯恐逆了孩子的心意。孩子长大后,骄奢淫逸,不知检点,竟把柳西川多年的积蓄挥霍一空。没过多久,儿子生了病,柳西川原有一只养了很多年的健硕的好骡子,儿子道:"这么肥的骡子味道

骡,子曰:“骡肥可啖,杀啖我,我病可愈。”柳谋杀蹇劣者。子闻之,即大怒骂,疾益甚。柳惧,杀骡以进,子乃喜。然尝一脔[6],便弃去。病卒不减,寻毙,柳悼叹欲死。

一定不错。把骡子杀了做给我吃,我的病就会好的。”柳西川想杀一头差一些的骡子。儿子听了,大骂不止,病也越来越重了。柳西川非常害怕,连忙杀了这头跟随自己多年的健硕的骡子,把肉煮给儿子吃,他果然高兴起来。可只尝了一口,儿子就扔下不再吃了。他的病最终没能好转,不久便一命呜呼,柳西川心中无限感伤,悲痛欲绝。

注释 1 胶州:今山东青岛下辖的胶州市。 2 法内史:法若真,字汉儒,号黄石,山东胶州人。顺治三年(1646)中进士,曾任内翰林国史院中书舍人,故称“内史”。 3 主计仆:掌管财务收支的仆人,即账房先生。 4 纵任:放纵听任。 5 荡侈逾检:放荡奢侈,不守规矩。 6 一脔(luán):一块肉。脔,切成块的肉。

后三四年,村人以香社登岱[1]。至山半,见一人乘骡驶行而来,怪似柳子。比至,果是。下骡遍揖,各道寒暄。村人共骇,亦不敢诘其死,但问:“在此何作?”答云:“亦无甚事,东西奔驰而已。”便问逆旅主人姓名,众具告之。柳子

过了三四年,同村的几个人去泰山祭拜。爬到半山腰,只见有个人骑着骡子走来,看相貌像是柳家的儿子。走到近前细瞧,竟真的是他。柳家儿子识出乡邻,连忙从骡子上下来,向大家作揖,礼貌地寒暄起来。大家都惊异万分,一时间谁也不敢去提他死的事情,只是问道:“你在这里做什么呢?”柳家儿子回答说:“也没什么要紧事,在外游历,东奔西跑而已。说着又问众人所住客栈的老板叫什么,大家详细地告诉了他。听完,柳家儿子拱手说:“真不凑

拱手曰："适有小故，不暇叙间阔[2]，明日当相谒。"上骡遂去。众既归寓，亦谓其未必即来。厌旦[3]伺之，子果至，系骡厩柱，趋进笑言。众谓："尊大人日切思慕，何不一归省侍？"子讶问："言者何人？"众以柳对。子神色俱变，久之曰："彼既见思，请归传语：我于四月七日，在此相候。"言讫，别去。

巧，我有些小事要去办，虽然久别，但不太方便多聊，明日定会亲自到客栈中看望各位。"说着便骑上骡离开了。大家回到住处，细细思量了一番，又觉得柳家儿子未必真的会来。第二天大家等在客栈中，没想到柳家儿子果真来了，他把那头骡子系在马棚的柱子上，便走到近前跟大家聊天。大家问："您的父亲日夜都在思念你，怎么不回家看看呢？"柳家儿子惊讶地说："你们说的是哪位？"大家把柳西川的名字对他讲了。听完，柳家儿竟脸色大变，许久才对大家说："既然他还想着我，就请乡邻们回去传个话，四月七日那天，我还在这里等他。"说罢就告辞离开了。

注释 1 岱：泰山。 2 叙间阔：久别后叙谈。间阔，久不相见。 3 厌旦：黎明。

众归，以情致翁。翁大哭，如期而往，自以其故告主人。主人止之曰："曩见公子，神情冷落，似未必有嘉意。以我卜也[1]，殆不可见。"柳涕泣不信。主人曰："我非阻君，神鬼无常，恐

大家回来后，把这件事告诉柳西川。听到儿子还活着，柳西川激动得大哭不已，他按时来到约好的客栈，攀谈之中对老板说起此事。老板阻止说："前几日我见那位公子情绪低落，恐怕这次约你来没什么好事。据我估计，还是别见为好。"柳西川不相信，又哭起来。老板道："不是我非要拦你，鬼神之事向来无常，我实

遭不善。如必欲见，请伏椟中，察其词色，可见则出。”柳如其言。既而子果至，问曰：“柳某来否？”主人曰：“无。”子盛气骂曰：“老畜产那便不来！”主人惊曰：“何骂父？”答曰：“彼是我何父！初与义为客侣，不图包藏祸心，隐我血资[2]，悍不还。今愿得而甘心[3]，何父之有！”言已出门，曰：“便宜他！”柳在椟，历历闻之，汗流接踵，不敢出气。主人呼之，乃出，狼狈而归。

在是怕你遭遇不测。你若一定要见，就先藏在柜中，看看公子的表现如何，觉得可以相见时再出来。”柳西川便照老板所说的做了。等到柳家儿子前来，问老板说：“姓柳的那个人来了没？”老板答道：“还没。”柳家儿子张口骂道：“老畜生怎么还不来！”老板非常吃惊地问：“你为什么要骂你的爹爹呢？”回答说：“他哪是我爹！当初我与他合伙做生意，没想到他竟包藏祸心，把我的血本骗了去，还强占着不还。现在的我杀他才觉痛快，哪来的什么爹爹！”说罢气冲冲地出了门，嘴里说道：“便宜了他！”柳西川藏在柜中，听得清清楚楚，吓得汗水流到了脚跟，大气也不敢出一声。柳家儿子走远后，老板把他叫出来，他就这样狼狈地回家了。

注释 **1** 以我卜也：据我估计。卜，估计。 **2** 血资：血本。 **3** 得而甘心：杀之而后快。甘心，快意。

异史氏曰：“暴得多金，何如其乐？所难堪者偿耳。荡费殆尽，尚不忘于夜台[1]，怨毒之于人甚矣哉！”

异史氏说：“一夜暴富，多么快活，可怕的在于一辈子难以偿还啊！把仇人的家财都败光，死了还不忘复仇，人的怨毒之心真是太强了！”

注释 1 夜台:指坟墓,因为闭于坟墓,不见光明,所以称为夜台,后来也用来指代阴间。

上仙

原文

癸亥[1]三月,与高季文赴稷下,同居逆旅[2]。季文忽病。会高振美亦从念东[3]先生至郡,因谋医药。闻袁鳞公言:南郭梁氏家有狐仙,善"长桑之术[4]"。遂共诣之。

译文

癸亥年的三月,我跟高季文先生一起去济南,住在同一家客栈中。这时,高季文突然生了病。正赶上高振美也跟随高念东先生来到郡中,便一起商量为季文治病的事。听袁麟公说:南郊的梁氏家有位狐仙,擅长医术。于是我们一行人就动身前去拜访。

注释 1 癸亥:康熙二十二年(1683)。 2 逆旅:旅店。 3 念东:高珩,字葱佩,号念东,淄川人。崇祯十六年(1643)进士,入清后,曾任国子监祭酒、礼部侍郎等职。 4 长桑之术:指医术。长桑,战国时的神医。传说为扁鹊的师父。

梁,四十以来女子也,致绥绥[1]有狐意。入其舍,复室[2]中挂红幕。探幕以窥,壁间悬观音像。又两三轴,跨马操矛,驺从[3]纷沓。北壁下

梁氏是位四十多岁的女子,行走坐卧都有些像狐狸。进了屋,套间挂着红色的门帘。掀开帘子细细打量,墙上挂着观世音的肖像。其他的画也有两三幅,都是些骑马持矛的人,随从众多。北墙下放着几案,案头设有小座,高不足一

有案，案头小座，高不盈尺，贴小锦褥，云仙人至，则居此。众焚香列揖。妇击磬三，口中隐约有词。祝已，肃[4]客就外榻坐。妇立帘下，理发支颐[5]与客语，具道仙人灵迹。久之，日渐曛[6]。众恐碍夜难归，烦再祝请。妇乃击磬重祷，转身复立，曰："上仙最爱夜谈，他时往往不得遇。昨宵有候试秀才，携酒肴来与上仙饮，上仙亦出良酝酬诸客，赋诗欢笑。散时，更漏向尽矣。"言未已，闻室中细细繁响，如蝙蝠飞鸣。

尺，铺着小锦褥，说是狐仙显灵时就坐在此处。大家焚上香，依次向狐仙祷告。只见梁氏敲了三下磬，口中念念有词。祷告完毕，她把我们都请到外室的坐榻上就座。自己站在那红帘之下，整束衣冠，用手托着下巴与我们说起话来，谈的都是些狐仙显灵的逸事。不久，太阳就要落山。大家都怕夜里回家不便，就请梁氏再行祷祝之事。梁氏又击磬三声，重新做了一遍求仙法事，转身依旧站在帘下，说道："上仙最爱夜里与人交谈，其他时候找它往往是找不到的。昨夜有位要进京赶考的秀才，带着酒菜找上仙吃酒，上仙也拿出了美酒款待他，席间两人欢笑着吟诗作赋。兴尽而归之时，天已经蒙蒙亮了。"话还没说完，却听见内室中传来一阵细细的轻响，好似有蝙蝠在里面又飞又叫。

注释　**1** 绥(suí)绥：从容缓慢的姿态。此处指狐狸的神态。　**2** 复室：犹复屋，古代称具有双重椽、栋轩版垂檐等建筑结构的屋宇为"复屋"。此处指套间。　**3** 驺(zōu)从：古代贵族、官僚出门时所带的骑马侍从。　**4** 肃：敬请。　**5** 支颐：以手支着下巴。　**6** 曛：日落时的余光；昏暗。

方凝听间，忽案上若堕巨石，声甚厉。妇转

我们正竖着耳朵听里面的动静，忽然听到几案上仿佛砸下一块巨石，发出

身曰："几惊怖煞[1]人！"便闻案上作叹咤声，似一健叟。妇以蕉扇隔小座。座上大言曰："有缘哉！有缘哉！"抗声[2]让坐，又似拱手为礼。已而问客："何所谕教[3]？"高振美遵念东先生意，问："见菩萨否？"答云："南海是我熟径，如何不见！"又："阎罗亦更代否？"曰："与阳世等耳。""阎罗何姓？"曰："姓曹。"已乃为季文求药。曰："归当夜祀茶水，我于大士[4]处讨药奉赠，何恙不已。"众各有问，悉为剖决[5]。乃辞而归。过宿，季文少愈。余与振美治装先归，遂不暇造访矣。

无比尖厉的声音。梁氏转过身来说："差点吓坏人啊！"此时几案上又传来些许叹息，听声音像位精神矍铄的老者。梁氏忙用芭蕉扇遮住案上的小座。座上高声言道："有缘人！有缘人！"高声让座，又好像在拱手行礼。不久又问我们："找我是问什么事情呢？"高振美遵从念东先生的意思，问道："上仙见过菩萨吗？"座上人回答："南海我熟门熟路，怎能没见过！"又问："阎罗王也会更替吗？"回答道："与人间没什么差别的。"高振美继续问："阎罗王姓什么呢？"上仙说："姓曹。"我们又为高季文求药。得到的回答是："回去后在夜里用茶水祭拜，待我去观世音菩萨那里讨来仙药，没什么治不好的病。"我们又各自问了些关心的问题，上仙都一一剖析解答。大家这才各自散去。过了一夜，季文的病稍稍好了些。我与高振美打点行囊先回乡，便再没机会去见梁氏了。

注释 1 怖煞：过度惊吓。 2 抗声：高声。 3 谕教：晓谕教诲。 4 大士：佛教中对菩萨的敬称，此处特指观世音菩萨。 5 剖决：分析解决。

侯静山

原文

高少宰[1]念东先生云："崇祯间，有猴仙，号静山。托神于河间[2]之叟，与人谈诗文、决休咎，娓娓不倦。以肴核置案上，啖饮狼藉，但不能见之耳。"时先生祖寝疾。或致书云："侯静山，百年人[3]也，不可不晤。"遂以仆马往招叟。叟至经日，仙犹未来。焚香祠之，忽闻屋上大声叹赞曰："好人家！"众惊顾。俄檐间又言之，叟起曰："大仙至矣。"群从叟岸帻[4]出迎，又闻作拱致声。既入室，遂大笑纵谈。时少宰兄弟尚诸生，方入闱归[5]。仙言："二公闱卷亦佳，但经不熟，再须勤勉，云路[6]亦不

译文

据吏部侍郎高念东先生讲："崇祯年间，有位自号静山的猴仙。将元神寄托在河间一个老汉的身上，能和人谈论诗词歌赋，还会占卜吉凶，一说起来就娓娓不倦，十分健谈。人们把菜肴放在桌上，他便大嚼起来，吃得遍地狼藉，只可惜不常能遇见他。"当时念东先生的祖父卧病在床，有人寄来书信说："侯静山是位高寿有道之人，请你们一定要去见见他。"念东先生派仆人骑着马接来了这位河间老汉，老汉来了几日，却不见猴仙显灵。于是念东先生派人焚香祈祷，忽然听得房梁之上有人大声赞许道："真是好人家！"引得在场许多人都惊奇地向上望去。不一会儿，屋檐之间又传来说话的声音，老汉站起身对众人说道："猴仙来了。"大家缓步跟随着老汉出门相迎，又听见猴仙向人问好，拱手行礼。猴仙进了门，便大笑着与人攀谈起来。当时念东先生兄弟二人还是诸生，刚参加乡试回来。猴仙见了他们说："你二人文采尚佳，只是经书读得不熟，再努努力，科考高中已经不远啦。"兄弟二人恭敬地问

远矣。”二公敬问祖病，曰：“生死事大，其理难明。”因共知其不祥。无何，太先生[7]谢世。

起祖父的病，猴仙说：“生死之事，谁也说不清其中的道理啊。”兄弟二人听完此话，便知是祖父的大限将至了。果然没多久，祖父便与世长辞了。

注释 1 少宰：官名。即《周礼·天官》中的小宰，为大宰的副职。明清时期为吏部侍郎的俗称。高念东曾任吏部侍郎，故称。 2 河间：今河北沧州河间市。 3 百年人：高寿有道之人。 4 岸帻(zé)：洒脱任意的样子。岸，露着额头。帻，裹头的头巾。 5 入闱归：参加乡试回来。 6 云路：青云之路，此处指科考高中。 7 太先生：指祖父。

旧有猴人，弄猴于村。猴断锁而逸，不可追，入山中。数十年，人犹见之。其走飘忽，见人则窜。后渐入村中，窃食果饵，人皆莫之见。一日，为村人所睹，逐诸野，射而杀之。而猴之鬼竟不自知其死也，但觉身轻如叶，一息[1]百里。遂往依河间叟，曰：“汝能奉我，我为汝致富。”因自号静山云。

旧时有位耍猴的艺人，带着猴在乡间卖艺。猴子挣脱锁链逃走，谁也追不上，就这么逃进了深山之中。几十年过去，人们有时还能看到它。只是踪迹飘忽不定，见人便仓皇遁走。后来此猴渐渐到村中偷起瓜果来，可大家都看不见它的踪影。有一天，此猴偷窃时被村民发现，村民将它追到原野上射杀了。猴子的鬼魂却不知自己已经死去，只觉自己身轻如叶，呼吸间便能行走百里。于是它依附在河间老汉的身上，对他说：“你若是奉我为仙，我能让你发家致富。”从此就自称“静山”。

注释 1 一息：呼吸之间，指时间很短。

长沙有猴，颈系金链，尝往来士大夫家。见之者必有庆幸之事。予之果，亦食。不知其何来，亦不知其何往也。有九旬余老人言："幼时犹见其链上有牌，有前明藩邸[1]识记。"想亦仙矣。

长沙有一只猴，脖上系着金链，经常出入于士大夫们的家中。看到它必然会有喜庆的事情发生。取来瓜果，它也会吃。不知是从何而来，也不知它要到哪里去。听一位九旬老人说起："小时候曾见过它的金链上有块牌子，上面镌刻着前明藩王府的印记。"想来它也成仙了吧。

注释 1 藩邸：藩王府邸。

钱 流

原文

沂水刘宗玉云：其仆杜和，偶在园中，见钱流如水，深广二三尺许。杜惊喜，以两手满掬[1]，复偃卧[2]其上。既而起视，则钱已尽去，惟握于手者尚存。

译文

听沂水的刘宗玉讲：有一次在花园中，他的家仆杜和看到钱像水一般流淌，水的深和宽都是二三尺。杜和又惊又喜，忙用双手捧满了钱，又仰面躺在这钱河之上。等他起来之时，钱已经完全流尽，只有手中捧着的那些还在。

注释 1 掬：捧。 2 偃卧：仰卧。偃，仰着。

郭 生

原文

郭生，邑之东山[1]人。少嗜读，但山村无所就正，年二十余，字画多讹。先是，家中患狐，服食器用，辄多亡失，深患苦之。一夜读，卷置案头，被狐涂鸦，甚者，狼藉不辨行墨[2]。因择其稍洁者辑[3]读之，仅得六七十首，心甚恚愤而无如何。又积窗课[4]廿余篇，待质[5]名流。晨起，见翻摊案上，墨汁浓泚殆尽[6]。恨甚。

译文

郭生，淄川县东山人。小时候酷爱读书，只是山野之中没地方可以请教，二十多岁了，写字笔画还有许多错误。以前，家中总闹狐狸，从衣服吃食到日用器具多有丢失，郭生因而十分头痛。一天夜里看完书，他顺手把书放在案头，却被狐狸用墨涂得狼藉不堪，字迹几乎无法辨认。郭生只好挑出一些涂抹少一些的文章收集起来阅读，最后只整理出了六七十首，他心里对狐狸深恶痛绝却又无可奈何。过了一段时间，郭生收集了新作的二十多篇文章，准备有机会向名士请教。早晨起来，只见文章都打开着摊在案上，被那浓墨勾画殆尽。他知又是狐狸所为，心中愤恨到了极点。

注释 1 东山：今山东淄博淄川区东山。 2 行墨：指文字。 3 辑：辑录，收集整理。 4 窗课：旧称私塾中学生习作的诗文。 5 质：求教，指正。 6 浓泚(cǐ)殆尽：重重地涂抹殆尽。泚，沾濡，渍染。

会王生者，以故至山，素与郭善，登门

此时有位王生进山办事，他与郭生向来交好，便顺路来拜访。看见案上被涂抹

造访。见污本,问之。郭具言所苦,且出残课示王。王谛玩[1]之,其所涂留,似有春秋[2]。又覆视涴卷[3],类冗杂可删。讶曰:“狐似有意。不惟勿患,当即以为师。”过数月,回视旧作,顿觉所涂良确。于是改作两题,置案上,以觇其异。比晓,又涂之。积年余,不复涂,但以浓墨洒作巨点,淋漓满纸。郭异之,持以白王。王阅之曰:“狐真尔师也,佳幅[4]可售[5]矣。”是岁,果入邑庠[6]。郭以是德狐,恒置鸡黍,备狐啖饮。每市[7]房书名稿,不自选择,但决于狐。由是两试[8]俱列前名,入闱中副车[9]。

的书本,忙问郭生其中的原因。郭生把一肚子苦水都对朋友讲出,又拿来狐狸涂剩的残章断句给王生看。王生仔细品读,发现涂掉与留下之处,隐隐间皆能分出水平的高低。又看那些被涂抹的文字,大都是冗杂繁复,可作删减的地方。他惊讶地对郭生说:“狐狸此举似乎是有意为之。你不但不用担心,反而该拜它为师啊。”几个月后,郭生重新审视自己当时的旧作,发现狐狸涂改的完全正确。于是又写了两篇文章,故意放在案上,观察它有何变化。拂晓时起来一看,文章再次被涂改。这种事持续了一年多,狐狸便不再涂字,只洋洋洒洒地在文章上滴些大墨点。郭生有些奇怪,就把文章拿给王生看。王生看后说道:“这狐狸果真是你的恩师,现在你的文章堪称上品,可以拿去考取功名了。”于是郭生去应试,当年真的考上了秀才。从此他万分感谢狐狸,经常买来酒菜,以供狐狸吃喝。每次购置名家的文稿,从不自己挑选,但凭狐狸决定。因而之后的两次科考都名列前茅,在乡试中被额外录取为副榜贡生。

注释　1 谛玩:此处指仔细品读、玩味。　2 春秋:本指孔子作《春秋》,对历史人物及事件褒贬分明。此处指分辨文章的优劣。　3 涴(wò)

卷:被涂污的文章。涴,涂污。 4 佳幅:佳作。 5 可售:可以考中。 6 入邑庠:进入县学读书,指考中秀才。 7 市:购买。 8 两试:明清科举制度规定,秀才每三年参加岁试、科试两次考试。岁试成绩优异者可补廪膳生,科试成绩优异者可录送乡试。 9 入闱中副车:参加乡试考中副贡。副贡,清代科举取士,在乡试中备取的列入副榜,得入太学肄业,称为副贡。

时叶、缪诸公稿,风雅艳丽,家弦而户诵之。郭有抄本,爱惜臻至[1]。忽被倾浓墨碗许于上,污荫几无余字,又拟题构作[2],自觉快意,悉浪涂之。于是渐不信狐。无何,叶公以正文体被收,又稍稍服其先见。然每作一文,经营惨澹[3],辄被涂污。自以屡拔前茅,心气颇高,以是益疑狐妄。乃录向之洒点烦多者试之,狐又尽泚之。乃笑曰:“是真妄矣!何前是而今非也?”遂不为狐设馔,取读本锁箱簏中。旦见封锢俨然,启视则卷面涂四画,

当时叶、缪诸公的文章,优雅而华丽,家家户户都争着传诵。郭生也收藏了一份抄本,无比爱惜。忽然上面被浇了一大碗浓墨,污损得几乎辨不清字;他又拟着题目构思写了几篇文章,自以为写得很好,却一并被肆意涂污了。从此郭生对狐狸渐渐失去了信任。不久,叶公因整肃文坛之风被收捕,郭生又有些佩服狐狸的先见之明。可他每次写文章,都是苦心构思,但总被大肆涂抹。郭生屡次科考都名列前茅,心气愈发高傲起来,便更加怀疑狐狸是在瞎闹。就取出之前涂着大墨点的佳作,试着让狐狸再次点评,结果还是被涂满墨汁。郭生笑着说:“这可真是胡闹了!怎么之前说好现在又不好了呢?”从此以后便不再给狐狸备酒设宴,把书也锁进了箱子里。第二天起来验看,书箱完好无损,打开书箱一瞧,书封面上画了四条线,有手指这么粗,往后翻看,第一章又画

粗于指，第一章画五，二章亦画五，后即无有矣。自是狐竟寂然。后郭一次四等[4]，两次五等[5]，始知其兆已寓意于画也。

了五条线，第二章也是如此，往后就不再画了。从此狐狸销声匿迹，再不出现。郭生去参加之后的岁考，一次考了四等，两次五等，这才明白征兆早已寄托在狐狸的那些笔画之中了。

注释　1 臻至：谓达到极点。　2 构作：构思写作。　3 经营惨淡：苦心构思。　4 四等：科举判卷规定，文理有疵者列为四等。列为四等者，廪膳生不许参加科考，乡试只准录遗。清代科举考试制度规定，凡生员因故未参加科考或录科未被录取者，可在乡试前再行补考一次，称为录遗。　5 五等：科举判卷规定，文理荒谬者列为五等。列为五等者，廪膳生停止发放补助，不许录遗，送乡试为对读。乡试、会试均置对读所，内设对读官及对读生，对读生由生员充任。对读所职责是核对誊录所送交的朱卷与墨卷是否完全一致，倘有讹误，给予改正。对读后，各对读生将姓名籍贯注明于墨卷之尾。

异史氏曰："满招损，谦受益，天道也。名小立，遂自以为是，执叶、缪之余习，狃而不变[1]，势不至大败涂地不止也。满之为害如是夫！"

异史氏说："满招损，谦受益，这是天地间的正道啊。才有些名气，就自以为是，秉承着叶、缪诸人的余风，循规蹈矩，不知变化，最后一败涂地而告终。自满的危害正是如此啊！"

注释　1 狃(niǔ)而不变：循规蹈矩，不知变通。狃，拘泥。

金生色

原文

金生色，晋宁[1]人也。娶同村木姓女。生一子，方周岁。金忽病，自分必死，谓妻曰："我死，子必嫁，勿守[2]也！"妻闻之，甘词厚誓，期以必死。金摇手呼母曰："我死，劳看阿保，勿令守也。"母哭应之。既而金果死。

木媪来吊，哭已，谓金母曰："天降凶忧，婿遽遭命[3]。女太幼弱，将何为计？"母悲悼中，闻媪言，不胜愤激，盛气对曰："必以守！"媪惭而罢。夜伴女寝，私谓曰："人尽夫也[4]。以儿好手足，何患无良匹？小儿女不早作人家，眈眈[5]守此襁褓物，宁非痴子？倘必令守，不宜以面目好相

译文

金生色，是晋宁县人，娶了同村木姓女子为妻。妻子生下个男孩，才满周岁，金生色忽然生了急病。他自知必死，就对妻子说："我死了之后，你一定要改嫁，别为我守节。"妻子听了，甜言蜜语，发誓定会守节到老。金生色摆摆手对母亲说："我死后，麻烦您养育我的儿子阿保，千万不可叫我的媳妇守寡。"母亲哭着答应了他。不久金生色果然病死了。

金生色的岳母得到消息，前来吊唁，哭了一番后对金母说："女婿匆匆亡故，此乃天降凶兆。我女儿还小，身体孱弱，将来不知如何是好？"金母丧子之痛未消，听闻木母说这番话，气愤不已，于是愤愤地说："必然要守寡！"木母自觉羞愧，没敢再多说什么。夜间，木母陪女儿睡觉时，暗自对女儿说："谁都可以当你丈夫，就凭我女儿一副好模样，还愁找不到个好男人？年纪轻轻若不早早另寻人家，终日里盯着一个小儿，难道不是傻子吗？婆婆非让你守寡，千万不能给她什么好脸色。"金母从门前经过，这些话都

向。”金母过，颇闻余语，益恚[6]。明日，谓媪曰：“亡人有遗嘱，本不教妇守也。今既急不能待，乃必以守！”媪怒而去。

被她听个正着，心中更是恼怒。第二天，金母对木母说道：“故去的儿子本有遗嘱，不让你家女儿守寡；既然如今你们这么急不可耐，那就必须得守！”木母听后怨怒地回家去了。

注释 1 晋宁：今云南昆明晋宁区。 2 守：守节。 3 遭命：指行善而遭凶的坏命运。此处指亡故。 4 人尽夫也：人人都可以当你的丈夫。 5 眈眈：形容眼睛注视。 6 恚(huì)：怨愤。

母夜梦子来，涕泣相劝，心异之。使人言于木，约殡后听妇所适。而询诸术家，本年墓向[1]不利。妇思自衒以售[2]，缞绖[3]之中，不忘涂泽[4]。居家犹素妆，一归宁[5]，则崭然新艳。母知之，心弗善也，以其将为他人妇，亦隐忍之。于是妇益肆[6]。村中有无赖子董贵者，见而好之，以金啖金邻媪，求通殷勤于妇。夜分，由媪家逾垣以达妇所，因与会合。往来积

半夜时分，金母梦见金生色前来，痛哭流涕地劝母亲不要叫木女守寡，金母心生疑惑，就让人告诉木母，两家约好金生色出殡之后就听任木女改嫁。可问了几个风水先生，都说今年不适合办丧事。木女想通过卖弄风姿以求赶快出嫁，在戴孝守节期间还浓妆艳抹。在金家守灵还穿着素色的衣服，一回到娘家，就改头换面，打扮得花枝招展，十分鲜妍。金母听闻此事，深知木女不是善类，转念一想她就要嫁作他人之妇，也只好隐忍不发。于是木女更加放肆。村中有个泼皮无赖叫董贵，见到木女后很是喜爱，便用钱买通金家隔壁的老妇，求她帮自己与木女偷情。等到了半夜，董贵从老妇家墙头翻到木女屋中与她幽会。如此一连十几天，这个丑闻街

有旬日，丑声四塞，所不知者惟母耳。

妇室夜惟一小婢，妇腹心也。一夕，两情方洽，闻棺木震响，声如爆竹。婢在外榻，见亡者自幛后出，带剑入寝室去。俄闻二人骇诧声，少顷，董裸奔出；无何，金捽妇发亦出。妇大嗥，母惊起，见妇赤体走去，方将启关，问之不答。出门追视，寂不闻声，竟迷所往。入妇室，灯火犹亮。见男子履，呼婢，婢始战惕而出，具言其异，相与骇怪而已。

坊邻居传遍了，唯有金母不知内情。

到了晚上，木女房中留有一个小婢女，是木女的心腹。一天半夜，两人正在屋中缠绵，就听见金生色的棺材发出隆隆的响声，声音好似放爆竹一般。婢女在外屋床上睡，竟发现故去的金生色从帐子后走了出来，提着剑直奔内室而去。不久便听见里屋二人惊惧的叫声。过了一会儿，董贵赤身裸体地逃了出来；又过了一会儿，金生色揪着木女的头发也从房中出来。木女大声求救，金母吓得赶紧起来，只见木女裸着身体向外走去，正要把大门打开，问她情况也不回话。金母追到门外，街道寂静无声，木女也不知去向。金母回到木女的房中，发现灯还亮着。她看见有双男人的鞋，呼唤小婢女，小婢女这才战战兢兢地跑出来，详细地讲了刚才发生的怪事，两人都感到十分惊惧。

注释　1 墓向：此处指下葬的时间。　2 自衒(xuàn)以售：卖弄风骚，谋求改嫁。　3 缞绖(cuī dié)：此指服丧。　4 涂泽：涂脂抹粉，梳妆打扮。　5 归宁：回娘家。　6 肆：放肆。

董窜过邻家，团伏墙隅，移时，闻人声渐息，始起。身无寸缕，苦

董贵惊慌之下翻墙逃进邻居家，吓得抱作一团缩在墙角。过了一会儿，听隔壁渐渐没了说话的声音，这才敢直起身

寒甚战，将假衣于妪。视院中一室，双扉虚掩，因而暂入。暗摸榻上，触女子足，知为邻子妇。顿生淫心，乘其寝，潜就私之。妇醒，问："汝来乎？"应曰："诺。"妇竟不疑，狎亵[1]备至。先是，邻子以故赴北村，嘱妻掩户[2]以待其归。既返，闻室内有声，疑而审听，音态绝秽。大怒，操戈入室。董惧，窜于床下，子就戮之。又欲杀妻，妻泣而告以误，乃释之。但不解床下何人，呼母起，共火之，仅能辨认。视之，奄有气息。诘其所来，犹自供吐。而刃伤数处，血溢不止，少顷已绝。妪仓皇失措，谓子曰："捉奸而单戮之，子且奈何？"子不得已，遂又杀妻。

来。他身上一丝不挂，冻得哆哆嗦嗦，就想进门找老妇借些衣服。他看见院中有间屋子的双门虚掩着，就暂且进入屋内。他在黑暗中摸到床上，触到了女人的脚，知道这是邻人的妻子。当即生了淫心，趁着妇人睡着，偷偷爬上床接近她。妇人醒来，问道："是你回来了吗？"董贵说："是啊，回来了。"妇人竟然没有丝毫疑心，董贵便对她肆意猥亵。早些时候，邻家的儿子去北村办事，临走时嘱咐妻子掩着门等他归来。他回来后刚要进屋，竟听到屋里有些许声音，便心生疑窦，又一听，声音淫荡，不堪入耳。登时大怒，抄起刀就闯进房中。董贵十分害怕，逃进床底，邻家儿子当即乱刀将他砍死。又要杀自己的妻子，妇人哭诉着说自己认错了人，这才放过了她。却不知道床底的淫贼到底是谁，便把母亲喊过来，两人一起点灯去照，只见那人被砍得微微能看清脸，口鼻间尚有气息，问他从何而来，还能回应。可他身中数刀，血流不止，没撑多久就死了。老妇人仓皇失措，对儿子说："捉奸成双，你单杀了奸夫，可怎么办呢？"儿子迫不得已，只得又杀了妻子。

注释 1 狎亵:猥亵,轻慢。 2 掩户:虚掩着门。

是夜,木翁方寝,闻户外拉杂[1]之声,出窥则火炽于檐,而纵火人犹彷徨未去。翁大呼,家人毕集,幸火初燃,尚易扑灭。命人操兵弩,逐搜纵火者。见一人趫捷[2]如猿,竟越垣去。垣外乃翁家桃园,园中四缭周墉[3]皆峻固。数人梯登以望,踪迹殊杳。惟墙下块然微动,问之不应,射之而软。启扉往验,则女子白身卧,矢贯胸脑。细烛之,则翁女而金妇也。骇告主人,翁媪惊惕欲绝,不解其故。女合眸,面色灰败,口气细于属丝。使人拔脑矢不可出,足踏顶而后出之。女嘤然一声,血暴注,气亦遂绝。

这天夜里,木翁正在睡觉,忽然听屋外传来起火燃烧的响声,他出来查看,屋檐上竟起了火,纵火之人彷徨不定,还未离去。木翁当即大叫起来,家人很快都闻声前来。所幸火刚烧起没一会儿,比较容易扑灭。木翁叫家里人取来弓箭,四处搜寻放火之人。突然看到一个人敏捷得如同猿猴一般,竟越墙而走。墙外就是木翁家的桃花园,园子四面林立着坚固的高墙。有几个家人攀上梯子向内查看,却怎么都找不到纵火者的踪迹,只见墙根有个东西微微扭动,问话不回,便用箭射,那东西当即瘫了下去。家人打开门前去验看,赫然是个女子赤身裸体地躺在地上,几支箭贯穿了头和胸口。取来蜡烛仔细一照,居然是自家女儿、金家那守节的媳妇。众人万分惊惧地回去说了此事。木家夫妇更是吓得要死,不知为何会是这样。只见那木女微闭眼睛,面如死灰,气若游丝。木翁叫家人拔女儿头上的箭矢,怎么都拔不出来,最后用脚踩着木女的头使劲一扯,这才拔出来。木女哀号了一声,血喷如注,登时就断了气。

注释 1 拉杂:起火燃烧之声。 2 趫(qiáo)捷:迅捷,敏捷。 3 四缭周墉:四面环有高大坚固的围墙。周墉,围墙。

翁大惧,计无所出。既曙,以实情白金母,长跽[1]哀祈。而金母殊不怨怒,但告以故,令自营葬。金有叔兄生光,怒登翁门,诟数前非。翁惭沮,赂令罢归。而终不知妇所私者何名。俄邻子以执奸自首,既薄责逐释讫。而妇兄马彪素健讼[2],具词控妹冤。官拘妪,妪惧,悉供颠末。又唤金母,母托疾,令生光代质,具陈底里。于是前状并发,牵木翁夫妇尽出,一切廉[3]得其情。木以诲女嫁,坐纵淫,笞;使自赎,家产荡焉。邻妪导淫,杖之毙。案乃结。

木翁见状更是害怕,不知如何是好。天亮后,他赶快去把实情告诉了金母,在地上长跪不起,百般求饶。金母既知真相,也不再怨恨,只是把之前发生的事情对木翁讲了,让木翁回去自己埋了便是。金生色有个叫金生光的表兄弟,得知此事后大发雷霆,来到木家门前,痛斥木女之前的所作所为。木翁自知理亏,很是羞惭,只好拿钱抚慰一通,打发金生光回去了。可到了最后也不知与自家女儿通奸之人是谁。又过了几天,老妇的儿子上报捉奸杀人一事。衙门稍加惩戒就释放了他。被杀妻子的哥哥马彪平素擅打官司,便一纸诉状告妹妹是冤死。衙门呼来老妇,老妇万分惧怕,说出了事件的始末。衙门又传金母,金母以生病为由推托不去,就委派金生光代自己去对簿公堂,金生光详细说了其中的底细。于是之前数案并发,木家夫妇都被牵连进来,最终一切真相都被调查出来。木母因为挑唆女儿改嫁,判处纵淫之罪,受了棍刑,又命她自行以钱赎罪,于是木翁夫妇家财散尽;老妇助人通奸,杖刑毙命。此案这才完结。

注释 1 长跽:长跪。 2 健讼:擅长打官司。 3 廉:查访。

异史氏曰:"金氏子其神乎!谆嘱醮[1]妇,抑何明也!一人不杀,而诸恨并雪,可不谓神乎!邻妪诱人妇,而反淫己妇;木媪爱女,而卒以杀女。呜呼!'欲知后日因,当前作者是',报更速于来生矣!"

异史氏说:"金生色真是神了!死前那么殷勤地嘱托妻子改嫁,多么明智!一人不杀,一切的怨恨却都悉数了结,岂能说不神!邻居老妇助人通奸,反而让自己的儿媳被奸;木母爱女儿,最后却亲手杀了女儿。唉!'想知道将来的因缘,就要看当前的作为',报应来得甚至比下一世更快啊!"

注释 1 醮:指妇女再嫁。

彭海秋

原文

莱州[1]诸生彭好古,读书别业[2],离家颇远,中秋未归,岑寂无偶。念村中无可共语,惟丘生者是邑名士,而素有隐恶[3],彭常鄙之。月既上,倍益无聊,不得已,折简邀丘。饮次,有剥

译文

莱州有位秀才叫彭好古,平日里常在别墅读书,离家很远,一年中秋佳节没有回去,苦于无人作陪,十分孤独。他自村中找不到知己可以叙话,当地只有丘生还算是位名士,但丘生私下里多有恶行,彭好古向来瞧不起他。待到月出东山,彭好古愈发无聊,不得已写了张便条,派人请丘生前来。两人正喝着酒,忽

啄者[4]。斋僮出应门，则一书生，将谒主人。彭离席，肃客入。相揖环坐，便询族居。客曰："小生广陵[5]人，与君同姓，字海秋。值此良夜，旅邸倍苦。闻君高雅，遂乃不介而见[6]。"视其人，布衣洁整，谈笑风流。彭大喜曰："是我宗人。今夕何夕，遘此嘉客！[7]"即命酌，款若夙好。察其意，似甚鄙丘。丘仰与攀谈，辄傲不为礼。彭代为之惭，因挠乱其词，请先以俚歌侑饮。乃仰天再咳，歌"扶风豪士之曲"，相与欢笑。客曰："仆不能韵[8]，莫报'阳春'。倩代者可乎？"彭言："如教。"客问："莱城有名妓无也？"彭答云："无。"

然有人敲门。书童前去查看，竟是一位书生，说是想要拜谒这家主人。彭好古连忙离席，恭敬地将书生请进门来。三人互相行过礼，好古便问书生的姓氏籍贯。书生讲道："我乃广陵人氏，与您同姓彭，小字海秋。值此美景良辰，待在客栈中很是孤苦。听闻您高风亮节，这才不请自来。"仔细打量之下，来者衣衫整洁，谈吐举止风流儒雅。好古高兴地说："既是同宗同族。今日如此有幸，让我遇到您这样一位嘉宾！"当即命人斟美酒，如老友般款待了他。好古渐渐觉察到了彭海秋的心思，好像对丘生很是鄙夷。丘生用仰慕的态度与他攀谈，他总是态度傲慢不肯以礼相待。好古替丘生觉得惭愧，就打断了二人的谈话，提议由自己唱首民谣助助兴。于是仰望长天，清了清嗓子，唱了一首"扶风豪士之曲"。听罢，几人又笑着喝起酒来。彭海秋说："我不会唱歌，怕是难与您的雅乐相和，不知请人代为唱和怎么样？"好古说："就依你所言。"彭海秋问道："这莱州城可有名伶？"好古回答："并无。"

注释 1 莱州：今山东烟台莱州市。 2 别业：与"旧业"或"第宅"相对而言，业主往往原有一处住宅，而后另营别墅，称为别业。 3 隐恶：私下不为人所知的恶行。 4 剥啄者：敲门之人。 5 广陵：今江苏扬州。 6 不介而见：不请自来。 7 今夕何夕，遘(gòu)此嘉客：语出《诗经·唐风·绸缪》："今夕何夕？见此良人。"遘，相逢。 8 韵：本指和谐悦耳的声音。此处引申为歌唱。

客默然良久，谓斋僮曰："适唤一人，在门外，可导入之。"僮出，果见一女子逡巡户外，引之入。年二八已来，宛然若仙。彭惊绝，掖[1]坐。衣柳黄帔，香溢四座。客便慰问："千里颇烦跋涉也。"女含笑唯唯。彭异之，便致研诘[2]。客曰："贵乡苦无佳人，适于西湖舟中唤得来。"谓女曰："适舟中所唱《薄幸[3]郎曲》大佳，请再反之。"女歌云："薄幸郎，牵马洗春沼[4]。人声远，马声杳；江天高，山月小。掉头去不归，庭中空白晓。不怨别离多，但愁欢会少。眠何处？勿作随风絮。便是不封侯，莫向临邛[5]去！"客于袜中出玉

彭海秋沉默良久，对书童说："我刚才唤来一人，已在门外等候了，劳烦开门把她迎进来。"书童打开门，果然见到一名女子在门口徘徊，连忙把她接进来。这女子十六七岁，貌若天仙一般。好古惊叹不已，连忙扶她入座。只见她身着鹅黄色披肩，清香在席间飘散。彭海秋客气地抚慰道："劳烦你千里跋涉来此了。"女子听罢含着笑应了一声。好古在一旁惊异万分，便上前细细盘问。彭海秋说："苦于您这里没有佳人可邀，刚才从西湖的舟中把她唤来了。"又对女子说："刚刚在舟中唱的《薄幸郎曲》很是好听，请再唱一遍吧。"女子唱道："薄幸郎，牵马洗春沼。人声远，马声杳；江天高，山月小。掉头去不归，庭中空白晓。不怨别离多，但愁欢会少。眠何处？勿作随风絮。便是不封侯，莫向临邛去！"彭海秋也从袜子中取出玉笛，伴着歌

笛，随声便串，曲终笛止。

声相和，一曲唱罢，笛声也随之停歇。

注释 1 掖：扶。 2 研诘：仔细询问，盘问。 3 薄幸：薄情，负心（多指男方）。 4 春沼：春天的水池。 5 临邛(qióng)：今四川邛崃。汉代司马相如到临邛卓王孙家做客，与其女儿卓文君私奔。

彭惊叹不已，曰："西湖至此，何止千里，咄嗟[1]招来，得非仙乎？"客曰："仙何敢言，但视万里犹庭户耳。今夕西湖风月，尤盛曩时[2]，不可不一观也，能从游否？"彭留心欲觇其异，诺言："幸甚。"客问："舟乎，骑乎？"彭思舟坐为逸，答言："愿舟。"客曰："此处呼舟较远，天河中当有渡者。"乃以手向空招曰："舡来舡来！我等要西湖去，不吝偿也。"无何，彩船一只，自空飘落，烟云绕之。众俱登。见一人持短棹，棹末密排修翎，形类羽扇，一摇羽，清风习习。舟渐上入云霄，望南游行，其

好古听后惊叹不已，问道："西湖距此，何止千里，您说会儿话的工夫便能将她招来，莫非是仙人？"彭海秋答道："不敢妄称仙人，只是万里之遥在我看来如庭院一般而已。今夜西湖的风光，较平日里尤为华美，不去游赏一番实在可惜，你能与我同游吗？"好古有意想看看彭海秋有何过人之处，就答应说："如能同往，真是太荣幸了。"彭海秋又问："那是乘舟去，还是骑马去？"好古觉得乘舟更舒服些，就答道："想乘舟去。"彭海秋说："我们这里唤舟有点远，想来天河中应该有摆渡的舟吧。"说着就伸手向空中招呼："快来船，我们要前去西湖，多给报酬。"不久，只见一只五彩大船从天而降，周身云雾缭绕。大家都上了船。看到一人拿着短桨，桨头细密地排着精心修饰的花翎，竟如羽扇一般。那人一摇桨，只觉得清风习习。船渐渐升空，驶入云霄之中，向南方驶去，

驶如箭。逾刻,舟落水中。但闻弦管敖曹[3],鸣声喤聒[4]。出舟一望,月印烟波,游船成市。榜人[5]罢棹,任其自流。细视,真西湖也。客于舱后,取异肴佳酿,欢然对酌。

少间,一楼船渐近,相傍而行。隔窗以窥,中有二三人,围棋喧笑。客飞一觥向女曰:"引此送君行。"女饮间,彭依恋徘徊,惟恐其去,蹴之以足。女斜波送盼,彭益动,请要后期。女曰:"如相见爱,但问娟娘名字,无不知者。"客即以彭绫巾授女,曰:"我为若代订三年之约。"即起,托女子于掌中,曰:"仙乎,仙乎!"乃扳邻窗,捉女入,窗目如盘,女伏身蛇游而进,殊不觉隘。俄闻邻舟曰:"娟娘醒矣。"舟即荡去。遥见舟已就泊,舟中人纷纷

飞驰似箭。不一会儿,船降在水中。只听周遭管弦呕哑,人声鼎沸。走出船舱一望,一轮明月倒映在浩渺的烟波之上,湖面上皆是游船,恍如闹市一般。船夫们也不划桨,让船在湖面上恣意漂浮。仔细一瞧,正是西湖。彭海秋从后舱取出珍馐佳酿,大家欢快地饮起酒来。

不一会儿,一艘楼船渐渐驶近,与彩船并肩而行。隔窗望去,船中有几个人,围坐在一起下棋取乐。彭海秋端起酒对女子说:"用此杯为你践行。"女子饮酒时,好古十分不舍,只怕她从此离去,暗暗用脚踢向女子。女子也暗送秋波,以示心意,好古更为动情,想和女子约定来日重逢。女子言道:"承蒙相爱,在这西湖只要提娟娘这个名字,没有不知道的。"彭海秋取来好古的一条绫子手帕递给娟娘,说:"我代你们订下三年之约吧。"说完起身,竟将娟娘托于掌心之上,口中念道:"仙人!仙人!"扳开那艘船的窗子,捉着娟娘向里面送去,窗眼如盘大小,娟娘趴在上面像蛇一般钻入,并不觉得狭窄。不久听邻船人说:"娟娘醒了。"楼船就此驶去。好古远远望见船已泊岸,船中人纷纷离去,霎时

并去,游兴顿消。

没了兴致。

注释 1 咄嗟:呼吸之间,比喻时间极短。 2 曩时:过去,从前。 3 敖曹:嘈杂纷乱貌。 4 喤聒:宏亮喧哗貌。 5 榜人:划桨的人,船夫。

遂与客言,欲一登岸,略同眺瞩[1]。才作商榷[2],舟已自拢。因而离舟翔步[3],觉有里余。客后至,牵一马来,令彭捉之。即复去,曰:"待再假两骑来。"久之不至。行人已稀,仰视斜月西转,天色向曙。丘亦不知何往。捉马营营[4],进退无主,振辔[5]至泊舟所,则人船俱失。念腰橐空匮,倍益忧皇。天大明,见马上有小错囊[6];探之,得白金三四两。买食凝待,不觉向午。计不如暂访娟娘,可以徐察丘耗。比讯娟娘名字,并无知者,兴转萧索。次日遂行。马调良[7],幸不蹇劣,半月始归。

于是好古对彭海秋说,想到岸上去略作观游。刚作商讨,彩船已然登岸。于是好古下船到湖边漫步,约莫走了一里多地。彭海秋从后面赶上,手中还牵着一匹马,让好古拉住缰绳。随即又离开,还说:"等我再去牵两匹来。"可这次去了好久也没能回来。此时行人已渐渐稀少,好古仰望天空,明月已经西斜,天边渐渐露出曙光。同行的丘生也不知去向。他牵着马犹豫不前,进也不是,退也不是,就催马赶到昨夜停船的地方,人和彩船早已不见了踪影。他自知囊中无钱,更加忧惧起来。天大亮后,他窥见马上挂着一只金丝绣成的小锦囊;伸手一探,摸出三四两银子。于是买了些吃食安心等待,不知不觉已是中午。好古心想不如暂时去寻找娟娘,之后再慢慢打听丘生的消息。只是百般打探,谁也没听过娟娘的名字,顿时兴味索然。次日便打道回府了。幸亏马还很驯良,脚力不错,走了半个月才回到家中。

注释 1 眺瞩:登高远望。此处指观光游玩。 2 商榷:商讨,讨论,协商。 3 翔步:散步,漫步。 4 营营:徘徊回旋貌。 5 振辔:抖动缰绳,指骑马而行。 6 错囊:金线绣成的锦囊。 7 调良:驯服温良。

方三人之乘舟而上也,斋僮归白:"主人已仙去。"举家哀啼,谓其不返。彭归,系马而入,家人惊喜集问,彭始具白其异。因念独还乡井,恐丘家闻而致诘,戒家人勿播。语次,道马所由来。众以仙人所遗,便悉诣厩验视。及至,则马顿渺,但有丘生,以草缰絷枥边。骇极,呼彭出视。见丘垂首栈下,面色灰死,问之不言,两眸启闭而已。彭大不忍,解扶榻上,若丧魂魄,灌以汤酡[1],稍稍能咽。中夜少苏,急欲登厕,扶掖而往,下马粪数枚。又少饮啜,始能言。彭就

自好古三人乘船飞升以后,书童回家报告说:"主人现已得道升仙了。"彭家上下哀怨不止,都说好古一去不返了。好古回家后,拴好马进门,彭家人惊喜地围着盘问,好古这才把一路的奇遇和盘托出。又想到只他一人归乡,怕丘家人听到消息前来诘问,便告诫家人不要声张。正说到马的来历,家人都认为是仙人所留之物,就一起前往马厩探视。到了马厩却发现马已无影无踪,只有丘生被缰绳拴在槽边。大家惊骇不已,连忙叫好古出来查看。只见丘生垂着头卧在马棚里,面如死灰,问他话也不能回答,只是无力地眨眨眼睛而已。好古见此于心不忍,连忙解下绳索将丘生扶到床上,他竟如丧了魂魄一般,喂些米汤,稍稍能喝下一点。到了半夜丘生的神志稍稍恢复,着急去如厕,好古扶着他前去茅房,竟拉出几粒马粪来。又喂了些米汤喝下,方能开口说话。好古在床边要问个究竟,

榻研问之，丘云："下船后，彼引我闲语，至空处，戏拍项领，遂迷闷颠踣[2]。伏定少刻，自顾已马。心亦醒悟，但不能言耳。是大辱耻，诚不可以告妻子，乞勿泄也！"彭诺之，命仆马驰送归。

丘生说："那日下船后，彭海秋拉着我闲谈，到了无人之处，开玩笑似的拍了拍我的脖颈，我便昏迷过去，摔倒在地。在地上卧了一会儿，醒来一看自己居然变成了马。心里什么都明白，就是无法说出口。这是莫大的羞耻，万万不可让我的妻子儿女知晓，请您千万不要泄密啊！"好古答应了丘生，又备齐车马送他回家去了。

注释 1 汤酏：米汤。 2 颠踣：摔倒。

彭自是不能忘情于娟娘。又三年，以姊丈判扬州[1]，因往省视。州有梁公子，与彭通家[2]，开筵邀饮。即席有歌姬数辈，俱来祗谒[3]。公子问娟娘，家人白以病。公子怒曰："婢子声价自高，可将索子系之来！"彭闻娟娘名，惊问其谁。公子曰："此娼女，广陵第一人。缘有微名，遂倨[4]而无礼。"彭疑名字偶同，然突突自急，极欲一见之。无何，娟娘至，

从此以后好古余情未了，时常忆起娟娘的模样。又过了三年，因姐夫做了扬州通判，好古便前往探亲。扬州有位梁公子，与好古是世交，听说他前来，就摆下酒宴邀他喝酒。席上有数位歌姬都上前恭敬地拜见。梁公子问起娟娘怎么没来，家人说娟娘托病未至。梁公子听闻后生气地说："这个婢子自觉身价颇高，可用绳子绑她过来！"好古听到娟娘名字，惊讶地问此人是谁。梁公子答道："此人乃是扬州第一歌伎。仗着有些微名，就倨傲无礼。"好古怀疑是偶然重名之人，心却高兴得怦怦直跳，非常想见她一面。不久，娟娘到了，梁

公子盛气排数[5]。彭谛视，真中秋所见者也。谓公子曰："是与仆有旧，幸垂原恕。"娟娘向彭审顾，似亦错愕。公子未遑深问，即命行觞。

彭问："《薄幸郎曲》，犹记之否？"娟娘更骇，目注移时，始度旧曲。听其声，宛似当年中秋时。酒阑，公子命侍客寝。彭捉手曰："三年之约，今始践耶？"娟娘曰："昔日从人泛西湖，饮不数卮，忽若醉。蒙眬间，被一人携去置一村中，一僮引妾入，席中三客，君其一焉。后乘舡至西湖，送妾自窗棂归，把手殷殷。每所凝念，谓是幻梦，而绫巾宛在，今犹什袭[6]藏之。"彭告以故，相共叹咤。娟娘纵体入怀，哽咽而言曰："仙人已作良媒，君勿以风尘可弃，遂舍念此苦海

公子一脸怒气地斥责了她。好古仔细一看，果真是那年中秋邂逅的娟娘。便对梁公子说："此位姑娘与我有些旧交情，万望宽恕于她。"娟娘仔细打量着好古，似乎也有些错愕。梁公子来不及细问，就命娟娘向诸位敬酒。

好古问娟娘："《薄幸郎曲》还记得吗？"娟娘听闻更是吃惊，盯着好古看了好一会儿，才缓缓唱起了这首旧曲。听她的声音，宛如置身于当年中秋时彩船之上。喝完酒，梁公子让娟娘为好古侍寝。好古拉住娟娘的手说："三年之约，现在要兑现了吗？"娟娘说："之前有一次与人泛舟西湖，饮了几杯，忽然醉倒。蒙眬之间，被人带去一个村落之中，书童引我进门，席中有三位客人，您就是其中一个。后乘船同往西湖，那人从窗格送我回来，临走时您情意绵绵地握着我的手。每每念起，都当是幻梦而已，只有那条手帕还在，如今我还小心收藏着。"好古说明了事情的原委，两人都感叹不已。娟娘一下扑到好古的怀中，哽咽着说："仙人既已为我们作下良媒，您不要以为风尘女子可随意抛弃，就忘了我这苦海之中的人啊。"好

人。”彭曰：“舟中之约，一日未尝去心。卿倘有意，则泻囊货马，所不惜耳。”诘旦，告公子，又称贷于别驾，千金削其籍[7]，携之以归。偶至别业，犹能认当年饮处云。

古抚慰道：“舟中之约，别后一日也不敢忘怀。你若有意从良，便是倾家荡产为你赎身，我也在所不惜。”到了清晨，好古将此事告与梁公子，又向做了通判的姐夫借钱，花了千金为娟娘削去娼籍，带着她回了家中。两人偶然回到别墅，娟娘依稀还能识得当年饮酒之处。

注释 1 判扬州：做扬州通判。通判，职官名，在州府的长官下掌管粮运、农田、水利等事项，对州府的长官有监察的责任。 2 通家：指彼此世代交谊深厚，如同一家。 3 祗谒：恭谨地拜见。 4 倨：倨傲。 5 排数：数落训斥。 6 什袭：层层包裹，表示珍藏之意。 7 削其籍：除去娼籍，即为娟娘赎身。

异史氏曰：“马而人，必其为人而马者也；使为马，正恨其不为人耳。狮象鹤鹏，悉受鞭策[1]，何可谓非神人之仁爱之乎？即订三年约，亦度苦海也。”

异史氏说：“马由人而变，一定是此人有畜生一般的为人；让他变成马，正是恨他不能好好做人。狮、象、鹤、鹏，都受到过鞭策，怎能说这不是仙人的仁爱呢？订下三年之约，也是度人脱离苦海的方式啊。”

注释 1 鞭策：用鞭和策驱赶。引申为督促、惩戒。策，古代赶马用的棍子，一端有尖刺，能刺马的身体，使其前行。

堪舆

原文

沂州[1]宋侍郎君楚家，素尚堪舆[2]；即闺阁中亦能读其书，解其理。宋公卒，两公子各立门户，为父卜兆[3]。闻有善青乌之术[4]者，不惮千里，争罗致之。于是两门术士，召致盈百；日日连骑遍郊野，东西分道出入，如两旅。经月余，各得牛眠地[5]，此言封侯，彼言拜相。兄弟两不相下，因负气不为谋，并营寿域，锦棚彩幢，两处俱备。灵舆至岐路，兄弟各率其属以争，自晨至于日昃[6]，不能决。宾客尽引去。舁夫[7]凡十易肩，困惫不举，相与委柩路侧。因止不

译文

沂州宋君楚侍郎家，素来崇尚风水一说；在宋家，即使是闺中女子也能读懂这类书，明白其中蕴含的道理。宋君楚去世时，两个儿子各立门户，分别为其父挑选墓地。兄弟俩只要听说有擅长堪舆之术的人，就跨山越海不远千里，竞相去请人家到自己门下。于是两人所请来的风水术士竟有百人之多，术士们整日骑马走遍郊野，他们分东西两侧出入宋家，规模就像两支军队一样。历时一个多月，两兄弟各找到一块风水极好的墓地，一个说葬在这里后代能当诸侯，一个说葬在这里后代会出宰相。兄弟俩争执不下，相互赌气，不再商量，于是分别建造父亲的墓地，锦棚、彩幢也是两边分别准备。等到灵柩抬到岔路口的时候，兄弟俩各自带着自己的属下家人去争抢灵车，从早上一直争到日头偏西也没决定出葬在哪里，两人请来的宾客们便都纷纷离开了。抬棺柩的人左右来回换了十次肩膀，都又困又累，直到再也举不动灵柩时，便一起把灵柩丢在路边。由于暂停下葬，于是兄弟俩决定找工匠来建造给灵柩遮风挡雨

葬，鸠工[8]构庐，以蔽风雨。兄建舍于旁，留役居守，弟亦建舍如兄；兄再建之，弟又建之，三年而成村焉。

的房屋。哥哥在灵棚旁建造屋舍，并留下仆役在此地看守灵棚，弟弟也学哥哥那样建房。之后哥哥继续建，弟弟也继续建，三年过去了，房屋越建越多，此地竟渐渐变成了一个村落。

注释 1 沂州：今山东临沂。 2 堪舆：指风水之术。 3 卜兆：此处指用风水之术挑选墓地。 4 青乌之术：指观天相地的风水术。相传汉时有青乌子，为著名的风水师。 5 牛眠地：风水好的墓地。据说东晋陶侃微寒时，亲人亡故，家中有牛走失。有位老人告诉他，若见山岗中有牛卧眠，则是宝地，后将位极人臣。 6 日昃(zè)：太阳偏西。 7 舁夫：抬棺之人。 8 鸠工：聚集工匠。

积多年，兄弟继逝，嫂与娣[1]始合谋，力破前人水火之议[2]，并车[3]入野，视所择两地，并言不佳，遂同修聘贽，请术人另相之。每得一地，必具图呈闺闼，判其可否。日进数图，悉疵摘[4]之。旬余，始卜一域。嫂览图，喜曰："可矣。"示娣。娣曰："是地当先发一武孝廉。"

多年后，兄弟俩相继去世，嫂子与弟媳这才开始一起商量继续为宋君楚下葬的事，她们打破兄弟俩那些水火不容的争执，妯娌俩一同乘车出行，一起去看兄弟俩以前分别选择的墓地，两人都说不好，于是一同备齐聘礼，请风水先生另寻一处适宜葬人的风水宝地。风水先生每选定一个地方，一定先画图给妯娌俩看，让其判断这个地方是否可行。每天都送来许多张图，但每次都被妯娌俩挑出种种毛病来。过了十多天，终于挑中了一块宝地。嫂子看过图后欣喜地说："此地可称上吉之壤了。"再拿给弟媳看，弟媳也说："葬在此地能佑我们家先出一位武举

葬后三年，公长孙果以武庠领乡荐[5]。

人。”便将宋君楚埋在此处。三年后，宋君楚的长孙果然在乡试中考中了武举人。

注释 1 娣(dì)：古时妇人称丈夫的弟妇为娣。 2 力破前人水火之议：破除之前两兄弟水火不容的争论。 3 并车：乘车同行。 4 疵摘：指摘毛病。 5 领乡荐：乡试中举。

异史氏曰：“青乌之术，或有其理；而癖而信之，则痴矣。况负气相争，委柩路侧，其于孝弟之道不讲，奈何冀以地理福儿孙哉！如闺中宛若[1]，真雅而可传者矣。”

异史氏说：“风水一说，或许其中有一定的道理；但是把其当成嗜好，盲目相信，沉迷其中，这是痴人才做的事情。更何况赌气争执，而把老父的灵柩弃在路边，孝悌之道何在？哪能指望通过把祖先埋在风水宝地而后去造福子孙呢！像这两位妯娌的做法才是值得流传下去的啊！”

注释 1 宛(yuān)若：古代女子名，后来代指妯娌。

窦 氏

原文

南三复，晋阳[1]世家也。有别墅，去所居十里余，每驰骑日一诣之。适遇雨，途中有小村，见一农人家，门内

译文

南三复，是太原的官宦子弟，他名下有一座别墅，离南家十几里路，每天都要骑着马到那小憩。一日南三复半路遇雨，途中经过一个小村庄，找了一个院落宽敞的人家进去投宿。附近村民都对南三复

宽敞，因投止[2]焉。近村人固皆威重[3]南。少顷，主人出邀，跼蹐[4]甚恭，入其舍斗如。客既坐，主人始操篲[5]，殷勤泛扫；既而泼蜜为茶。命之坐，始敢坐。问其姓名，自言："廷章，姓窦。"未几，进酒烹雏，给奉周至。有笄女行炙，时止户外，稍稍露其半体，年十五六，端妙无比。南心动。雨歇既归，系念綦切[6]。

十分敬畏尊重。不一会儿工夫，主人走出门来，请南三复进屋小憩，举手投足之间，恭敬备至。南三复进了屋一看，原来是间斗室。待他坐定后，主人这才拿起扫把，勤快地洒扫起来；又泡了些蜜水代茶呈上。南三复叫他也坐下，主人才敢落座。南三复问起主人的姓名，主人答道："小人姓窦，名廷章。"不久，窦家又烹鸡温酒，一一献上，侍奉得十分周到。窦廷章有个小女儿也帮着端菜，有时躲在窗边偷瞄几眼，玉体微微露出一半，不过十五六岁的年纪，已是出水芙蓉，曼妙绝伦。南三复心动不已。雨停归家之后，还是对窦女念念不忘。

注释　1 晋阳：今山西太原晋源区一带。此处指太原。　2 投止：投宿。　3 威重：威严庄重，此处指敬重。　4 跼蹐（jí）：局促不安的样子。　5 篲（huì）：扫把。　6 綦（qí）切：甚是急切。綦，极、甚。

越日，具粟帛往酬，借此阶进。是后常一过窦，时携肴酒，相与留连。女渐稔，不甚避忌，辄奔走其前。睨之，则低鬟微笑。南益惑焉，无三日不往

过了一天，南三复便备齐粮食布匹前往窦家致谢，希望以此拉近关系。从此他便不时出入窦家，自备酒菜与窦家人共度良宵。窦家女儿渐渐也与他相熟，也不再躲着他，常在南三复近前侍奉。三复看她一眼，窦家女儿也低头微笑。三复对窦女更加痴迷，两三天就要去一次。一天赶上

者。一日值窦不在，坐良久，女出应客。南捉臂狎之，女惭急，峻拒曰："奴虽贫，要嫁，何贵倨凌人也！"时南失偶，便揖之曰："倘获怜眷，定不他娶。"女要誓；南指矢天日，以坚永约，女乃允之。自此为始，瞰[1]窦他出，即过缱绻[2]。女促之曰："桑中之约[3]，不可长也。日在帡幪[4]之下，倘肯赐以姻好，父母必以为荣，当无不谐。宜速为计！"南诺之。转念农家岂堪匹耦，姑假其词以因循之。

窦廷章出门，南三复坐了许久，窦女出来接待。南三复再也忍不住，一把捉住窦女的胳臂，上前就要调戏，窦女羞愤不已，严词拒绝说："小女虽出身低微，却也是要明媒正娶方可嫁人，公子怎可仗势欺人，强抢民女！"当时南三复的结发妻子已经去世，他便拱手作揖说道："倘若蒙得卿家垂爱，我今生今世定不再娶！"窦女叫南三复立誓为凭；南三复当即以手指天，发誓忠贞不渝，窦女这才答应了他。从这天开始，每每窦廷章外出之际，南三复便前来与窦女缠绵。窦女催三复说："这样私会，名不正，言不顺，是长久不了的。我家日日都受你庇护，若你向我父母提亲，他们以此为荣，必定是欣然同意。你可要快些准备啊！"南三复满口答应。可转念一想，农家女儿怎能配得上自己，便姑且找了个借口，此事就这样被搪塞过去。

注释 1 瞰：窥视。 2 缱绻：形容恋人之间情深意切，缠绵悱恻。 3 桑中之约：指男女幽会。 4 帡幪(píng méng)：帷幕、帘帐，此处是庇护之意。

会媒来为议姻于大家，初尚踌躇，

正巧有位富户差媒人来提亲，南三复一开始还有所顾忌，后来听说这位小姐长得

既闻貌美财丰，志遂决。女以体孕，催并益急，南遂绝迹不往。无何，女临蓐，产一男。父怒搒[1]女，女以情告，且言：“南要我矣。”窦乃释女，使人问南，南立却不承[2]。窦乃弃儿，益扑女。女暗哀邻妇，告南以苦，南亦置之。女夜亡，视弃儿犹活，遂抱以奔南。款关而告阍者[3]曰：“但得主人一言，我可不死。彼即不念我，宁不念儿耶？”阍人具以达南，南戒勿内。女倚户悲啼，五更始不复闻。质明视之，女抱儿坐僵矣。窦忿，讼之上官，悉以南不义，欲罪南。南惧，以千金行赂得免。

漂亮，又很有钱，心中便有了打算。窦女怀了身孕，更着急地催南三复娶她，南三复竟再不去窦家了。不久，窦女临盆，生下一个男婴。窦廷章登时大怒，笞打女儿，窦女便讲出了实情，又说道：“南三复答应过要娶我的。”窦廷章这才放过女儿，差人质问南三复，可他却百般抵赖，拒不相认。窦廷章气得将婴孩扔出家门，对窦女又是一番毒打。窦女暗地里求着邻家婆婆将自己的遭遇说给南三复听，南三复依旧是置之不理。深夜，窦女逃出家，看到白天扔出门的婴儿还活着，便抱着他去乞求南三复收留。到了南家，窦女敲开大门，对看门人说道：“求你家主人说句好话，让我活下去。就算他弃我不顾，怎能忍心丢下这亲生骨肉！”守门人将这些话如实禀告，南三复告诫看门人不要放她进去。窦女靠着门嘶声哭泣，直到五更天才渐渐不闻声响。天亮以后，南家人开门验看，只见窦女怀抱婴孩，席地而坐，身体都已经僵硬了。窦廷章心里恨极了，一纸诉状将南三复告到了官府，官府中人都觉得南三复泯灭良知，有亏道义，当即要拿他问罪。南三复害怕起来，赶忙掏出白银千两上下打点，这才免于罪责。

注释 1 搒:笞打。 2 立却不承:百般推却,拒不承认。 3 阍(hūn)者:守门人。

大家梦女披发抱子而告曰:“必勿许负心郎,若许,我必杀之!”大家贪南富,卒许之。既亲迎,奁妆丰盛,新人亦娟好,然善悲,终日未尝睹欢容,枕席之间,时复有涕洟[1]。问之,亦不言。过数日,妇翁来,入门便泪。南未遑问故,相将[2]入室。见女而骇曰:“适于后园,见吾女缢死桃树上,今房中谁也?”女闻言,色暴变,仆然而死。视之,则窦女。急至后园,新妇果自经死。骇极,往报窦。窦发女冢,棺启尸亡。前忿未蠲[3],倍益惨怒,复讼于官。官以其情幻,拟罪未决。南又厚饵

那富户梦见窦女披头散发抱着男婴威胁他说:“不许你将女儿嫁给那个负心汉!你要是非得嫁,我一定杀了她!”富户贪图南家的财产,最后还是让女儿过了门。二人完婚了,嫁礼十分丰厚,新娘子也生得清秀姣好,但总是容易伤心,整日愁眉不展,枕席边常有眼泪和鼻涕。问她原因,也不说。又过了几日,那富户急匆匆地跑来,刚进门就落泪了。南三复来不及问其中缘故,忙把老丈人扶进屋中。富户一见到女儿,不由得大惊道:“刚才在后园,我亲眼见得女儿缢死在桃树上,那房中之人是谁?”女子一听此话,霎时变了脸色,扑通一声扑倒在地,登时暴毙。上前一看,竟是死去的窦女。几人连忙赶到后园,新娘果然已自缢身亡。南三复吓得毛骨悚然,将此事告知了窦廷章。窦廷章掘开坟茔,开棺验看,窦女的尸身竟不翼而飞。前事未了,又添此案。新仇旧恨涌上心来,窦廷章倍觉愤怒,又将南三复告到衙门。官府因案情玄幻,一时间难以定罪。南三复又不惜用重金贿赂窦廷章,求

窦，哀令休结；官亦受其赇[4]嘱，乃罢。而南家自此稍替。又以异迹传播，数年无敢字[5]者。

他撤诉；府衙中人更是多有打点，此案方才罢休。经此一闹，南家已然有些中落。这等异事在当地传开，几年之内，无人再敢把女儿许配给南家。

注释 1 涕洟：眼泪和鼻涕。 2 相将：相伴，相随。 3 未蠲(juān)：未能平息。蠲，平息、消除。 4 赇：贿赂。 5 字：许配。

南不得已，远于百里外聘曹进士女。未及成礼，会民间讹传，朝廷将选良家女充掖庭[1]，以故有女者，悉送归夫家。一日，有妪导一舆至，自称曹家送女者。扶女入室，谓南曰："选嫔之事已急，仓卒不能如礼[2]，且送小娘子来。"问："何无客？"曰："薄有奁妆，相从在后耳。"妪草草径去。南视女亦风致，遂与谐笑。女俯颈引带，神情酷类窦女。心中作恶，第未敢言。

南三复迫不得已，与远在百里外的曹进士之女定了亲。还没完婚，正赶上民间讹传皇帝要选良家少女充实后宫，于是有姻亲的女子，都被送回到了夫家。一日，有个老太婆引着顶轿子来到南家，自称替曹进士送女儿来了。这老太婆扶曹家小姐进了屋，便对南三复说："选妃之事太紧，仓促间不符合礼仪，先把小姐送过来。"南三复问道："既是送来，为何没见娘家客人呢？"老太婆答道："还有些微薄的嫁礼要送来，小姐娘家人和送嫁礼的随后就到。"说完，老太婆匆匆而去。南三复看曹家小姐长得也算标致，便有意与她调笑。曹家小姐低头，羞涩地整理衣带，神态与窦女有些相似。南三复心中有些不快，也没敢多说什么。

曹家小姐上了床，拉过被子蒙头就

女登榻，引被障首[3]而眠，亦谓是新人常态，弗为意。日敛昏，曹人不至，始疑。捋被问女，而女已奄然冰绝。惊怪莫知其故，驰伻[4]告曹，曹竟无送女之事。相传为异。时有姚孝廉女新葬，隔宿为盗所发，破材失尸。闻其异，诣南所征之，果其女。启衾一视，四体裸然。姚怒，质状于官，官以南屡行无理，恶之，坐发冢见尸，论死。

睡。南三复以为这是新娘子的习惯，便不以为意。直到黄昏时分，还没等来曹小姐的娘家人，南三复这才起了疑。他掀开被子想问问新娘，可曹家小姐早已手脚冰凉，一命呜呼了。南三复大惊失色，不知这是怎么回事，赶忙差人去禀告曹进士，可跑去一问，曹家压根就没送过女儿。一时间此事被当作异闻在乡间流传。正赶上当地有个姚举人新近丧女，隔夜坟茔被贼人偷掘，破开棺椁盗走了尸体。姚家人听说有此奇事，便去南家验看尸首，果真是姚家女儿。掀开被子一看，女儿竟全身赤裸。姚举人大怒，将南三复告到衙门要求治罪，衙门因南三复多行不义，向来对他很是厌恶，坐实了他偷掘尸身之罪，当堂判了死刑。

注释 1 掖庭：指后宫。古代营建皇室宫城时，都以一条南北向的中轴线为主，再向东西两侧延伸其余宫殿区，同时在中央的子午线上，除建有君王上朝议政的朝堂，还有帝后的寝宫。在帝后寝宫的东西两侧，所营建的宫区和帝后寝宫相辅相成，像两腋般护卫帝后的寝宫，因此这两片宫区被统称为掖庭，且通常为嫔妃所居。 2 如礼：符合礼仪。 3 障首：蒙着头。障，遮掩、掩盖。 4 驰伻(bēng)：急忙派遣下人。伻，下人、仆役。

异史氏曰："始乱之而终成之，非德也，况誓于初而绝于后乎？挞于室，听之；哭于门，仍听之：抑何其忍！而所以报之者，亦比李十郎[1]惨矣！"

异史氏说："情人背着父母私会，就算最终成了亲，也是不道德的，更何况始乱终弃呢？窦女在家被打得死去活来，南三复不为所动；抱着孩子在南家门前哀求，依旧听之任之。这类卑劣行径，何其残忍！因此南三复最后的下场，比那《霍小玉传》中的李益更惨呀。"

注释 1 李十郎：唐代志怪小说《霍小玉传》中的人物，因负心遭到霍小玉鬼魂的报复。

梁 彦

原文

徐州[1]梁彦，患鼽嚏[2]，久而不已。一日方卧，觉鼻奇痒，遽起大嚏。有物突出落地，状类屋上瓦狗[3]，约指顶大。又嚏，又一枚落。四嚏凡落四枚。蠢然而动，相聚互嗅。俄而强者啮弱者以食，食一枚则身顿长。

译文

徐州有个叫梁彦的人，得了又打喷嚏又流鼻涕的病症，许久也不见好转。一天他刚躺下，觉得鼻中奇痒无比，猛然间打了个大喷嚏。有个东西从鼻子里冲了出来，落在地上看形状类似屋顶装饰用的瓦狗，约莫有指甲大小。恍惚间又打了个喷嚏，又掉出一枚。梁彦连打了四次喷嚏，就落出来了四枚。刚落在地上，那东西便蠢蠢欲动，聚在一起相互嗅着。不久有只强的开始吃那些弱的，每吃一个，身体就飞快地长大。只一会儿工夫，

瞬息吞并，止存其一，大于鼫鼠[4]矣。伸舌周匝，自舐其吻。梁大愕，踏之。物缘袜而上，渐至股际。捉衣而撼摆之，粘据不可下。顷入衿底，爬搔腰胁。大惧，急解衣掷地。扪之，物已贴伏腰间。推之不动，掐之则痛，竟成赘疣，口眼已合，如伏鼠然。

四个怪物只剩下了一个，此时已经长得比鼫鼠还大了。那怪物伸着舌头向周围探寻，又舔了舔嘴唇。梁彦大为惊骇，用脚狠狠向怪物踩去。那物反而顺着袜子蹿上了身，慢慢地朝大腿爬去。梁彦赶忙抓住衣服使劲甩，怪物却好似粘在了身上一般，无论如何都弄不下去。一会儿就钻入衣服里，用爪子在梁彦的腰上抓挠起来。梁彦更加害怕，慌张地脱下衣物朝地上扔去，一摸，那怪物已经依附在了腰间。推也推不动，一掐就会惹得剧痛，竟变成了块肉瘤。它的嘴和眼睛都闭合消失不见，像一只俯卧在那儿的老鼠。

注释 **1** 徐州：今江苏徐州。 **2** 鼽(qiú)嚏：俗称作风。鼻黏膜因受刺激而打喷嚏。 **3** 瓦狗：古时屋梁上类似狗的装饰物，传说可以辟邪。 **4** 鼫(shí)鼠：古书上指鼯鼠一类的动物。

龙 肉

原文

姜太史玉璇[1]言："龙堆[2]之下，掘地数尺，有龙肉充牣[3]其中。任人割取，但勿言'龙'字。或言'此龙

译文

翰林姜玉璇说："在白龙堆沙漠，掘地数尺，下面堆满了龙肉。任凭人们随便割取，只是不能说出'龙'字来。如果有人说'这是龙

肉也',则霹雳震作,击人而死。"太史曾食其肉,实不谬也。

肉',就会霹雳大作,击死这个人。"姜翰林曾经吃过这种肉,确实不是假的。

注释 1 姜太史玉璇:姜元衡,字玉璇,即墨(今山东即墨)人。顺治六年进士,曾任内翰林宏文院侍讲、江南主考等职。明清两代习惯称翰林为"太史"。 2 龙堆:可能是白龙堆,为天山南路之沙漠,沙堆形如卧龙。 3 充牣:充满。

卷六

潞　令

原文

宋国英，东平[1]人，以教习[2]授潞城[3]令。贪暴不仁，催科[4]尤酷，毙杖下者狼籍于庭。余乡徐白山适过之，见其横[5]，讽[6]曰："为民父母，威焰固至此乎？"宋扬扬作得意之词曰："喏！不敢！官虽小，莅任百日，诛五十八人矣。"后半年，方据案视事，忽瞪目而起，手足挠乱，似与人撑拒[7]状，自言曰："我罪当死！我罪当死！"扶入署中，逾时寻卒。呜呼！幸有阴曹兼摄阳政，不然，颠

译文

东平人宋国英因担任教习，表现优异，被授命为潞城县令。但是他为人贪婪残暴，毫无仁慈之心，在催收赋税之时尤其严苛，死在他杖下的百姓，横七竖八倒在县衙大堂之中，不计其数。我的同乡徐白山正好去拜访他，看见他如此横暴，便委婉劝说道："作为百姓的父母官，官威气焰一定要强势到这种程度吗？"宋国英却洋洋得意地说道："哦！不敢当！我官职虽小，但到任百余日间，已经杀了五十八人了。"后来大概过了半年，有一天宋国英正在桌前办公，忽然双目圆瞪，一跃而起，手脚乱舞，仿佛是正与人抗争的样子，自己连呼道："我该当死罪呀！我该当死罪呀！"众人将他扶入后堂之中休息，他不一会儿便死了。唉！幸好阴曹地府兼管阳间的政事呀！否则，像宋国英这样的酷吏，杀人敛财的事情干得越多，"政绩卓异"的名声反而会更加

越货多[8],则"卓异[9]"声起矣,流毒安穷哉!

远扬,那么所流传的弊病,又怎么能够解决呢!

注释 1 东平:今山东省泰安市东平县。 2 教习:学官名。由进士充任,掌课试之事。 3 潞城:今山西省长治市潞城区。 4 催科:催收租税。租税有科条法规,故称。 5 横:凶暴,蛮横。 6 讽:讽谏,委婉劝说。 7 撑拒:抵抗,抗争。 8 颠越货多:杀人掠财甚多。颠越,杀人而取其财货。 9 卓异:清制,吏部定期考核官吏,政绩突出,才能优异者称为卓异。

异史氏曰:"潞子[1]故区,其人魂魄毅,故其为鬼雄。今有一官握篆[2]于上,必有一二鄙流[3],风承[4]而痔舐[5]之。其方盛也,则竭攫未尽之膏脂,为之具锦屏;其将败也,则驱诛未尽之肢体,为之乞保留。官无贪廉,每莅一任,必有此两事。赫赫者一日未去,则蚩蚩者[6]不敢不从。积习相传,沿为成规,其亦取笑于潞城之鬼也已!"

异史氏说:"潞城,原为春秋时期潞子的封国。这个地方的人的魂魄刚毅,所以那些被宋国英杀害的人做鬼也是鬼中豪杰。如今只要在上有一人做官,就必定会有一两个卑鄙之徒,见风使舵,趋附奉承。当这做官的威势正盛时,这些卑鄙小人便竭力夺取未被榨尽的民脂民膏,为官长们准备锦绣屏风之类的华贵物品,以供其奢侈享受;一旦到这做官的垮台之时,这帮小人又驱使那些侥幸苟存的百姓,为这做官的祈求留任。无论是贪官还是清官,每到一任,就必然会遇到这两种情形。只要他们一日不离任,那些老百姓就没有敢不从命的。这些长期形成的陋习,传承下来,竟然成为了一种潜规则,这些也会被潞城中的鬼魂所取笑吧!"

注释 1 潞子:潞子婴儿,潞国国君。春秋时期赤狄族人,系参卢之后,参卢是炎帝之后,被黄帝封于潞,以奉先祀。潞国后为晋所灭。 2 握篆:掌官印,即做官。旧时官印皆用篆文,故云。 3 鄙流:卑鄙之徒。 4 风承:趋附奉承。 5 痔舐(zhì shì):舔吸别人痣疮上的脓血。比喻谄媚之徒趋奉权贵的卑鄙行为。 6 蚩蚩者:百姓。蚩蚩,敦厚貌,无知貌。

马介甫

原文

杨万石,大名[1]诸生也,生平有"季常之惧[2]"。妻尹氏,奇悍,少迕之,辄以鞭挞从事。杨父年六十余而鳏[3],尹以齿奴隶数[4]。杨与弟万钟常窃饵翁,不敢令妇知。然衣败絮,恐贻讪笑,不令见客。万石四十无子,纳妾王,旦夕不敢通一语。

译文

河北邯郸大名县有个叫杨万石的秀才,生平特别怕老婆。妻子尹氏,十分凶悍,家里人稍微违逆了她的心思,就要拿鞭子毒打一顿。杨万石的父亲六十来岁,又死了老婆,尹氏却把他当作奴隶对待。杨万石和他兄弟杨万钟常常偷偷地拿食物给老父亲吃,不敢让老婆知道。然而杨父只穿着破衣,兄弟俩怕传出去让人笑话,所以从不让他会见外客。杨万石四十岁了还没有儿子,纳了个王氏做妾,但从早到晚都不敢与她说一句话。

注释 1 大名:今河北省邯郸市大名县。 2 季常之惧:惧内的代称。宋代陈慥,字季常,其妻柳氏凶悍而善妒,陈慥颇为惧怕。 3 鳏:男子无妻或妻亡。 4 齿奴隶数:列于奴隶的行列。意谓视同奴隶。齿,列。

兄弟候试郡中，见一少年，容服都雅[1]。与语，悦之，询其姓字，自云："介甫，姓马。"由此交日密，焚香为昆季之盟[2]。既别，约半载，马忽携僮仆过杨。值杨翁在门外曝阳扪虱[3]，疑为佣仆，通姓氏使达主人，翁披絮去。或告马："此即其翁也。"马方惊讶，杨兄弟岸帻[4]出迎。登堂一揖，便请朝父，万石辞以偶恙。促坐笑语，不觉向夕，万石屡言具食而终不见至。兄弟迭互[5]出入，始有瘦奴持壶酒来，俄顷引尽。坐伺良久，万石频起催呼，额颊间热汗蒸腾。俄瘦奴以馔具出，脱粟失饪[6]，殊不甘旨。食已，万石草草便去。万钟袱

有一年，兄弟二人在郡城等待乡试，遇见一位少年，服饰文雅，仪容俊秀。两兄弟便与他攀谈起来，话语很投机，杨万石心中很欢喜，问他的姓名，少年说："姓马，名叫介甫。"从这以后，他们交往一天比一天亲密，就焚香作坛，结拜为异姓兄弟。分别之后，约有半年，马介甫忽然带着仆人来拜访杨氏兄弟。正好杨家老父在门外晒太阳捉虱子，马介甫错认为他是杨家的仆人，向他通报了姓氏让他传达给主人，杨家老父就披着破棉衣进门报告。有人告诉马介甫："这就是他杨家两兄弟的老父亲。"马介甫正为此感到惊讶，杨家兄弟装束简易地出来迎接。马介甫上堂屋向两兄弟施礼，就请求拜见义父，杨万石推辞说父亲偶然生了病不方便出来见面。连让马介甫坐下，三人谈笑风生，没觉察时间流逝，已经临到傍晚，杨万石一直说备好了饭食却始终没见饭菜送到。兄弟二人轮流出入好几次，才有个瘦弱的奴仆拿了一壶酒来，可过了一会儿就喝完了。又坐着等了很久，杨万石频频离座催促送菜，额头面颊之间竟热得汗水直流。过了一会儿那瘦奴才拿着饭菜和餐具出来，吃的却是夹生不熟的粗制米粮，特别

被来伴客寝，马责之曰：“曩以伯仲高义，遂同盟好。今老父实不温饱，行道者羞之！”万钟泫然曰：“在心之情，卒难申致[7]。家门不吉，蹇[8]遭悍嫂，尊长细弱[9]，横被摧残。非沥血之好[10]，此丑不敢扬也。”马骇叹移时，曰：“我初欲早旦而行，今得此异闻，不可不一目见之。请假闲舍，就便自炊。”万钟从其教，即除室为马安顿。夜深窃馈蔬稻，惟恐妇知。马会其意，力却之，且请杨翁与同食寝。自诣城肆市布帛，为易袍裤，父子兄弟皆感泣。万钟有子喜儿方七岁，夜从翁眠。马抚之曰：“此儿福寿，过于其父，但少年孤苦耳。”妇闻老翁安

难吃。吃过饭后，杨万石就急匆匆地离席而去。杨万钟卷着被子来陪伴客人留宿，马介甫责备他说：“以前我认为你们兄弟二人高尚有义，于是结为兄弟。现在你们的老父实际上连吃饱穿暖也得不到，就算是过路人都为你们感到羞耻！”杨万钟哭着说：“这中间的心事，仓促之间难以说出口。家门不幸，娶了一个悍烈的嫂子，全家老少，全被横加摧残。不是至亲好友，也不敢随便宣扬这丑事。”马介甫又惊又叹，好一会儿，才说：“我先前打算明天早上就走，现在听到这件奇事，就必须亲眼看一看。请借我一间空房，顺便我自己做做饭。”杨万钟听从他的吩咐，立即打扫房间为马介甫安顿，让他住下。在深夜时偷偷送来蔬菜稻米，只害怕那悍妇知道。马介甫也领会了他的好意，极力推辞，又请杨家老父亲与他同吃同住。自己到城中市场里买来好布料，为杨老翁换上新衣，杨家父子兄弟都感动得落泪。杨万钟有一个儿子叫喜儿，才七岁，晚上就跟着爷爷同睡。马介甫抚摸着他说：“这孩子的福分寿数，超过他父亲，只是少年时孤苦罢了。”那悍妇听说公公生活过得安逸，能温饱，大怒，就放肆大骂，说马介甫强行干

饱，大怒，辄骂，谓马强预人家事。初恶声尚在闺闼，渐近马居，以示瑟歌之意[11]。杨兄弟汗体徘徊，不能制止；而马若弗闻也者。

涉别人的家务事。刚开始凶恶的声音还在她自己的寝房，后来她渐渐地到马介甫居住的屋子附近骂，以此来表示自己的不满。杨家兄弟吓得浑身是汗，急得团团转，可是阻止不了；然而马介甫却像没听见似的。

注释 1 都雅：漂亮，文雅。都，美。 2 昆季之盟：即结拜为兄弟。昆季，兄弟。长者为昆，幼者为季。 3 曝阳扪(mén)虱：晒太阳，捉虱子。 4 岸帻(zé)：巾高露额。谓装束简易，不拘常理。岸，高。帻，头巾。 5 迭互：犹交互。 6 脱粟失饪(rèn)：脱粟，只去皮壳，不加精制的米。失饪，烹调生熟失宜。 7 卒难申致：谓仓促之间难以向你说明。卒，同“猝”，仓促。申致，说明表达。 8 蹇：不幸。 9 尊长细弱：指全家老老小小。 10 沥血之好：此处指至亲好友。 11 以示瑟歌之意：此处指尹氏故意骂给马介甫听。

妾王，体妊五月，妇始知之，褫衣惨掠[1]。已，乃唤万石跪受巾帼[2]，操鞭逐出。值马在外，惭懅不前，又追逼之，始出。妇亦随出，叉手顿足，观者填溢[3]。马指妇叱曰：“去，去！”妇即反奔，若被鬼逐，裤履

杨万石的小妾王氏，已怀有五个月的身孕，那悍妇才知道，就剥光她的衣裳，毒打她。打完了王氏，又叫杨万石跪下在他头上系上女人的头巾，举着鞭子把他赶了出去。正逢马介甫在外面，杨万石感到惭愧不敢再往前跑，又被追逐逼迫，他才又跑了出去。那悍妇也追着跑出去，叉着手，跺着脚骂个不停，围观者挤满了街道。马介甫指着那悍妇斥责道：“滚回去！滚回去！”那悍妇就立刻转身奔跑，像被鬼撵

俱脱，足缠[4]萦绕于道上，徒跣[5]而归，面色灰死。少定，婢进袜履，着已，嗷啕[6]大哭。家人无敢问者。马曳万石为解巾帼，万石耸身定息，如恐脱落，马强脱之，而坐立不宁，犹惧以私脱加罪。探妇哭已，乃敢入，趑趄[7]而前。妇殊不发一语，遽起，入房自寝。万石意始舒，与弟窃奇焉。家人皆以为异，相聚偶语。妇微有闻，益羞怒，遍挞奴婢。呼妾，妾创剧不能起。妇以为伪，就榻搒之，崩注堕胎。万石于无人处，对马哀啼。马慰解之，呼僮具牢馔，更筹再唱[8]，不放万石去。

了似的，裤子鞋子都跑掉了，裹脚布缠绕着丢弃在道路上，光着脚回到家，面色灰白得像死人。等她稍稍定了心神，女仆给她送上鞋袜穿上，穿好了，她才号啕大哭起来。一家人没人敢上前慰问。马介甫把杨万石拽过来，为他解开头上的女式头巾，杨万石直挺挺地站着，屏住呼吸，像怕头巾落下来似的，马介甫便强行为他解下来，他却坐立不安，好像怕因为私自脱下，要受那悍妇再加罪责。他在门外探听到那妇人不哭了，才敢进入，又犹犹豫豫，小心踱步上前。那悍妇很久都不说一句话，又突然起身，回房自己睡下。杨万石这会儿心里才放松下来，和弟弟暗自惊奇。家人都觉得奇怪，聚在一起偶有议论。那悍妇稍微听到了一些，更加羞惭恼怒，把奴婢们都打了个遍。又叫妾来，妾在上次被打后伤势严重不能起身。那悍妇以为妾装病作假，就在床榻上毒打她，打得下身大出血，流了产。杨万石在没人的地方对着马介甫哀伤啼哭。马介甫安慰劝解他，叫仆人准备丰盛的饭食，到了二更天，也不放万石离开。

注释　1 褫(chǐ)衣惨掠：剥去衣服，重重拷打。褫，剥衣。掠，搒掠，拷打。 2 巾帼：古时妇女的头巾和发饰。授男子以巾帼，即羞辱其无丈夫气。 3 填溢：充塞满溢。此处指形容围观者众多，街巷填塞不下。 4 足缠：旧时女子裹足用的白布条，北方俗称裹脚布。 5 徒跣(xiǎn)：赤脚步行。跣，赤脚。 6 噭(jiào)啕：号啕大哭。噭，号呼。 7 趑趄(zī jū)：想进又不敢向前进。形容疑惧不前，犹豫观望。 8 更筹再唱：即二更天。即现在的晚上九点到十一点。

妇在闺房，恨夫不归，方大恚忿，闻撬扉声，急呼婢，则室门已辟。有巨人入，影蔽一室，狰狞如鬼；俄又有数人入，各执利刃。妇骇绝欲号，巨人以刀刺颈曰：“号便杀却！”妇急以金帛赎命。巨人曰：“我冥曹使者，不要钱，但取悍妇心耳！”妇益惧，自投败颡[1]。巨人乃以利刃画妇心而数之曰：“如某事，谓可杀否？”即一画。凡一切凶悍之事，责数殆尽，刀画肤革不啻[2]数十。末乃曰：“妾生子，亦尔宗绪[3]，何忍打堕？此事必不可宥[4]!”乃

那悍妇在闺房里恼恨丈夫不回家，正大发雷霆的时候，听到有撬门的声音，急忙呼叫婢女，这时房间门已经被打开了。只看到有个巨人进入房间，影子遮蔽了一整间房，狰狞可怕，像鬼怪似的；过了一会儿，又有几个人进来，各自拿着锋利的刀。那悍妇惊骇欲死，想要大叫，巨人拿刀刺向她的脖颈，说道：“叫就杀了你！”那悍妇急忙拿出金银绸缎，想赎回自己的命。巨人说：“我是阴曹地府的使者，不要钱，只想挖出你这悍妇的心罢了！”那悍妇更加惧怕，连连磕头，磕得头破血流。巨人用快刀划着那悍妇的心口，列举她的罪状说：“例如某事，是不是该杀？”就给她一刀。凡是一切凶悍之事，几乎全部列举完了，刀划皮肤不止几十下。最后又说：“妾生了儿子，也是你的后代子嗣，你怎么忍心把妾打得堕了胎？这件事必然不能宽容！”于是让几个

令数人反接[5]其手，剖视悍妇心肠。妇叩头乞命，但言知悔。俄闻中门启闭，曰："杨万石来矣。既已悔过，姑留余生。"纷然尽散。

人反绑着她的手，剖出悍妇的心肠来看。悍妇不停叩头，乞求饶命，只说知道悔改了。再过一会儿就听到中门打开又关上的声音，巨人对她说道："杨万石回来了。既然你已经悔过了，姑且留着你的小命吧。"乱纷纷地消失不见了。

注释 1 自投败颡(sǎng)：磕头求饶，以致磕破额头。自投，即磕头。颡，额头。 2 不啻(chì)：不止。 3 宗绪：祖先的绪业。此处指后代。绪，前人未完成的事业。 4 宥(yòu)：宽恕，原谅。 5 反接：背手，反绑两手。

无何[1]，万石入，见妇赤身绷系[2]，心头刀痕，纵横不可数。解而问之，得其故，大骇，窃疑马。明日，向马述之，马亦骇。由是妇威渐敛，经数月不敢出一恶语。马大喜，告万石曰："实告君，幸勿宣泄，前以小术惧之。既得好合，请暂别也。"遂去。妇每日暮，挽留万石作侣，欢笑而承迎之。万石生平不解此乐，遽遭之，觉坐立皆无所

没多久，杨万石进入房门，看见悍妇光着身子被绳子反绑着，心口处布满刀痕，横七竖八数不清。给她解开绳子，问她缘故，知道事情的经过后，十分惊骇，私下里怀疑是马介甫干的。第二天，向马介甫讲述这件事，马介甫也惊骇不已。从此悍妇的凶威渐渐收敛，一连几个月都不敢说一句狠话。马介甫非常高兴，告诉杨万石："我如实告诉你吧，希望不要泄露秘密，之前用了点小法术使她惧怕。既然你们夫妻已经和好，就请让我暂时离开吧。"于是离开了。悍妇每天晚上都挽留杨万石同寝陪伴，欢笑着迎合他的意思。那杨万石生平没有享受过这种快乐，突然有了奇遇，感觉坐也不是，站也不是。一天晚上，悍妇想到巨人惩

可。妇一夜忆巨人状，瑟缩摇战。万石思媚妇意，微露其假。妇遽起，苦致穷诘。万石自觉失言，而不可悔，遂实告之。妇勃然大骂，万石惧，长跽床下。妇不顾，哀至漏三下[3]，妇曰："欲得我恕，须以刀画汝心头如干数，此恨始消。"乃起捉厨刀。万石大惧而奔，妇逐之。犬吠鸡腾，家人尽起。万钟不知何故，但以身左右翼兄。妇方诟詈[4]，忽见翁来，睹袍服，倍益烈怒，即就翁身条条割裂，批颊而摘翁髭[5]。万钟见之怒，以石击妇，中颅，颠蹶[6]而毙。万钟曰："我死而父兄得生，何憾！"遂投井中，救之已死。移时妇苏，闻万钟死，怒亦遂解。

罚时的情况，瑟瑟发抖，缩着身子，摇战不停。杨万石想讨好她，稍稍泄露出巨人是假的。悍妇听到这里，立刻跳起来，刨根究底。杨万石自己也知道泄露了秘密，却不能反悔，于是如实告诉了她。悍妇勃然大怒，破口大骂起来，杨万石惧怕得不行，长跪在床下。悍妇也不回头看他，他哀求到半夜三更，悍妇说："想让我饶了你，必须要拿刀在你的心口上也划上那么多下，才能消我心头之恨。"于是起身拿来厨刀。杨万石怕得不行，拔腿就跑，悍妇就开始追他。两人闹得鸡飞狗跳，家人也都被吵起来了。杨万钟不知道为什么闹成这样，只是用身体忽左忽右地保护着兄长。悍妇就大骂小叔子，忽然又看到了公公过来，看到那身崭新的袍服，更加悍烈恼怒，当即走到公公跟前，将他身上的衣服一条条割裂，猛打公公耳光，还狠拔公公的胡子。杨万钟见到这一情景大怒，捡起石头就向悍妇打过去，正中悍妇脑门，悍妇受了这一击，猛然跌倒昏死了过去。杨万钟说："如果我以死给她抵命，能换得父亲兄长活着，这有什么遗憾呢！"于是跳到井里自杀，大家把他捞起来时他已经死了。过了一会儿，悍妇苏醒过来，听说杨万钟死了，怒气也消解了。

注释 1 无何：不久，没多久。 2 绷系：捆绑。 3 漏三下：大约是三更时分，子时左右。漏，刻漏，古代滴水计时的器具。 4 诟詈(lì)：辱骂，责骂。 5 髭(zī)：嘴上边的胡子。 6 颠蹶：摔倒。

既殡，弟妇恋儿，矢不嫁。妇唾骂不与食，醮[1]去之。遗孤儿，朝夕受鞭楚，俟家人食讫，始啖以冷块。积半岁，儿尪羸[2]，仅存气息。一日马忽至，万石嘱家人，勿以告妇。马见翁褴缕如故，大骇；又闻万钟殒谢，顿足悲哀。儿闻马至，便来依恋，前呼马叔。马不能识，审顾始辨，惊曰："儿何憔悴至此！"翁乃嗫嚅具道情事，马忿然谓万石曰："我曩[3]道兄非人，果不谬。两人止此一线[4]，杀之，将奈何？"万石不言，惟伏首帖耳而泣。坐语数刻，妇已知之，不敢自出逐客，但呼万石

杨万钟出殡后，杨万钟的妻子留恋儿子喜儿，立志不愿改嫁。悍妇就大加唾骂不给她饭吃，强逼她改嫁，赶走她。只留下一个没爹娘的孤儿，从早到晚受尽鞭打，等到家人吃完饭，才能吃一点冷饭团。过了半年，喜儿变得瘦弱不堪，仅剩下一口气了。有一天马介甫忽然又到，杨万石嘱咐家人，不要把这事告诉悍妇。马介甫又看见老义父衣衫褴褛像以前一样，非常惊讶；又听说杨万钟跳井自杀身亡，悲哀地直跺脚。喜儿听说马介甫来了，就过来依偎着，向前叫马叔。马介甫认不出他是谁，端详才能分辨，惊讶道："喜儿怎么憔悴成这样！"杨家老父才吞吞吐吐地把事情说了一遍，马介甫气愤地对杨万石说："我以前说兄长不是人，果然没错。你们兄弟两人只有这一根独苗，如果喜儿被害死，你该怎么办？"杨万石无言以对，只是俯首帖耳地哭泣。两人坐下说了几刻钟的话，悍妇已经知道马介甫来了，自己不敢出来赶走客人，只敢叫杨万石进房，给

入，批[5]使绝马。含涕而出，批痕俨然。马怒之曰：“兄不能威，独不能断‘出’[6]耶？殴父杀弟，安然忍受，何以为人！”万石欠伸[7]，似有动容。马又激之曰：“如渠不去，理须威劫，便杀却勿惧。仆有二三知交，都居要地，必合极力，保无亏也。”万石诺，负气疾行，奔而入。适与妇遇，叱问：“何为？”万石皇遽[8]失色，以手据地曰：“马生教余出妇。”妇益恚，顾寻刀杖，万石惧而却走。马唾之曰：“兄真不可教也已！”

了他一耳光，让他和马介甫断绝交情。杨万石含着眼泪走出来，耳光的痕迹还非常明显。马介甫怒声对他说：“兄长不能立威镇住她，难道还不能将她休掉吗？这悍妇殴打你父亲，害死你兄弟，你却平静地忍受，还怎么做人！”杨万石深呼一口气，起身舒臂，似乎有被打动的样子。马介甫又激他说：“如果她不走，按理必须用武力强迫她，你就算杀了她也不要害怕。我有两三个知己朋友，都身居要职，必定能为你出力，能保你平安无事。”杨万石答应了，仗着在气头上，快步走去，飞奔进房门。正巧和悍妇迎面遇上，悍妇呵斥道：“你想干什么？”杨万石立刻脸色大变，用手撑着地说：“马介甫教唆我休掉夫人你。”悍妇越发恼怒，回头找刀杖，杨万石惧怕，后退逃走了。马介甫看到这一幕，向他吐口水，说道：“兄长真是无可救药！”

注释 1 醮(jiào)：改嫁。 2 尪羸(wāng léi)：瘦弱。亦指瘦弱之人。 3 曩(nǎng)：以前，从前。 4 一线：犹一脉，谓单传的后代。 5 批：批颊，打耳光。 6 断“出”：此处指做出休妻的决断。出，休弃妻子。 7 欠伸：打呵欠，伸懒腰。此处指起身舒臂，将欲有所行动的样子。 8 皇遽：惊恐。皇，通“惶”。

遂开箧，出刀圭[1]药，合水授万石饮。曰："此丈夫再造散。所以不轻用者，以能病人故耳。今不得已，暂试之。"饮下，少顷，万石觉忿气填胸，如烈焰中烧，刻不容忍，直抵闺闼，叫喊雷动。妇未及诘，万石以足腾起，妇颠去数尺有咫。即复握石成拳，擂击无算。妇体几无完肤，嘲哳犹詈[2]。万石于腰中出佩刀。妇骂曰："出刀子，敢杀我耶？"万石不语，割股上肉大如掌，掷地下。方欲再割，妇哀鸣乞恕。万石不听，又割之。家人见万石凶狂，相集，死力掖出。马迎去，捉臂相用慰劳。万石余怒未息，屡欲奔寻，马止之。少间，药力渐消，嗒焉若丧[3]。马嘱曰："兄勿

于是马介甫打开匣子，用刀圭取出一点药粉，兑着水给杨万石喝下。说道："这叫丈夫再造散。我不轻易拿出来使用的原因，是它能让人受到伤害。现在不得不用了，你暂时试用一下。"刚喝下一会儿，杨万石就感觉到气愤的心情填满胸膛，像有烈焰在里面燃烧，一刻也不能忍受了，于是直接跑到房间里，叫喊声像打雷一样。悍妇还没来得及问他，杨万石飞起一脚，悍妇跌倒到几尺远的地方。他立即又把拳头握得像石头一样，捶打了无数下。悍妇身体上几乎没有完整的皮肤，却还在大骂不止。杨万石又从腰中抽出佩刀。悍妇骂道："抽出刀子，你敢杀我吗？"杨万石不说话，从她大腿上割下一片像手掌一样大的肉，扔在地下。正想再割肉，悍妇疼得哀号，乞求饶命。杨万石不听，又下刀割肉。家人看见杨万石凶狠发狂，便集合在一起，拼死力拉着他的臂膀才把他拽开。马介甫迎面过去，挽着他的胳膊抚慰他，使他镇静下来。然而杨万石剩下的怒气还没平息，几次想跑去找悍妇，马介甫制止了他。过了一会儿，药力渐渐消失，他又变成了失魂落魄的样子。马介甫嘱咐他说："兄长不要泄气。重振做丈夫的

馁。乾纲[4]之振,在此一举。夫人之所以惧者,非朝夕之故,其所由来者渐矣。譬昨死而今生,须从此涤故更新。再一馁,则不可为矣。"遣万石入探之。妇股栗心慑[5],倩婢扶起,将以膝行。止之,乃已。出语马生,父子交贺。马欲去,父子共挽之。马曰:"我适有东海之行,故便道相过,还时可复会耳。"

威严,就在此一举。人们对什么东西感到害怕,不是一朝一夕的缘故,而是日积月累慢慢形成的。就像昨天的你死了,今天的你就是新生,必须从今以后改掉过去的懦弱,变得刚强起来。如果你再一次泄气,我就帮不了你了。"他让杨万石进去察看悍妇的情况。悍妇双腿战栗,怕得心惊肉跳,让婢女将她扶起身,想要跪着走。杨万石制止她,才停下。杨万石走出来对马介甫说明情况,两父子相互道贺。马介甫想要离开了,父子二人一致挽留他。马介甫说:"我正巧有到东海的旅行,所以顺道来看望你们,等旅行回来,我们还可以再次相聚。"

注释 1 刀圭:中药的量器名。 2 詈(lì):骂,责骂。 3 嗒(tà)焉若丧:沮丧的样子。原指形神解体,物我皆失。后多形容懊丧的神情。 4 乾纲:指夫权。乾,《易》卦名,象天,象阳。 5 股栗心慑(shè):胆战心惊,形容害怕。

月余妇起,宾事良人[1]。久觉黔驴无技,渐狎,渐嘲,渐骂;居无何,旧态全作矣。翁不能堪,宵遁,至河南隶道士籍[2],万

经过一个多月,悍妇伤愈下床,把丈夫当成宾客一样侍奉。时间一久又觉得他黔驴技穷,渐渐地开始不敬重他,渐渐地开始嘲笑他,又渐渐地开始骂他;没过多久,过去凶悍的态度又全部发作了。杨家老父不能忍受,在一天晚上逃走了,跑到河南去当

石亦不敢寻。年余马至,知其状,怫然[3]责数已,立呼儿至,置驴子上,驱策径去。由此乡人皆不齿万石。学使案临[4],以劣行黜名[5]。又四五年,遭回禄[6],居室财物,悉为煨烬[7],延烧邻舍。村人执以告郡,罚锾烦苛[8]。于是家产渐尽,至无居庐,近村相戒,无以舍舍万石。尹氏兄弟,怒妇所为,亦绝拒之。万石既穷,质妾于贵家,偕妻南渡。至河南界,资斧[9]已绝。妇不肯从,聒夫再嫁。适有屠而鳏者,以钱三百货去。

了道士,杨万石也不敢去找回父亲。过了一年多,马介甫来拜访,知道了他的情况,愤怒地斥责了杨万石一番,马上叫喜儿过来,让他坐在驴子背上,赶着驴子就直接走了。从此之后同乡人都鄙视杨万石。学政巡察大名府学时,以品行恶劣为由,将杨万石的生员资格从籍册中除掉。又过了四五年,杨家遭遇火灾,居住的房室以及财物,全被烧成灰烬,大火还蔓延烧了邻居的房屋。同村人拽着杨万石扭送到郡城告状,罚款烦琐严苛,难以承受。为了赔钱,家产也逐渐耗尽,以至于住处都没有,附近的村户都相互告诫,没人肯把自己的房屋让出来接济杨万石夫妇。悍妇尹氏的娘家兄弟们,也为悍妇的恶行感到愤怒,跟她断绝来往,拒绝收留他们。杨万石这时候已经走投无路了,就把妾卖到富贵人家,带着悍妻渡河南行。一直走到河南界附近,路费盘缠已经用光了。悍妇就不肯再跟着他,同丈夫争吵要再嫁。正好有一个鳏居的屠夫,就花三百钱把悍妻买走了。

注释 1 宾事良人:指敬事丈夫。宾事,如宾客一样恭敬地侍奉。良人,丈夫。 2 隶道士籍:指出家做了道士。隶,隶属。 3 怫然:愤怒的样子。怫,愤怒的样子。 4 学使案临:学使,即提学使,或称提督学政,负责一省学校生徒的考课黜陟之事。任期三年。案临,学使三年中两次巡察所属府、州、县,名为“案临”或“出棚”。 5 黜名:除名。此处指取消秀才名籍。 6 回禄:相传本为火神之名,后引申指火灾,又作“回陆”。 7 煨(wēi)烬:灰烬,燃烧后的残余物。 8 罚锾(huán)烦苛:罚锾,即罚金。锾,古重量单位。烦苛,烦琐严苛,多指法令。 9 资斧:指旅费、盘缠。

万石一身,丐食于远村近郭间。至一朱门,阍人[1]诃拒不听前。少间一官人出,万石伏地啜泣。官人熟视久之,略诘姓名,惊曰:“是伯父也!何一贫至此?”万石细审,知为喜儿,不觉大哭。从之入,见堂中金碧焕映。俄顷,父扶童子出,相对悲哽。万石始述所遭。初,马携喜儿至此,数日,即出寻杨翁来,使祖孙同居。又延师教读。十五岁入邑庠[2],次年领乡荐[3],始为完婚。乃别欲去,祖孙泣留之。马曰:“我非人,实狐仙耳。道侣相候已

这下只剩杨万石一个人,他就在远近村庄之间当乞丐讨饭度日。有一天,他到一家豪门去行乞,看门人呵斥着赶他走。争吵了一会儿,一位官员出门来,杨万石趴在地上啜泣。官员仔细观察他很久,稍微问一下姓名,惊讶道:“原来是伯父啊!怎么一贫如洗到这般地步?”杨万石也仔细端详对方,才知道这是喜儿,禁不住大声哭起来。他跟着喜儿进门,看见厅堂之中金碧辉煌,光彩照人。过了一会儿,杨家老父由小仆人搀着走出来,两人相互对望,悲伤哽咽。杨万石开始讲述之前遭遇的一切。一开始的时候,马介甫带喜儿来到这个地方,几天后,就外出找到杨家老父回来,让祖孙一同居住。又请来老师教喜儿读书。喜儿十五岁考中了秀才,第二年就考中了举人,才办了婚事。在这时,马介甫想要辞别离开,祖孙二人哭着挽留马介甫。马介甫坦白说:“我其实不是人类,是个狐仙。我的道侣已经等我很久

久。”遂去。孝廉言之，不觉恻楚。因念昔与庶伯母同受酷虐，倍益感伤。遂以舆马赍金赎王氏归。年余生一子，因以为嫡[4]。

了。”就离开了。喜儿说到这里，不禁感到心酸。又想到过去和庶伯母王氏一同受到悍妇残酷的虐待，更加感到伤心。于是用华丽的车马带着赎金把王氏赎回。过一年多，王氏生下一子，杨万石就将王氏扶为正妻。

注释 1 阍(hūn)人：守门人，看门人。 2 入邑庠：成为县学生员，俗称秀才。邑庠，县学。 3 领乡荐：考中举人。唐代举士，由州县地方官推荐应礼部试，称“乡荐”。后称乡试中试者为“领乡荐”。 4 嫡：正妻。

尹从屠半载，狂悖[1]犹昔。夫怒，以屠刀孔其股[2]，穿以毛绠[3]悬梁上，荷肉竟出。号极声嘶，邻人始知。解缚抽绠，一抽则呼痛之声，震动四邻。以是见屠来，则骨毛皆竖。后胫[4]创虽愈，而断芒[5]遗肉内，终不利于行，犹夙夜服役，无敢少懈。屠既横暴，每醉归，则挞詈不情。至此，始悟昔之施于人者，亦犹是也。一日，

悍妇尹氏做了屠夫半年的妻子，还像以前那样蛮横无理。屠夫大怒，拿过屠刀就在她的大腿上挖了个洞，又用猪毛绳穿过腿上洞，将她悬在房梁上，他就挑着肉径直出去了。悍妇拼命号叫，声音都嘶哑了，邻居才知道。解开绑缚的绳索，抽出穿在大腿洞里的猪毛绳，一抽就叫痛，声音震动了四周的邻居。从此之后尹氏看见屠夫来，就全身寒毛都竖起来。后腿的创伤虽然痊愈了，然而扯断的猪毛芒刺还遗留在腿肉里始终不利于行走，还要从早到晚做杂事，不敢有一点点松懈。屠夫蛮横残暴，每次喝醉回来，就对她大加打骂不留情面。她到这个时候，才醒悟过去将凶悍施加在别人身上产生的痛苦，也就像这样了。有一

杨夫人及伯母烧香普陀寺，近村农妇并来参谒。尹在中怅立不前，王氏故问："此伊谁？"家人进白："张屠之妻。"便诃使前，与太夫人稽首。王笑曰："此妇从屠，当不乏肉食，何羸瘠乃尔？"尹愧恨，归欲自经，绠弱不得死。屠益恶之。岁余，屠死。途遇万石，遥望之，以膝行，泪下如麻。万石碍仆，未通一言。归告侄，欲谋珠还[6]，侄固不肯。妇为里人所唾弃，久无所归，依群乞以食。万石犹时就尹废寺中，侄以为玷，阴[7]教群乞窘辱之，乃绝。

天，杨喜儿的夫人与伯母王氏到普陀寺烧香，附近村庄的农妇也一起前来参拜。悍妇尹氏藏在人群中，站着不敢向前靠近，王氏故意问道："这是谁啊？"家人上前回答道："是张屠夫的妻子。"就把她叫过来，向太夫人王氏作揖行礼。王氏笑道："这女人跟着屠夫生活，应当不会没肉吃，怎么饿得这么瘦啊？"悍妇尹氏又惭愧又后悔，回到家就想上吊自杀，可绳子太细了，没死成。屠夫更加厌恶她。一年多之后，屠夫死了。悍妇在路上遇到了杨万石，远远地望着他，双膝跪地爬过来向杨万石哭诉，泪如麻线一样连绵不绝。杨万石因为仆人在身旁妨碍他，一句话也没敢跟悍妇说。回家告诉侄子，想要接悍妇再回到这个家来，侄子坚决不肯答应。这边悍妇被同乡的人们所唾弃，很久都没有人愿意再娶她，她只好依靠一帮乞丐来获得饭食。杨万石仍然时常到废弃的寺庙中接济悍妻尹氏，侄子认为这件事玷污家族名誉，暗中让乞丐们羞辱他，他这才和悍妇断绝了往来。

注释　1 狂悖：狂妄悖逆，凶狂不讲道理。　2 孔其股：此处指在尹氏的大腿上挖了一个洞。股，大腿，即自胯至膝盖的部分。　3 绠(gěng)：绳子。　4 胫：小腿，从膝盖到脚跟。此处代指腿。　5 芒：细刺，毛茬。　6 珠还：比喻失而复得或去而复返。　7 阴：暗自，暗中。

此事余不知其究竟，后数行，乃毕公权[1]撰成之。

这件事我也不知道原委，后面的几行字，是毕公权写成的。

注释 1 毕公权：毕世持，字公权，淄川人。康熙十七年举人，有文名。

异史氏曰："惧内，天下之通病也。然不意天壤之间，乃有杨郎！宁非变异？余尝作《妙音经》之续言，谨附录以博一噱[1]。"

异史氏说："害怕老婆，大概是天底下男人们都有的毛病。然而令我没想到的是，天地之间还有杨郎这样的人物！他岂不是变成了个异类？我曾经为《妙音经》写过一篇续言，现在谨附录在后面，希望能博大家一笑。"

注释 1 一噱(jué)：一笑。

窃以天道化生万物，重赖坤成[1]；男儿志在四方，尤须内助。同甘独苦，劳尔十月呻吟[2]；就湿移干[3]，苦矣三年颦笑[4]。此顾宗祧[5]而动念，君子所以有伉俪之求；瞻井臼[6]而怀思，古人所以有鱼水之爱也。第阴教[7]之旗帜日立，遂乾纲之

我自以为天道衍生万物，很大程度上要依靠大地才能完成；男子汉志在四方，尤其需要妻子的帮助。两人一起享受生活的美妙，却要妻子一人承担痛苦。她十月怀胎，辛辛苦苦。等到分娩之时，痛不可挡，呻吟难止。孩子落地之后，她又不辞辛苦，抚育他长大，直到他能说能跑。这三年之间，苦苦乐乐，点点滴滴，无不尽心。男子之所以要追求贤妻，是考虑到要生育子嗣；那过去的人为何要说夫妻之间就像鱼水一般相亲相爱，正是由于丈夫感念妻子治家的辛劳。但是妻子的地位却日益巩固提高，而丈夫的无上权威不能存

体统无存。始而不逊之声,或大施而小报[8];继则如宾之敬,竟有往而无来。只缘儿女深情,遂使英雄短气。床上夜叉[9]坐,任金刚[10]亦须低眉;釜[11]底毒烟生,即铁汉无能强项[12]。秋砧之杵可掬,不捣月夜之衣;[13]麻姑之爪能搔,轻试莲花之面。[14]小受大走,直将代孟母投梭[15];妇唱夫随,翻欲起周婆制礼。[16]婆娑跳掷,停观满道行人;[17]嘲哳呜嘶,扑落一群娇鸟。[18]

在。刚开始她还只是说些肆无忌惮的话语,丈夫还能稍微反驳;渐渐往后,丈夫敬她如宾,她却对丈夫恶声恶气,不相尊敬。只因男子一片深情,也就委曲求全,不再吭声。要是床上坐了个夜叉,就算你是金刚,也得低眉忍让;要是那妇人的气焰如炉灶中生出的毒烟一般,任你钢铁一般的汉子,也不得不低头服软。她可以拿着木杵,在月夜里不去捣衣,却用来教训自己的丈夫;她也可以用她那如麻姑手指一般的利爪,肆意乱抓自己丈夫如莲花般俊俏的面容。她甚至可以像孟母一样扔掉手中织布的梭子,前来斥责丈夫。而做丈夫的,只能像对长辈一样,接受小的惩罚,而面对大的惩罚时,只能逃走。妻子提倡的,丈夫只能随声附和,她甚至乱讲什么周婆制礼,来为自己的行为作借口。她动不动就撒泼,跳来跳去,惹得满街行人观看;她大声嚷嚷,胡乱骂人,吓坏了四周娇嫩得和小鸟一般的姑娘们。

注释 1 重赖坤成:主要依赖大地完成。坤,地。 2 十月呻吟:指十月怀胎,备受痛苦。 3 就湿移干:言哺育幼儿的艰辛。晚间幼儿尿湿被褥,自己暖干,而让幼儿睡卧干处。 4 三年颦笑:此处指幼儿在母亲怀抱得到抚爱。颦笑,皱眉和欢笑,此处指母亲关怀幼儿的忧喜之情。颦,忧愁的样子。 5 宗祧(tiāo):指家族世系、宗嗣、子嗣。宗,宗庙。祧,远祖之庙。 6 井臼:指汲水舂米,泛指操持家务。旧时以操井臼为妻子的本分工作。 **7** 阴教:指妻子的号令。教,教令。 **8** 大施而小报:大施,指妻子对丈夫大的不恭敬。小报,指丈夫对妻子的不逊反应微弱。 **9** 夜叉:梵语音译,佛经中吃人的恶鬼,旧时小说中常以比喻凶悍的女人。 **10** 金刚:谓金属中最坚硬的部分,喻坚固、锐利。此处指金刚力士。 **11** 釜:铁锅,烹饪器具。与"妇"谐音。 **12** 强项:硬挺脖子,不肯低头俯顺。汉时,湖阳公主奴仆杀人,董宣依律处死。光武帝听后大怒,命董宣叩头谢罪,不从,强使顿之,终不肯俯。光武帝誉之为"强项令"。 **13** 秋砧(zhēn)之杵可掬,不捣月夜之衣:砧,捣衣石。杵,捣衣木棒,北方俗称"棒槌"。本句言外之意指用杵来殴打丈夫。 **14** 麻姑之爪能搔,轻试莲花之面:言外之意指悍妇的手不是用来给丈夫挠痒痒,而是抓丈夫的脸。麻姑,传说中的女仙,貌美,手似鸟爪。莲花之面,俊俏的面容。 **15** 小受大走,直将代孟母投梭:意谓丈夫逆来顺受,悍妇杖责如母教子。直,简直。孟母投梭,指孟母断织教子事。 **16** 周婆制礼:"周公制礼"的反语,谓由妇人主政。周婆,对周公之妻的戏称。 **17** 婆娑跳掷,停观满道行人:谓悍妇撒泼,惹得道路上的人驻足围观。 **18** 嘲哳鸣嘶,扑落一群娇鸟:指悍妇的泼悍叫骂让妇女们惊恐。娇鸟,喻年轻女性。扑落,指吓坏。

恶乎哉!呼天吁地,忽尔披发向银床。[1]丑矣夫!转目摇头,猥欲投缳[2]延玉颈。当是时也:地下已多碎胆,天外更有惊魂。北宫黝未必不逃[3],孟施舍焉能无惧[4]?将军气

真是可恶至极呀!这泼妇呼天喊地,像是遭受了多大的委屈似的,忽然间披头散发要去跳井。真是丢人呀!这悍妇转着眼睛,摇着脑袋,似是遭受折磨精神失常一般,想要上吊自杀。在这时,吓得丈夫胆碎了一地,魂飞到天外。就算是北宫黝、孟施舍那样的勇士见到这种情况,想必也会害怕逃跑吧。将军威武,势如雷电,

同雷电，一入中庭，顿归无何有之乡[5]；大人面若冰霜，比到寝门，遂有不可问之处。岂果脂粉[6]之气，不势而威？胡乃肮脏之身[7]，不寒而栗？犹可解者：魔女翘鬟[8]来月下，何妨俯伏皈依？最冤枉者：鸠盘[9]蓬首到人间，也要香花供养[10]。闻怒狮之吼，则双孔撩天[11]；听牝鸡之鸣[12]，则五体投地。登徒子淫而忘丑，《回波词》怜而成嘲[13]。设为汾阳[14]之婿，立致尊荣，媚卿卿良有故[15]；若赘外黄之家[16]，不免奴役，拜仆仆[17]将何求？彼穷鬼自觉无颜，任其斫树摧花[18]，止求包荒于妒妇；如钱神可云有势，乃亦婴鳞犯制[19]，不能借助于方兄[20]。

可一到家里，立刻就蔫巴了，所有的气势都没了；朝廷命官审案时，冷面如霜，令人不寒而栗，可没想到一到妻子房门口，就马上赔着笑脸，什么都不敢多问了。难道真的是一身脂粉气的女人们，不用摆起架势，就有威严吗？为何使得堂堂七尺男儿不寒而栗呢？要是这女子美艳动人，在月下摆弄云鬟，倩影楚楚，男子俯首帖耳，顺从听话又何妨呢？最冤枉的是：这女人丑陋肮脏，蓬头散发，却还要人用鲜花果品供养佛祖那般悉心呵护她。一听到她发出狮吼般的狂叫，丈夫立即瘫软在地，仰面朝天；一听到她如母鸡啼叫般的怒骂，丈夫吓得马上五体投地。登徒子好色至极，而不计较妻子的美丑；《回波词》传唱古人惧内的故事，而成为对今人怕老婆的讽刺。假如能够成为郭子仪的女婿，立刻得到荣华富贵，那对老婆献殷勤，还是可以谅解的；要是入赘到有钱人家，不免辛苦，让人当作奴役使唤，那低声下气干什么呢？穷人家自觉卑微无用，任老婆打骂摧残，滥施淫威，只求能得到这泼妇的包容；那富人家，虽说有钱有势，一旦触犯了妻子的忌讳，惹火了母老虎，那钱也不能起作用。

注释 1 呼天吁地,忽尔披发向银床:意为悍妇抢地呼天,以投井相威胁。忽尔,忽然。银床,井栏,指水井。 2 猥欲投缳(huán):猥,卑鄙下流。投缳,上吊自缢。 3 北宫黝未必不逃:北宫黝不一定不目逃。北宫黝,古代勇士,“不肤挠,不目逃,思以一毫挫于人,若挞之于市朝”。 4 孟施舍焉能无惧:孟舍怎么能不恐惧。孟施舍,即孟舍。孟,姓。施,发语词。舍,名。朱熹曰:“舍盖力战之士,以无惧为主而不动心者也。” 5 顿归无何有之乡:谓怒气顿时消失得无影无踪。 6 脂粉:妇女化妆用品,此处借指妇女。 7 肮脏(kǎng zǎng)之身;犹言堂堂之躯,代指男性。肮脏,刚直不屈的样子。 8 魔女翘鬟:魔女,佛经称魔界之女。此处指妖艳迷人的女人。翘鬟,高高绾起的发髻。 9 鸠盘:佛经中鬼名,即鸠盘荼,为梵语音译。意译则为“瓮形鬼”“冬瓜鬼”。后用以喻妇人老丑之状。10 香花供养:以花与香供养,为敬佛的一种礼仪。 11 双孔撩天:鼻孔朝上,喻仰面承颜。 12 牝鸡之鸣:喻悍妇主政。牝鸡,母鸡。 13《回波词》怜而成嘲:唐时,唐中宗惧怕韦后,朝中也风传御史大夫裴谈惧内。内宴唱《回波词》,有一优人唱道:“回波尔时栲栳,怕妇也是大好。外边只有裴谈,内里无过李老。”《回波词》,乐府曲名。 14 汾阳:指唐代郭子仪。郭子仪因平安史之乱有功,封汾阳郡王,子八人,婿七人,皆朝廷重官。 15 媚卿卿良有故:此处指讨好夫人还有缘故。第一个“卿”做动词,谓以卿称之;第二个“卿”为代词,犹言你。两“卿”连用,为相互亲昵之称。 16 赘外黄之家:指做富人家的上门女婿。外黄,地名,秦置县,治所在今商丘市民权县境内。相传汉代大梁人张耳曾逃亡到外黄,外黄有貌美富家女,慕其贤而改嫁张耳。 17 拜仆仆:拜了又拜,此处指低声下气。仆仆,劳顿。 18 斫(zhuó)树摧花:此处指滥施淫威。武历阳之女嫁阮宣武,性妒绝,家有桃树,宣叹美之,大怒,使婢取刀斫树,摧折其花。 19 婴鳞犯制:婴鳞,触及逆鳞。原喻触犯君主的尊严或违忤其意旨。此处指触犯妒妇。 20 方兄:孔方兄之省,指钱。

岂缚游子之心，惟兹鸟道[1]？抑消霸王之气，恃此鸿沟？然死同穴，生同衾，何尝教吟“白首[2]”？而朝行云，暮行雨，辄欲独占巫山。[3]恨煞“池水清[4]”，空按红牙玉板[5]；怜尔妾命薄，独支永夜寒更。蝉壳鹭滩[6]，喜骊龙[7]之方睡；犊车麈尾，恨驽马之不奔。[8]榻上共卧之人，挞去方知为舅；[9]床前久系之客，牵来已化为羊。[10]需之殷者[11]仅俄顷，毒之流者无尽藏。买笑缠头，而成自作之孽，太甲必曰难违；[12]俯首帖耳，而受无妄之刑，李阳亦谓不可。[13]酸风凛冽，吹残绮阁之春[14]；醋海汪洋，淹断蓝桥[15]之月。又或盛会忽逢，良朋即坐，斗酒藏而不设[16]，且由房出逐客之书；故人

难道束缚游子之心的，就是这鸟道吗？消磨男人雄心壮志的，就靠着这鸿沟吗？死则同穴，生则共衾，做丈夫的又何曾让这些泼妇失落痛苦而吟唱《白头吟》？但是即使朝朝暮暮在一起，她也还是想一人独占丈夫。她们痛恨狎妓忘归的男人们，只能拍着红牙歌板独守空房。可怜薄命女子，独守空房直到深夜。而男人们则趁悍妇不注意时，耍尽花样，在外偷情。而一旦被妻子发现，则用拂尘驱赶牛车，只恨马车跑得太慢。妻子怀疑丈夫和别的女人同床共枕，拿着鞭子去打，才发现是自己的哥哥。紧紧地用绳子把丈夫拴在床边，起来时要去拉，却发现丈夫变成了羊。丈夫们不过希望妻子能有片刻的温存，可悍妇们的恶行，却流毒无穷。如果丈夫在外千金买笑，给妓女们缠头费，那是他们自作自受，即使按照太甲的观点，也不可饶恕。而丈夫们循规蹈矩，对妻子言听计从，可还是受了悍妇没来由的刑罚，那么像李阳这样的大侠也看不过去。她们一味吃醋，吹散了闺阁的美好春色；醋意如海，淹没了美好的婚姻。又或者正碰到丈夫宴请宾朋，高朋满座的时候，悍妇们却把美酒藏起来，不让客人享

疏而不来，遂自我广绝交之论。甚而雁影分飞[17]，涕空沾于荆树[18]；鸾胶再觅[19]，变遂起于芦花[20]。故饮酒阳城，一堂中惟有兄弟；[21]吹竽商子，七旬余并无室家。[22]古人为此，有隐痛矣。	用。并且在闺房里给客人下逐客令，赶走客人。故交们都疏远了，就像自己给他们写了绝交书。更过分的是，因为悍妇闹得兄弟分家，清泪空洒；丈夫续娶，后妈干出用芦花当作棉絮给孩子做棉衣虐待前妻子女的事。因此善饮的阳城，因为害怕娶了善妒的妻子伤害了兄弟间的感情而终身不娶。吹竽的子胥，年近七旬也没有家室。古人这样做，是有难言的痛苦呀。

注释　1 鸟道：只有鸟儿才能飞过的道路，比喻狭窄陡峻的山间小道。此与下文“鸿沟”，均为女性生殖器的隐语。　2 白首：即《白头吟》。　3 而朝行云，暮行雨，辄欲独占巫山：指妒妇要丈夫早晚厮守，不得与其他女人接触。　4 池水清：代指恋妓忘家的丈夫。五代王仁裕《王氏见闻录》云：渠州人韩伸，多留连于花柳之间。其妻怒，驱之与同归。尝游谒东川，经年方返，复致妓与博徒同饮。妻闻之，率女仆持棒藏于暗处。伸不知，方攘臂浮白，唱“池水清”，声犹未绝，脑后一棒。蜀人传笑，遂呼韩为“池水清”。　5 空按红牙玉板：空，徒然的。按，拍击。红牙玉板，用檀木制作以击节的拍板。　6 蝉壳鹭滩：喻丈夫外出偷情使尽花样。蝉壳，即使用金蝉脱壳之计。鹭滩，如鹭之踏滩，着地无声。　7 骊龙：黑色的龙。喻悍妇。　8 犊车麈(zhǔ)尾，恨驽马之不奔：此处化用东晋王导惧内的故事，以讽刺惧内者的狼狈情态。王导妻曹氏善妒，王导暗营别馆以蓄妾。曹氏得知，王公遽命驾，患迟，乃亲以麈尾柄助御者打牛。狼狈奔驰，乃得先去。犊车，小牛拉的车。麈尾，拂尘，以麈尾制作。魏晋人清谈时，常执麈尾以示高雅。　9 榻上共卧之人，挞去方知为舅：车武子妻悍妒，武子拉妻兄与之共宿一处，而将一

件女子的衣服挂在屏风上。其妻见后大怒,拔刀登床,揭被一看,却是其兄,即羞愧而出。 **10** 床前久系之客,牵来已化为羊:京都一士人之妻悍妒异常,常以长绳系其脚,使唤时便拉绳。其夫与女巫密计,待其入睡,自己避入厕中,以绳系羊。妇牵绳而羊至,大怪,召问女巫。女巫趁势指出这是由她善妒造成的,若能改过,即可求神化转。妇呼先人为誓,不复敢尔。 **11** 殷者:指妻子的温情。 **12** 买笑缠头,而成自作之孽,太甲必曰难违:意谓如果丈夫在外千金买笑,给妓女们缠头费,那是他们自作自受,即使按照太甲的观点,也不可饶恕。买笑缠头,指嫖妓。缠头,古时歌姬缠在头上的锦帛,因以代指赠与歌舞伎女的礼品。 **13** 俯首帖耳,而受无妄之刑,李阳亦谓不可:意谓丈夫们循规蹈矩,对妻子言听计从,可还是受了悍妇没来由的刑罚,那么像李阳这样的大侠也看不过去。王夷甫之妻郭氏,才拙性刚,爱财且好管闲事,夷甫无法加以劝阻。但郭氏惧怕京都大侠李阳,于是夷甫就说不只我觉得你不对,李阳也觉得。郭氏小为之损。 **14** 绮阁之春:与下文的"蓝桥之月",都喻和谐的夫妻生活和爱情。绮阁,绮丽的闺阁。 **15** 蓝桥:蓝桥驿,今陕西省蓝田县东南蓝溪。传说裴航为唐长庆间秀才,路过蓝桥驿,遇见一织麻老妪,航渴甚求饮,妪呼女子云英捧一瓯水浆饮之,甘如玉液。航见云英姿容绝世,因谓欲娶此女,妪告:"昨有神仙与药一刀圭,须玉杵臼捣之。欲娶云英,须以玉杵臼为聘,为捣药百日乃可。"后裴航终于找到月宫中玉兔用的玉杵臼,娶了云英,夫妻双双入玉峰,成仙而去。 **16** 斗酒藏而不设:有酒却不拿出来给朋友喝。 **17** 雁影分飞:谓兄弟分居。雁影,雁飞行之影。雁飞时行列有序,因以雁行喻指兄弟。 **18** 荆树:借指兄弟分家之事。古有田真、田庆、田广兄弟三人同居,妇欲分异,共议将堂前粗大繁茂的紫荆树亦破而为三。一日清晨,忽见荆树叶垂憔悴,众皆惊诧。田真谓弟说:"木本同株,若分析则憔悴,况人?兄弟而可离,是人不如树也。"兄弟三人深为感动,紫荆树旁抱头痛哭,决定不再分家。 **19** 鸾胶再觅:指续娶后妻,即续弦。 **20** 变遂起于芦花:指后母虐待前妻所生子女。闵子骞幼时，为后母所苦，冬天用芦花代絮做衣。其父知，欲出后母，子骞阻之。 **21** 故饮酒阳城，一堂中惟有兄弟：唐代北平人阳城，字亢宗，进士及第后便隐居于中条山，因怕娶妻疏间兄弟，终身不娶。其弟深为感动，也终身未娶。德宗时，诏拜阳城为右谏议大夫。因见其他谏官言事琐碎，使皇帝生恶，便日夜与兄弟们饮酒。 **22** 吹竽商子，七旬余并无室家：商丘子胥好牧豕吹竽，年七十，不娶妇而死。

呜呼！百年鸳偶，竟成附骨之疽；五两鹿皮[1]，或买剥床之痛[2]。髯如戟者[3]如是，胆似斗者何人？固不敢于马栈下[4]断绝祸胎，又谁能向蚕室[5]中斩除孽本？娘子军[6]肆其横暴，苦疗妒之无方；胭脂虎[7]啖尽生灵，幸渡迷之有楫[8]。天香夜热，全澄汤镬之波；花雨晨飞，尽灭剑轮之火。[9]极乐之境，彩翼双栖[10]；长舌之端，青莲并蒂[11]。拔苦恼于优婆之国[12]，立道场于爱河之滨[13]。咦！愿此几章贝叶文[14]，洒为一滴杨枝水[15]！

唉，本来应该白头偕老的夫妻，却成了长在骨头上除不掉的恶疮。用五两鹿皮做彩礼去娶妻，换来的却是割肉一样的痛苦。那些须眉朗朗的大丈夫都成了这样，哪里还有当初胆大如斗的样子呢？他们确实不敢把悍妇杀死埋在马厩里，又怎能在蚕室里挥刀自宫？这些女子肆意妄为，暴行无数，男人们苦于没有治疗妒忌的方子。悍妇们吃尽生灵，幸好还有帮她们渡过迷津的渡船。深夜清香一炷，可以了却妒妇的暴行；清晨飞散的花雨，可以熄灭剑轮的火焰。在极乐佛土，夫妻比翼双飞；从前的妒妇，转恶为善，与丈夫恩爱如并蒂的青莲。在极乐世界祛除尘世的苦恼，在爱河边设立道场度化这些妒妇。唉，希望这篇文字像佛经一样，化为一滴甘露洒满人间。

注释 1 五两鹿皮:指订婚礼物。五两,犹言五匹。古代订婚礼物,用帛十端,每两端合卷,总为五匹,即"五两"。又用鹿皮两张,称为"俪皮"。 2 剥床之痛:即切肤之痛,受害极深而引起的痛苦。 3 髯如戟者:旧时形容丈夫气概。髯,两颊的胡子。戟,古代的一种兵器,长杆头上附有月牙状的利刃。 4 马栈下:章子之母启,得罪其父,其父杀之而埋于马栈之下。 5 蚕室:受宫刑者所居的狱室。 6 娘子军:由女子组成的军队。此处借指妒妇。 7 胭脂虎:宋陆慎言做尉氏令,政事都由其妻决定而后行,而其妻沉惨狡妒,吏民称为"胭脂虎"。 8 渡迷之有楫:谓佛法可以超度。佛教称迷妄的境界为"迷津"。有楫,即有船可渡。 9 天香夜热,全澄汤镬之波;花雨晨飞,尽灭剑轮之火:意即通过佛法可以减轻妒悍。天香、花雨,都是佛法的象征。澄,使之清澈平静。汤镬,古代酷刑之一的烹刑。剑轮,阿鼻地狱之一。 10 彩翼双栖:以鸟儿双飞双栖,喻夫妻恩爱和美。 11 青莲并蒂:谓妒妇受佛教化,消除妒意,夫妻和美。青莲,佛教中喻从烦恼而至清净的修为,与通常所指莲花品性暗合。 12 拔苦恼于优婆之国:拔,拔出。优婆之国,谓佛国,即上文所云"极乐之境"。佛教称在家奉佛的男子为"优婆塞",女子为"优婆夷"。 13 立道场于爱河之滨:道场,佛道称讲经说法之处。爱河,佛教喻指男女情欲,谓情欲如河水可以溺人。 14 贝叶文:写在贝树叶子上的经文,源于古印度。此处指作者所称"《妙音经》之续言"的这篇骈文。 15 杨枝水:佛教喻称能化恶为善、使万物复生的甘露。

魁　星

原文

郓城[1]张济宇，卧而未寐，忽见光明满室。惊视之，一鬼执笔立，若魁星[2]状。急起拜叩，光亦寻灭。由此自负，以为元魁[3]之先兆也。后竟落拓无成[4]，家亦凋落，骨肉相继死，惟生一人存焉。彼魁星者，何以不为福而为祸也？

译文

郓城人张济宇，有一天晚上躺在床上尚未入眠，忽然看见一道奇异的光芒，照射得满屋子通亮。他感到十分惊奇，仔细看过去，发现有一只鬼，手拿一支笔，站立在光芒之中，看它的模样，就仿佛传闻中的魁星。张济宇急忙起身，叩拜行礼，但光芒很快便消失了。他从此便开始自负起来，认为这是中状元的先兆。然而后来他竟然贫困失意，一事无成，家道衰落，亲人也相继死去，只剩下他落魄一人，伤心苟活。那个魁星啊，为什么没有带来福气，反而招来了祸患呢？

注释　1 郓城：今山东省菏泽市郓城县。　2 魁星：中国古代神话中的主文运、文章的奎星。“奎星”是中国古代天文学中二十八宿之一。东汉纬书《孝经援神契》中有“奎主文章”之说，后世附会为神，建奎星阁并塑神像以崇祀之，视为主文章兴衰之神，科举考试则奉为主中式之神，并改“奎星”为“魁星”。　3 元魁：殿试第一名，即状元。　4 落拓无成：潦倒落魄。

容膝

清風明月
香月古梅花

库将军

原文

库[1]大有，字君实，汉中洋县[2]人，以武举隶祖述舜麾下。祖厚遇之，屡蒙拔擢[3]，迁伪周总戎[4]。后觉大势既去，潜以兵乘[5]祖。祖格拒伤手，因就缚之，纳款于总督蔡[6]。至都，梦至冥司，冥王怒其不义，命鬼以沸油浇其足。既醒，足痛不可忍，后肿溃，指尽堕。又益之疟。辄呼曰："我诚负义！"遂死。

译文

以前有一个人，名叫库大有，字君实，是汉中洋县人。他是武举人出身，隶属于祖述舜的帐下。祖述舜待他十分优厚，屡次提拔他，最终升任为吴三桂所建立的周政权的总戎。后来库大有觉得吴三桂大势已去，便暗中率兵偷袭祖述舜。祖述舜与之格斗，伤了手臂。库大有便乘势将他绑住，归降了总督蔡毓荣。进城之后，库大有梦见自己来到了阴间，冥王对于他的不义之行十分愤怒，下令让小鬼用沸油烫他的脚。库大有一觉醒来，忽然觉得双脚痛得难以忍受，后来竟然肿了起来，并且慢慢溃烂，脚趾都烂掉了。后来又得了疟疾。他就大呼道："我真是背弃恩义呀！"于是便死去了。

注释　1 厍(shè)：姓。　2 汉中洋县：明清时汉中府，治南郑，为陕西汉中市。洋县，汉中市属县。　3 拔擢：选拔提升。　4 伪周总戎：伪周，指清初明降将吴三桂叛清之后建立的地方割据政权。总戎，一方军事长官，唐代称节度使为总戎，清称总兵为总戎，受提督管辖，掌一镇军务。　5 乘：进攻，此处引申为偷袭。　6 纳款于总督蔡：向蔡总督表示归顺。总督，明初在用兵时派往地方巡视监察的官员，清朝始正式成为地方最高长官。蔡，指蔡毓荣，清汉军正白旗人，字仁庵。兵部尚书蔡士英次子。康熙初，任刑部侍郎。先后出任湖广四川总督、湖广总督加兵部尚书、云贵总督。

异史氏曰："事伪朝固不足言忠，然国士庸人，因知为报，[1]贤豪之自命宜尔也。是诚可以愓天下之人臣而怀二心者矣。"

异史氏说："侍奉伪政权，固然不足以称为忠诚，但是无论是国家级人才还是普通人才，都应当以相应的行为来报答知遇之恩，这是贤人豪俊自认为应当做到的。这个故事确实可以警醒天下那些为人臣子而包藏二心的人。"

注释 1 然国士庸人，因知为报：国士，国中杰出之人。因知为报，根据所受的知遇而作相应的报答。

绛妃

原文

癸亥岁，余馆[1]于毕刺史公[2]之绰然堂[3]。公家花木最盛，暇辄从公杖履[4]，得恣游赏。

译文

癸亥那一年，我在毕刺史家的绰然堂教书。毕老先生家中花草树木极为繁盛，我一有空闲，便与老先生同游，得以随心赏玩。

注释 1 馆：开馆授徒，教书。 2 毕刺史公：毕际有，明末户部尚书毕自严仲子。清顺治二年被选为拔贡，历任稷山知县、通州知州。刺史，清朝时对知州的别称。 3 绰然堂：毕际有罢官家居后所建厅堂，为蒲松龄教书处，取自“绰绰然有余裕”，有从容舒缓之意，也指能力、财力足够而有剩余。 **4** 杖履：拄杖漫步。

一日眺览既归，倦极思寝，解屦[1]登床。梦二女郎，被服艳丽，近请曰：“有所奉托，敢屈移玉[2]。”余愕然起，问：“谁相见召？”曰：“绛妃耳。”恍惚不解所谓，遽从之去。俄睹殿阁，高接云汉，下有石阶层层而上，约尽百余级，始至颠头[3]。见朱门洞敞。又有二三丽者，趋入通客。无何，诣一殿外，金钩碧箔，光明射眼，内一女人降阶[4]出，环佩锵然，状若贵嫔[5]。方思展拜，妃便先言：“敬屈先生，理须首谢。”呼左右以毯贴地，若将行礼。余惶悚无以为地，因启曰：“草莽[6]微贱，得辱宠召，已有余荣。况敢分庭抗

有一天，我纵目游览，赏玩归来，十分困倦，想要休息，于是脱下鞋，睡到床上。梦见两位美女，衣着华丽，近前相请道：“有事想拜托您，冒昧请先生前往。”我十分惊讶，起身问道：“是谁想召见我？”女子回答道：“是绛妃。”我恍恍惚惚，不知她俩所说是谁，但也急忙随之而去。不多时，便看到一处宫殿，高耸入云。宫殿之下有层层石阶，拾级而上，大概走了一百多级才到尽头。这时我看到一扇敞开着的朱红色大门。另有几个美女，急忙小跑进去通传。不一会儿，我随她们走到一座殿外，宫殿门帘皆为碧玉所制，帘钩也是黄金铸成，金光灿灿，耀眼夺目。有一女子从宫殿之中顺着台阶走下来，身上所佩戴的饰品，发出铿锵悦耳的声音。我看她的体态举止，宛如贵妃，正要行礼下拜，她便先开口道：“委屈先生到此，我们理应先谢罪。”她招呼身边的侍女，让她们把毯子铺在地上，好像是要向我行礼。我惶恐不安，不知所措，急忙禀告说：“我不过是个草野低贱之人，微不足道。得蒙您的恩宠获得召见，已有无尽荣耀。哪敢以宾主之礼与您

礼[7],益[8]臣之罪,折臣之福!”妃命撤毯设宴,对筵相向。酒数行,余辞曰:“臣饮少辄醉,惧有愆仪[9]。教命云何?幸释疑虑。”妃不言,但以巨杯促饮。

相见呢,那更是加重我的罪过,折损我的福分了。”绛妃便命令侍女撤去毛毯,设宴款待。我们相向而坐,举杯畅饮。酒过三巡,我辞谢道:“我几杯酒就会喝醉,很担心会酒后失态。不知您有何吩咐,还请明示,以解疑惑。”但绛妃并不答话,只是继续用大杯劝酒。

注释 **1** 屦(jù):鞋。 **2** 敢屈移玉:请人前来或前往的敬语。 **3** 颠头:顶部,尽头。 **4** 降阶:走下台阶,以示恭敬。 **5** 贵嫔:女官名。三国魏文帝始置,位次皇后,历代多沿用其名。 **6** 草莽:草野低贱之人。常用作谦辞。 **7** 分庭抗礼:以平等之礼节相见。古代宾主相见时,主人站在庭院的东边,客人站在西边,相对行礼,以示平等。 **8** 益:增加,加重。 **9** 愆(qiān)仪:失礼,失态。

余屡请命,乃言:“妾,花神也。合家细弱[1]依栖于此,屡被封家婢子横见摧残。今欲背城借一[2],烦君属[3]檄草耳。”余皇然起奏:“臣学陋不文[4],恐负重托;但承宠命,敢不竭肝鬲[5]之愚。”妃喜,即殿上赐笔札。诸丽者拭案拂坐,磨墨濡毫[6]。又一垂髫

我多次请她明示,她才开口道:“我本是此间花神,一家老小都依存寄居在此处,却多次遭到封家女子的蛮横摧残。如今想要和她决一死战,所以劳烦您为我们起草一篇檄文,来讨伐她。”听罢,我心下不安,起身说道:“我学识浅薄,不善文辞,恐怕有负重托;但承蒙您信任,让我起草这篇檄文,我虽然愚鲁,然而又怎么敢不竭尽全力呢!”绛妃闻言大喜,在宫殿之上就赐给我纸笔。几个侍女见状,忙过来给我擦拭桌椅,磨墨润笔。又有一个书

人[7],折纸为范[8]置腕下。略写一两句,便二三辈叠背相窥。余素迟钝,此时觉文思若涌。少间稿脱[9],争持去启呈绛妃。妃展阅一过,颇谓不疵,遂复送余归。醒而忆之,情事宛然。但檄词强半[10]遗忘,因足而成之。

童将纸折好格子,放在手边。我只要写下一两句,便有好几人凑在身后偷看。我平时不善于作文,这时却觉得文思如泉涌。不多时便写好了,大家立刻争着拿过去给绛妃看。绛妃轻轻翻开稿子,细细阅读一遍,连声称赞,认为写得不错,接着便让人送我回去。我一觉醒来,回忆此事,觉得十分真切,仿佛不是做梦。但是我所作的檄文大半都已经忘记,只能在原稿的基础上补足成篇了。

注释 **1** 细弱:妻子儿女。泛指家属。 **2** 背城借一:背对城墙与敌决一死战。指与敌人作最后决斗。 **3** 属(zhǔ):连缀,接连。 **4** 学陋不文:学识浅陋,缺乏文采。不文,对自己的谦称,犹不才。 **5** 肝鬲:犹肺腑。比喻内心。 **6** 濡毫:濡润毛笔。 **7** 垂髫人:儿童。此处指书童。垂髫,儿童垂下的头发。 **8** 折纸为范:旧时用无格白纸书写时为使字行端直,每页折叠成若干竖格。 **9** 稿脱:著作完成。 **10** 强半:大半,过半。

谨按[1]封氏,飞扬成性,忌嫉为心。济恶[2]以才,妒同醉骨[3];射人于暗,奸类含沙[4]。昔虞帝[5]受其狐媚[6],英、皇[7]不足解忧,反借渠以解愠[8];

我几经详细查考,封氏飞扬跋扈,嫉妒成性。仗着自己的能力,为非作歹,助长邪,像武则天妒杀高宗后妃一样满怀妒忌之心;就和含沙射影的鬼蜮一般奸邪,喜欢暗中伤人。当年舜帝就被你的手段所迷惑,女英、娥皇都不能解忧,竟然作《南风》之歌,来消除百姓之怒;楚王也是蒙受你的

楚王蒙其蛊惑，贤才未能称意[9]，惟得彼以称雄。沛上英雄，云飞而思猛士；[10]茂陵天子，秋高而念佳人。[11]从此怙宠[12]日恣，因而肆狂无忌。怒号万窍，响碎玉于王宫[13]；澎湃[14]中宵，弄寒声于秋树。倏向山林丛里，假虎之威；时于滟滪堆[15]中，生江之浪。

蛊惑，而未能明白宋玉的进谏意图。汉高祖刘邦，因为大风飘扬，而作《大风歌》以表达渴望得到猛士来镇守江山的愿望；汉武帝刘彻，面对秋风而有所感怀，作《秋风辞》以寄托思念佳人的心情。你依仗历代君王的眷顾和恩宠，因此越加放纵，肆无忌惮。在世间各处的空隙中发狂怒号，吹响王宫中悬挂的碎玉片；在夜深人静之时，拂过树木的空隙，发出清冷的声音，增添秋夜的寂寞。你有时借助老虎的气势，忽然在山林中刮起；有时在滟滪堆中狂卷，生起滔天大浪。

注释 **1** 按：引用论据、史实开端的常用语。 **2** 济恶：谓相助作恶。即为非作歹，助长邪风。 **3** 醉骨：武则天因嫉妒而杖打高宗后妃，截去其手足，投入酒瓮。 **4** 含沙：指蜮，一种水中的怪物。蜮看到人影就喷沙子，被喷射到的人就会害病甚至死亡。 **5** 虞帝：舜，传说中的远古帝王，号有虞氏，史称虞舜。 **6** 狐媚：谓以阴柔手段迷惑人。 **7** 英、皇：女英、娥皇，舜的妻子。 **8** 借渠以解愠：指舜弹五弦之琴，做《南风》之歌，借南风来消除民众的怨气。渠，指风神。 **9** 贤才未能称意：宋玉曾以风为喻，作《风赋》讽刺楚王放纵享乐，不知体恤百姓，但未能达到讽谏的目的。 **10** 沛上英雄，云飞而思猛士：刘邦平定英布叛乱后，回到家乡，作《大风歌》，希望得到勇士镇守四方。沛上英雄，汉高祖刘邦，沛县人。 **11** 茂陵天子，秋高而念佳人：汉武帝作《秋风辞》怀佳人。茂陵天子，汉武帝刘彻，死后葬于茂陵。 **12** 怙(hù)宠：倚仗恩宠。怙，依靠，仗恃。 **13** 响碎玉于王宫：唐睿宗之子岐王于宫中竹林内悬挂碎玉片，闻声即知有风。 **14** 澎湃：水波相击的声音。此处指风声。 **15** 滟滪堆：长江瞿塘峡口的险滩。

且也，帘钩频动，发高阁之清商[1]；檐铁[2]忽敲，破离人之幽梦。寻帷下榻，反同入幕之宾[3]；排闼[4]登堂，竟作翻书之客。不曾于生平识面，直开门户而来；若非是掌上留裙，几掠妃子而去。[5]吐虹丝[6]于碧落[7]，乃敢因月成阑[8]；翻柳浪于青郊，谬说为花寄信[9]。赋归田者[10]，归途才就，飘飘吹薜荔之衣；登高台者[11]，高兴方浓，轻轻落茱萸之帽。蓬梗卷兮上下，三秋[12]之羊角[13]抟空；筝声[14]入乎云霄，百尺之鸢丝断系。不奉太后[15]之诏，欲速花开；未绝座客之缨，竟吹灯灭[16]。

而且你时时吹动门帘与帘钩，在高楼之上，发出凄清之声；有时拂动檐下的风铃，在夜深之时惊扰离乡客子的忧愁清梦。你常常吹入帘幕之中，回旋于卧床之上，与人亲密得就仿佛是入幕的宾客；或者推开大门，进入内堂，掠过书籍，竟然好似做了翻书的客人。别人与你素不相识，但你却开启门窗直接进来；若不是有冯无方及时抓住赵飞燕的裙子，你几乎就要劫掠妃子而去了。在青天之上吐出彩色的光环，于月亮四周形成模糊的月晕；在郊野之间，你吹拂细柳，柳条随之摇摆，形成层层碧浪，你却瞎说这是花期将到的讯息，而自诩为花信风。那吟咏归田的隐士，刚刚踏上归途，你却慢慢飘来，吹起他那薜荔所作的衣服；那登高远眺的人，兴致方浓，你却又轻轻将他插着茱萸的帽子吹落在地。每到秋天，蓬草枯黄，你却用那秋风将它拔起，卷到空中，在天地之间乱舞。风筝放飞天际，大风鼓鼓吹来，时时发出声响，你却吹断那百尺丝线，任它飘落远方。你没有接到武后的旨意，却敢让百花早早绽放；你未吹断楚王座客的帽带，竟然就敢先吹灭了烛火。

注释 1 清商:商声,古代五音之一。古谓其调凄清悲凉,故称。 2 檐铁:挂在屋檐下的风铃。 3 入幕之宾:关系亲近的人。 4 排闼:推门。 5 若非是掌上留裙,几掠妃子而去:汉成帝之后赵飞燕善舞,曾在太液池舟上歌舞《归风送远》之曲,侍郎冯无方吹笙伴歌。中流歌酣,风大起,赵飞燕似要乘风而去,冯无方拉住她的裙摆阻止。 6 虹丝:彩色的光环,即彩虹。 7 碧落:青天。 8 阑:环状物。此处指月晕。 9 为花寄信:指花信风应花期而来,为之报信。 10 赋归田者:指陶渊明。他曾作《归去来兮辞》,其中有句云:“舟遥遥以轻飏,风飘飘而吹衣。” 11 登高台者:指孟嘉。东晋征西大将军桓温长史,一年重阳登山时,他的帽子被风吹落,这是失礼的表现。 12 三秋:指秋季。七月称孟秋、八月称仲秋、九月称季秋,合称三秋。 13 羊角:旋风。 14 筝声:五代李业做纸鸢,在鸢首以竹为笛,使风进入笛子发出声响。 15 太后:指武则天,唐高宗死后称太后。相传武则天冬日游上苑,派遣使节宣诏让百花连夜开放。 16 未绝座客之缨,竟吹灯灭:楚庄王赐宴群臣,突有大风吹灭蜡烛,有人趁机牵王后的衣服,被王后摘下帽缨,想以此为凭找出非礼之人,庄王却不许,反命众人取下帽缨,一同欢饮。

甚则扬尘播土,吹平李贺之山;[1]叫雨呼云,卷破杜陵之屋。[2]冯夷[3]起而击鼓,少女[4]进而吹笙。荡漾[5]以来,草皆成偃[6];吼奔而至,瓦欲为飞。未施抟水之威,浮水江豚时出拜;陡

更加过分的是,你扬尘播土,吹平了李贺诗中所写的山丘;乌云随你而来,黑压压一片,立刻又下起暴雨,卷破了杜甫暂为寄居的茅屋。你一旦吹起,水波翻涌好似河伯击鼓,西风呼呼吹响了笙箫。你席卷而来,百草随之倒下;你呼啸而至,屋顶瓦片几乎被刮飞。未等你施展那翻江倒海、弄潮吸水的威力,江豚就纷纷浮出水面,时时向你参拜求饶;你突然显现出遮天蔽日的气势,那

出障天之势，书天雁字不成行。助马当之轻帆[7]，彼有取尔；牵瑶台之翠帐，于意云何？至于海鸟有灵，尚依鲁门以避；[8]但使行人无恙，愿唤尤郎以归。[9]古有贤豪，乘而破者万里；[10]世无高士，御以行者[11]几人？驾炮车之狂云，遂以夜郎自大[12]；恃贪狼[13]之逆气，漫以河伯为尊。姊妹俱受其摧残，汇族[14]悉为其蹂躏。纷红骇绿，掩苒[15]何穷？擘柳鸣条[16]，萧骚[17]无际。雨零金谷[18]，缀为藉客之裀[19]；露冷华林[20]，去作沾泥之絮。埋香瘗玉，残妆卸[21]而翻飞；朱榭雕栏，杂佩[22]纷其零落。减春光于旦夕，万点正飘愁；觅残红于西

排成一字、整齐有序飞翔于蓝天的大雁也不能继续保持队形。你在马当山襄助王勃乘船飞驰到滕王阁，这尚且有可取之处；但是你牵拉瑶台的翠帐，使它飞动不止，这又是何居心？至于说海鸟生有灵性，知道在鲁国东门外以躲避暴风；只要让乘船出行的客商们平安，他们也愿意帮石娘通知尤郎，让他回来。古时候有大贤，发誓不畏艰险，要乘风破浪数万里，以实现其伟大志向；但是当今又有多少大才，可以不慕荣利乘风而行呢？你驾着狂云，呼啸而来，便觉得自己无比厉害，其实这不过是妄自尊大罢了；你依仗着贪狼星之间的逆气，盛气凌人，其实这不过是像河伯一样自视甚高罢了。我族中的姊妹们无一不受到你的摧残和折磨。我族群芳，受了你多少的欺负和压迫呀，在你的折磨下，摇摆四散，零落成泥。在金谷园中，疾风骤雨，吹落多少芳华，我辈竟然沦为游人的坐垫。在华林园中，白露清冷，肌寒骨冻，飘落枝头，碾为尘土。落英飘飞，终归到尘泥之下；残红纷纷，竟散落于楼阁之中。旦夕之间，春光仿佛逝去多半，满空的飞花，使人无限惆怅。四处寻找残春，不过徒添对于那五更风的怨恨罢了。江汉那漂亮的女子，足踏弓鞋，翩翩起舞，兴高

东,五更非错恨。翩跹[23]江汉女,弓鞋[24]漫踏春园;寂寞玉楼人,珠勒徒嘶芳草。

采烈,前来游园,却寻不见春色。玉楼之中的美人,乘着骏马,赏玩春游,却只能对着满地落花叹息不已。骏马也在这一片残花中,失望地鸣叫了几声。

注释 1 扬尘播土,吹平李贺之山:唐李贺《浩歌》有句云“南风吹山作平地”。 2 叫雨呼云,卷破杜陵之屋:唐杜甫《茅屋为秋风所破歌》有句云:“八月秋高风怒号,卷我屋上三重茅。”杜陵,杜甫,因曾居长安城南少陵,自号少陵野老 ,后世称之为杜少陵。 3 冯夷:传说中的黄河之神,即河伯。 4 少女:指西风。 5 荡漾:水波微动,引申为吹拂。此处指风席卷而来。 6 偃:仰面倒下。 7 助马当之轻帆:王勃南行至马当山恰遇顺风,一夜抵达南昌,写下《滕王阁序》。 8 海鸟有灵,尚依鲁门以避:有一种名为爰居的海鸟会栖息在鲁国城门上避风。 9 但使行人无恙,愿唤尤郎以归:尤郎与妻子石氏情深意笃,尤郎外出经商不归,石氏忧思而死,死后变成大风阻止商旅远行。从此商旅发船为保平安,便写“我为石娘唤尤郎归也,须放我舟行”沉入水中。 10 古有贤豪,乘而破者万里:南朝宋宗悫(què)少年时,叔父宗炳问其志向,答曰:“愿乘长风破万里浪。” 11 御以行者:指列御寇,相传列子能御风而行。 12 夜郎自大:喻妄自尊大。夜郎,汉时西南小国,夜郎侯曾问汉使臣:“汉孰与我大?” 13 贪狼:即天狼星。申时主贪狼,水生于申时,其气动形成暴风,后因以贪狼指暴风。 14 汇族:族类,全族。 15 掩苒:摇曳貌。 16 擘柳鸣条:风名,也可形容疾风中花草摇曳摆拂之态。擘柳,北方的春日疾风。鸣条,一种乍微渐疾之风。 17 萧骚:风吹树木的声音。 18 金谷:金谷园,在今河南洛阳。晋石崇于金谷涧中所筑的园馆,常用于宴客赋诗。 19 裀(yīn):通“茵”,坐垫。 20 华林:华林园,三国吴时旧宫苑,位于今江苏南京。 21 残妆卸:妇女卸妆,喻花谢。 22 杂佩:连缀在一起的各种佩玉,喻花瓣。 23 翩跹:轻盈飘逸貌。 **24** 弓鞋：旧时女子因缠足而足背弓起，其鞋称弓鞋。

斯时也：伤春者有难乎为情之怨，寻胜者作无可奈何之歌。尔乃趾高气扬，发无端之踔厉[1]；催蒙[2]振落，动不已之瓓珊[3]。伤哉绿树犹存，簌簌者[4]绕墙自落；久矣朱幡不竖[5]，娟娟者賔涕谁怜？堕溷[6]沾篱，毕芳魂于一日；朝荣夕悴，免荼毒于何年？怨罗裳之易开，骂空闻于子夜[7]；讼狂伯之肆虐[8]，章未报于天庭。诞告[9]芳邻，学作蛾眉之阵[10]；凡属同气，群兴草木之兵。莫言蒲柳[11]无能，但须藩篱[12]有志。且看莺俦燕侣，公覆夺爱之仇；请与蝶友蜂媒，共发同心之

在这个时候啊，对于春天的逝去无比感伤的人，怀着难以表达的哀怨；那些想要探寻春景的人，也只能作无可奈何之叹。但你却趾高气扬，幸灾乐祸，无端兴奋；你无休无止地刮着，残忍地伤害那刚刚萌生的嫩芽，吹落那枝头正盛开的花朵。这是多么令人忧伤呀！只见绿树还在那边，花朵却扑簌簌地散落在围墙四周。长久以来一直没有人竖起朱幡庇护我们，我们只能任风摧残。那些可爱的花朵独自落泪，却又有谁去疼惜？在一日之间，四处散落，有的落在粪坑中，有的沾在篱笆上。早上还鲜艳地盛开着，到晚上便憔悴凋落，我们到何日才能免于你的残害呢？痛恨自己那么容易被你吹开花衣，却只能在《子夜歌》中空骂几句牢骚。我们也曾经向上天控诉风伯肆无忌惮，但是状子却无人受理。在此广泛告知我的同胞们，学着组成女子的军阵。凡是同一阵线的，就应当团结起来，组织草木的军队进行反抗。千万不要妄自菲薄，认为我们只是和蒲柳一样软弱，不能抵抗，不过我们需要立下像结成篱笆守卫家园那样的志向！我们且来和莺燕一起，共报夺爱之仇；与蜂蝶结盟，发誓勠力

誓[13]。兰桡桂楫，可教战于昆明[14]；桑盖柳旌，用观兵于上苑[15]。东篱处士[16]，亦出茅庐；大树将军，应怀义愤。杀其气焰，洗千年粉黛之冤；歼尔豪强，销万古风流之恨！	同心去战斗。桂、兰可作船桨，在昆明湖中操练待战；桑树可作车盖，柳树能为旌旗，这样便可在上苑之中，举行阅兵仪式。菊花也应当走出隐居的茅庐，参与这场正义之战；大树参天，就更加应当胸怀义愤，率领军队，杀敌报仇。我们要团结起来，挫伤敌人的气焰，洗刷花族千年的冤屈；歼灭这依仗权势欺压我族的封氏，以解这存在至今已有万年的仇恨！

注释　**1** 踔(chuō)厉：雄健，奋发。此处有兴奋的意思。　**2** 蒙：通“萌”，花草幼芽。　**3** 㘓珊：风名，初秋凉风。　**4** 簌簌者：即落花。簌簌，坠落貌。　**5** 朱幡不竖：唐天宝中，处士崔玄微月夜遇众花之精宴请封十八姨(风神)，石榴花之精不愿奉迎风神，又恐遭其迫害，便向崔玄微请求庇护。崔玄微依言每年元旦竖起朱幡，使繁花不被摧残。　**6** 溷(hùn)：粪坑。　**7** 子夜：《子夜歌》，歌云：“罗裳易飘扬，小开骂春风。”　**8** 讼狂伯之肆虐：唐韩愈曾作《讼风伯》。　**9** 诞告：广泛告知。诞，大。　**10** 蛾眉之阵：女子组成的军阵。蛾眉，女子细长的眉毛，代指女子。　**11** 蒲柳：水杨，入秋即会凋零，形容轻贱软弱。常用以喻女子衰弱的体质。　**12** 藩篱：竹编的篱笆，引申为守卫之意。　**13** 同心之誓：同仇敌忾的誓言。　**14** 昆明：昆明池。汉武帝在长安西南开凿昆明池以习水战。　**15** 上苑：供帝王游猎的园林。
16 东篱处士：指菊花。晋陶渊明《饮酒》诗有句云：“采菊东篱下，悠然见南山。”处士，指有才德而隐居不仕的人。

河间生

原文

河间[1]某生，场中积麦穰如丘，家人日取为薪，洞之。有狐居其中，常与主人相见，老翁也。一日屈[2]主人饮，拱生入洞，生难之，强而后入。入则廊舍华好。即坐，茶酒香烈；但日色苍黄，不辨中夕。筵罢既出，景物俱杳。翁每夜往夙归，人莫能迹，问之则言友朋招饮。生请与俱，翁不可；固请之，翁始诺。挽生臂，疾如乘风，可炊黍时[3]，至一城市。入酒肆，见坐客良多，聚饮

译文

河间县有个读书人，他家草谷场上麦秆堆得像小山包一样，家里人每天从这里抽麦秆用作柴火。时间一长，麦秆堆之间便出现了一个洞。有一只狐狸住在这里，而且常常幻化成一个老翁，前去拜访这个读书人。有一天狐狸又变化成人形，邀请读书人到他家喝酒。于是两人同行，来到草堆前。狐狸拱手请他进洞。读书人面露难色，不愿进去。但是经不起狐狸多番邀请，盛情难却，只能进去。到了洞中，才发现别有天地，里面的房屋建造得十分华美，亭台走廊，布局非常精妙。两人坐下，狐狸十分殷勤，将好酒好茶都拿出来招待他，整个客厅中都弥漫着茶和酒浓郁的香味。这里和人间其他地方并无不同，只是日色昏黄，分不清是中午还是傍晚。喝完酒出来，这个读书人回头一看，却发现刚才所见到的种种景致，现在全都消失了。这只老狐狸每天夜里出门，第二天早上才回来，踪迹难寻，没人知道他去哪儿了。别人问到，便说是朋友邀请过去喝酒了。有一次，这个读书人请求要和他一同前往，但是老狐狸不答应。读书人再三恳求，老狐狸方才同意。于是老狐狸挽着书生的胳膊，就像乘着风

颇哗，乃引生登楼上。下视饮者，几案柈[4]餐，可以指数。翁自下楼，任意取案上酒果，抔[5]来供生。筵中人曾莫之禁。移时，生视一朱衣人前列金橘，命翁取之。翁曰："此正人[6]，不可近。"生默念：狐与我游，必我邪也。自今以往，我必正！方一注想，觉身不自主，眩堕楼下。饮者大骇，相哗以妖。生仰视，竟非楼上，乃梁间耳。以实告众。众审其情确，赠而遣之。问其处，乃鱼台[7]，去河间千里云。

一样飞快前行。大约做一顿饭的时间，便到了另一座城市。进入一家酒馆，老狐狸见楼下酒客众多，非常喧闹，便带着书生走上楼去。往下一瞧，每个人桌上盘子里摆的美味佳肴都看得很清楚。老狐狸自己下楼，随意拿取桌上的美酒佳果，捧回来给读书人吃。那些吃饭的人竟然没有一个出来阻止他。不多时，读书人看到一个穿着朱红色外袍的人，面前有一盘金橘，看起来十分可口，便拜托老狐狸前去取来。老狐狸却说："这是一位正人君子，不容我靠近。"听了这话，读书人心里默想：狐狸能够和我交往，必定是因为我的心思不正。从今往后，我要改过自新，勉励自己做一个正人君子！正专注地想着，忽然觉得身不由己，头晕目眩，从楼上坠落下来。楼下的酒客们大惊失色，吵嚷呼喊起来，以为是妖怪。这读书人抬头一看，哪里有什么二楼，自己原来刚刚一直待在房梁之上。他把这事一五一十地告诉了大家。众人经过一番考虑，认为他所说的是真事，便帮他准备了盘缠，让他回家。他又询问众人，这是什么地方，得知竟然是山东鱼台县，距离河间有将近千里。

注释　1 河间：今河北省沧州市下辖河间市。　2 屈：屈驾，延请别人的敬辞。　3 炊黍时：做一顿饭的时间。　4 柈(pán)：盘子。

5 抔(póu):用手捧东西。 6 正人:正直的人,正派的人。 7 鱼台:今山东省济宁市鱼台县。

云翠仙

原文

梁有才,故晋人[1],流寓于济[2]作小负贩,无妻子田产。从村人登岱[3]。当四月交,香侣[4]杂沓[5],又有优婆夷、塞[6],率男子以百十,杂跪神座下,视香炷为度,名曰“跪香”。才视众中有女郎,年十七八而美,悦之。诈为香客,近女郎跪,又伪为膝困无力状,故以手据女郎足。女回首似嗔,膝行而远之。才亦膝行而近之,少间又据之。女郎觉,遽起,不跪,出门去。才亦起,亦出履其迹,不知其往,心无望,怏怏而行。

译文

梁有才原本是山西人,后来流落至山东济南做些小买卖,一直没有讨老婆,也没什么田产。一次,他跟着村里人去登泰山,当时正是四月初,上山进香的人纷至沓来很是热闹。还有一班善男信女,带领百十个男的纷纷跪在神座下,以一炷香为限,叫作“跪香”。梁有才见众香客中有一位年轻女子,大概十七八岁,容貌秀美,顿时心生爱意。他就装作香客,在女子身旁跪下,又假装膝盖酸软无力,歪着身子,故意用手去按女子的脚。女子回过头去,好像很生气的样子,就跪着挪到了远处。梁有才也跟着挪了过去,过一会儿又伸手去摸。女子发觉后立即站起身,终止跪香,走出门去。梁有才见状也站起身,跟着女子走了出去。到外边女子已不知去向,梁某很是失望,就怏怏不乐地继续前行。

注释 1 晋人：山西人。 2 济：指山东济南。 3 岱：泰山的特称。 4 香侣：结伴朝山进香的人。 5 杂沓：形容人熙熙攘攘，纷杂繁多的样子。 6 优婆夷、塞：指受持五戒的佛教男女居士。

途中见女郎从媪，似为女也母者，才趋之。媪女行且语，媪云："汝能参礼娘娘[1]，大好事！汝又无弟妹，但获娘娘冥加护，护汝得快婿。但能相孝顺，都不必贵公子、富王孙也。"才窃喜，渐渍[2]诘媪；媪自言为云氏，小女名翠仙，其出也[3]。家西山四十里。才曰："山路涩[4]，母如此蹜蹜[5]，妹如此纤纤，何能便至？"曰："日已晚，将寄舅家宿耳。"才曰："适言相婿[6]，不以贫嫌，不以贱鄙，我又未婚，颇当母意否？"媪以问女，女不应；媪数问，女曰："渠寡福，又荡无行[7]，轻薄之心，还易翻覆。儿

在半道上，梁有才看见刚才那个女子跟着一位老太太赶路，好像是母女。他就赶紧走上前去，听到母女俩边走边说话。老太太说："你能参拜娘娘可是大好事！你又没有弟弟妹妹，只要能获得娘娘暗中保佑，赶紧找个好女婿。只要他孝顺老人，不一定非得是什么达官贵人，什么公子王孙。"梁有才听了心中暗自高兴，就跟老太太套起近乎，逐渐攀谈起来。老太太自称云氏，女儿名叫翠仙；家住西山，离这儿有四十里。梁有才就说："山路如此崎岖，妈妈步履如此蹒跚，妹妹又是纤细的小脚，何时才能走到家呢？""天色已晚，我们先到她舅舅家住一宿。"老太太说。梁有才又问："刚才听您说要选女婿，不嫌贫爱富，也不攀高取贵，小生我又未婚，不知合妈妈的心意吗？"老太太就问女儿，她没回应。又问了几次，女子就说："他命里福薄，为人放荡不检点，心性轻佻容易反复无常。女儿我才不愿嫁给这种猥琐的轻薄之徒呢。"梁有才听女子这么讲，就极力

不能为遢伎儿[8]作妇。”才闻,朴诚自表,切矢皦日[9]。媪喜,竟诺之。女不乐,勃然[10]而已。母又强拍哄[11]之。

表白自己有多么诚恳朴实,对着太阳赌咒发誓,振振有词。经他这么一说,老太太竟然答应了。女子虽不高兴,但也不再说什么,只是满脸的不高兴。老太太就勉力安慰她,劝她多往好处想。

注释 1 娘娘:指碧霞元君,相传是泰山神的女儿,能够满足众生种种愿望。 2 渐渍:浸润感化,此处指套近乎、搭讪。 3 其出也:是她女儿。 4 涩:指道路崎岖不平。 5 蹜(sù)蹜:小步快走,此处指步伐细碎。 6 相婿:挑选女婿。 7 荡无行:为人放荡,行为不检点。 8 遢伎儿:言行轻佻、猥琐之人。 9 切矢皦(jiǎo)日:指着太阳赌咒发誓。皦,明亮光洁。 10 勃然:因生气而面带怒色。 11 拍哄:劝慰,劝说。

才殷勤,手于橐[1],觅山兜[2]二,舁媪及女,己步从,若为仆。过隘[3],辄诃兜夫不得颠摇,意良殷。俄抵村舍,便邀才同入舅家。舅出翁,妗出媪也。云兄之嫂之,谓:“才吾婿。日适良,不须别择,便取今夕。”舅亦喜,出酒肴饵才。既,严妆翠仙出,拂榻促眠。女曰:“我固知郎不义,迫母

梁有才便大献殷勤,从口袋里摸出几文钱,雇了两顶轿子,抬着母女二人赶路,自己则在一旁步行,像仆人一样伺候着。经过险峻的路段时,他就呵斥轿夫不得颠簸摇晃,照顾得很是热情周到。不一会儿就走到一个村庄,老太太就邀请梁有才一同前往舅家。舅舅和舅妈出门相迎,都是老头儿老太太了。云氏就叫他们哥哥、嫂嫂,指着梁某对他们说:“有才是我女婿,我看今天就是个好日子,不需要再挑选了。”舅舅听了也很高兴,拿出酒菜果品招待他。吃罢饭,翠仙打扮得漂漂亮亮的被送了出来,老太太整理好床铺,就让她跟有才早早

命，漫相随。郎若人[4]也，当不须忧偕活[5]。”才唯唯听受。明日早起，母谓才：“宜先去，我以女继至。”才归，扫户闼，媪果送女至。入视室中，虚无有，便云：“似此何能自给？老身速归，当小助汝辛苦。”遂去。次日，即有男女数辈，各携服食器具，布一室满之。不饭俱去，但留一婢。才由此坐温饱，惟日引里无赖朋饮竞赌，渐盗女郎簪珥[6]佐博。女劝之不听，颇不耐之，惟严守箱奁，如防寇。

休息。翠仙就对有才说：“我本来就知道你是个薄情寡义的人，迫于母亲的命令，才胡乱跟了你。你若是安分做人，日后自不必为生计发愁。”梁有才唯唯诺诺地答应了。第二天早上起来，母亲对他说：“你先回去，我过会儿把女儿送过去。”梁有才回到家，正在打扫房屋，老太太果然把女儿送来了。进屋里一看，空空的什么都没有，就说：“像这样日子可怎么过呀？老身我赶紧回去，送些东西过来，也好帮你们一把。”说完就走了。第二天，果然来了几个男女仆人，各自携带着衣服、吃的以及家什用具，把房间布置得满满当当。他们没吃饭就走了，只留下一个丫环。梁有才因此得以坐食温饱，每天就招引一班狐朋狗友喝酒赌博，钱耍完了，就渐渐地偷翠仙的簪子、耳坠去赌。怎么劝也不听，翠仙便对他颇不耐烦，就像防贼一样紧紧守着嫁妆箱子。

注释　1 手于橐：从袋子里摸出钱。　2 山兜(dōu)：在山区供人乘坐的轿子。　3 隘：山隘，险峻的地方。　4 若人：像个人样，此处指安分做人。　5 忧偕活：为生活担忧发愁。　6 簪珥：发簪和耳环。

一日，博党[1]款门访才，窥见女，适适然[2]惊。戏谓才曰："子大富贵，何忧贫耶？"才问故，答曰："曩见夫人，真仙人也。适与子家道不相称。货为媵[3]，金可得百；为妓，可得千。千金在室，而听饮博无资耶？"才不言，而心然之。归，辄向女欷歔，时时言贫不可度。女不顾，才频频击桌，抛箸，骂婢，作诸态。

一夕，女沽酒与饮，忽曰："郎以贫故，日焦心。我又不能御贫，分郎忧衷，岂不愧怍？但无长物[4]，止有此婢，鬻之，可稍稍佐经营。"才摇首曰："其值几何！"又饮少时，女曰："妾于郎，有何不相承？但力竭耳。念一贫如此，便死相从，不过均

一天，有赌友登门拜访，偷看了翠仙一眼，很是感到吃惊。他就对梁有才开玩笑说："你可以大富大贵啊，怎么还为贫穷发愁呢？"问他什么原因，回答说："刚才见到嫂夫人，真是貌若天仙，跟你的家道实在不相称。如果卖给大户人家做小妾，可得百两银子；要是卖到妓院，能赚上千两。家里有千两白银，还担心没钱吃喝玩乐吗？"梁有才听了一言不发，心里却觉得很有道理。赌友回去后，梁有才就经常跟翠仙长吁短叹，抱怨日子穷得过不下去了。翠仙不搭理他，他就乱敲桌子，把筷子一扔，大骂丫环，做出种种丑态。

一天晚上，翠仙打来酒与丈夫对饮，忽然说："郎君因为贫穷，日日焦虑。我又不能挣钱养家，替夫君分忧，心里怎能不羞愧呢？只是我除了这个丫头，什么都没有了。把她卖了，也可以稍稍补贴家用。"梁有才摇摇头说："她能值几个钱！"又喝了一会儿酒，翠仙又说："妾身对于夫君，有什么不能为你承担的呢？但已经无能为力。我仔细想了想，现在一贫如洗到这个地步，即便跟着你到死，也不过是两个人受一辈子苦，何时才能熬出头呢？还不如把妾身卖给富贵人家，如此对你我都

此百年苦,有何发迹[5]?不如以妾鬻贵家,两所便益,得值或较婢多。"

才故愕言:"何得至此!"女固言之,色作庄。才喜曰:"容再计之。"遂缘中贵人[6],货隶乐籍[7]。中贵人亲诣才,见女大悦。恐不能即得,立券八百缗[8]。事滨就矣[9],女曰:"母以婿家贫,常常萦念[10],今意断矣,我将暂归省;且郎与妾绝,何得不告母?"才虑母阻,女曰:"我顾自乐之,保无差贷[11]。"才从之。

有好处,郎君你得的钱或许比卖丫头要多些。"

梁有才故作惊愕道:"怎么至于到这步田地!"翠仙就一再坚持,神情十分庄重,不像在开玩笑。梁有才就高兴地说:"且容日后再议。"于是他就背地里通过在宫里当差的太监,把翠仙卖给了官府当乐妓。中贵人亲自上门,见到翠仙大为喜悦,唯恐不能立刻买到手,当即订了八百两的契约。事情快要办好了,翠仙说:"母亲由于女婿家贫困,心里常常挂牵。如今你我夫妻情义已断,我要回家看望一下母亲。况且郎君要和我绝交了,怎么能不和母亲说一声呢?"梁某担心岳母会阻拦,翠仙就说:"是我自己乐意的,保管没什么差错。"有才就听从了她的建议。

注释 1 博党:相与赌博的朋友。 2 适适然:吃惊的样子。 3 货为媵(yìng):卖给人当小妾。 4 但无长物:指除自身外再没有多余的东西。形容极度贫穷。 5 发迹:指脱离困顿状况而得志。 6 中贵人:专称显贵的侍从宦官。 7 货隶乐籍:卖到官府做乐妓。乐籍始于北魏,终于清雍正元年,通常将罪民、战俘的妻女及其后代籍入专门的名册,世代从乐。 8 缗(mín):原义为穿铜钱的绳子。一缗有一千枚铜钱,约合一两银子。 9 事滨就矣:事情快要办成了。 10 萦(yíng)念:牵挂。 11 差贷:差错,失误。

夜将半，始抵母家。挝阖[1]入，见楼舍华好，婢仆辈往来憧憧。才日与女居，每请诣母，女辄止之。故为甥馆[2]年余，曾未一临岳家。至此大骇，以其家巨，恐媵妓所不甘从也。女引才登楼上，媪惊问："夫妇何来？"女怨曰："我固道渠不义，今果然。"乃于衣底出黄金二铤，置几上，曰："幸不为小人赚脱[3]，今仍以还母。"母骇问故，女曰："渠将鬻我，故藏金无用处。"乃指才骂曰："豺鼠子[4]！曩日负肩担，面沾尘如鬼。初近我，熏熏作汗腥，肤垢欲倾塌，足手皴[5]一寸厚，使人终夜恶。自我归汝家，安座餐饭，鬼皮始脱。母在前，我岂诬耶？"

才垂首不敢少出气。女又曰："自顾无倾

快半夜时，才到岳母家。敲门进去，只见楼台屋舍精美华丽，丫环仆人来来往往。梁有才平日跟翠仙住一起，每当提出要拜见岳母时，翠仙就拦住他。梁有才当了一年多的女婿，还从未到过岳母家，现在大为惊骇，觉得这是大户人家，恐怕不会心甘情愿答应翠仙去做妓女。翠仙领着他上了楼，老太太惊问道："你们夫妻怎么来了？"女子就说："我本来就说他这个人无义，现在果然如此。"于是从衣服里拿出两锭金子放在桌子上，说："幸好没让小人骗了去，如今还是还给母亲吧。"母亲惊讶地询问其中缘故，翠仙悻悻地说："他要把我卖了，所以藏金子也没什么用了。"于是就指着梁有才骂道："你这个骗人的黄鼠狼！过去你挑个扁担流落街头，灰头土脸像个鬼。起初往我身上蹭的时候，汗腥气臭烘烘的，身上的死皮厚得都要塌了，满手满脚的脏泥有一寸多厚，夜里快让人恶心死了！自从我到了你家，你才算能吃口安稳饭，这才脱了鬼皮有个人样了。母亲在上，我难道污蔑你了吗？"

梁有才低着头，大气儿都不敢出一声。翠仙又说："我自知没有倾城倾

城姿，不堪奉贵人。似若辈男子，我自谓犹相匹，有何亏负？遂无一念香火情[6]！我岂不能起楼宇、买良沃？念汝儇薄骨[7]、乞丐相，终不是白头侣！”言次，婢妪连袂臂[8]，旋旋围绕之。闻女责数，便都唾骂，共言：“不如杀却，何须复云云。”才大惧，据地自投，但言知悔。女又盛气曰：“鬻妻子已大恶，犹未便是剧，何忍以同衾人赚[9]作娼！”言未已，众眦裂，悉以锐簪、剪刀、股攒[10]刺胁腂[11]。才号悲乞命，女止之，曰：“可暂释却。渠便无仁义，我不忍觳觫[12]。”乃率众下楼去。

国貌，侍奉不了贵人；可像你这种男人，我自认为还能配得上，有什么对不起你的？竟然一点也不顾念夫妻之情！我难道不能起高楼，买良田吗？还不是看你一副轻薄骨头，要饭的穷相，根本不是白头偕老的人。”说话间，众丫环仆妇手挽手，把梁有才团团围住。她们听了小姐的数落，便纷纷唾骂梁某，齐声说：“不如杀了算了，何必跟他啰唆。”梁有才吓坏了，跪在地上拼命地磕头，不停地说自己知错了。翠仙又怒气冲冲地说：“卖妻子已经够坏了，可还没到极点，你怎么忍心骗自己同床共枕的女人去做娼妓！”话还没说完，众人气得眼眶都要瞪裂了，纷纷用簪子、剪刀、竹杖刺他的胸肋和脚踝。梁有才哀号着乞求饶命，女子就命人停手，吩咐道：“先放他去吧。就算他对我不仁不义，我也不忍心看到他这副可怜兮兮的样子。”于是就率众人下楼去了。

注释 1 挝(zhuā)阖：敲门。 2 甥馆：女婿的别称。 3 赚脱：欺骗。 4 豺鼠子：黄鼠狼。 5 皴(cūn)：此处指皮肤上积存的泥垢。 6 香火情：指夫妻之情。 7 儇(xuān)薄骨：奸巧轻佻的骨相。 8 连袂臂：手拉着手连在一起。 9 赚：哄骗。 10 股攒：又名“积竹杖”，将竹子聚合在一起做成的手杖，多为登山所用。 11 胁腂(huà)：两肋以及脚踝。 12 觳觫(hú sù):因恐惧而瑟瑟发抖。

才坐听移时,语声俱寂,思欲潜遁。忽仰视,见星汉,东方已白,野色苍莽;灯亦寻灭,并无屋宇,身坐削壁[1]上。俯瞰绝壑深无底,骇绝,惧堕。身稍移,塌然一声,堕石崩坠,壁半有枯横焉[2],罥[3]不得堕。以枯受腹,手足无着。下视茫茫,不知几何寻丈[4]。不敢转侧,嗥怖[5]声嘶,一身尽肿,眼耳鼻舌身力俱竭。

日渐高,始有樵人望见之;寻绠[6]来,缒[7]而下,取置崖上,奄将溘毙[8]。舁归其家,至则门洞敞,家荒荒如败寺,床簏[9]什器俱杳,惟有绳床败案,是己家旧物,零落犹存。嗒然[10]自卧,饥时日一乞食于邻,既

梁有才坐屋里听了好大一晌,等说话声都沉寂下来,就想偷偷溜走。忽然抬头看见满天星斗,东方已经泛白,四周全是苍莽的荒野。灯火唰一下灭了,根本没有什么房屋,再看脚下,自己竟然坐在陡峭的山崖上。向下俯瞰,深不见底。梁有才吓得要死,生怕掉下去,稍稍挪了下身子,只听"轰"的一声巨响,连人带石头一起落了下去。有根枯木横在山崖间,幸好把他挂住,这才没坠入崖底。梁有才肚子贴着枯木,四肢悬在空中,向下望去茫茫一片,不知到底有多深。他不敢转身,就放声号叫,嗓子都喊哑了。梁有才摔得遍体浮肿,声嘶力竭,眼睛、耳朵、鼻子、舌头,浑身一点儿力气都没有。

太阳逐渐升起来,这才有樵夫发现了他;赶忙找来绳索,拴住自己放下去,把梁有才抱了上来。樵夫将他放在山崖边上,人已经奄奄一息快要死了。把他抬回家,只见大门敞开,家里萧条得像破庙。进屋一看,床铺、竹箱、家具全都不见了,只零星地剩下些破床烂桌,这些原有的旧物而已。梁有才沮丧地卧在床上,饿了就到邻

而肿溃为癞。里党薄其行，悉唾弃之。才无计，货屋而穴居，行乞于道，以刀自随。或劝以刀易饵，才不肯，曰："野居防虎狼，用自卫耳。"后遇向劝鬻妻者于途，近而哀语，遽出刀摮[11]而杀之，遂被收。官廉[12]得其情，亦未忍酷虐之，系狱中，寻瘐死[13]。

居家讨些吃的。没过多长时间，他就浑身溃烂，生了癞疮。乡里都瞧不起他的为人，都唾弃他。梁有才实在没办法，就把房子卖了住在山洞里。平日就在大街上要饭，随身还带着一把刀。有人劝他把刀卖了还能换点吃的，有才不肯，说："这是住在野外，防备虎狼自卫用的。"后来，在路上遇到之前劝自己卖妻子的那个人，他就走上前哭诉自己的惨状，突然拿出刀把那人杀了。梁有才随即被官府拿获，主审官查明案情后，也不忍对他动用大刑，就把他关在牢里，没多久就病死了。

注释 1 削(xuē)壁：陡峭的山崖。 2 有枯横焉：横着一根枯木。 3 罥(juàn)：悬挂。 4 寻丈：古代八尺为一寻，十尺为一丈。 5 嗥(háo)怖：因害怕而号叫。 6 绠(gěng)：绳子。 7 缒(zhuì)：用绳子拴住人往下放。 8 奄将溘(kè)毙：奄奄一息，将要死去。 9 簏：竹箱子。 10 嗒(tà)然：神情沮丧的样子。 11 摮(áo)：击。 12 廉：考察，查访。 13 瘐(yǔ)死：病死在监狱中。

异史氏曰："得远山芙蓉[1]，与共四壁[2]，与之南面王岂易哉！己则非人，而怨逢恶[3]之友，故为友者不可不知戒也。凡狭邪子[4]诱人淫

异史氏说："能娶一个眉清目秀、容貌艳丽的美女，和自己一起过清苦的日子，就算可以南面称王，难道就能交换吗？自己为人不正直，而只知道埋怨拉自己下水的恶友，所以和人相交不能不心存戒备啊！但凡狭邪子引诱人嫖娼赌博，做

博，为诸不义，其事不败，虽则不怨亦不德。迨于身无襦，妇无裤，千人所指，无疾将死，穷败之念，无时不萦于心；穷败之恨，无时不加于齿。清夜牛衣[5]中，辗转不寐。夫然后历历想未落时，历历想将落时，又历历想致落之故，而因以及发端致落之人。至于此，弱者起，拥絮坐诅，强者忍冻裸行，篝火索刀，霍霍磨之，不待终夜矣。故以善规人，如赠橄榄[6]；以恶诱人，如馈漏脯[7]也。听者固当省，言者可勿戒哉！”

种种缺德事，恶果一时尚未暴露，别人对他虽然不心怀怨恨，但也不会感激。至于那些被害得穿不上衣服，妻子连裤子都没了的人，受尽世人的指责，就算死的时候没有病痛，但穷困败落之念无时无刻不萦绕在心头，因此产生的怨恨更是无时无刻不令人咬牙切齿。夜深人静的时候，这些穷困潦倒的人翻来覆去睡不着觉。然后一一回想起衰落之前，将要衰落之时，以及导致衰落的原因和那些制造祸端，诱使自己衰落的人。到这时，懦弱的人也会陡然振作，裹着破被子坐着诅咒大骂；强横的人则忍受寒冷，赤身裸体，点上火找出刀子，磨刀霍霍，等不到天亮就想报仇雪恨。所以用善言劝人，好比赠人橄榄，使人清爽振奋；用恶言诱人，如同送人变质的肉干，让人腹泻生病。听的人固然要多加反省，说的人难道不更应该警戒吗！”

注释 1 远山芙蓉：远山，形容女子眉宇秀丽。芙蓉，形容女子容貌美艳。 2 与共四壁：一起过苦日子。 3 逢恶：逢恶导非的简称，指迎合恶人做坏事。 4 狭邪子：指居住陋巷无远识的人。此处指品行不端的人。 5 牛衣：比喻穷困潦倒。 6 橄榄：一种香果，咀嚼后可使人精神亢奋。 7 漏脯：腐败变质的肉干。

跳神

原文

济俗：民间有病者，闺中以神卜。倩[1]老巫击铁环单面鼓，婆娑作态，名曰“跳神”。而此俗都中尤盛。良家少妇，时自为之。堂中肉于案，酒于盆，甚设几上。烧巨烛，明于昼。妇束短幅裙，屈一足，作“商羊舞[2]”。两人捉臂，左右扶掖之。妇刺刺琐絮[3]，似歌又似祝，字多寡参差，无律带腔。室数鼓乱挝[4]如雷，蓬蓬聒人耳。妇吻[5]辟翕[6]，杂鼓声，不甚辨了。既而首垂目斜睨，立全须人，失扶则仆。旋忽伸颈巨跃，离地尺有咫。室中诸女子，凛

译文

在济南，民间流传着一种风俗，每当有人生病时，闺中女子便会请神占卜吉凶。请来老巫师作法，巫师常常敲打着带铁环的单面鼓婆娑起舞，人们称其为“跳神”。这种风俗在京城中尤其盛行。甚至于良家少妇们，也经常亲自去跳神问卜。她们先要在供桌上摆好祭品，放好酒肉，东西十分丰盛。还会点上许多大蜡烛，照得屋里比白天还亮。这时会有一个女人穿着短边裙，一条腿弯曲着，跳起“商羊舞”。另有两个女人，一左一右，拉起她的胳膊，把她架着。只听得她口中絮絮叨叨念着什么，好像是在唱歌，又好像是在祷告，字句或长或短，没有抑扬顿挫，富于音律，但作托着长长的唱腔。屋子里面架着几面大鼓，在作法时会有人不断地敲打，鼓声时时响动，就像雷鸣一样嘈杂难听。只见那妇人的嘴巴一张一合，夹杂着纷乱的鼓声，根本听不清在念叨些什么。接着她的头慢慢垂下来，眼睛斜视一边。这时需要有人扶着才能站立，不然就会摔倒。突然她伸长脖子，用力一跃，离地有一尺多高。屋子里的其他妇女

然愕顾曰："祖宗来吃食矣。"便一嘘，吹灯灭，内外冥黑。人慄息[7]立暗中，无敢交一语，语亦不得闻，鼓声乱也。食顷，闻妇厉声呼翁姑及夫嫂小字，始共烛，伛偻[8]问休咎[9]。视樽中、盎中、案中，都复空空。望颜色，察嗔喜。肃肃罗问之，答若响[10]。中有腹诽者，神已知，便指某姗笑[11]我，大不敬，将褫[12]汝裤。诽者自顾，莹然[13]已裸，辄于门外树头觅得之。

都神情严肃，满面惊奇，你看看我，我看看你，说道："祖宗来享用祭品了。"于是一口气吹灭了蜡烛。顿时里外都变得黑咕隆咚。人们害怕得屏住呼吸，站在黑暗之中，不敢互相交谈。这时鼓声乱作，即使说话也是听不见的。大约过了一顿饭的时间，人们在黑暗中听到妇人厉声呼喊公公、婆婆、丈夫、嫂子的小名，这时大家才一起点燃蜡烛，弓着身子，询问吉凶。再看碗盆中酒肉祭品，都已经没有了。又看看跳神女子的脸色，观察她的神情是喜是怒。大家一一恭敬地去请教她，必有回应。其中有人心中不信，神灵知晓以后，跳神女子便一一指出，说某某不相信自己，心中不敬，暗含讥笑，我将脱下你的裤子。那人低头看看，已经赤条条被脱下裤子了，后来在门外树梢上发现了被脱下的裤子。

注释　1 倩：请，央求。　2 商羊舞：传统民间舞蹈。基本动作是单足蹦跳或双足交替抬起跳动。　3 刺刺琐絮：形容语声细小而絮絮不休。　4 挞：敲打。　5 吻：嘴巴。　6 辟翕：开合。　7 慄(dié)息：因恐惧而屏息。慄，恐惧，害怕。　8 伛偻：俯身，弓着身子。　9 休咎：吉凶，善恶。　10 响：回应。　11 姗笑：犹讪笑、讥笑。姗，通"讪"。　12 褫(chǐ)：脱下。　13 莹然：光洁貌。此处是赤裸的意思。

满洲[1]妇女，奉事尤虔。小有疑，必以决。时严妆[2]，骑假虎、假马，执长兵，舞榻上，名曰“跳虎神”。马、虎势作威怒，尸者[3]声伧儜[4]。或言关、张、玄坛[5]，不一号。赫气[6]惨凛[7]，尤能畏怖人。有丈夫穴窗来窥，辄被长兵破窗刺帽，挑入去。一家媪媳姊若[8]妹，森森蹜蹜[9]，雁行立，无歧念[10]，无懈骨。

满族妇女对待此事尤其虔诚。遇事但凡有一点疑虑，便会通过跳神来求得指点，作出决定。当跳神的时候，她们必定会穿戴得非常正式，骑着假虎、假马，拿着长长的兵器，在床上起舞，并称此为“跳虎神”。假马、假虎气势威严，神态凶猛，跳神的女子声音粗重浑厚。有的人会自称是关公下凡，有的自称是张飞附体，有时也有号称是赵公明的，名号不一。但是她们个个都气势威严，阴森恐怖，往往使人害怕。如果有男人捅破窗纸在窗外偷看，窗中就会立即刺出一杆长兵器，刺中偷窥者的帽子，挑入屋中。一家婆媳姐妹紧紧靠在一起，恭恭敬敬地站成一排，心无二念，专心求神，不敢懈怠。

注释　1 满洲：满族。　2 严妆：打扮得正规、齐整。　3 尸者：跳神者。　4 伧儜：粗野。　5 玄坛：赵公明。秦时得道于终南山，被道教奉为财神，也称“赵公元帅”。　6 赫气：威严的气势。　7 惨凛：阴寒危惧；阴森恐怖。　8 若：以及。　9 森森蹜(sù)蹜：紧紧靠在一起。　10 歧念：杂念。歧，同“歧”。

铁布衫法

原文

沙回子[1]得铁布衫大力法,骈其指[2]力斫之,可断牛项;横搠[3]之,可洞牛腹。曾在仇公子彭三家,悬木于空,遣两健仆极力撑去,猛反之,沙裸腹受木,砰然一声,木去远矣。又出其势[4]即石上,以木椎力击之,无少损。但畏刀耳。

译文

有个姓沙的回民学会了铁布衫大力法,他把两指并拢,用力一劈,便可打断一头牛的脖子。横着刺出去,甚至可以把牛肚子捅出一个洞来。他曾在仇彭三公子家表演这项绝技,将一根粗大的木头悬在空中,让两个雄武有力的仆人用力将悬木推出去老远,然后忽然松手,木头猛地回荡过来,这时沙某袒胸露乳,去迎接木头的撞击。只听砰的一声巨响,木头直接撞到他的肚子上,又被远远反弹出去。接着他又将生殖器放到石头上,用大木槌使劲敲打,竟然毫发无伤。但他害怕被刀砍。

注释 **1** 回子:旧时方言中对回民的俗称。 **2** 骈其指:并拢手指。 **3** 搠(shuò):扎,刺。 **4** 势:男性外生殖器。

大力将军

原文

查伊璜[1],浙人,清明饮野寺中,见殿

译文

查伊璜是浙江人,有一年清明节时,他在一座野庙里饮酒玩乐,偶然看到大殿前

前有古钟，大于两石瓮，而上下土痕手迹，滑然如新。疑之，俯窥其下，有竹筐受八升许，不知所贮何物。使数人抠耳，力掀举之，无少动，益骇。乃坐饮以伺其人。居无何，有乞儿入，携所得糗糒[2]，堆累钟下。乃以一手起钟，一手掬饵置筐内，往返数四始尽。已复合之，乃去。移时复来，探取食之。食已复探，轻若启椟。一座[3]尽骇。查问："若男儿胡行乞？"答以："啖啖多，无佣者。"查以其健，劝投行伍，乞人憱然虑无阶[4]。查遂携归饵[5]之，计其食，略倍五六人。为易衣履，又以五十金赠之行。

有一个古钟，比能装两石东西的大瓮还大。这钟的上部和下部有带着土的手印，这些手印光滑得像刚留下来一样。查伊璜很疑惑，就顺着钟从上往下看，看到里头有个大筐，这筐大概能装八升东西，但不知道筐里装的是什么东西。查伊璜就让几个人提着钟耳去使劲抬钟，结果一点动静也没有，这就更让人奇怪了。查伊璜就坐下来接着喝酒，等着放东西的人。没多久，走进来一个乞丐，他拿着要饭要来的干粮，把它们堆在大钟下。只见他用一只手掀起钟，另一只手拿起干粮放进那筐里头，来来回回这样好几次才装完。最后他把钟重新扣上就离开了。不一会儿他又回来取出干粮吃，吃完又再去取，掀起那钟就像打开小木盒一样，毫不费力。在场众人全都惊呆了。查伊璜就问他："你这么一个男子汉，怎么还要饭呢？"那人回答道："我吃得多，没人雇我。"查伊璜看他身体健壮，就劝他参军去，可他又失望地说苦于没有门路。于是查伊璜就带他回家，给他吃的，算起来他吃的差不多顶五六个人的饭量，又给他换上衣服鞋子，还给他五十两银子做盘缠，送他去参军。

注释 1 查伊璜:查继佐,字伊璜,浙江海宁人。明崇祯六年举人,明亡后随鲁王监国绍兴,授兵部职方主事。在浙东地区亲自率军抗击清军,入清后隐居不仕。康熙时因庄廷鑨明史案被下狱,后获救。 2 糗糒(qiǔ bèi):干粮。糗,干粮,炒熟的米或麦等。 3 一座:满座宾客。此处指在场众人。 4 无阶:没有门路。 5 饵:喂,给东西吃。

后十余年,查犹子[1]令于闽,有吴将军六一[2]者,忽来通谒。款谈间,问:"伊璜是君何人?"答言:"为诸父行[3]。与将军何处有素[4]?"曰:"是我师也。十年之别,颇复忆念。烦致先生一赐临[5]也。"漫应之。自念:叔名贤,何得武弟子?会伊璜至,因告之,伊璜茫不记忆。因其问讯之殷,即命仆马,投刺于门。将军趋出,逆[6]诸大门之外。视之,殊昧生平。窃疑将军误,而将军伛偻益恭。肃客入,深启三四关,忽见

十几年后,查伊璜的侄子在福建做官,有个叫吴六一的将军忽然说要拜见他。聊着聊着,吴将军就问他:"查伊璜是您什么人?"他回答说:"他是我叔伯辈的长辈。不知道和将军您在哪里认识的呢?"将军说:"他是我师父啊。现在分别已经十来年了,但我一直想念着他呢,麻烦您转告他,有时间到我这叙叙旧。"查伊璜的侄子随口答应了他,心里却想自己叔父是个有名望的文人,怎么会有一个精通武艺的弟子呢?正好查伊璜来到此处,侄子便把这事给他说了,可查伊璜却一点也想不起来有这么个学生。又因他问候得真诚恳切,当即便令仆人备好马车,递上名帖去会见他。将军赶忙出来到大门口迎接。查伊璜看了看他,确实不认识。他暗自怀疑是不是将军弄错了,可是将军却低头俯身愈发恭敬。他恭恭敬敬地请客人进来,中间经过三四道门,查伊璜忽然看到有女人进进出出,才

女子往来,知为私廨[7],屏足立。将军又揖之。少间登堂,则卷帘者、移座者,并皆少姬。既坐,方拟展问,将军颐少动,一姬捧朝服至,将军遽起更衣,查不知其何为。众姬捉袖整衿讫,先命数人捺查座上不使动,而后朝拜,如觐君父。查大愕,莫解所以。拜已,以便服侍坐。笑曰:"先生不忆举钟之乞人耶?"查乃悟。既而华筵高列,家乐[8]作于下。酒阑[9],群姬列侍。将军入室,请衽何趾,乃去。

知道到了内庭,就停下了脚步站那儿。将军又过来行了礼,不一会儿又领他进了大厅,这里卷帘、搬动座椅的都是些年轻女子。等到坐下后,查伊璜刚要开口询问,将军就抬了抬下巴,示意一女子捧朝服过来,将军很快起身换了衣服,查伊璜不知道他要做什么。好几位女子上前给将军抻袖子、整理衣襟,穿戴完毕,将军又命几人按住查伊璜不让他乱动,然后朝着查伊璜跪拜,跟拜见皇帝、父亲一样。查伊璜十分惊愕,不知道怎么回事。行礼完毕,将军又换上便服,坐在一旁陪查伊璜。他笑着说:"先生您不记得当年庙里举钟的叫花子了吗?"查伊璜这才想起来。又过了一阵,将军就安排好了丰盛的宴席,堂下有府中蓄养的歌伎表演歌舞。酒筵将尽,那些女子就在一旁列队服侍。将军进屋亲自安排好住处才离开。

注释　1 犹子:侄子。　2 吴将军六一:吴六奇,江苏延陵人,少时因酗酒赌博败尽家产,沦为乞丐,寄食山寺,后从军投清。顺治十年受封总兵,驻饶平县城。　3 诸父行:指伯父和叔父这一辈。　4 有素:有故交,谓久已熟悉。此处指认识。　5 赐临:称人来到的敬辞。此处指邀请查伊璜相见叙旧。　6 逆:迎接。　7 私廨:内庭。　8 家乐:谓富豪家所蓄的歌伎。　9 酒阑:酒筵将尽。

查醉起迟，将军已于寝门外三问矣。查不自安，辞欲返，将军投辖[1]下钥[2]，锢闭之。见将军日无他作，惟点数姬婢养厮卒，及骡马服用器具，督造记籍，戒无亏漏。查以将军家政，故未深叩[3]。一日，执籍谓查曰："不才得有今日，悉出高厚[4]之赐。一婢一物，所不敢私，敢以半奉先生。"查愕然不受，将军不听。出藏镪数万，亦两置之。按籍点照，古玩床几，堂内外罗列几满。查固止之，将军不顾。稽[5]婢仆姓名已，即令男为治装，女为敛器，且嘱敬事先生，百声悚应。又亲视姬婢登舆，厩卒捉马骡，阗咽[6]并发，乃返别查。后查以修史一案[7]，株连被收，

查伊璜因为醉酒，第二日起迟了，这时将军已经在门外问候好几次了。查伊璜内心不安，便想告辞回家，可是将军并不答应，还抽了他马车的键，大门也上了锁，把他关在院中。查伊璜见将军成天也不做什么，只是数数婢女、丫环、仆人的数量，以及督促管家把骡马、吃穿用具登记在册，告诫他们不要遗漏。查伊璜想着这是将军的家事，所以也就没有详细去打听。有一天，将军拿着账册对查伊璜说："鄙人有今天的成就，都是源于先生您深厚的恩德和恩赐，现在我所拥有的一切用人、物品，都不敢私自享用，现在分一半给先生您。"查伊璜非常吃惊，说什么也不接受，可将军不听。又拿出他贮藏的数万金银，同样分成两份。按照账册上的记录，所有的古玩、床、桌子，堂内堂外都摆满了。查伊璜坚决阻止他，可是将军完全不理睬。核对完婢女仆人的姓名后，将军就命令男仆收拾行装，女仆收拾器物，还叮嘱他们要恭敬地侍奉查先生，那百十号人诚惶诚恐地答应了。将军又亲自看着婢女侍妾登上马车，马夫握紧缰绳，一阵喧哗，全体动身后，将军才反身和查伊璜告别。后来因为修史一案牵连，查伊璜被关进监狱里，最终幸免于难，都是靠的将

卒得免，皆将军力也。

军的帮助。

注释 1 投辖：汉陈遵嗜酒，每每宴请宾客，便会取下客人的车辖投入井中，以此留下客人。辖，车轴两端的键。后以“投辖”指殷勤留客。 2 下钥：把门上锁。 3 深叩：详细打听。叩，问。 4 高厚：谓恩德深厚。 5 稽：核对。 6 阗咽(tián yè)：嘈杂，喧哗。 7 修史一案：查伊璜因名列庄廷鑨明史参校而被捕。

异史氏曰：“厚施而不问其名，真侠烈古丈夫哉！而将军之报，其慷慨豪爽，尤千古所仅见[1]。如此胸襟，自不应老于沟渎[2]。以是知两贤之相遇，非偶然也。”

异史氏评价说：“给人丰厚的财物，却不问他的姓名，这真是古代侠肝义胆的大丈夫作风啊！而将军这种慷慨豪爽的回报，也是千古以来不多见的。拥有这样胸襟的人，自然不应像凡人一样葬身沟壑而默默无闻。因此可以知道，这两位贤人的相遇，并不是偶然的啊。”

注释 1 仅见：此处指少见。 2 老于沟渎：老死草野，不显达于世。沟渎，沟壑，也可指荒野。

白莲教

原文

白莲[1]盗首徐鸿儒[2]，得左道之书，能役鬼神。小试之，观

译文

白莲教的首领徐鸿儒得到过一本记载旁门左道的书，他从中学到了一些法术，可以驱使鬼神帮他做事。偶尔小试牛刀，就

者尽骇，走门下者[3]如骛。于是阴怀不轨。因出一镜，言能鉴人终身。悬于庭，令人自照，或幞头[4]，或纱帽，绣衣貂蝉[5]，现形不一。人益怪愕。由是道路遥播，踵门求鉴者，挥汗相属。徐乃宣言：“凡镜中文武贵官，皆如来佛注定龙华会[6]中人。各宜努力，勿得退缩。”因亦对众自照，则冕旒龙衮[7]，俨然王者。众相视而惊，大众齐伏。徐乃建旗秉钺[8]，罔不欢跃相从，冀符所照。不数月，聚党以万计，滕、峄[9]一带，望风而靡。

已经使得观众们惊骇不已，因此很多人争着投奔到他门下。于是他暗地里谋划着要造反。他拿出一面镜子，自称能够照见人一生的前程。他将这面镜子悬挂在庭院里，让人们自己照。有的人看到自己戴着头巾，有的看到自己戴着纱帽，身穿锦绣官袍，头饰貂尾附蝉，镜中现出的形象不一。人们就愈发惊异。从此这个消息越传越远，登门求见想照镜子的人比肩接踵，络绎不绝。于是徐鸿儒就宣称：“凡是在镜中显现为文武贵官模样的，都是如来佛祖注定，必能经龙华三会得道的人杰。你们每个人都应该努力上进，不要畏难退缩。”他乘势又在众人面前照这面镜子，镜中显现出一个头戴皇冠、身着龙袍的人，仿佛帝王的形象。众人见此大惊，你看看我，我看看你，一起跪下叩拜。于是徐鸿儒竖起反旗，拿起斧钺，准备造反，众人纷纷响应，欣喜相从，希望能够取得如镜子中所现的那种地位和富贵。数月之间，就聚集了万余党徒。滕县、峄县的人，无不望风而降。

注释　1 白莲：白莲教。唐、宋以来流传民间的一种秘密宗教结社，盛行于元、明、清三代，是净土宗的分支。　2 徐鸿儒：明末农民起义首领，山东巨野人。他以白莲教教义组织群众，发动起义，后事败被杀。

3 走门下者:投奔到门下的人。 4 幞(fú)头:古代男子包头软巾,有四带,二带系脑后垂之,二带反系头上。 5 貂蝉:貂尾和附蝉,古代为侍中、常侍等贵近之臣的冠饰。 6 龙华会:龙华三会。弥勒菩萨于龙华树下成道经历三会。遇弥勒佛听经闻法受记度脱者,是为龙华初会;经若干时期,闻弥勒佛说法而得超凡入圣者,是为龙华二会;大转法轮,凡为弥勒佛所度之机,皆度尽无余,是为龙华三会。 7 冕旒(liú)龙衮:冕旒,古代大夫以上的礼冠。顶有延,前有旒。此处指皇冠。龙衮,古代君王的礼服。 8 秉钺:持斧。借指掌握兵权。 9 滕、峄:今山东滕州、枣庄一带。

后大兵[1]进剿,有彭都司[2]者,长山[3]人,艺勇绝伦,寇出二垂髫女与战。女俱双刃,利如霜;骑大马,喷嘶甚怒。飘忽盘旋,自晨达暮,彼不能伤彭,彭亦不能捷也。如此三日,彭觉筋力俱竭,哮喘[4]而卒。迨鸿儒既诛,捉贼党械问[5]之,始知刃乃木刀,骑乃木凳也。假兵马死真将军,亦奇矣!

后来官府派军队围剿,进行镇压。其中有一个姓彭的都司,是长山人,他武艺高强,勇冠三军。但是徐鸿儒这帮草寇竟然只派了两个少女前去迎战。这两个少女,都手拿两把锋利如霜的宝刀,各骑一匹高头大马,威风凛凛,气势逼人。三人相战,你来我往,从早晨一直厮杀到傍晚。两个女将既不能打败彭都司,彭都司也未能取胜。像这样苦战了三日,彭都司觉得精疲力竭,忽发哮喘而死。后来徐鸿儒兵败被杀,官军捉住他的同党拷问此事,才知道这两个女将所用的宝刀其实是木刀,所骑的骏马竟然只是木凳。能够用假宝刀和假骏马杀死真将军,也实在是太奇异了!

注释 1 大兵:大军,大部队。此处指政府派出的官兵。 2 都司:都指挥使司,明代一省掌兵的最高机构,简称都司。 3 长山:今山东省邹平市长山镇。 4 哮喘:气喘病。以呼吸急促费力、喉间哮鸣为特征。 5 械问:拷问。

颜 氏

原文

顺天[1]某生,家贫,值岁饥,从父之洛[2]。性钝,年十七,裁能成幅[3]。而丰仪秀美,能雅谑[4],善尺牍[5],见者不知其中之无有也。无何,父母继殁,孑然一身,授童蒙于洛汭[6]。

译文

顺天府有个书生,家中清贫,又遇上荒年,于是便随着父亲搬家到洛阳。他天性愚鲁,到十七岁才能写出成篇的八股文。但是他相貌堂堂,仪表不凡,谈吐风趣,十分幽默,并且擅长写信,见过他的人并不知道他其实是虚有其表。没过多久,父母相继过世,只剩下他一人,他只能在洛口村一带,给孩童教书为生。

注释 1 顺天:明代设置的旧府顺天府,明清时对北京周边地区的称谓。 2 洛:今河南省洛阳市。 3 成幅:写出完整的八股文。旧时学作八股文,先学作一股,后学作半篇,逐渐学作全篇。 4 雅谑:趣味高雅的戏谑。此处指谈吐风趣。 5 尺牍:信札,书信。此处指写信。 6 洛汭(ruì):洛水入黄河处。今河南巩义河洛镇洛口村一带。

时村中颜氏有孤女,名士裔也,少慧,父在时尝教之

当时村中有一户姓颜的人家,家中只剩下一个女儿,是饱学之士的后人。这姑娘从小便十分聪慧,父亲在世时,曾经教她读

读，一过辄记不忘。十数岁，学父吟咏，父曰："吾家有女学士，惜不弁[1]耳。"钟爱之，期择贵婿。父卒，母执此志，三年不遂，而母又卒。或劝适佳士，女然之而未就也。适邻妇逾垣来，就与攀谈。以字纸裹绣线，女启视，则某手翰[2]，寄邻生者，反复之而好焉。邻妇窥其意，私语曰："此翩翩一美少年，孤与卿等，年相若也。倘能垂意[3]，妾嘱渠侬[4]膰合[5]之。"女脉脉不语。妇归，以意授夫。邻生故与生善[6]，告之，大悦。有母遗金鸦镮，托委致焉。刻日[7]成礼，鱼水[8]甚欢。

书，每读一篇便不会忘记。她十来岁时，便学着父亲的样子吟咏诗词。父亲看到，叹息道："我家生出一个女先生，可惜不是个男孩哟。"十分疼爱她，希望能够为她找到一个好夫婿。父亲去世后，母亲也坚持这个想法，但是三年过去了，依然没能如愿，不久母亲也去世了。有人就劝她嫁给有学问的读书人，她自己心中也愿意，只是这事情还没个着落。正巧邻居家的女人过来串门，就和她聊起天来。邻家女子手上还拿着用写了字的纸包着的丝线。女孩儿打开纸一看，原来是书生写给邻居家男人的亲笔书信。她拿着纸，反复看来看去，似乎是对书生产生了好感。邻家女人看出了她的心思，便悄悄告诉她说："这封信是一个风度翩翩的美少年写的，他和你一样，是个孤儿，年纪也和你差不多。你要是有意思，我让我们家那口子给你撮合撮合。"女孩儿羞答答地默不作声。这妇人回家后，便将女孩儿的心意告诉了她丈夫。她丈夫和书生本就交好，便将这事直接告诉了书生。书生听罢，大喜。便将母亲留给他的金鸦指环，作为结亲信物，委托邻家男人带给女孩儿。两家确定了日子，便举行了婚礼。婚后，夫妻相处得十分融洽，情深意笃。

注释 1 不弁(biàn):不是男子。弁,古代贵族子弟加冠礼时用弁束住头发,也指男子加冠。 2 手翰:亲笔书信。翰,长而坚硬的羽毛,借指毛笔和文字、书信等。 3 垂意:留意,关心。 4 渠侬:吴地方言,他。 5 胹(ér)合:撮合。 6 善:熟悉,交好。 7 刻日:限定日期;确定日期。 8 鱼水:比喻夫妻相得或男女情笃。

及睹生文,笑曰:"文与卿似是两人,如此,何日可成?"朝夕劝生研读,严如师友。敛昏,先挑烛据案自哦[1],为丈夫率,听漏三下,乃已。如是年余,生制艺[2]颇通,而再[3]试再黜[4],身名蹇落[5],饔飧[6]不给,抚情寂漠,嗷嗷悲泣。女诃之曰:"君非丈夫,负此弁耳!使我易髻而冠,青紫[7]直芥视之!"生方懊丧,闻妻言,睒睗而怒[8]曰:"闺中人,身不到场屋[9],便以功名富贵,似汝厨下汲水炊白粥;若冠加于顶,恐亦犹人耳!"女笑曰:"君勿怒。俟试

等到颜氏看过书生所作的八股文后,便笑道:"你的文章和你的性情,仿佛是两个人的,像这样的文章,什么时候才能高中哟。"于是便早晚劝书生好好用功读书,严厉得如同良师益友。刚入夜,她便先点上蜡烛,在桌前诵读,给丈夫做表率。直到夜半三更才休息。像这样奋斗了一年多,书生对于应试的八股文已经颇为了解了。但是两次考试都落榜,书生困顿失意,穷苦不堪,连吃饭也成了问题。想起考试落榜的情境,不禁悲从中来,号啕大哭。颜氏骂道:"你不像个男人,实在有负于你头上的儒巾。假如让我把头发梳成发髻,戴上帽子,前去考试,这些高官厚禄简直就像拾取草芥一般容易。"书生正在懊恼沮丧,听到妻子说出这番话,怒视道:"你一个女人家,知道些什么!你是没上过考场,以为求取功名富贵,就像在厨房里取水烧粥那么简单哩!如果给你戴上男人的帽冠,恐怕你也就和我差不多罢了。"颜

期，妾请易装相代。倘落拓[10]如君，当不敢复藐天下士矣。”生亦笑曰：“卿自不知檗[11]苦，真宜使请尝试之。但恐绽露，为乡邻笑耳。”女曰：“妾非戏语。君尝言燕[12]有故庐，请男装从君归，伪为弟。君以襁褓出，谁得辨其非？”生从之。女入房，巾服而出，曰：“视妾可作男儿否？”生视之，俨然一顾影少年也。生喜，遍辞里社[13]。交好者薄有馈遗，买一羸蹇[14]，御妻而归。

氏笑道：“你先别生气，等到下回考试的时候，我女扮男装，代替你去考试。如果和你一样落榜，我就再也不敢瞧不起天下那些所谓的读书人啦。”书生也笑起来，说道：“夫人，你是没尝过黄檗的苦滋味哦，也好，让你去试试就知道喽。只是恐怕会露出破绽，给乡邻们笑话。”颜氏说：“我可不是开玩笑的，曾听你说你是顺天人氏，我打算换上男装假装成你的弟弟，和你一起启程回乡。你还是婴儿时就离开了家乡，谁还能分辨是真是假呢？”书生只得答应了她。颜氏走入房中，换上男人服饰，走出来说：“你看看我，像不像男人？”书生看去，颜氏果然像一个少年公子。书生欣喜万分，向乡邻一一告别。有要好的朋友送了他一些盘缠，他便买了一头瘦驴，载着他妻子返回故乡。

注释　**1** 哦(é)：吟哦，有节奏地诵读。　**2** 制艺：八股文。　**3** 再：两次。　**4** 黜：减损。此处指落榜。　**5** 蹇(jiǎn)落：穷困；衰败；不得志。　**6** 饔飧(yōng sūn)：饭食。饔，早饭。飧，晚饭。　**7** 青紫：官印的绶带，指取得高官厚禄。汉制丞相、太尉金印紫绶；御史大夫银印青绶。　**8** 睒睗(shǎn shì)而怒：怒视。睒，目光闪烁。　**9** 场屋：科举考试的地方，又称科场。　**10** 落拓：贫困失意，此处指落榜。　**11** 檗(bò)：黄檗，树皮可入药，味极苦。　**12** 燕：指北京一带。　**13** 里社：古代里中祭祀土地神的处所，借指乡里。　**14** 羸蹇：驽弱瘦瘠的驴。

生叔兄尚在，见两弟如冠玉，甚喜，晨夕恤顾之。又见宵旰[1]攻苦[2]，倍益爱敬。雇一剪发雏奴为供给使，暮后辄遣去之。乡中吊庆，兄自出周旋，弟惟下帷读。居半年，罕有睹其面者。客或请见，兄辄代辞。读其文，瞲然[3]骇异。或排闼而迫之，一揖便亡去。客睹丰采，又共倾慕，由此名大噪，世家争愿赘[4]焉。叔兄商之，惟冁然[5]笑。再强之，则言："矢志青云，不及第，不婚也。"会学使案临[6]，两人并出。兄又落；弟以冠军应试，中顺天第四。明年成进士，授桐城[7]令，有吏治[8]。寻迁河南道掌印御史[9]，富埒[10]王侯。因托疾乞骸骨[11]，赐归田里。宾客填门，迄谢不纳。

书生的堂兄还在，看到两个堂弟生得白净如玉，十分喜爱，早晚都来照应。又看见他们起早贪黑地发奋读书，更加敬佩喜欢。还专门雇了个没留头发的小书童供他们使唤。但是每当夜幕降临，他俩便打发书童离开。乡中如果有丧葬婚娶这些事，哥哥自己出来应酬，弟弟则一人在帷帐中苦读。待了半年多，很少有人见过书生的弟弟。有人希望能够见一面，书生便代为推辞。大家读了弟弟写的文章，都惊叹不已。有时有人忽然闯进来硬要求见，这弟弟只是作个揖，便逃也似的走了。客人们看到她的容貌，更加倾慕。自此名声大噪，世家豪门都争着想招她做上门女婿。堂兄前来商议此事，颜氏也只是笑而不答。再来勉强，就说道："我立志要取得高官，不考中进士不成家。"适逢学政莅临查考，两人便一同前往考试，书生又一次落榜，而书生的弟弟则以第一名的成绩参加顺天乡试，又考中了第四名。第二年又考上进士，授职为桐城县令，因为政绩卓著，不久又升迁为河南道掌印御史，几乎和王侯一样富贵。后来，她托言有病，请求辞官。皇帝赐命返乡。回到故乡后，前来拜访的宾客络绎不绝，颜氏都辞谢不见。

注释 1 宵旰(gàn):日夜。旰,晚。 2 攻苦:刻苦攻读,发愤读书。 3 皭(xuè)然:惊视貌。 4 赘:招女婿。 5 冁(chǎn)然:笑貌。 6 学使案临:学政莅临查考。 7 桐城:今安徽省安庆市下辖桐城市。 8 吏治:官吏的政绩。 9 河南道掌印御史:明清时负责监管的都察院的属官。都察院下分道,每道设置监察御史,有掌道和坐道之分。河南道是大道,授印信,称掌印御史。颜氏的家乡属河南道所辖。 10 埒(liè):等同。 11 乞骸骨:古代官吏自请退职,辞官。

又自诸生[1]以及显贵,并不言娶,人无不怪之者。归后渐置婢,或疑其私,嫂察之,殊无苟且。无何,明鼎革[2],天下大乱。乃谓嫂曰:“实相告:我小郎[3]妇也。以男子阘茸[4],不能自立,负气自为之。深恐播扬,致天子召问,贻笑海内耳。”嫂不信。脱靴而示之足,始愕,视靴中则败絮满焉。于是使生承其衔,仍闭门而雌伏[5]矣。而生平不孕,遂出资购妾。谓生曰:“凡人置身通显,则买姬媵以

颜氏从生员到如今富贵一方,却始终不言娶妻,人们对此感到十分奇怪。回乡后,她买了一些丫环,有人便怀疑她和丫环们有私情。堂嫂暗中观察,发现并无见不得人的事情。不久,明朝灭亡,改朝换代,天下大乱。她才告诉堂嫂说:“实话和您说吧,我是您堂弟的妻子,因他平庸无为,不能自立功名,我便与他赌气,女扮男装前去科考。害怕此事一旦张扬,会招来天子的责问,让天下人耻笑,这才没有告诉你们。”堂嫂不相信。颜氏便脱下靴子,给她看自己的脚。堂嫂看罢,这才惊呆了,再看看靴子里,竟然塞满了破碎的棉絮。自此便让书生承接了她的官衔,而自己则再入深闺,闭门不出。但是她一生未能怀上孩子,便出钱给丈夫买妾。她对书生讲:“世间的人但凡取得尊贵地位

自奉,我宦迹十年犹一身耳。君何福泽,坐享佳丽?”生曰:“面首[6]三十人,请卿自置耳。”相传为笑。是时生父母,屡受覃恩[7]矣。搢绅拜往,尊生以侍御[8]礼。生羞袭闺衔,惟以诸生自安,终身未尝舆盖云。

后,都要买姬妾来供自己享受。我做官十余年,都只是一人而已。你是何等的福分啊,坐享这等艳福。”书生说:“面首三十人,请夫人自己置办。”一时传为笑谈。这时书生的父母因为颜氏而屡次受到封赏。富贵乡绅们前来拜访,都以见御史之礼尊奉书生。只是书生觉得承袭妻子的官衔,颇为羞愧,仍然自视为一般的读书人,终身都没有乘坐过官轿。

注释 1 诸生:明清两代称已入学的生员,俗称秀才。 2 鼎革:鼎新革故,去掉旧的,建立新的,意为改朝换代。 3 小郎:旧时妇女称丈夫之弟为小郎。 4 阘(tà)茸:庸碌低劣,平庸无为。 5 雌伏:原指屈居人下,此处一语双关,也指颜氏重新成为安分守己的深闺妇女。 6 面首:泛指供贵妇人玩弄的美男子。 7 覃(tán)恩:深恩。帝王对臣民的封赏、赦免等。覃,深广。 8 侍御:即掌印御史。

异史氏曰:“翁姑受封于新妇[1],可谓奇矣。然侍御而夫人[2]也者,何时无之?但夫人而侍御者少耳。天下冠儒冠、称丈夫者,皆愧死矣!”

异史氏说:“公公婆婆因为儿媳的原因,而受到朝廷册封,可也真是稀奇事啊!然而身为掌印御史,却懦弱得像女人一样的,不能刚正执法,弹劾奸邪的,什么时候没有?只是作为女人而官居掌印御史的,古来稀少。恐怕天下那些头戴儒冠、自称男人的人,听到这事,都要羞愧死吧!”

注释 1 新妇:儿媳。 2 夫人:此处指女人。

杜翁

原文

杜翁,沂水[1]人。偶自市中出,坐墙下,以候同游。觉少倦,忽若梦,见一人持牒[2]摄[3]去。至一府署,从来所未经。一人戴瓦垄冠[4]自内出,则青州[5]张某,其故人也。见杜惊曰:"杜大哥何至此?"杜言:"不知何事,但有勾牒。"张疑其误,将为查验。乃嘱曰:"谨立此,勿他适。恐一迷失,将难救挽。"遂去,久之不出。

译文

山东沂水有个杜老先生,有一次赶集回来,坐在墙根底下,等候一起去的人。忽然他觉得有些困倦,恍恍惚惚之间便进入了梦乡。梦中看见一个手拿公文的人,将他捉去。不多时,两人便来到一座官府里,杜老先生还从未到过这样的地方。这时有一个头戴瓦垄冠的人走了出来,杜老先生仔细一瞧,正是青州的旧相识张某。他看见杜老先生,也吃了一惊,忙问道:"杜大哥,你怎么会到这里来?"杜老先生说:"只看到有捉拿我的公文,具体是犯了什么事,我也不知道。"张某怀疑是衙门的差役抓错了,便要去查验。他嘱咐道:"你就站在这儿,其他什么地方都别去。就怕在此间迷了路,就很难挽救了。"说着便离开了,杜老先生在原地等了他好久,却始终未见有人出来。

注释 1 沂水:今山东省临沂市沂水县。 2 牒:公文。 3 摄:捕捉。 4 瓦垄冠:明清时平民戴的一种帽子。前部稍凹,后部隆起,形似瓦垄,故称。 5 青州:今山东省潍坊市下辖青州市。

惟持牒人来，自认其误，释令归。杜别而行，途中遇六七女郎，容色媚好，悦而尾[1]之。下道，趋小径，行十数步，闻张在后大呼曰：“杜大哥，汝将何往？”杜迷恋不已。俄见诸女入一圭窦[2]，心识为王氏卖酒者之家。不觉探身门内，略一窥瞻，即觉身在苙[3]中，与诸小猳[4]同伏。豁然自悟，已化豕[5]矣。而耳中犹闻张呼，大惧，急以首触壁。闻人言曰：“小豕颠痫矣。”还顾，已复为人。速出门，则张候于途。责曰：“固嘱勿他往，何不听信？几至坏事！”遂把手送至市门，乃去。杜忽醒，则身犹倚壁间。诣王氏问之，果有一豕自触死云。

不一会儿，只见那个手拿公文的人走了出来，承认是自己抓错了人，要放他回去。杜老先生便向他告别离开，在回去的途中见到六七个貌美如花的女子，楚楚动人，杜老先生心生喜爱，就尾随她们去了。从大路上走下来，直奔一条小路，走了几十步，便听到张某在身后大喊：“杜大哥，你要去哪儿呀？”但这时杜老先生仿佛着了迷一般，不听劝阻。不一会儿，见到那些女子进到一个小门中，心下知道这是卖酒的王某家。他不禁探过身去，刚往里一瞧，就发现自己已经在猪圈里了，和许多小公猪趴在一起。这下才醒悟过来，知道自己已经变成了一头猪。但是耳畔还能听到张某的呼喊声，他心中十分恐惧，急忙用头撞墙。这时还能听到有人在说：“这小猪怕是得了羊痫风了。”他瞧瞧自己，已经又变成人了。于是他赶紧走出门去，看到张某还在路边等他。张某责怪他说：“我就强调说不要去其他地方，你怎么不听嘱咐呢，差点就搞砸了！”说着便拉过杜老先生的手，送他到集市口，然后才离开。这时杜老先生忽然醒过来，看看自己，还靠坐在墙边。后来到王某家去询问，果然有一头猪自己撞墙而死。

注释 1 尾：跟随。 2 圭窦：形状如圭的墙洞，借指微贱之家的门户。 3 苙(lì)：猪圈。 4 小豭(jiā)：小猪。豭，公猪。 5 豕：猪。

小 谢

原文

渭南[1]姜部郎[2]第，多鬼魅，常惑人，因徙去。留苍头[3]门之[4]而死，数易皆死，遂废之。里有陶生望三者，夙倜傥[5]，好狎妓，酒阑辄去之。友人故使妓奔就之，亦笑内不拒，而实终夜无所沾染。常宿部郎家，有婢夜奔，生坚拒不乱，部郎以是契重[6]之。家綦贫[7]，又有"鼓盆之戚"[8]；茅屋数椽，溽暑[9]不堪其热，因请部郎假废第。部郎以其凶故却之，生因作《续无鬼论》[10]献部郎，且曰："鬼何能为！"部郎以其请之坚，诺之。

译文

渭南的姜部郎府上有很多鬼魅，经常作祟迷惑人，因此就搬走了。留下一个仆人看门，没多久就死了；接连换了好几个人，都相继而亡，于是这个宅子就彻底荒废了。乡里有位叫陶望三的书生，向来潇洒不羁，喜欢招妓宴饮，等喝得差不多了就把她们打发走。朋友曾出钱让妓女跑他家去，陶生笑纳不拒，而实际上整晚也没发生什么。他经常在部郎家过夜，有个丫环晚上跑进他房间里，陶生坚决拒绝乱来。因此，姜老爷对他很是器重。陶生家里极为贫寒，又死了老婆；几间破屋到了夏天湿热难耐，实在无法忍受，于是就请求姜部郎借废宅暂住一下。姜老爷认为这是凶宅，就回绝了，陶生就写了篇《续无鬼论》献给部郎，并且扬言："鬼能把我怎么样呢？"部郎看他态度坚定，便答应了。

注释 1 渭南：地处陕西关中渭河平原东部，即今渭南市。 2 部郎：朝廷六部的中下层官吏。 3 苍头：奴仆、家丁。 4 门之：看门。此处“门”名词作动词用。 5 倜傥(tì tǎng)：性情洒脱不拘束。 6 契重：器重。 7 綦(qí)贫：极为贫穷。 8 鼓盆之戚：指死了老婆。庄子的妻子死后，曾鼓盆而歌，朋友问他原因，他说妻子又回归到了无形无息的大化之中，与自然相合，自己想明白了也就不再伤心难过。 9 溽暑：又湿又热。 10《续无鬼论》：魏晋时期，竹林七贤之一的阮瞻“素执无鬼论，物莫能难，每自谓此理足以单辨正幽明”。

生往除厅事[1]。薄暮，置书其中，返取他物，则书已亡。怪之，仰卧榻上，静息以伺其变。食顷，闻步履声，睨之，见二女自房中出，所亡书送还案上。一约二十，一可十七八，并皆姝丽。逡巡[2]立榻下，相视而笑。生寂不动。长者翘一足踹生腹，少者掩口匿笑。生觉心摇摇若不自持，即急肃然端念，卒不顾。

女近以左手捋髭[3]，右手轻批颐颊[4]作小响，少者益笑。生骤起，叱

陶生前去打扫厅堂，到了傍晚时分，把书放在屋里，回家去拿其他东西，再回来时，书已经不见了。他觉得惊奇，便仰卧在床，轻轻地呼吸，等待鬼魅生变。约一顿饭工夫，陶生听到有脚步声，斜眼一看，见两个女子从房间里走出来，把丢失的书送还到书桌上。一位约二十岁，一位才十七八，长得都很漂亮。两个女子徘徊着来到床下，相视而笑。陶生静静地躺着，一动也不动。那个年纪大点儿的女子抬起一只脚踹他的肚子，小的则捂着嘴笑。陶生觉得心神动荡，好像把持不住，赶紧严肃地端正念头，始终也不搭理她们。

年长的女子见此就靠得更近了，左手捋他嘴角的胡子，右手轻轻地拍着他的脸颊，微微作响，年轻的那位笑得更厉害了。陶生突然坐起身，厉声呵斥道：“大胆

曰:“鬼物敢尔!”二女骇奔而散。生恐夜为所苦,欲移归,又耻其言不掩[5],乃挑灯读。暗中鬼影憧憧,略不顾瞻。夜将半,烛而寝。始交睫,觉人以细物穿鼻,奇痒,大嚏,但闻暗处隐隐作笑声。生不语,假寐以俟之。俄见少女以纸条捻细股,鹤行鹭伏[6]而至,生暴起诃之,飘窜而去。既寝,又穿其耳。终夜不堪其扰。

鬼魅,竟敢如此猖狂!”两女子惊吓得落荒而逃。陶生担心夜里受她们的捉弄,就想搬回去;又想起自己之前说的话,要是说一套做一套实在可耻,就挑灯读书。黑暗中,鬼影来回晃动,陶生丝毫不为所动。快到半夜时,他点上蜡烛上床休息去了。刚合上眼,感觉有人用细小的东西在他鼻孔里撩拨,奇痒难耐,打了个大喷嚏,只听闻黑暗处隐隐传来笑声。陶生没说话,继续假装睡觉,看看还有什么花样。不一会儿,看见那个年少的女子把纸条捻成一股,压低身子来到近前,陶生猛地坐起来大声呵斥,女鬼就飘然逃走了。睡下后,鬼又来捅他耳朵,他整晚被折腾得够呛。

注释 1 除事厅:本为官府办公的大厅,此处指家里的厅堂。 2 逡(qūn)巡:因有所顾虑而徘徊不前或退却。 3 捋髭(lǚ zī):用手捋嘴边的胡子。 4 轻批颐颊:轻轻拍打面颊。 5 其言不掩:即“行不掩言”,言行不一,说一套做一套。 6 鹤行鹭伏:像仙鹤、苍鹭捕鱼时那样,弯着身子缓步前行。

鸡既鸣,乃寂无声,生始酣眠,终日无所睹闻。日既下,恍惚出现。生遂夜炊,将以达旦。长者渐曲肱[1]几上观生读,

等到鸡鸣,才寂静无声,陶生方熟睡过去。一白天什么都没看到,太阳落山后,鬼影又恍惚出现了。陶生就赶夜做饭,想熬个通宵。那个年纪稍大的女子就支着胳膊,趴在桌儿上看陶生读书,过

既而掩生卷。生怒捉之，即已飘散；少间，又抚之。生以手按卷读，少者潜于脑后，交两手掩生目，瞥然去，远立以哂。生指骂曰：“小鬼头！捉得便都杀却！”女子即又不惧。因戏之曰：“房中纵送[2]，我都不解，缠我无益。”二女微笑，转身向灶，析薪溲米[3]，为生执爨[4]。生顾而奖曰：“两卿此为，不胜憨跳[5]耶？”俄顷粥熟，争以匕[6]、箸、陶碗置几上。生曰：“感卿服役，何以报德？”女笑云：“‘饭中溲合砒、鸩[7]矣。”生曰：“与卿夙无嫌怨，何至以此相加。”啜已复盛，争为奔走。生乐之，习以为常。

日渐稔[8]，接坐倾语[9]，审其姓名。长者云：“妾秋容乔氏，彼阮家小谢也。”又研问所由来，

了会儿就伸手盖住书卷。陶生很生气，一把捉住女子，女子随即消散飘去；过了片刻又现出身形，过来捂住书。陶生用手按着书继续读，年少的女子这时溜到他身后，两手交叉捂住陶生的眼睛，一眨眼又走开了，躲在远处“咯咯”笑个不停。陶生指着她骂道：“小鬼头，要让我抓住了非打死你不可！”女子却一点也不害怕。于是陶生就开玩笑说：“男欢女爱的事儿我可一点儿都不懂，你们纠缠我可没什么用。”两女子微微一笑，转身走到灶台边，又是劈柴又是淘米，忙着给陶生烧火做饭。陶生看了看夸奖说：“二位小姐如此，不比瞎折腾强吗？”不一会儿饭做好了，二人抢着摆放碗筷汤匙。陶生见此感慨说：“感谢二位小姐操劳，我拿什么报答你们呀？”女子笑着说：“饭里边可下了砒霜毒药。”陶生接话道：“小生与姑娘素无仇怨，何至于如此加害？”喝完又盛了一碗，两人争先给他端碗。陶生乐得高兴，次数多了也就习以为常了。

渐渐混熟了，彼此坐下来尽情畅谈，问她们姓甚名谁，大的说：“妾身名秋容，姓乔。她是阮家的小谢。”又询问她们的来历，小谢笑道：“你这个傻男人！

小谢笑曰:“痴郎!尚不敢一呈身,谁要汝问门第,作嫁娶耶?”生正容曰:“相对丽质,宁独无情;但阴冥之气,中人必死。不乐与居者,行可耳;乐与居者,安可耳。如不见爱,何必玷两佳人?如果见爱,何必死一狂生?”二女相顾动容,自此不甚虐弄之。然时而探手于怀,捋裤于地,亦置不为怪。

连身子都不敢让我们看一眼,谁要你问我们出身门第了,难道想娶我们姐妹不成?”陶生听了一脸严肃地说:“面对二位佳人,我难道会不动心吗?但幽冥阴森之气,凡人中了必定要死。你们若不乐意住这儿,离开就是;若喜欢待在这儿,安心住下就是。如果你们不喜欢我,我何必玷污二位佳人呢?如果你们对我有意,何必让我这个狂生送死呢?”两位姑娘互相看了看,深受感动,从此闹腾得就没那么厉害了。然而,有时还是会把手伸到他怀里,或者把他裤子给脱了,陶生对此毫不介意,也不怪罪她们。

注释 **1** 曲肱(gōng):弯着胳膊作枕头。 **2** 房中纵送:指男欢女爱之事。 **3** 析薪溲米:劈柴淘米。 **4** 执爨(cuàn):烧火做饭。 **5** 憨跳:顽皮淘气。 **6** 匕:勺子。 **7** 溲合砒、鸩:掺和着砒霜和毒酒。 **8** 稔(rěn):熟悉。 **9** 倾语:尽情交谈。

一日,录书[1]未卒业而出,返则小谢伏案头,操管[2]代录。见生,掷笔睨笑[3]。近视之,虽劣不成书,而行列疏整。生赞曰:“卿雅人也!苟乐此,仆教卿为之。”乃

一天,陶生书没抄完就出去了,回来时,看到小谢趴在桌子上代为誊录。见陶生来了,小谢就搁下笔,娇羞地侧头笑了笑。走近一看,虽然写得不像样子,但也算整齐成行。陶生就夸赞说:“卿是风雅之人啊!如果喜欢写字,我可以教你。”说着就把小谢搂怀里,把着手腕教

拥诸怀，把腕而教之画。秋容自外入，色乍变，意似妒。小谢笑曰："童时尝从父学书，久不作，遂如梦寐。"秋容不语。生喻其意，伪为不觉者，遂抱而授以笔，曰："我视卿能此否？"作数字而起，曰："秋娘大好笔力！"秋容乃喜。生于是折两纸为范，俾共临摹。生另一灯读，窃喜其各有所事，不相侵扰。仿[4]毕，祗立[5]几前，听生月旦[6]。秋容素不解读，涂鸦不可辨认，花判[7]已，自顾不如小谢，有惭色。生奖慰之，颜始霁。二女由此师事生，坐为抓背，卧为按股，不惟不敢侮，争媚之。

她笔画。这时，秋容从外边进来，见到这一幕，马上变了脸色，似乎很是嫉妒。小谢笑着说："我小时候曾跟随父亲学写字，好长时间不写了，就好似在做梦。"秋容进屋后一言不发，陶生心里明白怎么回事，就假装什么都不知道，揽过来抱着她，递给她一支笔说："我看看你能写字吗？"秋容写了几个字便站起身，陶生称赞道："秋娘的笔力真是太好了！"秋容这才高兴起来。于是，陶生把两张纸对折成格，写上范字，让她们俩一起临摹。他自己则在另一盏灯下读书，暗自庆幸两女都各有事做，不会再来捣乱了。二人写好后，恭敬地立在几案前，听候陶生品评。秋容本来就不识字，写得歪七扭八看都看不清；对比之后，面带惭色，自觉写得不如小谢。陶生见此，就奖励宽慰她一番，秋容这才露出笑容来。从此，秋容和小谢便把陶生当作老师对待，坐着就给他挠背，躺着就给他按腿，不仅不敢戏弄，还争先讨好。

注释　1 录书：抄书。　2 操管：拿着毛笔。　3 睨(nì)笑：斜视而笑，此处指小谢因被陶生撞见抄写而不好意思地侧头而笑。　4 仿：临摹。　5 祗(zhī)立：恭敬地站立着。　6 月旦：品评，评论。　7 花判：旧时官吏用骈体文写作的语带滑稽的判词，此处指对比、评阅。

逾月，小谢书居然端好，生偶赞之。秋容大惭，粉黛淫淫[1]，泪痕如线，生百端慰解之乃已。因教之读，颖悟非常，指示一过，无再问者。与生竞读[2]，常至终夜。小谢又引其弟三郎来拜生门下，年十五六，姿容秀美，以金如意一钩为贽。生令与秋容执一经[3]，满堂咿唔，生于此设鬼帐焉。部郎闻之喜，以时给其薪水。积数月，秋容与三郎皆能诗，时相酬唱。小谢阴嘱勿教秋容，生诺之；秋容阴嘱勿教小谢，生亦诺之。一日，生将赴试，二女涕泪持别。三郎曰："此行可以托疾免。不然，恐履不吉[4]。"生以告疾为辱，遂行。

先是，生好以诗词讥切[5]时事，获罪于邑贵介[6]，日思中伤之。阴赂

过了一个多月，小谢字居然写得端庄秀丽；陶生偶尔夸奖几句，秋容听了就感到很惭愧，泪如珠滚，冲散了粉黛，痕迹如线。陶生百般宽慰，不停地劝解，这才消停下来。于是教她读书，没想到秋容聪明异常，只教一遍就懂了，不会再问第二遍，秋容就陪着陶生一起读书，常常学到深夜。小谢又把弟弟三郎带过来拜在陶生门下，三郎才十五六岁，生得清秀俊美，送上一柄金如意当拜师礼。陶生让他和秋容各学一种儒家经书，从此满堂都是读书声，陶生竟然在此开办起了教鬼的学堂。姜员外听闻此事很高兴，便定期给他开薪水。几个月后，秋容和三郎都能作诗了，几个人时常互相唱和。小谢曾偷偷嘱咐陶生不要教秋容，他满口答应；秋容也悄悄叮嘱陶生不要教小谢，他也应承下来。一天，陶生将要赶考，两位佳人挥泪送别，三郎挽留说："此次赴试，你可以生病为由推辞掉。要不然，恐怕会遭遇祸患。"陶生觉得借口生病实为羞辱，就执意上路了。

此前，陶生好写一些讥讽时事的诗词，因此得罪了县里的权贵，整天想着打击报复。此人就暗地里贿赂学政，诬告

学使,诬以行简[7],淹禁[8]狱中。资斧绝,乞食于囚人,自分已无生理。忽一人飘忽而入,则秋容也,以馔具馈生。相向悲咽,曰:“三郎虑君不吉,今果不谬。三郎与妾同来,赴院[9]申理矣。”数语而出,人不之睹。越日,部院出,三郎遮道声屈,收之[10]。秋容入狱报生,返身往侦之,三日不返。生愁饿无聊,度一日如年岁。

陶生行为放荡,蔑视礼法。陶生被关入大牢,盘缠花完了,不得不向囚犯乞讨吃的,想着已经没有生还的希望了。忽然有人飘然而入,定睛一看原来是秋容。她带了些饭菜给陶生吃。两人相对痛哭,秋容道:“三郎担忧你此行有难,如今果然如此。他这次跟我一起前来,已经去巡抚衙门给你伸冤了。”说了几句,秋容就走了,其他人什么都没看见。第二天,巡抚外出时,三郎拦路喊冤,被衙役带了下去。秋容又来到监狱报告陶生,然后返身回去打探情况,过了三天都没回来。陶生愁得百无聊赖,忍饥挨饿,度日如年。

注释 1 粉黛淫淫:脸上抹的粉和眉上涂的黛随着泪水流下来。 2 竞读:此处指陪读。 3 执一经:专门学习一种儒家经典。 4 恐履不吉:恐怕会遭遇凶险。 5 讥切:讥讽。 6 邑贵介:县里的权贵。 7 行简:行为放荡不检点。 8 淹禁:长期关押在监狱中。 9 院:巡抚衙门。清代巡抚多兼任都察院右副都御史衔,故称巡抚为“部院”。 10 收之:此处指三郎被衙役带走。

忽小谢至,怆惋欲绝,言:“秋容归,经由城隍祠,被西廊黑判强摄去,逼充御媵[1]。秋容不屈,今亦幽囚。妾驰百

忽然小谢来了,伤心难过得要死,说:“秋容回去时,路过城隍庙,被西廊下的黑判官强行带走,逼做小妾。秋容宁死不从,现在也被关了起来。妾身走了百里的路,精疲力竭;到城北的时候,脚

里，奔波颇殆[2]；至北郭，被老棘刺吾足心，痛彻骨髓，恐不能再至矣。”因示之足，血殷凌波[3]焉。出金三两，跛踦[4]而没。部院勘三郎，素非瓜葛，无端代控，将杖之，扑地遂灭；异之，览其状，情词悲恻。提生面鞫[5]，问：“三郎何人？”生伪为不知。部院悟其冤，释之。既归，竟夕[6]无一人。更阑，小谢始至，惨然曰：“三郎在部院，被廨神[7]押赴冥司。冥王以三郎义，令托生富贵家。秋容久锢，妾以状投城隍，又被按阁[8]不得入，且复奈何？”生忿曰：“黑老魅何敢如此！明日仆其像，践踏为泥。数城隍而责之，案下吏暴横如此，渠在醉梦中耶！”悲愤相对，不觉四漏[9]将残。

秋容飘然忽至。两

底又被荆棘扎伤，痛彻骨髓，恐怕以后再也不能来了。”说完就抬起脚，只见鲜血染红了鞋袜。小谢拿出三两银子交给陶生，就一瘸一拐地走了。巡抚审讯三郎，认为他和陶生素不相识，无端替他伸冤情属可疑，便下令打他板子。结果三郎扑倒在地，一下就消失了。巡抚对此颇感奇异，再看状纸，言辞悲痛诚恳。于是就提审陶生，问他三郎是什么人，陶生假装不知情，巡抚就恍然明白此案肯定有冤情，便把陶生放了。回去后，整晚都没有人来。一直到深夜，小谢才来，她神情惨淡地说：“三郎在巡抚衙门被官署的守护神带走了。阎罗王因他为人正义，便令其托生到富贵人家。我见秋容姐姐被关了很长时间也没消息，就到城隍庙投了状子，结果被压下递不上去，你说这可怎么办啊？”陶生听了勃然大怒：“这个黑老鬼竟敢如此猖狂！明天我就过去推倒他的塑像，把他踩成烂泥。我要列举罪状责问城隍老爷，他手下官吏如此横暴，他难道是喝多了在梦里吗！”他和小谢悲愤相对，不自不觉四更将尽。

忽然，秋容飘然而至。两人又惊又喜，急忙问是怎么回事。秋容落泪道：“这

人惊喜,急问。秋容泣下曰:"今为郎万苦矣!判日以刀杖相逼,今夕忽放妾归,曰:'我无他,原以爱故。既不愿,固亦不曾污玷。烦告陶秋曹[10],勿见谴责。'"生闻少欢,欲与同寝,曰:"今日愿为卿死。"二女戚然曰:"向受开导,颇知义理,何忍以爱君者杀君乎?"执不可。然俯颈倾头[11],情均伉俪。二女以遭难故,妒念全消。

回我为郎君可是受尽了千辛万苦。判官每天以刀棍相逼,今晚突然放我回来,还说:'我并没有其他意思,带你过来原本也是出于爱恋之心。你既然不愿意也就算了,本来也没玷污你的清白。烦请回去后,告诉陶秋曹,他大人有大量,别跟我一般见识。'"陶生听了稍微有点喜悦,就想和她俩同眠,说:"我今日愿跟你们恩爱以死。"两位女子听了难过地说:"从前受你的教导,方懂得一些义理,我们怎么忍心因为喜爱郎君而杀害你呢?"执意不允,然而三人耳鬓厮磨,如同夫妻那样亲昵。秋容和小谢经历了这场磨难,彼此的嫉妒心全没了。

注释　1 御媵:小妾。　2 殆:艰辛。　3 血殷凌波:鲜血染红了鞋袜。殷,浸染。凌波,本指步履轻盈,此处代指鞋袜。　4 跛踦(bǒ qī):走路不稳的样子。　5 面鞫(jū):当面审讯。　6 竟夕:彻夜。　7 廨(xiè)神:官署的守护神。　8 按阁:搁置。　9 四漏:四更,半夜一点至三点。　10 秋曹:刑部的官员。《周礼》以秋官为大司寇,执掌刑狱,后世遂以秋官指称刑部。　11 俯颈倾头:低着脖,垂下头。此处指男女碰头交颈,互相爱抚。

会一道士途遇生，顾谓“身有鬼气”。生以其言异，具告之。道士曰：“此鬼大好，不拟负他。”因书二符付生，曰：“归授两鬼，任其福命。如闻门外有哭女者，吞符急出，先到者可活。”生拜受，归嘱二女。后月余，果闻有哭女者，二女争奔而去。小谢忙急，忘吞其符。见有丧舆[1]过，秋容直出，入棺而没；小谢不得入，痛哭而返。

生出视，则富室郝氏殡其女。共见一女子入棺而去。方共惊疑，俄闻棺中有声，息肩发验[2]，女已顿苏。因暂寄生斋外，罗守[3]之。忽开目问陶生，郝氏研诘之，答云：“我非汝女也。”遂以情告。郝未深信，欲舁归，女不从，径入生

一次，有个道士恰巧途中与陶生相遇，就对他说：“你身上有鬼气。”陶生觉得道士所言不同寻常，就把事情都告诉了他。道士说：“这两个鬼都非常好，不可辜负了她们。”于是就写了两道符交给陶生，嘱咐道：“你拿回去送给她们俩，剩下的就要看各自的造化了。如果听到门外有人哭女儿，把符吞了赶紧跑出去，谁先到棺材，谁就能再生。”陶生拜谢后收下符，回去便把道士的话嘱咐给秋容和小谢听。过了一个多月，果然听到门口有哭女儿的，两人竞相奔出。小谢太着急，忘了吞符。眼见灵车过来了，秋容直奔而出，进入棺材就不见了。小谢跑到跟前却进不去，又急又气，痛哭着回来了。

陶生出门一看，原来是大户人家郝氏正在给女儿出殡。在场的人都看见一个女子走进了棺材。正在惊疑之际，忽然听到棺材里有响声，就放下来开棺查看，女子竟然复苏了。于是就把灵车停在陶生家门口，围了一圈人守着。女子忽然睁开眼问陶生在哪儿，郝氏就盘问她是怎么回事，回答说：“我不是你家的女儿。”便以实情相告。郝氏将信将疑，想先把女儿抬回家，可女子就是不答应，

斋，偃卧不起。郝乃识婿而去。

径直跑进陶生房中，躺在床上赖着不走。郝氏没办法，就认了陶生做女婿才回去。

注释 1 丧舆：即灵车，出殡时运送棺材的车子，此处为人力肩扛的架子。 2 息肩发验：放下肩头扛的架子，打开棺材查验。 3 罗守：环绕守候。

生就视之，面庞虽异，而光艳不减秋容，喜惬[1]过望，殷叙[2]平生。忽闻呜呜鬼泣，则小谢哭于暗陬[3]。心甚怜之，即移灯往，宽譬[4]哀情，而衿袖淋浪，痛不可解，近晓始去。天明，郝以婢媪赍送香奁[5]，居然翁婿矣。暮入帷房，则小谢又哭。如此六七夜。夫妇俱为惨动，不能成合卺之礼[6]。生忧思无策，秋容曰："道士，仙人也。再往求，倘得怜救。"

陶生上前仔细打量这个女孩儿，觉得她虽然和秋容相貌不同，但姿色靓丽，丝毫不在秋容之下，于是大喜过望，心里很满意。两人殷切地谈论着往事，忽然听到"呜呜"的鬼哭声，原来是小谢在阴暗处痛哭。陶生顿生怜爱之心，就拿着灯走过去，对小谢好言相劝，宽慰她不要再伤心了。而小谢哭得衣袖都湿透了，越哭越难受，怎么都劝不住，一直到天快亮了才离去。第二天清早，郝氏派丫环、老妈子过来送嫁妆，两家居然成了翁婿。傍晚，两人走进卧室，又听见小谢在哭，如此这般闹腾了六七夜。陶生夫妇被小谢凄惨的哭声打动，一直没办成婚礼。陶生心绪忧虑，想不出办法。秋容就说："那个道士是位活神仙；你再过去求求他，或许他会大发慈悲出手相救。"

生然之。迹道士所在，叩伏自陈。道士力言"无术"，生哀不已。道士笑曰："痴生

陶生觉得有理，就来到道士的住处，趴在地上叩头陈述了实情。道士极力推

好缠人。合与有缘，请竭吾术。”乃从生来，索静室，掩扉坐，戒勿相问；凡十余日，不饮不食。潜窥之，瞑若睡。一日晨兴，有少女搴帘入，明眸皓齿，光艳照人，微笑曰：“跋履终夜，惫极矣！被汝纠缠不了，奔驰百里外，始得一好庐舍[7]，道人载与俱来矣。待见其人，便相交付耳。”敛昏，小谢至，女遽起迎抱之，翕然合为一体，仆地而僵。道士自室中出，拱手径去。拜而送之，及返，则女已苏。扶置床上，气体渐舒，但把足呻言趾股酸痛，数日始能起。

辞，说自己没有办法，陶生便哀求不止。道士笑了笑说：“你这个书呆子真是缠人！贫道也算跟你有缘，请让我尽力试一试。”于是就跟着陶生来到家里，要了间安静的房间，关上门盘腿打坐，并告诫陶生不要打扰自己；一连过了十几天都不吃不喝。陶生悄悄过来窥探，道士好像睡着了似的。一天早上起来，有位少女掀起帘子走了进来，大大的眼睛，洁白的牙齿，光彩动人。她微笑着说：“终日奔波，真是累死了！被你纠缠不过，跑了一百多里地，才找到一个好身体，道士背着一块儿来了。等我见了那个人，便当面交给她。”等到黄昏时分小谢来了，女子赶紧迎上前去抱住她，两人一下子便合为一体，倒地上直挺挺地躺着。道士这时从房里出来，拱了拱手就径自走了。陶生赶紧拜谢送行，等回来时，女子已经醒了过来。把她扶到床上，她呼吸渐渐舒畅，只是抱着脚呻吟说脚趾、大腿酸痛得厉害，过了好几天才能下床走路。

注释 1 喜惬(qiè)：高兴，满意。 2 殷叙：殷切地叙述往事。 3 暗陬(zōu)：黑暗的角落。 4 宽譬：宽慰劝解。 5 香奁：古代女子的妆具，盛放香粉、镜子等物的匣子。 6 合卺(jǐn)之礼：喝交杯酒，此处指婚礼。 7 庐舍：田野间的屋舍，此处指魂魄的居所，即人身。

后生应试得通籍[1]。有蔡子经者与同谱[2]，以事过生，留数日。小谢自邻舍归，蔡望见之，疾趋相蹑[3]，小谢侧身敛避，心窃怒其轻薄。蔡告生曰："一事深骇物听[4]，可相告否？"诘之，答曰："三年前，少妹夭殒，经两夜而失其尸，至今疑念。适见夫人，何相似之深也？"生笑曰："山荆陋劣，何足以方君妹？然既系同谱，义即至切，何妨一献妻孥[5]。"乃入内，使小谢衣殉装[6]出。蔡大惊曰："真吾妹也！"因而泣下。生乃具述本末。蔡喜曰："妹子未死，吾将速归，用慰严慈[7]。"遂去。过数日，举家皆至。后往来如郝焉。

后来，陶生应试高中做了官。有位叫蔡子经的跟他是同科进士，恰好有事前来走访，在家里住了几日。一次，小谢从邻居家回来，蔡生望见她，急忙上前跟了过去。小谢就侧身躲避，对蔡生的轻薄举动，心里很生气。蔡生对陶生说："有件事实在令人惊讶，仁兄能否如实相告？"问他何事，便说："三年前，我的小妹夭折了，两天后尸体却消失不见了，直到今天还是个谜。刚才见到嫂夫人，为何跟我妹妹长得那么像呢？"陶生听了笑道："我妻子相貌丑陋，怎么能跟你的妹妹比呢？然而咱俩既然是同年，情深义厚，让你见一下我太太又何妨呢？"于是就走到里屋，让小谢穿着下葬时的衣服出来。蔡生见了，大吃一惊："真是我妹妹啊！"说着掉下了眼泪。陶生就把事情经过给他讲了一遍。蔡生高兴地说："原来妹妹没死啊，我得赶快回去告诉家人，好让父母大人放心。"说完就走了。过了几天，蔡生全家都过来了，往后两家互相来往也如同郝家一样。

注释　1 通籍：在朝廷有了名籍，指开始做官。　2 同谱：同一批考中的。　3 蹑(niè)：跟踪。　4 物听：众人的言论，公共舆论。

5 妻孥(nú):妻子和儿女。 6 殉装:下葬时所穿衣物。 7 用慰严慈:意思是把消息告诉家人,好让父母宽心。

异史氏曰:"绝世佳人,求一而难之,何遽得两哉!事千古而一见,惟不私奔女者能遘[1]之也。道士其仙耶?何术之神也!苟有其术,丑鬼可交耳。"

异史氏说:"绝代佳人,求得一位已经很难了,怎么会一下子得到两个呢!真是千载一见的稀罕事,只有坐怀不乱的人才能遇到啊。这位道士大概是神仙吧?要不法术怎么会如此神奇呢?如果真有这样的法术,丑鬼也可以结交了。"

注释 1 遘(gòu):遇。

缢 鬼

原文

范生者宿于逆旅,食后烛而假寐[1]。忽一婢来,袱衣置椅上,又有镜奁揥篋[2],一一列案头,乃去。俄一少妇自房中出,发篋开奁,对镜栉掠[3];已而髻,已而簪,顾影徘徊甚久。前婢

译文

范生寄宿在旅店中,一日饭后,他点上蜡烛,和衣打盹。忽然看到一个侍女走进来,将一包衣服放在椅子上,又把梳妆镜和化妆盒一一摆放到桌上,然后就离开了。不一会儿,从房中走出一个年轻女子,打开化妆盒,对着镜子打扮起来。只见她慢慢梳好头发,插上发簪,对着镜子,仔细照来照去。过了一会儿,刚才那个侍女又走了进来,端过水来给女子洗脸。等女子洗好后,便拿来毛巾

来,进匜沃盥[4]。盥已捧帨[5],既,持沐汤去。妇解袱出裙帔[6],炫然新制,就着之。掩衿提领,结束周至。范不语,中心疑怪,谓必奔妇[7],将严装以就客也。妇妆讫,出长带,垂诸梁而结焉。讶之。妇从容跂[8]双弯[9],引颈受缢。才一着带,目即含,眉即竖,舌出吻二寸许,颜色惨变如鬼。大骇奔出,呼告主人,验之已渺。主人曰:"曩子妇经[10]于是,毋乃此乎?"异哉!既死犹作其状,此何说也?

给她,让她擦干,然后端着洗脸水走开了。这时,年轻女子打开包袱,从中取出崭新鲜亮的裙子和披肩,穿戴起来。又不时抚平衣角,拉拉衣领,穿戴得十分整齐。范生见状,并不说话,只是心中有些疑惑惊讶,私下里认为这一定是个跟人私奔、不守妇道的女子,盛装打扮之后去和她的姘头幽会。那妇人打扮好后,竟然拿出一根长长的绳带,挂到房梁上,打好结。范生感到十分惊讶。只见那妇人从容地踮起双脚,伸长脖子,上吊自杀。她刚刚碰到绳子,眼睛就闭上了,眉毛也立刻竖立起来,舌头吐出嘴外二寸多长,脸色惨白仿佛鬼一般。范生吓得赶紧跑了出去,呼喊着把事情告诉旅店的主人,大家一起过去查看,却已经看不到这女鬼了。旅店的主人说:"以前我儿媳妇就是在这里上吊自杀的,莫非是她吗?"真是奇怪的事情呀!人已经死了,却还要重现当时自杀的情境,这该怎么解释呢?

注释 1 假寐:和衣打盹。 2 镜奁揥(tì)箧:梳妆镜和首饰盒。揥,古代的一种首饰,可用来搔头。 3 栉掠:梳妆。 4 进匜(yí)沃盥:送上水盆供她浇水洗手。匜,一种盛水洗手的用具。沃盥,浇水洗手。

5 帨(shuì):毛巾。 6 裙帔(pèi):布裙披肩。帔,古代披在肩背上的服饰。 7 奔妇:私奔的女子。 8 跂(qǐ):踮起脚跟。 9 双弯:双脚。

10 经:上吊。

异史氏曰："冤之极而至于自尽，苦矣！然前为人而不知，后为鬼而不觉，所最难堪者，束装[1]结带时耳。故死后顿忘其他，而独于此际此境，犹历历[2]一作，是其所极不忘者也。"

异史氏说："人被冤枉到莫可辩白、毫无办法的时候，才会去自杀，这该是有多大的苦啊！但是死前做人的时候还不觉得，死后做鬼的时候也是毫无感觉，倒是临死之前梳妆打扮、结绳上吊的那段时间，最让她难以忍受而感到极其痛苦。所以死了之后，其他事情都立刻忘记了，只有对此场景，记忆最为深刻，最不能忘记，所以才会在那里清晰地重现一番当时的情景。"

注释 1 束装：梳妆打扮。 2 历历：清晰分明。

吴门画工

原文

吴门[1]画工某，忘其名。喜绘吕祖[2]，每想像神会，希幸一遇，虔结在念，靡刻不存。一日，有群丐饮郊郭[3]间，内一人敝衣露肘，而神采轩豁[4]。心忽动疑为吕祖，谛视[5]，愈觉其确，遂捉其臂曰：

译文

苏州有一个画工，忘记他的名字了。他喜欢画吕洞宾。每次作画时，都先在脑海中想象他与吕洞宾神交。画工一直希望能够遇到吕洞宾。这个想法在脑海中萦绕了很久，没有一刻不希望如此。一天，有一群乞丐在郊外喝酒，其中有个人身着一件破破烂烂的衣服，手肘都露了出来，但是他神采奕奕，气宇轩昂，不像凡人。画工心中忽然一动，怀疑他便是吕洞宾的化身，仔细察看了

"君吕祖也。"丐者大笑。某坚执为是,伏拜不起。丐者曰:"我即吕祖,汝将奈何?"某叩头,求指教。丐者曰:"汝能相识,可谓有缘。然此处非语所,夜间当相见也。"转盼[6]遂杳,骇叹而归。

一番,更加觉得他就是吕洞宾的化身,便一把捉住乞丐的胳膊说:"您就是吕洞宾祖师吧!"乞丐听言大笑。画工坚持认为他就是吕洞宾,并且跪拜在地上不起来。乞丐没办法,便说道:"我就是吕洞宾,你想怎么样?"画工闻言连连叩头,只希望吕洞宾指点一二。乞丐说:"你能够认出我来,也算是缘分。但是这里不是说话的地方,夜里我们自然还会相见。"转眼间乞丐就不见了,画工大吃一惊,无可奈何地回去了。

注释 1 吴门:春秋吴国故地,指苏州或苏州一带。 2 吕祖:吕洞宾,号纯阳子,八仙之一。元代封为纯阳演政警化尊佑帝君,通称吕祖。 3 郊郭:城外,郊外。 4 轩豁:谓轩昂开朗,气宇不凡。 5 谛视:仔细察看。 6 转盼:犹转眼,喻时间短促。

至夜,果梦吕祖来,曰:"念子志虑[1]专诚,特来一见。但汝骨气贪吝,不能为仙。我使子见一人可也。"即向空一招,遂有一丽人蹑空而下[2],服饰如贵嫔,容光袍仪,焕映一室。吕祖曰:"此乃董娘娘[3],子审志之。"既

到了晚上,画工果然梦见了吕洞宾。吕洞宾说:"念在你心思专一诚恳,我今天特来见你。但是我看你的骨相气度,贪婪而吝啬,不像是能修道成仙的。我倒是可以让你见一个人。"说着,便向空中一挥手,只见一个美人从天而降。看她的衣着打扮,仿佛就是皇宫里的贵妃,容颜姣好,服饰华丽,光彩照人,满屋生辉。吕洞宾说:"这是董娘娘,你要好好记住她的容貌。"一会儿又问:"你记住了吗?"画工回答说:"记住

而又问:“记得否?”答:“已记之。”又曰:“勿忘却。”俄而丽者去,吕祖亦去。醒而异之,即梦中所见,肖[4]而藏之,终亦不解所谓。

了。”吕洞宾又嘱咐道:“千万不要忘记。”不久,那美人便离去了,吕洞宾也走了。画工梦醒之后,感到十分诧异。他根据梦中所见女子的样子,画了一幅肖像,并且收藏了起来,只是始终未能理解为何要记住那美人的容貌。

注释 **1** 志虑:志愿,心思。 **2** 蹑空而下:从天而降。蹑空,旧谓得道成仙之人可腾空而行或停留空中。 **3** 董娘娘:董鄂妃,正白旗内大臣鄂硕之女,顺治十三年受封,三年后去世。 **4** 肖:画像。

后数年偶游于都。会董妃卒,上念其贤,将为肖像。诸工群集,口授心拟,终不能似。某忽触念梦中人,得无是耶?以图呈进。宫中传览,俱谓神肖[1]。上大悦,授官中书,辞不受;赐万金。名大噪。贵戚家争赍[2]重币[3],求为先人传影[4]。凡悬空[5]摹写,无不曲肖[6]。浃辰[7]之间,累数万金。莱芜[8]朱

数年之后,画工偶然间来到京都。这时董鄂妃刚刚去世,皇上感念她的贤德,想要让人给她画像。于是招揽天下有名的画工,群聚在宫中。皇上派人向他们描述董鄂妃的相貌,画工们据此进行描绘,但是所作的画像与真人终究有很大的差距。这时这位画工忽然心有所动,回忆起梦里见到的那位美人,莫非那人便是董鄂妃?于是他便将之前所绘的那幅画进呈到宫中。宫里面的人传看之后,都说画得很像。皇上大喜,授予他中书官职,但是画工不愿为官,推辞没有接受。于是皇帝便赏给他万两银子。自此画工名声大振,富贵人家争着花重金请他为自己的先人画像。他只是凭空想象一会儿,但画出来的肖像没有不逼真的。十二天便累计赚了万余两白银。

樂佳賓

拱奎曾见其人。

莱芜的朱拱奎还曾经见到过这个画工。

注释 1 神肖:传神酷似。 2 赍(jī):把东西送给别人。 3 重币:重金,厚礼。 4 传影:画像。 5 悬空:凭空。 6 曲肖:完全相似,逼真。 7 浃辰:古代以干支纪日,称自子至亥一周十二日为浃辰。 8 莱芜:今山东省济南市莱芜区。

林 氏

原文

济南戚安期,素佻达[1],喜狎妓,妻婉戒之不听。妻林氏,美而贤。会北兵[2]入境被俘去,暮宿途中欲相犯,林伪诺之。适兵佩刀系床头,急抽刀自刎死,兵举而委诸野。次日,拔舍[3]去。有人传林死,戚痛悼而往。视之,有微息。负而归,目渐动,稍稍嚬呻,扶其项,以竹管滴沥灌饮,

译文

济南人戚安期一向轻佻浪荡,喜欢玩弄妓女。妻子婉言相劝,但他就是不听。他妻子林氏相貌出众,而且十分贤惠。刚好清兵入境,林氏被掳劫而去。夜里安营扎寨后,有个清兵想要强奸林氏,林氏没有办法,只能假装答应他。清兵的佩刀刚好就放在床头,便慌忙抽出刀自杀了。那个兵痞便一把将她抱起,扔到了荒野之中。第二天,清兵拔寨而去。有传言说林氏已经死了,戚安期闻言伤心欲绝,前去为妻子收尸。到了那里,仔细一查看,发现妻子还有微弱的气息。于是他便背起妻子,赶回家中。到家之后,才发现妻子的眼睛竟然慢慢转动起来,口中渐渐能够发出微弱的呻吟声,他轻轻扶起她的

能咽。戚抚之曰："卿万一能活，相负者必遭凶折[4]！"半年，林平复如故；惟首为颈痕所牵，常若左顾。戚不以为丑，爱恋逾于平昔，曲巷[5]之游从此绝迹。林自觉形秽，将为置媵[6]，戚执不可。

脖子，用细竹管给她灌了几滴清水，她也慢慢咽了下去。戚安期轻轻抚摸她，说道："夫人哪，你要是能够活下来，我今天在此发誓，要再敢辜负你，便不得善终！"过了半年多，林氏终于恢复如初，只有头部因为脖子上伤痕的牵拉，总是有点往左歪斜。但戚安期并没有觉得她丑陋，反而比以前更疼爱她，并且从此不再踏足妓院。然而林氏自以为相貌丑陋，想要给他纳个妾。戚安期却坚持不同意这件事。

注释　1 佻达：轻佻浪荡。　2 北兵：明清之际，汉人对关外清军的称呼。　3 拔舍：拔起营寨，全军出发。　4 凶折：不得善终。　5 曲巷：偏僻的小巷，指妓院。　6 置媵：纳妾。

居数年，林不育，因劝纳婢，戚曰："业[1]誓不二[2]，鬼神鉴之。即嗣续[3]不承，亦吾命耳。若不应绝，卿岂老而不能生耶？"林乃托疾，使戚独宿，遣婢海棠，卧其床下。既久，阴以宵情问婢。婢曰并无。林不信。至夜，戒婢勿往，自诣

过了几年，林氏一直未能生育，于是便劝丈夫将婢女收纳为妾。戚安期却说道："我已经发过重誓，此生不再有二心，只专一对你，鬼神都见证了此事。即使我家的后嗣不能传承下去，这也是我的命。如果命中注定我不该断后，那你怎么可能会到老也怀不上孩子呢？"于是林氏便假托生病，不与戚安期同床，让他一个人睡觉，又暗中让婢女海棠躲在床下。过了一段时间，林氏私下里问海棠晚上有什么情况。婢女说："什么事都没有。"林氏不相信。于是她让海棠

婢所卧。少间，闻床上睡息已动。潜起，登床扪[4]之。戚醒问谁，林耳语曰："我海棠也。"戚拒却曰："我有盟誓，不敢更也。若似曩年[5]，尚须汝奔就耶？"林乃下床去。戚仍孤眠。林又使婢托己往就之。戚念妻生平从不肯作不速之客，疑焉。摸其项，无痕，知为婢，又叱之。婢惭而退。及明，以情告林，使速嫁婢。林笑曰："君亦不必过执。倘得一丈夫子[6]，岂不幸甚。"戚曰："苟背盟誓，鬼责将及，尚望延宗嗣乎？"

今夜别去，到晚上自己却偷偷来到海棠睡的地方，躺了下来。不久，她便听到丈夫打起鼾来。于是她便悄悄从床下钻出来，爬到床上，亲抚他。戚安期醒过来，便问是谁。林氏在他耳边喃喃细语道："我是海棠呀！"戚安期闻言，便一把推开她，说道："我发过誓的，不敢变心，违背誓言。如果是在过去，还用得着你来找我吗？"林氏便爬下床去。戚安期还是一个人睡觉。林氏又让海棠假称是自己，去亲近戚安期。戚安期心想妻子林氏从来不会不请自来的，心生怀疑，于是摸了一下那人的脖子，发现没有刀痕，便知道这是婢女海棠。他十分生气，怒骂一声，让她赶快出去。海棠羞愧地离开了。等到天亮，戚安期便将这事告诉了林氏，要求快点把海棠嫁出去。林氏笑着说："你也不要太固执，如果你和她在一起能生个男孩儿，这岂不是很幸运。"戚安期却说："如果我违背誓言的话，天地鬼神一定会惩罚我的，我还指望传宗接代吗？"

注释 1 业：既，已经。 2 不二：不变心，专一。 3 嗣续：子孙世代继承，子孙繁衍。 4 扪：抚摸。 5 曩年：过去的岁月。 6 丈夫子：男孩，儿子。

林一日笑语戚曰："凡农家者流，苗与秀[1]不可知，播种常例不可违。晚间耕耨[2]之期至矣。"戚笑会之。既夕，林灭烛呼婢，使卧己衾中。戚入就榻，戏曰："佃人[3]来矣。深愧钱镈[4]不利，负此良田。"婢不语。婢及举事，小语戚曰："私处小肿，颠猛不任。"戚体意温恤之。事已，婢伪起溺，以林易之。自此时值落红，辄一为之，而戚不知也。未几，婢腹震，林每使静坐，不令给役于前。故谓戚曰："妾劝内婢，而君弗听。设尔日冒[5]妾时，君误信之，交而得孕，将复如何？"戚曰："留犊鬻母。"林乃不言。无何婢举[6]一子，林暗买乳媪，抱养母

林氏有一天笑着对戚安期说："凡是庄稼人都知道，种下种子后能不能出苗结穗，都是不可预知的。但是尽管如此，还是要按时去播种百谷，不可误了农时。今天晚上，是时候耕田下种啦！"戚安期笑了笑，心领神会。等到晚上，林氏吹灭蜡烛，将婢女海棠唤进屋来，让她睡在自己的被窝里。不一会儿，戚安期来到房中，摸到床前，开玩笑说："勤劳的农夫来啦，可惜我这农具都不怎么锋利了，实在有负这良田啊。"婢女并不说话，接着开始行房，海棠小声告诉他说："你太用力了，我阴部有点肿痛，吃不消了。"戚安期便更加温柔，体贴备至。两人一番云雨之后，海棠假装起来上厕所，换了林氏过来。从此之后，海棠经期一过，就让她和戚安期同房，而戚安期一点都不知道。没过多久，海棠的肚子有了动静，林氏便常常让她静坐休养，不让她在跟前忙活。有一天，林氏故意和戚安期说道："我曾经劝你纳海棠为妾，你却不肯答应。如果有一天她冒充我，而你也没有辨认出来，你俩发生了男女关系，她也怀孕了，该怎么办呢？"戚安期回答道："孩子留下，把母亲卖掉。"听罢，林氏便默不作声了。没过多久，海棠就生了一个男孩。于

家。积四五年，又产一子一女。长子名长生，已七岁，就外祖家读书。林半月辄托归宁，一往看视。婢年益长，戚时时促遣之。林辄诺。婢日思儿女，林乃窃为上鬟[7]，送诣母所。林谓戚曰："日谓我不嫁海棠，母家有一义男，业配之。"又数年，子女俱长成。

是林氏暗中雇了一个奶妈，将孩子抱到娘家抚养。大概过了四五年，海棠又生下了一男一女。长子取名叫长生，已经快七岁了，在外祖父家读书。林氏每过半月，便借口回娘家一趟，看看孩子。海棠年纪也不小了，戚安期常常催林氏快把她送出府去，林氏便答应了。海棠日夜思念着自己的孩子，林氏便暗暗给她梳起发髻，把她送到自己娘家。之后，林氏便对丈夫说道："你天天说我不把海棠许配出去，我母亲有个义子，如今已经将海棠许配给他了。"又过了几年，孩子们都长大了。

注释 1 苗与秀：植物初生称苗，开花抽穗称秀。 2 耕耨：耕田除草，泛指耕种。 3 佃人：租种官府或地主田地的农夫。 4 钱镈(jiǎn bó)：农具名。 5 冒：冒充。 6 举：生产。 7 上鬟：绾上发髻，梳成已嫁女子的发式。

值戚初度[1]，林先期[2]治具，为候宾客。戚叹曰："岁月骛过[3]，忽已半世。幸各强健，家亦不至冻馁。所阙者，膝下一点耳。"林曰："君执拗，不从妾言，夫谁怨？然欲得

正逢戚安期的生日，林氏提前准备酒席来招待亲友。戚安期感慨道："时间匆匆过去，不知不觉大半辈子已经过去了。还好我俩身体都还健康，家中也不算贫困，饿不着，冻不着的。就是没个一儿半女的，有点遗憾。"林氏说："你当年固执得很，不肯听我的话，如今还能怨谁呢？不过你想要个儿子呀，两个尚且不难，更何况一个呢？"戚

男，两亦甚易，何况一也？”戚解颜[4]曰：“既言不难，明日便索两男。”林曰：“易耳，易耳！”早起，命驾至母家，严妆子女，载与俱归。入门，令雁行立，呼父叩祝千秋[5]。拜已而起，相顾嬉笑。戚骇怪不解。林曰：“君索两男，妾添一女。”始为详述本末。戚喜曰：“何不早告？”曰：“早告，恐绝其母。今子已成立[6]，尚可绝其母乎？”戚感极，涕泣。乃迎婢归，偕老焉。

安期闻言面露喜色，说道：“你既然说不难，那我明天就要向你要两个儿子。”林氏连声道：“简单，简单！”第二天早起，林氏让人赶车到娘家，给子女们换好衣服，穿戴得整整齐齐，载着他们一同回家。刚进门，林氏便让他们站成一排。他们一齐喊“爹爹”，跪拜祝寿。叩拜之后，三个孩子站起来，相互看看，笑笑闹闹。戚安期大惊，不解其中缘故。林氏说：“你要的两个儿子，我不但给你带来了，还给你带来一个女儿。”说着，便将这件事的始末告诉了戚安期。戚安期闻言，大喜道：“你为什么不早点说呢？”林氏说：“我怕早告诉你，你会赶走孩子们的生母。现在孩子们也都长大了，你还能赶走他们的妈妈吗？”戚安期极为感动，老泪纵横。于是立马让人将海棠接回来，从此大家生活在一起，一直到老。

注释　1 初度：生日。　2 先期：约定日期之前；在事情发生或进行之前。　3 骛过：匆匆而过。骛，急，速。　4 解颜：开颜欢笑。　5 叩祝千秋：跪拜祝寿。　6 成立：成长自立。

异史氏曰：“女有存心[1]如林氏者，可谓贤德矣。”

异史氏说：“像林氏一样有心的女人，真可谓是十分贤惠了。”

注释　1 存心：有心。

胡大姑

原文

益都[1]岳于九，家有狐祟[2]，布帛器具，辄被抛掷邻堵。蓄细葛[3]，将取作服，见捆卷如故，解视，则边实而中虚，悉被剪去。诸如此类，不堪其苦。乱诟骂之，岳戒止曰："恐狐闻。"狐在梁上曰："我已闻之矣。"祟益甚。

译文

益都人岳于九，家中有狐妖作祟。狐妖常常将他家的衣物、器皿扔到邻居家的墙头。他家存放了些细葛布，打算用来做衣服，拿出来一看，和之前一样捆扎得结结实实的，打开才发现只剩下外边，中间都已经空了，全被狐妖给剪去了。像这样的事情还有好多，岳家人实在是忍受不了这种骚扰了，一起乱骂起来，岳于九连忙阻止道："快别骂，怕那狐狸会听到。"这时只听狐妖在房梁上说道："我已经听到啦。"自此之后狐妖便愈发变本加厉骚扰这家人。

注释　1 益都：旧县名。三国魏置县，北齐移置青州境。今山东省潍坊市下辖青州市。　2 祟：迷信说法指鬼神给人带来的灾祸。　3 葛：表面有花纹的纺织品，用丝做经，棉线或麻线等做纬。

一日，夫妻卧未起，狐摄衾服去，各白身[1]蹲床上，望空哀祝之。忽见好女子自窗入，掷衣床头。视之，不甚修长；衣绛红，外袭[2]雪花比甲。岳着衣，

一天早上，岳于九夫妻俩还没起床，狐妖悄悄将他俩的衣服和被子偷走了。两人只好光着身子蹲在床上，向空中哀求祷告。然后他们忽然看见一个漂亮的女子从窗口飞来，把他俩的衣服扔到床头。只见这女孩个头不高，穿着红色衣裳，外面还套了一件雪白的背心。岳于九和妻子慌忙穿

揖之曰："上仙有意垂顾，即勿相扰。请以为女，如何？"狐曰："我齿[3]较汝长，何得妄自尊？"又请为姊妹，乃许之。于是命家人皆呼以胡大姑。时颜镇[4]张八公子家，有狐居楼上，恒与人语。岳曰："识之否？"答云："是吾家喜姨，何得不识？"岳曰："彼喜姨曾不扰人，汝何不效之？"狐不听，扰如故。犹不甚祟他人，而专祟其子妇：履袜簪珥往往弃道上，每食，辄于粥碗中埋死鼠或粪秽。妇辄掷碗骂骚狐，并不祷免。岳祝曰："儿女辈皆呼汝姑，何略无尊长体[5]耶？"狐曰："教汝子出[6]若妇，我为汝媳，便相安矣。"子妇骂曰：

好衣服，向她作揖道："上仙您既然有意到此关照我夫妻两个，希望就别再骚扰我一家人，不如我认您做个干女儿，大家一起生活，怎么样？"狐妖说道："我年纪比你大，你怎么敢妄自尊大，要做我的干爹呢？"岳于九闻言，便请求结为金兰姊妹，狐妖才答应了。从此岳于九便让家里人称这狐妖为胡大姑。当时，颜神镇张八公子家也有一只狐妖，就住在他家阁楼上，却不出来作祟，还常常和人说话交流。有一天，岳于九问胡大姑说："你认识张八公子家那个狐仙吗？"胡大姑答道："怎么不认识，那是我们家喜姨。"岳于九又说道："你们家那个喜姨，就没骚扰张家人，你为什么不学着和她一样呢？"胡大姑不听，还和平时一样骚扰岳家人。对其他人还稍微好些，但却专门去祸害岳家的儿媳妇：常常把她的鞋子、袜子、头簪、耳环扔到大街上，每到吃饭，就往她碗里放死老鼠、屎尿之类的污秽之物。岳家儿媳妇也会扔下碗便破口大骂，从不祷告求饶。岳于九向空祷告道："我的儿女们都叫你姑姑，你怎么一点尊长的样子都没有？"狐妖便说："让你儿子把他老婆给休了，迎娶我做你的儿媳，那么大家就相安无事了，我也不再捉弄你的家人。"儿媳妇

"淫狐不自惭,欲与人争汉子耶?"时妇坐衣笥[7]上,忽见浓烟出尻[8]下,熏热如笼。启视,藏裳俱烬;剩一二事,皆姑[9]服也。又使岳子出其妇,子不应。过数日,又促之,仍不应。狐怒以石击之,额破裂血流几毙。岳益患之。

听罢,大骂道:"你这淫荡的狐狸精,不知羞耻,竟然还想和别人争老公!"当时,她正坐在衣服箱子上,忽然看见一股浓烟从身下冒出,熏得她仿佛坐在蒸笼上一般,热得不行。她将衣箱打开,发现衣服全都被烧成灰烬了,只剩下几件婆婆的。狐妖又让岳于九的儿子休了他老婆,岳于九的儿子没有答应。过了几天,狐妖又来催他休妻,依然不答应。狐妖大怒,施法用石头砸他。岳于九的儿子被砸得头破血流,差点就死了。岳于九也更加担心狐妖之患了。

注释 1 白身:光身,赤身。 2 袭:衣上加衣。 3 齿:年龄。 4 颜镇:颜神镇,在益都西南。 5 体:格局,规范。 6 出:休弃。 7 衣笥(sì):盛衣服的竹器,衣箱。 8 尻(kāo):屁股。 9 姑:旧时妻称夫的母亲。

西山李成爻,善符水[1],因币聘之。李以泥金[2]写红绡作符,三日始成。又以镜缚梃上,捉作柄,遍照宅中。使童子随视,有所见,即急告。至一处,童言:"墙上若犬伏。"李即戟手[3]书符其处。既而禹步[4]

西山有个人,名叫李成爻,善于画符施咒,驱鬼拿妖。岳于九便拿钱请他过来捉妖。他在红绡上用泥金画符,过了三天才画好。又将一面镜子绑在棍子上,拿着棍子当作镜柄在四处照来照去。又让一个小孩子跟在后面,看镜子中有无异样,如果有东西显现,就马上告诉他。到了一个地方,小孩子说:"墙上趴着一个东西,跟狗差不多。"李成爻听言,立刻并起两指,在墙上开始画符。接着又在院中跛行,念着咒语。过了

庭中，咒移时，即见家中犬豕并来，帖耳戢尾[5]，若听教命。李挥曰："去！"即纷然鱼贯而去。又咒，群鸭即来，又挥去之。已而鸡至。李指一鸡，大叱之；他鸡俱去，此鸡独伏，交翼[6]长鸣，曰："予不敢矣！"李曰："此物是家中所作紫姑[7]也。"家人并言不曾作。李曰："紫姑今尚在。"因共忆三年前，曾为此戏，怪异即自尔日始也。遍搜之，见刍偶[8]犹在厩梁上。李取投火中。乃出一酒瓻[9]，三咒三叱，鸡起径去。闻瓻口言曰："岳四狠哉！数年后当复来。"岳乞付之汤火；李不可，携去。或见其壁间挂数十瓶，塞口者皆狐

一会儿，岳家蓄养的猪和狗都来了，个个耷拉着耳朵，夹着尾巴，仿佛在听李成爻的指挥。李成爻一挥手，说道："走吧。"它们随即排着队伍，一个跟着一个离开了。李成爻又念起咒语，又有一群鸭子过来。李成爻一挥手，让它们离去。不一会儿，又有一群鸡走了过来。李成爻指着其中一只鸡，大骂；其他鸡都吓得纷纷四散，只有那只鸡趴在地上，扑扇着翅膀，连声叫着，说道："我再也不敢了。"李成爻说："这东西是你们家做的紫姑人偶。"一家人都说没有做过。李成爻说："那人偶现在还在呢。"大家忽然回忆起三年前确实玩过这种求仙的游戏，而且家中的种种怪事也是自那天开始发生的。于是便四处找这个人偶，后来发现它还挂在牲口棚的梁上。李成爻把它扔进火里。又拿出一个酒瓶，对着鸡念了三遍咒语，又痛骂了三次。只见那鸡竟然站立起来，直接走了。这时便听到瓶口有人说话："岳老四啊，算你狠。几年以后我还会回来报仇的。"岳于九请李成爻把这妖孽扔到开水或大火里去，让它永世不得超生。李成爻不答应，还把它带走了。有人看到李成爻家挂着好多这种酒瓶，凡是塞着塞子的，都应该是装着狐妖的。有人说他把这些狐妖一个个放出去，

也。言其以次纵之,出为祟,因此获聘金,居为奇货云。

为非作歹,祸害人家。然后由他出面解决,并借此获得报酬。真是囤货居奇,用心不善哪!

注释 1 符水:画符施咒。巫师道士以符箓焚化于水中,或直接向水画符诵咒,迷信者以为可以辟邪治病。 2 泥金:用金箔和胶水制成的金色颜料。 3 戟手:伸出食指和中指,以其似戟,故称。 4 禹步:谓跛行。相传夏禹治水积劳成疾,身病偏枯,行走艰难,故称。 5 帖耳戢(jí)尾:耷拉着耳朵,夹着尾巴。帖耳,耳朵下垂,驯服状。戢尾,藏尾。 6 交翼:扑扇着翅膀。 7 紫姑:民间传说中厕神名。相传为人家妾,为大妇所嫉,每以秽事相役。正月十五日激愤而死,后为厕神。民间旧俗于元宵祭祀厕神,并迎以扶乩。 8 刍偶:草编人偶。 9 酒瓻(chī):陶制盛酒器具。

细 侯

原文

昌化[1]满生,设帐于余杭。偶涉廛市[2],经临街阁下,忽有荔壳坠肩头。仰视,一雏姬凭阁上,妖姿要妙,不觉注目发狂,姬俯哂而入。询之,知为娼楼贾氏女细侯也。其声

译文

浙江昌化有个姓满的读书人,在余杭教书为生。有一次他偶然到集市上去逛,路过一处靠街的阁楼,忽然有一枚荔枝壳掉到了肩头。他抬头一看,发现一个少女正倚靠在栏杆前,长得十分妖娆,美艳动人。书生不觉盯着看了好久,如痴如醉,心中欣喜若狂。那小姑娘低着头朝他微笑,然后便转身回到屋里。书生多方打听,

价颇高，自顾不能适愿。归斋冥想，终宵不枕[3]。明日，往投以刺，相见，言笑甚欢，心志益迷。托故假贷同人，敛金如干，携以赴女，款洽臻至。即枕上口占[4]一绝赠之云："膏[5]腻铜盘[6]夜未央，床头小语麝兰香。新鬟明日重妆凤，无复行云梦楚王[7]。"细侯蹙然曰："妾虽污贱，每愿得同心[8]而事之。君既无妇，视妾可当家否？"生大悦，即叮咛，坚相约。细侯亦喜曰："吟咏之事，妾自谓无难，每于无人处，欲效作一首，恐未能便佳，为观听所讥。倘得相从[9]，幸教妾也。"因问生："家田产几何？"答曰："薄田半顷[10]，破屋数椽而已。"细侯曰："妾归君后，当长相守，

才知道这少女是妓院老鸨贾氏的女儿细侯。细侯的名声和身价都很高，书生自料很难实现自己的心愿。他回到书斋中，思来想去，一夜未眠。第二天便到妓院，送上自己的名帖。没想到细侯竟然愿意见他，两人在一起说说笑笑，非常快乐。自此，书生就更加迷恋细侯了。他找了个借口向同事们借了些银两，凑够了银子，带着银子去找细侯，两人相见，情深意浓，十分融洽。书生十分欣喜，便在枕上随口给细侯作了首绝句："膏腻铜盘夜未央，床头小语麝兰香。新鬟明日重妆凤，无复行云梦楚王。"细侯皱眉道："我虽是个下贱的妓女，但是也常常希望能嫁给一个情投意合的人，去服侍他。你既然还未娶妻，你看看我能不能嫁给你？"书生心下大喜，再三叮咛，发誓一定会来娶她。细侯也很开心，说道："填词作诗，我自认为不难。我常在没人时，想模仿着作一首，但又恐怕写得不好，被人看笑话。如果能够和你在一起，你一定要教我写诗呀。"接着又问书生："你家中有多少田产？"书生回答道："只有五十亩薄田和几间破草房罢了。"细侯说："等我嫁给你，我们就长相厮守，永不分离，你也不用在外教

勿复设帐为也。四十亩聊足自给，十亩可以种黍，织五匹绢，纳太平之税有余矣。闭户相对，君读妾织，暇则诗酒可遣，千户侯何足贵！”生曰：“卿身价约可几多？”曰：“依媪贪志，何能盈也？多不过二百金足矣。可恨妾齿稚，不知重资财，得辄归母，所私蓄者区区无多。君能办百金，过此即非所虑。”生曰：“小生之落寞，卿所知也，百金何能自致，有同盟友[11]令于湖南，屡相见招，仆以道远，故惮于行。今为卿故，当往谋之。计三四月，可以归复，幸耐相候。”细侯诺之。

书了。我们种田，四十亩的收成大概就可以够我们生活了。另外那十亩我们可以种点黍子，再采点桑叶，织五匹布，在太平年间，也就够交税了。农忙之余，你我二人闭门在家，你读书，我织布，得了空闲，我俩还可以喝点酒，吟诗作词，消遣娱乐，这样的日子，就算是千户侯，也没有什么可以羡慕的了。”书生说：“你的身价大概要多少？”细侯说：“要论我妈妈那贪得无厌的心思，怕是多少银子她都不嫌多。但是要我说，最多二百两银子，再多就不行了。可惜我年纪小，从前不知道攒钱，一有银子就都交给了她，自己的积蓄倒是少得可怜。你只要能筹到一百两就行，剩下的就不用你操心了。”书生道：“你也知道我落魄贫穷，如何能够拿出这百两银子呢。我有一个好友现在在湖南当知县，几次让我过去。我怕路途遥远，行走不便，就没去。现在为了你，我要到他那边想想办法。估计三四个月就可以回来了，希望你耐心等我回来。”细侯答应了。

注释　1 昌化：今浙江省杭州市昌化镇。　2 廛(chán)市：集市，商肆集中之处。　3 不枕：睡不着。　4 口占：作诗文不起草稿，随口而成。　5 膏：灯油。

6 铜盘:灯盘,烛盘。 7 无复行云梦楚王:意为不再记得旧欢。宋玉《高唐赋》记楚顷襄王游于高唐,梦中与巫山神女相会,后以此喻男女欢会。 8 同心:情投意合。 9 相从:在一起。 10 半顷:即五十亩。 11 同盟友:泛指密友。

生即弃馆南游,至则令已免官,以挂误[1],居民舍,宦囊空虚,不能为礼。生落魄难返,就邑中授徒焉。三年,莫能归。偶笞弟子,弟子自溺死[2]。东翁[3]痛子而讼其师,因被逮囹圄[4]。幸有他门人,怜师无过,时致馈遗[5],得以无苦。

书生立马辞掉教书的工作,赶往南方。到了湖南才知道他的朋友已经因为过失被罢免官职了,现在住在平民家里,也没有多少积蓄,不能赠他银两。书生贫困无依,难以返乡,只能在县里教书度日。三年都没凑足盘缠回家。有一次责打了一个学生,这个学生竟然跳水自杀了。学生的父母十分伤心,于是便把书生告上了公堂,书生也因此被关进监狱。幸好还有其他学生认为老师并无过失心生同情,而常常给他带一点东西,因此书生在监狱里过得还不算太糟糕。

注释 1 挂误:谓因过失或牵连而受到处分。 2 自溺死:跳水自杀。 3 东翁:旧时塾师对主人的敬称,此处指学生的父亲。 4 囹圄(líng yǔ):监狱。 5 馈遗:赠予,馈赠。

细侯自别生,杜门不交一客。母诘知故,不可夺,亦姑听之。有富贾某,慕细侯名,托媒于媪,务在必得,不靳直[1]。细侯不可。贾以负

自从和书生分别后,细侯就闭门不再接客。老鸨问明缘故,知道她的心意已决,也就姑且由着她了。有个富商听闻细侯的大名,早已爱慕不已。于是便让老鸨说媒,想不惜一切代价得到细侯。细侯却不同意这门亲事。这个商人因为要到

贩诣湖南，敬侦[2]生耗。时狱已将解，贾以金赂当事吏，使久锢之。归告媪云：“生已瘐死[3]。”细侯不信。媪曰：“无论满生已死，纵或不死，与其从穷措大[4]以椎布[5]终也，何如衣锦而厌[6]粱肉[7]乎？”细侯曰：“满生虽贫，其骨清也；守龌龊商，诚非所愿。且道路之言[8]，何足凭信！”贾又转嘱他商，假作满生绝命书寄细侯，以绝其望。细侯得书，朝夕哀哭。媪曰：“我自幼于汝，抚育良劬[9]。汝成人二三年，所得报者日亦无多。既不愿隶籍[10]，又不肯嫁，何以能生活？”细侯不得已，遂嫁贾。贾衣服簪环，供给丰侈。年余，生一子。

湖南做生意，于是便暗地里打听书生的消息。打听到书生快要出狱了，于是便花重金贿赂主管官吏，求他把书生长期关押。并且回来告诉老鸨说：“那书生已经死在监狱里了。”细侯却不相信。老鸨又说：“别说那书生已经死了，就算是没死，与其嫁给一个穷秀才，到老都是椎髻布衣，哪里比得上跟着富商穿金戴银，锦衣玉食，有享不尽的荣华富贵呢？”细侯却说：“他虽然穷困，但是清清白白，道德高尚。跟着那龌龊不堪的富商，实在不是我所希望的。而且那些只是传言，又怎么可以完全相信呢？”于是商人又嘱托另外一个商人，假作了一篇满生写的绝命书寄给细侯，指望以此断了细侯的念头。细侯收到信后，昼夜啼哭，哀伤不已。老鸨对她说道：“我辛辛苦苦把你从小拉扯大，对你关心备至。你成年这两三年里，对我也没报答多少。你既不想做妓女，又不想嫁人，这以后该怎么生活呢？”细侯实在没办法，只好嫁给了富商。富商对她非常好，衣服首饰，应有尽有。过了一年多，细侯便生了一个孩子。

注释 1 不靳直：不吝惜钱财；不惜一切代价。 2 敬侦：暗地打听。

敬,警戒。 3 瘐(yǔ)死:古代指囚犯因受刑、冻饿、生病而死在监狱里。 4 措大:指贫寒失意的读书人。 5 椎布:椎髻布衣。形容衣饰简朴。 6 厌:同"餍",饱食。 7 粱肉:精美的膳食。粱,精米。 8 道路之言:传言。 9 劬(qú):勤劳,辛苦。 10 隶籍:隶属于乐籍,即做妓女。

无何,生得门人力,昭雪[1]出狱,始知贾之锢己也。然念素无嫌隙,反复不得其由。门人义助资斧[2]以归。既闻细侯已嫁,心甚激楚[3],因以所苦,托市媪卖浆者达[4]细侯。细侯大悲,方悟前此多端,悉贾之诡谋。乘贾他出,杀抱中儿,携所有以归满;凡贾家服饰,一无所取。贾归,怒讼于官。官原[5]其情,竟置不问。嘻!破镜重归,盟心不改,义实可嘉。然必杀子而行,未免太忍[6]矣!

没多久,通过学生的帮助,书生洗清了冤屈,从监狱中被放了出来。后来才知道是富商使坏把自己禁锢在牢里的。但是仔细想想,自己和他并无仇怨,富商为何要陷害自己呢,书生百思不得其解。学生仗义资助路费,让他能够返乡。听说细侯已经嫁人的消息后,书生心中激愤痛苦,只能央求集市里卖酒水的老太太,将他心中的苦楚转告给细侯。细侯听罢十分悲伤,这时才明白之前发生的种种事情,都是那富商用阴谋诡计弄出来的。于是便乘着富商外出,杀死了怀抱中的婴孩,收拾好自己的东西,跑到书生家。凡是富商家的衣服首饰,全部留在了原处。富商回家发现此事,生气地前去报官。官府查明其中实情后,竟然把这件案子搁置,不再审问。啊!破了的镜子能够重新复原,山盟海誓时的初心也没有改变,细侯的贞烈实在值得嘉奖呀。但是出走之时将自己的孩子杀死,这未免也太过于狠心了。

注释 1 昭雪:洗清冤屈。 2 资斧:资财与器用,指旅费。 3 激楚:形容愤激悲楚。 4 达:转告。 5 原:推究,查明。 6 忍:狠心。

狼三则

原文

有屠人货肉归,日已暮,欻[1]一狼来,瞰[2]担上肉,似甚垂涎,随屠尾行数里。屠惧,示之以刃,则稍却[3];及走,又从之。屠思狼所欲者肉,不如悬诸树而早取之。遂钩肉,翘足挂树间,示以空担。狼乃止。屠归。昧爽[4]往取肉,遥望树上悬巨物,似人缢死状,大骇。逡巡[5]近视,则死狼也。仰首细审,见狼口中含肉,肉钩刺狼腭[6],如鱼吞饵。

译文

有一个屠夫卖完肉回家,天色已经晚了。就在这时,忽然跑过来一只狼,看着屠夫担子上挑的肉,似乎非常想吃,馋得口水都流出来了。它尾随屠夫走了好几里路。屠夫感到十分害怕,便抽出刀来,在狼面前晃了晃。狼见状便稍微退后了几步。等到屠夫再挑起担子往回走,狼又跟在他后面了。屠夫心想,狼想要的不就是我这担子上挑的肉吗,我不如就把肉挂到树上,等明天一早再过来拿。于是屠夫就用铁钩钩住肉,踮起脚挂到树杈之间,然后转身将空担子给狼看看。狼便不再跟着他,屠夫也安全到家了。第二天黎明,屠户赶过去拿肉,远远看过去,树上好像挂着一个巨大的东西,就像是有人吊死在那里。屠夫十分害怕,犹豫再三,才慢慢走过去查看,发现竟然是吊着一头死狼。屠夫抬头仔细瞧了瞧,看见狼嘴里还咬着肉,挂肉的钩子直接刺穿了狼的上颚,就像钓鱼时鱼咬钩一样。当时

原文	译文
时狼皮价昂，直十余金，屠小裕焉。缘木求鱼，狼则罹之，是可笑也！	狼皮的价格很高，一张能够卖到十多两银子。于是屠夫便将狼剥皮卖了，生活也稍微有所改善。狼竟然也干出缘木求鱼这样的事情，实在是好笑呀。

注释 1 欻(xū)：忽然。 2 瞰：窥看，看，远望。 3 却：退后。 4 昧爽：拂晓，黎明。 5 逡巡：迟疑不敢向前的样子。 6 腭：口腔的上壁，上颚。

原文	译文
一屠晚归，担中肉尽，止[1]剩骨。途遇两狼缀行[2]甚远。屠惧，投以骨，一狼得骨止，一狼仍从；复投之，后狼止而前狼又至；骨已尽，而两狼之并驱如故。屠大窘，恐前后受其敌。顾野有麦场，场主以薪积其中，苫蔽成丘[3]。屠乃奔倚其下，弛[4]担持刀。狼不敢前，眈眈[5]相向。少时，一狼径去；其一犬坐[6]于前，久之，目似瞑[7]，意暇甚[8]。屠暴	有个屠夫，晚上回家，担子上挑的肉都卖完了，只剩下一些骨头。途中遇到两头狼，跟着他走了很远。屠夫害怕了，便将骨头扔给它们，一头狼得到了骨头，便停下来啃食起来。另外一头狼还是紧随其后，于是屠夫便将剩下的骨头扔给它，它也停下来啃食骨头，然而先前那头狼又走了过来，这时骨头已经没有了，两头狼就和之前一样并排跟着屠夫。遇到这种窘境，屠夫心中十分害怕，担心被两头狼前后夹击。他四处看看，发现田间有一片麦场，场主在那里堆了一些用作柴火的秸秆，堆得高高的，草遮盖着就像小山一样。于是屠夫赶紧跑过去，躲在草堆旁，把担子放下，抽出一把刀。两头狼见状，不敢向前，只是虎视眈眈地注视着他。不一会儿，一头狼直接走开了。另外一头却像狗一样蹲坐在屠户面前，没多时，眼睛眯了起来，像睡了一般，意态十分悠闲。屠户见状，猛地跳起来，手握杀猪刀，用力往狼

起,以刀劈狼首,又数刀毙之。转视积薪后,一狼洞其中,意将隧入以攻其后也。身已半入,露其尾,屠自后断其股,亦毙之。方悟前狼假寐,盖以诱敌。狼亦黠矣!而顷刻两毙,禽兽之变诈[9]几何哉,止增笑耳!

头上砍去,接着又补了几刀,才把它杀死。回身一看,发现另一头狼正在草堆后面挖着洞,想要在草堆之间挖个隧道,穿过去从后面攻击屠夫。只见它半个身子已经进去了,只剩下尾巴露在外面。屠夫悄悄走过去,从后面用力挥刀,砍断它的后腿,把它也杀了。屠夫这才明白刚刚那头狼只是在那边假装打瞌睡,从而吸引屠夫的注意力,得以让另外一头狼前去挖洞。狼也真是狡猾呀!但是顷刻之间,两头狼都被屠夫杀掉,可见禽兽的欺诈手段能有多少,不过给人们增添一些笑料罢了。

注释 1 止:只,仅。 2 缀行:连接成行,这里指尾随而行。 3 苫(shàn)蔽成丘:柴草覆盖成小山似的。苫,用席、布等遮盖。 4 弛:放松,解除。 5 眈眈:威视貌,注视貌。 6 犬坐:像狗一样蹲坐。 7 瞑:闭眼。 8 意暇甚:神情十分悠闲。 9 变诈:巧变诡诈。此处指欺诈的手段。

一屠暮行,为狼所逼。道傍有夜耕者所遗行室[1],奔入伏焉。狼自苫中探爪入,屠急捉之,令出不去,但思无计可以死之。惟有小刀不盈寸,遂割破狼爪

有个屠夫,傍晚赶路时被狼紧紧追赶。忽然发现在路边有一个农民夜间耕田留下的小棚子,屠夫赶忙跑了进去,趴在当中。那头狼便从草苫里伸进一只爪子,屠夫见状,急忙用力抓住不让它缩回去,但一时之间还想不到杀死它的办法。屠夫身上只带了一把不到一寸长的小刀。于是便用刀将狼爪下面的皮割开,用吹猪的方法来吹它。

下皮,以吹豕[2]之法吹之。极力吹移时,觉狼不甚动,方缚以带。出视,则狼胀如牛,股直不能屈,口张不得合。遂负之以归。非屠,乌能作此谋也!三事皆出于屠;则屠人之残,杀狼亦可用也。

屠夫用尽全身力气,吹了一会儿,感觉狼已经不怎么动了,就用绳子把伤口处捆绑起来,不让气泄漏出去。然后出去看,只见狼已经被吹得胀起来,几乎像牛那么大了。它的腿直挺挺的,已经不能弯曲,嘴也张得很大,合不拢了。于是屠夫便背起它回家了。假如被追者不是个杀猪的,又怎么能想出这样的主意呢?这三件事情都发生在屠夫身上,可见屠夫的凶残,在杀狼的时候也是有用的。

注释 **1** 行室:临时搭建的住所。多用草苫、谷秸和树枝搭成。**2** 吹豕:旧时屠户杀猪,为方便刮毛,往往在猪的脚上割出小口,然后向里吹气。

美人首

原文

诸商寓居京舍,舍与邻屋相连,中隔板壁,板有松节[1]脱处,穴如盏。忽女子探首入,挽凤髻,绝美;旋伸一

译文

有几个商人住在京城的一家旅店中,旁边有一间屋子和旅店连在一块儿,中间只隔着一块板子。日久年深,松木板上的树疖渐渐脱落了,形成了一个茶杯大小的洞口。忽然看见一个女子探头过来,她梳着凤髻,极其美丽。不一会儿,竟然又伸进来一只手臂,洁白得像玉

臂，洁白如玉。众骇其妖，欲捉之，已缩去。少顷，又至，但隔壁不见其身。奔之，则又去之。一商操刀伏壁下。俄首出，暴决[2]之，应手而落，血溅尘土。众惊告主人，主人惧，以其首首[3]焉。逮诸商鞫[4]之，殊荒唐。淹系[5]半年，迄无情词[6]，亦未有一人送官者，乃释商，瘗女首。

一样。众人大惊失色，以为是妖怪，正想捉住她，她却又缩了回去。不一会儿，却又伸了过来，但是隔壁却看不到她的身子。众人又一齐奔过去，想要捉住她，却不想她又缩了回去。有一个商人便拿着刀伏在隔板的下方。不一会儿，果然那女人又把脑袋伸了过来，商人猛地起身，迅速朝她脑袋砍下去。霎时之间，脑袋随手落地，溅了一地的血。众人大惊，慌忙去告诉店家主人。主人闻言也很害怕，于是带着美人头前去告官。官府下令，将这几个商人捉来审问，得到的供词都很荒唐。于是就先把他们关进大牢，等待重审。关押了半年多，一直没找到确凿的证据，没能问出符合常理的供词，又因为没人前来报案，于是将他们放了，把女人的脑袋埋了。

注释 1 松节：松树的节心。此处指树疖。 2 决：处死，杀戮。此处是砍的意思。 3 以其首首：拿着美人头去告发。 4 鞫（jū）：审问犯人。 5 淹系：关押。 6 情词：口供，供词。

刘亮采

原文

济南怀利仁曰：刘公亮采[1]，狐之后身[2]也。初，太翁[3]居南山，有叟造其庐，自言胡姓。问所居，曰："只在此山中。闲处人少，惟我两人，可与数晨夕[4]，故来相拜识。"因与接谈，词旨便利[5]，悦之。治酒相欢，醺而去。越日复来，更加款厚。刘云："自蒙下交，分即最深。但不识家何里，焉所问兴居[6]？"胡曰："不敢讳，某实山中之老狐也。与若有夙因[7]，故敢内交[8]门下[9]。固不能为翁福，亦不敢为翁祸，幸相信勿骇。"刘亦不疑，更相契重[10]。即叙年齿[11]，胡作兄，往来如昆季[12]。有小休咎[13]

译文

我曾听济南怀利仁说过，刘亮采先生是狐狸转生的。当初，他父亲住在南山，一个老人家前来拜访，自称姓胡。刘老先生问他家住哪里，他说："就在这山间。这里清静，少有人来，只有你我二人，可以朝夕相处，所以前来拜见。"听罢，刘老先生便和他闲聊起来，发现他善于谈吐，言辞机敏，心下很喜欢这个人。于是准备了酒菜，两人畅饮一番，胡老先生醉醺醺地回家了。过了一天，胡老先生又过来拜访，两人更加投机，交情也更深厚。刘老先生说："自从您与我结交为好友，我俩之间的情分便很深厚。但一直不知道您家住何处，我到哪里去拜访您呢？"胡老先生说："不敢瞒您，其实我是山间的一只老狐狸。和您有前世因缘，所以才敢结交您。我固然不能给您带来福气，但是也不敢祸害您，希望您相信我，不要害怕。"刘老先生也不怀疑，反而对他更加敬重，两人友情也更加深厚。当下就要结为兄弟，问过各自的年龄，胡老先生年长为兄。自此两人就像亲兄弟一样往来。但凡刘老先生将会遇到些什么事，亦以告。

或吉或凶，胡老先生都来相告。

注释 1 刘公亮采：刘亮采，字公严，历城人。明万历二十年(1592)进士，官至户部主事。工诗，善书画，通音律，闻名当时。 2 后身：佛教谓转世之身为后身。 3 太翁：曾祖父或祖父。清时也可称父亲。 4 数(shuò)晨夕：朝夕相处。 5 便利：机敏，灵活。 6 问兴居：请安问好。此处指拜访。 7 夙因：前世因缘。 8 内交：结交。 9 门下：犹阁下。对人的尊称。 10 契重：友情深厚。 11 年齿：年龄。 12 昆季：兄弟。长为昆，幼为季。 13 休咎：吉凶。

时刘乏嗣，叟忽云："公勿忧，我当为君后。"刘讶其言怪，胡曰："仆算数已尽[1]，投生有期矣。与其他适，何如生故人家？"刘曰："仙寿万年，何遂及此？"叟摇首曰："非汝所知。"遂去。夜果梦叟来，曰："我今至矣。"既醒，夫人生男，是为刘公。公既长，身短，言词敏谐，绝类胡。少有才名，壬辰[2]成进士。为人任侠[3]，急人之急，

当时，刘老先生还没有儿子。有一天，胡老先生忽然对他说："您不用担心，我会来做你的后代的。"刘老先生闻言，很惊讶，觉得他说这个话很奇怪。胡老先生说："我自己算过了，寿命已尽，连投胎往生的日子都已经知道了。与其到其他人家，怎么比得上投生到故人家中呢？"刘老先生说："您修炼有成，有万年寿命，哪里会到这种地步呢？"胡老先生摇摇头说道："这不是你能够知道的。"说完便离开了。当晚刘老先生果然梦到胡老先生过来，说："现在我已经来了。"醒来之后，竟然发现妻子生下了一个男孩，也就是刘亮采先生。刘亮采长大后，身材短小，但是言辞敏捷，善于诙谐，和胡老先生很相似。年少之时，就因才气出众而闻名乡里，后来又中了壬辰那一年的进士。他为人侠

以故秦、楚、燕、赵之客，趾蹐于门[4]；货酒卖饼者，门前成市焉。

肝义胆，能急人所急。因此秦、楚、燕、赵等地的人纷纷前来拜访他，出入他家中。卖酒卖饼的小商小贩们也都聚集在他家门口，甚至形成了一个集市。

注释 **1** 数已尽：寿命已尽。数，命数。 **2** 壬辰：明神宗万历二十年，1592年。 **3** 任侠：见义勇为，侠肝义胆。 **4** 趾蹐(jí)于门：纷纷前来拜访。蹐，践踏。

蕙 芳

原文

马二混，居青州[1]东门内，以货面为业。家贫无妇，与母共作苦[2]。一日，媪独居，忽有美人来，年可十六七，椎布[3]甚朴，光华照人。媪惊诘之，女笑曰："我以贤郎诚笃，愿委身[4]母家。"媪益惊曰："娘子天人，有此一言，则折我母

译文

从前有个人名叫马二混，家住青州城东门内，平日里以卖面为生。家中十分清贫，尚未娶到老婆，和老母亲一起辛苦干活度日。有一天，他母亲一个人在家，忽然看到一个漂亮女子走了过来，年纪大约十六七岁，看她的穿着打扮虽然简朴，但是却透着一股迷人的气息，光彩照人。老太太十分惊讶，问她想干什么。那女子笑着回答道："我见您老人家的好儿子为人诚恳，做事踏实，所以想要嫁到您家做媳妇。"老太太闻言，更加吃惊，说道："我看姑娘你长得跟天上的仙女一般，说这一番话，可是要折我母子两个几年的寿命呀！"

子数年寿!”女固请之,媪拒益力。女去。越三日复来,留连不去。问其姓氏,曰:“母肯纳我,我乃言;不然,无庸[5]问。”媪曰:“贫贱佣保骨,得妇如此,不称亦不祥。”女笑坐床头,恋恋[6]殊殷。媪辞之,言:“娘子宜速去,勿相祸。”女乃出门,媪窥之西去。

女子坚持一定要嫁过来,老太太再三拒绝,女子这才离去。过了三天,这年轻女子又来到马二混家,而且就留在那里,不想离开。马家老太太没办法,便问她叫什么。女子说:“老妈妈您要肯答应把我留下来,我就告诉您;不答应的话,就不必问了。”老太太说:“我们家人穷命苦,都是做下贱行当的,要是娶了你这样的儿媳妇,一点都不般配,也不吉祥。”女子笑着坐在床头,依依不舍之情十分恳切。老太太见状,只能催她走,说:“小姑娘,你快离开这儿吧,不要祸害我们家。”女子只好走出了门。老太太看着她,原来是往西边去了。

注释 1 青州:今山东省潍坊市下辖青州市。 2 作苦:耕作辛苦。 3 椎布:椎髻布衣,即衣着简朴。 4 委身:托身,许嫁。 5 无庸:无须,不必。 6 恋恋:依依不舍。

又数日,西巷中吕媪来,谓母曰:“邻女董蕙芳,孤而无依,自愿为贤郎妇,胡勿纳?”母以所疑为逃亡具白之。吕曰:“乌有是?如有乖谬[1],咎在老身。”母大喜,诺

又过了几天,住在西边巷子里的吕老太太过来串门,对马老太太说:“我隔壁家有个小姑娘叫董蕙芳,父母双亡,没有依靠,自愿要做你儿子的媳妇,你怎么还不答应呢?”听罢,马老太太便将自己的顾虑告诉了她,怀疑这姑娘是逃出来的。吕老太太闻言,便说道:“哪有这种事?我敢担保,要是有什么差错,找我就行。”马老太太一

之。吕既去，媪扫室布席，将待子归往娶之。日将暮，女飘然自至，入室参母，起拜尽礼。告媪曰："妾有两婢，未得母命，不敢进也。"媪曰："我母子守穷庐，不解役婢仆。日得蝇头利[2]，仅足自给。今增新妇一人，娇嫩坐食[3]，尚恐不充饱；益之二婢，岂吸风[4]所能活耶？"女笑曰："婢来，亦不费母度支[5]，皆能自得食[6]。"问："婢何在？"女乃呼："秋月、秋松！"声未及已，忽如飞鸟堕，二婢已立于前，即令伏地叩母。

听，心中大喜，便答应了这门亲事。等吕老太太走了，马老太太就忙活起来，把屋子打扫干净，把床也铺好了，就等儿子回来商量着去娶亲。没想到，到了傍晚，那女子便自己来了。她来到屋中，给老太太下拜行礼，并告诉老太太说："我还有两个婢女，没得到您的许可，不敢擅自让她们进来。"老太太说："哎哟，我母子两个，守着这个破屋子，哪里知道使唤丫头呢。我儿子每天赚点小钱回来，只够我俩生活。如今添了新媳妇，娇气干不动活，只能不劳而食，还恐怕不能吃饱，更何况增加两个丫环，难道让她们去喝西北风过活吗？"女子闻言笑道："那两个丫头来了，不用您花钱养活，她们自己能够养活自己。"马老太太便问道："那两个丫头在哪儿呢？"女子便喊道："秋月、秋松！"话音未落，只见两个丫头就像飞鸟一般从空而降，来到马老太太面前。接着，女子便让她们向老太太叩拜行礼。

注释　1 乖谬：荒谬，背理。　2 蝇头利：喻非常微薄的利润。此处指小钱。　3 坐食：谓不劳而食。　4 吸风：喝西北风。比喻挨饿，没东西可吃。　5 度(dù)支：规划计算（开支），此处是花钱的意思。　6 自得食：靠己力养活自己。

既而马归，母迎告之，马喜。入室，见翠栋雕梁，侔[1]于宫殿，几屏帘幕，光耀夺视。惊极，不敢入。女下床迎笑，睹之若仙。益骇，却退，女挽之，坐与温语。马喜出非分[2]，形神若不相属。即起，欲出行沽，女止曰："勿须。"因命二婢治具。秋月出一革袋，执向扉后，格格撼摆之。已而以手探入，壶盛酒，柈[3]盛炙[4]，触类[5]熏腾。饮已而寝，则花罽[6]锦裀[7]，温腻非常。

没过多久，马二混做完生意回家。母亲高兴地迎出去，把这事告诉他。马二混听罢，心中也是大喜。他来到屋子里，只见雕梁画栋，如同宫殿一般，桌椅屏风，幕布门帘，装饰华美，光彩照人。他十分惊奇，不敢进去。女子走下床，笑着迎出来，看着就像仙女一样。马二混更加害怕，倒退了几步，想要跑出去。女子见状便拉起他的手，坐下来温柔地和他交谈。马二混喜出望外，魂不守舍，不知该怎么办。于是便站起来，想要出去打酒。女子却说："不用啦。"说着，便让两个丫环准备酒菜。只见秋月拿出一个皮口袋，走到门后"咯咯"地摇了几下。过了一会儿，将手伸进去往外拿，壶里有酒，盘里有菜，样样都有，还是热气腾腾的。两人喝完酒，便上床睡觉，床上铺着华丽的毛毯被褥，十分柔软温暖。

注释 1 侔(móu)：相等，等同。 2 非分：非常，越过常度。 3 柈(pán)：盘子。 4 炙：烤肉。此处指饭菜。 5 触类：各种，每项。 6 罽(jì)：用毛做成的毡子一类的东西。 7 裀：通"茵"，两层床垫。

天明出门，则茅庐依旧。母子共奇之。媪诣吕所，将迹所由[1]。入门，先谢

第二天天亮，母子两个出门一看，却发现房子还是以前那个茅草房子。两人感到十分奇怪。马老太太便到吕老太太家，准备问个究竟，查清楚儿媳妇的来历。到了她家，

其媒合[2]之德，吕讶云：“久不拜访，何邻女之曾托乎？”媪益疑，具言端委[3]。吕大骇，即同媪来视新妇。女笑逆之，极道作合之义。吕见其惠丽，愕眙[4]良久，即亦不辨，唯唯而已。女赠白木搔具[5]一事，曰：“无以报德，姑奉此为姥姥爬背[6]耳。”吕受以归，审视则化为白金。

先谢过她说媒的好意。吕老太太惊讶道：“我已经好长时间没上你家串门了，哪里又有什么邻家女儿托我说媒的事。”马老太太闻言更加疑惑，便将这事的始末完完全全地告诉给吕老太太。吕老太太听完十分吃惊，于是便和马老太太一同到她家去看那个新媳妇。两人刚到门口，女子便迎了出来，极力感谢吕老太太给她做媒。吕老太太看她美丽聪明，惊讶地看了她好久，也不再辩解，只连声应和。女子又拿出一把白木做的痒痒挠，送给她，并说：“没什么能够报答您的恩德，姑且用这玩意儿给老太太您挠痒痒。”吕老太太接过来，拿回家仔细一看，竟然变成了白金做的。

注释 **1** 迹所由：查探来历。 **2** 媒合：撮合。 **3** 端委：始末，底细。**4** 愕眙(chì)：惊视。眙，直视，瞪。 **5** 搔具：痒痒挠。 **6** 爬背：爬抓背上痒处。

马自得妇，顿更旧业，门户一新。笥中貂锦[1]无数，任马取着，而出室门，则为布素，但轻暖耳。女所自衣亦然。积四五年，忽曰：“我谪降人间十余载，因与子

马二混自从娶了老婆之后，便不再卖面了，门庭也焕然一新。衣柜之中貂裘、锦衣无数，随马二混穿。但是只要出了大门，原来那些华贵衣服，就都变成了布衣素服，只是穿着又轻又暖。女子自己穿的衣服也是这样。大概过了四五年，有一天女子忽然和马二混说：“我被贬到人间十

有缘，遂暂留止。今别矣。”马苦留之，女曰：“请别择良偶以承庐墓[2]，我岁月当一至焉。”忽不见。马乃娶秦氏。后三年，七夕，夫妻方共语，女忽入，笑曰：“新偶良欢，不念故人耶？”马惊起，怆然曳坐，便道衷曲[3]。女曰：“我适送织女渡河，乘间一相望耳。”两相依依，语无休止。忽空际有人呼“蕙芳”，女急起作别。马问其谁，曰：“余适同双成[4]姊来，彼不耐久伺矣。”马送之，女曰：“子寿八旬，至期，我来收尔骨。”言已，遂逝。今马六十余矣。其人但朴讷[5]，无他长。

多年了，因为和你有缘，才暂时待在你这儿的，现在我就要离开了。”马二混竭力想留下她，女子却说道：“请你另找贤妻，好继承香火，传宗接代，我过些年还会回来看你的。”说罢，忽然之间就不见了。马二混只能再重新娶了秦氏为妻。三年之后，在七夕那天，马家夫妻两个正说着话，女子忽然走了进来，笑着说：“新婚夫妇共度良宵，不记得故人了吗？”马二混吃惊地站起来，伤感地拉她坐下，诉说心中的思念之情。女子说：“我刚刚送织女渡过银河，抽空过来看看你。”两人依依不舍，似有说不完的话，道不完的情。就在这时，空中忽然有人呼喊“蕙芳”。女子听闻，便立刻起身告辞。马二混问是谁。女子回答道：“是跟我同来的双成姐姐，她等得不耐烦了。”马二混只得送她出门。女子又说道：“你能活到八十岁，到那时，我再来给你收尸骨。”说罢，便消失不见了。现在，马二混也已经六十多岁了。他这个人没什么特长，只是为人忠厚老实。

注释　1 貂锦：貂裘、锦衣。　2 承庐墓：继承宗祧，即继承香火，传宗接代。庐墓，指服丧期间居住的墓旁小屋。　3 衷曲：衷情；心事。此处指内心的思念之情。　4 双成：董双成。神话中西王母侍女名。　5 朴讷：忠厚老实，不善言辞。

异史氏曰："马生其名混，其业亵[1]，蕙芳奚取哉？于此见仙人之贵朴讷诚笃也。余尝谓友人曰：若我与尔，鬼狐且弃之矣。所差不愧于仙人者，惟'混'耳。"

异史氏说："马先生取名为混，他从事的也是下等职业，蕙芳到底喜欢他什么呢？由此可见神仙也看重老实忠厚的品格呀。我曾经对我朋友说：像你我这样的人，鬼狐都不愿和我们交往。要说不愧于仙人的地方，也就只有'混'这一字罢了。"

注释 1 业亵：职业低贱。

山 神

原文

益都李会斗，偶山行，值数人籍[1]地饮。见李至，欢然并起，曳入坐，竞觞[2]之。视其柈馔[3]，杂陈珍错。移时饮甚欢，但酒味薄涩[4]。忽遥有一人来，面狭长，可二三尺许；冠之高细称是。众惊曰："山神至矣！"即都纷纷四去。李亦伏匿[5]坎窞[6]中；

译文

益都人李会斗，有一次偶然上山，碰到几个人坐地上喝酒。他们看到李会斗过来，便高兴地站起来，拉他一起坐下来喝酒，都争着给他敬酒。李会斗看看盘子里摆着的都是些奇珍美味。过了一会儿，大家喝得正高兴，但这酒的味道却越来越淡薄涩口。忽然远远地有一个人走了过来，只见他的脸又窄又长，大概有两三尺，头上还戴了一顶帽子，和他的脸型一样，又细又高。众人惊呼道："山神来啦！"随即纷纷四散逃跑。李会斗也躲藏在一个

既而起视,则肴酒一无所有,惟有破陶器贮溲浡[7],瓦片上盛蜥蜴数枚而已。

深坑里。过了一会儿,他站起身来一看,酒菜都没了,只剩下一些破陶器,装着几泡尿。另外还有几片瓦片,上面放着几条蜥蜴而已。

注释　1 籍:通"藉",坐。　2 觞:向人敬酒。　3 柈馔:盘里的菜肴。　4 薄涩:味道淡薄而涩口。　5 伏匿:隐藏,躲藏。　6 坎窞(dàn):坑穴。　7 溲浡:尿,小便。

萧　七

原文

徐继长,临淄[1]人,居城东之磨房庄。业儒未成,去而为吏。偶适姻家,道出于氏殡宫[2]。薄暮醉归,过其处,见楼阁繁丽,一叟当户坐。徐酒渴思饮,揖叟求浆。叟起邀客入,升堂授饮。饮已,叟曰:"曛暮[3]难行,姑留宿,早旦而发,如何也?"徐亦疲殆,遂止宿焉。叟命

译文

临淄有个人叫徐继长,住在城东的磨房庄。功名上一直没有什么成绩,就离开学校去做了个小吏。一次他偶然到姻亲家做客,路过于家的墓地,当时已到傍晚,他又喝得酩酊大醉了才回家,路过此处,看见亭台楼阁装饰繁华秀丽,一位老翁坐在门边。徐继长喝多了酒感到口渴,就向老翁行了个礼,想讨些水喝。老翁起身邀请客人进门,引入厅堂给他倒水喝。徐生喝完了,老翁对他说:"太阳落山了路不好走,你暂且留下来住一晚上,明天早晨再走,怎么样?"徐继长也感到疲惫不堪,就

家人具酒奉客，且谓徐曰：“老夫一言，勿嫌孟浪[4]：君清门令望[5]，可附婚姻。有幼女未字，欲充下陈[6]，幸垂援拾[7]。”徐踧踖[8]不知所对。叟即遣伻[9]告其亲族，又传语令女郎妆束。顷之，峨冠博带[10]者四五辈，先后并至。女郎亦炫妆[11]出，姿容绝俗。于是交坐宴会。徐神魂眩乱，但欲速寝。酒数行，坚辞不任，乃使小鬟引夫妇入帏，馆同爰止[12]。徐问其族姓，女曰：“萧姓，行七。”又复细审门阀，女曰：“身虽陋贱，配吏胥当不辱寞[13]，何苦研穷？”徐溺其色，款昵[14]备至，不复他疑。

答应住下了。老翁让人准备好酒好菜招待客人，对徐继长说：“老夫有句话想说，您不要嫌我冒昧。您是清流人家出身，声名也好，可以托付终身。我有一个小女儿，待字闺中。想把她嫁给你，请您不要嫌弃她。”徐继长又恭敬又惶恐，不知如何回答。老翁马上就派下人告知亲戚族人，又传话让女儿梳妆更衣。过了一会儿，戴着高冠，士人装扮的几个人，前前后后都来了。老翁的女儿也盛装出席，容貌脱俗，风姿绰约。于是主宾纷纷落座开席。徐继长神魂颠倒，目乱神迷，只想赶快就寝。酒过三巡，就坚决推辞不再喝酒。萧父派小丫环领夫妇二人进入洞房，同居共寝。徐继长问女郎家族姓名，女郎说：“我姓萧，排行第七。”徐继长又详细询问女郎家族门第高低，女郎说：“我虽然身份低微、见识短浅，但嫁给你应该还不至于辱没了你，你又何必刨根究底呢？”徐继长沉迷在女郎姣好的美色之中，对她亲昵有加，不再心存疑虑。

注释 **1** 临淄：旧县名，秦置县，今山东省淄博市。 **2** 殡宫：停放灵柩的房舍。也指坟墓。 **3** 曛暮：黄昏。 **4** 孟浪：鲁莽，放浪。 **5** 令望：有威仪而为人景仰。 **6** 充下陈：谦言备侍妾之列。下陈，泛指姬妾，此处指嫁给徐继长。 **7** 援拾：提携收录。旧用为缔姻时女方对男家同意订婚的谦辞。　8 踧踖(cù jí):恭敬而不安的样子。　9 伻(bēng):使者。此处应指下人。　10 峨冠博带:戴高冠,系阔衣带。古代儒生或士大夫的装束。　11 炫妆:盛装。　12 馆同爰止:居如凤凰双栖,喻夫妻新婚洞房之乐。　13 辱寞:辱没。　14 款昵:友好亲昵。

女曰:“此处不可为家。审知[1]汝家姊姊[2]甚平善,或不拗阻,归除一舍,行将自至耳。”徐应之。既而加臂于身,奄忽[3]就寐,及觉,则抱中已空。天色大明,松阴翳晓,身下籍黍穰尺许厚。骇叹而归,告妻。妻戏为除馆,设榻其中,阖门出,曰:“新娘子今夜至矣。”相与共笑。日既暮,妻戏曳徐启门,曰:“新人得毋已在室耶?”及入,则美人华妆坐榻上,见二人入,桥起[4]逆[5]之,夫妻大愕。女掩口局局[6]而笑,参拜恭谨。妻乃治具,为之合欢。女早起操作,不待驱使。

女郎说:“这里不宜久住。我知道你家的妻子很是和善,应该不介意咱们在一起,你回去腾出一间房子,打扫干净,我很快就会过来。”徐继长答应了。将手臂放在女郎身上,很快入睡了。醒来以后,怀里已经没人了。天大亮以后,松树荫之下透映着朝阳洒下的光斑,徐继长身下压着几尺厚的禾秆。他暗自惊叹,回了家,告诉了妻子。妻子嬉笑着为他打扫了一间屋子,在里面放上床榻,关上门出来,说:“新娘子今晚就会来。”两个人一起笑了起来。到了傍晚,徐妻玩闹地拉着他开门,开玩笑说:“新娘子在房间里了吗?”进了房门,才发现女郎已经光彩照人地坐在床上了。看见夫妇二人进来,起身迎接他们。夫妻俩十分惊讶。女郎掩着嘴笑容满面,向夫妇二人恭恭敬敬地行礼。于是妻子准备了酒菜,三人举杯同欢。女郎一大早不等吩咐,就起床开始干活。

注释 1 审知:清楚地知道,确知。 2 姊姊:姐姐。此处指徐继长的妻子。 3 奄忽:急遽,匆匆。 4 桥起:隆起;勃然兴起。此处指起身。 5 逆:迎接。 6 局局:笑貌。

一日曰:“姊姨辈俱欲来吾家一望。”徐虑仓卒无以应客。女曰:“都知吾家不饶[1],将先赍[2]馔具来,但烦吾家姊姊烹饪而已。”徐告妻,妻诺之。晨炊后,果有人荷酒胾[3]来,释担而去。妻为职庖人之役。晡[4]后,六七女郎至,长者不过四十以来,围坐并饮,喧笑盈室。徐妻伏窗一窥,惟见夫及七姐相向坐,他客皆不可睹。北斗挂屋角,欢然始去,女送客未返。妻入视案上,杯柈俱空。笑曰:“诸婢想俱饿,遂如狗舐砧。”少间女还,殷殷相劳,夺器自涤,促嫡安眠。妻曰:“客临吾家,使自备饮馔,亦大笑话。明日合另邀

一天,女郎对徐继长说:“我的姐妹们想来家里看看我。”徐继长考虑到时间仓促,怕招待不周。女郎就说:“她们都知道咱们这边不富裕,会把做饭的器具和材料都带来,只是要劳烦姐姐做饭了。”徐继长告诉妻子,妻子答应了。吃过早饭后,果然有人挑着酒肉前来,放下担子就走了。徐妻做起了厨师。申时以后,六七个女郎都到了,年龄最大的不过四十岁,主宾围坐在一起宴饮,喧闹的笑声在家中回响。徐妻趴在窗边偷偷向里看,只见丈夫和萧七面对面坐,其他客人都看不见面容。夜深了,众人才开开心心散席。女郎送客人走,还没回来,徐妻进堂看桌上杯盘一空,笑着说:“这些女孩子想必都饿坏了,才会吃得这么干净,竟像狗舔案板似的。”过了一会儿,女郎回来了,殷勤地开始干活,拿过杯子盘子自己洗干净,让徐妻去休息。徐妻说:“客人到我家来,还要自己准备食材,这也太让人笑话了。他日再邀请她们来吧。”过了一段日子,徐继长听从妻子的话,让

致。”逾数日，徐从妻言，使女复召客。客至，恣意饮啖；惟留四簋[5]，不加匕箸[6]。徐问之，群笑曰：“夫人为吾辈恶，故留以待调人[7]。”座间一女年十八九，素舄[8]缟裳，云是新寡，女呼为六姊；情态妖艳，善笑能口。与徐渐洽，辄以谐语相嘲。行觞政[9]，徐为录事[10]，禁笑谑。六姊频犯，连引十余爵，酡然[11]径醉，芳体娇懒，荏弱难持。无何亡去，徐烛而觅之，则酣寝暗帏中。近接其吻亦不觉，以手探裤，私处坟起。心旌方摇，席中纷唤徐郎，乃急理其衣，见袖中有绫巾，窃之而出。迨于夜央[12]，众客离席。六姊未醒。七姐入摇之，始呵欠而起，系裙理发从众去。

女郎再请客人来。客人来了以后，纵情吃喝，只留了四碗饭菜，都是没动过勺子筷子的。徐继长问怎么回事，她们都笑着说：“您夫人说我们饿相极凶，所以留了一些给一直在做饭的夫人。”席间有一个女子，十八九岁的年纪，穿着白色鞋子，身着白色丧服，说是刚刚守寡，其他女子都叫她六姐，神情仪态娇媚明艳，笑容姣好，说话动听。她和徐继长慢慢熟络融洽，就开始用一些幽默的话打趣他。他们在一起行酒令，徐继长做录事，不许她们嬉笑。六姐屡屡违反规则，一连喝了十多杯，脸有醉意，微微泛红，身体绵软，难以自持，很快就离席而去。徐继长点着蜡烛找她，发现她已经在床幔之中沉沉睡去。他靠近前去吻其唇，六姐也没有反应。他用手摸到裤子，私处微微隆起，不禁心花怒放。正在吃酒的人纷纷呼喊徐继长，他急忙整理六姐的衣服，看她袖子里有一条白绫手帕，就悄悄拿走了。夜半时分，客人都吃完了酒，离席散去，六姐还没醒过来。七姐进房，把六姐摇醒，她才打着哈欠起身，系上裙子，整理妆发，就跟着大家一起走了。

注释 1 不饶:不富裕。 2 赍(jī):带着。 3 酒胾(zì):酒肉。胾,切成大块的肉。 4 晡(bū):申时,即午后三点至五点。 5 簋(guǐ):古代盛食物的器具,圆口,双耳。 6 匕箸:食具,羹匙和筷子。匕,古代指勺、匙之类的取食用具。 7 调(tiáo)人:此处指下厨的人。 8 舄(xì):古代的一种复底鞋。 9 觞政:酒令。 10 录事:称会饮时执掌酒令的人,监督座客执行酒令或饮酒。 11 酡然:饮酒脸红貌。 12 夜央:夜阑。

徐拳拳[1]怀念不释,将于空处展玩遗巾,而觅之已渺。疑送客时遗落途间。执灯细照阶除[2],都复乌有,意顼顼[3]不自得。女问之,徐漫应[4]之。女笑曰:"勿诳语,巾子人已将[5]去,徒劳心目。"徐惊,以实告,且言怀思。女曰:"彼与君无宿分,缘止此耳。"问其故,曰:"彼前身曲中女[6],君为士人,见而悦之,为两亲所阻,志不得遂,感疾[7]阽危[8]。使人语之曰:'我已不起。但得若来,获一扪其肌肤,死无憾!'彼感此意,允其所请。适以冗羁[9]未遽往,过夕而至,则病者

徐继长对六姐念念不忘,难以释怀。他正打算在没人的地方拿出白绫手帕把玩,但手帕却不见踪迹。他怀疑是送客时丢在路上了,打着灯笼仔细照着台阶找,却没找到,他郁闷失落不知如何是好。女郎问他怎么回事,他含糊地应付过去。女郎笑着说:"别骗人了,手帕已经被拿走了,你在这找也是白费力气。"徐继长很惊讶,对她坦白了,说自己很想念六姐。女郎说:"你和她没有前世的缘分,缘分就到此为止了。"徐继长问她原因,女郎说:"她前生是烟花女子,你是儒生,对她一见倾心,但被父母阻挠,不能如愿,你病危之时,派人对她说:'我已经时日无多,只要你能来,让我抚摸一下你的肌肤,我便死而无憾了!'她为你的情意所感动,答应了你的请求。但恰好有事务缠身,没能立刻就来,过了一晚上才来,你已经亡故了。

已殒，是前世与君有一扪之缘也。过此即非所望。”后设筵再招诸女，惟六姊不至。徐疑女妒，颇有怨怼。

她这是前世和你有一次抚触肌肤的缘分。超过了就不是你该想的了。”后来徐继长又设宴款待各位女郎，只有六姐没来。徐继长疑心是萧七妒忌六姐，对她非常不满。

注释　1 拳拳:内心不舍。　2 阶除:台阶。　3 项项:失意貌。　4 漫应:随意应答，含糊应付。　5 将:拿。　6 曲中女:烟花女子。　7 感疾:患病。　8 阽(diàn)危:面临危险。此处指病危。　9 以冗羁:事务缠身。冗，繁杂琐事。羁，系住。

女一日谓徐曰:“君以六姊之故，妄相见罪。彼实不肯至，于我何尤[1]？今八年之好，行相别矣，请为君极力一谋，用解从前之惑。彼虽不来，宁禁我不往？登门就之，或人定胜天，不可知。”徐喜从之，女握手，飘然履虚，顷刻至其家。黄甓[2]广堂，门户曲折，与初见时无少异。岳父母并出，曰:“拙女久蒙温煦[3]。老身以残年衰

一天，女郎对徐继长说:“你因为六姐不来就随意怪罪我，生我气，可她确实是自己不肯来，我有何错？到如今我也和你好了八年了，马上就要走了，我就尽力帮你出个主意，帮你搞清楚以前那个让你不能释怀的疑惑。就算她不肯来，难道还不许我去见她不成？我去家里看看，也许人力能胜过天意呢，这谁能知道。”徐继长很高兴，跟着她去了。女郎握着徐继长的手，飘飘忽忽，脚不着地，瞬间就到了家。她家黄砖砌成，厅堂敞亮，屋宇之间蜿蜒曲折，和第一次见到的时候没什么两样。徐继长的岳父母一起出来迎客，说:“小女在你家中承蒙你关

慵[4]，有疏省问，或当不怪耶？”即张筵作会。女便问诸姊妹。母云：“各归其家，惟六姊在耳。”即唤婢请六娘子来，久之不出。女入曳之以至，俯首简嘿，不似前此之谐。少时，叟媪辞去。女谓六姊曰：“姐姐高自重，使人怨我！”六姊微哂曰：“轻薄郎何宜相近！”女执两人残卮[5]，强使易饮，曰：“吻已接矣，作态何为？”少时，七姐亡去，室中止余二人。徐遽起相逼，六姊宛转撑拒[6]。徐牵衣长跽[7]而哀之，色渐和，相携入室。裁缓襦结，忽闻喊嘶动地，火光射闼。六姊大惊，推徐起曰：“祸事忽临，奈何！”徐忙迫不知所为，而女郎已窜无迹矣。

照，备受呵护。老朽年老体弱走动不便，甚少去府上拜访，你不会怪罪吧？”马上准备饭菜为女儿女婿接风。女郎问起各位姐妹，母亲说：“都在各自的夫家，就你六姐在家。”说完马上叫婢女去请六姑娘，但很久都没人出来。女郎进了房间，拉着六姐出来，六姐低着头不说话，不像以前那么诙谐幽默了。过了一会儿，岳父母离开。女郎对六姐说：“姐姐你清高自爱，倒让别人埋怨起我了！”六姐微微嗔怪道：“那样轻薄的男子哪里值得和他亲近呀！”女郎拿起两个人的酒杯，强迫两人交换酒杯，饮尽杯中余酒，说：“吻都接了，何必还这么惺惺作态！”过了一会儿，女郎也走了，房中只有徐继长和六姐两人。徐继长迫不及待欲与六姐欢好，六姐委婉拒绝。徐继长拎着衣服长跪在地，苦苦哀求，六姐脸色渐渐缓和，二人牵着手进入内室。正宽衣解带，忽然听到惊天动地的嘶叫声，火光四射。六姐大吃一惊，推着徐继长起身说：“大祸临头了，怎么办！”徐继长正手忙脚乱，不知如何是好，六姐已经逃走不见踪迹了。

注释 1 尤：过失。 2 黄甓(pì)：黄砖。 3 温煦：温暖，关照。 4 残年衰慵：年老体弱，不便走动。衰慵，衰老慵懒。 5 卮：酒杯。 6 撑拒：

挣扎,反抗。 7 长跽:长跪。

徐怅然少坐,屋宇并失。猎者十余人,按鹰[1]操刃而至,惊问:“何人夜伏于此?”徐托言迷途,因告姓字。一人曰:“适逐一狐,见之否?”答曰:“不见。”细认其处,乃于氏殡宫也。怏怏而归。犹冀七姊复至,晨占雀喜[2],夕卜灯花[3],而竟无消息矣。董玉玹谈。

徐生一个人呆坐着怅然若失,屋子也不见了。有十多个猎人手上架着鹰,提刀前来,惊讶地问他:“什么人晚上趴在这里?”徐继长借口说迷路,告诉他们自己姓甚名谁。一个人说:“我们正在追一只狐狸,你看见了吗?”徐继长答:“没看见。”仔细辨认自己所在的地方,就在于家停灵之处。徐继长怏怏不乐地回家,还想着萧七再回来,早上听鸟雀鸣叫,晚上看灯芯爆花,借此占卜,最终也没等到任何消息。董玉玹告诉了我这件事。

注释 1 按鹰:纵鹰行猎。 2 雀喜:旧谓晨起闻雀噪是喜庆之兆。 3 灯花:灯芯余烬结成花状物,习以为吉兆。

乱离二则

原文

学师[1]刘芳辉,京都人。有妹许聘戴生,出阁[2]有日矣。值北兵[3]入境,父兄恐细弱为累,谋妆送戴家。修饰

译文

学师刘芳辉是京都人。他有一个妹妹,已经许配给戴家公子,出嫁的日子也确定了。正巧那时清兵入境,长辈们担心她一个弱质女流在战乱中可能成为累赘,于是便商量着把她送去戴家完婚。还没打扮

未竟，乱兵纷入，父子分窜，女为牛录[4]俘去。从之数日，殊不少狎。夜则卧之别榻，饮食供奉甚殷。又掠一少年来，年与女相上下，仪采都雅[5]。牛录谓之曰："我无子，将以汝继统绪[6]，肯否？"少年唯唯。又指女谓曰："如肯，即以此女为汝妇。"少年喜，愿从所命。牛录乃使同榻，浃洽[7]甚乐。及枕上各道姓氏，则少年即戴生也。

好，清兵就已经入城了。家里人各自逃窜，女儿被一个牛录官给俘虏了。女孩儿被迫跟了他好几天，但是他却一点都没有侵犯她。每到夜里，就睡到其他地方。而且对女孩儿照顾得十分周到，吃的喝的都丰盛。后来牛录官又俘虏回一个少年，年纪和女孩儿差不多，长得仪表堂堂，风度翩翩。牛录官对他说："我没有儿子，想要你继承我的血脉，做我孩子，你肯不肯？"少年唯唯诺诺地答应。牛录官又指着女孩儿对少年说道："你要是肯，我就把她许配给你做老婆。"少年大喜，愿意遵从，做他儿子。于是牛录官便让女孩儿和少年睡在一起。两人相处融洽，十分快乐。随后在枕上互道姓名，这才知道少年原来就是戴家公子。

注释 1 学师：府、州、县学学官。 2 出阁：女子出嫁。 3 北兵：明清之际，汉人对关外清军的称呼。 4 牛录：清八旗组织的基层单位。起源于满族早期集体狩猎组织。最初，每一牛录辖十人。以后，所辖丁壮数逐渐扩大到三百人。 5 仪采都雅：仪表堂堂，风度翩翩。都，漂亮，美好。 6 统绪：泛指宗族系统。 7 浃洽：和谐，融洽。

陕西某公任盐秩[1]，家累[2]不从。值姜瓖之变[3]，故里陷为盗薮[4]，音信隔绝。后

陕西某先生任职盐官，没有带家眷上任。恰逢姜瓖之乱，故乡沦陷为盗贼的窝点。自此之后，便与家人断了联系，音信全无。后来官军平定了叛乱，某先生便托人打

乱平，遣人探问，则百里绝烟，无处可询消息。会以复命[5]入都，有老班役[6]丧偶，贫不能娶，公赉数金使买妇。时大兵凯旋，俘获妇口无算[7]，插标[8]市上，如卖牛马。遂携金就择之。自分金少，不敢问少艾[9]。中一媪甚整洁，遂赎以归。媪坐床上细认曰："汝非某班役耶？"惊问所知，曰："汝从我儿服役，胡不识！"班役大骇，急告公。公认之果母也，因而痛哭，倍偿之。班役以金多不屑谋媪。见一妇年三十余，风范超脱，因赎之。既行，妇且走且顾，曰："汝非某班役耶？"又惊问之，曰："汝从我夫服役，如何不识！"班

探家人的消息。然而当地百里以内，已经没有一户人家了，无从打探消息。恰好某先生要进京述职。他的随从中有个老差役，刚刚丧偶，但是一直没钱再娶妻。某先生知道后，便赠给他几两银子，让他再娶个老婆。当时官兵凯旋，俘虏的妇女不计其数。这些妇女被官军们拉到集市上，头上插一根草，像贩卖牛马一样被出售。这老差役便带着钱去挑老婆。他自知没多少钱，便不敢询问年轻漂亮的女子的价钱。他看其中有一个老太婆，穿戴得也算整齐，于是便拿钱把她买回家。回到家后，老太婆坐在床上，仔细看着老差役，问道："你莫非是某某的差役？"老差役闻言大惊，问她怎么知道的。老太婆回答道："你跟着我儿子当差，我怎么会不认识你呢？"老差役听罢，大惊失色，赶忙将此事告诉了某先生。某先生前去一看，果然是自己的母亲，顿时悲从中来，伤心流泪，加倍赏赐了这老差役。老差役得了这笔钱，便不再想找一个老太婆了。他看到一个年轻妇人，大概三十多岁，气质不俗，于是便拿钱将她买下。往家走时，那少妇边走边看他，说："你莫非是某某的差役吗？"老差役闻言，又吃了一惊，立刻问她怎么知道的。那少妇回答道："你跟着我丈夫当差，我怎么会不认

役愈骇,导见公,公视之。真其夫人,又悲失声。一日而母妻重聚,喜不可已,乃以百金为班役娶美妇焉。此必公有大德,故鬼神为之感应。惜言者忘其姓字,秦中[10]或有能道之者。

识你呢?”老差役更加惊慌了,便带着她前去见某先生。某先生一看,真就是他的妻子,又悲伤得失声痛哭。就在这一日之间,某先生和母亲、妻子重新相聚,大喜,于是拿出百两银子给老差役娶了个漂亮媳妇。想必这位某先生一定是个大德之人,才能够感动鬼神,而得到他们的帮助。可惜跟我说这段故事的人忘记了某先生的名字,陕西那一带可能还有人知道。

注释 1 盐秩:盐官。 2 家累:旧时因妻女奴仆等都仰食于家主,故称家中人口为家累。 3 姜瓖之变:指姜瓖据大同叛清一事。姜瓖,陕西延川人,初仕明朝,拜镇朔将军、大同总兵官。先后投靠大顺、大清。顺治五年于大同起义归南明。 4 盗薮:强盗聚集的地方。薮,人或物聚集的地方。 5 复命:完成使命后回报情况。此处指向朝廷述职。 6 班役:差役。 7 无算:不计其数。 8 插标:旧时于物品上或人身上插草作为出卖的标志。 9 少艾:指年轻美丽的女子。 10 秦中:今陕西中部地区。

异史氏曰:“炎昆之祸,玉石不分,[1]诚然。若公一门,是以聚而传者也。董思白[2]之后,仅有一孙,今亦不得奉其祭祀,亦朝士之责也。悲夫!”

异史氏说:“哎,昆冈山上一旦发生火灾,无论是玉是石,都无法逃过,确实是如此呀。像某先生这一家,经历动乱,各散天涯,最终还能相聚,也实在是难得之事,因此被别人传扬。像董其昌的后代,则只剩下一个孙子,至今还不能祭祀祖先,这也是朝廷官员的过失呀。真是可悲!”

注释　1 炎昆之祸，玉石不分：昆冈山上发生火灾时，玉、石都无法逃脱。比喻贤者与不肖者在灾难面前没有分别。　2 董思白：董其昌，字玄宰，号思白，松江华亭人。万历十七年中进士，授翰林院编修，官至南京礼部尚书。传闻其人品低劣，为患乡里，晚年遭遇“民抄董宦”事件，家中资产付之一炬。

豢　蛇

原文

泗水[1]山中，旧有禅院，四无村落，人迹罕到，有道士栖止[2]其中。或言内多大蛇，故游人绝迹。一少年入山罗鹰[3]，入既深，夜无归宿，遥见兰若[4]，趋投之。道士惊曰：“居士[5]何来？幸不为儿辈所见！”即命坐，具饘粥。食未已，一巨蛇入，粗十余围[6]，昂首向客，怒目电瞛[7]，客大惧。道士以掌击

译文

泗水县的大山中原来有座寺院，寺院周围并没有村落，很少有人来到这里，只有一个道士住在当中。传言说这座寺庙里有很多大蛇，所以几乎没有游人到这里来游玩。有一天，一个少年进山捕鹰，走到大山深处，天已经黑了，没地方住宿。这时，他远远看见有一座寺院，便赶忙跑过去投宿。道士看见他，惊讶地问：“这位居士是从哪里来的？还好没被我那些孩子看到。”说着，便让他坐下，端来粥给他喝。少年还没喝完，忽然看到一条大蛇游了进来，有十多围那么粗。只见它慢慢抬起头，吐着信子，看着少年，愤怒的目光就像闪电一般。少年见状十分害怕。这时道士轻轻抬起手，拍了一下蛇的头，呵斥道：“快走开！”蛇竟然乖乖

其额，呵曰："去！"蛇乃俯首入东室。蜿蜒移时，其躯始尽，盘伏其中，一室尽满。客大惧。道士曰："此平时所豢养。有我在，不妨，所患客自遇之耳。"客甫坐，又一蛇入，较前略小，约可五六围。见客遽止，睒[8]吐舌如前状。道士又叱之，亦入室去。室无卧处，半绕梁间，壁上土摇落有声。客益惧，终夜不眠。早起欲归，道士送之。出屋门，见墙上阶下，大如盎盏[9]者，行卧不一。见生人，皆有吞噬状。客依道士肘腋而行，使送出谷口，乃归。

地低下头，慢慢爬向东边的屋子。只见它弯弯曲曲，爬了好一会儿，身子才完全进到房间里。它盘伏在里面，占满了一整间屋子。少年很害怕，道士安慰道："这是我平日里养的蛇，只要有我在，就不会有事的。怕就怕你一个人遇到，那就麻烦了。"少年的心情稍稍镇定，才坐下来，又看到一条蛇游了进来，比刚才的稍微小一些，大概有五六围那么粗。它看到少年，就立刻停了下来，和刚才那条蛇一样昂起头，吐着信子，眼中闪烁着怒火。道士又呵斥了一番，于是它又爬到东边屋子里了。那间屋子已经没地方落脚，它就把一半身体盘绕到房梁上去，墙壁上的泥土被震得纷纷掉落下来，发出声音。少年更加害怕了，一夜都没敢睡。第二天早晨，天刚蒙蒙亮，少年便准备回家。道士就起身送他出门。刚出屋门，少年便看到墙头和台阶下，到处都是碗口或杯口粗细的蛇，有的爬着，有的盘卧着，看到陌生人，都吐着信子，一副吃人的样子。少年吓得依偎在道士的手臂间，让他一直送到谷口，才敢自己一个人回家。

注释 1 泗水：今山东省济宁市泗水县。 2 栖止：寄居。 3 罗鹰：捕鹰。罗，张网捕捉。 4 兰若：指寺院。梵语"阿兰若"的省称。意为寂静无苦恼烦乱之处。 5 居士:古称有才德而隐居不仕的人,也可作为对普通人的敬称。 6 围:量词,两手拇指和食指合拢的长度。 7 电瞛(cōng):目光如电。瞛,目有光。 8 睒(shǎn):窥视,看。 9 盎盏:盎,古代的一种盆,腹大口小。盏,杯子。

余乡有客中州[1]者,寄居蛇佛寺。寺中僧具晚餐,肉汤甚美,而段段皆圆,类鸡项。疑问寺僧:“杀鸡何乃得多项?”僧曰:“此蛇段耳。”客大惊,有出门而哇[2]者。既寝,觉胸上蠕蠕[3],摸之,蛇也,顿起骇呼。僧起曰:“此常事,奚足怪!”因以火照壁间,大小满墙,榻上下皆是也。次日,僧引入佛殿。佛座下有巨井,井中有蛇,粗如巨瓮,探首井边而不出。执火下视,则蛇子蛇孙以数百万计,族居[4]其中。僧云昔蛇出为害,

我有一些客居在中州的同乡,他们寄住在蛇佛寺里。寺里的僧人为他们准备晚饭,肉汤特别鲜美可口,但是汤里的肉都是一段一段圆圆的,就像鸡脖。我的老乡感到奇怪,便问寺里的和尚:“这得杀多少只鸡,才有这么多鸡脖呀?”僧人回答道:“这是切成一段段的蛇肉呀。”我的老乡们听罢大惊,甚至有人不能忍受而跑到门外呕吐的。晚上睡觉后,他们又感觉有什么东西在胸口爬动,用手一摸,发现是蛇,顿时跳起来大叫。僧人们也起来看个究竟,便说:“这都是很平常的事,有什么大惊小怪的!”于是拿着烛火照向墙壁,只见大大小小的蛇爬满了墙,就连床上床下都是。第二天,僧人带着他们来到佛殿中。佛座下面有一口巨大的深井,井里面有条大蛇,有瓮口那么粗。它把头探出井边,却不出来。用火把往下一照,就能发现一堆蛇子蛇孙,估计总共有几百万条,它们群居在这井里面。僧人解释说以前这里经常有蛇出没,

佛坐其上以镇之，其患始平云。

伤害人畜，后来建了一座大佛像，放在上面镇着，蛇患才得以解决。

注释 1 中州：古豫州地处九州之中，称为中州，今河南一带。 2 哇：呕吐。 3 蠕蠕：爬虫挪动的样子。 4 族居：群居，聚居。

雷公

原文

亳州[1]民王从简，其母坐室中，值小雨冥晦[2]，见雷公[3]持锤振翼而入。大骇，急以器中便溺[4]倾注之。雷公沾秽，若中刀斧，反身疾逃；极力展腾，不得去，颠倒[5]庭际，嗥声如牛。天上云渐低，渐与檐齐。云中萧萧如马鸣，与雷公相应。少时，雨暴澍[6]，身上恶浊尽洗，乃作霹雳而去。

译文

亳州有个人叫王从简，有一天他的母亲正坐在屋里，这时刚好下起了小雨，天色昏暗。忽然她看到雷公拿着大锤，鼓动着翅膀从天而降，来到屋里。她十分害怕，慌乱之间随手拿过马桶，将屎尿倒在雷公身上。雷公沾了满身污秽，仿佛是被刀斧砍了似的，飞快地掉头就跑。跑到屋外，他想飞上天去，但用尽了力气，也不能起飞离去。只见他倒在庭院中，发出牛叫一般的声音。这时，天上的乌云慢慢低垂下来，渐渐地和屋檐一般高了。只听得那云层之中传来阵阵声音，如同马鸣一般，和雷公的叫声相呼应。不多时，大雨倾盆而下，将雷公身上的污浊之物全部冲刷干净。这时雷公才打着雷，飞上天去。

注释 1 亳(bó)州:州名,今安徽省亳州市。 2 冥晦:昏暗,隐没不明。 3 雷公:古代传说中的司雷之神。其形象在明清时渐趋统一,背插两翅,额具三目,左手执楔,右手执槌,作欲击状。 4 便溺:排泄大小便。 5 颠倒:倾倒,跌倒。 6 澍(zhù):通"注",灌注,浇灌。

菱 角

原文

胡大成,楚[1]人,其母素奉佛。成从塾师读,道由观音祠,母嘱过必入叩。一日至祠,有少女挽儿遨戏[2]其中,发裁掩颈,而风致娟然[3]。时成年十四,心好之。问其姓氏,女笑云:"我祠西焦画工女菱角也。问将何为?"成又问:"有婿家否?"女酡然曰:"无也。"成曰:"我为若婿,好否?"女惭云:"我不能自主。"而眉目澄澄[4],上下睨[5]成,意似欣属[6]

译文

楚地有个名叫胡大成的人,他的母亲一向信奉佛教。大成在私塾读书的时候,要经过观音祠。母亲就嘱咐大成经过一定要进去叩拜。有一天,大成来到观音祠中,只见有个少女正领着一个小孩儿在里面玩耍,她的头发才刚刚长到脖子,年龄不大,长得十分漂亮。当时大成也才十四岁,心里十分喜欢这个姑娘。于是便问她叫什么,女子笑道:"我是观音祠西边焦画工的女儿菱角,你问我这个做什么?"大成又问道:"你许配人家了吗?"女孩儿一听,脸都红了,说道:"还没呢。"大成又接着问道:"我做你相公,好不好?"女孩儿一听,更加害羞了,说道:"我自己又不能做主。"可说话间,她却用那清澈灵动的双眼,偷偷上下打量着大成,像是十分中意他。大

焉。成乃出。女追而遥告曰:“崔尔诚,吾父所善[7],用为媒,无不谐。”成曰:“诺。”因念其慧而多情,益倾慕之。归,向母实白心愿。母止此儿,恐拂[8]其意,遂浼崔作冰[9]。焦责聘财奢,事几不就。崔极言成清族[10]美才,焦始许之。

成便走出庙去。女孩儿却又追了出来,远远地告诉他说:“我父亲和崔尔诚交好,你去找他做媒,不会不成的。”大成听到,便回答说:“好!”大成想起菱角的聪慧和多情,心中更加喜欢她了。回家后,便把这事告诉了母亲。他母亲只有这一个孩子,怕违背他的心愿,于是便请崔尔诚来做媒人。可是焦家所要的彩礼太多,亲事差点没成。幸亏崔尔诚极力称赞大成,说他身家清白,而且多才多艺,焦画工才答应了这门亲事。

注释 1 楚:今湖南、湖北一带。 2 遨戏:犹游戏,玩耍。 3 娟然:美丽娟秀的样子。 4 澄澄:清澈明洁貌。 5 睨(nì):斜着眼睛看。 6 欣属:这里是中意的意思。 7 善:交好。 8 拂:违背。 9 作冰:旧称做媒人。 10 清族:家世清廉,身家清白。

成有伯父,老而无子,授教职[1]于湖北。妻卒任所[2],母遣成往奔其丧。数月将归,伯又病卒。淹留[3]既久,适大寇据湖南,家耗遂隔。成窜民间,吊影孤惶。一日,有媪年四十八九,萦回[4]

大成有个伯父,年纪大了,却没有儿子,正在湖北做教官。妻子死在任职的地方,于是母亲便让大成前去奔丧。几个月后大成正要回家时,伯父又病死了。大成又得留在那里处理后事,一待便是好久。这时刚好乱兵占据了湖南,他便与家人断了联系,音信不通。他只得跑到民间,一个人无依无靠,终日惶恐不安。一天,有个四十八九岁的大娘,在村子里绕来绕去,一直到太阳偏西,还

村中，日昃[5]不去。自言：“乱无归，将以自鬻[6]。”或问其价，曰：“不屑为人奴，亦不愿为人妇，但有母[7]我者则从之，不较直。”闻者皆笑。成往视之，面目间有一二颇肖其母，触怀大悲。自念只身无缝纫者，遂邀归，执子礼焉。媪喜，便为炊饭织屦，劬劳[8]若母。拂意辄谴之；而少有疾苦，则濡煦[9]过于所生。

没离去。她自己说：“我因战乱，无家可归，便想要卖身。”有人过来问她价钱，她又说：“我不愿做别人的奴仆，也不愿做人家的老婆，只要有人愿意认我做母亲，我就跟着他走，无所谓多少钱。”大家听罢都哈哈大笑，以为这是个疯婆子。大成也过去瞧了瞧，发现那大娘眉宇之间竟和自己的娘有一点相像，顿时触动了心事，悲从中来。他想到自己孤身一人在这儿，没有人为他缝补衣服，于是便请大娘跟他回家，像儿子一样孝敬她。这位大娘也很高兴，便为他烧饭做鞋，也像娘一般辛劳。平时，大成要是不合她的心意，她也会责备几句；但当大成有了些小病小痛的时候，她却比对自己亲生儿女还用心，关怀备至。

注释 1 授教职：担任教官的职务。明清时府州县教官负责管理士子的学业和考试，并主持孔庙祭祀等。 2 任所：任职办公的处所。亦泛指任职的所在地。 3 淹留：羁留，逗留。 4 萦回：盘旋；回绕。 5 日昃(zè)：日斜，太阳偏西，约下午二时左右。 6 自鬻：自卖其身。 7 母：认作母亲。 8 劬(qú)劳：劳累，辛劳。 9 濡煦：比喻人在困境中以微力相救助。此处指关怀。

忽谓曰：“此处太平，幸可无虞。然儿长矣，虽在羁旅[1]，

有一天，大娘忽然对大成说：“这里还算太平，应该不会有什么不测。但是儿呀，你如今也不小了，虽然是客居异乡，却不可

大伦[2]不可废。三两日，当为儿娶之。”成泣曰：“儿自有妇，但间阻南北耳。”媪曰：“大乱时，人事翻覆，何可株待？”成又泣曰：“无论结发之盟不可背，且谁以娇女付萍梗人[3]？”媪不答，但为治帘幌[4]衾枕，甚周备，亦不识所自来。一日，日既夕，戒成曰：“烛坐勿寐，我往视新妇来也未。”遂出门去。三更既尽，媪不返，心大疑。俄闻门外哗，出视，则一女子坐庭中，蓬首啜泣。惊问：“何人？”亦不语。良久，乃言曰：“娶我来，即亦非福，但有死耳！”成大惊，不知其故。女曰：“我少受聘于胡大成，不意湖北去，音信断绝。父

因此耽误人生大事呀。就在这两三天，我要给你说一门亲事，娶个媳妇。”大成闻言，哭诉道：“娘啊，儿子原来在家里是定过亲的，已经有老婆了，只是因战乱分散在南北两地，久久不能相见。”大娘劝道：“在这动乱的年头里，人事无常，我儿为何要像守株待兔一般死等呢？”大成又哭道：“且不说不可背弃结发夫妻的盟誓，这年头，谁又肯把自家娇女嫁给一个居无定所、像浮萍一般四处漂泊的人呢？”大娘也不回答，转身便去为他准备新的帘幕帐幔、被子枕头等一切新婚用品，十分周到，也不知道从哪里搞来的。有一天，太阳快落山了，她忽然嘱咐大成说：“你点上蜡烛，坐在房间里别睡觉，我去看看新娘子来了没有。”说着，便出门去了。不知不觉，已经过了三更天，大娘还没回家，大成有些担心，心中十分疑惑，不知道她去干什么了。不久，忽然听到门外一阵喧闹，他忙跑出去看，原来是一个女子蓬头垢面，正哭着坐在院中。大成惊讶地问道：“你是谁？”那女孩儿也不答话，哭了一会儿，才说：“你把我娶回家，也不是什么好事，我现在只有去死。”大成大惊，不知道这中间发生了什么。那女孩儿说道：“我小时候就和胡大成定亲了，不料他到湖北，一去

母强以我归汝家。身可致,志不可夺[5]也!”成闻而哭曰:“我便即是胡某。卿菱角耶?”女收涕而骇,不信。相将入室,就灯审顾,曰:“得无梦耶?”乃转悲为喜,相道离苦。先是乱后,湖南百里,涤[6]地无类。焦移家窜长沙之东,又受周生聘。乱中不能成礼,期是夕送诸其家。女泣不盥栉[7],家中强置车上。途次,女颠堕其下。遂有四人荷肩舆至,云是周家迎女者,即扶升舆[8],疾行若飞,至是始停。一老姥曳入,曰:“此汝夫家,但入勿哭。汝家婆婆,旦晚将至矣。”乃去。成诘知情事,始悟媪神人也。

不返,音信全无。父母强迫我嫁到你家来。我人可以过来,但我的心意却不可改变!”胡大成听罢哭着说道:“我就是胡大成呀,你是菱角吗?”女孩儿闻言,心中一惊,立即止住了哭声,还不敢相信。大成就拉着她到屋里,到有灯的地方一照,两人你看看我,我看看你,齐声感叹道:“这该不会是梦吧?”于是两人转悲为喜,互相倾诉相思离别之苦。原来发生战乱以后,整个湖南动荡不安,方圆百里都被洗劫一空。焦画工一家逃往长沙东边,又接受了一户周姓人家的聘礼。时局动荡不安,战乱不休,不能举行像样的婚礼,便打算今天晚上送到他家直接成婚。菱角大哭大闹,不肯梳洗打扮,但还是被家人强迫着上了车子。途中,女孩儿被颠下车子。这时忽然有四个人抬着轿子飞奔过来,自称是周家派来接亲的,说着便赶忙扶着菱角登上轿子。四人快步如飞,一直到这里才停下来。一个老人家将菱角拉到屋子里,说道:“这里便是你丈夫家,你只管进去,不要哭泣。你家婆婆早晚会过来。”说完便离开了。大成从菱角口中得知这件事的来龙去脉后,才明白大娘原来是神仙。

注释 1 羁旅:长久寄居异乡。 2 大伦:指封建社会的基本伦理道德。这里是指夫妇伦常,即人生大事。 3 萍梗人:像浮萍一样漂泊不定的人。 4 幌(huǎng):帐幔。 5 夺:强取。此处指强行改变。 6 涤:洗濯;扫除。此处指洗劫,扫荡。 7 盥栉:梳洗打扮。 8 升舆:登车。

夫妻焚香共祷,愿得母子复聚。母自戎马[1]戒严[2],同侪人[3]妇奔伏涧谷。一夜,噪言寇至,即并张皇四匿。有童子以骑授母,母急不暇问,扶肩而上,轻迅剽遬[4],瞬息至湖上。马踏水奔腾,蹄下不波。无何,扶下,指一户云:"此中可居。"母将启谢,回视其马,化为金毛犼[5],高丈余,童子超乘[6]而去。母以手挝门[7],豁然启扉。有人出问,怪其音熟,视之,成也。母子抱哭。妇亦惊起,一门欢慰。疑媪为大士现身,由此持观音经咒

夫妻二人便在家中焚香祷告,希望能够母子团聚。自从战乱之后,城中戒严,胡大成的母亲和一群逃难的妇女一起躲在深山幽谷间。有一天夜里,众人忽然喧哗,鼓噪称贼兵杀来了,大家慌张失措,纷纷四散藏匿。有个小孩子牵着一匹马,走过来,给胡老太太骑。胡老太太慌乱之间等不及细问,立即扶着他的肩膀上了马。马儿一路狂奔,迅急轻捷,瞬息之间已经到了湖上。这马儿飞驰于水面之上,马蹄之下甚至没有被踏起的波浪。不久,童子把胡老太太扶下马来,指着一户人家说:"这屋子可以住人。"胡老太太正要开口道谢,回身一看,发现马儿竟已化为金毛犼,有一丈多高。只见童子飞身一跃,跳到它背上,飞驰而去。胡老太太用手敲门,门一下子就开了。有人出来问是谁,声音听着很耳熟,胡老太太仔细一看,居然是儿子大成。母子相见,抱作一团痛哭流涕。菱角也被惊醒。一家人相见,欣喜异常。三人怀疑那大娘是观音菩萨的化身,自此便更加虔诚地诵念观音心经。后来他们就留在

益虔。遂流寓湖北，治田庐[8]焉。

了湖北，在那里置办了田产，一家人高高兴兴地住在一起。

注释 1 戎马：军马，军事。这里指战乱。 2 戒严：在战时所采取的严密防备措施。 3 俦人：伙伴，同行的人。此处指一起逃难的人。 4 剽遬(piāo sù)：迅急轻捷。 5 犼(hǒu)：传说中一种似狗而吃人的北方野兽。 6 超乘：跳跃上车。这里指跳上金毛犼的背。 7 挝门：敲门。 8 田庐：田地房屋。

饿 鬼

原文

齐人马永，贫而无赖，乡人戏名为饿鬼，年三十余，日益窭[1]，衣百结鹑[2]，两手交其肩，在市上攫食。人尽弃之，不以齿[3]。邑有朱叟者，少携妻居于五都之市[4]，操业不雅[5]；暮岁[6]归其乡，大为士类所口[7]，而朱洁行[8]为善，人始稍稍礼貌之。一

译文

齐地有个人名叫马永，他家中贫困，又品性恶劣，强横无耻，所以乡里人便常常戏称他为“饿鬼”。他三十多岁的时候，日子就变得更加艰难贫穷了，穿得破破烂烂，经常两手交叉，放在肩头，到集市上去抢东西吃。人们都很嫌弃他，不愿意和他有来往。当时乡里有个朱老先生，年轻的时候曾经和他妻子一起定居在繁华的大都市中，因为做的是不正经的行当，所以到他晚年回家养老的时候，被读书人所诟病。他在乡里却规规矩矩，为人正直，乐善好施，人们才渐渐对他有了好感，开始对他尊重起来。有一天，朱老先生正遇

日，值马攫食不偿，为肆人所苦；怜之，代给其直。引归，赠以数百俾[9]作本。马去，不肯谋业，坐而食。无何资复匮，仍蹈故辙。而常惧与朱遇，去之临邑。

上马永抢别人东西吃被抓到，又没钱抵偿，被店家为难。朱老先生可怜他，便替他付清了欠款。又把他带回家，赠了他几百钱，给他做本钱，让他去弄点小买卖。马永离开后，还是不肯做事，靠着这点钱，坐吃山空。不久就又没钱了，于是又干起原来的勾当。但他害怕再遇到朱老先生，于是便到另外一个乡去了。

注释 1 窭(jù)：贫穷，贫寒。 2 百结鹑(chún)：指破破烂烂的衣服。百结，形容衣多补缀。鹑，鹌鹑毛斑尾秃，像褴褛的衣服。 3 不以齿：不屑与之为伍，表示鄙视。齿，并列。 4 五都之市：五方都会，泛指繁华的大都市。 5 不雅：不正，不清白，不正经。 6 暮岁：晚年。 7 口：此处指诟病。 8 洁行：保持行为的清白端正。 9 俾(bǐ)：使。

暮宿学宫，冬夜凛寒，辄摘圣贤颠上旒[1]而煨[2]其板[3]。学官知之，怒欲加刑。马哀免，愿为先生生财。学官喜，纵之去。马探某生殷富，登门强索资，故挑其怒，乃以刀自劙[4]，诬而控诸学。学官勒取重赂，始免申黜[5]。诸生因而

夜里没地方住，就只能住在学宫里面。冬天的夜晚寒风凛冽，浸入骨髓，难以忍受，他便摘下圣贤塑像头顶冠冕上的玉串，又把笏板给烧掉了。学官知道后非常生气，想要对他施加刑罚。马永苦苦哀求，说愿意为学官弄些钱财。学官闻言大喜，立刻把他给放了。马永打听到有个读书人家里十分富裕，于是到他家去，强行勒索钱财。他故意把书生激怒，然后用刀割伤自己，前去学官那边诬告书生。学官因此勒索了书生大笔钱财，才答应不把他开除。其他学生听到这件事，

共愤,公质[6]县尹。尹廉得实,笞四十,梏其颈,三日毙焉。

群情激愤,以集体名义把他俩告到了县官那里去。县官查得实情后,便下令打了马永四十大板,并且给他戴上枷锁,三天就死了。

注释 1 旒:古代帝王礼帽前后悬垂的玉串。 2 焫:焚烧。 3 板:笏板。古时大臣朝见时用以指画或记事的板子。 4 劙(lí):割。 5 申黜:报请上司予以革除。 6 公质:以集体名义诉讼。

是夜,朱叟梦马冠带[1]而入,曰:"负公大德,今来相报。"既寤[2],妾生子。叟知为马,名以马儿。少不慧,喜其能读。二十余,竭力经纪[3],得入邑庠。后考试寓旅邸,昼卧床上,见壁间悉糊旧艺[4],视之有"犬之性"四句题,心畏其难,读而志之。入场,适遇此题,录之,得优等,食饩[5]焉。六十余,补临邑训导[6]。官数年,曾无一道义交。惟袖中出青蚨[7],则作鸬

当晚朱老先生梦见马永戴着帽子、束着腰带走过来,说:"我辜负您的一片好心,现在来报答您。"朱老先生睡醒后,得知妾生了一个儿子。他知道这是马永投生的,便给他取名叫马儿。马儿小时候并不聪明,但可喜的是他还能读得进去书。二十多岁的时候,家里人竭力疏通,才能到县学里读书。后来到外地考试,在旅馆中下榻,白天躺在床上休息时,马儿偶然看见墙壁上到处糊着前人作的八股文,他仔细瞧了瞧,其中有一篇题目是"犬之性"等四句的,感到有些难写,便读了读,把它记住了。后来到了考场,卷子发下来,发现出的竟然就是这题。于是赶紧把自己背诵的都抄了下来,最终考了优等,成为廪生,能够享受官府廪膳补贴。马儿六十几岁的时候,得了空缺,在临县做了个训导。做官数年,却没有一个道义之交。只有别人从口袋里掏出银票给他的时候,他才会

鹚[8]笑，不则睫毛一寸长，棱棱[9]若不相识。偶大令[10]以诸生小故，判令薄惩，辄酷烈如治盗贼。有讼士子者，即富来叩门矣。如此多端，诸生不复可耐。而年近七旬，臃肿聋聩，每向人物色乌须药。有某生素狂，锉[11]茜根[12]给之。天明共视，如庙中所塑灵官状。大怒拘生，生已早夜亡去。因此愤气中结，数月而死。

露出贪婪的笑容；否则便是满脸不高兴，脸拉得老长，眼皮耷拉着，睫毛都有一寸长，冷着脸好像不认识一般。有一次，学校里的学生犯了些小错，县令让他施以薄惩。没想到，他却像惩罚盗贼一样严刑拷打学生。如果有想告这些读书人的，把钱送上门就行。像这样的事还有好多，学校里的学生们已经无法容忍。马儿年纪将近七十岁，身体肿胀，又聋又瞎，常常向人寻求使胡须变黑的药，想要变得年轻些。有个狂生将茜草根磨碎，拿过去给他，骗他说这就是乌须药。第二天天亮，大家发现马儿的胡须都被染成了红色，就像庙里面的灵官塑像一般。马儿大怒，下令捉拿那个学生，没想到他早就连夜溜了。马儿因此怒气填胸，郁闷难解，没过几个月便死了。

注释 1 冠带：戴帽子，束腰带。 2 寤：睡醒。 3 经纪：安排，料理。此处指疏通关系。 4 旧艺：前人写的八股文。艺，制艺，即八股文。 5 食饩(xì)：指明清时经考试取得廪生资格的生员享受廪膳补贴。亦即成为廪生。 6 训导：明清府、州、县儒学的辅助教职。 7 青蚨(fú)：此处指钱。原为传说中的一种虫。传说以母青蚨或子青蚨的血涂在钱上，钱用出去还会回来。后用以代指钱。 8 鸬鹚：鸬鹚得鱼而喜，比喻贪财者。 9 棱棱：寒冷貌。此处指冷脸。 10 大令：对县令的敬称。 11 锉：用锉磨东西，磨碎。 12 茜根：茜草的根。味苦，性寒。

考弊司

原文

闻人生，河南人。抱病经日，见一秀才入，伏谒床下，谦抑[1]尽礼。已而请生少步[2]，把臂长语，刺刺且行，数里外犹不言别。生伫足，拱手致辞。秀才云："更烦移趾，仆有一事相求。"生问之，答云："吾辈悉属考弊司辖。司主名虚肚鬼王。初见之，例应割髀肉[3]，浼君一缓颊[4]耳。"生惊问："何罪而至于此？"曰："不必有罪，此是旧例。若丰于贿者可赎也，然而我贫。"生曰："我素不稔[5]鬼王，何能效力？"曰："君前世是伊[6]大父行[7]，宜可听从。"

译文

闻人生是河南人。一连生病数日，看见一位秀才伏在床榻边，极其谦逊恭敬地向他行礼。行完礼，秀才请闻人生一起出去走走，拉着他的胳膊说了很长时间的话，边走边聊，走了数里仍然没说就此别过。闻人生站定，向秀才作揖告辞。秀才说："还请您再行几步，我有一件事要麻烦您。"闻人生问他何事，秀才说："我们都归考弊司管辖，考弊司司主名叫虚肚鬼王。第一次见他，按例应该割一块大腿肉。恳请您替我们说说好话免于被割肉吧。"闻人生听了大惊，问他："你犯了什么罪，竟到了这个地步？"秀才说："不是有罪才要这么做，这是惯例。如果贿赂丰厚的话可以免于受罚，但是我很穷。"闻人生说："我向来不认识鬼王，怎么才能帮到你呢？"秀才说："您前世是那鬼王的祖父辈，他应该会听您的。"

注释 1 谦抑：谦逊。 2 少步：稍微走走。 3 髀(bì)肉：大腿上的肉。 4 缓颊：代人说情。 5 稔：认识，熟悉。 6 伊：彼，他。 7 大父行：祖父辈。大父，祖父。

言次，已入城郭。至一府署，廨宇不甚弘敞，惟一堂高广，堂下两碣[1]东西立，绿书大于栲栳[2]，一云"孝弟[3]忠信"，一云"礼义廉耻"。躇阶而进[4]，见堂上一匾，大书"考弊司"。楹[5]间，板雕翠色一联云："曰校、曰序、曰庠，两字德行阴教化；上士、中士、下士，一堂礼乐鬼门生。"游览未已，官已出，鬈发鲐背[6]，若数百年人。而鼻孔撩天，唇外倾，不承其齿。从一主簿吏，虎首人身。有十余人列侍，半狞恶若山精。秀才曰："此鬼王也。"生骇极，欲却退；鬼王已睹，降阶[7]揖生上，便问兴居。生但诺。又问："何事见临？"生以秀才意具白之。鬼王色变曰："此有成例，即父命所不敢承！"气象森凛，似不

说话间，两人已经走进了城。到了一座府衙前，房子不是很宽敞，只有一座厅堂高大开阔，堂下两座石碑一东一西并立，上面写的绿字比盛东西用的笆斗还大，一座上面写着"孝弟忠信"，一座上面写着"礼义廉耻"。两人大步跨阶而上，只见堂上挂着一块牌匾，用大字写着"考弊司"。两侧柱子之间，有一块翠绿色的板雕，写着"曰校、曰序、曰庠，两字德行阴教化；上士、中士、下士，一堂礼乐鬼门生"。还没游览完，就有一位官员出门来，长着卷曲的头发，后背像鲐鱼那样，看上去已经有几百岁了。他的鼻孔掀起来朝着天，嘴唇朝外翻，不能托起他的牙齿。身后跟着一个主簿的小吏，长着虎头人身。有十几个人排列侍立，脸上带着狰狞的神情，大多像山中的妖怪。秀才说："这就是鬼王。"闻人生非常害怕，想离开；鬼王却已经看到他了，走下台阶向他作揖行礼，问他住在哪里。闻人生连声应诺作答。鬼王又问他："来此有何贵干？"闻人生就把秀才的意愿告诉给了鬼王。鬼王脸色立马变了："这件事已经有规定在先，即使是父亲的命令也恕我难以从命。"鬼王的气魄威严凌厉，看

可入一词。生不敢言，骤起告别，鬼王侧行送之，至门外始返。生不归，潜入以观其变。至堂下，则秀才已与同辈数人，交臂[8]历指[9]，俨然在徽纆[10]中。一狞人持刀来，裸其股，割片肉，可骈三指许。秀才大嗥欲嗄[11]。

上去毫无商量的余地。闻人生不敢说话，就立即站起来告别，鬼王走在他身旁，给他送行，一直把他送出门了才回来。闻人生没回去，偷偷溜进房子里看会发生什么事。到了堂下，看见秀才已经和同辈的好几个人，紧挨着行拶指酷刑，手已经套入了绳子。一人脸色狰狞提着刀来，使其露出大腿，割下肉片，大约有三指并排那么宽。秀才疼得大声呼叫，嗓子都喊哑了。

注释 1 碣：圆顶的石碑。 2 栲栳(kǎo lǎo)：用柳条编成的容器。亦称笆斗。 3 弟：同“悌”，敬爱兄长。 4 躇(chuò)阶而进：不按台阶级次，跨阶而上。 5 楹：堂屋前部的柱子。 6 鲐(tái)背：谓老人背上生斑如鲐鱼之纹，为高寿之征。鲐，鱼名，体粗壮，呈纺锤形，背隆起。 7 降阶：走下台阶。 8 交臂：胳膊挨着胳膊，表示距离很近。 9 历指：拶(zǎn)指，旧时一种酷刑，以绳穿五根小木棍，套入手指用力紧收。历，通“枥”。 10 徽纆(mò)：绳索，绳子。 11 嗄(shà)：嗓音嘶哑。

生少年负义[1]，愤不自持，大呼曰：“惨毒如此，成何世界！”鬼王惊起，暂命止割，跷履[2]逆生。生忿然已出，遍告市人，将控上帝。或笑曰：“迂哉！蓝蔚苍苍[3]，

闻人生仗着少年意气，愤慨不已，大声喊道：“像这样狠毒，哪里还像个世界！”鬼王惊得站起来，命令暂时停止割肉，健步上前迎接闻人生。闻人生已经气愤地出去了，把这事告诉了市场上的人，说要到天上的皇帝那里去控诉。有人笑他说：“真是迂腐啊！苍天茫无边

何处觅上帝而诉之冤也？此辈与阎罗近，呼之或可应耳。”乃示之途。趋而往，果见殿陛[4]威赫，阎罗方坐[5]，伏阶号屈。王召诉已，立命诸鬼绾绁[6]提锤而去。少顷，鬼王及秀才并至，审其情确，大怒曰：“怜尔夙世[7]攻苦，暂委此任，候生贵家，今乃敢尔！其去若善筋，增若恶骨，罚令生生世世不得发迹也！”鬼乃棰之，仆地，颠落一齿。以刀割指端，抽筋出，亮白如丝。鬼王呼痛，声类斩豕。手足并抽讫，有二鬼押去。

际，到哪里去找天上的皇帝诉说冤情呢？这家伙和阎王还算亲近，你去找阎王可能会回应你吧。”路人告诉了他路怎么走。闻人生小步跑去，果然看见宫殿台阶威严显赫，阎王端坐在里面，闻人生就趴在台阶上哭诉喊冤。阎王听了闻人生的控告，马上命令各小鬼带着绳索，提着锤子去找鬼王。一会儿工夫，鬼王和秀才都来了，阎王审问清楚，确定情况属实，大怒道：“我可怜你前世攻读辛苦，暂时把这个官职交给你，等着让你投生个富贵人家，如今你竟敢做出这样的事来！把他善筋挑断，增加恶骨，罚他永世不得立功扬名！”小鬼用短木棍一打，他就扑倒在地，掉了一颗牙。小鬼用刀割开他的指尖，抽出善筋，光亮洁白得像绸缎。鬼王大声喊疼，声音就像是杀猪一样。手筋脚筋都挑完了，两个鬼押着他走了。

注释 1 负义：仗义，讲义气。 2 跷履：犹健步。 3 蓝蔚苍苍：苍天茫无边际。蓝蔚，借指天。 4 殿陛：御殿前的石阶。 5 方坐：正坐，端坐。 6 绾绁（wǎn xiè）：绳索。 7 夙世：前世。

生稽首[1]而出，秀才从其后，感荷[2]殷殷。挽送过市，见一户垂朱帘，帘

闻人生对阎王行了稽首大礼，出了阎王殿。秀才跟在他身后连连道谢，感激不尽。两人挽着胳膊向前走，经过

内一女子露半面，容妆绝美。生问："谁家？"秀才曰："此曲巷[3]也。"既过，生低徊不能舍，遂坚止秀才。秀才曰："君为仆来，而令踽踽[4]而去，心何忍。"生固辞，乃去。生望秀才去远，急趋入帘内。女接见，喜形于色。入室促坐[5]，相道姓名。女曰："柳氏，小字秋华。"一妪出，为具肴酒。酒阑，入帷，欢爱殊浓，切切订婚嫁。既曙，妪入曰："薪水告竭，要耗郎君金资，奈何！"生顿念腰橐空虚，愧惶无声。久之，曰："我实不曾携得一文，宜署券保[6]，归即奉酬。"妪变色曰："曾闻夜度娘[7]索逋欠耶？"秋华嚬蹙，不作一语。生暂解衣为质，妪持笑曰："此尚不能偿酒直耳。"呶呶[8]不满志，与女俱入。生惭，移时，犹冀

集市，看见一户人家门口垂着红帘，帘内女子露出一半面容，容貌极美。闻人生问："这是哪家？"秀才说："这是烟花巷。"两人走过那户人家，闻人生徘徊良久，心中还是不舍，就坚决拉住了秀才，不让他再往前送。秀才说："你为我走了这一趟，现在让你独自离开，我心里不忍。"闻人生坚持辞别，秀才只好回去。闻人生看着秀才走远，赶忙小步快跑入帘内。帘内女子接待了他，脸上充满欢喜之色。进入内室两人靠近坐在一起，互相告知姓甚名谁。女子说："小女子柳氏，小名秋华。"一老妇人出现，为两人准备酒菜。酒喝得差不多了，两人入床帐，欢好尽兴，情深义重地谈婚论嫁。天亮以后，老妇人进来说："钱财已经用完了，要取郎君的钱一用，怎么样？"闻人生突然想到腰包空空，惶恐面露愧色，不敢说话。过了很长一段时间，说："我实在是一文钱都没带，我立个字据，保证马上取钱来偿还。"老妇人变了脸色，说："您何时听说过娼妓索债的？"秋华皱眉，不发一声。闻人生只好暂时脱了衣服作为抵押，老妇人笑言："这怕是还不够酒钱的吧！"她嘟囔着很是不满，拉着秋华就

女出展别，再订前约。久久无音，潜入窥之，见妪与女，自肩以上化为牛鬼，目睒睒[9]相对立。大惧，趋出，欲归，则百道歧出，莫知所从。问之市人，并无知其村名者。徘徊廛肆[10]之间，历两昏晓，凄意含酸，响肠鸣饿，进退不能自决。忽秀才过，望见之，惊曰："何尚未归，而简亵[11]若此？"生靦颜莫对。秀才曰："有之矣！得毋为花夜叉所迷耶？"遂盛气而往，曰："秋华母子，何遽不少施面目耶！"去少时，即以衣来付生，曰："淫婢无礼，已叱骂之矣。"送生至家，乃别而去。生暴绝三日而苏，历历为家人言之。

走。闻人生感到十分羞惭。过了一会儿，还盼着秋华能出来与他告别，重订婚约。等了很久还是没有动静，他就偷偷溜进去窥探，只见那老妇和秋华肩膀以上已经化为牛鬼，双目放出凶光，相对而立。闻人生极其恐惧，赶忙跑出来，想快点回家。但道路纵横，岔路极多，不知道怎么走。想找路人问路，却没人知道他说的村子。他在街上徘徊了很久，过了两天两夜，凄凉酸楚，饥肠辘辘，不知道应该作何行动。忽然秀才路过，看见他，非常惊讶："你怎么还没回家，弄得这么狼狈不堪？"闻人生感到羞愧，不知如何回答。秀才说："我知道了，你莫不是被那花夜叉迷住了？"于是秀才就气冲冲地进门，说："秋华母子，你们怎么不给人留面子？"进去了一会儿，就把衣服拿来给闻人生，说："贪婪无耻的女人不讲礼数，我已经骂她了。"他送闻人生到家，就辞别离去。闻人生已经暴病昏死过去三天，此时才醒来，说起上述种种，历历在目。

注释 1 稽首：古时一种跪拜礼，叩头至地，是九拜中最恭敬的一种。 2 感荷：谓受惠承情而感谢。 3 曲巷：小巷，这里指烟花巷。 4 踽(jǔ)踽：独行的样子。 5 促坐：靠近坐。 6 署券保：立字据保证偿还。 7 夜度娘：娼妓。 8 呶(náo)呶：喋喋不休。 9 睒(shǎn)睒：

光闪烁貌。此处指双眼冒出凶光。 **10** 廛肆：街市。 **11** 简亵：轻慢不庄重，此处指狼狈不堪。

阎 罗

原文

沂州[1]徐公星自言夜作阎罗王。州有马生亦然。徐公闻之，访诸其家，问马昨夕冥中[2]处分何事？马曰："无他事，但送左萝石[3]升天。天上堕莲花，朵大如屋"云。

译文

沂州人徐公星自称夜里会到阴间做阎王。同州有一个姓马的读书人也这么说。徐公星听说之后，便到他家拜访，并且问马生昨天晚上在阴间处理了哪些事务。马生回答道："也没其他事，就是送左萝石上天。天上落下来一朵莲花，就像一间屋子那么大。"

注释 **1** 沂州：州府名。今山东省临沂市。 **2** 冥中：阴间，迷信谓人死后灵魂所在的地方。 **3** 左萝石：左懋第，字萝石，山东莱阳人。明崇祯四年进士，赴北京和谈，被清朝扣押，宁死不降，后人称其为"明末文天祥"。

大 人

原文

长山[1]李孝廉质君[2]诣青州，途中遇六七人，语音类燕[3]。审视

译文

长山人李质君李举人到青州去，途中遇到六七个人，听口音，像是北方燕人。李举人仔细看他们的脸，发现他们每个人

两颊俱有瘢，大如钱，异之，因问何病之同。客曰：旧岁客云南，日暮失道，入大山中，绝壑巉岩，不可得出。因共系马解装，旁树栖止。夜深，虎豹鸮鸱，次第嗥动，诸客抱膝相向，不能寐。忽见一大人来，高以丈计。客团伏莫敢息。大人至，以手攫马而食，六七匹顷刻都尽；既而折树上长条，捉人首穿腮，如贯鱼状，贯讫，提行数步，条毳[4]折有声。大人似恐坠落，乃屈条之两端，压以巨石而去。客觉其去远，出佩刀自断贯条，负痛疾走。未数武[5]，见大人又导一人俱来，客惧，伏丛莽中。见后来者更巨，至树下，往来巡视，似有所求而不得。已乃声

的脸颊两边都有铜钱大小的疮疤，很是奇怪。于是便问他们为什么每个人都有一样的疮疤。那些人回答道：之前我们客居云南，天黑迷路，误入大山之中，四处都是悬崖绝壁，山石陡峭，找不到出路。我们只能先把马系好，解下行装，靠在树边暂作休息。夜深时分，耳畔时不时传来野兽猛禽的吼声，大家抱着膝盖，团团围坐，不敢睡下。忽然我们看到一个一丈多高的巨人走了过来。大家蜷缩成一团，趴在地上，大气都不敢出。那个巨人走了过来，用手抓起马便吞了下去，六七匹马一下子就被他吃光了。然后又从树上折了几根长树枝，捉住我们，用树枝穿过我们的两颊，把我们一个个像鱼一样穿在一起。穿好了之后，他就拖着我们向前走。刚走了几步，听到树枝折断的声音，巨人似乎是怕我们掉下来，便将树枝两端折弯，用巨石压着，然后就离开了。我们看他似乎已经走远了，便拿出佩刀，砍断枝条，忍着痛飞奔逃走。没走几步，我们就看到那个巨人又带着另一个巨人过来了。我们害怕地躲在草丛中。发现后来的那个巨人身材更加魁梧，他走到树下，四处张望，好像在找些什么，却没有找到。之后他大叫起

啁啾[6]，似巨鸟鸣，意甚怒，盖怒大人之绐[7]己也。因以掌批其颊。大人伛偻[8]顺受，无敢少争。俄而俱去。	来，像巨鸟鸣叫一般，十分恼怒，大概是以为带他过来的那个巨人骗了他。只见他拎起那个巨人，挥手打了两巴掌。那个巨人只得弓着身子，顺从忍受，不敢反抗。不久，他们两个就都离开了。

注释　1 长山：旧县名，在辽宁省辽东半岛以东长山群岛上。　2 李孝廉质君：李斯义，字质君，山东长山人。康熙戊辰年进士，选授庶常，历迁通政参议、太常寺少卿、大理寺卿、福建巡抚等职。孝廉，举人。　3 燕：今河北北部和辽宁一带。旧时用作河北的别称。　4 毳(cuì)：通"脆"，脆弱；不坚。　5 武：半步，泛指脚步。　6 啁啾(zhōu jiū)：鸟鸣声。　7 绐：欺骗。8 伛偻(yǔ lǚ)：弓着身子。

诸客始仓皇出，荒窜良久，遥见岭头有灯火，群趋之。至则一男子居石室中。客入环拜，兼告所苦。男子曳令坐曰："此物殊可恨，然我亦不能钳制[1]。待舍妹归，可与谋也。"无何，一女子荷[2]两虎自外入，问客何来，诸客叩伏而告以故。女子曰："久知两个为孽，不图凶顽[3]若此！当	我们见到他俩走了，才慌慌张张地跑了出来，在荒野之中逃窜了好久，远远看到前面山头上好像有灯光，于是一起跑了过去。到了那里，我们发现只有一个男人待在石洞中。我们进去一齐向他下拜，并且告诉他我们的遭遇。那个男人见状，就拉着我们坐下，说道："那东西确实可恶，但是我也制服不了他们。等我妹妹回来，可以和她商量商量。"不一会儿，一个女子扛着两只老虎，从门外走了进来，问我们从哪里来。我们便跪下来叩头，向她诉说来由。女子厉声道："我早就知道这两个畜生为非作歹，但是没想到竟然如此丧心病狂，凶

即除之。”于石室中出铜锤,重三四百斤,出门遂逝。男子煮虎肉饷客[4]。肉未熟,女子已返,曰:“彼见我欲遁,追之数十里,断其一指而还。”因以指掷地,大于胫骨[5]焉。众骇极,问其姓氏,不答。少间,肉熟,客创痛不食;女以药屑遍糁[6]之,痛顿止。天明,女子送客至树下,行李俱在。各负装行十余里,经昨夜斗处,女子指示之,石洼中残血尚存盆许。出山,女子始别而返。

残顽劣至此!应该立即除掉这两个祸害。”说着便从洞中拿出一把大铜锤,有三四百斤重,出门就走了。男子在家中煮虎肉款待我们,肉还没熟,女子就已经回来了。她说:“这两个畜生看到我就跑,追了他们几十里地,断了他们一根手指就回来了。”说着,便将手指头扔到地上,竟然比小腿骨还粗。我们见状,惊骇至极,问她叫什么名字,她也不回答。不一会儿,虎肉也熟了。我们因为脸颊两边痛得难受,不能吃饭。女孩儿便拿出药粉,均匀地撒在伤口上,伤口立刻就不疼了。第二天天亮,她还把我们送到大树下,我们的行李还在那儿。我们各自背起行李,走了十来里路,经过昨天女孩儿和巨人搏斗的地方。她指给我们看,只见那石洼之中还大约残留着一盆血。一直把我们送出山,那个女孩儿才向我们道别回去。

注释 1 钳制:强力控制,此处指制服。 2 荷:扛。 3 凶顽:凶残顽劣。4 饷客:以食物款待客人。 5 胫骨:小腿内侧的长形骨。 6 糁(sǎn):谷类磨成的碎粒。此处指将药粉撒在伤口上。

向 杲

原文

向杲字初旦，太原人，与庶兄[1]晟友于最敦[2]。晟狎一妓，名波斯，有割臂之盟[3]，以其母取直奢，所约不遂。适其母欲从良[4]，愿先遣波斯。有庄公子者，素善波斯，请赎为妾。波斯谓母曰："既愿同离水火，是欲出地狱而登天堂也。若妾媵之，相去几何矣！肯从奴志，向生其可。"母诺之，以意达晟。时晟丧偶未婚，喜，竭资聘波斯以归。庄闻，怒夺所好，途中偶逢，大加诟骂；晟不服，遂嗾[5]从人折棰笞之，垂毙[6]乃去。杲闻奔视，则兄已死，不胜哀愤。具

译文

向杲字初旦，是太原人氏。他从小便和庶母生的哥哥向晟处得最好，兄弟感情最为深厚。向晟结识了一个妓女，名叫波斯，两人定下誓言要结为夫妻。但是因为鸨母索要的赎金太多，所以一时未能如愿实现誓言，结为夫妇。刚好老鸨也想从良，打算先把波斯嫁出去。有一位姓庄的公子，早先就一直喜欢波斯，便想向老鸨赎买波斯，娶回家做妾。波斯知道后，便对老鸨讲："你既然希望我俩能一起从良，免受水深火热之苦。这就是想帮我走出地狱，步入天堂了。但若要把我卖给别人做妾，这又和做妓女有什么两样呢！希望你能遵从我的意愿，我想要嫁给向晟。"老鸨便同意了，把这意思告诉了向晟。这时向晟刚好丧偶未娶，听到这个消息，心中大喜，便倾尽所有迎娶波斯过门。庄公子听说后非常生气，恨他夺走了自己喜欢的女人。有一次在途中偶遇，便将向晟大骂了一顿。向晟心中不服，于是庄公子便唤来随从，指使他们毒打向晟，一直打到快死才住手。向杲听说后，赶忙过去查看。到那里时，向晟已经死了。向杲心中大悲，哀愤不已。

造[7]赴郡。庄广行贿赂，使其理不得伸。

便写好诉状，上告官府。谁想庄某竟然四处行贿，打通关节，让他有理却无处诉说。

注释 1 庶兄：庶母所生的兄长。旧时称父亲的妾为庶母。 2 友于最敦：兄弟情谊最为深厚。 3 割臂之盟：春秋时鲁庄公与孟任割破胳臂，订下婚约。后泛指割破手臂立誓，尤指男女秘订婚约。 4 从良：旧谓妓女脱离乐籍而嫁人。 5 嗾(sǒu)：原指使狗声，后比喻教唆、指使别人做坏事。 6 垂毙：将死。 7 造：此处指诉状。

杲隐忿[1]中结[2]，莫可控诉，惟思要路刺杀庄，日怀利刃，伏于山径之莽[3]。久之，机渐泄。庄知其谋，出则戒备甚严。闻汾州[4]有焦桐者，勇而善射，以多金聘为卫。杲无计可施，然犹日伺之。一日，方伏，雨暴作，上下沾濡，寒战颇苦。既而烈风四塞，冰雹继至，身忽然痛痒不能复觉。岭上旧有山神祠，强起奔赴。既入庙，则所识道士在内焉。先是，道士尝行乞村中，杲辄饭

向杲心怀愤懑，郁结于心，无处申诉控告，便打算在路上刺杀庄某。他每天揣着一把利刃，埋伏在丛莽之间。过了一段时间，这事却被人泄漏出去，让庄某知道了。于是庄某每次出门都防备森严。后来他又听说汾州有个叫焦桐的人，非常勇猛，而且善于拉弓射箭，便花重金聘请他为保镖。向杲便更加无计可施了，但每天还是埋伏在路边，伺机要刺杀他。有一天，他正埋伏在草丛间，忽然天降暴雨，浑身都被淋湿了，打着寒战，苦不堪言。一会儿狂风四起，接着又下起了冰雹，身体忽然间没了知觉，感受不到痛痒。他想到以前这山上有一座山神庙，便勉强爬起来，跑过去。到了庙中，看到里面是从前就相识的道士。道士曾经到村里求取布施，向杲多次帮助过他，给他饭吃，因此相识。道士看到向杲全

之，道士以故识杲。见杲衣服濡湿，乃以布袍授之，曰：“姑易此。”杲易衣，忍冻蹲若犬，自视则毛革顿生，身化为虎。道士已失所在。心中惊恨，转念：得仇人而食其肉，计亦良得。下山伏旧处，见己尸卧丛莽中，始悟前身已死，犹恐葬于乌鸢[5]，时时逻守之。越日，庄始经此，虎暴出，于马上扑庄落，龁[6]其首，咽之。焦桐返马而射，中虎腹，蹶然[7]遂毙。

身湿透了，便拿出一件布袍给他，说：“赶紧换上吧。”向杲接过衣服换上了，像狗一样蹲着，忍受着寒冷。忽然他看见自己竟然一下子长出兽毛，身体变成了一只大老虎。再转头看道士，却已经消失不见了。心中又惊又恨，但转念一想：要是这样能够抓住仇人，咬死他，吃他的肉，这主意也不错。他走下山，来到自己之前埋伏的地方，却在草丛中发现了自己的尸体，这才明白原来自己已经死了。又担心尸体被乌鸦和老鹰啄食，便一直守在自己尸体旁边。过了一天，庄某才从这边经过。老虎猛地冲出来，把他从马上扑倒，一口咬掉他的脑袋，吞了下去。焦桐骑马返回来救，一箭射过来，正中老虎的肚子。老虎踉跄了几步，便倒下死了。

注释 **1** 隐忿：心怀忿恨。 **2** 中结：郁结于心。 **3** 莽：丛莽，草丛。 **4** 汾州：州、府名。北魏太和十二年(488)置州。治今山西隰县。 **5** 葬于乌鸢：被乌鸦和老鹰啄食。乌鸢，乌鸦和老鹰，均为贪食之鸟。 **6** 龁(hé)：咬。 **7** 蹶然：急起、惊起的样子。

杲在错楚[1]中，恍若梦醒；又经宵，始能行步，厌厌[2]以归。家人以其连夕不返，方

向杲躺在灌木丛中，恍恍惚惚仿佛刚刚睡醒。又过了一夜，才能站起来走路，便昏昏沉沉、无精打采地走回家。家里人因他连夜不归正担心着，忽然看见他回来了，高

共骇疑，见之，喜相慰问。杲但卧，蹇涩[3]不能语。少间，闻庄信，争即床头庆告之。杲乃自言："虎即我也。"遂述其异，由此传播。庄子痛父之死甚惨，闻而恶[4]之，因讼杲，官以其事诞而无据，置不理焉。

兴地上前问他怎么样。但向杲却反应迟钝，没有答话，径自睡到床上。不多时，家里人得知庄某已被老虎咬死，便争着到床头告诉他这个好消息。向杲这才开口道："那老虎就是我变化而成的呀。"他向众人讲述了他的奇遇。这事也从此传扬开来。庄某的儿子对于父亲的惨死十分痛心，听说这事后，心中十分厌恶，便把向杲告到了官府。但官府却认为这事荒诞不经，而且也没有证据，将这案子搁置在一边，不再受理。

注释 **1** 错楚：杂乱的灌木丛。 **2** 厌(yān)厌：精神不振的样子。 **3** 蹇(jiǎn)涩：迟钝貌。 **4** 恶：厌恶。

异史氏曰："壮士志酬[1]，必不生返，此千古所悼恨[2]也。借人之杀以为生，仙人之术亦神哉！然天下事足发指[3]者多矣。使怨者常为人，恨不令暂作虎！"

异史氏说："壮士实现抱负，必然不能生还，自古以来便令人叹息遗憾。借助焦桐之手杀死老虎，而让向杲复活，仙人的法术也实在是值得称奇呀！然而天下令人愤怒的事情真是太多了。如果一直让那些受冤屈的人不能报仇，最终委屈而死，真是恨不能让他们暂时变成老虎！"

注释 **1** 志酬：实现抱负、志向。酬，实现愿望。 **2** 悼恨：哀伤遗憾。 **3** 发指：头发竖起来。形容极度愤怒。

董公子

原文

青州[1]董尚书可畏[2]，家庭严肃，内外男女，不敢通一语。一日，有婢仆调笑于中门[3]之外，公子见而怒叱之，各奔去。

译文

青州人董可畏，治家颇为严厉。屋里屋外，男女之间没有敢搭讪说话的。有一天，一个婢女和男仆在中门外调情说笑。董家公子走过看见，便斥责了几句。两人见状便各自跑了。

注释 1 青州：今山东省潍坊市下辖青州市。 2 董尚书可畏：应为董可威，字严甫，山东益都人。明万历进士，官至工部尚书。因王恭厂爆炸事件被撤职。 3 中门：内、外室之间的门。也可指内院与外院间的门。

及夜公子偕僮卧斋中，时方盛暑，室门洞敞。更深时，僮闻床上有声甚厉，惊醒；月影中，见前仆提一物出门去，以其家人故，弗深怪，遂复寐。忽闻靴声訇然[1]，一伟丈夫赤面修髯，似寿亭侯[2]像，捉一人头入。僮惧，

到了夜里，董公子和书童在书斋里睡觉。当时正值夏天，屋门都敞开着。夜深的时候，书童听见床上有一阵剧烈的怪响，一下子从梦中惊醒。他起身察看，发现月光之下，之前被董公子责骂的仆人手里提着东西，出门去了。因为是家中仆人，书童也就没有深究，翻过身去又睡着了。忽然听到门外一阵靴子声，声响很大，又看到一个身材伟岸的男子，红脸美髯，就像汉寿亭侯关公的样子，他提溜着一个人头走了进来。书童吓得像蛇一样爬到了床底下。他听到床

蛇行入床下，闻床上支支格格，如振衣[3]，如摩腹，移时始罢。靴声又响，乃去。僮伸颈渐出，见窗棂[4]上有晓色。以手扪[5]床上，着手沾湿，嗅之血腥。大呼公子，公子方醒，告而火之，血盈枕席。大骇，不知其故。

上一阵咯吱咯吱的响声，像是在抖衣去尘，又像是在按摩肚子，过了好一会儿，这声音才消失。又听见一阵靴子声，知道那人离去了。于是书童伸出脖子，慢慢从床下爬出来，看到窗格子外透进来一点亮光，知道快早上了。他手往床上一摸，不知沾了一手什么东西，湿漉漉的，凑到鼻前一闻，竟有血腥味。书童急忙大叫公子，公子这才醒过来。书童将这事和他一说，两人拿来蜡烛一照，竟然发现满床都是鲜血。两人十分害怕，不知道为什么会这样。

注释 **1** 訇然：形容声响很大。 **2** 寿亭侯：关羽，字云长，河东解县人，三国时蜀汉名将。建安五年为曹操所俘，曹操待以厚礼，任命其为偏将军，后因征讨袁绍的军功，被封为汉寿亭侯。 **3** 振衣：抖衣去尘，整衣。 **4** 窗棂：窗格。 **5** 扪：摸。

忽有官役叩门，公子出见，役愕然，但言怪事。诘[1]之，告曰："适衙前一人神色迷罔，大声曰：'我杀主人矣！'众见其衣有血污，执而白之官，审知为公子家人。渠[2]言已杀公

两人正不知所措时，忽然听到门外有官差敲门，于是公子出门见客。官差们一看是公子，都十分惊愕，口中只是连连说怪事。公子感到奇怪，便询问发生了什么。官差告诉他说："刚刚有个人神色迷茫，跑到衙门口，大喊大叫道：'我竟杀害了自己的主人啊！'众人看到他满身血污，便把他抓住，送到了官府里。经我们老爷一审，知道是董公子家里的仆人。他自称已经杀了您，把您的头埋在

子，埋首于关庙之侧。往验之，穴土犹新，而首则并无。”公子骇异，趋赴公庭，见其人即前狎婢者也。因述其异。官甚惶惑，重责而释之。公子不欲结怨于小人，以前婢配之，令去。

了关帝庙旁边。我们一齐到那里去勘察，发现挖的坑土都还是新的，但是当中并不见人头。”公子闻言十分吃惊，急忙到衙门里去，发现自称杀人的仆人就是之前和婢女调情说笑的那个。于是，公子便将家中发生的怪事告诉了官老爷。官老爷听了，也十分惊惶不解，只能将那仆人重重责罚一番，然后放他走了。董公子不愿和小人结怨，便将之前那个婢女许配给了这个仆人，让他们两个快快离开。

注释 1 诘：追问；责问。 2 渠：他。

积数日，其邻堵者[1]，夜闻仆房中一声震响若崩裂，急起呼之，不应。排闼入视，见夫妇及寝床，皆截然断而为两。木肉上俱有削痕，似一刀所断者。关公之灵迹[2]最多，未有奇于此者也。

过了几天，那个仆人的邻居晚上听到仆人家中一声巨响，像是什么东西崩裂一般，便赶忙起来叫门，却没有人回应。大家推开门一看，发现夫妻俩还有那张床都断成了两半，木头上、人身上都有刀削的痕迹，好像是有人一刀给砍断的。关公显灵的事迹最多，但没有比这更神奇的了。

注释 1 邻堵者：邻居。 2 灵迹：神明显灵的事迹。

周　三

原文

泰安[1]张太华，富吏也。家有狐扰，遣制[2]罔效。陈其状于州尹[3]，尹亦不能为力。时州之东亦有狐居村民家，人共见为一白发叟，叟与居人通吊问[4]，如世人礼。自云行二，都呼为胡二爷。适有诸生谒尹，间道其异。尹为吏策[5]，使往问叟，时东村人有作隶者，吏访之，果不诬，因与俱往。即隶家设筵招胡，胡至，揖让酬酢[6]，无异常人。吏告所求，胡曰："我固悉之，但不能为君效力。仆友人周三，侨居[7]岳庙[8]，宜可降伏，当代求之。"吏喜，申谢。胡临别与吏约，

译文

泰安人张太华是一个有钱的官吏。但是家中常常被狐妖骚扰，请人过来驱逐制服狐妖，都没有效果。他便将这事说给知州听，知州对此也无可奈何。当时，州的东边有一户村民家也有狐妖，常常幻化为一个白发老头，人们都见到过。他和村民们互相往来，礼数与普通人无异。自称排行第二，所以大家都叫他胡二爷。刚好有秀才拜访知州大人，说话间谈到了这桩怪事。于是知州便为张太华出谋划策，让他到州东边去请教胡二爷。当时村里也有人在衙门里当差，于是张太华先去问这个衙役，传闻果然不假，便和他一起去那个村庄。到了村里，衙役就在家中准备好宴席，邀请胡二爷。胡二爷过来后，向人作揖，与人应酬往来，与常人没什么两样。张太华便向胡二爷诉说了自己遇到的麻烦，向他请教如何解决。胡二爷说："我本就知道这事，但是恐怕不能给您效力。我有个朋友，名叫周三，寄居在岳庙里，他应该可以帮你降服那只畜生，我会帮你求他的。"张太华闻言大喜，再三称谢。临别之时，胡二爷又与张

明日张筵于岳庙之东,吏领教。

太华约好,让他明天在岳庙东边设宴款待周三。张太华连声答应。

注释 1 泰安:今山东省泰安市。 2 遣制:驱逐制服。 3 州尹:知州。 4 吊问:吊祭死者。此处指人事往来。 5 策:出谋划策。 6 酬酢(zuò):主客相互敬酒,主敬客称酬,客还敬称酢。此处指应酬交往。 7 侨居:寄居。 8 岳庙:东岳庙,奉祀东岳大帝,位于泰山脚下。

胡果导周至。周虬髯铁面[1],服裤褶[2]。饮数行,向吏曰:"适胡二弟致尊意[3],事已尽悉。但此辈实繁有徒,不可善谕[4],难免用武。请即假馆[5]君家,微劳所不敢辞。"吏转念:去一狐,得一狐,是以暴易暴也,游移[6]不敢即应。周已知之,曰:"无畏。我非他比,且与君有喜缘,请勿疑。"吏诺之。周又嘱:"明日偕家人阖户坐室中,幸勿哗。"吏归,悉遵所教。俄闻庭中攻击刺斗之声,

第二天,胡二爷果然带着周三来到了岳庙东边。那周三长着一张黑脸,满脸都是卷曲的络腮胡子,穿着一身骑服。酒过数巡,便对张太华说道:"刚刚胡二弟和我提了您的意思,您的事情我也都明白,但是这些家伙有许多同党,善加劝导没有用,难免要动用武力去降伏它。请让我借住在你们家,这微不足道的小事,绝不敢推托。"张太华转念一想,要是驱逐走一只,再来一只,那就是以暴易暴呀,他心下迟疑,不敢立即答应。周三知道他的心思,便又说道:"您不用担心,我跟那些家伙不一样,而且和您也很有缘分,希望您不要迟疑忧虑。"张太华便答应了。周三又嘱咐道:"明天您就和家人关好门,待在屋里别出来,最好不要有声音。"张太华回去后,一切都按周三的吩咐照做。不一会儿,听到庭院中有厮打攻击的声音,过了好长时间才安静下来。

逾时始定。启关出视,血点点盈阶上。墀[7]中有小狐首数枚,大如碗盏焉。又视所除舍,则周危坐[8]其中,拱手笑曰:“蒙重托,妖类已荡灭矣。”自是馆于其家,相见如主客焉。

张太华打开门出来查看,发现台阶上到处是斑斑血迹,还有好几个碗口大小的狐狸头散落在台阶周围。又到那间专门为周三准备的房间中去查看,周三正端坐在屋里,他拱手作礼,笑着对张太华说:“蒙您重托,那些妖怪都被我消灭了。”从此之后,周三便借住在张太华家中,大家就像宾主一样相处。

注释 1 虬髯铁面:虬髯,卷曲的连鬓胡须。铁面,黑脸。 2 裤褶:古代骑马时穿着的军衣。上穿褶,下着裤,外不加裘裳,故称。名起于汉末,始为骑服。 3 尊意:阁下的意思。称他人意见的敬词。 4 谕:使人明白。此处有劝导的意思。 5 假馆:借用馆舍。此处指借住。 6 游移:迟疑不决。 7 墀:台阶上的空地,亦指台阶。 8 危坐:端坐,正身而坐。表示严肃恭敬。

鸽 异

原文

鸽类甚繁:晋[1]有坤星,鲁[2]有鹤秀,黔[3]有腋蝶,梁[4]有翻跳,越[5]有诸尖,皆异种也。又有靴头、点子、大白、黑石、夫妇雀、花狗眼之类,名不可屈以指[6],

译文

鸽子有很多种类,山西的“坤星”,山东的“鹤秀”,贵州的“腋蝶”,汉中的“翻跳”,浙江的“诸尖”,都是非同寻常的品种。此外还有靴头、点子、大白、黑石、夫妇雀、花狗眼等等,名目繁多,数都不过来,只有那些特别喜欢养

惟好事者[7]所能之也。

鸽子的人才能详细分辨。

注释 1 晋:山西的简称。晋水源出山西太原西南悬瓮山。周成王封其弟叔虞于唐,叔虞之子燮徙居于晋水旁,其封地遂改称晋。 2 鲁:山东的简称。古鲁国在山东境内,故称。 3 黔:贵州的简称。贵州省东北部在战国和秦时属黔中郡,故称。 4 梁:今汉中一带。春秋时古九州之一,辖境相当于今陕西秦岭以南及汉水流域。 5 越:今浙江省东部地区。古越国建都会稽,故地在今浙江东部。 6 不可屈以指:数不清。 7 好事者:此处指喜爱养鸽子的人。

邹平[1]张公子幼量[2]癖好之,按经[3]而求,务尽其种。其养之也,如保婴儿:冷则疗以粉草[4],热则投以盐颗。鸽善睡,睡太甚,有病麻痹而死者。张在广陵[5],以十金购一鸽,体最小,善走,置地上,盘旋无已时,不至于死不休也,故常须人把握之;夜置群中,使惊诸鸽,可以免痹股之病,是名"夜游"。齐鲁[6]养鸽家,无如公子最;公子亦以鸽自诩。

邹平张幼量特别喜欢鸽子。他按照《鸽经》的记载广泛搜求,希望得到所有品种的鸽子。他养鸽子就像养育孩子一样:鸽子着凉的话,就用甘草给它治疗;鸽子发热的话,就用盐粒给它治疗;鸽子喜欢睡觉,但是睡得太久,有的就会得麻痹症死掉。张公子在扬州时花十两银子买了一只鸽子,这鸽子体形是最小的,却善于行走,把它放地上,它就一直转圈走,不到累死不会停下来,因此经常需要人把它抓住。晚上把它放到鸽群里,让它来回跑动去惊扰其他鸽子,这样鸽子就不会得腿脚麻木病,它的名字也很贴切,就叫"夜游"。齐鲁一带养鸽子的都不如张公子养得好,他自己也引以为傲。

注释 1 邹平:今山东省滨州市下辖邹平市。 2 张公子幼量:张万斛,字幼量,《鸽经》的撰者张万钟之弟。 3 经:此处指《鸽经》,张万钟著。全书共分六部分:论鸽、花色、飞放、翻跳、典故、赋诗。 4 粉草:中药名,即甘草。 5 广陵:今江苏省扬州市。 6 齐鲁:指山东地区。

一夜坐斋中,忽一白衣少年叩扉入,殊不相识。问之,答曰:“漂泊之人,姓名何足道。遥闻畜鸽最盛,此亦生平所好,愿得寓目[1]。”张乃尽出所有,五色俱备,灿若云锦。少年笑曰:“人言果不虚,公子可谓尽养鸽之能事矣。仆亦携有一两头,颇愿观之否?”张喜,从少年去。月色冥漠[2],野圹萧条,心窃疑惧。少年指曰:“请勉行,寓屋不远矣。”又数武[3],见一道院仅两楹,少年握手入,昧[4]无灯火。少年立庭中,口中作鸽鸣。忽有两

一天晚上,张公子坐在书斋中,忽然敲门进来一个白衣少年,但是张公子又不认识他。张公子问他是谁,他答道:“我是个漂泊不定的人,姓名什么的不值一提。老远就听说您养的鸽子最多、品种最全,其实这也是我一生所爱,所以希望在您这开开眼。”于是张公子就把他养的鸽子全都展示出来,各种颜色的都有,像彩云、锦缎一样绚烂。少年说:“人们说的果然不假,公子您真称得上是善于养鸽子了。我也带了一两只,不知道您愿不愿意看看呢?”张公子很高兴,就跟着少年去看。晚上月色昏暗,野外荒草萋萋,景色萧条,张公子心里有些担心害怕。少年指着前面说:“再坚持走一会儿,前面不远就是我家了。”又走几步,看到前面有个两间房子的道观,少年拉着张公子的手进去,一片昏暗没有灯火。少年站在院里学鸽子叫了起来,忽然两只鸽子飞了出来。它们形状和一般的鸽子一样,只是羽毛是纯白色

鸽出：状类常鸽而毛纯白，飞与檐齐，且鸣且斗，每一扑，必作斤斗。少年挥之以肱，连翼而去。复撮口作异声，又有两鸽出：大者如鹜[5]，小者裁如拳；集阶上，学鹤舞。大者延颈立，张翼作屏，宛转鸣跳，若引之；小者上下飞鸣，时集其顶，翼翩翩如燕子落蒲叶上，声细碎类鼗鼓[6]；大者伸颈不敢动。鸣愈急，声变如磬，两两相和，间杂中节。既而小者飞起，大者又颠倒引呼之。张嘉叹不已，自觉望洋可愧[7]。遂揖少年，乞求分爱，少年不许。又固求之，少年乃叱鸽去，仍作前声，招二白鸽来，以手把之，曰："如不嫌憎，以此塞责[8]。"接而玩之，睛映月作

的，能飞到屋檐那么高，一边鸣叫还一边打斗，每次扑打起来，都要做一个翻跟斗的动作。少年挥了挥手臂，它们就一齐飞走了。接着他又撮着嘴发出奇怪的声音，这时又有俩鸽子飞了出来。一大一小，大的像野鸭那么大，小的只有拳头那么大。它们落在台阶上学鹤跳舞。大的那只伸直了脖子站那儿，张开翅膀跟屏风一样，又叫又跳，姿态优雅，好像在招引小鸽子。小的那只上下飞舞鸣叫，不时落在大鸽子头顶上，它的翅膀翩翩扇动，就像小燕子落到蒲叶上一样，声音细碎得和摇拨浪鼓差不多。大的那只伸着脖子不敢乱动，叫的声音愈加急切，变得像击打磬发出的声音一样。它们声音互相应和，虽然混杂，但是又符合节拍。不一会儿那小鸽子又腾空飞起，大的那只来回翻转招引它。张公子看到这里赞叹不已，又面带愧色，自叹不如。于是他向前给少年施礼，请求少年能割爱送给自己一两只，可是少年不答应。张公子执意请求他，少年便呵斥着让鸽子离开，仍旧像之前一样发声，招来两只白色鸽子来，并把它们拿在手里，说道："如果您不嫌弃，就把这两只送您充数吧。"张公子接下这两只鸽子把玩，发现鸽

琥珀色，两目通透，若无隔阂，中黑殊圆于椒粒；启其翼，胁肉晶莹，脏腑可数。张甚奇之，而意犹未足，诡求[9]不已。少年曰："尚有两种未献，今不敢复请观矣。"

子的眼睛在月光下呈琥珀色，通透明亮，像是没有什么遮蔽的东西，中间的黑眼珠像花椒粒一样圆；掀开它的翅膀，能够看到它的肉晶莹剔透，就连五脏六腑都历历可数。张公子特别惊奇，意犹未尽，所以变着法不停地请求再观赏些。少年说："倒还有两种没有展示出来，但恕我现在不敢再给您看了。"

注释 1 寓目：观看，观赏。 2 冥漠：隐约，模糊。此处指昏暗。 3 武：半步，泛指脚步。 4 昧：不明。 5 鹜：野鸭。 6 鼗(táo)鼓：两旁缀灵活小耳的小鼓，有柄，执柄摇动时，两耳双面击鼓作响。俗称拨浪鼓。 7 望洋可愧：大开眼界，自叹不如。 8 塞责：对自己应尽的责任敷衍了事。常用作谦词。此处指把白色鸽子送给张公子。 9 诡求：变着法子请求。

方竞论间，家人燎[1]麻炬[2]入寻主人。回视少年，化白鸽大如鸡，冲霄而去。又目前院宇都渺，盖一小墓，树[3]二柏焉。与家人抱鸽，骇叹而归。试使飞，驯异如初，虽非其尤[4]，人世亦绝少矣。于是爱惜臻至。

争论之间，张公子的仆人举着火把来找他。待公子扭过头再看那少年，已经化成鸡那么大的鸽子冲天飞去了。此时再看刚才的道观庭院，都没了，空荡荡的，只有一座小坟墓，旁边还长着两棵柏树。张公子和仆人只好抱着鸽子回家了，一路上惊叹不已。回到家里，公子让它们试飞，它们就像当时那白衣少年训练的一样，奇异无比，就算不是少年手里表现最突出的鸽子，但在人间已是非常难得的了。因此张公子爱惜它们到了极点。

注释 1 燎:点燃。 2 麻炬:束麻秆而制成的火把。 3 树:种植,长着。 4 尤:特异,突出。

积二年,育雌雄各三。虽戚好求之,不得也。有父执[1]某公为贵官,一日见公子,问:“畜鸽几许?”公子唯唯以退。疑某意爱好之也,思所以报而割爱良难。又念长者之求,不可重拂[2]。且不敢以常鸽应,选二白鸽笼送之,自以千金之赠不啻[3]也。他日见某公,颇有德色[4],而某殊无一申谢[5]语。心不能忍,问:“前禽佳否?”答云:“亦肥美。”张惊曰:“烹之乎?”曰:“然。”张大惊曰:“此非常鸽,乃俗所言‘鞑靼’者也!”某回思曰:“味亦殊无异处。”

过了两年,那白鸽生了三公三母六只小鸽子。就算关系再好的亲友想要,他也不给。张公子父亲的一位朋友是个高官,一天见到张公子,就问他:“你养了多少鸽子啊?”公子一味附和,不敢正面回应,就出来了。他疑心这个某公也喜欢鸽子,就想着把鸽子作为礼物送给他,可又实在不忍心割爱。他想着不应该过分违背长辈的请求。他又不敢用平常的鸽子去应付,只好选了那两只白鸽,装进笼子里送给了他,公子自认为这不亚于赠送千金了。过了一段时间,张公子见到某公,脸上不由得流露出对其有恩德的神色来,可某公却没有一句表示感谢的话。张公子心里无法忍受,便上前问道:“上次送您的鸽子好不好?”他回答道:“还算肥美。”公子大吃一惊:“怎么,您给做着吃了?”他说:“是啊。”公子大惊失色,说道:“这可不是一般的鸽子啊,这是人们常说的‘鞑靼’啊!”某公想了想说:“我倒没觉得味道有什么特别的。”

注释 1 父执:父亲的朋友。 2 重拂:过分违背。 3 不啻:无异于,如同。 4 德色:自以为对人有恩德而表现出来的神色。 5 申谢:表示谢意。

张叹恨而返。至夜梦白衣少年至,责之曰:“我以君能爱之,故遂托以子孙。何以明珠暗投[1],致残[2]鼎镬[3]!今率儿辈去矣。”言已化为鸽,所养白鸽皆从之,飞鸣径去。天明视之,果俱亡矣。心甚恨[4]之,遂以所畜,分赠知交,数日而尽。

张公子悔恨叹息着回家了。那天夜里,他梦到白衣少年出现,责备他说:“我原以为你会爱惜它们,因此把子孙托付给你。没想到明珠暗投,以致惨死于油锅!现在我要带着我的孩儿们走了。”说完少年就化成了一只鸽子,张公子养的白鸽也都跟着它飞走了,一路飞还不停地鸣叫。等到天明再看,家里的白鸽果然都没了。张公子心里非常地懊恼悔恨,他把平日养的鸽子分送给自己的好友,没几天就送完了。

注释 1 明珠暗投:比喻贵重的东西落到不识货的人手里。 2 残:伤害;毁坏。此处指惨死。 3 鼎镬:烹煮食物的器具。 4 恨:懊恼悔恨。

异史氏曰:“物莫不聚于所好,故叶公好龙[1],则真龙入室,而况学士[2]之于良友,贤君之于良臣乎?而独阿堵之物[3],好者更多,而聚者特少,亦以见鬼神

异史氏说:“世间万物都愿意聚集在喜欢自己的人身边,所以叶公好龙,真龙就上他家去了。更别说读书人对于良友的喜欢,贤能的君主对贤良臣子的喜欢了。但是有一样不同,那就是钱财,大多数人都喜欢,但能获取到钱财的人并不多。因此可以看出,鬼神愤恨贪婪的人,

之怒贪，而不怒痴也。”

却并不愤恨痴迷的人。”

注释 1 叶公好龙：春秋时楚国人叶公好龙，家中器物都刻有龙纹，龙知道了，便从天而降，来到他家。 2 学士：泛指普通读书人。 3 阿(ē)堵之物：钱财。王夷甫因雅癖，从不言“钱”，其妻故意将铜钱堆绕床前，夷甫便呼婢“举却阿堵物”。

向有友人馈朱鲫于孙公子禹年[1]，家无慧仆，以老佣往。及门，倾水出鱼，索柈[2]而进之，及达主所，鱼已枯毙。公子笑而不言，以酒犒佣，即烹鱼以飨。既归，主人问：“公子得鱼颇欢慰否？”答曰：“欢甚。”问：“何以知？”曰：“公子见鱼便欣然有笑容，立命赐酒，且烹数尾以犒小人。”主人骇甚，自念所赠颇不粗劣，何至烹赐下人。因责之曰：“必汝蠢顽无礼，故公子迁怒耳。”佣扬手力辩曰：“我固陋拙，遂以为非人[3]也！登公子门，小心如许，犹

之前孙禹年的一个朋友要送他红鲫鱼，但是家里没有聪慧的仆人，就叫了一个老仆人去。老仆到了孙家，把水倒掉，向孙家要了个盘子，把鱼放了进去。等送到主人跟前，那鱼已经干死了。孙公子笑笑不说话，还赏了酒给老仆喝，并烹煮鱼儿给他吃。等老仆回到家里，主人问他：“孙公子收到鱼高兴吗？”老仆道：“高兴得很。”主人又问：“何以见得？”老仆回答：“孙公子看到鱼就高兴得露出笑容来，当时就赏给我酒喝，还做了几条鱼来犒劳我呢。”主人听后大惊，想着自己赠送的东西也不算太粗劣，怎么能煮了给下人吃呢。因此就责怪老仆：“一定是你愚蠢不懂礼数，才惹得孙公子迁怒到鱼身上。”那老仆拱起手极力辩解：“我固然是粗俗笨拙的人，但您就真觉得我不称职吗？我一进他家大门，就小心翼翼，唯恐咱们的小水桶不好

恐筲斗[4]不文[5]，敬索柈出，一一匀排而后进之，有何不周详也？”主人骂而遣之。

看，就恭敬地要了个盘子出来，把那鲫鱼一条条摆放整齐送进去，这有什么不周详的吗？”主人听后，把他大骂一顿，赶走了。

注释 **1** 孙公子禹年：孙琰龄，字禹年，淄川人。清顺治年间兵部尚书孙之獬之子。 **2** 柈：盘子。 **3** 非人：谓不够格、不称职的人。 **4** 筲(shāo)斗：指容量小的水桶。筲，水桶。 **5** 不文：不加修饰。此处指不好看。

灵隐寺[1]僧某，以茶得名，铛臼[2]皆精。然所蓄茶有数等，恒视客之贵贱以为烹献；其最上者，非贵客及知味者，不一奉也。一日有贵官至，僧伏谒[3]甚恭，出佳茶，手自烹进，冀得称誉。贵官默然。僧惑甚，又以最上一等烹而进之。饮已将尽，并无赞语。僧急不能待，鞠躬曰：“茶何如？”贵官执盏一拱曰：“甚热。”

灵隐寺有个和尚，以善于茶道而知名，他那煎茶、饮茶的器具都是极为精美的。然而他收藏的茶叶有好几等，经常要看客人贵贱的不同来用不同的茶叶招待。其中最上等的茶叶，不是特别的贵客或者懂茶的行家，他一般不拿出来。有一天，寺里来了一位高官，这和尚毕恭毕敬地去迎接拜见，还拿出好茶，自己亲手烹制呈上去，希望能得到称赞。可是那高官并没有说什么话。和尚疑惑得很，又把最上一等的茶叶拿出来烹制给他喝。谁知茶都快喝完了，那人却还没有一句夸奖的话。和尚迫不及待，上前鞠躬问道：“不知您觉得这茶喝着怎么样？”那高官拿着杯子拱起手说：“真烫。”

注释 **1** 灵隐寺：江南名寺，始建于东晋咸和元年，地处杭州西湖以西。 2 铛(chēng)臼:煎茶、碎茶的用具。铛,用于煎茶。臼,用于捣碎茶饼。 3 伏谒:谒见尊者,伏地通姓名。

此两事,可与张公子之赠鸽同一笑也。

这两件事,和张公子赠送鸽子一样令人发笑。

聂 政

原文

怀庆[1]潞王[2]有昏德[3],时行民间,窥有好女子,辄夺之。有王生妻,为王所睹,遣舆马直入其家。女子号泣不伏,强舁[4]而出。王亡去,隐身聂政[5]之墓,冀妻经过,得一遥诀。无何妻至,望见夫,大哭投地。王恻动[6]心怀,不觉失声。从人知其王生,执之,将加搒掠[7]。忽墓中一丈夫出,手握白刃,气象威猛,厉声曰:"我

译文

前明怀庆潞王昏庸无道,常常在民间为非作歹,看到漂亮女子,就强抢回家。有一个姓王的读书人,妻子被潞王看上了。于是潞王便直接派车马到他家。那女子哭哭啼啼,不肯相从,竟被他强抬了出去。王生逃出家门,躲在了聂政的坟边,希望妻子从这里经过,能够远远看着,与她诀别。过了一会儿,他妻子果然走到这儿了,她看见丈夫,顿时悲从中来,哭倒在地。王生见状,悲痛之情更加难以抑制,不觉失声哭了出来。潞王的随从们知道这是王生,便一把抓住他,要痛打他一顿。忽然一个男人从坟墓里冒了出来,手握一把利刃,气度不凡,威风凛凛。他厉声叫道:"我是聂政!你们这些鼠辈怎么敢强占良家女子!我念

聂政也！良家子岂容强占！念汝辈不能自由[8]，姑且宥恕。寄语无道王：若不改行[9]，不日将抉其首！”众大骇，弃车而走。丈夫亦入墓中而没。夫妻叩墓归，犹惧王命复临。过十余日，竟无消息，心始安。王自是淫威亦少杀云。

在你们不能自己做主，姑且饶过你们。赶快给我滚回去，告诉你家那个昏庸无道的主子，要是再不改恶行，我聂政不日就要取他的狗头！”众人见状，十分害怕，扔下车子，纷纷逃散。那个男人也进入墓中消失不见了。夫妻两个在墓前感恩涕零，叩拜而归。到家之后，他们心中仍然忧虑，担心潞王还会前来施暴。但是过了十几天，始终没什么风吹草动，这才安下心来。从此潞王也有所收敛，不敢再那么嚣张跋扈了。

注释 1 怀庆：治今河南省沁阳市。 2 潞王：指明穆宗四子朱翊镠。隆庆四年受封潞王，万历十七年就藩卫辉府(今河南卫辉市)。 3 昏德：昏乱而无仁德。 4 舁(yú)：抬。 5 聂政：战国侠客，韩国轵人。聂政杀人避仇于齐，被韩国大夫严遂所知，后为严遂刺杀其仇人韩相侠累，为避免连累他人，最终以剑自毁其面，挖眼、剖腹自杀。 6 恻动：犹悲感。 7 搒(péng)掠：笞击，拷打。 8 自由：由自己做主；不受限制和拘束。 9 改行：改变行为。这里是指改变恶行。

异史氏曰：“余读《刺客传》[1]，而独服膺[2]于轵深井里[3]也。其锐身[4]而报知己也，有豫[5]之义；白昼而屠卿相，有鱄[6]之勇；皮面自刑，

异史氏说：“我读《史记·刺客列传》，独独衷心佩服聂政。他奋不顾身前去行刺，以报答知己的知遇之恩，确有豫让的义气风度；他在大白天敢一人行刺一国的丞相，确有专诸的勇猛无畏；他在死前自己毁坏面容，而不想连累自己的家人，确有曹

不累骨肉，有曹[7]之智。至于荆轲[8]，力不足以谋无道秦，遂使绝裾而去，自取灭亡。轻借樊将军[9]之头，何日可能还也？此千古之所恨，而聂政之所嗤[10]者矣。闻之野史：其坟见掘于羊、左之鬼[11]。果尔，则生不成名，死犹丧义，其视聂之抱义愤而惩荒淫者，为人之贤不肖何如哉！噫！聂之贤，于此益信。”

沫的聪明智慧。至于荆轲，他的力量尚不足以诛灭秦王，却不自量力，竟使秦王撕破衣袖，挣脱而去，最终刺杀失败，自寻死路。而且他未经周详计划，轻率地借来樊将军的脑袋，置别人于死地，而美其名曰“借”，借了几时能够还呢？自古以来便引以为恨事，也应该会被聂政所耻笑吧。我曾经读过一段野史，记载荆轲的坟墓被羊角哀、左伯桃的鬼魂挖掉的故事。如果真是这样的话，那就是活着的时候没有成名，死了之后还丧失了名声。再来看看聂政怀抱义愤而惩治荒淫无道之人的故事，相比之下，我们对做人好与坏，又该有怎样的感想！啊！我更加相信聂政是个大贤之人。”

注释 1《刺客传》：《刺客列传》，司马迁著作《史记》中的一篇类传。 2 服膺：铭记在心，衷心信奉。 3 轵深井里：相传为聂政的故乡，此处借指聂政。 4 锐身：犹挺身，奋不顾身。 5 豫：指豫让，春秋战国时的刺客。三家分晋后，赵襄子杀智伯，而豫让曾受智伯知遇之恩，因此毁容变装刺杀赵襄子，事败被杀。 6 鱄(zhuān)：指专诸，春秋时期吴国人。吴公子光欲杀王僚自立，与专诸密谋在宴请吴王僚时，藏匕首于鱼腹之中，伺机刺杀，事败被杀。 7 曹：指曹沫，春秋时期鲁国人。曹沫为鲁将，与齐战，三败北。后在齐鲁之会上，挟持齐桓公，逼迫其退还所占领的鲁国领土。 8 荆轲：战国末期卫国人。太子丹派荆轲入秦行刺秦王，荆轲交验樊於期头颅，献督亢地图，图穷匕首见。荆轲刺秦王不中，被秦王拔剑击成重伤后为秦侍卫所杀。 9 樊将军：樊於期。荆轲向太子丹献计以秦国叛将樊於期之头及燕督亢地图进献秦王,相机行刺,樊於期为成全荆轲而自刎。 **10** 嗤:讥笑,耻笑。 **11** 羊、左之鬼:羊角哀、左伯桃的鬼魂。相传伯桃有恩于角哀,又因角哀而以上卿礼厚葬。因伯桃墓与荆轲墓相近,便约定日期大战。角哀得伯桃托梦,于约定之期在伯桃墓前自杀追随伯桃。

冷 生

原文

平城[1]冷生,少最钝,年二十余,未能通一经。忽有狐来,与之燕处[2]。每闻其终夜语,即兄弟诘之,亦不肯泄。如是多日,忽得狂易病[3],每得题为文,则闭门枯坐,少时,哗然大笑。窥之,则手不停草,而一艺成矣。脱稿,又文思精妙。是年入泮[4],明年食饩[5]。每逢场作笑,响彻堂壁,由此"笑生"之名大噪。幸学使退休[6],不闻。后值某学使规矩严肃,终日危坐堂上。忽闻笑声,怒执之,将以加责。执事

译文

平城冷生,年轻时最为愚钝,二十多岁了还不能精通一部经典。忽然有只狐狸前来和他住在一起。每每听到他们彻夜长谈,即使是兄弟责问,他也不肯透露。这样过了很多天,冷生忽然得了精神病,每当拿到题目作文章,就闭门枯坐,不久便哈哈大笑。偷偷看他,只见他手不停笔,一篇文章就写好了。写完后一看,文思精妙。当年就入学成了生员,第二年就成了廪生。每逢进场考试就哈哈大笑,笑声响彻四壁,因此"笑生"的名号传扬开来。幸而学使在别处休息,没有听到。此后遇到一个规矩严厉的学使,整日端坐在堂上。忽然听到笑声,就怒气冲冲地把冷生拽出来,要责罚他。管事的官吏替他讲

官代白其颠，学使怒稍息，释之而黜其名[7]。从此佯狂诗酒。著有《颠草》四卷，超拔可诵。

异史氏曰："闭门一笑，与佛家顿悟时何殊间哉！大笑成文，亦一快事，何至以此褫革[8]？如此主司，宁非悠悠[9]？"

情，说他患有精神病，学使怒气才稍稍平息，把他放了，除去了他的学籍。从此冷生疯疯癫癫，饮酒作诗自娱。著有《颠草》四卷，文章超拔脱俗，颇为可读。

异史氏说："闭门大笑，跟佛家所讲的顿悟有什么差别呢！大笑间写成文章，也是一件快心事，怎么到了革除学籍的地步呢？这样的学使，不是太荒谬了吗？"

注释　1 平城：在今山西大同。　2 燕处：居住，相处。　3 狂易病：即精神病。　4 入泮(pàn)：古代学宫前有泮水，故称学校为泮宫。科举时代，学童入学为生员称为"入泮"。　5 食饩(xì)：明清时经考试取得廪生资格的生员享受廪膳补贴。亦即成为廪生。　6 退休：此处指学使不在教室监督，退居休息。　7 黜其名：指除去生员的名籍。　8 褫(chǐ)革：除名革职。　9 悠悠：荒谬。

学师孙景夏[1]，往访友人。至其窗外，不闻人语，但闻笑声嗤然，顷刻数作。意其与人戏耳。入视，则居之独也。怪之。始大笑曰："适无事，默熟笑谈耳。"

邑宫生，家畜一驴，性蹇劣[2]。每途中逢徒步

教谕孙景夏，某次去拜访朋友。等到了朋友家窗外，听不到说话声，只听到"哧哧"的笑声，短时间内笑了好几次。他猜朋友正在跟人嬉闹，进屋一看，却只有他一个人，感到很奇怪。朋友这才大笑说："刚才闲着没事，就在心里默默温习一下笑话罢了。"

城里有个宫生，家里养了头驴，性情钝劣。每逢路上遇到徒步行走的客

客，拱手谢曰：“适忙，不遑下骑，勿罪！”言未已，驴已蹶然[3]伏道上，屡试不爽。宫大惭恨，因与妻谋，使伪作客。己乃跨驴周于庭，向妻拱手，作遇客语。驴果伏。便以利锥毒刺之。适有友人相访，方欲款关[4]，闻宫言于内曰：“不遑下骑，勿罪！”少顷，又言之。心大怪异，叩扉问其故，以实告，相与捧腹。

此二则，可附冷生之笑以传矣。

人，宫生便拱手致歉说：“我正忙，来不及下驴，请不要怪罪。”话还没说完，毛驴已经卧倒在路上，每次都是如此。宫生十分惭愧恼怒，便跟妻子商量，让妻子装成客人，自己骑驴在庭院里打转，向妻子拱手，说路上遇到人的一番话。毛驴果然倒在了地上。他便用锋利的锥子狠狠地刺它。恰好有个朋友前来拜访，正想敲门，听到宫生在门内说：“来不及下驴，请不要怪罪！”过了一会儿，又听到他这样说。朋友心中感到十分怪异，敲开门问他缘由，宫生便如实相告，两人捧腹大笑。

这两个故事，可以附在冷生故事之后流传下去。

注释 **1** 孙景夏：孙瑚，字景夏，山东诸城人。康熙四年(1665)，曾任淄川教谕。 **2** 蹇劣：驽钝，拙劣。 **3** 蹶然：颠仆，倒地的样子。 **4** 款关：叩门。

狐惩淫

原文

某生购新第，常患狐。一切服物，多为所毁，且时以尘土置汤饼[1]中。一日有友过访，值生出，至暮不归。生妻备馔供客，已而偕婢啜食余饵[2]。生素不羁，好蓄媚药，不知何时狐以药置粥中，妇食之，觉有脑麝[3]气，问婢，婢云不知。食讫，觉欲焰上炽，不可暂忍，强自按抑，燥渴愈急。筹思家中无可奔[4]者，惟有客在，遂往叩斋。客问其谁，实告之；问何作，不答。客谢曰："我与若夫道义交，不敢为此兽行。"妇尚流连，客叱骂曰："某兄文章品行，被汝丧尽矣！"隔

译文

有个书生买了一座新宅院，但是常常遭到狐妖的骚扰。家里面的衣物用品，往往遭到毁坏，而且狐妖还常常将尘土偷偷撒到汤饼里。一天有个朋友前来拜访，正巧书生外出不在家，到了晚上还没回来。书生的妻子便准备好晚饭招待客人。等客人吃好后，她便和婢女一起吃剩菜剩饭。书生一向浪荡不羁，喜欢收藏春药。不知什么时候，那狐妖偷偷放了一些春药在粥里。他老婆喝下粥，闻到一股奇异的龙脑麝香气味，不知从哪里来的。她问婢女，婢女回答说不知道。吃完饭后，她便感觉欲火中烧，片刻也不能忍受。强迫自己压抑住内心的冲动，没想到心中的欲望更加强烈了。她想着家里没有其他男人，只有客人在，便赶忙跑过去敲门。客人问是谁，她便如实说了。客人又问她想要干什么，她却没有答话。客人拒绝道："我和你丈夫是好朋友，绝不敢做出这种兽行。"妇人还在外面徘徊，不愿离去，客人便大声呵斥道："我朋友的名声都被你给败坏尽了。"说着便隔着窗子向她吐口水。妇人心下惭愧，

窗唾之，妇大惭乃退。因自念，我何为若此？忽忆碗中香，得毋媚药也？检包中药，果狼藉满案，盎盏中皆是也。稔知[5]冷水可解，因就饮之。顷刻，心下清醒，愧耻无以自容。展转既久，更漏已残，愈恐天晓难以见人，乃解带自经[6]。婢觉救之，气已渐绝；辰后始有微息。客夜间已遁。

就退出去了，心想：我怎么会这样啊？忽然回忆起粥里面的香味，不会是吃了媚药吧？于是她赶忙跑回去，想检查药包里的药。到那边一看，果然发现春药乱七八糟地撒了一桌子，连瓦盆、酒杯里都是。妇人熟知喝下凉水，便可以解除春药的功效，于是倒了一碗凉水喝下去。顷刻之间，脑子便清醒过来，她顿时羞愧得无地自容。天快亮了，她躺在床上翻来覆去睡不着，愈发担心天亮之后难以见人，就解下衣带上了吊。丫环发觉后，立即把她救了下来，她已经快没气了。一直到了辰时，才渐渐有了微弱的呼吸。客人早就连夜离开了。

注释 1 汤饼：水煮的面食。 2 余饵：剩菜剩饭。 3 脑麝：龙脑与麝香的并称，亦泛指此类香料。 4 奔：旧时指女性主动追求男性的行为。 5 稔知：熟知。稔，熟悉。 6 自经：上吊自杀。

生晡后[1]方归，见妻卧，问之不语，但含清涕[2]。婢以状[3]告，大惊，苦诘之。妻遣婢去，始以实告。生叹曰："此我之淫报[4]也，于卿何尤[5]？幸有良友[6]，不

书生黄昏后回家，看见妻子躺在床上，问她怎么了，她也不回答，只是含着眼泪。婢女见状，便将她上吊自杀的事情告诉了书生。书生听罢，大吃一惊，就向妻子苦苦追问原因。他妻子便支开婢女，把整件事一五一十地告诉了丈夫。知道原因后，书生叹息说："这都是对我荒淫无度的报应呀，为何要怨恨你呢？幸亏我的朋友是个品行端正的正人君

然,何以为人!”遂从此痛改往行,狐亦遂绝。

子,不然的话,我俩以后可怎么做人哪?”自此之后,书生便痛改前非。狐妖之患也就绝迹了。

注释 1 晡后:黄昏后。 2 清涕:泪水。 3 状:情形。此处指书生妻子上吊的事。 4 淫报:荒淫无度的报应。 5 尤:怨恨,归咎。 6 良友:品行端正的朋友。

异史氏曰:“居家者相戒勿蓄砒鸩[1],从无有戒不蓄媚药者,亦犹人之畏兵刃而狎床第[2]也。宁知其毒有甚于砒鸩者哉!顾蓄之不过以媚内[3]耳,乃至见嫉于鬼神;况人之纵淫,有过于蓄药者乎?”

异史氏说:“居家生活的人们常常相互告诫不要储藏砒霜、鸩酒之类的剧毒之物,但是从来没有人劝诫说不要收藏春药这类邪物,这就类似于人们都害怕刀刃之利,却喜欢床第之乐。他们又怎么会知道这类邪物的毒害其实比砒霜、鸩酒还要厉害!仅仅是收藏以供夫妻欢愉,已经被鬼神所嫉恨,更何况是那些比收藏媚药还恶劣的纵欲之行呢?”

注释 1 砒鸩(zhèn):砒霜、鸩酒等剧毒之物。 2 床第(zǐ):指男女房中之事。 3 媚内:此处指供夫妻欢愉。

某生赴试,自郡中归,日已暮,携有莲实[1]菱藕,入室,并置几上。又有藤津伪器[2]一事[3],水浸盎[4]中。诸

从前有个读书人前去赶考,考完从城里回家时,天已经快黑了。他买了些莲子、菱角、藕,到家后,就一起放在了桌上。另外他还买了一个房事用具,用水泡在盆中。邻居们看到书生刚刚赶考回来,便纷

邻人以生新归，携酒登堂，生仓卒置床下而出，令内子[5]经营[6]供馔，与客薄饮。饮已入内，急烛床下，盎水已空。问妇，妇曰："适与菱藕并出供客，何尚寻也？"生忆肴中有黑条杂错，举座不知何物。乃失笑曰："痴婆子！此何物事，可供客耶？"妇亦疑曰："我尚怨子不言烹法，其状可丑，又不知何名，只得糊涂脔切[7]耳。"生乃告之，相与大笑。今某生贵矣，相狎者[8]犹以为戏。

纷带着酒水前来拜访。仓促之间，书生就把这个房事用具藏到床下，让妻子赶忙去筹办晚饭，同客人们喝两杯。吃过饭回到房中，便立刻点起蜡烛在床下找，却发现盆里已空无一物。他去问妻子，妻子竟说："那东西，我刚刚拿出来和菱角、莲藕一起煮给客人吃了，你还找什么找？"书生忽然回忆起，吃饭的时候菜里面确实夹杂着一些黑色的条状物，满座的人都不知道是什么。不觉失声笑道："你这傻娘们儿，这是个什么东西，怎么能够拿出来招待客人呢？"妇人听言，心下疑惑不解，便说道："我还怪你不告诉我煮的方法呢，这玩意儿，样子丑陋，又不知道叫什么，只能糊里糊涂切成肉块煮。"于是书生便告诉了她这是什么，两人立刻哈哈大笑。这书生如今已经飞黄腾达了，关系好的人还经常借此与他开玩笑。

注释 **1** 莲实：莲子。 **2** 藤津伪器：古代性保健用品，房事用具。 **3** 一事：一件。 **4** 盎：盆。 **5** 内子：妻子。 **6** 经营：筹划营造。此处指筹办。 **7** 脔(luán)切：切成肉块。脔，切成块的肉。 **8** 相狎者：彼此亲近、关系好的人。

山 市

原文

奂山山市[1],邑八景[2]之一也,数年恒不一见。孙公子禹年[3],与同人饮楼上,忽见山头有孤塔耸起,高插青冥。相顾惊疑,念近中无此禅院。无何,见宫殿数十所,碧瓦飞甍[4],始悟为山市。未几高垣睥睨[5],连亘六七里,居然城郭矣。中有楼若者、堂若者、坊若者,历历在目,以亿万计。忽大风起,尘气莽莽然,城市依稀[6]而已。既而风定天清,一切乌有;惟危楼一座,直接霄汉。五架窗扉皆洞开,一行有五点明处,楼外天也。层层指数,楼愈高则明愈少;数至八层,裁如星点,又其上,则黯然缥缈,不可

译文

奂山山市是淄川有名的八景之一,但常常数年都见不到一回。有一天,孙禹年公子和几个朋友在楼上喝酒,忽然看见远处山头有一座孤塔高高耸立在云雾之间,直入青天。大家十分吃惊,你看看我,我看看你,都感到疑惑,心想附近并没这样的禅院。不一会儿,又看到塔变成了几十座宫殿,屋瓦碧绿,檐角飞翘,这才明白原来是出现山市奇观了。不久,又出现一道高高的城墙,连绵六七里,竟然是座城市。城中有高楼,有厅堂,还有牌坊,十分清晰,历历在目,数不胜数,总有亿万之多。忽然刮起一阵风,乱尘滚滚,雾气茫茫,渐渐看不清楚城郭的模样了。一会儿,风定天清,一切化为乌有。只剩下一座高楼,直上青天,高耸入云。每一层楼都开着五扇窗户,透过窗户,闪着白光,正是天的颜色。一层一层往上数,楼越高,光亮就越小。数到第八层,那光亮仅如星辰般大小。再往上数去,就虚无缥缈,不可看清,无法再继续数楼层了。楼上的人来来往往,有的站着,有的倚靠在栏杆边,形态

计其层次矣。而楼上人往来屑屑[7],或凭[8]或立,不一状。逾时楼渐低,可见其顶,又渐如常楼,又渐如高舍,倏忽如拳如豆,遂不可见。又闻有早行者,见山上人烟市肆,与世无别,故又名“鬼市”云。

不一。过了一会儿,楼渐渐低了下来,可以看见楼顶了。又过了一段时间,就和平常的高楼差不多了。再过了一会儿,就和普通高大的房屋一样了。忽然之间,竟变得只有拳头那么大,接着又缩成豆粒那么大,然后就看不见了。又听说起早赶路的人,常常见到奂山上出现商店集市,其间人来人往,和人世间没有两样。因此此景又被称为“鬼市”。

注释 **1** 山市:山中蜃景,是一种因为光的折射和全反射形成的自然现象,是物体反射的光经大气折射而形成的虚像。 **2** 邑八景:此处指淄川八景。 **3** 孙公子禹年:孙琰龄,字禹年,淄川人。 **4** 飞甍(méng):指飞檐,借指高楼。甍,屋脊。 **5** 睥睨:城墙上小墙,又称“女墙”。 **6** 依稀:隐约,不清晰。 **7** 屑屑:劳瘁匆迫貌,往来奔走。 **8** 凭:靠在东西上,这里指靠着栏杆。

江 城

临江[1]高蕃,少慧,仪容秀美,十四岁入邑庠[2]。富室争女[3]之,生选择良苛,屡梗[4]父命。父仲鸿年六十,止此子,宠惜之,不忍少拂[5]。

临江的高蕃,小时就十分聪明,容貌俊秀,举止文雅,十四岁进县学读书。富户人家争相把女儿嫁给他。高蕃的选择条件十分严苛,多次违背父亲的心思。他父亲高仲鸿六十岁了,却只有这一个儿子,十分宠爱他,一点都不忍心违逆他的意思。

注释 1 临江:今江西省宜春市下辖樟树市。 2 邑庠:县学。 3 女:此处名词作动词,嫁女儿。 4 梗:阻塞,妨碍。 5 拂:违背,违拗。

初,东村有樊翁者,授童蒙于市肆,携家僦[1]生屋。翁有女,小字江城,与生同甲[2],时皆八九岁,两小无猜,日共嬉戏。后翁徙去,积四五年,不复闻问。一日,生于隘巷中,见一女郎,艳美绝俗,从以小鬟仅六七岁,不敢倾顾但斜睨之。女停睇[3]若欲有言,细视之江城也。顿大惊喜。各无所言,相视呆立,移时始别,两情恋恋。生故以红巾遗地而去,小鬟拾之,喜以授女。女入袖中,易以己巾,伪谓鬟曰:"高秀才非他人,勿得讳[4]其遗物,可追还之。"小鬟果追付生,生得巾大喜。归见母,请与论婚。母曰:"家

起初,东村有个姓樊的老者,在市场上教孩童读书,携家带口地租住在高蕃家中。樊翁有个女儿,小名江城,和高蕃同龄,当时都是八九岁的年纪,两小无猜,每天一起玩耍。后来樊翁搬走了,过了四五年都没再联系过。一天,高蕃在小巷子里看见一位年轻女子,美艳靓丽,脱尘绝俗,身后跟着的小丫环只有六七岁的样子,高蕃不敢直勾勾地盯着女子看,只能斜着眼暗瞄。那女子流转的目光停住,看着他似要说什么,高蕃仔细一看竟是江城。他顿时喜出望外。两个人都不说话,只是四目相对,静静地站着,过了一会儿才分别。两个人都含情脉脉、依依不舍。高蕃故意将一块红手绢掉在地上走了,小丫环捡起来,开心地递给女子。女子揣进袖中,把自己的手绢换出来,假装对小丫环说:"高秀才不是一般人,不可以留着他落下的东西,你快去追上他还回去。"小丫环果真追上高蕃给他,高蕃得到了香巾,极为欢喜,回家去见了母亲,请她去女子家中提亲。他母

无半间屋,南北流寓,何足匹偶?”生曰:“我自欲之,固当无悔。”母不能决,以商仲鸿,鸿执不可。生闻之闷闷,嗌不容粒[5]。母忧之,谓高曰:“樊氏虽贫,亦非狙侩无赖者[6]比。我请过其家,倘其女可偶,当亦无害。”高曰:“诺。”母托烧香黑帝[7]祠,诣之。见女明眸秀齿,居然[8]娟好,心大爱悦。遂以金帛厚赠之,实告以意。樊媪谦抑而后受盟。归述其情,生始解颜为笑。

亲说:“她家里没有一屋半室,到处流离,哪里能配得上做你的妻子呢?”高蕃说:“是我自己愿意的,自然绝不反悔。”他母亲难下决断,和他父亲商议,他父亲断然不同意。高蕃听闻后一直怏怏不乐,茶饭不思。母亲十分担忧他,对他父亲说道:“樊家虽然穷,也绝不是泼皮无赖的人家比得上的。我就到他家拜访一二,若是他家女儿人还不错,娶进门也不是件坏事。”高父说:“可以。”母亲借口说要去黑帝祠烧香,前去拜访樊家。见女子明眸皓齿,性情沉稳,面容娟秀,心中十分喜欢。就赠之以金银财帛,将心意告知。樊氏谦和推辞一番就答应了婚事。高母回家之后告知他情况,高蕃这才舒怀地笑了。

注释 1 僦(jiù):租赁。 2 同甲:同龄。 3 睇(dì):斜着眼看,看。 4 讳:避讳。此处指隐瞒。 5 嗌(yì)不容粒:吃不下一点东西。嗌,咽喉。 6 狙侩无赖者:泼皮无赖的人家。狙侩,狡猾奸诈。 7 黑帝:即玄帝。道教称玄天上帝,为北方之神。 8 居然:犹安然。形容平安,安稳。此处指沉稳。

逾岁择吉迎女归,夫妻相得甚欢。而女善怒,反眼若不相识,词

过了一年,两家择了吉日迎娶樊家女儿进门,夫妻和合美满。可江城喜欢发怒,转脸就形同陌路,絮絮叨叨,不绝于

舌嘲哳[1]，常聒于耳。生以爱故，悉含忍之。翁媪闻之，心弗善[2]也，潜责其子。为女所闻，大恚[3]，诟骂弥加。生稍稍反其恶声，女益怒，挞逐出户，阖其扉。生噜噜[4]门外，不敢叩关，抱膝宿檐下。女从此视若仇。其初，长跪犹可以解，渐至屈膝无灵，而丈夫益苦矣。翁姑薄让[5]之，女抵牾[6]不可言状。翁姑忿怒，逼令大归[7]。

耳。高蕃因真心爱慕她，一直隐忍。公婆听闻，心中十分不悦，暗暗责怪自己儿子。江城听到以后，大怒，诟骂之声变本加厉。高蕃稍微反抗她的恶骂，樊氏就更加生气，用棍棒将他打出房间，关上门。高蕃在门外冻得直发抖，又不敢敲门，只好抱着膝盖蹲在屋檐下过了一夜。江城自此把这高蕃看作仇人似的。刚开始的时候，高蕃长跪不起就可以解开她心中的怒气，渐渐发展到跪下苦苦哀求也没用的地步，而高蕃的日子越来越难过。公婆稍稍责备她，江城就言语冲撞，难听到无法容忍。公婆十分生气，逼着儿子休妻。

注释 1 嘲哳：形容语声细碎难辨。 2 弗善：不悦。 3 恚(huì)：怒。 4 噜噜：寒冷战栗时口中发出的声音。 5 薄让：轻微责备。 6 牴牾(dǐ wǔ)：抵触，矛盾；引申为用言语顶撞、冒犯。 7 大归：指妇人被夫家遗弃，永归母家。

樊惭惧，浼[1]交好者请于仲鸿，仲鸿不许。年余，生出遇岳，岳邀归其家，谢罪不遑。妆女出见，夫妇相看，不觉恻楚。樊乃沽酒款婿，酬

樊翁又惭愧又害怕，就恳求跟两家都有来往的好友出面向高仲鸿求情，遭到拒绝。一年多以后，高蕃出门碰见了岳父，岳父邀请他到家中坐坐，惶恐地向他赔罪。并叫女儿梳妆整齐后出来相见，夫妇一见，便觉得痛苦凄楚。樊家就备酒宴

劝[2]甚殷。日暮坚止留宿，扫别榻，使夫妇并寝。既曙辞归，不敢以情告父母，掩饰弥缝[3]。自此三五日，暂一寄岳家宿，而父母不知也。樊一日自诣仲鸿。初不见，迫而后见之。樊膝行而请，高不承，诿[4]诸其子。樊曰："婿昨夜宿仆家，不闻有异言。"高惊问："何时寄宿？"樊具以告。高赧谢曰："我固不知。彼爱之，我独何仇乎？"樊既去，高呼子而骂，生但俯首，不少出气。言间，樊已送女至。高曰："我不能为儿女任过[5]，不如各立门户，即烦主析爨[6]之盟。"樊劝之，不听。遂别院居之，遣一婢给役焉。

款待女婿，席间频频向他敬酒，殷勤备至。黄昏后又坚决留他住一晚再走，特意打扫干净床铺，让夫妇两个同榻而眠。清晨，高蕃辞别岳父一家，不敢把实情告诉父母，只好遮遮掩掩地蒙混过关。自此以后每隔两三天就要到岳父家借住一晚，他父母却不知道。樊父有一天自己上门拜访高仲鸿，一开始高家不愿意见，后来迫不得已见了。樊父跪下来一步一行地为女儿求情，高父都不应承，推脱到儿子身上。樊父说："女婿昨天晚上在我家留宿，也没听说有什么不满。"高父惊讶地问："什么时候留宿的？"樊父都告诉了他。高父羞惭地说："我丝毫不知此事。他喜欢令爱，我怎么会不喜欢呢？"樊父离开后，高父大声喊来儿子一顿痛骂。高蕃只是低着头，大气都不敢出。说话间，樊父已经把女儿送来了，高父说："我不能为儿女承担过错，不如大家分开过日子。就麻烦你为我们主持分家的事吧。"樊父劝他，他不听。就为江城和高生找了个别院住去了，又派了个丫环供夫妻俩使唤。

注释 1 浼：恳托。 2 酬劝：劝酒。 3 弥缝：设法遮掩缺失以免暴露。 4 诿：推脱，把责任推给别人。 5 任过：承担过失。 6 析爨(cuàn)：分立炉灶，指分家。析，分开。爨，灶。

月余，颇相安，翁媪窃慰。未几女渐肆，生面上时有指爪痕，父母明知之，亦忍不置问[1]。一日生不堪挞楚，奔避父所，芒芒然[2]如鸟雀之被鹯[3]殴者。翁媪方怪问，女已横梃[4]追入，竟即翁侧捉而棰之。翁姑涕噪，略不顾瞻，挞至数十，始悻悻[5]以去。高逐子曰："我惟避嚣[6]，故析尔。尔固乐此，又焉逃乎？"

过了一个来月，家里相安无事，公婆两个暗自欣慰。没过多久，江城又开始渐渐放肆起来，高蕃脸上时常有抓痕，他父母明明看到了，但又忍着不过问。一天高蕃不能忍受被殴打的痛苦，逃到了父母家，仓皇不已，就像被猛禽追赶的小鸟。高生的父母十分惊讶，正要开口问，江城已经拿着棍子追了进来，竟然从公公身旁抓住他暴打一通。公婆大声哭叫，江城竟一点不顾公婆颜面，打了数十下才傲慢地离开。高父赶走儿子说："我就是为了躲避你们的吵闹声才分开过日子，你要是乐意如此，那又有什么可逃的？"

注释　**1** 置问：犹过问，究问。　**2** 芒芒然：疲惫的样子。　**3** 鹯(zhān)：一种猛禽。亦称"晨风"。　**4** 梃：棍棒。　**5** 悻悻：刚愎固执的样子。　**6** 避嚣：躲避喧嚣吵闹。

生被逐，徙倚[1]无所归。母恐其折挫[2]行死，令独居而给之食。又召樊来，使教其女。樊入室，开谕[3]万端，女终不听，反以恶言相苦[4]。樊拂衣去，誓相绝。无何樊翁愤生病，与媪相继死。女恨[5]

高蕃被赶出门，到处徘徊无家可归。他母亲唯恐他被折磨而死，就让他独自居住，又为他提供饭菜，又喊樊父前来，让他管教好自己的女儿。樊父进屋，万般劝导，女儿就是不肯听，反而用恶言恶语中伤父亲。樊父拂衣而去，气愤地表示再不认这个女儿。不久，樊父在怨怒中生了病，和樊母相继离世。女

之,亦不临吊[6],惟日隔壁噪骂,故使翁姑闻。高悉置不知。

儿心怀怨恨,也不去悼念,只是每天隔着墙大声叫骂,故意让公婆听见。高父对此全都置之不理。

注释 1 徙倚:犹徘徊,流连。 2 折挫:折磨。 3 开谕:劝告。 4 苦:挖苦,中伤。 5 恨:怨。 6 临吊:临门吊丧。

生自独居,若离汤火,但觉凄寂。暗以金啖[1]媒媪李氏,纳妓斋中,往来皆以夜。久之,女微闻之,诣斋嫚骂。生力白其诬,矢以天日[2],女始归。自此日伺生隙。李妪自斋中出,适相遇,急呼之;妪神色变异,女愈疑,谓妪曰:"明告所作,或可宥免;若有隐秘,撮毛尽矣!"媪战而告曰:"半月来,惟勾栏李云娘过此两度耳。适公子言,曾于玉笥山见陶家妇,爱其双翘[3],嘱奴招致之。渠虽不贞,亦未便作夜度娘[4],成否故未

高蕃一个人住,就像远离了水深火热之地,只是觉得凄凉寂寞。私底下用钱贿赂了一个媒婆李氏,在斋中纳了一房妓女,都是在夜里才有往来。时间长了,江城略有耳闻,到斋中叫骂。高蕃辩称是诬陷,以青天白日起誓,江城才回去。自此以后每日去高蕃斋中窥探,巴不得让她抓住把柄。李媒婆从斋中出来,正好撞见江城,江城就急忙叫住她;李媒婆脸色立马就变了,江城越来越怀疑,就对媒婆说:"实话告诉我你干了什么事,或许我还能原谅你;如果敢知情不报,我就把你头发都拔光!"媒婆浑身战栗,告诉她:"半月以来,只有个勾栏里的李云娘来过这里两次。刚才公子还说,曾经在玉笥山见过陶家媳妇,喜欢她的一双脚,吩咐我去喊她来。她虽然不贞洁,但也不是会与人过夜的娼妓之流,他们俩

必也。”女以其言诚，姑从宽恕。媪欲去，又强止之。日既昏，呵之曰：“可先往灭其烛，便言陶家至矣。”媪如其言。女即遽入。生喜极，挽臂促坐，具道饥渴。女默不语，生暗中索其足，曰：“山上一觐[5]仙容，介介[6]独恋是耳。”女终不语。生曰：“夙昔之愿，今始得遂，何可觌面[7]而不识也？”躬自促火一照，则江城也。大惧失色，堕烛于地，长跪觳觫[8]，若兵在颈。女摘耳提归，以针刺两股殆遍，乃卧以下床，醒则骂之。生以此畏若虎狼，即偶假以颜色，枕席之上，亦震慑不能为人[9]。女批颊[10]而叱去之，益厌弃不以人齿。生日在兰麝之乡[11]，如犴狴[12]中人，仰狱吏之尊也。

会不会成我也不好说。”因为她实话实说，江城就暂且饶恕了她。媒婆正要走，江城又拉住她不让走。日头偏西了，就大声呵斥媒婆说：“你先过去把他的蜡烛熄了，就说是陶家媳妇来了。”媒婆按她说的做了。江城立马就进了屋子。高蕃非常高兴，就挽着她坐下，把对她的渴慕一一道来。江城默不作声。高蕃暗中摸到了她的脚，说：“在山上一见你的美貌，便心存爱恋，久久不能释怀。”江城始终不说话。高蕃说：“这个愿望我日思夜想，现在总算能够达成了，你怎么见了面却像不认识似的？”就自己拿起烛火来一照，居然是江城。高蕃大惊失色，蜡烛都掉地上了，直挺挺地跪在地上，恐惧得浑身颤抖，就像有兵器架在脖子上似的。江城拎着他的耳朵回到家，用针刺了他整个大腿，才让他睡在床下面，一睡醒就骂他。高蕃自此怕江城竟像怕虎狼一般，即使偶尔江城对他脸色好一点，让他睡在床上，他也哆哆嗦嗦，不能行男女之事。江城打了他一个耳光把他骂走，更加厌恶他，不拿他当人。高蕃每天住在闺房之中，却像在坐牢，每天看着狱卒的脸色过活。

注释 1 啖:拿利益引诱人,贿赂。 2 矢以天日:对着青天白日起誓。 3 双翘:双脚。 4 夜度娘:指娼妓。 5 觏:见。 6 介介:有心事,不能忘怀。 7 觌(dí)面:见面。 8 觳觫(hú sù):恐惧战栗貌。 9 为人:谓男女交媾。 10 批颊:打耳光。 11 兰麝之乡:此处指闺房。 12 犴狴:牢狱。

女有两姊,俱适诸生。长姊平善,讷于口,常与女不相洽。二姊适葛氏,为人狡黠善辩,顾影弄姿,貌不及江城,而悍妒与埒[1]。姊妹相逢无他语,惟各以阃威[2]自鸣得意。以故二人最善。生适戚友,女辄嗔怒;惟适葛所,知而不禁。一日饮葛所,既醉,葛嘲曰:"子何畏之甚?"生笑曰:"天下事颇多不解:我之畏,畏其美也,乃有美不及内人,而畏甚于仆者,惑不滋甚哉?"葛大惭,不能对。婢闻,以告二姊。二姊怒,操杖遽出,生

江城有两个姐姐,都嫁给了儒生。长姐平实善良,不善言辞,常常和江城不睦。二姐嫁到了葛家,为人狡猾聪明能言善辩,对着镜子搔首弄姿,相貌比不上江城,但凶悍善妒却与江城一样。姐妹相见不说别的,只是各自把在闺帏之中逞威风的事拿出来说,得意扬扬,所以两个人相处最为融洽。高蕃去拜访亲友,江城动不动就发怒吵闹,只有去葛家,知道了也不管。一天,高蕃在葛家喝酒。喝醉了,葛家女婿嘲笑他说:"你怎么这么害怕你家夫人?"高蕃笑着说:"天下有许多事我都不明白。我之所以怕她,是因为她长得美,有的夫人美貌不如我家夫人,却比我更加惧内,这不是更加奇怪吗?"葛家女婿很羞愧,不知道怎么回答。旁边有小丫环听见了,告诉了二姐。二姐大怒,操起棍子就出了门。高蕃看见她非常凶恶,来不及穿好鞋子就要跑。这时棍子方起,已经打

见其凶，踩屣[3]欲走。杖起，已中腰膂[4]，三杖三蹶而不能起。误中颅，血流如沈[5]。二姊去，生蹒跚而归。妻惊问之，初以迕姨故，不敢遽告；再三研诘，始具陈之。女以帛束生首，忿然曰："人家男子，何烦他挞楚耶！"更短袖裳，怀木杵，携婢径去。抵葛家，二姊笑语承迎。女不语，以杵击之，仆；裂裤而痛楚焉。齿落唇缺，遗失[6]溲便[7]。女返，二姊羞愤，遣夫赴诉于高。生趋出，极意温恤，葛私语曰："仆此来，不得不尔。悍妇不仁，幸假手而惩创之，我两人何嫌焉。"女已闻之，遽出，指骂曰："龌龊贼！妻子亏苦，反窃窃与外人交好！此等男子，不宜打煞耶！"疾呼觅杖。葛大窘，夺门

中了高蕃的腰和脊梁骨，打了三棍，高蕃就跌倒了三次，最后已经站不起来了。混乱间棍子不小心打中了头部，血流如注。二姐走了以后，高蕃跌跌撞撞地回家。他老婆惊讶地看着他，问他怎么回事。刚开始，他还怕触犯了姨姐不敢实说，江城再三盘问，他才一五一十地说了实话。江城拿布帛为高蕃包扎好头，生气地说："别人家的丈夫，什么时候劳烦她来教训了！"就换了短衣短衫，怀里揣大木棍，带着婢女直接去找她姐姐了。到了葛家，二姐笑着出来迎接她。江城不说话，直接用木棒打她，打得二姐倒在地上。江城撕开她的裤子继续打，打得她牙齿掉了，嘴唇也缺了一块，大小便失禁。江城回到家中，二姐十分羞惭愤怒，派了丈夫去向高家讨个说法。高蕃快步出门相迎，极其温和地安慰了葛家女婿。葛生私下里对他说："我这次来，实属不得已而为之。悍妇不仁不义，幸而借你夫人的手给了她一个教训，我们两个又怎么会有嫌隙呢。"江城已经听见了，立马站出来，指着他骂道："你真是个龌龊的小人啊！家里妻子吃了亏，反而偷偷地和外人搞好关系！你这种人，不应该打死吗！"大声叫嚷着找棍子。葛家

窜去。生由此往来全无一所。	女婿拔腿就从高家逃走了。高蕃从此连个可以来往的朋友都没了。

注释 1 埒:相比,等同。 2 阃威:悍妇的气焰。阃,内室,借指妇女。 3 踩屣:趿着鞋走。 4 膂(lǚ):脊梁骨。 5 沈:汁。 6 遗失:因失禁而排泄。 7 溲便:尿,小便。

同窗王子雅过之,宛转[1]留饮。饮间,以闺阁相谑,颇涉狎亵。女适窥客,伏听尽悉,暗以巴豆[2]投汤中而进之。未几吐利不可堪,奄存气息。女使婢问之曰:"再敢无礼否?"始悟病之所自来,呻吟而哀之,则绿豆汤已储待矣,饮之乃止。从此同人相戒,不敢饮于其家。	高蕃的同学王子雅前来拜访,高好说歹说地劝他留下来喝一杯。正在喝酒,两人讲起闺房之事相互取乐,言语之间颇为轻浮。正好江城偷看客人,趴在一边听到了他们所有的话,暗中将巴豆放入汤水中呈给他们。不久,两个人上吐下泻不止,几乎到了奄奄一息的地步。江城遣了婢女去问:"还敢无礼吗?"两人才明白这病痛从哪来的,呻吟着哀求她原谅。那边的绿豆汤已经准备好了,两人喝了才止泻。从此以后高蕃的同学都相互告诫,不敢再在高家喝酒。

注释 1 宛转:含蓄曲折。此处指千方百计,好说歹说。 2 巴豆:性热,味辛,内服有峻泻作用。

王有酤肆[1],肆中多红梅,设宴招其曹侣[2]。生托文社[3],禀白而	王生有个酒楼,里面种了好多红梅,有一天王生在这里摆下酒宴邀请同伴饮酒赏梅。高蕃就托辞说是文人间的活动,

往。日暮，既酣，王生曰：“适有南昌名妓，流寓此间，可以呼来共饮。”众大悦。惟生离席，兴辞，群曳之曰：“阃中耳目虽长，亦听睹不至于此。”因相矢缄口，生乃复坐。少间妓果出，年十七八，玉佩丁冬，云鬟掠削[4]。问其姓，云：“谢氏，小字芳兰。”出词吐气，备极风雅，举座若狂。而芳兰犹属意生，屡以色授[5]。为众所觉，故曳两人连肩坐。芳兰阴把生手，以指书掌作“宿”字。生于此时，欲去不忍，欲留不敢，心如乱丝，不可言喻。而倾头耳语，醉态益狂，榻上胭脂虎[6]，亦并忘之。少选[7]，听更漏已动，肆中酒客愈稀，惟遥座一美少年对烛独酌，有小僮捧巾

禀报给江城后才动身前往。到了傍晚，大家喝得都很尽兴，这时，王子雅说：“正好有个暂住在我这儿的南昌名妓，可以叫来跟大家一起喝酒助兴啊！”大家都很高兴地同意了，只有高蕃离开座位，告辞要走，大家伙儿急忙拉着他说：“您家中那位虽然耳目灵通，但也不至于打听到这儿的消息啊。”于是大家向他发誓，绝不向外说出去，这时高蕃才安心地坐了下来。不一会儿，那妓女果然走了出来，年龄才十七八岁，走起路来，身上佩戴的玉佩饰物叮当作响，头上的发髻梳得高耸齐整。众人问她姓氏，她道：“姓谢，小名芳兰。”谈吐雅致，文采飘逸，众人欣喜若狂。可是芳兰只对高蕃有好感，每每用眼神给他传情。这举动被大家所察觉，他们也就顺水推舟，让芳兰和高蕃肩并肩挨着坐。芳兰偷偷拉着高蕃的手，在他手掌里写下“宿”字。此时高蕃想离开又不舍得，想留下来又不敢，心乱如麻，真是没法说。两紧挨着脸互相说话，酒醉后的姿态更加放纵，高蕃也把家中悍妇忘得一干二净了。不一会儿，听到更漏声响，店里的客人也越来越少，只看到远处有一位美少年对着蜡烛独自喝酒，旁边有一个童仆捧着毛巾侍

侍焉;众窃议其高雅。无何,少年罢饮,出门去。僮返身入,向生曰:“主人相候一语。”众则茫然,惟生颜色惨变,不遑告别,匆匆便去。盖少年乃江城,僮即其家婢也。

候;大家都在议论他的高雅。一会儿,那少年停下喝酒,出门走了。他那童仆折返过来,对着高蕃说:“我家主人等着跟您说句话。”大家听了都很茫然,不知道什么意思,只有高蕃吓得脸色大变,来不及跟大家告别,匆匆忙忙就离开了。原来那少年就是江城,身边的童仆是家中的婢女。

注释 1 酤(gū)肆:酒肆,酒楼。 2 曹侣:伙伴,同伴。 3 文社:志趣相投的文人所结成的团体,以切磋文章为主。 4 掠削:梳理齐整貌。 5 色授:用神色传递内心的感情。 6 胭脂虎:悍妇。 7 少选:一会儿,不多久。

生从至家,伏受鞭扑。从此禁锢益严,吊庆[1]皆绝。文宗[2]下学[3],生以误讲降为青[4]。一日与婢语,女疑与私,以酒坛囊婢首而挞之。已而缚生及婢,以绣剪剪腹间肉互补之,释缚令其自束[5]。月余,补处竟合为一云。女每以白足[6]踏饼尘土中,叱生摭[7]食之。如是种种。母以忆子故,偶

高蕃跟着江城回家,又趴着受了江城一顿鞭子。从此江城看得更紧,连红白事都不许他去。学政到县学对秀才进行岁考,高蕃因为答错了题降为青衣,革除了功名。一天他和婢女说话,江城怀疑他与婢女私通,就把酒坛套在婢女的头上鞭打她。又绑住高蕃和婢女,用绣花剪分别剪下两个人腹部的肉交换补上,放开绳子让两人自己包扎。过了一个多月,补肉处竟然愈合成了一朵云。江城经常光脚踩饼令其沾上灰尘,叫骂着让高蕃捡起来吃。这样的事不胜枚

至其家，见子柴瘠[8]，归而痛哭欲死。夜梦一叟告之曰：“不须忧烦，此是前世因。江城原静业和尚所养长生鼠，公子前生为士人，偶游其地，误毙之。今作恶报，不可以人力回也。每早起，虔心诵观音咒一百遍，必当有效。”醒而述于仲鸿，异之，夫妻遵教。虔诵两月余，女横如故，益之狂纵。闻门外钲鼓[9]，辄握发[10]出，憨然引眺，千人指视，恬[11]不为怪。翁姑共耻之，而不能禁，腹诽而已。

举。高母想念儿子，偶尔到他家来，看见儿子骨瘦如柴，回家之后悲痛得死去活来。晚上做梦梦见一个老翁告诉她：“你不用这么烦恼，这是前世种下的因。江城原来是静业和尚所豢养的长生鼠，您家儿子前世是读书人，偶然游览到寺里，不小心把它踩死了。现在这是恶报来了，人力不能扭转。以后你每天早起，虔心念诵观音咒一百遍，一定会有效果。”高母醒了以后告诉了高父，高父大为惊异，夫妻俩每天都按照指示去做。虔诚地诵了两个多月，江城还是像以前那么蛮横，甚至更加猖狂无忌。听见外面有击鼓声，就衣衫不整地出门，痴痴傻傻地看，引得众人指指点点，她也十分坦然，不以为意。公婆都以此为耻，又阻止不了，只能腹诽，不敢说出来。

注释 1 吊庆：吊唁或庆贺，即红白事。 2 文宗：明清时称提学、学政为文宗，亦用以尊称试官。 3 下学：谓至太学或府、县学宫视察。 4 青：青衣，多为古代低阶文官或卑贱者所穿的衣服。 5 自束：此处指让高蕃和婢女自己包扎伤口。 6 白足：光着脚。 7 摭(zhí)：拾取。 8 柴瘠：骨瘦如柴。 9 钲鼓：古代行军时，击鼓表前进，敲钲表停止，故用钲鼓比喻军事。 10 握发：握着头发，指未梳妆整齐或衣衫不整。 11 恬：安然，坦然。

忽有老僧在门外宣佛果[1]，观者如堵。僧吹鼓上革作牛鸣。女奔出，见人众无隙，命婢移行床[2]，翘登其上。众目集视，女如弗觉。逾时，僧敷衍[3]将毕，索清水一盂，持向女而宣言曰："莫要嗔，莫要嗔！前世也非假，今世也非真。咄！鼠子缩头去，勿使猫儿寻。"宣已，吸水噀射[4]女面，粉黛淫淫，下沾衿袖。众大骇，意女暴怒。女殊不语，拭面自归。僧亦遂去。

一天，忽然有个老僧在她家门外宣讲佛法因果，来看的人络绎不绝。老僧吹响鼓上的皮革，发出牛一样的叫声。江城从房中跑出来，看见人多得挤不进去，就命婢女拿个凳子来，站在上面看。人们都盯着她看，江城浑然不觉。过了一会儿，老僧前面铺垫完了，要来一盆清水，端着转向江城宣讲："不要怪罪，不要怪罪！前世不是假的，今世也不是真的。呔！老鼠缩着头跑，别让猫来找。"宣讲完了，吸一口水喷向江城的脸，她脸上的脂粉纷纷脱落，粘在了领口袖子上。众人非常惊骇，猜测江城会大怒。江城不说话，只是擦擦脸就回去了。老僧也马上走了。

注释 1 宣佛果：宣讲佛法因果。 2 行床：坐具。此处指凳子或椅子。 3 敷衍：叙述并发挥。 4 噀(xùn)射：喷出。噀，含在口中而喷出。

女入室痴坐，嗒然[1]若丧，终日不食，扫榻遽寝。中夜忽唤生醒，生疑其将遗[2]，捧进溺盆。女却之，暗把生臂，曳入衾。生承命，四体惊悚，若奉丹诏[3]。女慨然曰："使君如此，何

江城进了房间呆坐不语，神情沮丧，整天没吃一口饭，收拾了床榻就睡觉了。半夜忽然喊醒高蕃，高蕃以为她要如厕，就端来便盆。江城让他放下，暗暗拉住高蕃的手臂，拽着他一起睡了。高蕃听从妻命，却惊惧害怕得浑身发抖，像捧着圣旨。江城激动地说："我

以为人！”乃以手抚扪生体，每至刀杖痕，嘤嘤[4]啜泣，辄以爪甲自掐，恨不即死。生见其状，意良不忍，所以慰籍之良厚。女曰：“妾思和尚必是菩萨化身。清水一洒，若更腑肺。今回忆曩昔[5]所为，都如隔世。妾向时得毋非人耶？有夫妻而不能欢，有姑嫜[6]而不能事，是诚何心！明日可移家去，仍与父母同居，庶便定省。”絮语终夜，如话十年之别。

让你这么害怕，怎么配做人！”就用手抚按高蕃身体，每每碰到刀疤杖痕，江城都会低声啜泣，然后用指甲掐自己，恨不得立刻死了。高蕃看见她这般情状，心中十分不忍，于是宽厚温和地开解她。江城说：“我想那和尚一定是菩萨的化身。清水一洒，就像换了副心肠似的。如今回忆起往日的所作所为，恍如隔世。我以前岂非不是人？有丈夫在侧却不共享欢乐，有公婆在堂却不侍奉，这是什么心！明天我们就回家去吧，仍然和父母一起住，也方便晨昏定省。”两人絮絮叨叨地说了一整夜话，仿佛已经十年没见面了。

注释 1 嗒然：失意、沮丧的样子。 2 遗：此处指如厕。 3 丹诏：圣旨。帝王的诏书，以朱笔书写，故称。 4 嘤嘤：低泣声。 5 曩(nǎng)昔：往昔，过去。 6 姑嫜：丈夫的父亲、母亲。

昧爽即起，折衣敛器，婢携簏[1]，躬襆被[2]，促生前往叩扉。母出骇问，告以意。母尚迟回有难色，女已偕婢入。母从入。女伏地哀泣，但求免死。

天刚蒙蒙亮，江城就起床了，收拾好衣服用具，丫环提着箱子，她自己背着包袱，催促高蕃前去敲门。高母出来看时吓了一跳，问他们缘由，二人说他们想回来住。高母脸上露出为难的表情，迟迟没回复，江城却已经领着丫环进了家门。高母也只好跟着进来了。这时江城突然趴在地上哭泣，

母察其意诚，亦泣曰："吾儿何遽如此？"生为细述前状，始悟曩昔之梦验也。喜，唤厮仆为除[3]旧舍。女自是承颜[4]顺志过于孝子，见人，则觍如新妇；或戏述往事，则红涨于颊。且勤俭，又善居积，三年翁媪不问家计，而富称巨万矣。生是岁乡捷[5]。每谓生曰："当日一见芳兰，今犹忆之。"生以不受荼毒[6]，愿已至足，妄念所不敢萌，唯唯而已。会以应举入都，数月乃返。入室，见芳兰方与江城对弈。惊而问之，则女以数百金出其籍[7]矣。此事浙中王子雅言之甚详。

请求母亲免自己一死。高母看出来她是真心实意，也哭着说："我儿怎么突然这个样子？"高蕃详细跟她说了之前的事情，高母这才明白是自己之前的梦应验了，高兴得赶忙叫仆人给他们打扫原来的屋子。江城从此尊奉公婆，处处顺应公婆的意愿，比人家孝子还孝顺。江城见了人，跟新媳妇一样娇羞。有人拿她之前做的事打趣，她就会羞臊得涨红脸。而且她居家过日子勤奋又简朴，也善于管理钱财，此后三年，公婆不再过问家庭生计，家中就积累了一大笔财产。高蕃也在这一年考中了举人，家里顺风顺水。江城还多次跟丈夫说："那次见芳兰一面，现在都还记得，令人难忘。"高蕃自认为只要不再遭妻子的毒打就心满意足了，哪还敢有什么非分之想，听到妻子说这话，也只是唯唯诺诺，不敢说其他。正巧高蕃去京城应试，好几个月才回来。他一进屋，看到芳兰和江城正在下棋，吓了一跳，忙问怎么回事，原来是江城花了好几百两银子把她从妓院里赎了出来。这事浙江的王子雅说得最清楚。

注释 1 簏(lù)：竹箱。 2 襆(fú)被：用包袱裹束衣被。此处应为背着包袱。 3 除：此处指打扫。 4 承颜：顺承尊长的颜色。谓侍奉尊长。 5 乡捷：乡试告捷，即考中举人。 6 荼毒：犹毒害、残害。此处指妻子的毒打。 7 出其籍:古代娼妓隶属乐籍,需要赎身后才能享受良家女子的权利,比如结婚。

异史氏曰:“人生业果[1],饮啄[2]必报,而惟果报之在房中者,如附骨之疽[3],其毒尤惨。每见天下贤妇十之一,悍妇十之九,亦以见人世之能修善业[4]者少也。观自在[5]愿力[6]宏大,何不将盂中水洒大千世界[7]也?”

异史氏说:“人生善恶之报,饮水啄食都有相应的报应,只有闺房中的因果报应,会像侵入骨髓的毒疮一样,毒害尤其大。常见天下的贤妻十个里面才有一个,凶悍之妻却占了十分之九,也可以想见人世间能修善业的人很少。观音菩萨的心愿力量如此宏大,为什么不把盂中的水洒满大千世界呢?”

注释 1 业果:佛教指恶业或善业所造成的苦乐果报。 2 饮啄:饮水啄食。 3 疽(jū):紧贴着骨头生长的毒疮。 4 善业:佛家把身、口、意三方面的活动称为“三业”,这些“业”又分为善、不善、非善非不善三种,能引起善恶等报应。善业指五戒十善之作业。 5 观自在:观世音菩萨,有平等无私的广大悲愿,佛教中慈悲和智慧的象征。 6 愿力:佛教语。誓愿的力量。多指善愿功德之力。 7 大千世界:佛教语。指广阔无边的人世。

孙 生

原文

孙生娶故家[1]女辛

译文

有个姓孙的读书人娶了一个世家大

氏，初入门，为穷裤[2]，多其带，浑身纠缠甚密，拒男子不与共榻，床头常设锥簪之器以自卫。孙屡被刺剟[3]，因就别榻眠。月余，不敢问鼎[4]。即白昼相逢，女未尝假以言笑。

族的小姐辛氏为妻。辛氏刚刚过门时穿着穷裤，而且用许多带子绑着前后，浑身缠得密密麻麻。她不愿意和丈夫同床，常常在床头放一些锥子、簪子之类的尖利器物，用来保护自己。孙生多次被她刺伤，就只能到其他地方睡觉。一个多月都不敢触碰妻子。就算是白天两人偶尔碰到，辛氏也从没给过他好脸色。

注释 **1** 故家：世家大族，世代仕宦之家。 **2** 穷裤：古代一种有前后裆系着固密的裤子。 **3** 刺剟(duō)：古代的一种酷刑，以铁器刺人身体。此处是刺的意思。 **4** 问鼎：触犯，过问。此处指触碰。

同窗某知之，私谓孙曰："夫人能饮否？"答云："少饮。"某戏之曰："仆有调停之法，善而可行。"问："何法？"曰："以迷药入酒，绐[1]使饮焉，则惟君所为矣。"孙笑之，而阴服其策良。询之医家，敬以酒煮乌头[2]置案上。入夜，孙酾[3]别酒，独酌数觥而寝。如此三夕，妻终不饮。

孙生有个同窗好友知道这件事情后，便私下里问他："你夫人能喝酒吗？"孙生回答道："她好像能喝一点。"这人半开玩笑地对他说："我有一绝妙可行的方法，可以改善你夫妻二人的关系。"孙生急忙问道："什么方法？"那人说："你偷偷在酒里放点迷魂药，骗她喝下去，这样你就可以为所欲为了。"孙生不禁笑了出来，但暗自佩服这实在是个好主意。于是便向大夫询问怎么用药。回家后自己小心翼翼地用乌头煮酒，煮好后，便把酒放在桌上。到了晚上，孙生自己斟上另一种酒，喝了几杯才睡下。像这样过了三夜，辛氏始终没去喝那药酒。

一夜孙卧移时，视妻犹寂坐，孙故作声，妻乃下榻，取酒煨炉上。孙窃喜。既而满饮一杯；又复酌，约尽半杯许，以其余仍内壶中，拂榻遂寝。久之无声，而灯煌煌[4]尚未灭也。疑其尚醒，故大呼：“锡檠[5]熔化矣！”妻不应，再呼仍不应；白身[6]往视，则醉睡如泥。启衾潜入，层层断其缚结。妻固觉之，不能动，亦不能言，任其轻薄而去。既醒，恶之，投缳自缢[7]。孙梦中闻喘吼声，起而奔视，舌已出两寸许。大惊，断索，扶榻上，逾时始苏。孙自此殊厌恨之，夫妻避道而行，相逢则各俯其首，积四五年不交一语。妻或在室中，与他人嬉笑，见

直到一天夜里，孙生已经在床上躺下多时了，又看到妻子还孤寂地坐着没睡。孙生故意发出鼾声，妻子这才走下床，取过酒来，在炉子上煨热。孙生心中暗喜。过了一会儿，只见妻子已经喝了一杯，又接着倒上一杯，喝了一半，便把剩下的酒倒进了壶中，然后收拾床铺睡觉。孙生过了很长时间没听到动静，灯也还明晃晃地亮着。孙生便怀疑她还醒着，于是故意大喊道：“锡烛台烧化喽！”妻子不说话，再喊还是不应声。于是孙生光着身子过去一瞧，发现妻子已沉睡得和烂泥一般了。他便掀开被子，慢慢钻进去，将她身上绑的带子一层一层都剪开了。辛氏本来是有知觉的，但是这时却不能动，也不能说话，只能任凭他摆布了。她清醒之后，心里感到委屈难过，痛恨不已，一时想不开，便上吊自杀了。孙生梦中听到急喘大叫的声音，连忙起身，跑过去查看，发现妻子已经挂在房梁上，舌头伸出两寸多长了。孙生见状大惊失色，赶忙上前割断绳索，把她扶到床上。过了好久，她才苏醒过来。从此孙生也变得非常讨厌她，夫妻俩走路时都要互相避开。要是遇到，就各自低下头走过，并不言语。四五年里都是这样，两人没说过一句话。有时辛氏

夫至色则立变，凛如霜雪。孙尝寄宿斋中，经岁不归；即强之归，亦面壁移时，默然就枕而已。父母甚忧之。

正在家中和别人有说有笑，一见孙生来了，立马脸色一沉，冷淡得像结了一层冰霜。孙生也曾寄宿在书斋中，整年都不回家；即使家里人强迫他回来，也只是面对墙壁，久久不言，然后默默一个人去睡了。孙生的父母对此非常忧虑。

注释 1 绐：欺骗。 2 乌头：堇草或附子的别名。与酒同用可致口舌、四肢及全身发麻，头晕、耳鸣、言语不清。 3 酾(shī)：滤酒，斟酒。 4 煌煌：明亮辉耀貌。 5 檠(qíng)：灯架，烛台。 6 白身：光着身子。 7 投缳(huán)自缢：上吊自杀。缳，绳套。

一日有老尼至其家，见妇，亟加赞誉。母不言，但有浩叹[1]，尼诘其故，具以情告。尼曰："此易事耳。"母喜曰："倘能回妇意，当不靳[2]酬也。"尼窥室无人，耳语曰："购春宫一帧，三日后为若厌[3]之。"尼去，母即购以待之。三日尼果来，嘱曰："此须甚密，勿令夫妇知。"乃剪下图中人，又针三枚、艾一

一天有个老尼姑到孙家，一见辛氏就十分喜爱，多加赞赏。孙家老母亲却不说话，只是长叹不已。尼姑见状很惊讶，便询问怎么了。孙母便将事情说给她听。尼姑说："这算什么大事，很容易解决。"孙母心中一喜，连忙说道："要是能使我家儿媳回转心意，我不会吝惜酬劳。"尼姑四下看看，见没外人，便小声在她耳边说道："你去买一张春宫图，三天后我给你作法。"尼姑走后，孙母便买好了东西预备着。过了三天，尼姑果然来了。她嘱咐道："这事一定要保密，不要让他们夫妻俩知道。"说着便把春宫图里的人物像剪下来，又找了三根针和一小把艾草，一起放在白纸里包好。接着在外

撮，并以素纸包固，外绘数画如蚓状，使母赚[4]妇出，窃取其枕，开其缝而投之；已而仍合之，返归故处。尼乃去。至晚，母强子归宿。媪往窃听。二更将残，闻妇呼孙小字[5]，孙不答。少间，妇复语，孙厌气[6]作恶声。质明[7]，母入其室，见夫妇面首相背，知尼之术诬[8]也。呼子于无人处，委谕[9]之。孙闻妻名便怒，切齿。母怒骂之，不顾而去。

面画了一些蚯蚓一样弯弯曲曲的图案。又让孙母把儿媳引开，偷偷取出她的枕头，剪开缝好的线，把这包东西放进去。然后又给缝合好，仍旧放回去。弄好这一切，尼姑才离去。到了晚上，孙母便强令儿子回来睡觉，还让一个老妈子偷偷去他俩门前听动静。二更天快过了，便听到辛氏喊着孙生的小名，孙生却不应答。过了一会儿，辛氏又喊了几声，孙生竟用厌恶的口气回她。天刚亮，孙母就来到儿子屋里，见夫妻俩还是背着脸坐着，谁也不理谁，便知道尼姑的法术不灵。孙母就把儿子喊到没人的地方，委婉地劝着他。没想到孙生一听到辛氏的名字就火冒三丈，咬牙切齿。孙母见状十分生气，大骂了他一顿。谁知孙生不理会，头也不回地走开了。

注释　1 浩叹：长叹，大声叹息。　2 靳：吝惜。　3 厌：这里指厌胜。古代方士的一种巫术，以诅咒制服人或物。　4 赚：骗。此处指引开。　5 小字：小名。　6 厌气：厌恶的口吻。　7 质明：天刚亮的时候。　8 诬：欺骗。此处指指术法不灵。　9 谕：劝告。

越日[1]尼来，告之罔效[2]，尼大疑。媪因述所听。尼笑曰："前言妇憎夫，故

第二天尼姑又过来了，孙母便告诉她法术不灵。尼姑闻言很是疑惑，不知哪里出错了。这时老妈子说出她在房门外偷听到的对话，尼姑这才明白，笑着说："施主之前所讲，

偏厌之。今妇意已转，所未转者男耳。请作两制之法，必有验。”母从之，索子枕如前缄置[3]讫，又呼令归寝。更余，犹闻两榻上皆有转侧声，时作咳，都若不能寐。久之，闻两人在一床上唧唧语，但隐约不可辨。将曙，犹闻嬉笑，吃吃不绝。媪以告母，母喜。尼来，厚馈[4]之。孙由是琴瑟和好[5]。生一男两女，十余年从无角口之事[6]。同人私问其故，笑曰：“前此顾影生怒，后此闻声而喜，自亦不解其何心也。”

是儿媳讨厌儿子，所以只是给儿媳一个人作法了。现在施主的儿媳已经回心转意，只是您的儿子还没有。请再用之前的方法，给他俩作法，这次一定会有效果的。”孙母便听从了。还像之前那样拿来儿子的枕头，放进东西，缝好后再放回去。又叫他儿子晚上回家睡觉。过了一更天，好像听到夫妻俩的床榻上有翻身的声音，两人又不时咳嗽，好像都睡不着。过了很久，便听到两人在一张床上叽叽咕咕地说着话，只是隐隐约约，听不清楚。一直到天快亮的时候，还能听到两人在床上吃吃地笑着，笑声不绝于耳。第二天老妈子把夜里听到的告知孙母，孙母大喜。后来尼姑再来时，孙母便赠给她丰厚的谢礼。自此之后，孙生和妻子情深和美，还生了一男两女，夫妻二人十余年中再没有发生过争吵。周围的人十分好奇，私下询问其中的原因。孙生笑着说：“我之前一看到妻子的身影就火冒三丈。但是不知为什么，后来只要听到妻子的声音，我就喜欢得不得了。说实话，连我也搞不清楚自己是什么心思。”

注释　1 越日：第二天。　2 罔效：不灵验，没有效果。　3 缄置：密闭封口处置。此处指缝合枕头。　4 馈：赠送。　5 琴瑟和好：比喻夫妇情深和美。　6 角口之事：口角，争吵。

异史氏曰:“移憎而爱,术亦神矣。然能令人喜者,亦能令人怒,术人[1]之神,正术人之可畏也。先哲云:‘六婆[2]不入门。’有见[3]矣夫!”

异史氏说:“能够转恨为爱,这法术太神奇了。不过这种邪术既能让人欢喜,也能让人发怒,这些方士的神奇之处,也是这些人的可怕之处呀。先贤曾说:‘不要让六婆这类人物到家里去。’真是有见地呀!”

注释 1 术人:方士。 2 六婆:指牙婆、媒婆、师婆(巫婆)、虔婆(鸨母)、药婆、稳婆(接生婆)。 3 有见:有真知灼见。

八大王

原文

临洮[1]冯生,盖贵介裔[2]而陵夷[3]矣。有渔鳖者,负其债不能偿,得鳖辄献之。一日,献巨鳖,额有白点。生以其状异,放之。后自婿家归,至恒河[4]之侧,日已就昏,见一醉者,从二三僮,颠跛而至。遥见生,便问:“何人?”生漫应:“行道者。”醉人怒曰:“宁无姓名,

译文

甘肃临洮有位姓冯的书生,祖上曾是达官贵人,到他这一辈,家道已然中落。有个卖鳖的人欠了冯生钱无力偿还,每当捕到了鳖就献给他。一天,卖鳖的人送来一只巨鳖,额头上有白点,冯生见其状态异常,便把它放了。此后有一日,冯生从女婿家回来,走到恒水边,太阳已经落山了,忽然看见一个醉汉,后边跟着两三个僮仆,晃晃悠悠地走来。远远地看见冯生,就问:“你是什么人?”冯生随意回了句:“走路的。”醉

胡言行道者？”生驰驱心急，置不答，径过之。醉人益怒，捉袂使不得行，酒臭熏人。生更不耐，然力解不能脱，问：“汝何名？”呓然[5]而对曰：“我南都旧令尹也。将何为？”生曰：“世间有此等令尹，辱寞世界[6]矣！幸是旧令尹，假新令尹，将无杀尽途人耶？”醉人怒甚，势将用武。生大言曰：“我冯某非受人挝打者！”醉人闻之，变怒为欢，踉蹡[7]下拜曰：“是我恩主，唐突勿罪。”起唤从人，先归治具，生辞之不得。握手行数里，见一小村。既入，则廊舍华好，似贵人家。醉人酲[8]稍解，生始询其姓字。曰：“言之勿惊，我洮水八大王也。适西山青童[9]招饮，不觉过醉，有犯尊颜，实切愧悚[10]。”

汉怒冲冲地说：“你难道没有名字，胡说什么走路的？”冯生着急赶路，对他不加理会，径直走了过去。醉汉更加生气，抓住袖子不让他走，酒气熏人，臭不可闻。冯生愈发不耐烦，可是再怎么用力也脱不了身，于是就问道：“你叫什么名字？”那人迷迷糊糊地回答说：“我之前是南都的县令，你问这干什么？”冯生听了愤愤不平道：“世上有这种县令，真是辱没世人！幸亏是旧县令，若是新官，那还不把赶路的人都杀光啊？”醉汉听了火冒三丈，摆出一副要动手的样子。冯生高声喊道：“我冯某可不是挨别人打的人！”醉汉听了，随即转怒为喜，踉踉跄跄跪下拜谢说：“原来您是我的恩公，刚才唐突冒犯，请不要怪罪。”他起身呼唤随从，让他们先回去准备饭菜，冯生推辞不过，只好跟着前往。两人握手走了几里后，看到一座小村庄，走进去一瞧，见雕梁画栋，楼舍华丽，好像是富贵人家。这时，醉汉酒意稍解，冯生这才问他姓甚名谁。回答说：“我说了你可不要惊讶，我便是洮水的八大王。适才西山的仙童叫我过去吃酒，不自觉喝多了，如有冒犯，实在是羞愧难安。”

注释 1 临洮:即今甘肃省定西市临洮县,自古为西北名邑、陇右重镇。 2 贵介裔:达官贵人的后代。 3 陵夷:坡度渐缓。引申为衰颓。 4 恒河:临洮县境内有洮河,是黄河上游右岸的一条大支流,恒水为洮河的支流,在临洮县西南。 5 呓然:说梦话的样子。 6 辱寞世界:辱没世上之人。 7 踉蹡(liàng qiàng):走路不稳,跌跌撞撞。 8 酲(chéng):喝醉了神志不清。 9 青童:仙童。 10 愧悚:惭愧惶恐。

生知其妖,以其情辞殷渥[1],遂不畏怖。俄而设筵丰盛,促坐[2]欢饮。八大王最豪,连举数觥[3]。生恐其复醉,再作萦扰,伪醉求寝。八大王已喻其意,笑曰:“君得无畏我狂耶?但请勿惧。凡醉人无行,谓隔夜不复记者,欺人耳。酒徒之不德,故犯者十之九。仆虽不齿于侪偶[4],顾未敢以无赖之行,施之长者,何遂见拒如此?”生乃复坐,正容而谏曰:“既自知之,何勿改行?”八大王曰:“老夫为令尹时,沈湎尤过于今日。自触帝怒,谪归岛屿,

冯生虽知道他是妖怪,不过看他感情真挚诚恳,也就不怎么畏惧。不一会儿,摆好丰盛的宴席,两人紧挨着坐下,开怀畅饮。八大王最豪爽,一连喝了几大杯酒。冯生怕他喝醉又纠缠自己,便假装喝醉了想要休息。八大王明白他的意思,笑着说:“你该不会是怕我耍酒疯吧?请不必担心。凡是喝醉酒放荡不端的人,说过了一夜什么都不记得,都是骗人的。酒鬼没什么道德可言,十有九人都会再犯。我虽然被同辈看不起,但也不敢对长者有无赖之举,你又何必这样拒绝我呢?”于是,冯生再次入座,一脸严肃地劝谏道:“既然知道这样不好,为何不改正呢?”八大王说:“老夫当令尹时,醉酒比现在还厉害,自从触怒天帝,被贬谪岛屿,努力改正也有十几年了。我如今行将就木,

力返前辙[5]者，十余年矣。今老将就木[6]，潦倒不能横飞[7]，故态复作，我自不解耳。兹敬闻命矣。”倾谈间，远钟已动。八大王起捉臂曰：“相聚不久。蓄有一物，聊报厚德。此不可以久佩，如愿后，当见还也。”口中吐一小人，仅寸余。因以爪掐生臂，痛若肤裂；急以小人按捺其上，释手已入革里。甲痕尚在，而漫漫坟起[8]，类痰核[9]状。惊问之，笑而不答，但曰：“君宜行矣。”送生出，八大王自返。回顾村舍全渺，惟一巨鳖，蠢蠢[10]入水而没。错愕久之，自念所获，必鳖宝也。由此目最明，凡有珠宝之处，黄泉下皆可见。即素所不知之物，亦随口而知其名。

困顿潦倒，再难飞黄腾达，所以故态萌发，自己也无可奈何。我现在愿恭敬听从你的教诲。”二人畅聊间，听闻远处传来钟声。八大王站起身，抓着冯生胳膊说：“可惜相聚时间太短，我珍藏了一件东西，姑且用它来报答你的大恩大德吧。此物不可以长期佩戴，你愿望实现了，还要还给我。”说完便从嘴里吐出一个小人，仅有一寸多长。八大王用指甲掐冯生手臂，冯生疼得好似皮开肉绽；八大王赶紧把小人按进去，一松手，已经钻进皮肤里了。指甲的痕迹还在，胳膊上隆起一个小包，形状类似痰核。冯生惊讶地问是什么，八大王笑而不答，只是说：“你该走了。”他送冯生出去，自己就返回去了。冯生回头一看，村舍房屋渺然无存，只见一只巨鳖缓缓爬进水里，消失不见。他惊愕了好长时间，心想自己得到的肯定是鳖宝。从此，他眼光非常明晰，凡是有珠宝的地方，即使埋藏很深，也能看见。即便从来不知道的东西，也能随口说出它的名字。

注释 1 殷渥：感情真挚诚恳。 2 促坐：靠近坐。 3 觥：中国古代盛酒器。流行于商晚期至西周早期。椭圆形或方形器身，圈足或四足。

带盖,盖做成有角的兽头或长鼻上卷的象头状。有的觥全器做成动物状,头、背为盖,身为腹,四腿做足。 4 侪偶:同辈,同一类的人。 5 力返前辙:努力改正之前的过错。 6 就木:入棺材,指年老体衰,即将亡故。 7 横飞:指官运亨通,飞黄腾达。 8 坟起:隆起。 9 痰核:指皮下肿起如核的结块,多由湿痰流聚而成,不红肿 ,不硬不痛,用手触摸,如同果核状软滑而能移动。 10 蠢蠢:缓慢爬动的样子。

于寝室中掘得藏镪[1]数百,用度颇充。后有货故宅者,生视其中有藏镪无算,遂以重金购居之。由此与王公埒[2]富矣。火齐、木难[3]之类皆蓄焉。得一镜,背有凤纽,环水云湘妃[4]之图,光射里余,须眉皆可数。佳人一照,则影留其中,磨之不能灭也。若改妆重照,或更一美人,则前影消矣。

时肃府[5]第三公主绝美,雅慕[6]其名。会主游崆峒,乃往伏山中,伺其下舆,照之而归。设置案头,审视之,见美人在中,拈巾微笑,口欲言而波欲动。喜而藏之。年余,为

冯生在卧室中挖出数百两银子,生活颇为充裕。此后有人出卖旧宅,冯生见其中所藏金银无数,便高价买下居住。从此,他拥有的财富与王侯相当。火齐、木难一类的珍宝都有收藏。他曾得到一面镜子,背面有凤纽,四周刻有水云湘妃的图案,镜光能照一里多远,镜中人物的眉毛胡须都看得清清楚楚。美人一照,影子便留在镜中,过很长时间也不会消失。如果改换妆扮重照,或者换一个美人来照,先前的影像则消失了。

当时肃王府的三公主容貌绝美,冯生对她的美名甚为仰慕。恰好有一次公主去崆峒山游玩,他就事前过去藏在山里,等公主下车时,拿出镜子照了影像便返家去。冯生把镜子放在案头端详,只见美人在镜子中拈着纱巾微笑,好像要张口说话,眼睛似乎要转动。冯生很是喜爱,就把镜子收藏起来。过了一年多,

妻所泄，闻之肃府。大怒，收之，追镜去，拟斩。生大贿中贵人，使言于王曰："王如见赦，天下之至宝，不难致也。不然，有死而已，于王诚无所益。"王欲籍其家而徙之[7]。三公主曰："彼已窥我，十死亦不足解此玷，不如嫁之。"王不许。公主闭户不食。妃子大忧，力言于王。王乃释生囚，命中贵以意示生。生辞曰："糟糠之妻不下堂，宁死不敢承命。王如听臣自赎，倾家可也。"王怒，复逮之。妃召生妻入宫，将鸩之。既见，妻以珊瑚镜台纳妃，辞意温恻[8]。妃悦之，使参公主。公主亦悦之，订为姊妹，转使谕生。生告妻曰："王侯之女，不可以先后论嫡庶也。"妻不听，归修聘币纳王邸，赍送者迨千人。珍石宝玉

冯生的妻子泄露消息，传到肃王府。王爷大怒，便把冯生抓进大牢，镜子也一并没收，打算将他处斩。冯生就大肆行贿宦官，让他对王爷说："如果能得王爷赦免，天下珍宝都不难得到。否则，只有一死而已，对王爷实在没什么好处。"肃王打算抄没冯生家产，把他流放外地。三公主说："他已经偷窥了我，就算死十次，造成的玷污也不能消解，不如把我嫁给他。"王爷不答应，公主就闭门绝食。王妃十分担忧，就极力劝说，王爷这才放了冯生，并命宦官把公主下嫁之意告诉他。冯生推辞说："糟糠之妻不下堂，我宁愿死也不敢从命。大王如果允许我花钱赎罪，倾家荡产都可以。"王爷听了大怒，再次把冯生抓起来。王妃召见冯生妻子进宫，想把她毒死。等见了面，冯生妻子献给王妃一座珊瑚镜台，言辞温和凄恻。王妃很喜欢她，就让她参拜公主，公主对她也很有好感，于是两人便结为姊妹，又让她转告冯生。冯生听闻后对妻子说："王侯家的女儿不可按照迎娶先后论妻妾身份。"妻子不听，回家后就准备好聘礼送到王府，搬运礼品的人数量近千。所送的宝石美玉，王府的人也

之属，王家不能知其名。王大喜，释生归，以公主嫔[9]焉。公主仍怀镜归。

叫不出名字。王爷大喜，便放冯生回去，把公主嫁给了他。公主仍旧怀揣着宝镜到了冯家。

注释 1 藏镪(qiǎng)：埋藏的银子。 2 埒：一样。 3 火齐、木难：皆为珍宝名。 4 湘妃：传说尧把女儿娥皇、女英嫁给舜为妃子，二妃后没于湘水，故称湘妃。 5 肃府：即肃王府。明太祖朱元璋封第十四子朱楧为肃王，初在甘州(治今甘肃张掖)，后迁至兰州。 6 雅慕：甚为仰慕。 7 籍其家而徙之：抄没家产并流放。 8 温恻：温和凄恻。 9 嫔：嫁。

生一夕独寝，梦八大王轩然[1]入曰："所赠之物，当见还也。佩之若久，耗人精血，损人寿命。"生诺之，即留宴饮。八大王辞曰："自聆药石[2]，戒杯中物已三年矣。"乃以口啮生臂，痛极而醒。视之，则核块消矣，后此遂如常人。

异史氏曰："醒则犹人，而醉则犹鳖，此酒人之大都[3]也。顾鳖虽日习于酒狂乎，而不敢忘恩，不敢无礼于长者，鳖不过人远哉？若夫己氏[4]则醒不如人，而醉不如鳖矣。古人有龟

一天晚上，冯生独自睡觉时，梦见八大王笑呵呵走进来，说："我赠给你的东西，现在当归还了。佩戴时间长了，会损耗人的精血，折损人的寿命。"冯生答应归还，并留他喝酒。八大王说："自从聆听您的教诲后，我已经戒酒三年了。"于是就张口咬冯生胳膊，冯生痛极而醒。一看，胳膊上的小包已经消失，此后就和普通人一样。

异史氏说："清醒的时候还是个人，醉酒后就像只鳖，这是酒鬼们通常的状态。鳖虽然习惯天天撒酒疯，但不敢忘记别人的恩情，不敢对长者无礼，鳖不是比人强太多了吗？至于有的人，清醒的时候不像个人，喝醉了比鳖更不如啊。古人有龟鉴的说法，为

鉴[5],盍以为鳖鉴乎?乃作《酒人赋》。”

什么不可以有鳖鉴呢?于是我写了《酒人赋》。”

注释 1 轩然:欢笑的样子。 2 药石:比喻规诫,规劝人改过迁善的话。此处指善意的规劝。 3 大都:大概,大致。 4 夫己氏:某个人,那人。 5 龟鉴:龟可以卜吉凶,镜子(鉴)可以映照美丑,故用来指借鉴。

赋曰:“有一物焉,陶情适口,饮之则醺醺腾腾,厥名为‘酒’。其名最多,为功已久:以宴嘉宾,以速[1]父舅,以促膝而为欢,以合卺[2]而成偶。或以为‘钓诗钩’[3],又以为‘扫愁帚’[4]。故曲生[5]频来,则骚客之金兰友;醉乡深处,则愁人之逋逃薮[6]。糟邱[7]之台既成,鸱夷[8]之功不朽。齐臣遂能一石[9],学士亦称五斗[10]。则酒固以人传,而人或以酒丑。若夫落帽之孟嘉[11],荷锸之伯伦[12],山公之倒其接篱[13],彭泽之漉以葛巾[14]。酣眠乎美人之侧也,或察其无心;[15]濡首于墨汁之中也,

赋辞为:“有一样东西,可以陶冶性情,非常可口,喝了之后便醉醺醺飘飘然,它的名字叫‘酒’。它名字最多,功用也由来已久:可以用来招待宾客,可以用来邀请长辈,可以使亲朋促膝欢谈,可以完成婚礼促成佳偶。或可以用作‘钓诗钩’激发诗兴,或可以用作‘扫愁帚’除去忧愁。所以曲生常常到来,是文人骚客的金兰之友;醉乡深处,则是人们逃避忧愁的地方。酒糟堆积成台,酒囊的功绩不朽。齐人淳于髡能喝一石,刘伶酒量也号称五斗。虽然酒靠人而扬名流传,而人却有时因为酒而出丑。像孟嘉饮酒时帽子掉落而遭奚落,刘伶醉酒后带着铁锹随时准备埋葬,山简酒醉之后把帽子反戴,陶渊明用头巾滤酒而不尴尬。阮籍在美人身旁睡着而没有邪心,张旭醉后以发沾墨,自以为所写有若神助。贺知章喝醉了骑马像是

自以为有神。[16]井底卧乘船之士[17],槽边缚珥玉之臣[18]。甚至效鳖囚而玩世[19],亦犹非害物而不仁。

乘船,跌入井底酣眠;毕卓偷饮邻居家的酒,被当成盗贼绑起来。甚至石延年扮作囚犯和鳖饮酒,虽显狂放而并没有什么危害以致有损仁德。

注释 **1** 速:邀请。 **2** 合卺(jǐn):旧时成婚时的一种仪式。将匏瓜锯成两个瓢,新郎新娘各执一个饮酒。后以合卺指成婚。 **3** 钓诗钩:酒的别名。饮酒能够激发诗人灵感,好比用钩子将诗兴钓出。 **4** 扫愁帚:酒的别名。借酒消愁,如同用扫帚扫去忧愁烦恼。 **5** 曲生:据《开天传信记》记载:唐代道士叶法善与宾朋在玄真观集会,众人正想喝酒时,忽然有少年闯入,自称“曲秀才”。他高谈阔论,语惊四座。叶法善知其为妖魅,遂以剑击之,曲生脑袋滚落,原来是个瓶盖,身子则为酒瓶,里面盛满了美酒。于是众宾客开怀畅饮,有位客人喝醉后摸着瓶子说:“曲生曲生,风味不可忘也。”故后世以“曲生”指代美酒。 **6** 逋(bū)逃薮(sǒu):指藏纳逃亡者的地方。 **7** 糟邱:堆积成山的酒糟。糟,是米、麦、高粱等酿酒后剩余的残渣。 **8** 鸱(chī)夷:革囊,可以装酒。 **9** 齐臣遂能一石:春秋时期,齐国人淳于髡善饮,心情舒畅时能喝一石(十斗)。一斗为十升,但古代的升和现代的升不同,1升约有200毫升,1斗就是2000毫升,也就是2千克,即4斤。 **10** 学士亦称五斗:指魏晋名士刘伶喜好饮酒,一次可以喝五斗。 **11** 落帽之孟嘉:孟嘉,字万年,为东晋名士。桓温继任江州刺史,任命他为参军。九月重阳节,桓温带着属下的文武官员游览龙山,登高赏菊,并在山上设宴欢饮。突然一阵风扑面吹来,竟把孟嘉的帽子吹落在地,但他一点也没有察觉,仍举杯痛饮。桓温见了,暗暗称奇,以目示意,叫大家不要声张,看孟嘉有什么举动。但见孟嘉依然谈笑风生,浑然不觉。又过了很久,孟嘉起身离座去上厕所。桓温趁机让人把孟嘉的帽子捡起来,放在他的席位上。又命人取来纸笔,让咨议参军太原人孙盛写了一张字条,嘲弄孟嘉落帽却不自知,有失体面。写好后让桓温过目,桓温觉得很有趣,想乘酒兴调侃他一番,便把字条压在帽子下。孟嘉回到座位时,才发觉自己落帽失礼,但却不动声色地顺手拿起帽子戴正。又拿起字条看了一遍,即请左右取来纸笔,不假思索,奋笔疾书,一篇诙谐而文采四溢的答词一气呵成,为自己的落帽失礼辩护。桓温和满座宾朋争相传阅,无不叹服。后以孟嘉落帽形容才思敏捷,洒脱有风度。 **12** 荷锸之伯伦:刘伶字伯伦,喜饮酒,狂放不羁。常乘鹿车,携酒及铁锹,对人说:“死便埋我。” **13** 山公之倒其接篱:即山简,字季伦,西晋名士。山简嗜酒,饮辄醉,醉后常倒戴白羽帽骑在马上,醉态可掬,后遂以“山简醉酒”等形容醉酒以及醉后潇洒姿态。接篱:一种以白鹭羽为饰的帽子。 **14** 彭泽之漉以葛巾:东晋陶渊明喜饮酒,见酒中有渣滓,便解下头巾滤酒,用完仍戴头上。陶渊明曾任彭泽令,故称。 **15** “酣眠”句:魏晋时期的名士阮籍好饮酒,其邻妇貌美,当垆卖酒,阮籍常去饮酒,醉后睡在妇侧。其夫颇为怀疑,但发现阮籍并无他意。 **16** “濡首”句:唐代书法家张旭善草书,醉酒后以头发和水墨作字,醒后自觉其字神妙非常。 **17** 井底卧乘船之士:唐代诗人贺知章善饮酒,杜甫《饮中八仙歌》云:“知章骑马似乘船,眼花落井水底眠。” **18** 槽边缚珥玉之臣:东晋吏部郎毕卓,常饮酒废职。邻舍酿熟,卓夜至其瓮间盗饮,为人所缚,明旦视之,乃毕吏部。旋解缚,遂与主人饮瓮侧,致醉而去。 **19** 效鳖囚而玩世:宋代文人石延年任诞狂放,喜豪饮,发明了各种饮法。一次,他蓬头垢面,光着脚,戴着枷锁找朋友饮酒,朋友见后大惊失色,石延年却高兴地将之命名为“囚饮”。另有一次,他与宾客豪饮时,用茅草席裹住自己的身体,把头伸出来饮酒,并高兴地称之为“鳖饮”。

"至如雨宵雪夜，月旦花晨，风定尘短[1]，客旧妓新，履舄交错[2]，兰麝香沉，细批薄抹[3]，低唱浅斟，忽清商[4]兮一奏，则寂若兮无人。雅谑则飞花粲齿，高吟则戛玉敲金。总陶然而大醉，亦魂清而梦真。果尔，即一朝一醉，当亦名教[5]之所不嗔。尔乃嘈杂不韵，俚词并进；坐起欢哗，呶呶[6]成阵。涓滴忿争，势将投刃；伸颈攒眉，引杯若鸩；倾沈[7]碎觥，拂灯灭烬。绿醑[8]葡萄，狼籍不靳[9]；病叶狂花[10]，觞政[11]所禁。如此情怀，不如弗饮。又有酒隔咽喉，间不盈寸；呐呐呢呢，犹讥主吝；坐不言行，饮复不任，酒客无品，于斯为甚。甚有狂药下，客气粗，努石棱[12]，磔鬔须[13]，袒两背，跃双趺。尘蒙蒙兮满面，哇浪浪兮沾裾；口狺狺兮乱吠，发蓬蓬兮若奴。其吁地而呼天也，似李

"至于雨雪之夜，花月之晨，风停尘消，旧客新妓，鞋履杂错，兰麝沉香之气浓郁。歌女专注于遣词造句，浅斟低唱之时，忽而乐器鸣奏，则仿佛岑寂无人。文雅的玩笑如飞花一般脱口而出，高声吟咏则仿佛金声玉振。纵使陶然大醉，而魂魄清醒，睡梦安稳。果然如此，即使一天一醉，也不会受到礼教的责备。而这里却嘈杂喧闹，唱着粗鄙的小曲；喝酒的人坐立喧哗，叫嚷声连成一片。罚酒的人为了劝一滴酒，逼迫的架势好像拔刀相向；喝酒的人伸长脖子眉头紧皱，好像喝下的是毒药一样；把酒喝干，将酒杯摔碎，拂灭灯烛。碧绿的美酒和紫红的葡萄酒洒得到处都是；醉酒后怒目圆张以及昏头大睡都是酒令不允许的。如此情形，不如不喝。还有的人酒还没有咽下，就嘟嘟囔囔讥讽主人吝啬；坐下就不肯走，喝酒没有量，酒客没有酒品，像这种是最差劲的。甚至有的人酒一入肚，便粗声大气，皱眉瞪眼，须发怒张，袒露双臂，两脚乱跳。灰尘沾满了脸，呕吐物弄脏了衣服；嘴里胡说八道像狗叫，

郎[14]之呕其肝脏;其扬手而掷足也,如苏相[15]之裂于牛车。舌底生莲者,不能穷其状;灯前取影[16]者,不能为之图。父母前而受忤,妻子弱而难扶。或以父执之良友,无端而受骂于灌夫[17]。婉言以警,倍益眩瞑。此名'酒凶',不可救拯。唯有一术,可以解酩。厥术维何?只须一梃,絷其手足,与斩豕等。止困其臀,勿伤其顶,捶至百余,豁然顿醒。"

头发乱糟糟得像奴仆。他呼天抢地,像李贺要吐出心肝;他举手投足,像苏相被牛车分尸。即使舌底生莲,也不能描述其情形;吴道子那样的画师,也不能绘出那种形象。父母前来而受顶撞,妻子体弱也难以搀扶。父辈的朋友,无缘无故挨骂,好言相劝,更加令他头昏眼花。这种就叫'酒凶',无法挽救。只有一个办法可以解醉。是什么办法呢?只需一根木棍,绑住他的手脚,像捆住要杀的猪一样。只打他的屁股,不要打他的头,打上一百多下,自然就清醒了。"

注释　1 尘短:少尘,指洁净。　2 履舄交错:指鞋子杂乱地放在一起。形容宾客很多。　3 细批薄抹:形容为调谐韵,选词改字而吟咏诗词。　4 清商:即清商乐,汉魏六朝的乐府音乐,流传下来的歌词即当时的乐府诗。此处泛指音乐。　5 名教:以"正名定分"为中心的封建礼教。旧时为维护和加强封建制度而对人们思想行为设置的一整套规范。　6 呶呶(náo náo):形容说起话来没完没了。　7 倾沈:指把酒都喝完,一滴也不剩。　8 绿醑(xǔ):绿色美酒。　9 不靳:不吝惜。　10 病叶狂花:饮酒者称醉后怒目忤视者为"狂花",醉后昏然闭目而睡者为"病叶"。　11 觞政:酒令,喝酒的规则。　12 努石棱:形容皱眉瞪眼,面容变形。　13 磔鬡(zhé níng)须:头发和胡须散乱。　14 李郎:唐代诗人李贺写诗苦思冥想,家人担心他会呕出心肝。　15 苏相:战国纵横家苏秦,曾佩六国相印,后遭车裂之刑。古代车裂,将人的四肢和脑袋绑在五辆车上行刑。 **16** 灯前取影：唐代吴道子善白描，所绘人物活灵活现，如同在灯前描摹人影。比喻绘画技术高超。 **17** 灌夫：灌夫为西汉武将，喝醉酒后爱撒酒疯骂人。

戏 缢

原文

邑人某佻侻[1]无赖，偶游村外，见少妇乘马来，谓同游者曰："我能令其一笑。"众不信，约赌作筵。某遽奔去出马前，连声哗曰："我要死！"因于墙头抽粱藍[2]一本[3]，横尺许，解带挂其上，引颈作缢状。妇果过而哂[4]之，众亦粲然[5]。妇去既远，某犹不动，众益笑之。近视，则舌出目瞑，而气真绝矣。粱干自经，不亦奇哉？是可以为儇薄者[6]戒。

译文

我乡里有一个人，性格一向轻佻浮躁，是个无赖。有一次在村外游荡，远远看见一个年轻女子骑着马走过来。他便对同行的人说："我能够让她笑一下。"众人不相信，于是打赌，谁输了就请客喝酒。他立马跑到年轻女子面前，连声叫道："我要去死！"说着，便从墙头抽出一根高粱秆子，横着有一尺多。只见他解下腰带，挂在上面，伸出脖子，做出要上吊的样子。妇人从他身边路过，果然微微一笑。众人见状，也都哈哈大笑起来。妇人已经走出去老远，他却仍然还挂在上面不动，大家笑得越发厉害。走近一看，却发现他舌头伸了出来，闭着眼睛，早已经断气身亡了。竟然能够用高粱秆上吊自杀，怎么不奇怪呢？这个故事，或许可以给那些轻薄无行的人一点告诫了。

注释 1 佻侻:轻薄,不庄重。 2 粱藍(jiē):高粱秆。藍,同“秸”,农作物收割以后的茎。 3 一本:草木等植物的一株或一根。 4 哂:微笑,讥笑。 5 粲然:露齿而笑的样子。 6 儇薄者:轻佻无行的人。